dtv
premium

ILKKA
REMES

DAS HIROSHIMA-TOR

Thriller

Aus dem Finnischen
von Stefan Moster

Deutscher Taschenbuch Verlag

Von Ilkka Remes
ist im Deutschen Taschenbuch Verlag erschienen:
Ewige Nacht (24498)

FSC
Mix
Produktgruppe aus vorbildlich
bewirtschafteten Wäldern und
anderen kontrollierten Herkünften

Zert.-Nr. GFA-COC-1298
www.fsc.org
© 1996 Forest Stewardship Council

Der Inhalt dieses Buches wurde auf einem nach den
Richtlinien des Forest Stewardship Council zertifizierten
Papier der Papierfabrik Munkedal gedruckt.

Deutsche Erstausgabe
Mai 2006
2. Auflage Juli 2006
Deutscher Taschenbuch Verlag GmbH & Co. KG,
München
www.dtv.de

Titel der finnischen Originalausgabe:
›Hiroshiman Portti‹ (Werner Söderström, Helsinki 2004)

Umschlagkonzept: Balk & Brumshagen
Umschlaggestaltung: Stephanie Weischer unter Verwendung
einer Fotografie von © gettyimages / Gary S. Chapman
Satz: Fotosatz Reinhard Amann, Aichstetten
Gesetzt aus der Aldus 10,75/13
Bindung: Kösel, Krugzell
Gedruckt auf säurefreiem, chlorfrei gebleichtem Papier
Printed in Germany
ISBN-13: 978-3-423-24535-7
ISBN-10: 3-423-24535-2

ERSTER TEIL

1

Als Tanja den blonden Mann unter den Menschen in der Rue Marie erkannte, hörte sie hinter sich das grelle Knattern einer Vespa. Dennoch behielt sie den Skandinavier fest im Auge und versuchte Blickkontakt mit ihm aufzunehmen. Nervös hielt sie den Riemen ihrer Handtasche umklammert.

Die Vespa kam näher, eines von vielen Fahrzeugen an diesem Dienstagabend. Tanja schenkte ihr keine sonderliche Beachtung, wechselte aber instinktiv vom Straßenrand weiter in die Mitte des Gehwegs. Trotz der Anspannung durch diese ewige Warterei genoss sie die Atmosphäre von Paris, die sie zum ersten Mal vor Jahren zusammen mit ihrem Freund als Rucksacktouristin erlebt hatte.

Auch der Mann hatte sie erkannt, er kam ihr entgegen und nickte ihr mit ernstem, nervösem Gesichtsausdruck zu. Mit seiner Körpergröße, dem blonden Haar und der hellen Haut fiel er unter den Parisern auf. Er trug einen Trenchcoat und in der Hand eine Aktentasche. Tanja musste lächeln, und dieses Lächeln sollte dem etwas ungelenk wirkenden Mann Mut machen.

Plötzlich spürte sie einen heftigen Ruck an ihrer Handtasche. Sie schrie auf, aber vergebens. Die braune Ledertasche befand sich schon in der Hand des jungen Mannes mit dem Schal vorm Gesicht, der auf seiner Vespa im Slalom zwischen Verkehrsschildern hindurch zurück auf die Straße und in Richtung Seine-Brücke raste.

Tanja sah nur kurz die bestürzte Miene des Skandinaviers, der hilflos auf dem Gehweg stehen blieb, bevor sie dem Dieb hinterherrannte.

Im Laufen merkte Tanja, dass noch jemand die Vespa verfolgte, ein breitschultriger Mann mit Baseballmütze. Er lief auf der anderen Straßenseite und sprach dabei hektisch in sein Handy.

Tanja wurde immer schneller. Die Passanten sahen der dreißigjährigen Frau mit den roten Haaren erstaunt nach. Sie schien um ihr Leben zu rennen. Auf dem Pont Marie musste die Vespa wegen eines Staus abbremsen. Die Reihe der roten Bremslichter reichte bis auf die andere Seite der Brücke. Da die Autos nicht in der Spur blieben, konnte sich die Vespa nicht zwischen ihnen hindurchschlängeln.

Tanja sah schon, dass sie den Dieb einholen würde, Schritt für Schritt kam sie ihm näher, aber sie beobachtete auch, dass der Mann mit der Baseballmütze jemandem winkte, der vom gegenüberliegenden Ende der Brücke auf die Vespa zukam.

Nun schien auch der Taschendieb auf seine Verfolger aufmerksam geworden zu sein. Da er im Stau nicht weiterkam, blickte er sich panisch um – und plötzlich flog die Tasche in den Fluss.

Tanjas entsetzter Blick folgte der Tasche, die zwanzig Meter weiter unten ins Wasser fiel. Sofort blieb sie stehen, umfasste das steinerne Brückengeländer, den Blick auf die Tasche geheftet, die Zentimeter für Zentimeter tiefer im Fluss versank.

Ohne zu zögern, schwang sich Tanja auf das Geländer. Ein Passant stieß erschrocken einen Schrei aus, als sie sich abstieß und mit wehendem Mantel der dunklen Wasseroberfläche entgegenstürzte.

Fast gleichzeitig sprang auf der anderen Seite der Mann mit der Baseballmütze in den Fluss. Die Handtasche war nicht mehr zu sehen. Tanja und der Mann tauchten ihr nach und verschwanden aus dem Blick der Zuschauer.

Mit roten Flecken im kreidebleichen Gesicht starrte der Skandinavier auf den Fluss.

»*Qu'est-ce que c'est passé?*«, fragte neben ihm ein Passant mit Gehstock.

»Da sind zwei Leute in den Fluss gefallen …«, sagte eine Studentin.

»Hat schon jemand den Krankenwagen gerufen?«, fragte der Blonde atemlos auf Englisch. »Oder die Feuerwehr?«

»Sind unterwegs«, antwortete ein junger Mann, der mit seinem Handy am Brückengeländer stand. Er richtete die Kameralinse auf den Fluss. Die zerbeulte Cola-Dose, die langsam in der Strömung trieb, hatte Gesellschaft von einer Baseballmütze bekommen.

Plötzlich tauchte der Kopf des Mannes in der Seine wieder auf. Mit kräftigen Zügen kraulte er auf das gemauerte Ufer zu. Sein Kollege hatte inzwischen die Brücke verlassen und wartete auf ihn. Dabei sprach er pausenlos in sein Handy und blickte immer wieder zu den Schaulustigen auf der Brücke hinauf, von denen einige ihren Weg schon wieder fortsetzten.

Er half seinem Kollegen aus dem Wasser, während die Sirene eines Rettungswagens den Verkehrslärm übertönte. Die Bewegungen des Mannes wurden schneller. Sein Partner hastete tropfnass und außer Atem hinter ihm die Treppe zur Straße hinauf.

Der Krankenwagen schaltete die Sirene aus und rollte langsam auf der Rampe zum Flussufer hinunter. Nur die nassen Fußspuren auf dem Pflaster zeugten noch von dem Mann, der gerade aus der Seine gestiegen war.

Kurz darauf erschien auch ein Polizeiwagen, und der junge Mann mit dem Handy erzählte einem schnurrbärtigen Gendarmen, was er gesehen hatte.

»Die Frau hat also versucht, Selbstmord zu begehen, und der Mann ist hinterhergesprungen, um sie zu retten«, fasste der Polizist mürrisch zusammen.

»Nein. Haben Sie nicht verstanden? Die Frau sprang ihrer Handtasche hinterher. Das war alles andere als Selbstmord!«

Der Polizist seufzte. Sein Kollege sprach mit einem anderen Passanten. Der Skandinavier war inzwischen noch bleicher geworden und zog sich diskret zurück.

In der anbrechenden Abenddämmerung gingen die Laternen auf der Brücke an und leuchteten in warmem Gelb. Während die Polizisten weitere Zeugen befragten, fuhr langsam ein roter Citroën-Lieferwagen die Rampe zum Ufer hinunter und hielt hinter dem Polizeiwagen an. Bald darauf ließen sich im zuckenden Blaulicht Taucher ins Wasser, um nach der Frau zu suchen.

Einige ihrer Kollegen stellten Stative mit Halogenstrahlern auf und richteten das grelle, metallische Licht auf die trübe Wasseroberfläche. Oben auf der Brücke blieben immer mehr Fußgänger stehen, um einen Blick auf das betrübliche Schauspiel zu werfen, das in jähem Kontrast zur Vornehmheit der Île Saint-Louis mit ihren Kunstgalerien, Feinkostläden, Bistros und Konditoreien stand.

Die Suche wurde durch das trübe Wasser beeinträchtigt. Doch nach einer knappen Stunde brachten die Taucher schließlich die Leiche der Frau ans Ufer. Sie wurde sofort zugedeckt, aber schon ein kurzer Blick auf die Tote löste bei der Polizei ganz neue Aktivitäten aus.

Die rothaarige Frau war nicht ertrunken. Jemand hatte ihr die Kehle durchgeschnitten.

»*Guten Abend, verehrte Fluggäste*«, tönte es aus den Lautsprechern am Gate 42 des Pariser Flughafens Charles de Gaulle. Der Finne im Trenchcoat, der wie der Inbegriff des Skandinaviers, ja beinahe wie ein Wikinger aussah, trat von einem Bein aufs andere. »*Ihr* Malev-*Flug nach Budapest ist jetzt zum Einsteigen bereit. Gute Reise.*«

Der Finne stellte sich ganz vorne in die Schlange, er hatte nur ein Boardcase bei sich und schien äußerst nervös. In Budapest würde er übernachten und am nächsten Morgen nach Finnland weiterfliegen. Er hätte auch direkt von Paris nach Helsinki fliegen können, aber in den *Finnair*- oder *SAS*-Maschinen hätten Finnen gesessen, ebenso bei der *Lufthansa* und *KLM*. Er kannte zu viele seiner Landsleute – und vor allem, zu viele kannten ihn.

Zufrieden stellte er fest, dass bei *Malev* außer ihm kein weiterer großer, blonder Passagier in der Schlange stand. Das würde in der Morgenmaschine nach Helsinki anders sein, aber dann käme er aus Budapest und nicht aus Paris.

Den Besuch in der französischen Hauptstadt musste er so schnell wie möglich vergessen.

Allein der Gedanke an die Ereignisse auf dem Pont Marie sorgten dafür, dass sich sein Puls beschleunigte. Er war nur kurz am Tatort geblieben, aber auch das bereute er jetzt.

Trotzdem durfte er sich jetzt nicht in einen Verfolgungswahn hineinsteigern. Niemand würde sich an den zufälligen Passanten erinnern, der nur nachgefragt hatte, ob schon jemand Krankenwagen und Polizei gerufen hatte.

Oder hätte er länger vor Ort bleiben und das Schicksal von Tanjas Handtasche eruieren sollen? Hätte es eine Möglichkeit gegeben, sie aus dem Fluss zu fischen?

Er erinnerte sich an das Lächeln der Frau, als ihre Blicke sich kurz getroffen hatten. Sie hatte ganz anders ausgesehen, als er sie sich vorgestellt hatte, zart wie eine Musikerin oder Künstlerin.

Er reichte einer gut gelaunten Angestellten vom Bodenpersonal die Bordkarte und zwang sich zu einem Lächeln. Das verlangte dem verängstigten und deprimierten Mann einige Anstrengung ab.

In der Nacht war der Uferwall der Seine unter dem Pont Marie menschenleer. Die von Bäumen gesäumten Straßen beiderseits des Flusses lagen im Nebel. Dort war auch um diese Zeit noch Verkehr, aber unten am Ufer war es still.

Nur fünfzig Meter stromabwärts hörte man ein gedämpftes Plätschern. Sehr vorsichtig stieg dort ein Taucher an Land, unterstützt von einem Kollegen, der ihm vom Ufer aus half. Der nächste Laternenpfahl stand oberhalb des steilen Walls hinter Bäumen, und der Nebel schluckte den größten Teil seines Lichts. Im Dunkeln war der schwarze Taucheranzug kaum zu erkennen; die Tasche in der Hand des Froschmanns sah man fast nicht.

Der Taucher wurde von Dick Novak, dem Leiter der Operation,

erwartet. Novak war bereits am späten Nachmittag der Frau hinterhergesprungen. Er wechselte einige Sätze in amerikanischem Englisch mit dem Taucher, dann nahm er die Handtasche in Empfang.

Weitere Froschmänner stiegen aus dem Fluss, im Abstand von einigen Minuten, mit Handlampen, Metalldetektoren und anderen Suchgeräten ausgerüstet. Die schwarzen, glänzenden Gestalten verschwanden in einem Mercedes-Kleinbus, der zwanzig Meter weiter am Quai d'Anjou abgestellt war, hinter einem mit Graffiti beschmierten Wartungsgebäude der Wasserwerke.

Novak saß schon im Wagen und hielt die Tasche fest auf dem Schoß. Der fünfzigjährige Mann trug das schwarze Haar in der Mitte gescheitelt, sein Gesicht war von alten Aknenarben zerklüftet, tiefe Falten hatten sich ihm um Augen und Mund gelegt, Spuren vorzeitigen Alterns. Dennoch wetteiferten Züge der Jugend und des Alters in Novaks ganzer Erscheinung. Die Taucher setzten sich auf ihre Plätze, nahmen ihre Maschinenpistolen und legten sie auf die Knie.

Einen Begriff wie »überdimensionierte Sicherheitsmaßnahme« gab es bei dieser Operation nicht.

Kim Jørgensen, ein blond gelockter Mann um die dreißig, beobachtete vom Steuer seines Peugeots aus den Kleinbus der Amerikaner, der vom Quai d'Anjou in Richtung Brücke losfuhr.

»Carla, siehst du sie?«, sprach er ins Funkgerät.

»*Ja*«, antwortete eine feste Frauenstimme. »*Sie fahren wahrscheinlich nach Süden ...*«

»Lass sie nicht aus den Augen. Ich hänge mich bei der Metrostation dran.«

Mit einer raschen Geste wischte sich Jørgensen eine schweißnasse Locke aus dem Gesicht. Er war überrascht gewesen, mit welcher Stärke die Amerikaner angerückt waren, und hatte davon absehen müssen, am Ufer zuzuschlagen. Jetzt waren härtere Maßnahmen nötig.

Carla, eine große Frau mit afrokaribischem Aussehen, legte das Funkgerät in den Schoß, nachdem sie Jørgensens Anweisungen erhalten hatte. Sie folgte in ihrer Fiat-Limousine dem Mercedes-Bus mit den Tauchern, dicht genug, um ihnen auf den Fersen zu blieben, aber mit genügend Abstand, um keinen Verdacht zu erregen. Straßenlampen und Lichtreklamen bildeten leuchtende Flecken hinter dem Nebelschleier. Jetzt, in den frühen Morgenstunden, hatte der Verkehr nachgelassen.

Auf der Höhe der Metrostation wurde Carla von Jørgensen überholt. Eigentlich wären vier Fahrzeuge für die Verfolgung nötig gewesen, aber sie mussten sich nun mit zweien zufrieden geben. Nach einem knappen Kilometer setzte sich Carla wieder hinter den Kleinbus.

Über Funk gab Jørgensen Anweisungen, die keine Missverständnisse aufkommen ließen. Sobald die Amerikaner ihr Ziel erreicht hatten, wäre alles vorbei: Offenbar steuerten sie den Flughafen Orly an. Daher musste der Zugriff noch während der Fahrt erfolgen.

Carla blickte auf die Karte. Ihre Lippen waren sorgfältig rot geschminkt, ebenso die Fingernägel, die nervös auf das Lenkrad trommelten. Das krause Haar trug sie ganz kurz.

»Zugriff an der Kreuzung Caillaux–Choisy.«

Jørgensens Stimme klang angespannt. Carla trat aufs Gas und überholte ruhig den Kleinbus. Mit einem Blick in den Rückspiegel kehrte sie auf die rechte Spur zurück und beschleunigte noch einmal kräftig. Die Froschmänner hielten sich an die Geschwindigkeitsbeschränkung und blieben immer weiter hinter ihr zurück.

Südlich von Paris war der Nebel weniger dicht. In forschem Tempo fuhr Carla durch die Ortschaft Vaugirard. Danach führte die Straße durch einen Buchenwald. Verkehrsschilder warnten vor Rehen.

Plötzlich ging es scharf rechts nach Caillaux ab. Carla fuhr gleich nach der Kreuzung wieder nach rechts, auf das Grundstück eines Geschäfts für Kamine. Mit pochendem Herzen wischte sie sich die schweißnassen Hände an den Oberschenkeln ab. Dann wendete sie den Wagen. Rollsplit spritzte auf, als sie wieder auf die Seitenstraße fuhr und nach links schaute. Zwischen den geraden, im unteren Teil fast astlosen Baumstämmen blinkten die Scheinwerfer des näher kommenden Kleinbusses auf.

»Fertig«, sagte sie ins Funkgerät und legte es auf den Beifahrersitz. Sie spürte, wie die Anspannung ihr auf den Magen drückte.

Sie umklammerte fest das Lenkrad. Der Kleinbus der Amerikaner kam näher. Weit hinter ihm schienen nun auch die Lichter von Jørgensens Lieferwagen auf.

Carla ließ den Wagen im Schritttempo auf die Kreuzung zurollen. Sie kniff die Augen zusammen. Der Kleinbus kam immer näher.

Die Hände fest am Lenkrad, hielt sie an und wartete. Die hellen Flecken der Scheinwerfer wurden größer, reflektierten in den Seitenscheiben und brachen sich in Carlas Augen. Sie rissen zwei helle Löcher in die Dunkelheit, hinter denen das Geräusch des Motors immer lauter zu hören war.

Noch zweihundert Meter … hundert … fünfzig …

Carla trat das Gaspedal bis zum Anschlag durch und schoss mit ihrem Wagen auf die Straße. Die von der Seite heranfliegenden Lichter gerieten heftig ins Schlingern, als der Fahrer des Kleinbusses auf die Bremse trat.

Der Fuß auf dem Bremspedal zitterte, und es fühlte sich an, als träte er auf eine riesige Bohrmaschine. Das ABS-Bremssystem funktionierte exakt so, wie es im Mercedes-Werk geplant worden war. Die Räder blockierten nicht, sondern verlangsamten die Masse von zwei Tonnen Meter für Meter.

Allerdings waren jetzt nur noch sehr wenige Meter übrig. Der Fahrer sah die Flanke des Autos, das plötzlich im Scheinwerferkegel aufgetaucht war, unaufhaltsam näher kommen. Er machte eine schnelle Lenkbewegung nach rechts.

»Eine Falle!«, brüllte Novak auf der Hinterbank Sekunden vor dem Aufprall.

Die linke vordere Ecke des Mercedes prallte gegen die hintere Ecke des PKW. Der scharfe Knall der zusammenstoßenden Karosserien wurde begleitet von den Geräuschen explodierender Airbags und quietschender Reifen. Durch die scharfe Bremsung wurde die vordere Stoßstange auf den Asphalt gedrückt, und ein glühender Funkenregen schoss in die Nacht. Der Kleinbus stellte sich quer und schlitterte weiter, fällte ein paar kleinere Bäume, bis ihm zwei mannsdicke Buchen im Weg standen. Man hörte Glas splittern und Stahlstreben knirschen, als die Baumstämme in die Karosserie eindrangen.

Auf den Lärm folgte vollkommene Stille, die aber nur wenige Sekunden anhielt.

»Wie sieht's aus …«, rief Novak mit heiserer Stimme. »Ist jemand …«

Der Satz wurde durch einen gedämpften Knall und ein Zischen unterbrochen. Das Betäubungsgas breitete sich rasch im Wageninneren aus.

Kim Jørgensen schob eine helle Halogenlampe und den Lauf einer Maschinenpistole durch das Seitenfenster des Mercedes. Gleichzeitig zersplitterte auf der anderen Seite ein Fenster durch den Hieb der Lampe seines Partners. Die beiden Lichtkegel glitten über die Taucher in ihren schwarzen Anzügen. Der Amerikaner, der noch immer die Handtasche auf dem Schoß hielt, hatte eine Schramme an der Stirn abbekommen. Von seiner Nasenspitze tropfte Blut.

Jørgensen öffnete die Tür. Mit vorgehaltener Waffe trat er in das Durcheinander. Er hielt den Atem an. Seine Aufmerksamkeit galt der Tasche auf dem Schoß des blutenden Mannes, aber er war auf der Hut: Es war nicht auszuschließen, dass einer der Froschmänner sich nur bewusstlos stellte.

Er packte die Tasche, und die schlaffe Hand des Amerikaners rutschte zur Seite. Dann verließ er den Wagen sofort wieder. Die Bewusstlosigkeit der Männer würde maximal zehn bis fünfzehn Minuten anhalten.

Inzwischen war Carla aus dem Fiat gekrochen. Ihre Wange blutete. Auf dem Airbag konnte man die Blutflecken sehen.

Mit seinem Partner trug Jørgensen Carla zum Lieferwagen, als wäre sie leicht wie eine Puppe. Sie fuhren sofort los, denn jeden Moment konnten weitere Amerikaner auftauchen.

Jørgensen zog einen Plastikbeutel aus der nassen Handtasche. Darin war ein gepolsterter Briefumschlag.

»Großartig gemacht«, sagte er zu Carla, die – noch ganz atemlos – auf der Rückbank lag. Dabei riss er hastig das Kuvert auf. Der Wagen schlingerte in einer scharfen Kurve.

»Einen so heftigen Aufprall wollte ich nicht, das war ein Versehen«, stammelte Carla, den Blick auf das Kuvert gerichtet. Sie drückte ein Papiertaschentuch gegen die Wange. Es verfärbte sich im Nu rot.

Auf Jørgensens schweißüberströmtem, rotem Gesicht machte sich Fassungslosigkeit breit, als er den Inhalt aus dem Kuvert herausschüttelte: eine Haarbürste, ein Fläschchen mit Wimperntusche, Schlüsselbund, Portemonnaie, Handy.

Das war nicht die Tasche, die sie suchten! Was war da passiert? Ein Täuschungsmanöver der Amerikaner?

Jørgensen sah sich die Gegenstände genau an. Seine Reaktionen und Bewegungen waren sonst immer schnell und präzise, aber jetzt lag eine Unbeherrschtheit darin, die nur durch seine Wut gespeist war. Das Portemonnaie war leer, das Handy hatte keinen Saft. Er richtete seine Aufmerksamkeit auf den Schlüsselanhänger, eine Plastikkapsel von der Größe einer Fingerspitze. Er starrte ihn einen Moment an, dann hastete er zur Hecktür, öffnete sie in voller Fahrt, schleuderte die Schlüssel in die Dunkelheit und knallte die Tür wieder zu.

»Was machst du da?«, fragte Carla. »Warum hast du sie weggeworfen?«

Jørgensen klappte einen Sitz an der Wand herunter und ließ sich darauffallen. »Der Schlüsselanhänger war ein Peilsender.«

»Was?«

Jørgensen schloss die Augen und konzentrierte sich. Waren

die Amerikaner genauso an der Nase herumgeführt worden? Hatten die französischen Taucher die Tasche gefunden und ihren ursprünglichen Inhalt durch diesen Krimskrams ersetzt?

In seiner Wut hämmerte Jørgensen gegen die Wand zur Fahrerkabine und schrie: »Tempo!«

Der rote Punkt auf der elektronischen Karte war stehen geblieben. Drei Augenpaare starrten im Hauptquartier der Pariser Kriminalpolizei in der Rue Mouffetard erwartungsvoll auf den Bildschirm. Von der Île Saint-Louis aus war der Punkt nach Süden gewandert in Richtung Flughafen Orly, bis er an der N 7 bei Vaugirard angehalten hatte. Einige Minuten später war die Fahrt weitergegangen.

»Wo ist die nächste Streife?«, sagte der Leiter der Ermittlungen eher zu sich selbst als zu seinen Kollegen. Bei der Untersuchung des Mordfalls in der Seine war er auf eine simple Idee gekommen. Da die Handtasche für den Mörder offenbar außerordentlich wichtig war, hatte er den Inhalt ausgetauscht und sie mit einem Peilsender versehen. Ein Profi würde ihn erkennen, aber bis eben hatte er sie ja schon ein Stück weiter gebracht.

»Die nächste Streife ist in Montsouris. Sollen wir ihnen Bescheid sagen?«

»Wir warten noch einen Moment.«

Von Anfang an war klar gewesen, dass hier kein normaler Mordfall vorlag. Die Polizeistreifen hatten Anweisung, die Gegend rund um die Brücke im Auge zu behalten, aber es sollten keine Ressourcen für eine Observation geopfert werden. Der Peilsender informierte preiswerter über den Weg, den die Handtasche nahm.

Der Punkt stand noch immer still.

»Die Notrufzentrale hat vor kurzem Meldung über einen Autounfall auf der N 7 bei Vaugirard bekommen«, sagte ein Polizist, der in den Raum geeilt kam. »Die Sanitäter haben einen leeren Fiat und einen Kleinbus mit acht Insassen in Taucherausrüstung vorgefunden. Sie hatten Verletzungen unterschiedlichen Grades. Auch eine Gruppe Amerikaner war vor Ort. Die transportierten die verletzten Froschmänner ab. Sehr seltsam.«

»Wo war das genau?«, fragte der Leiter der Ermittlungen.

»An der Kreuzung Caillaux–Choisy.«

Mit einem Blick auf den Bildschirm stellte der Chef fest, dass dies genau die Stelle war, an der der Peilsender zum ersten Mal stehen geblieben war.

Was ging hier eigentlich vor? Er blickte auf den durchsichtigen Beutel vor sich auf dem Tisch. Er enthielt den ursprünglichen Inhalt der Handtasche. Warum waren ein paar Leute so verzweifelt dahinter her?

Besonders interessierte sich der Leiter der Ermittlungen für die russischsprachige Beschriftung der Plastikhülle.

2

Timo Nortamo war ziemlich aufgeregt. Er parkte seinen alten Mercedes und stieg aus. Soile und Aaro folgten ihm. Niemand sagte ein Wort.

Das Haus stand auf einem steilen Hanggrundstück, auf dem große Lärchen und Buchen wuchsen. Seit sie das Kaufangebot gemacht hatten, waren sie zum ersten Mal hier. Es gab kein Zurück mehr, das hier würde demnächst ihr neues Zuhause sein.

Timo machte das Gartentor auf und ging zwischen Sträuchern und hohen Bäumen die Treppe aus Naturstein hinauf. Soile folgte ihm und sah etwas mürrisch aus. Sie war gerade erst aus Genf gekommen, Timo und Aaro hatten sie direkt vom Flughafen abgeholt.

Aaro stolperte über einen mit Moos bewachsenen Stein in der Treppe. Im Schatten der großen Buchen sah der Junge blass und schmächtig aus, viel jünger als vierzehn.

»Die müsste neu gemauert werden«, sagte Soile.

»Wahrscheinlich«, brummte Timo. Er merkte, dass er empfindlich war und nicht bereit, sofort Kritik einzustecken. Alles in allem war die Treppe in schlechterem Zustand, als er es von seinen beiden früheren Besuchen her in Erinnerung hatte.

Auch das Haus wirkte jetzt wesentlich heruntergekommener. Die Fensterrahmen schrien nach Farbe, die Backsteinwand hinter dem Efeu nach Verputz. Das Dach sah bemooster aus als zuvor. Und der First – war der nicht ein bisschen eingesunken?

Timo war langsam richtig unbehaglich zumute. Hatte er eine überstürzte Entscheidung getroffen?

Nein. Der Experte von der Bank hatte sich überall umgesehen, ihm wäre aufgefallen, wenn etwas Entscheidendes nicht in Ordnung gewesen wäre.

Soile machte – sofern das überhaupt möglich war – einen noch nervöseren Eindruck als Timo. Sie verbrachte nur die Wochenenden in Brüssel und war daher überhaupt nicht begeistert von dem Hauskauf. Sie hatten dafür gar nicht genug Geld, und sie brauchten in Brüssel auch nichts Eigenes. Sie bestritt allerdings nicht, dass es vernünftiger war, einen Kredit zu tilgen anstatt jeden Monat diese horrende Miete zu zahlen.

Bei 285000 Euro Schulden gab es allerdings auch einiges zu tilgen. Timo war zwar nie ein glühender Anhänger der EU gewesen, aber er hatte nichts dagegen, dass sie ihm ein wesentlich besseres Gehalt zahlte als seine früheren Arbeitgeber in Finnland, die zentrale Kriminalbehörde KRP und die Sicherheitspolizei.

Die bisherigen Eigentümer öffneten die Tür und waren so herzlich wie die Male zuvor. Das gut siebzigjährige Paar schien direkt aus einem Gemälde von van Eyck zu stammen. Der Mann war blass, dünn und wirkte eher verschlossen, die dunkelhaarige Frau war lebhafter und vor allem gesprächiger.

Zum Glück bereitete das Innere des Hauses Timo keine Enttäuschung. An vielen Stellen war eine Renovierung nötig, am dringendsten im Bad und in der Küche, aber die Atmosphäre machte diese Mängel wett. Im Grunde hätte man die hohen, schattigen Räume auf der Stelle beziehen können. Timo beruhigte sich beim Blick auf den Dielenboden im Flur, auf das ursprüngliche Musterparkett im Wohnzimmer, auf den Erker und den Kamin. Lediglich den Küchenboden hatten sie mit Linoleumplatten komplett verhunzt.

Auf einmal begann das ganze Haus zu zittern. Man hörte ein starkes Dröhnen auf niedriger Frequenz, das ständig zunahm. Das Geräusch schien von einem mobilen Erdbeben zu stammen – wurde aber nur durch einen Zug verursacht.

Soile warf Timo einen stechenden Blick zu.

»Ein Güterzug mit Erz!«, rief der Vorbesitzer über den Lärm hinweg. »Die sind selten. Personenzüge merkt man kaum.«

Timo nickte unsicher. Die Eisenbahnlinie lag in der Senke direkt unterhalb der Eibenhecke. Beim letzten Mal war lediglich ein Personenzug vorbeigefahren. Die Strecke war einer der Gründe, die den erträglichen Preis erklärten. Weitere Gründe waren die fehlende Zentralheizung, der mittelprächtige Allgemeinzustand des Hauses und die Lage an einem Nordhang.

Timo spürte das Vibrieren des Telefons in seiner Tasche. Der Klingelton ging im Rattern des Zuges unter, das nun langsam abnahm. Der Anruf kam aus Helsinki, von der Sicherheitspolizei. Välimäki war am Apparat.

»Hast du einen Moment Zeit? Bist du am Bahnhof?«

»Nein«, knurrte Timo und ging ins Schlafzimmer. »Schieß los.«

Normalerweise erkundigte sich Välimäki immer, wie es Timo ging oder wenigstens ob es in Brüssel schon wieder regnete, aber diesmal klang er so gehetzt, dass Timo sofort aufmerksam wurde.

»Letzte Nacht gab es einen Sabotageakt auf der Baustelle von Olkiluoto 3.«

Timo erschrak, obwohl ihn die Mitteilung nicht unbedingt überraschte. Er hatte in einer Arbeitsgruppe aus Vertretern der Sicherheitspolizei, des Kraftwerkbetreibers *TVO*, des Energiekonzerns *Fortum*, des Strahlenschutzzentrums und der normalen Polizei gesessen, die sich mit der Sicherheit der finnischen Atomkraftwerke nach den Terroranschlägen vom 11. September beschäftigt hatte. Man rechnete durchaus damit, dass die Baustelle des dritten Meilers von Olkiluoto und erst recht das Testgebiet für die Endlagerung von gebrauchten Atombrennstäben Aktivisten von Greenpeace und anderen Organisationen anziehen würden, eventuell auch einzelne Störer und Gestörte.

»Was heißt Sabotageakt?«

»Sie haben Zucker in die Tanks von Betonfahrzeugen gefüllt.«

Timos Lippen verzogen sich zu einem schiefen Grinsen. »Es hätte wahrscheinlich schlimmer kommen können.«

»Vielleicht steht uns das noch bevor.«

Damit hatte Välimäki wohl Recht. Jemand hatte eine Schwelle

überschritten, die Schwelle von Worten zu Taten, und das war die höchste Schwelle von allen.

»Sie reinigen die Motoren und besorgen inzwischen Ersatzfahrzeuge«, fuhr Välimäki fort. »Für den Bau gibt es einen knapp kalkulierten Zeitplan. Man vermutet hier übrigens, dass nicht nur Finnen beteiligt waren. Ich dachte, es ist gut, wenn du das weißt. In Richtung Medien sind wir so still wie möglich.«

»Halt mich auf dem Laufenden.«

Timo legte auf. Die Polizeiführung hatte der Polizei in Rauma Sondermittel für die Überwachung illegaler Aktivisten und ungenehmigter Demonstrationen an der nahe gelegenen Baustelle Olkiluoto gewährt. Mit dem Geld hatte man genau zwei Vollzeitstellen einrichten können. Da aber ein Gelände von 35 Hektar um Olkiluoto 3 und ein noch größeres Gebiet um die Endlagerstelle überwacht werden musste, bot sich Leuten, die sich rechtswidrig austoben wollten, genügend Gelegenheit.

Timo kehrte zu Soile und Aaro zurück. Soile sah ihn finster an.

Aaro räusperte sich leise. »Wisst ihr übrigens, wie viel Dezibel das lauteste …«

»Nicht jetzt, Aaro«, sagte Timo steif und erwiderte Soiles Blick. »Die einfachen Fenster dämpfen keine Geräusche. Dreifachfenster schon.«

»Falls man zwei davon übereinander montiert.« Soiles Laune war nicht die beste.

Timo maß die Räume aus, besonders die Küche, denn der Makler hatte sich nicht einmal die Mühe gemacht, vom Grundriss des Hauses eine Skizze anzufertigen. Nach der Besichtigung brachte Timo Soile und Aaro zur nahe gelegenen U-Bahn-Station – die war das große Plus des Hauses – und kehrte selbst an seinen Arbeitsplatz in der Rue Adolphe Buy zurück, in den trostlosen fünfstöckigen Bau aus Backstein und Beton, der das Hauptquartier von TERA beherbergte. TERA – *Agence pour la lutte contre le Terrorisme, Extremisme et Radicalisme* – war eine operative Polizeieinheit der EU, die gegen Terrorismus, organisiertes Verbrechen und Extremisten kämpfte.

Timo hängte sich die Schlüsselkarte um den Hals, nickte dem Pförtner zu und stieg die Treppe zum ersten Stock hinauf, in dem sich sein Büro befand. Wenn man zehnmal am Tag diese Etage hinaufging, verbrauchte man dabei eine Energiemenge, die den Kalorien einer halben Praline von Pierre Marcolin entsprach. Und für diesen Genuss war Timo gern bereit, auf den Aufzug zu verzichten.

»Timo«, sagte der Franzose Victor Girault, der ihm auf dem Flur entgegenkam, mit besonderem Nachdruck. »Wilson hat dich schon gesucht.«

Der Franzose hinterließ süßlichen Haarwassergeruch. Bei der TERA waren Vertreter aus allen Mitgliedsstaaten beschäftigt. Die Einheit arbeitete geheim und unabhängig von den anderen Organen der EU.

Timo musste eine Etage weiter nach oben, diesmal nahm er den Lift. Tony Wilson, früher Abteilungsleiter beim britischen Geheimdienst MI5, hatte ein großes, spärlich möbliertes Büro, von dem aus man einen Blick über Dächer und Hinterhöfe hatte. Vor der stark getönten Fensterscheibe war ein Gitter angebracht. Es sollte verhindern, dass von außen Lasermikrofone eingesetzt werden konnten.

Wilson – ein zäher, kleiner Schotte – bat Timo, Platz zu nehmen, und reichte ihm zwei Fotokopien. »Sind die deiner Meinung nach irgendwie von Interesse?«

Timo las den russischen Text. Bei TERA genoss er einen guten Ruf als Russlandkenner – er hatte früher als Sonderexperte von KRP und SiPo in Sankt Petersburg gearbeitet.

»Woher kommt das?«, fragte er leise, ohne seine Verblüffung verbergen zu können.

»Aus Paris. Über den DGSE.«

Timo las weiter. Der französische Auslandsnachrichtendienst war auf seinem Gebiet einer der skrupellosesten in Europa.

Von Wort zu Wort und Satz zu Satz wurde Timo aufmerksamer. Mit dem Daumen strich er über den Stumpf seines fehlenden kleinen Fingers. »Wie ist der DGSE da rangekommen?«

»Ein Straßendieb auf einer Vespa entriss einer Frau auf dem Pont Marie die Handtasche. Daraufhin wurde er nicht nur von der Frau, sondern auch von zwei Männern verfolgt. Der Dieb warf die Tasche von der Brücke in die Seine, und die Frau sprang hinterher.«

Timo blickte auf und sah Wilson an.

»Einer der Männer, die der Vespa hinterherrannten, sprang ebenfalls in den Fluss. Er kam kurz darauf wieder an Land. Die Frau blieb im Wasser. Man hatte ihr die Kehle durchgeschnitten. Ganz professionell.«

»Wer war die Frau?«

»Sie ist noch nicht identifiziert worden. Von dem Mörder fehlt jede Spur. Aber die Fortsetzung ist noch seltsamer.«

Wilson erzählte kurz von der Idee des Ermittlers, einen Peilsender in der Tasche zu verstecken, und von dem seltsamen Autounfall, der auf die Operation gefolgt war. »Als die Sanitäter kamen, wurden Verletzte in Taucheranzügen gerade in ein anderes Fahrzeug gesetzt. Vom Fahrer des Fiat keine Spur. Die Sanitäter protestierten, aber die Tauchergruppe fuhr mit einigen Amerikanern, von denen sie abgeholt wurde, davon. Als schließlich die Polizei den Unfallort erreichte, war dort niemand mehr. Der Mercedes-Kleinbus war auf den Namen einer englischen Firma gemietet, der Fiat hatte gefälschte Kennzeichen.«

»Und der ursprüngliche Inhalt der Handtasche?«

»Eine Computerdiskette alten Typs, in einen Plastikbeutel gewickelt. Die Leute von DGSE brauchten Tage, bis sie mit Hilfe von externen IT-Spezialisten an den Inhalt der Diskette herankamen. Wie es aussieht, handelt es sich um Archivmaterial des KGB, das geheime Sitzungsprotokolle enthält. Eine Geschichte hat offenbar mit Finnland zu tun.«

Timo sah wieder auf den Text.

»Ist das irgendwie von Bedeutung?«, fragte Wilson erneut.

Timo starrte eine Weile auf die Zeilen. »Wenn das hier echt ist, droht Finnland der größte politische Skandal des Jahrhunderts«, sagte er leise.

3

Aus einem der zahlreichen Lokale in einer Nebenstraße des Boulevard Saint-Michel dröhnte der stampfende Sound von Anastacia. Ein Mann in Lederjacke schlenderte den Gehweg entlang.

Vor der *Virage*-Bar kam ihm ein Mann mit Locken und dunkler Wolljacke entgegen. Kim Jørgensen trug eine Plastiktüte der Galeries Lafayette. Ohne sich zu grüßen, betraten die beiden Männer das Lokal.

Das gedämpfte Stimmengewirr in dem halb leeren Raum wurde hier und da von lautem Gelächter übertönt. Die beiden Männer setzten sich nebeneinander an den Tresen. Der Spiegel hinter dem Getränkeregal reflektierte das Licht der Halogenspots über dem Schanktisch.

Der mit der Lederjacke zog eine zusammengefaltete Ausgabe von ›Le Monde‹ aus der Innentasche und bestellte eine Cola. Jørgensen nahm die Zeitung und schlug sie auf. Niemand von den übrigen Gästen bemerkte die Fotokopien zwischen den Zeitungsseiten.

Inzwischen hob der Mann in der Lederjacke die Plastiktüte der Galeries Lafayette auf und prüfte den Inhalt der darin verborgenen zweiten Tüte. In einem Zug trank er sein Glas aus, dann verließ er ohne ein Wort die Bar. Draußen beschleunigte er nach und nach seinen Schritt, die Tüte fest im Griff.

Erst als er zwei Häuserblocks weiter seinen Renault erreicht hatte, entspannte er sich ein bisschen und fuhr ruhig zu seiner Wohnung im Südwesten von Paris. An einer roten Ampel öffnete er die Tüte und nahm ein mit Gummiband zusammengehaltenes Bündel 50-Euro-Scheine heraus. Sie waren benutzt, so wie er es verlangt hatte.

Er kannte die notwendigen Sicherheitsmaßnahmen bei einer solchen Transaktion nur zu gut. Beim französischen Auslandsnachrichtendienst DGSE hatte er gelernt, die Augen offen zu halten und jede der sich selten bietenden Gelegenheiten zu nutzen.

Er stopfte das Bündel zu den anderen fünf Bündeln in die Tüte zurück. Kein schlechtes Honorar für die Übergabe von zwei Fotokopien. Er wusste zwar nicht, was an der Diskette aus der Seine so interessant war, aber wenn jemand für den Inhalt unbedingt 75 000 Euro bezahlen wollte, war ihm das nur recht.

Timo saß in seinem Büro im TERA-Hauptquartier und wählte betont ruhig die Privatnummer des Chefs der Sicherheitspolizei in Helsinki. Pauli Rautio ließ es lange läuten.

Timos Blick glitt über den unaufgeräumten Schreibtisch und blieb an dem gerahmten Foto hängen. Es war in den Ardennen aufgenommen worden und zeigte ihn und Soile mit Fahrrädern. Soile war braun gebrannt und trug Shorts, ein weißes Top und einen Pferdeschwanz. Sie lachte. In letzter Zeit hatte man auf ihrem Gesicht kaum einmal ein Lächeln gesehen.

»Was gibt's in Brüssel?«, fragte Rautios ruhige, tiefe Stimme.

»Könnten wir uns treffen?«

»Wann?«

»Morgen«, sagte Timo, ohne zu zögern.

»Morgen ist voll. Am Montag ...«

»Nur ein kurzes Gespräch. Ich komme mit der Morgenmaschine.«

Timo spürte das erwachende Interesse am anderen Ende der Leitung.

»Ist es so dringend?«, fragte Rautio. »Vor dem Mittagessen könnte ich mir eine kleine Lücke freischaufeln. Viertel vor zwölf. Worum geht es denn?«

»Wir sehen uns morgen«, sagte Timo nur.

Er hatte ein flaues Gefühl im Magen, als er den Flug für den nächsten Morgen buchte. Wilson hatte ihm nicht einmal Kopien von den KGB-Dokumenten gegeben, aber zumindest hatte Timo sich aus dem Gedächtnis ein paar Schlüsselsätze auf einem Blatt Papier notiert. Er faltete das Blatt zusammen und schob es sorgfältig in die Innentasche seiner Jacke.

Anschließend rief er Välimäki bei der SiPo an und erkundigte sich nach den Ermittlungen im Sabotagefall Olkiluoto 3. Sie waren bislang keinen Schritt weitergekommen. Zwar hatte die Polizei einige Aktivisten vernommen, aber es lagen gegen niemanden Beweise vor.

Wütend warf Soile das Essen aus dem Kühlschrank in eine Mülltüte: die verschrumpelten Pfannkuchen, die sie vor einer Woche gebacken hatte, den vertrockneten Nudelauflauf und eine Packung alter Hähnchenschnitzel.

Durch die hohen Fenster fiel das graue Licht des Donnerstagnachmittags in die Wohnung in der Rue Washington im Brüsseler Stadtteil Ixelle. Die Küche in dem Stadthaus aus dem 19. Jahrhundert war von vornherein in üblem Zustand, aber Timo war das egal gewesen, als er die geräumige Wohnung im ersten Stock gemietet hatte. Warum auch nicht, schließlich hantierte werktags nur das Au-pair-Mädchen in der Küche, und an den meisten Wochenenden Soile. Die ärgerte sich Jahr für Jahr mehr über Timos mangelnde Bereitschaft, sich an der Hausarbeit zu beteiligen.

Es beruhigte und wurmte Soile zugleich, sich mitten in der Woche mit dem Haushalt beschäftigen zu müssen. Wegen des Hauskaufs, den Timo so leidenschaftlich forcierte, hatte sie sich zwei Tage frei genommen. Am liebsten hätte sie das Geschäft auf Eis gelegt, aber dafür war es jetzt zu spät.

Per Piepston meldete ihr Telefon auf dem Tisch eine SMS. Sie schnappte sich den Apparat und öffnete ungeduldig die Mitteilung.

Sie hatte richtig geraten. Patrick.

»Habe ein langes Wochenende ohne dich vor mir.«

Sie spürte die Hitze auf ihren Wangen. Noch immer wusste sie nicht, was sie von dieser Sache halten sollte. Ihre Gefühle fuhren derzeit Karussell. Unwillkürlich blickte sie zur Tür und löschte die Mitteilung. Dann kehrte sie entschlossen zum Kühlschrank zurück, nahm die cholesterinsenkende Margarine heraus, schnupperte am fast unberührten, aber ranzigen Inhalt der Packung und warf sie in die Mülltüte. Eine offenbar nach ihrem letzten Besuch aufgetauchte Butter war fast komplett aufgebraucht.

»Reija«, rief Soile nach dem Au-pair-Mädchen, das in ihrem Zimmer schmollte, weil Soile es wegen der Staubschicht und der ungeputzten Toilette ermahnt hatte. »Sei so gut und kauf keine Butter mehr fürs Brot. Das habe ich dir doch schon oft genug gesagt.«

Soile konnte sich selbst nicht ausstehen, wenn sie so nörgelte, aber sie war einfach sauer. Heutzutage schmierte man sich doch nicht einmal mehr in den Wäldern Nordkareliens, wo das Mädchen herkam, noch echte Butter aufs Brot.

Reija erschien an der Tür und musterte Soile forschend. Die junge Frau trug lächerlich enge Hüfthosen und ein oranges Oberteil, das den Nabel frei ließ, als stünde die Julihitze bevor.

»Ich dachte, ich hätte ein Au-pair-Mädchen eingestellt und keine Verwalterin eines Lebensmittelmuseums. Wenn sich da nichts ändert, kannst du gern deine Sachen packen. Und das meine ich ernst.«

Soile wusste, dass Timo sich auf Reija verließ, und letztlich hielt sie das Mädchen auch für zuverlässig, wenn es darauf ankam, aber war bloßes Vertrauen genug? Die Aufgabe eines Au-pairs bestand nicht nur darin, Vertrauen entgegenzunehmen, sondern vor allem darin, den Haushalt zu schmeißen. Oder war sie kleinlich, wie Timo meinte? Vielleicht durfte man nicht zu hohe Ansprüche stellen. Soile hatte zu viele Horrorgeschichten über Au-pair-Mädchen gehört. Vielleicht musste man einfach akzeptieren, dass ein erheblicher Teil der zwanzigjährigen finnischen Frauen Fälle von »neuer Hilflosigkeit« waren.

»Aaro, komm was essen«, rief Soile. »Das Abendbrot machen wir erst, wenn dein Vater kommt.«

Aaro erschien in der Küche mit einem Blatt Papier, auf dem er den Grundriss und die Einrichtung seines künftigen Zimmers skizziert hatte. An zentraler Stelle befand sich der Computertisch. »Bald dürfen wir auch Nägel in die Wand schlagen«, grinste Aaro.

Soile war gerührt von der Begeisterung der männlichen Familienmitglieder für den Hauskauf. In den Mietwohnungen wurden genaue Einzugs- und Auszugsprotokolle gemacht, in denen jeder Nagel und jedes kleine Loch registriert wurden. Diese und andere Einschränkungen schienen bei Timo geradezu eine Paranoia ausgelöst zu haben, und offenbar war es ihm gelungen, Aaro damit anzustecken.

Soile wünschte, sie könnte sich ebenso für den Kauf begeistern. Aber gerade jetzt war sie mit ihren Gedanken ganz woanders.

Nachdem sie Aaro ein Käsebrot gemacht hatte, zog sie sich ins Schlafzimmer zurück, nahm ihr Telefon zur Hand und schrieb eine SMS an Patrick: WIR SEHN UNS MONTAG. SCHICK KEINE SMS.

Timo kam früher und besser gelaunt nach Hause als sonst.

»Ich muss morgen früh nach Helsinki«, sagte er, während er seine Jacke an die Garderobe hängte.

»Das ist nicht dein Ernst«, seufzte Soile beinahe aggressiv. »Warum hast du das nicht früher ...«

»Ich wusste es nicht. Das kam überraschend. Wichtige Sache.«

»Natürlich«, erwiderte Soile giftiger als beabsichtigt.

Reija stand mit dem Staubtuch in der Hand an der Küchentür und genoss es sichtlich, dass die Hausherrin ihre Nerven nicht unter Kontrolle hatte.

»Am Samstagabend bin ich zurück«, sagte Timo. »Spätestens am Sonntag.«

Aaro kam mit seinem Brot aus der Küche. »Wir fahren also zum Glück nicht zu diesem Baumarkt.«

»Doch«, sagte Timo. »Jetzt. Darum komme ich früher von der Arbeit.«

Soile warf ihm einen finsteren Blick zu.

Nachdem Timo eine Kleinigkeit gegessen hatte, stiegen sie alle drei in den Wagen.

Sie fuhren in Richtung Antwerpen nach Oostmall, wo es ein Geschäft gab, das architektonische Antiquitäten verkaufte. In einer riesigen Halle waren riesige Mengen alter Kamine, Haus- und Zimmertüren sowie Musterparkett und Bodendielen aus zweihundert Jahren gelagert. Timo brauchte lediglich 8,3 Quadratmeter Bodenfliesen für die Küche. Die Preise für hundert Jahre alte Art-nouveau-Kacheln waren in Ordnung, und es gab eine enorme Auswahl. Aaro fotografierte ein paar Alternativen mit der Digitalkamera und sah sich die Aufnahmen während der Rückfahrt an.

»Das mit den Blumen gefällt mir nicht«, sagte er auf dem Rücksitz.

»Blumenmotive sind typisch für die Zeit«, erklärte Timo, erstaunt darüber, dass Aaro dem Thema so viel Interesse entgegenbrachte.

»Das Grünliche hier hat geometrische Muster. Das sieht viel moderner aus.«

Timo mochte nicht sagen, dass es gerade nicht darum ging, etwas Modernes zu finden. Soile saß merkwürdig schweigend neben ihm.

Er warf ihr einen Blick zu. »Probleme?«

Sie lächelte. »Wieso?«

Die Autobahnauffahrt kam näher. Zwei massive, graue Betonzylinder ragten am Horizont hinter dem Acker zum Himmel auf. Über ihnen schwebte eine Wolke, die nach Dampf aussah und sich hell vom Abendhimmel abhob.

»Ist das ein Kernkraftwerk?«, fragte Aaro.

»Ja«, antwortete Soile. »Das sind die Kühltürme.«

»Und ist das eine Abgaswolke, die da schwebt?«

Soile musste lachen.

»Kann durchaus sein, dass etwas darin enthalten ist, das die Umwelt verschmutzt«, sagte Timo ohne den Anflug eines Lächelns. »Auch Ingenieure können sich irren.« Er hatte Soile nichts von den Problemen in Olkiluoto erzählt, die so lange geheim gehalten werden sollten, bis etwas in die Öffentlichkeit durchsickerte.

»Red nicht über Umweltverschmutzung«, ereiferte sich Soile. »Kinder verstehen diese Art von Humor nicht.«

»Was hat das mit Humor zu tun? Aaro soll ein realistisches Bild von der Technik bekommen. Auch dieses Kraftwerk wird in einigen Jahren stillgelegt, weil Belgien aus der Kernenergie aussteigt.«

»Das glaube ich kaum. Jedenfalls nicht, wenn das Kyoto-Protokoll befolgt wird und der Emissionshandel losgeht.«

Timo tat so, als habe er Soiles Kommentar überhört, denn er wusste, dass er in dieser Diskussion den Kürzeren ziehen würde. Da war es besser, den Gegner einfach zu überrollen. »Holland, Deutschland und Spanien steigen ebenfalls aus der Kernenergie aus, und vielleicht auch Schweden. In keinem Land der westlichen Welt werden neue Atomkraftwerke gebaut außer ...«

»In Finnland!«, juchzte Aaro triumphierend. »*Suomi rules!*«

»Genau. Aber das ist auch kein Wunder, denn in Finnland kann es ja nicht zu Atomunfällen kommen. Aber wenn dort alles fehlerlos ist, wäre es dann nicht das Klügste, auf der Stelle ein halbes Dutzend Meiler in Finnland zu bauen und den Strom nach Mitteleuropa zu verkaufen, wo man das Unfallrisiko anerkennt ...«

Timo bemerkte, dass Soile demonstrativ auf die Uhr schaute. »Es wird spät. Du musst auch noch packen, wenn du die Morgenmaschine nimmst.«

»Nicht das Thema wechseln!«, beeilte sich Aaro von hinten einzuwerfen wie der Trainer zweier Boxer beim Sparring.

»Aaros Generation wächst ohnehin schon in einem derartigen Technikrausch auf, dass ein bisschen Kritik sicher nicht schadet«, fuhr Timo fort und gab Gas. »Auch die Technik kann versagen. Ingenieure sind auch nur Menschen. Und das gilt selbst für Teilchenphysiker.«

»Aha. Dann sollte man wohl mehr Energie erzeugen, indem man Weidenäste verbrennt? Oder besser Kohle? Das bisschen Klimaerwärmung. Weißt du, dass dadurch mehr Schaden entsteht, als die Atomenergie je anrichten könnte? Selbst grüne Fanatiker haben inzwischen begriffen, dass von zwei Übeln die Atomenergie das geringere ist.«

Timo wusste, dass Soile keinen Unsinn redete. Trotzdem: Aus irgendeinem Grund wollte er seiner Frau, die manchmal so auftrat, als wüsste sie alles, heute in die Parade fahren.

Dann aber fiel ihm die bevorstehende Reise nach Helsinki ein: das Material, das in der Seine gefunden worden war. Auch Olkiluoto. Und das wiederum führte seine Gedanken zu einer Frau namens Heli Larva.

Kim Jørgensen drehte den Schlüssel, und das Schloss rastete ein. Die feuerfeste Aktentasche war mit einer Kette am Handgelenk des Kuriers befestigt. Darin befand sich die Diskette, die Jørgensen für 75 000 Euro dem DGSE-Beamten abgekauft hatte.

»Gute Reise«, murmelte Jørgensen eher der Tasche als dem Kurier zu, der mit zwei Sicherheitsleuten auf den cremefarbenen Ledersitzen in der Passagierkabine des *Gulfstream*-Learjets saß.

Jørgensen verließ die Maschine. Das Feld vor dem Geschäftsreiseterminal des Flughafens Le Bourget in der Nähe von Paris wurde von orangegelben Lampen erleuchtet. Von der Startbahn war die Beschleunigung einer Propellermaschine in der feuchten Nachtluft zu hören. Der kleine Zivilflugplatz wurde vor allem von Geschäftsleuten und VIPs benutzt. Hier war am 30. August 1997 auch Prinzessin Diana mit ihrem Freund Dodi al Fayed von Saint-Tropez aus angekommen, am Vorabend ihres fatalen Unfalls.

Erleichtert sah Jørgensen zu, wie die Maschine auf die Startbahn zurollte. Er kaute Kaugummi und spielte mit dem Daumen an seinem Ring. Es fiel ihm schwer, ruhig zu bleiben. Die erste Phase seines Auftrags hatte er hinter sich gebracht, obwohl sich das als deutlich schwieriger erwiesen hatte, als vorauszusehen gewesen war – und als wesentlich teurer. Aber sein Arbeitgeber hatte für die Operation unbeschränkte Mittel zur Verfügung gestellt. Es gab nur ein Ziel: den Erfolg. Da hatte es keine Probleme bereitet, als plötzlich 75 000 Euro in bar gebraucht wurden.

Die Maschine stieg zum dunklen Himmel auf und flog in einem sanften Bogen nach Osten. Die Kopie der KGB-Archivdiskette, die aus der Seine gerettet worden war, befand sich auf der sicheren Reise dorthin, wo man ihren Wert am meisten zu schätzen wusste.

4

Nervös rutschte Timo auf dem Rücksitz des Taxis in der Helsinkier Innenstadt hin und her. Das Blatt Papier, das zusammengefaltet in der Innentasche seiner Jacke steckte, und die wenigen Sätze darauf glichen trockenem Schießpulver. Neben ihm auf dem Sitz lag die Boulevardzeitung, die er sich im Flugzeug gegriffen hatte. Auf der ersten Seite war ein kleines Foto vom Staatsoberhaupt beim Besuch in Polen zu sehen. Kirsti Heino war die erste Frau im finnischen Präsidialamt.

Timo gab sich Mühe, die Präsidentin möglichst neutral und objektiv zu betrachten, obwohl ihm das nicht leicht fiel. Erst vor wenigen Monaten war ihm klar geworden, was die Präsidentin zu Beginn ihrer politischen Karriere seinem Vater Paavo Nortamo angetan hatte.

Timo drehte die Zeitung um, damit er den schmeichlerischen Gesichtsausdruck der Präsidentin nicht sehen musste. Er holte tief Luft und erstickte seine Aggressionen. Die durfte man ihm auf keinen Fall ansehen. Er war Profi, persönliche Motive durften auf seine Arbeit keine Auswirkungen haben. Auf der Rückseite der Zeitung stach eine Überschrift hervor: »Keine Dramatik bei der Präsidentschaftswahl zu erwarten. Zweite Amtszeit von Heino nach neuesten Umfragen sicher.«

Timo verstand nur zu gut, dass der bescheidene Zettel in seiner Tasche die Konstellation bei der Präsidentschaftswahl auf einen Schlag verändern würde. Natürlich immer unter der Voraussetzung, dass die Diskette aus der Seine echt war.

Aber wenn ein Teil des Materials, das mit Finnland zu tun hatte, in Helsinki an die Öffentlichkeit geriete, käme es auf jeden Fall zu einem Skandal – ganz gleich, ob sich das Material als echt erwies oder nicht.

Das Taxi fuhr über die Mannerheimintie zum Hauptquartier der Sicherheitspolizei in der Ratakatu. Timo dachte wieder an den Hauskauf. Er selbst hatte immer gesagt, in Brüssel lohne es sich, zur Miete zu wohnen, weil die Provisionen und Gebühren bei Immobiliengeschäften so hoch waren: bis zu fünfzehn Prozent. Insofern hatte er eine irrationale Entscheidung getroffen, das wusste er. Aber wann war das Leben schon rational? Wann sollte er denn ein Haus kaufen, wenn nicht jetzt, auf der Höhe seiner beruflichen Laufbahn und im besten Alter? Im nächsten Leben etwa? Aaro war auch schon vierzehn und würde in wenigen Jahren ausziehen.

Das Taxi hielt vor dem Haupteingang der SiPo an, und Timo zahlte. Es war 11.40 Uhr. Die Spannung stieg. Pauli Rautio war nicht nur der Chef der SiPo, sondern auch politisch aktiv. Und aus Politik machte sich Timo nichts. Ihn interessierte allein die Wahrheit. Für ihn war die Wahrheit eine absolute Größe, für Rautio eine relative.

In dem hermetischen, düsteren Gebäude meldete sich Timo beim Pförtner an und ging die Treppe in den zweiten Stock zum Büro des Chefs hinauf.

Rautio gab ihm die Hand. Der aufrechte, bärenhafte Mann, der früher Timos Vorgesetzter gewesen war, trug einen grauen Anzug und einen altmodischen Schlips. Er versuchte erst gar nicht, seine Neugier zu verbergen. »Was katapultiert dich denn hierher?«

Timo setzte sich und erzählte kurz, was in Paris geschehen war. Noch während er sprach, wartete er auf irgendeine Reaktion von Rautio, aber die kam nicht. Ihm fiel auf, dass der einzige persönliche Gegenstand in dem Raum eine Stresskugel aus Holz war, vermutlich aus den siebziger Jahren. Schließlich zog er das Blatt Papier aus der Tasche und reichte es Rautio.

»Das ist aus dem Gedächtnis notiert. Ihr bekommt eine Kopie des Originals, wenn ihr bei der TERA einen offziellen Übergabeantrag stellt. Zuerst muss aber das Material verifiziert werden.«

Rautio setzte seine goldfarbene Lesebrille auf und las. Timo kannte den Text auswendig.

»*Sperling hat sich als Generalsekretärin ihrer Partei – unserer Bitte entsprechend – deutlich gegen die Integration Finnlands in den westlichen Wirtschaftsraum ausgesprochen. Kommt am 16.4. nach Moskau. Bringt zu dem Thema eine Kopie des Protokolls der entsprechenden Sitzung des Parteivorstands mit.*«

Es gab nur eine Person, die »Sperling« sein konnte: Präsidentin Kirsti Heino. Sie war 1989 Generalsekretärin ihrer Partei gewesen.

Timo glaubte kurz, die Ader an Rautios Schläfe pulsieren zu sehen, aber das musste Einbildung gewesen sein. Eine Hydraulikpumpe lief ohne Puls, und das Fließen der Flüssigkeit in einer Vinylröhre konnte man auch nicht erkennen. Rautio war ein Roboter, und genau darum hatte man ihn für seinen Posten ausgewählt. Ein politischer Roboter, der exakt die Befehle seiner Programmierer befolgte.

»Du wirst verstehen, dass wir darüber nicht einmal innerhalb des Hauses reden?«, fragte er leise und steckte das Blatt Papier zusammengefaltet ein.

»Gib es mir zurück. Ich werde wohl kaum meine eigenen Notizen als geheimes Material in Umlauf bringen.«

Rautio sah Timo ruhig in die Augen. »Dein Zettel ist Müll«, konstatierte er. »Aber die Sache ist ernst, darum müssen wir ihr nachgehen. Und ich kann keine Ermittlungen einleiten, ohne etwas Konkretes in der Hand zu haben. Und wenn es dein Blatt ist.«

»Ich warte auf die Verifizierung des Originals. Ich teile dir umgehend mit, wenn sie erfolgt ist. Aber ihr könnt von hier aus schon gewisse Überprüfungen vornehmen.«

Rautio stand auf. »Ich sagte bereits, dass ich mich darum kümmere.«

Timo blieb sitzen und begann sich zu ärgern. »Gib mir das Blatt zurück. Ich habe es nicht einmal offiziell hergebracht.«

»Umso leichter für dich, es nicht wieder mitzunehmen.« Rautio ließ keinen Zweifel daran, dass die Sache für ihn beendet war.

»Ich muss los.« Rot vor Wut sprang Timo auf. »Mach dir eine Kopie für den Safe, wenn du willst. Ich lasse dir nicht ...«

»Wie lange bist du in Finnland?«

»Bis morgen Abend.«

»Komm morgen früh. Um neun.«

Während er sprach, öffnete Rautio die Tür und wartete, dass Timo vor ihm den Raum verließ.

Der schaute seinem ehemaligen Vorgesetzten im Hinausgehen fest in die Augen, länger als nötig.

»Wir sehen uns morgen früh«, sagte Rautio unten am Ausgang. Dann ging er zu seinem Wagen.

Der Nebel schien sich jederzeit zu Nieselregen verdichten zu können. Timo ging in Richtung Yrjönkatu und fragte sich, was Rautio vorhatte.

An der Ecke Annankatu stand ein Taxi, das gerade einen Fahrgast abgesetzt hatte. Spontan beschleunigte Timo seinen Schritt. Gleichzeitig blickte er sich um und sah Rautio in dessen Toyota steigen.

Die Taxifahrerin wollte gerade losfahren. Timo riss die Hintertür auf.

»Ich bin nicht frei ...«

»Sie bekommen zwanzig extra. Wir gucken unauffällig, wo der Toyota dort hinfährt.«

Misstrauisch warf die Fahrerin durch den Rückspiegel einen Blick auf Timo, sträubte sich aber nicht. Gekonnt ließ sie ein paar andere Autos zwischen sich und den Toyota kommen, verkürzte den Abstand aber vor jeder Kreuzung wieder.

Ob Rautio merkte, dass ihm das Taxi folgte? Wohl kaum. Der Chef der SiPo war kein Profi in Sachen Feindaufklärung, sondern ein Politiker mit juristischer Ausbildung, der durch sein Amt in den Gewässern politischer Rollenkonflikte lavieren musste. Als die jetzige Präsidentin noch Ministerin gewesen war, hatte er für sie als Referent gearbeitet, die beiden kannten sich also schon lange.

Im Stadtteil Töölö bog Rautio in die Arkadiankatu und gleich darauf in die Mechelinkatu ab. Damit bekam Timos Verdacht neue Nahrung. Als es in die Paciuksenkatu und damit in Richtung Ufer ging, war alles klar. Rautio fuhr zur Villa Mäntyniemi: zum Wohnsitz der Präsidentin.

Timo glaubte zu explodieren. Kannte die Frechheit dieser politischen Spieler eigentlich überhaupt keine Grenzen? Vor ihnen bog der Toyota in die Seurasaarentie ab.

»Das reicht …«, sagte Timo zur Fahrerin und räusperte sich nervös. »Wir drehen um.«

Natürlich war die SiPo die Polizei des Präsidenten, nach wie vor. Es gab Druck in Richtung parlamentarische Kontrolle, aber ein Teil der politischen Elite wollte die Geheimpolizei weiterhin als Polizei des Staatsoberhaupts sehen. Wenn es aber einen Grund gab, die Präsidentin der schweren Spionage zu verdächtigen, war es dann angebracht, sich als Erstes mit ihr selbst darüber zu unterhalten?

Timo wurde kalt. War das »Landesbrauch«? Derselbe Brauch, in dessen Schatten auch all die schmutzige Wäsche der Finnlandisierungsperiode ungewaschen blieb? Der Brauch, dem sein Vater geopfert worden war?

Paavo Nortamo hatte in den sechziger und siebziger Jahren für die SiPo gearbeitet, bis Alkohol und Gewalttätigkeit zu seinem Rausschmiss geführt hatten, außerdem zur Scheidung und schließlich zu einem Totschlag, verübt in obskurer Gesellschaft von anderen Trinkern. Dafür hatte Timos Vater fünf Jahre im Gefängnis gesessen.

Jedenfalls war das die offizielle Version gewesen. Nach der Scheidung seiner Eltern hatte Timo nicht mehr mit seinem Vater gesprochen. Damals war er neun gewesen und mit seiner Mutter von Helsinki in deren Elternhaus nach Porvoo gezogen. Später, in seinen eigenen SiPo-Jahren, war ihm aufgefallen, dass die älteren Kollegen ihm mit Vorbehalt begegneten, ihn aber nie in eine peinliche Lage brachten, indem sie über Paavo Nortamo sprachen. Dieses Thema war tabu gewesen – auch für Timo.

Timos Handy klingelte.

»Kannst du reden?«, fragte Välimäki.

»Ja.«

»Sie haben heute wieder in Olkiluoto zugeschlagen.«

»In welcher Form?«

»Haben Beton unbrauchbar gemacht. Haben verhindert, dass die Masse hart wird, indem sie Zucker hinzugefügt haben. Ein großer Teil des Fundaments muss wieder rausgeholt werden.«

»Schon wieder Zucker«, fuhr Timo auf. »Was sind das denn für Süßstofffanatiker? Wo bist du?«

»Im Hauptquartier.«

»Ich komme. Bin in Helsinki.«

Timo steckte das Telefon ein und bat die Taxifahrerin, zur Ratukatu zurückzufahren. Sie sah ihn vielsagend durch den Spiegel an.

Es war überraschend und Besorgnis erregend, dass es innerhalb so kurzer Zeit nun schon zum zweiten Mal gelungen war, in Olkiluoto zuzuschlagen. Er wusste, es würde ihn einige Mühe kosten, seine Zunge im Zaum zu halten und nichts von den Dingen preiszugeben, die mit der Präsidentin zu tun hatten.

Auf Dick Novak wirkte Paris von Stunde zu Stunde beklemmender. Er fuhr sich mit der Hand kurz über das hautfarbene Pflaster auf der Stirn, während er sich im Zickzack einen Weg zwischen den Fußgängern auf dem Gehweg bahnte. Vor dem *Grand Hotel* in der Nähe der Oper tobte der Verkehr.

Nach dem Sprung in die Seine und dem Autounfall rechnete er jeden Augenblick mit noch Schlimmerem. Er fühlte sich schwach und unterlegen.

Novak ging am Portier vorbei in die imposante Eingangshalle, der es an Glanz und Zierrat nicht fehlte. In diesem Gebäude, das

1862 für Napoleon III. errichtet worden war, hatten schon Winston Churchill und Mata Hari übernachtet, und vor kurzem hatte sich ein mindestens ebenso geheimnisvoller Herr hier einquartiert, dachte Novak im Lift auf dem Weg in den fünften Stock. Er betrachtete sich im Spiegel und fuhr sich erneut nervös über das Stirnpflaster. William C. Irons war nicht nur geheimnisvoll, er stellte auch Ansprüche.

Und Novak war es nicht gelungen, an die Diskette heranzukommen.

In die schallisolierte Suite drang kein Verkehrslärm. Der grauhaarige Irons saß neben einem überreich verzierten Kamin in einem Ledersessel und zündete sich gerade gemächlich seine Pfeife an, als Novak den Raum betrat. Die Atmosphäre war eisig.

»Wir müssen ebenfalls härter durchgreifen«, sagte Irons ruhig und zog an seiner Pfeife. »Du begreifst doch, wie schwer es jetzt ist, an die Diskette der Russen heranzukommen?«

»Schwer, aber nicht unmöglich«, entgegnete Novak betont selbstbewusst und rückte mit leicht zusammengekniffenen Augen ein Stück vom Rauch weg. »Wenn man dem Analyseteam glauben darf. Wir brauchen aber für die operative Seite zusätzliche Leute.«

Irons inspizierte die Glut im Pfeifenkopf. »Habt ihr die passenden?«

»War MilCorp jemals nicht in der Lage, Mitarbeiter zu finden, die ihrer Aufgabe gerecht werden?«

»Die PR-Sprüche kannst du im Büro lassen. Sag mir lieber deine Meinung. Wir können für diesen Auftrag nur Topleute gebrauchen.«

Novak strich sich über sein vernarbtes Kinn. Er hatte keinen einzigen freien Kollegen im Sinn, aber die Anweisungen der Firma waren eindeutig: Zuerst versuchen, mit dem Kunden einen Maximalvertrag abzuschließen, und dann überlegen, wie man ihn erfüllt. Mit dieser Strategie war MilCorp zu einer der am dynamischsten wachsenden Firmen für militärische Dienstleistungen aufgestiegen.

Novak hatte früher in einer operativen Einheit der CIA gearbeitet, die unter der Kontrolle des Geheimdienstausschusses des Senats jedoch nicht annähernd so frei agieren konnte wie während des Kalten Krieges. Von der CIA war er am Vorabend des Bosnien-Krieges auf die besser bezahlte Stelle bei MilCorp gewechselt und hatte seinen Entschluss noch keinen Tag bereut. Er hatte im Krieg gegen Drogen in Kolumbien und gegen Terrorismus in Afghanistan gearbeitet und war bei vielen sensiblen Operationen dabei gewesen, die von den USA ausgelagert worden waren. Über das Programm zur Bindung der Mitarbeiter hatte er ein stattliches Paket von MilCorp-Aktien bekommen, und nun, da das Unternehmen durch die Besetzung des Irak explosionsartig gewachsen war, konnte er darüber nachdenken, seine Anteile bald zu verkaufen und in Frührente zu gehen.

»Seid ihr in der Lage, gemeinsam mit der CIA herauszufinden, wer beim französischen Geheimdienst Zugang zu den Informationen auf der KGB-Diskette hat?«, fragte Irons.

»Die Franzosen begegnen uns nicht gerade mit Wärme.«

»Willst du behaupten, wir bekommen das Material von Paris auch nicht, wenn wir mit genügend Nachdruck darum bitten?«

»Die Franzosen können ziemlich schwierig sein«, sagte Novak. »Aber sie haben das Material an die TERA in Brüssel gegeben oder wollen es demnächst tun. Spätestens dann bekommen wir es in die Hände.«

Irons zog demonstrativ gemächlich an seiner Pfeife, aber sein Blick verriet, wie aufgeregt er war.

»Die TERA ist ebenfalls ein Problem. Sie lassen nur diejenigen Mitarbeiter an die Informationen heran, deren Länder in irgendeinem Zusammenhang mit den Informationen des Materials auftauchen.« Irons Stimmung verdüsterte sich zusehends.

Novak sprach weiter. »Wenn unsere Konkurrenten zu so heftigen Maßnahmen bereit sind, wie wir es auf der N 7 gesehen haben, werden sie ihre Bemühungen auch fortsetzen. Wenn sie das Material nicht schon irgendwie von den Franzosen bekommen haben.«

»Je schneller wir die Diskette haben, umso besser. Je mehr Augen ihren Inhalt sehen, umso größer ist das Risiko, dass jemand dadurch auf eine Idee gebracht wird.«

»Und was ist mit den Ressourcen? Wir brauchen …«

»Ihr bekommt, was ihr braucht.« Irons fixierte Novak durch den Rauch hindurch mit stahlhartem Blick. »Wenn für die Suche nach dem bedeutsamsten Objekt in der Geschichte der Menschheit keine Ressourcen zur Verfügung stehen, wofür dann?«, sagte er leise.

5

Im Konferenzraum der Sicherheitspolizei in der Ratakatu in Helsinki war die Anspannung mit Händen zu greifen. Draußen war der Himmel schwarz, und Regentropfen klatschten ans Fenster.

»Zwei Eimer Zucker haben genügt, um die Ladung eines Betonfahrzeugs unbrauchbar zu machen. Das Zeug wurde in Sektor vier in die Verschalungen gepumpt«, sagte der für die Ermittlung zuständige Mann von der KRP, wobei er mit dem Teleskopkartenstock auf eine große Grundrisszeichnung an der Wand zeigte.

»Die Qualitätskontrolle an der Mischanlage ist auf das Maximum erhöht worden, und wir gehen gerade mit den Zulieferern so genau wie möglich alle Angestellten und ihr Umfeld durch«, berichtete der Vertreter des Kraftwerkbetreibers *TVO*. »Wir können nicht von der SiPo ein Gutachten über jeden einzelnen Arbeiter anfordern. Die Bewachung des Geländes ist mit der Sicherheitsfirma zusammen neu organisiert worden.«

»Das gilt sicherlich auch für die anderen Meiler in Olkiluoto, für den Reaktor in Loviisa und für die Zwischenlager?«, fragte Timo.

Keine Antwort.

»Gibt es etwas, das euch Grund zu der Annahme gibt, dass sich die konkrete Bedrohung ausschließlich auf das im Bau befindliche Projekt richtet?«, fuhr Timo ruhig fort.

Der *TVO*-Vertreter warf einen kurzen Blick auf den Abteilungsleiter des Strahlenschutzzentrums, der daraufhin das Wort ergriff. »Timo hat in letzter Zeit viele Impulse aus der großen weiten Welt aufgesaugt.«

Die Mienen rund um den Tisch schmolzen zu einem befreienden Lächeln – außer bei Timo. Durch die Müdigkeit und Rautios Verhalten hatte sich in ihm ein Druck angestaut, den er nur mit Mühe und Not unter Kontrolle hielt. »Obwohl es lediglich um Zucker am falschen Ort geht, so weist doch alles darauf hin, dass es hier jemand ernst meint. Und das bedeutet, dass auch wir guten Grund haben, die Sache ernst zu nehmen. Vielleicht sogar die zuständige Aufsichtsbehörde.«

Timo richtete einen bohrenden Blick auf den Vertreter der Strahlenschutzbehörde.

»Wir dürfen trotzdem zufrieden sein, dass sie nur Zucker genommen haben und nicht Trotyl«, brummte Välimäki von der SiPo.

Der finnische Repräsentant des deutsch-französischen Bauunternehmers *Framatom*, ein promovierter Ingenieur mit strenger Miene, richtete einen eisigen Blick auf ihn und machte zum ersten Mal den Mund auf. »Wesentlich ist nicht, welche Substanz sie verwenden, sondern welchen Schaden sie anrichten. Die schadhafte Masse muss entfernt und alle anderen Sektoren müssen überprüft werden. Hier ist an den Fundamenten herumgepfuscht worden, und auf denen ruht alles andere. Man darf kein Risiko eingehen. Und das wissen diese Leute. Es ist absolut inakzeptabel, dass es Saboteuren von außen gelingt, die Abläufe auf einer AKW-Baustelle zu manipulieren …«

»Trotzdem sollte man keine übereilten Schlussfolgerungen ziehen«, sagte der *TVO*-Sicherheitschef. »Denn genau das wollen sie. Sie versuchen uns Angst zu machen. Sie wollen, dass wir reagieren. Dass die Medien wild werden. Und die Öffentlichkeit aufschreit.«

Der hoch aufgeschossene, ruhige Mann sprach unaufgeregt, aber mit Nachdruck. »Je zurückhaltender wir nach außen hin reagieren, umso enttäuschter sind sie.«

»Und umso plakativer wird ihr nächster Schlag ausfallen«, erwiderte Timo ebenso ruhig. »Mit dem Fortschreiten der Baumaßnahmen steigt die Zahl ihrer Möglichkeiten. Bald sind bei dem Projekt Tausende Männer von zig Firmen involviert, ein Teil davon aus dem Ausland.«

Der Vertreter von *Framatom* nickte. Timo spürte, dass der Mann als Einziger auf seiner Wellenlänge war.

»Man darf nicht vergessen, dass es für den Anti-Atomkraft-Aktivismus nur in begrenztem Maße Ventile gibt«, fuhr Timo fort. »In keinem anderen westlichen Land werden neue Reaktoren gebaut. Unter Umständen werden mehrere Gruppierungen versuchen, hier ihre Krallen zu zeigen, darauf müssen wir uns einstellen. Das alles habe ich aus meiner Warte bereits vor langer Zeit im ANAK-Bericht festgehalten.«

Timo ahnte den Missmut der anderen Anwesenden bezüglich seiner Analyse, dabei konnte keiner abstreiten, dass sie begründet war. Er hatte so etwas in seiner Laufbahn schon oft erlebt: Wenn Bedrohungen formuliert wurden, konnte das schnell als Übertreibung empfunden werden. Bei den Sitzungen des Ausschusses für Notfallpläne in Atomkraftwerken (ANAK) hatte man ihm offen eine zu lebhafte Fantasie unterstellt. Wie aus Trotz fuhr Timo fort: »Ganz zu schweigen vom Endlager für den Atommüll. Es ist das erste auf der *ganzen Welt*. Es wird noch mehr Publizität und Widerstand erfahren, als wir uns in unseren wildesten Träumen vorstellen können.«

»Kommen wir trotzdem auf das Hier und Jetzt zurück«, sagte der Leiter der Versammlung. »Wir gehen sämtliche alte Bekannte durch, die etwas mit der Betonsabotage zu tun haben könnten. Und das sind nicht viele.«

»Ist schon mit Frau Larva gesprochen worden?«, wollte Timo wissen.

»Es liegt hier, glaube ich, kein Hinweis auf die Larva vor. Aber selbstverständlich ermitteln wir auch in diese Richtung.«

Die Sitzung ging noch eine halbe Stunde weiter. Anschließend fuhr Timo zum Hauptsitz der KRP nach Vantaa, zu seinem früheren Arbeitsplatz, und lieh sich dort einen Ford Mondeo ohne Polizeikennzeichen aus. Es war kurz vor halb sechs und bereits vollkommen dunkel.

Bei der Fahrt aus dem Parkhaus und über die Jokiniementie auf den Ring III gingen ihm ununterbrochen die Diskette aus der Seine und Rautio durch den Kopf. Würde das Ganze am Ende wie eine unliebsame Stasi-Akte im Safe landen?

Sechs Stunden weiter östlich leuchteten die Lichter von Peking als gleichmäßiger Teppich, aus dem Hunderte von Kränen und die Gerippe von Wolkenkratzern ragten. Durch die Straßen bewegte sich ein endloser Strom von Fahrrädern und Autos.

Die drei Mercedes-Benz, die vom Flughafen kamen, bogen auf die vierte Ringstraße in Richtung Süden ab. Ihnen voraus fuhren zwei Polizeimotorräder mit blinkenden Lichtern, ein drittes folgte am Ende. Der Konvoi fuhr zügig an den anderen Fahrzeugen vorbei auf die Autobahn Tianjin–Peking in Richtung Zentrum und an deren Ende auf die dritte Ringstraße nach Westen, bis er Nansanhuan erreichte, ein Gebiet, das den staatlichen Sicherheitsbehörden vorbehalten und von einem hohen Drahtzaun umgeben war.

Ein bewaffneter Wachsoldat kontrollierte die Papiere und öffnete die elektrische Schranke. Zwischen Ziersträuchern und alten Gebäuden schlängelte sich ein Gehweg, auf dem Chinesen in dunklen Anzügen mit ihren Aktentaschen unterwegs waren – manche im Gespräch, andere allein und in großer Eile. Einige trugen chinesische Militäruniformen. Alle Beschäftigten des Bereichs gehörten zum operativen Zentrum der Abteilung für auswärtige Beziehungen. Diese war für die chinesische Auslandsaufklärung zuständig und Bestandteil der staatlichen Sicherheitsbehörde.

Der Konvoi hielt vor einem vierstöckigen Gebäude. Aus dem mittleren Fahrzeug stiegen zwei Chinesen aus, die einen Kurier in ihrer Mitte hatten. An dessen Handgelenk war eine feuerfeste Aktentasche befestigt worden.

6

Timo holte tief Luft und versuchte seine verworrenen Gedanken zu ordnen. In Gäddbergsjö südöstlich von Loviisa roch es nach feuchtem Kiefernwald und Meer. Mit dem Anbruch der Nacht waren die Wolken gewichen, und die frische Luft machte den Himmel über dem Meer sternenklar.

Er hatte den Ford am Rand der unbefestigten Straße geparkt und ging zögernd zu Fuß weiter. Während der ganzen Fahrt von Vantaa hierher hatte er darüber nachgedacht, in was für eine Situation der Chef der Sicherheitspolizei ihn gebracht hatte. Timo formulierte für sich fertige Sätze, die er Rautio am nächsten Morgen ins Gesicht sagen würde.

Im Gehen richtete Timo den Blick zum Himmel. Er kannte die Sternbilder nicht, liebte es aber, den Nachthimmel zu betrachten. Soile hatte Aaro die Sternbilder schon beigebracht, als der Junge noch nicht einmal lesen konnte.

Wenige hundert Meter entfernt stand links, zwischen dem Wald und einem kleinen Feldstreifen, ein altes Holzhaus, dazu gehörte ein verfallenes Nebengebäude. Beide Gebäude waren im Dunkeln nicht gut zu erkennen, aber Timo wusste, dass sie dort standen. Er war bislang dreimal im Haus von Heli Larva gewesen.

Hinter lichtem Baumbestand, weiter weg, in Hästholm auf der anderen Seite, ragte inmitten der offenen Landschaft ein erleuchteter, kastenförmiger Komplex auf: der Kernreaktor Loviisa.

Timo ließ den Anblick eine Weile auf sich wirken. Das Ganze hatte etwas Unnatürliches. Warum wählte eine Atomkraftgegnerin ihren Wohnort so dicht an einem Atomkraftwerk?

Doktor Heli Larva hatte Theoretische und Experimentelle Kernphysik an der TH Helsinki studiert und ihr Studium mit herausragenden Noten abgeschlossen. Anschließend hatte sie eine Dissertation über Kernenergie und die Sicherheit von Reaktoren geschrieben. Sie war am Institut geblieben und hatte Seminare gegeben. An einem hatte auch Soile teilgenommen. Die Technische Hochschule arbeitete eng zusammen mit dem CERN, dem Europäischen Institut für Teilchenforschung, an dem Soile arbeitete. Auch Heli Larva war eine Zeit lang dort gewesen, damals, als sie an ihrer Dissertation schrieb.

Die superintelligente junge Frau hatte sich in jenen Jahren vollkommen ihrer Arbeit gewidmet. Zu vollkommen. Ihr Ehrgeiz war einer Zwanghaftigkeit gewichen, die ihrer Psyche alles andere als gut getan hatte. Ein Arbeits- oder Forschungsvertrag wurde ihr nicht angeboten.

Dennoch, oder vielleicht gerade deswegen, schwand die Begeisterung für ihre Arbeit nicht. Weil sie diese aber auf dem offziellen Weg nicht ausleben konnte, war sie in der Anti-Atom-Bewegung aktiv geworden. Dort hatte man sie mit ihrer Kompetenz und ihren argumentativen Fähigkeiten umstandslos willkommen geheißen. Heli Larva verfolgte die Forschung auf ihrem Fachgebiet genau, und ihre Schriften waren stets absolut fehlerfrei.

Timo nahm die Abkürzung durch den dunklen Wald zu Heli Larvas Haus. Er ging um den kleinen Hügel herum, unter dem sich ein traditioneller Erdkeller verbarg. Neben dessen Tür waren leere Holzkisten aufgestapelt. Sie hatten wahrscheinlich die Ernte von dem Ackerstreifen enthalten, den Heli selbst bewirtschaftete.

Er kam an dem Holzschuppen vorbei, wo eine enorme Menge Brennholz fein säuberlich aufgestapelt war. Davor lehnte ein altes, gepflegt wirkendes Damenfahrrad. Das Holzhaus schrie nach Farbe, schien sonst aber in Schuss zu sein. Durch den Vorhangspalt des Fensters auf der Giebelseite fiel Licht.

Timo blieb stehen. Etwas an der Atmosphäre des Ortes ließ ihn unruhig werden.

Zum ersten Mal zögerte er. Was, wenn Heli Larva von den

Anschlägen auf Olkiluoto nichts wusste? Auch das war möglich. Aber so klein, wie die Kreise in einem Land wie Finnland waren, konnte ihr durchaus etwas zu Ohren gekommen sein. Selbst wenn das Vorhaben vom Ausland aus gelenkt wurde, brauchte man Finnen, um es in die Tat umzusetzen.

Die Lichter des Atomkraftwerks waren vom Haus aus noch besser zu sehen als weiter unten vom Wald. Timo wollte erst gar nicht den Versuch machen, sich heimlich zu nähern. Aber der Vorhangspalt zog ihn an, und als er die Hausecke erreicht hatte, trat er an das Fenster und spähte hinein. Er zuckte zusammen. Unmittelbar vor ihm, nur durch die Scheibe getrennt, sah er das konzentrierte Gesicht der Frau, von einer schwachen Schreibtischlampe matt von der Seite beleuchtet. Von vorn fiel der Schein des Computerbildschirms auf ihr Gesicht. Erschrocken wich Timo ein Stück zurück.

Nachdem er sich etwas beruhigt hatte, trat er noch einmal ans Fenster heran. Heli Larva tippte etwas und sah dabei auf den Bildschirm. Timo betrachtete das schmale Gesicht, in dem intelligente nussbraune Augen funkelten. Die gesamte Augenpartie wirkte dunkel, das vermittelte den Eindruck von Schwermut, der durch das schiefe Lächeln der Lippen noch vertieft wurde. Die schwarzen Haare waren noch kürzer geschnitten als früher. Die Frau strahlte Willenskraft aus.

Timo mochte eigentlich kein Voyeur sein, aber in dieser Situation glaubte er, das volle Recht darauf zu besitzen. Er ging um die Ecke herum zur Tür und klopfte, ohne zu zögern, an.

Stille.

»Wer ist da?«, rief eine schroffe Frauenstimme von drinnen.

»Timo Nortamo.«

Wieder Stille. Timo bereute allmählich sein Kommen.

Da rasselte das Schloss, und die Tür ging einen Spalt weit auf.

»Was machst du denn hier?«, fragte Heli Larva und kniff die Augen zusammen. Sie wirkte kein bisschen erschrocken – eher überrascht.

»Du weißt, worum es geht.«

»Ich dachte, du bist nach Brüssel gegangen.«

Timo spürte den starken Duft von ätherischen Ölen in der Nase. Heli Larva war klein, schlank und sehr selbstsicher. Sie trug ein Sweatshirt mit WWF-Aufdruck, Jeans und altmodische Altmännerpantoffeln.

»Ich bin zu Besuch in Finnland.«

»Das sehe ich.«

»Darf ich reinkommen?«

Sie sah Timo so intensiv in die Augen, dass er gezwungen war, den Blick abzuwenden.

»Normalerweise lasse ich keine Bullen rein.«

Sie blieb in der schmalen Türöffnung stehen, und Timo musste so dicht an ihr vorbeigehen, dass er ihre Brust streifte.

»Machen wir es kurz, oder willst du ausführlich reden?«, fragte er im Flur, der voller Kartons stand. Durch eine halb offene Tür sah er in die Küche, wo ein altertümlicher Mehlsack auf dem Fußboden stand.

»Haben wir denn etwas zu bereden?«, fragte Heli, während sie ins Wohnzimmer ging. Der Computer und die gewaltigen Bücherberge verrieten, dass es ihr zugleich als Arbeitszimmer diente.

Timo setzte sich ungebeten auf das abgenutzte Veloursofa, das sicherlich vom Sperrmüll stammte. Auf der alten Blümchentapete war mit Reißnägeln ein Plakat mit deutscher Aufschrift befestigt: *»Atomkraft? Nein Danke!«*

Eine der Wände war zum Teil für gerahmte Fotos reserviert, unter denen eine vergrößerte Schwarzweißaufnahme dominierte. Sie war irgendwann an einem sonnigen Sommertag in den siebziger Jahren aufgenommen worden, auf den Eingangsstufen eines bescheidenen Bauernhauses. Timo erkannte Heli als zehnjähriges Mädchen sofort: Sie war braun gebrannt, ernst, steckte in Trainingshosen und Gummistiefeln und schien direkt von der Heuwiese ins Bild spaziert zu sein.

»Ich möchte wissen, was du über die Störungen auf der Baustelle Olkiluoto weißt«, sagte er mit Blick auf Heli Larva.

Auf ihren Lippen bildete sich ein schönes, geheimnisvolles Lächeln, an das sich Timo noch gut erinnern konnte. »Wovon sprichst du eigentlich?«

»Ihr wisst doch, dass Sabotage auf der Baustelle nichts nützt. Der Reaktor wird auf jeden Fall gebaut ...«

»Bist du noch mit Soile zusammen?«

Für eine Sekunde stutzte Timo. Er nickte kaum sichtbar. »Es ist nur eine Frage der Zeit, wann ihr erwischt werdet ...«

»Ist sie noch am CERN?« Während sie sprach, tippte Heli etwas in ihren Computer, den einzigen modernen Gegenstand im Raum, klickte zweimal mit der Maus und wandte sich dann Timo zu.

Dieser nickte erneut, diesmal ungeduldig. »Wenn ihr glaubt, dass Olkiluoto ...«

»Ihre Dissertation über die Transmutation von Atommüll ist Mist.« Das Lächeln war wie weggewischt von Helis Lippen, und ein stechender Blick war in ihre Augen getreten. Mit gespreizten Beinen setzte sie sich Timo gegenüber auf einen Stuhl. Sie senkte die Stimme zu einem heiseren Flüstern. »Mit ihrer Doktorarbeit würde ich mir nicht mal den Hintern abwischen.«

Timo wollte aufstehen, aber Heli drückte ihn mit festem Griff aufs Sofa zurück. Gleichzeitig setzte sie sich mit gespreizten Beinen auf seine Knie, ergriff mit beiden Händen den Bund ihres Sweatshirts, zog es sich über den Kopf und warf es in hohem Bogen auf den Fußboden. Vor Timos Gesicht erschienen ihre nackten, weißen Brüste.

Noch bevor er sich von der Überraschung erholt hatte, beugte sich Heli zu ihm, um ihn auf den Mund zu küssen. Instinktiv wich Timo zurück, stieß aber gegen die Wand. Um den Mund der Frau von seinen Lippen zu lösen, griff er nach ihrem Gesicht und versuchte, sie von sich wegzudrücken, aber Heli gab nicht nach, sondern löste ihre Lippen erst einen Moment später. Sie richtete sich auf und führte mit den Händen ihre Brüste an Timos Gesicht heran.

Timo packte sie an den Hüften und hob sie energisch zur Seite, bis sie mit dem Rücken auf dem Sofa lag.

Vollkommene Stille erfüllte den Raum. Es verging eine Sekunde, eine zweite, eine dritte ... Dann brach Timo die Stille, indem er aufstand und zur Tür ging. Dort blieb er stehen. »Zieh dich an!«

Nicht mal in den eigenen Ohren klang er so souverän, wie er das gern gehabt hätte.

Heli blieb noch einen Augenblick auf dem Sofa liegen, dann griff sie ausdruckslos nach ihrem Sweatshirt und zog es sich über.

»Wink mal!«, sagte sie.

»Was?«

Sie deutete auf den Computer. Timo fixierte die Webkamera, die auf dem Bildschirm angebracht war.

»Du kannst deiner Frau zuwinken.«

»Was redest du da?«, fragte Timo, während ihm die Angst in die Glieder fuhr. Er machte einen Satz zum Computer, sah auf dem Monitor das grobkörnige Bild der Kamera und darauf sich selbst.

»Die Aufnahme ist gespeichert«, sagte Heli. »Da wird sich schon ein passender Ausschnitt finden.«

Timo riss die Maus aus dem Stecker und griff nach dem Computer.

»Randalieren zwecklos. Die Aufnahme ist an einen anderen Rechner gegangen. Ich kann sie jederzeit an eine E-Mail anhängen und an deine geliebte Frau schicken.«

Am liebsten hätte Timo mit dem Computer nach der Frau geworfen. Aber er musste sich beherrschen. Das Beste war, an Paavo Nortamo zu denken, denn er wollte auf keinen Fall so ein haltloses Nervenbündel wie sein Vater werden. Darum tat er alles, um gegen dessen aggressives Erbe anzukämpfen – immerhin machten dessen Gene die Hälfte seines eigenen Erbmaterials aus.

Timo drehte sich zu Heli um. »Du willst mich erpressen?« Er

brauchte seine Stimme gar nicht spöttisch zu verstellen, der Unterton kam von selbst. »Mit der unscharfen Aufnahme einer Webkamera?«

»Willst du damit sagen, dass man dich nur mit technisch gelungenen Aufnahmen erpressen kann?« Heli lächelte – echt und aufrichtig.

»Versuch's nur«, brummte Timo. Er ging in den Flur, verließ das Haus und schlug die Tür hinter sich zu. Draußen sog er die kühle Nachtluft ein. Erst hundert Meter weiter blieb er zwischen Kiefern stehen.

Das war ein derber Tiefschlag. Heli Larva hatte ihn wie einen Esel vorgeführt.

Hinter den Bäumen und jenseits der schwarzen, schwach bewegten Meeresbucht leuchteten in der Ferne die Lichter des Atomkraftwerks. Timo hatte Heli Larva bei Ermittlungen der SiPo gegen sie kennen gelernt, die jedoch zu keinem Ergebnis geführt hatten. Heli hatte aktiv und unermüdlich auch gegen den fünften finnischen Reaktor gekämpft, vor allem gegen den Atommüll, der im Fels versenkt werden sollte, und Timo hielt es für nicht ausgeschlossen, dass sie fähig war, ein paar Gesinnungsgenossen anzuheuern, um Flüssigbeton zu verunreinigen.

Er nahm sein Telefon aus der Tasche und rief den Leiter der Ermittlungen bei der KRP an. Dessen Telefon war ausgeschaltet, darum hinterließ Timo eine Nachricht auf dem Anrufbeantworter. »Larva ist dabei. Oder weiß wenigstens, wer ...«

Timo überlegte kurz. Er wollte noch etwas hinzufügen, brach aber dann die Verbindung ab.

Was würde er Soile sagen? Sollte er sie besser vor einer Bilddatei warnen, die eventuell kommen würde? Würde Heli sie überhaupt verschicken? Eine überflüssige Warnung würde nur unnötiges Misstrauen auslösen. Wenn aber Soile die Mail ohne Vorwahnung bekäme ...

Timo schrieb eine SMS an Soile.

In der Rue Washington in Brüssel lag Soile still auf dem Bett, aber in ihrem Inneren tobte ein Sturm. Sie starrte auf das Muster, das Straßenbeleuchtung und Pappelzweige an der Decke entstehen ließen und das sich mit dem Wind bewegte.

Warum hatte sie den Hauskauf nicht verhindert? Weil sie sich der Wahrheit noch nicht stellen wollte? Weil sie sich selbst noch nicht sicher war? Oder weil sie wusste, dass Timo und Aaro sich in dem Haus wohl fühlen würden? Auch zu zweit.

Das Handy piepste. Eine SMS.

Soile streckte sich nach dem Apparat auf dem Nachttisch. ICH DENKE AN DICH. WANN AM MONTAG UND WO?

Sie lächelte. Sie hatte Patrick verboten, ihr Mitteilungen zu schicken, aber er hielt sich einfach nicht daran. Sie löschte den Text sorgfältig und kuschelte sich unter die Decke. Da piepste es erneut.

Leicht gereizt von Patricks Übereifer griff sie nach dem Telefon. Falls Aaro noch wach war und die Töne hörte, würde er sie am nächsten Morgen fragen, wer ihr SMS geschickt habe. Oder in ihrem Handy stöbern. Verschwanden die gelöschten Mitteilungen auch tatsächlich, oder konnte Aaro sie mit seinen Tricks irgendwie wieder aus den endlosen Tiefen des Menüs zum Vorschein bringen, wenn er wollte?

Sie las die Wörter, die im Display auftauchten: WUNDERE DICH NICHT, WENN DU EINE MAIL MIT EINEM KOMISCHEN VIDEOCLIP IM ANHANG BEKOMMST. HAT MIT ERMITTLUNGEN ZU TUN. EINE PARTEI WILL MICH MIT MANIPULIERTEM BILDMATERIAL ERPRESSEN.

Soile las Timos Nachricht mehrmals durch und begriff trotzdem nicht, was er meinte.

7

Am Samstagmorgen schwebten die ersten Schneeflocken des Herbstes der schwarzen Erde entgegen, auf der sich vom nächtlichen Regen eine Eisschicht gebildet hatte. Timo wäre auf dem Weg zum SiPo-Hauptquartier fast ins Schleudern geraten. Aaro hätte seinen Spaß bei so einem Wetter, dachte er. Der Junge vermisste in Brüssel den Schnee.

Es war vollkommen windstill, und eine gleichmäßig graue Wolkenschicht bedeckte den Himmel. In Timos Innerem herrschte ein wüstes Klima-Durcheinander. Die Ereignisse des Vorabends machten ihn zornig und niedergeschlagen. Inmitten seines Ärgers erinnerte er sich aber trotzdem lebhaft an Helis nackten Körper, der so plötzlich vor ihm aufgetaucht war und dessen Reiz kein bisschen dadurch gemindert wurde, dass die Situation durch und durch bizarr gewesen war und vorn und hinten nicht gestimmt hatte. Inwieweit müsste er mit dem Leiter der Ermittlungen über den Vorfall reden? Ins Detail würde er besser nicht gehen …

Soile hatte am Abend wegen der irritierenden SMS nachgefragt, und er hatte sie auf die kürzest mögliche Art abgefertigt. Es war sinnlos, mehr als nötig darüber zu sagen.

Die beste Methode, kleine Sorgen loszuwerden, bestand darin, an große zu denken. Je mehr er an Rautios Fahrt zur Präsidentenvilla dachte, umso entschlossener wurde er. Die Wahrheit über die Präsidentin musste ans Tageslicht.

Bei der SiPo angekommen, wischte er sich die Schneeflocken von den Schultern und marschierte geradewegs zu Rautio. Der erwartete ihn mit einer Tasse Kaffee hinter seinem Schreibtisch.

Aber nicht einmal der Kaffeeduft konnte die unfreundliche Atmosphäre im Raum überdecken.

»Morgen. Kaffee?«

»Nein danke.« Timo hatte seine Jacke nicht unten gelassen, sondern warf sie über die Rückenlehne eines Stuhls. Die Jalousie am Fenster zum Innenhof war fast geschlossen, so dass kein Tageslicht die tote Fahlheit der Leuchtröhren beeinträchtigen konnte.

»Also. Was machen wir mit der KGB-Diskette?«, fragte Timo.

»Ich kläre hier die Lage.«

»Du klärst die Lage? Ich verstehe nicht, was es da zu klären gibt. Wenn sich das Material als zuverlässig erweist, müssen wir untersuchen, ob an den Fakten, die genannt werden, etwas dran ist. Punkt.«

Rautio spielte mit seiner Lesebrille. »Selbstverständlich. Aber wir müssen äußerst vorsichtig vorgehen. Wir können es uns nicht leisten, dass etwas durchsickert.«

»Der Meinung bin ich auch. Das ist ein Fall, den man nicht einfach so nebenbei erledigt.«

Rautios Blick wurde noch schärfer als zuvor. »Noch gibt es keinen ›Fall‹. Es gibt lediglich wirre und vollkommen unzuverlässige Sätze, über deren tatsächliche Herkunft wir nichts wissen.«

»Die Verlässlichkeit des Materials wird sich schon herausstellen. Aber es ist wichtig, dass die in den Unterlagen genannten Personen nichts von der Sache erfahren, ganz gleich wie einflussreich sie auch sind.« Während er das sagte, fixierte Timo sein Gegenüber mit den Augen.

Rautio korrigierte seine Position auf dem Stuhl. War dem gerade noch so kühlen Chef der Sicherheitspolizei plötzlich unangenehm zumute? »Du bildest dir doch nicht ein, dass man so etwas vor der Präsidentin geheim halten kann?«

»Ich wäre trotzdem nicht schnurstracks zu ihr gefahren, um ihr brühwarm zu erzählen, was ich weiß.«

Es hatte den Anschein, als wollte Rautio seinem ehemaligen

Untergebenen an die Gurgel gehen. »Spionierst du mir nach?« Seine Stimme klang wie das Kläffen eines wütenden Hundes. »Du hattest schon immer eine Neigung zum Sololauf, aber in dieser Angelegenheit wirst du nichts unternehmen.«

Timo bereute seine Angriffslust. Sie schwächte seine Möglichkeiten, in dem Fall ermitteln zu dürfen. »Ich habe keine Lust und auch keine Chance auf Sololäufe«, sagte er darum etwas versöhnlicher. »Lass uns einfach sehen, ob an der Sache etwas dran ist, das nach Maßnahmen verlangt.«

»Wie gesagt, ich übernehme sofort die Verantwortung für die nationalen Ermittlungen, sobald sich das Material als glaubwürdig erweist.«

Rautio stand auf und schickte sich an, die Hand zum Abschied auszustrecken. Seine Stimme war jetzt kalt und unpersönlich. »Halte mich auf dem Laufenden.«

Timo blieb sitzen. »Sollten wir nicht ein bisschen genauer besprechen ...«

»Was besprechen?«, unterbrach ihn Rautio. »Da gibt es nichts zu besprechen. Noch nicht. Sag mir Bescheid, wenn die TERA etwas über die Glaubwürdigkeit des KGB-Materials herausgefunden hat.«

Timo stand auf und nahm seine Jacke. »Noch etwas. Olkiluoto. Wir werden von dort bald mehr hören.«

»Was meinst du damit?«

»Eure Ermittlungen sind nicht intensiv genug. Die Sabotageakte gehen weiter.«

»Danke für den Tipp«, zischte Rautio.

Die übermäßig gebräunten Damen in Pelzmänteln, deren Gesichter schon mehrmals chirurgisch gestrafft worden waren, drängelten sich mit einer solch vernichtenden Effektivität an der Kasse vor, dass Ted O'Brien bald klar war, dass er zu spät zu seiner Verabredung kommen würde. Und zwar aus einem Grund, der für einen CIA-Beamten peinlich war.

O'Brien stammte ursprünglich aus Boston. Seit zwei Jahren

arbeitete er als Kontaktbeamter der USA bei TERA in Brüssel, aber an die Drängelkünste der ortsansässigen Damen hatte er sich noch immer nicht gewöhnt.

Er versuchte, den Karton mit dem Schachspiel zwischen zwei Pelzen auf die Verkaufstheke zu schieben. Das Spiel war wunderschön aus Holz gearbeitet und viel zu teuer für einen Zehnjährigen, der es gewohnt war, Plastikschund zu traktieren. Aber wenn auch nur die geringste Möglichkeit bestand, den Jungen für das Schachspielen zu begeistern, war O'Brien bereit, die Investition zu tätigen.

Das Spielzeuggeschäft *Serneels* steckte voller Besonderheiten: kleine echte Dampfmaschinen, Plüschponys, so groß – und so teuer – wie echte, altmodische handgemachte Puppen. Die Lage des Geschäfts war strategisch richtig gewählt: neben Brüssels teuerstem Luxushotel, aus dem Geschäftsleute mit schlechtem Gewissen auf einen Sprung herüberkamen, um Mitbringsel zu kaufen. Wenn man seinen Kindern schon keine *quality time* bieten konnte, dann wenigstens Qualitätsspielzeug.

O'Brien blickte auf die Uhr. Aus dem Hotel *Conrad* war auch er in den Laden gekommen. Nachdem er sich endlich durchgesetzt hatte, drängte er mit dem Schachspiel in der Plastiktüte auf die Straße. Ein milder Wind trieb graue Wolken am Himmel über die Avenue Louise. Am Samstagvormittag war nicht allzu viel Verkehr.

O'Brien ging an geparkten Mercedes-Limousinen vorbei auf den Haupteingang des Hotels zu. Der rote Teppich und die großen, zu Kegeln gestutzten Topfpflanzen versetzten die Gäste in passende Stimmung.

Plötzlich öffnete sich die hintere Tür einer Limousine, und ein sehniger, flinker Mann stieg aus. Auf der Stirn, am Scheitelansatz, trug er einen hautfarbenen Verband.

»Mr. O'Brien?«, fragte der Mann.

O'Brien war sofort auf der Hut. »Ja?«

»Ich bin Dick Novak. Mr. Irons wartet im Wagen auf Sie.«

O'Brien warf einen Blick auf den Rücksitz, wo ihm ein älterer

Mann mit grauen Haaren zunickte. O'Brien setzte sich neben ihn und stellte die Tüte aus dem Spielwarenladen zwischen seinen Beinen ab. Novak schloss die Tür und ließ sich auf den Beifahrersitz fallen. Im selben Moment setzte sich das Fahrzeug in Bewegung.

»Ich dachte, wir treffen uns im Hotel«, sagte O'Brien unsicher. An den schweren Bewegungen und an der Innenverkleidung merkte er, dass der Wagen gepanzert war. Er fragte sich allmählich ernsthaft, was hier eigentlich gespielt wurde. Er hatte haargenau die Anweisung seines Vorgesetzten aus Washington befolgt: Über das Treffen mit der OGA durfte er mit niemandem reden. Mit OGA – *Other Government Agency* – war eine andere, von der Regierung beauftragte Instanz gemeint, deren Präsenz man um jeden Preis geheim halten wollte.

Auf dem Weg vom Stadtzentrum nach Süden fuhr die Limousine in einen Tunnel. Erst da fiel O'Brien auf, dass vor und hinter ihnen jeweils ein Geländewagen fuhr. Novak stand mit den Begleitfahrzeugen in Funkkontakt.

»Dürfte ich die Unterlagen haben«, sagte Irons leise.

O'Brien zog einen Briefumschlag aus der Innentasche. Er enthielt Kopien des KGB-Materials aus der Seine, das ihm Wilson bei TERA gegeben hatte. Novak drehte sich nach hinten um. Die Atmosphäre im Wagen war in einer Weise aufgeladen, die O'Brien irritierte.

Irons zog die Kopien aus dem Kuvert und blätterte sie durch. Das Auto kam aus dem Tunnel auf einen von Bäumen gesäumten Boulevard. Novak blickte besorgt nach hinten. Irons nickte, und auf Novaks Gesicht machte sich Erleichterung breit.

Die Autos verringerten die Geschwindigkeit.

»Mach dich bereit auszusteigen«, sagte Irons. »Leider können wir dich nicht zurück in den Spielzeugladen bringen.«

Einen Moment lang glaubte O'Brien, aus Irons' Stimme Humor herausgehört zu haben, aber ihm war sogleich klar, dass dieser Mann keine Scherze machte.

Am Samstagmorgen war auch im englischen Norfolk schönes Wetter. Nur wenige Wolken zogen über den blauen Himmel. Ein dichter Fichtenwald warf Schatten auf die Landstraße zwischen Swaftham und Fakenham. Die Straße schlängelte sich zwischen üppigem Grün hindurch, bis ein uraltes, aus Natursteinen gemauertes Haus an einem steilen Hang auftauchte. Hinter der nächsten Kurve stand ein zweites, ähnliches Haus, und gleich darauf war man mitten in der verschlafenen Ortschaft Burnford.

Professor J. B. Vaucher-Langston hatte ein ungutes Gefühl – bekam aber seine Empfindung nicht richtig zu fassen. Während er mit seinem Rover, Baujahr 1968, zu seinem Landhaus fuhr, strich er sich durch das dünner werdende Haar. Die weiß verputzten Fachwerkhäuser und die schmalen Gassen, die von der Hauptstraße abzweigten, waren nicht blitzblank, alles hier wirkte sehr belebt.

Vaucher-Langston parkte den Wagen vor seinem uralten Haus. Er fühlte sich jedes Mal gut, wenn er das mittelalterliche Gebäude sah, das zu den ältesten des Orts gehörte. Die kleinen Fenster waren tief in die dicken Mauern eingelassen, das Dach war mit Torf gedeckt.

Er trat durch die original erhaltene Holztür in einen fensterlosen Raum und ging von dort in die eigentliche Eingangshalle weiter, die wesentlich größer war, als man von außen vermuten konnte. An der Decke lagen dicke Balken frei, an denen mit Ketten ein schmiedeeiserner Kerzenleuchter befestigt war. Den Boden bedeckten glatte, abgenutzte Steinfliesen.

Vaucher-Langston hielt abrupt inne. Die Tür zu seinem Arbeitszimmer stand einen Spaltbreit offen. Er hielt sie immer geschlossen, ausnahmslos, denn sonst blieb das Zimmer nicht warm.

Zögernd ging er auf die Tür zu und stieß sie auf. Alles im Raum war wie immer. Er hatte Angst vor Einbrechern, wollte deshalb aber keine Alarmanlage installieren.

Vor dem Kamin lag ein Kuhfell auf den Dielen, und an den Wänden hingen uralte Karten. In den Regalen standen mittelalterliche Bücher und Handschriften. Es war eher der Instinkt oder eine Ahnung als ein fremder Laut, der Vaucher-Langston veranlasste, sich plötzlich zur Tür umzudrehen. Von dort sahen ihn zwei unbekannte Männer ausdruckslos an.

»Professor Vaucher-Langston?«, fragte der Mann mit den blonden Locken.

»Wer sind Sie?«, fragte der Professor. Seine Stimme zitterte.

»Mein Name ist Kim Jørgensen. Schön, Sie kennen zu lernen.« Der eisige Tonfall des Kaugummi kauenden Mannes sorgte dafür, dass sich Vaucher-Langstons Atem beschleunigte.

8

Timo fuhr auf dem Ring III in Richtung Vantaa und telefonierte mit dem Handy, obwohl es verboten war. Er hatte bei seiner Mutter in Porvoo übernachtet. Der Parkplatz von IKEA, rechts der Straße, füllte sich mit Menschen auf dem Weg zum Samstagseinkauf.

»Im Blut des Opfers war reichlich Schwermetall enthalten. Das deutet darauf hin, dass die Person in einer Gegend mit hoher Umweltverschmutzung gelebt hat«, berichtete der französische TERA-Mitarbeiter Victor Girault aus Brüssel. Er arbeitete zwar samstags nicht, aber Timo hatte ihn trotzdem angerufen, um sich über die Ermittlungen zum Seine-Mord auf den neuesten Stand zu bringen.

»Auch der Zustand der Lunge weist in diese Richtung«, fuhr Girault fort. »Die Anteile von Mineralstoffen und Spurenelementen zeigen, dass die Frau sich einseitig ernährt hat. Die Metallkrone am Schneidezahn, der Silikatzement als Plombenmaterial und die mit einer bestimmten Masse gefüllten Wurzelkanäle – all das spricht offenbar eindeutig für Russland.«

Timo war mit dieser Information zufrieden. An sich bedeutete sie nichts, aber sie war ein Teil des Puzzles, das hoffentlich bald komplett wäre. »Was noch?«

»Nichts Besonderes. Paris hat uns gestern Digi-Bilder geschickt, die ein Student auf dem Pont Marie gemacht hat. Auf ihnen ist nichts Spektakuläres zu sehen, kannst ja mal einen Blick darauf werfen. Die Geschichte trocknet allmählich aus, jedenfalls was uns angeht. Aber die Amerikaner wollten das Material haben.«

Timo runzelte die Augenbrauen. »Wozu?«

»Sie meinen, das Ganze könnte in einem größeren Zusammenhang stehen.«

»In welchem?«

»Woher soll ich das wissen? O'Brien hat eine Kopie bekommen. Das Material enthält nichts Umwälzendes.«

»Ist es nichts Umwälzendes, wenn daraus hervorgeht, dass die Präsidentin eines EU-Staates eine alte KGB-Handlangerin ist?«

»Möglicherweise ist das Material nicht echt. Es hört sich fast so an, als wünschtest du dir ein paar Leichen im Keller eurer Präsidentin.«

Timo spürte, wie er rot wurde. Konnte er seinen Eifer so schlecht verbergen?

»Wie kommst du darauf?« Er zwang sich zur Gelassenheit. »Ehrlich gesagt ist das tatsächlich mein innigster Wunsch. Geradezu ein Wahn von mir ... Aber im Ernst, ich brauche auch eine Kopie von dem Material.«

»Sprich mit Wilson. Wir müssen warten, bis Helsinki offiziell den für Finnland relevanten Teil anfordert.«

Und gerade darauf schien Rautio nun überhaupt nicht scharf zu sein, dachte Timo und beendete das Gespräch.

Fast im selben Moment, kurz vor der Ausfahrt Tikkurila, meldete das Telefon eine SMS. Timo warf einen kurzen Blick auf den Inhalt: DAS MACHEN WIR NOCH MAL. ABER DANN WIRD ES HEISSER. HL.

Timo spürte die Röte in seinem Gesicht aufsteigen. Warum hatte Heli diese Mitteilung geschickt? War das eine bizarre Art, ihn zu ärgern, oder eine verhüllte Warnung? Würde es bald neue Nachrichten aus Olkiluoto geben?

Timo steuerte den Wagen in Vantaa vom Stadtteil Tikkurila zum Stadtteil Jokiniemi. Warum hatte Heli ein solches Katz-und-Maus-Spiel mit ihm angefangen? Warum das unnötige Risiko? Oder war diese SMS doch rein privater Natur?

In gewisser Weise konnte Timo sie verstehen – eine extrem begabte Wissenschaftlerin musste von außen zuschauen, wie weniger Begabte vorwärts kamen ... Timo zog unbeabsichtigt eine Verbindungslinie zu Soile, dafür schämte er sich, aber so dürfte es sich in diesem Fall tatsächlich verhalten. Heli Larva war eine Art Genie, doch in den Randgebieten des Genies begann die Grauzone.

Timo erschrak, als ihm auffiel, wie viel Zeit und Energie er gedanklich Heli Larva opferte. Aber wenn jemand Heli überführen könnte, dann er, sagte ihm sein Gefühl. Es kam ihm vor, als besitze er auf vertrackte Weise das Monopol auf sie.

Timo parkte vor dem Hauptgebäude der KRP und ging hinein. Er hatte vereinbart, das Büro eines ehemaligen Kollegen, der sich einer Rückenoperation unterziehen musste, benutzen zu dürfen. Von seinen ehemaligen Arbeitsplätzen war ihm die KRP näher als die SiPo, und das lag nicht nur an Rautios unangenehmer Person. Bei der KRP arbeiteten die fähigsten Ermittler Finnlands, und Timo sah sich noch immer als einer von ihnen.

Er loggte sich über die dreifache Passwortstaffelung ins Informationssystem der TERA ein und sah sich die grobkörnigen Bilder an, die der Student in Paris mit seine Handykamera gemacht hatte.

Timo kniff die Augen zusammen. Auf dem Bild war ein blonder Mann im Trenchcoat zu sehen. Das nächste Bild zeigte einige Passanten, aber nicht den Mann im Trench. Auch auf den anderen sechs Aufnahmen war der Mann nicht mehr zu sehen.

Timo kehrte zum ersten Foto zurück. Plötzlich glaubte er, Züge Harri Lahdensuos, des Ehemanns der finnischen Premierministerin, im Gesicht des Mannes auf dem Bild zu erkennen. Allerdings war es erbärmlich unscharf.

Sollte aber Harri Lahdensuo tatsächlich zum Zeitpunkt des Vorfalls – und nicht als zufälliger Passant – auf dem Pont Marie gewesen sein, eröffnete das eine neue, sensationelle Dimension des Falls.

Professor Vaucher-Langston lag mit nacktem Oberkörper im Laderaum eines geschlossenen Lieferwagens auf einer Matratze, die Augen verbunden und mit Kopfhörern auf den Ohren. Am rechten Arm trug er die Manschette eines Blutdruckmessgeräts, in der Armbeuge klebte ein blutiges Läppchen.

Kim Jørgensen lehnte neben ihm an der Wand und hatte das Handy am Ohr.

»Ich kann jetzt nicht reden«, sagte er auf Chinesisch zu seiner Frau in Peking.

»Vielleicht ist es eine Kolik, er hat Krämpfe und schreit ...«

»Dann bring ihn zum Arzt«, unterbrach Jørgensen, wobei er an seinem Ring spielte. »Ich rufe dich an, sobald ich kann«, fügte er noch hinzu, bevor er auflegte. Sein Erstgeborener war vier Monate lang der Inbegriff der Gesundheit gewesen, bis er in den letzten Tagen unruhig geworden war und offenbar Schmerzen bekommen hatte. Am liebsten wäre Jørgensen sofort nach Hause gefahren, aber er wusste, das würde eine Zeit lang nicht möglich sein.

Mit einer abrupten Bewegung wischte er sich die schweißnassen Locken aus der Stirn und konzentrierte sich auf seine aktuelle Aufgabe. Carla und Heinz, seine Assistenten, passten draußen auf, dass sie von niemandem überrascht wurden.

Jørgensen betrachtete den blassen Mann, der oberflächlich und unregelmäßig atmete. Seit über zwei Stunden versuchte er, Vaucher-Langston zum Sprechen zu bringen. Dabei hatte er all das angewandt, was er von den besten Profis der größten totalitären Maschinerie der Welt gelernt hatte. Aber auf seinem Notizblock stand lediglich ein einziger Name, und mehr war offenbar auch nicht zu holen.

»Ich wiederhole die Frage«, sagte Jørgensen.

»Das ist sinnlos ... Niemand ...«, sagte der Professor leise und leckte sich über die trockenen, blassen Lippen. »Niemand kann sich genau an Dinge erinnern, die fünfzehn Jahre zurückliegen ...«

»Das kommt darauf an, was damals passiert ist.«

Frustriert drückte Jørgensen auf den Schalter, und der Elektroschock ließ den Körper des Professors heftig aufzucken. Jørgensen hatte genug von dem schlechten Gedächtnis des Mannes. Er erhöhte die Spannung an dem Gerät, das in einen Aluminiumkoffer eingebaut war, und versetzte dem Mann einen weiteren Schlag, obwohl er wusste, dass es überflüssig und gefährlich war. Der Professor wimmerte heiser. Angewidert schaute Jørgensen auf den zitternden Leib des alten Mannes.

Für das »verschärfte Verhör« war Jørgensen von einem Mitarbeiter des chinesischen Ministeriums für allgemeine Sicherheit ausgebildet worden, der als Fachmann beim Auslandsnachrichtendienst Lehrgänge abhielt. Beim Gonganbu wusste man, wie man Menschen zum Sprechen brachte. Die staatliche Sicherheitsbehörde war gegründet worden, um feindliche Agenten und Spione aufzudecken und um revolutionäre Handlungen zu unterbinden, die die Destabilisierung der Volksrepublik zum Ziel hatten.

Vaucher-Langston atmete schwer, und Speichel troff aus seinem Mund. Jørgensen stand seufzend auf. »Es tut mir Leid, dass wir nicht weitergekommen sind«, sagte er jetzt in freundlichem, sachlichem Ton. Im gleichen Augenblick trat er dem Mann hart in die Seite und spuckte ihm ins Gesicht.

Jørgensen verließ den Laderaum und setzte sich ans Steuer. Carla stieg auf den Beifahrersitz, Heinz ging nach hinten zu dem Gefangenen.

»Und jetzt?«, fragte Carla. Ein Pflaster auf ihrer Wange erinnerte an den Autounfall in Paris. Sie befanden sich auf einem abgelegenen Waldweg, drei Kilometer von Burnford entfernt.

Jørgensen knurrte einen chinesischen Fluch, antwortete aber nicht auf die Frage. Sie redeten untereinander Englisch und nur sehr selten – nur wenn es garantiert niemand hörte – Chinesisch. Carla war die perfekte Tarnung: Eine schwarze Frau hielt kein Mensch auf Anhieb für eine Chinesin. Andererseits war sie eine auffällige Frau, und niemand konnte sagen, sie würde in der Masse untergehen. In Großbritannien gab es da kein Problem, im Gegensatz zu einigen anderen Ländern in Europa. Insofern war Carla schlecht für operative Einsätze geeignet. Ihre Großeltern waren aus geschäftlichen Gründen in den zwanziger Jahren von London nach Schanghai gegangen.

Das Gegengewicht bildete Heinz, der Sohn eines deutschen Missionsarztes, der sein ganzes Leben in China verbracht hatte. Heinz war mittleren Alters, mittelgroß, hatte nicht zu helles und nicht zu dunkles Haar und wirkte von den Gesichtszügen wie von der Kleidung her durchschnittlich. Er verschmolz mit jeder Umgebung. Das Einzige, was ihn von dem perfekten Durchschnittsmenschen unterschied, war seine außergewöhnliche Bereitschaft zur Gewalttätigkeit.

Jørgensen zog eine Schachtel Streichhölzer aus der Tasche.

9

Mit dem Telefonhörer am Ohr saß Timo aufmerksam in seinem Leihbüro bei der KRP. Auf dem Bildschirm vor sich hatte er die Seite des TERA-Info-Netzes, auf der die Daten des Studenten, der die Bilder auf dem Pont Marie gemacht hatte, standen.

»Ich kann mich gut an ihn erinnern«, sagte der junge Mann in Paris. »Er kam ziemlich aufgeregt angerannt und hat sich erkundigt, ob ein Krankenwagen gerufen worden ist.«

»Hatten Sie den Eindruck, dass er womöglich nicht unbedingt bloß als zufälliger Passant auf der Brücke war?«

»Das weiß ich nicht. Aber er war jedenfalls noch aufgeregter als wir anderen. Aber dann ist er fast sofort wieder verschwunden.«

»Hat er Englisch oder Französisch gesprochen?«

»Englisch. Auf mich wirkte er wie ein Schwede. Gibt es denn neue Erkenntnisse?«

Timo beantwortete die Frage ausweichend, bedankte sich für die Auskünfte und beendete das Gespräch. Er war jetzt noch aufgeregter als zuvor. Die Lage war verworren: Auf dem Bild war ein Mann, der an Harri Lahdensuo, den Ehegatten der Premierministerin, erinnerte, aber doch ein bisschen anders aussah als er. Hatte er versucht, sein Aussehen zu verändern?

Timo druckte das Bild von dem Mann im Trenchcoat aus. Denn selbst wenn die Diskette nicht echt sein sollte, so war Lahdensuo doch Zeuge einer Ereigniskette gewesen, die mit einem Mord geendet hatte. Der Mann würde eine Menge Fragen zu beantworten haben.

Die Identität der ermordeten Frau war weiterhin unbekannt, und man wusste erst recht nicht, wie die KGB-Protokolldiskette in ihren Besitz gelangt war. Nicht einmal die Computerexperten konnten etwas über die Diskette sagen, was die Echtheit bestätigt oder in Frage gestellt hätte.

Wenn aber die Authentizität der Diskette nicht nachgewiesen werden konnte, gäbe es kein Argument für eine Verfahrensaufnahme – und Rautios Meinung nach auch nicht zu Vorermittlungen. Jeder, der einen Computer hatte, konnte auf einer echten Diskette beliebige Fakten speichern, zum Beispiel Informationen über die Moskau-Reise einer Politikerin.

Timo steckte den zusammengefalteten Ausdruck ein und tippte Välimäkis Nummer. Allerdings wollte er noch niemandem etwas von dem Finnen sagen, der eventuell auf der Seine-Brücke gewesen war. Harri Lahdensuo war ein Mann, der sehr auf seine Privatsphäre bedacht war. Die SiPo wusste über ihn nicht besser Bescheid als über jeden beliebigen Bürger – abgesehen von den öffentlichen Anlässen, an denen Lahdensuo mit seiner Frau, der Premierministerin, auftrat.

Das hieß allerdings nicht, dass Harri Lahdensuo die Politik gleichgültig gewesen wäre. Im Gegenteil. Viele hielten ihn für die treibende Kraft hinter der politischen Karriere seiner Frau. Er war früher Helsinki-Korrespondent einer einflussreichen überregionalen Zeitung gewesen und hatte sich in seinen Artikeln und Kolumnen bevorzugt mit politischen Fragen auseinandergesetzt. Als seine Frau Premierministerin wurde, ließ Lahdensuo sich beurlauben und widmete sich einer Dissertation über die jüngste politische Geschichte.

»Pass auf«, sagte Timo zu Välimäki. Er war vorsichtig und angespannt, aber er vertraute seinem ehemaligen Kollegen hundertprozentig – im Gegensatz zu Rautio, der mehr politischer Beamter als Polizist war. »Ich habe da einen Hinweis auf eine Geschichte, bei der unter Umständen ganz große Namen Probleme kriegen werden. Könntest du versuchen, für mich im Visa-Archiv unauffällig nachzuschauen, ob eine bestimmte Person am 16.4.1989 in Moskau war? Die Person ist dieselbe, der Rane einmal aus Versehen fast ein Bein gestellt hat.«

Obwohl Gespräche mit GSM-Handys im Prinzip sicher waren, bestand kein Anlass, Namen durch die Leitung zu posaunen. Rane war ein gemeinsamer Bekannter, der vor einigen Jahren bei der Polizeieinheit arbeitete, die für die Sicherheit der Präsidentin verantwortlich war. Und dieser Rane hatte seinen Schützling einmal vor dem Eingang zum Festsaal der Stadt Helsinki beinahe zu Fall gebracht.

Välimäki antwortete nicht.

Timo räusperte sich. »Hast du verstanden?«

»Ja, ja«, sagte Välimäki gedämpft. »Was für einen Hinweis hast du? Sollte ziemlich stabiles Material sein.«

Timo war von Välimäkis Haltung enttäuscht.

»Du weißt sehr gut, dass ich so etwas nicht unauffällig klären kann«, sprach Välimäki weiter.

»Na klar kannst du das, musst dir halt einen guten Grund ausdenken.«

»Du verlangst, dass ich lüge, ohne zu wissen, worum es eigentlich geht.«

»Dann vergiss es«, sagte Timo, ohne seinen Ärger zu verbergen. Offenbar waren die Leute von der SiPo immer noch übervorsichtig, seit die Institution von mehreren Skandalen erschüttert worden war.

Timo beendete das Gespräch. Er bereute sogar, überhaupt angerufen zu haben – und erst recht, dass er Välimäki gegenüber ohne Not Andeutungen über den Seine-Fall gemacht hatte. Rautio durfte davon auf keinen Fall etwas erfahren. Välimäki war zwar an sich zuverlässig, aber als Beamter auch einigermaßen unflexibel.

Timo suchte im Internet nach Informationen über Harri Lahdensuo. Der sechsundfünfzigjährige Journalist war in seiner Jugend hochschulpolitisch aktiv gewesen. Eine Phase in seiner Karriere interessierte Timo besonders: In den achtziger Jahren war Lahdensuo zweimal Korrespondent in Moskau gewesen, und er sprach Russisch. Seine Frau hatte damals als Abgeordnete im Parlament gesessen.

Timo überlegte, wie er im Zusammenhang mit Lahdensuo weiter vorgehen sollte. Es war sinnlos, Rautio etwas davon zu sagen, denn der stand auf zu gutem Fuß mit der politischen Elite. Also beschloss er, als Erstes in den Passagierlisten von *Finnair* und *Air France* nachzusehen, ob der Name Harri Lahdensuo zur Tatzeit auf der Strecke Helsinki–Paris auftauchte.

Verärgert über sich selbst rief Timo zu Hause an und teilte mit, dass er die Abendmaschine nach Brüssel nicht mehr erwischen würde.

An der Ostküste der Vereinigten Staaten war es an diesem Vormittag windig und klar. Trotzdem fiel kein Sonnenlicht in den mehrfach schallgedämpften und abhörsicheren Raum.

William C. Irons' Blick war hart und präzise, obwohl ihm der anstrengende Samstagsflug von Brüssel samt Jetlag anzusehen waren. Sein Gesicht war grau, die geröteten Augen tränten.

Die fünfzigjährige Frau, die vor ihm saß, sah mit brüsker Miene die Unterlagen durch, in denen der Inhalt der Computerdiskette aus der Seine wiedergegeben war. Der Orientteppich und das Licht der Stehlampe mit dem goldfarbenen Fuß sorgten für eine vornehme Atmosphäre, die sich mit der in der Luft vibrierenden Spannung verband.

»Enthält die Diskette genügend Informationen?«, fragte die Frau.

»Nein«, sagte Irons. »Aber in dem Material stecken Hinweise, mit deren Hilfe wir der Sache vielleicht auf die Spur kommen können.«

Die sorgfältig geschminkte Frau blickte nachdenklich auf die Sätze, die aus dem Russischen ins Englische übersetzt worden waren.

Das sechste Direktorat hat für Nachforschungen der Operation Phönix, die als dringlich eingestuft werden, 600 000 Dollar bewilligt. Aus wissenschaftlichen und psychologischen Gründen ist eine Klärung der Angelegenheit von vorrangiger Bedeutung.

In der ersten Phase muss ermittelt werden, ob die Informationen von Adler zutreffen: Hat Cello Kontakt mit Vaucher-Langston gehabt, gibt es für uns einen Weg, auf ihn zuzugehen?

Das zwölfte Direktorat hat beschlossen, das Schulungszentrum in Rostow zu schließen ...

Der Text ging weiter, aber für den Rest interessierte sich die Frau nicht mehr. Sie blickte auf. »Ist es denn überhaupt möglich, etwas zu finden?«

»Alles ist möglich, wenn man über genügend Ressourcen verfügt. Wir müssen den Vertrag mit MilCorp erweitern. Sie müssen mehr Leute einbinden.«

Die Frau sah sich erneut die Sätze an. »Wer ist Vaucher-Langston?«

»Das überprüfen wir gerade. Die wahrscheinlichste Variante ist zur Zeit Professor J. B. Vaucher-Langston. Brite. Novaks Team ist gerade auf dem Weg zu ihm.«

»Sie sollen sich beeilen. Bei diesem Rennen gibt es für den zweiten Platz keine Medaille.«

»Und nach den Erfahrungen von Paris sieht es so aus, als wäre mit einer buchstäblich blutigen Konkurrenz zu rechnen«, sagte Irons. »Wie gesagt, das Engagement von MilCorp wird ausgeweitet. Wenn nötig, müssen sie schwere Geschütze auffahren, was sich in den Kosten für die Versicherung und in den Gehältern der Männer niederschlagen wird.«

Die Frau legte das Blatt Papier aus der Hand und sah Irons an. »Wenn sich für diese Angelegenheit kein Geld auftreiben lässt, wofür dann?«, sagte sie leise.

Der dunkelblaue Ford glitt am Samstagabend zwischen den weiß gestrichenen Fachwerkhäusern die schmale Hauptstraße von Burnford entlang. Dick Novak saß auf dem Beifahrersitz und warf einen Blick auf die Adresse: J. B. Vaucher-Langston, 27 Holkham Road.

Eigentlich wohnte der Professor in Cambridge, aber er verbrachte einen großen Teil seiner Zeit in seinem Landhaus. Novak schaute auf die Karte und sagte in das Mikrofon, das kaum sichtbar aus seinem Kragen ragte: »Wir fahren über das südliche Ende der Straße. Ihr kommt von Norden. Wartet auf meine Anweisungen.«

Novak wusste, dass sie auf alles gefasst sein mussten. Das hatte sich in Paris gezeigt. Wenn Vaucher-Langston bei den USA auf der Liste stand, dann kannte auch Peking seinen Namen.

»Ihr müsstet euch mal ein bisschen modernere Kommunikationstechnik zulegen«, sagte eine schnarrende Stimme auf dem Rücksitz.

Novak fing gar nicht erst an, die bodenständige Einstellung von MilCorp gegenüber Hightech-Investitionen zu verteidigen, denn das war sinnlos. Der Physiker David Perry wusste alles über Mathematik, Nanotechnologie und das Vibrieren der Atome, aber von der ökonomischen Realität, vom echten Leben da draußen, hatte der Wissenschaftler von DARPA keinen Schimmer.

Die Defense Advanced Research Projects Agency war für wissenschaftlich-technische Forschungs- und Ermittlungsprojekte beim US-Verteidigungsministerium zuständig, und Perry gehörte dort zur absoluten Spitze. Dabei erinnerte der dürre Vierzigjährige mit seinen zerknitterten Baumwollhosen, seinem T-Shirt und seinem zehn Jahre alten Sakko eher an einen pubertierenden Computerfreak. Er trug ein Brillengestell aus Plastik, das in dem schmalen Gesicht besonders schwer aussah. Offensichtlich musste man kein Genie in Sachen Stil sein, um einen IQ von 185 zu haben.

»Nach dem, was du mir von den Chinesen erzählt hast, verfügen sie immerhin über zeitgemäße Technik«, nörgelte Perry weiter. »Was ja auch kein Wunder ist, wenn man bedenkt, dass ihr Land, das sich noch vor ein paar Jahren darauf konzentriert hat, Spielzeugeisenbahnen aus Polypropen zu pressen, in Schanghai die weltweit erste *Maglev*-Magnetschnellbahn in Betrieb genommen hat ...«

Um seinen Groll zu dämpfen, schob Novak sich eine Kautablette in den Mund. Er hielt nicht viel von China. Zwar hatte er nichts gegen die Marktwirtschaft, aber es gefiel ihm nicht, dass sich internationale Konzerne mit einem autoritären Staat verbündeten, der die Menschenrechte mit Füßen trat. Der totalitäre Parteistaat schreckte nicht davor zurück, seine eigenen Bürger zu töten, nur um die Demokratie fernzuhalten. Die Regierung, in der Praxis die kommunistische Partei, setzte ihre uneingeschränkte Macht ein, weil es notwendig war: Von den 1,3 Milliarden Einwohnern waren nämlich 900 Millionen bettelarme Landarbeiter, die nur mit der Macht des Terrors in Schach gehalten werden konnten.

In Novaks Augen war China eine totale Missgeburt: gleichzeitig kommunistisch, kapitalistisch und feudalistisch. Die Partei hatte das Volk als Sklaven an die Produktionsstätten westlicher Unternehmen verkauft, wo sie mit Zuckerbrot und Peitsche still gehalten wurden: mit dem Gewaltapparat – und mit Handys, TV-Unterhaltung und Träumen vom eigenen Auto und einer eigenen Wohnung.

Novak fragte sich, was für ein Team Peking als Gegner für ihn und seine Leute wohl aufgestellt hatte. Wenn nötig, setzte die chinesische Auslandsaufklärung Mitarbeiter westlicher Herkunft ein. Oder wurde diese Operation von einer Sondereinheit des Militärgeheimdienstes oder der Wissenschafts-, Technologie- und Raumfahrtbehörde durchgeführt?

»Fahr geradeaus bis ans Ende und dann nach links«, sagte Novak zum Fahrer, der ein Jahr zuvor von der britischen Eliteeinheit SAS, die im Ruf stand, besonders hart zu sein, zur MilCorp-Abteilung in London gekommen war. Der vierte Mann im Wagen war der Amerikaner Colin Baumgarten, ein auf Verhöre spezialisierter Psychiater, der für MilCorp arbeitete. Er hatte sich bei schweren Verhören von 9/11-Terrorverdächtigen in Guantánamo seine Lorbeeren verdient.

Die Männer waren wachsam und erwartungsvoll. Vier weitere Teams überprüften sicherheitshalber vier andere Vaucher-Langstons an verschiedenen Stellen der Welt, obwohl aller Wahrscheinlichkeit nach der Professor aus Cambridge die Person war, deren Name auf der KGB-Diskette genannt wurde.

Die Operation weitete sich fortwährend aus. Kein Wunder, dass man sich im MilCorp-Hauptquartier in Virginia Sorgen um die wachsenden Kosten machte. Natürlich würden sie jedes Pfund und jeden Euro von ihrem Kunden zurückbekommen, also letzten Endes vom amerikanischen Steuerzahler, aber die Buchhaltung der Firma mochte es nicht, wenn zu viel vorgeschossen werden musste.

»Fangen wir mit dem Verhör schon im Auto an oder erst in London?«, fragte Baumgarten, der sich über sein schweißnasses rundes Kinn wischte. Der übergewichtige Psychiater schien unter der kurvenreichen Autofahrt zu leiden.

»Wir handeln zeitnah«, sagte Novak.

Baumgarten war das perfekte Gegenteil zu DARPA-Perry, nicht nur vom Körperbau, sondern auch vom Stil her. Er trug einen schwarzen Rollkragenpulli, ein schwarzes Sakko von Ralph Lauren und schwarze Armani-Jeans. Und garantiert hatte er zu Hause in Richmond auch ein schwarzes BMW-Cabrio stehen. Die flache Patek-Philippe-Uhr, die an seinem Handgelenk schimmerte, hatte er sicher nicht einmal in den nach Blut, Elektrizität und Angst riechenden Vernehmungszellen von Guantánamo abgelegt.

Novak hatte Baumgarten auf dem Flughafen Kandahar in Afghanistan kennen gelernt. In der Nacht hatte Novak einen Trupp Gefangene, die im Verdacht standen, wichtige al-Qaida-Mitglieder zu sein, mit dem Helikopter nach Kandahar gebracht, wo sie von Militärpolizisten in Gummihandschuhen übernommen wurden. Sie schnitten ihnen mit Scheren die Kleider auf und führten die Verdächtigen zur ärztlichen Untersuchung. Anschließend gab man ihnen Gummisandalen und umhangartige Kleider, auf deren Rücken mit Filzstift der Nummerncode des jeweiligen Gefangenen geschrieben stand.

Baumgarten war der erste Mann des eingeflogenen geheimnisvollen MIT-Teams gewesen, eine launische, fette Primadonna, die mit Samthandschuhen angefasst und nur wegen ihrer beruflichen Fähigkeiten geduldet wurde. Bei dem Mobile Interrogation Team handelte es sich um eine kleine, mobile Gruppe von Vernehmungsspezialisten. Damals hatte Novak noch in der Illusion gelebt, die Leute zu erwischen und zu inhaftieren sei ein harter Job und die Vernehmungen anschließend reine Routine. Erst als er gesehen hatte, wie Baumgarten vorging, hatte Novak begriffen, dass es sich in Wahrheit genau umgekehrt verhielt.

An der Ruine eines Hauses bog der Fahrer nach links ab.

»Nach meinem GPS müssten wir erst an der nächsten Kreuzung abbiegen«, sagte Perry auf dem Rücksitz. An seinem dürren Handgelenk prangte ein Navigationsgerät, das er mit einem Plastikstäbchen von der Größe eines Zahnstochers bediente. »Wusstet ihr übrigens, dass das GPS-System ursprünglich von DARPA stammt?«

Novak und der Fahrer antworteten nicht, sondern behielten die Umgebung im Auge.

»Ebenso wie die Computermaus und der Stealth-Anonymizer«, referierte Perry. »Aber neun von zehn unserer Projekte scheitern. Ratet mal, warum. DARPA nimmt nur Vorhaben in Angriff, bei denen das Unmögliche versucht wird. Wir sind die kreativste Wissenschaftsinstitution des Planeten.«

Novak wusste, dass Perry nicht übertrieb. DARPA finanzierte Projekte, die anderswo für lächerlich und utopisch gehalten wurden. Sie untersuchte Dinge mit einem Horizont von zehn Jahren, und ihr Interesse reichte dabei von der Parapsychologie bis zur physikalischen und chemischen Grundlagenforschung. DARPA wurde in den fünfziger Jahren gegründet, als es der Sowjetunion gelungen war – Jahre früher, als man in den USA für möglich gehalten hatte –, eine Atombombe zu zünden und den Satelliten Sputnik ins All zu schicken. Seitdem hatte DARPA als wissenschaftlich-technisches Gehirn des Wettrüstens im Kalten Krieg großartigen Erfolg gehabt.

Novaks Blick glitt über die uralten Gebäude entlang der engen Straße. Noch eine Abzweigung. Holkham Road. Die Falten in

Novaks Augenwinkeln zogen sich zusammen, als sein Blick schärfer wurde. Die Straße machte einen sanften Bogen. Dahinter musste das Haus von Vaucher-Langston auftauchen.

Ein einziger Blick sagte Novak, dass sie zu spät kamen.

Am Straßenrand waren die verkohlte Ruine eines Hauses und ein Polizeiauto zu sehen.

Novak konnte keine Hausnummer erkennen, aber er war sicher, dass es sich um Vaucher-Langstons Haus handelte.

Mit einer raschen Geste fuhr er sich über den Scheitel.

»Unsere Freunde aus Peking waren schneller«, murmelte Perry von hinten.

Baumgarten schwieg, wirkte aber nicht unzufrieden. Ein Verhör war nicht nötig, aber sein Konsultationshonorar würde er trotzdem einstreichen.

10

Hallend und Unheil verkündend drang am Sonntagmorgen in Porvoo der Ton des Telefons in Timos Schlaf ein.

Er öffnete die Augen und blickte auf die schwach leuchtenden Zeiger der Uhr. 6.48.

Er tastete nach dem Handy auf dem Tisch und räusperte sich die Kehle frei. »Hallo.«

»Bist du wach?«, fragte Rautio direkt. »Hör genau zu.«

Timo setzte sich auf.

Die Stimme des SiPo-Chefs strotzte vor kaum zu beherrschender Wut. »Ich hätte nie gedacht, dass du ein solcher Idiot bist und auf eigene Faust in dieser Angelegenheit herumstocherst. Noch ein Solo, und wir sorgen dafür, dass du rausfliegst. Hast du kapiert?«

Timo schäumte, versuchte aber ruhig zu bleiben. »Ich stehe auf der Gehaltsliste der TERA, nicht der SiPo. Ich entscheide selbst, wie ich ...«

»Du entscheidest überhaupt nichts mehr«, zischte Rautio. »Du bist bei der TERA als Vertreter des finnischen Staats und tust exakt, was ich dir sage.«

Das war Unsinn, und Rautio wusste das selbst. Die TERA-Beamten waren keine Mitarbeiter von nationalen Institutionen, sondern eben von TERA.

»Ich habe keine Zeit und keine Lust, mir solche Drohungen anzuhören ...«

»Wenn du Zeit hast, deine ehemaligen Kollegen anzurufen und Gerüchte zu verbreiten, dann hast du auch Zeit, hinter dir aufzuräumen«, sagte Rautio. »Noch etwas. In Olkiluoto gibt es wieder Probleme. Diesmal bei den Probebohrungen an der Endlagerstelle. Fahr zur KRP, Blomberg erzählt es dir genauer.«

»Was ist passiert?«

»Das wirst du von Blomberg erfahren.«

Rautio brach das Gespräch brüsk ab. Was war in Olkiluoto vorgefallen? War Heli Larvas zweideutige SMS ein Hinweis darauf gewesen? Und vor allem, wie hatte Rautio von seinem Anruf bei Välimäki erfahren? Es gab genau zwei Möglichkeiten. Entweder Välimäki hatte Rautio aus irgendeinem Grund davon erzählt. Oder Välimäkis Telefon wurde abgehört.

Timo zog sich rasch an. Das Spiel wurde härter, Rautio hatte eine unverhüllte Drohung ausgesprochen: Noch ein Solo, und wir sorgen dafür, dass du fliegst.

Doch das Spiel war auch anderswo hart. Premierministerin Marjatta Lahdensuo war eine Machtpolitikerin mit dickem Fell, aber wäre sie tatsächlich in der Lage, etwas aus den KGB-Archiven durchsickern zu lassen, das die Wiederwahl der jetzigen Präsidentin verhindern würde? Etwas, worauf das Material auf der Seine-Diskette hinwies?

Timo zog den Gürtel zu und stellte fest, dass er ein neues Loch in Gebrauch nehmen musste. Und zwar in der falschen Richtung.

Die Sonntagmorgenatmosphäre – die Schritte seiner Mutter, die draußen auf der Treppe rauchte, der Geruch des alten Holzhauses, der durch die Nachtfeuchtigkeit noch verstärkt wurde, der Kaffeeduft aus der Küche – war genau die gleiche wie vor einem Vierteljahrhundert, wenn er aufgewacht war. Diese Kontinuität und Verankerung hätte er auch Aaro gewünscht.

Timo trank Kaffee und wechselte ein paar Sätze mit seiner Mutter, bevor er sich auf den Weg nach Vantaa machte. Der feuchte bewölkte, dunkle Morgen schlief noch irgendwo im Hintergrund seiner Aufmerksamkeit.

Was war in Olkiluoto diesmal passiert? Timo hatte zwar Verständnis für die Aktionen der militanten Atomkraftgegner, aber natürlich konnte er sie nicht akzeptieren. In der Atomenergie verbarg sich eine so ungeheure Kraft, die die menschliche Vorstellungskraft bei weitem überstieg.

Für das alltägliche, heutige Verständnis waren die Dimensionen der Atomenergie einfach bestürzend. Er hatte das Missverhältnis der Maßstäbe in Berichten gelesen und mit eigenen Augen gesehen. Als Mitglied der Notfallplankommission war er um das Gelände des Atomkraftwerks Loviisa herumgegangen und hatte sich überlegt, was aus der Sicht von Terroristen die effektivste Methode wäre, in das Kraftwerk einzudringen und Tausenden von Menschen zu schaden. Er hatte mögliche Wege für das Einschleusen von Sprengstoff, Geiselnahmen und Selbstmordattentate im Kopf gehabt, als er auf ein Schild am Maschendrahtzaun stieß. Darauf hatte auf Finnisch und Englisch gestanden: UNBEFUGTEN IST DAS BETRETEN DES GELÄNDES UNTER ANDROHUNG EINES BUSSGELDES UNTERSAGT. Er hatte nicht gewusst, ob er lachen oder weinen sollte, als er das gelesen hatte.

Ebenso absurd war es ihm vorgekommen, als die Kommission um eine Stellungnahme zu Sicherheitsfragen im Zusammenhang mit der Endlagerung von abgebrannten Kernbrennstäben in Olkiluoto gebeten wurde. Der Atommüll würde Hunderttausende von Jahren lebensgefährlich radioaktiv bleiben, also hätte man die Perspektive Tausender künftiger Generationen berücksichtigen müssen. Timo betrachtete sich nicht gerade als Grünen, aber auch er begriff, dass die Menschheit noch nie zuvor einem vergleichbaren kollektiven ethischen Problem gegenübergestanden hatte. Sie würden ihren Nachkommen etwas hinterlassen, das im schlimmsten Fall noch hundert oder tausend Generationen später die Umwelt unbewohnbar machte. In den Unterlagen der Firma, die das Endlager baute, war die Perspektive freilich eine andere: »*Während des Betriebs beschäftigt die Endlagerstätte weit über 100 Personen und bringt der Gemeinde jährlich 200 000–500 000 Euro Einkommenssteuer sowie 2 Millionen Euro Grundsteuer ein.*«

Im Kriminallabor der KRP wurde Timo von Blomberg und drei weiteren Ermittlern erwartet.

»Das wird allmählich unangenehm«, sagte Blomberg – ein braun gebrannter Mann mit Eichhörnchenzähnen, hinter dessen sympathischer Erscheinung sich ein eisenharter Perfektionist verbarg. »Sie haben mitgeteilt, dass sie im Guss für die Probegrabung einen Gegenstand versteckt haben. Den würde man finden, indem man eine bestimmte Handynummer wählt. Und dann … verdammte Scheiße … haben wir im Beton das hier gefunden.«

Auf einem grauen Stück Pappe auf dem Tisch lag ein Stück einer Eisenstange, an dem noch etwas Beton hing. Aus dem Loch des Rohrs ragte die Antenne eines Telefons.

»Da müssen Leute aus dem Ausland dabei sein«, sagte Blomberg. »Wann fliegst du nach Brüssel?«

»Ich denke mit der Abendmaschine.«

»Nimm Bilder von dem hier mit.«

Timos Gedanken galoppierten. Konnte man die SMS von Heli Larva als Indiz dafür nehmen, dass sie an der Aktion beteiligt gewesen war? Aber warum hätte sie ihm dann vorab den Hinweis geben sollen? Hatte sie am Ende doch nur darauf angespielt, dass sie Timo wiedersehen wollte? Der Gedanke bedrückte ihn – war ihm aber auch nicht gänzlich unangenehm.

Interessiert sah sich Timo das Stück Eisenrohr an. Statt eines Handys hätte es ebenso gut Sprengstoff enthalten können. Eine grauenhafte Vorstellung. Wenn die Aktivisten in der Lage gewesen waren, einen fremden Gegenstand im Endlager oder im Kraftwerk zu verstecken, konnten sie dort auch anderes verstecken. Alle möglichen Gegenstände. Für die Behörden war das ein Alptraum. Buchstäblich.

Der Text von der Computerdiskette, die in der Handtasche aus der Seine geholt worden war, stand Satz für Satz auf einem Blatt Papier, das man mit Reißzwecken an der Wand befestigt hatte.

Das sechste Direktorat hat für Nachforschungen der Operation Phönix, die als dringlich eingestuft werden, 600 000 Dollar bewilligt …

Dem Satz folgte ein Kommentar in chinesischer Schrift.

Aus wissenschaftlichen und psychologischen Gründen ist eine Klärung der Angelegenheit von vorrangiger Bedeutung. In der ersten Phase muss ermittelt werden, ob die Informationen von Adler zutreffen …

Das Wort »Adler« war mit einer Fußnote versehen, die aus einem komplett beschriebenen Blatt Papier bestand.

Hat Cello Kontakt mit Vaucher-Langston gehabt, gibt es für uns einen Weg, auf ihn zuzugehen?

»Cello« war grün unterstrichen und hinter »Vaucher-Langston« ein Fragezeichen gemalt worden.

Die vierzigjährige Jin Luan stand vor dem Blatt. Am Schreibtisch hinter ihr saß ein Mann und tippte auf der Tastatur eines Computers. Auf dem Tisch nebenan stand ein Computer gleichen Fabrikats und dahinter ein dritter und ein vierter. Die Reihe der Tische und der daran sitzenden Männer und Frauen reichte zwanzig Meter weit in den hallenartigen Raum. Über jedem Tisch hing eine Lampe, deren Licht die emsig arbeitenden Leute wie ein Kegel umhüllte.

Trotz des Klapperns der Tastaturen und des Surrens der Drucker und Kopiergeräte war die Atmosphäre im Saal konzentriert und intensiv, beinahe andächtig.

Jin, die vor dem Blatt Papier an der Wand stand, zog mit einem Textmarker eine leuchtend gelbe Linie über den Namen »Vaucher-Langston«.

Jørgensen hatte den Professor in England stundenlang verhört, aber als Resultat hatte er nur einen einzigen Namen herausbekommen: Bronisław Zeromski.

11

Timo zuckte zusammen. Er richtete sich auf seinem Stuhl auf und starrte auf den Bildschirm. Draußen, vor dem Hauptgebäude der KRP, waren die Stämme der Kiefern nass vom Nieselregen. Die träge Sonntagsatmosphäre übertrug sich nicht auf Timos Leihbüro.

Innerhalb eines Augenaufschlags hatte sich seine Enttäuschung in Aufmerksamkeit verwandelt. Er hatte gerade eine Nachricht bekommen: An den überprüften Tagen fand sich auf den Passagierlisten der *Finnair*-Flüge zwischen Helsinki und Paris kein Passagier namens Harri Lahdensuo. Auch nicht bei den Direktflügen der *Air France*.

Aber beim *Malev*-Flug MA6746 um 9.45 Uhr ab Budapest war ein Passagier namens *Asko* Lahdensuo an Bord gewesen. Sein Ticket war auf die Verbindung Helsinki–Budapest–Paris und zurück ausgestellt.

Timo biss in einen Schokoriegel und ging rasch ins Internet. Er gab den Namen Asko Lahdensuo in eine Suchmaschine ein. Innerhalb einer halben Minute lag ihm die Information vor, die ihn kaum noch überraschte: Asko Lahdensuo war Harri Lahdensuos Bruder. Diplomingenieur, Eigentümer und Vorstandsvorsitzender eines erfolgreichen Maschinenbauunternehmens und aktiver Politiker – zwar keine landesweite Größe, aber im Bezirk Oulu dafür umso einflussreicher, ein Lokalpolitiker, der zum engsten Kreis um die Premierministerin und ihren Mann zählte.

Diese Erkenntnis komplettierte das Bild im Nu. Timo öffnete weitere Dateien, die mit Asko Lahdensuo zu tun hatten. Seine Firma war in den achtziger Jahren im Osthandel sehr aktiv gewesen und hatte sich nun auf den neuen russischen Markt eingestellt. Unter anderem lieferte sie Geräte, die beim Ölbohren benötigt wurden, an russische wie an westeuropäische Kunden.

Wie hatten die Lahdensuos von der KGB-Diskette erfahren wollen? War sie echt, oder hatte man ihnen eine Fälschung untergejubelt? Wie hatte sie bei der Frau landen können, deren Leiche in der Seine gefunden wurde?

Außerdem stellte sich die Frage, wie die SiPo die Ermittlungen sehen würde, wenn die Premierministerin in den Fall verwickelt wäre. Oder war es möglich, dass Asko Lahdensuo auf eigene Faust gehandelt hatte, und die Premierministerin gar nichts von dem KGB-Material wusste, jedenfalls noch nicht?

Die ohnehin schon heikle Lage glich nun einer Ladung Dynamit, die nur noch darauf wartete, gezündet zu werden. Hinter der Premierministerin standen Schwergewichte aus dem Wirtschaftsleben, die eine weitere Amtsperiode der jetzigen Präsidentin um jeden Preis verhindern wollten, schon allein weil sie einem Beitritt Finnlands zur NATO ablehnend gegenüberstand.

Zu Premierministerin Lahdensuos Truppen zählten auch Personen mit engen Beziehungen nach Osten. War es möglich, dass Frau Lahdensuo selbst oder jemand aus ihrem engeren Umfeld sich zu dem brutalen politischen Manöver entschlossen hatte, altes KGB-Material gegen die amtierende Präsidentin zu verwenden? Es musste nur das Wissen um die Existenz solchen Materials an die Medien durchsickern oder Informationen aus den Voruntersuchungen an die Öffentlichkeit dringen, und schon stünde die Präsidentschaftswahl unter vollkommen neuen Vorzeichen.

Timos Telefon klingelte.

»Ich werde das nicht noch einmal tun«, sagte Välimäki. »Aber die Antwort lautet ja. Sie war damals in Moskau. Privat.«

»Gut«, antwortete Timo reflexartig. »Ich meine natürlich schlecht. Für sie ...«

Es gab keinen Anlass, den Namen der Präsidentin am Telefon zu nennen. Und Timo würde nicht einmal Välimäki gegenüber den Namen Asko Lahdensuo fallen lassen. Er sah allmählich immer klarer. Natürlich konnte es auch purer Zufall sein, dass sich die spätere Präsidentin genau am 16. April 1989 in Moskau aufgehalten hatte. Aber es wurde immer wahrscheinlicher, dass das Material aus der Seine echt war.

»Offenbar hast du mit Rautio über die Sache gesprochen?«, wandte sich Timo an Välimäki.

»Nein. Er hat davon auf anderem Weg erfahren. Scheiße, Mann, du hättest mir ruhig erzählen können, worum es geht.«

»Das konnte ich nicht. Wer ist als Leiter der Ermittlungen vorgesehen?«

»Welche Ermittlungen?«, fragte Välimäki.

Timo schwieg einen Moment. »Ist das so?«

»Ich weiß nicht. Frag Rautio, er kümmert sich darum. Ohne seine Anweisung werde ich in dieser Sache nicht mehr herumrühren.«

Aufgebracht beendete Timo das Gespräch und versuchte sich zu beruhigen. Am liebsten hätte er sich Asko Lahdensuo sofort vorgeknöpft, aber jetzt musste er sich zunächst auf die Atomsabotage-Geschichte konzentrieren.

Um drei Uhr nahm Timo an der Besprechung der Olkiluoto-Gruppe teil, zu der sich Vertreter von KRP, SiPo, Strahlenschutzzentrum und *Framatome* versammelten. Auch während der Sitzung gingen ihm Rautios Reaktion und Välimäkis Wort nicht aus dem Kopf.

Und Heli Larva. Immer wieder tauchte sie beharrlich in seinen Gedanken auf und hinterließ ein Gefühl, das er jedes Mal vergeblich zu ersticken versuchte.

Um vier rief Timo reumütig zu Hause an und teilte Aaro mit, dass er aus beruflichen Gründen auch am Sonntag noch nicht kommen würde. Soile war bereits nach Genf abgereist.

Anschließend besorgte er sich über die Auskunft Asko Lahdensuos Telefonnummer, überlegte eine Weile und rief dann an. Er stellte sich nur mit seinem Namen vor, ohne Hinweis auf eine der Polizeiorganisationen.

»Ich komme gleich zur Sache. Ich möchte mit Ihnen über die Paris-Reise sprechen, die Sie am 17. September unternommen haben.«

Am anderen Ende war es einen Augenblick still, aber die Antwort kam ohne Zögern und sehr selbstgewiss. »Was ist damit? Warum fragen Sie?«

»Können wir uns treffen?«

»Warum? Wer sind Sie?«

Lahdensuo wirkte ganz ruhig, es lag nicht der Hauch von Nervosität in seiner Stimme. Timo wurde plötzlich unsicher. War er vielleicht doch auf der falschen Fährte?

»Um sechs im *Rafaello?*«, fragte er und bemühte sich um einen entschiedenen Tonfall.

»Ich möchte zuerst wissen …«

»Das sage ich Ihnen dann«, unterbrach Timo.

Kurze Stille.

»Später. Um zehn.«

»In Ordnung.«

Timo legte auf. Seine Unsicherheit war verflogen. Wenn Lahdensuo im Rahmen einer üblichen Geschäftsreise in Paris gewesen wäre, hätte er sich über den Anruf wesentlich mehr gewundert und sich wohl kaum zu einem Treffen bereit erklärt.

Kim Jørgensen tippte zum dritten Mal die Handynummer von Bronisław Zeromski ein. Peking zufolge war dieser Zeromski wahrscheinlich der richtige, aber vorläufig waren noch zwei weitere Polen mit dem gleichen Namen im Spiel.

Es klingelte, doch niemand meldete sich.

Jørgensen riss die Plastikverpackung von dem Hemd, das er sich gerade eben in Debenham gekauft hatte. Das schmutzige, das er trug, warf er in den Abfall. Die Menge an Reisegepäck musste möglichst klein gehalten werden.

Sicherheitshalber hatte er für den Abend einen Flug nach Warschau gebucht. Bevor er aber nach Polen flog, brauchte er irgendeine Bestätigung für Zeromskis Aufenthaltsort. Der Mann musste nicht unbedingt zu Hause sein, denn zumindest seiner Homepage nach zu schließen war der Astronom viel in der Welt unterwegs.

Jørgensen ging zu Heinz hinüber. Aus Sicherheitsgründen übernachteten sie stets in getrennten Zimmern. Auch Carla kam aus ihrem Zimmer dazu. Ihre Wange war nach dem Autounfall von Paris gut verheilt, sie trug kein Pflaster mehr, und der saubere Schorf war auf ihrer dunklen Haut kaum noch zu erkennen.

»Ist der Sprengstoff bereit?«, fragte Jørgensen leise, obwohl sie das Zimmer nach eventuellen Wanzen gescannt hatten.

Heinz nickte.

»Frau Vaucher-Langston kommt bald aus Buenos Aires«, sagte Jørgensen. »Als nächstes reden wir mit ihr.«

An der Ostküste der USA, einem offiziell namenlosen Ort, befand sich das geheime Einsatzzentrum, das von Regierungsbehörden und Armee in solchen Fällen als Leitzentrale für gemeinsame Operationen benutzt wurde, die wegen ihrer Brisanz nicht von behördeneigenen Räumlichkeiten aus durchgeführt werden konnten.

Auf dem großen, niedrigen Kartentisch waren gerade noch verschiedene Karten zu sehen gewesen – politische Karten aus dem Nahen Osten, Karten der Ölpipelines im Irak, Pläne der Stromversorgung in Bagdad –, aber jetzt lag vor den sechs Amerikanern, die um den Tisch herumstanden, etwas Exotischeres: eine aufwendig verzierte, ausgesprochen schöne alte Karte.

Über ihre Oberfläche bewegte sich ein roter Laserpunkt. »Dies hier ist eines der zentralen Forschungsobjekte von Vaucher-Langston«, sagte Generalleutnant Donald W. Berger, ein Experte der kartografischen Abteilung der US-Luftwaffe. »Die Dulcert-Karte aus dem Jahr 1339.«

Während er sprach, ließ er den Lichtpunkt seines Laserstifts über die bettlakengroße Vergrößerung der mittelalterlichen Karte wandern. »Wie Sie sehen, ist der Parallelkreis von Europa und Nordafrika auf der Karte vollständig. Die longitudinalen

Koordinaten zwischen Mittelmeer und Schwarzem Meer sind auf ein halbes Grad genau berechnet.« Berger machte eine Pause. »Auf ein halbes Grad genau, meine Herren. Das bedeutet ...«

»Danke«, sagte der Vorsitzende und blätterte hinter seinem Rednerpult in seinen Unterlagen. Experten aus verschiedensten Gebieten waren versammelt, unter anderem Physiker aus dem Forschungszentrum der Luftwaffe, aus dem Fermi-Labor und von der NASA.

»Wir konzentrieren uns auf das Thema ausschließlich aus der Perspektive von Professor Vaucher-Langston. Was haben Sie in Ihren Archiven gefunden?«

»Es gibt einen ausführlichen Briefwechsel zwischen dem Professor und meinen Vorgängern«, sagte Generalleutnant Berger. »Er berührt mehrere Karten, richtet den Fokus aber auf die so genannte Karte des Piri Reis aus dem Jahr 1513. Insbesondere auf den Teil mit dem Südpol.«

Berger holte eine Fotokopie hervor. »Hier ist eine Antwort unseres Büros an Vaucher-Langston, datiert vom 6. Juli 1984, Betreff: Karte von Piri Reis. Es wird konstatiert, dass sie Princess Martha Coast von Queen Maud Land zeigt, die Antarktis und die Palmer-Halbinsel. Vaucher-Langstons Interesse daran verwundert mich nicht ... Ich lese Ihnen einen Ausschnitt aus der Antwort meines Vorgängers an den Professor vor: »*Die geografischen Details der Karte decken sich in signifikanter Weise mit den seismischen Messergebnissen, die eine schwedisch-britische Expedition im Jahr 1949 von der Oberfläche eines Eisfeldes gewann. Das deutet darauf hin, dass die Karte erstellt wurde, bevor die Eisschicht die Gegend bedeckte, die heute etwa eine Meile dick ist. Wir besitzen keine Vorstellung davon, wie diese Karte auf der Basis des geografischen Wissens von 1513 angefertigt werden konnte.*«

Nach diesen Worten wurde es still im Raum.

12

Timo war aufgeregter, als er erwartet hatte.

Er musterte den Schwager der Premierministerin. Asko Lahdensuo, groß, gut aussehend, trug ein perfekt sitzendes, lässiges Tweedsakko und ein Hemd ohne Krawatte. Sie hatten sich in der Bar des *Rafaello* niedergelassen, an einem etwas abseits stehenden Tisch an der Wand.

»Warum interessiert sich die Sicherheitspolizei für meine Reise nach Paris?«, fragte Lahdensuo mit neutraler Stimme.

Timo hatte die SiPo bei seinem Telefonat mit keinem Wort erwähnt. Bevor er antworten konnte, fuhr Lahdensuo fort: »Ich verstehe, dass man bei euch an den Beziehungen meiner Firma nach Russland und in den Irak interessiert war, aber man wird ja wohl noch unbehelligt nach Paris fahren dürfen.«

Lahdensuo redete schnell und betont selbstsicher, aber Timo spürte eine gewisse Nervosität im Auftreten seines Gegenübers.

»Es geht hier nicht um geschäftliche Dinge.« Timo sah dem Mann ruhig in die Augen. Er hatte beschlossen, die Taktik des schnellen, überfallartigen Angriffs zu wählen. »Sie waren auf dem Pont Marie, um eine KGB-Diskette entgegenzunehmen. Aber das Ganze ging schief.«

Auf Lahdensuos Gesicht war Überraschung zu erkennen, aber er wirkte nicht außergewöhnlich angespannt. Seine Antwort kam wie aus der Pistole geschossen: »Ich weiß nicht, wovon Sie reden.«

»Sie wollten auf dem Pont Marie eine Archivdiskette des KGB in Empfang nehmen«, wiederholte Timo leise.

»Auf dem Pont Marie?« Lahdensuos Blick wurde kälter. »Ja,

ich habe auf irgendeiner Brücke einen Selbstmord oder so etwas gesehen, aber ich war sicher nicht dort, um ›etwas in Empfang zu nehmen‹. Eine lächerliche Behauptung.«

Timo überlegte kurz. Es war schwieriger, als er es sich vorgestellt hatte. Lahdensuos Teflonschild wies nicht den geringsten Sprung auf, nicht einmal einen Haarriss, in den er den Keil hätte treiben können. Timo ärgerte sich jetzt, dass er seine Karten ohne stärkere Beweise aufgedeckt hatte. Der bloße Aufenthalt auf einer Brücke machte noch keinen zum Verbrecher, und das wusste Lahdensuo.

Timo beugte sich weiter nach vorne und sagte gedämpft: »*Sperling hat sich als Generalsekretärin ihrer Partei …* und so weiter.«

Er merkte, wie Lahdensuos Blick noch schärfer wurde, und versuchte, diesen Moment der Unsicherheit zu nutzen. »Wenn Sie mir Informationen über den Hintergrund und die Quelle der KGB-Diskette liefern, gebe ich Ihnen die Möglichkeit, ungeschoren aus der Sache herauszukommen«, sagte Timo. Er hätte nie gedacht, dass er einmal einen solchen Vorschlag unterbreiten würde, aber das war jetzt die einzige Chance, weiterzukommen. Er musste etwas über die Herkunft der Diskette erfahren. Dieses eine Mal kannte die Not kein Gebot.

Lahdensuo richtete einen stählernen Blick auf ihn. »Ich habe nicht die geringste Ahnung, von welcher Diskette Sie sprechen.«

Plötzlich begriff Timo, dass das hier verdammt schief gehen konnte. Lahdensuo setzte darauf, dass es keine rechtlich stichhaltigen Beweise gegen ihn gab – und damit hatte er Recht.

»Außerdem«, fügte Lahdensuo hinzu, »käme mir so ein Pakt sehr sonderbar vor. Kriminell, würde ein Richter sagen.« Während er sprach, schob er eine Hand in die Innentasche seines Sakkos und zog ein kleines Diktiergerät hervor.

Timo starrte auf das brennende rote Lämpchen neben der REC-Taste und auf die größer werdende Zahl auf der Flüssigkristallanzeige. Er spürte, wie sich unter seinem Herzen etwas zusammenzog. Auf einmal hatten sie die Rollen getauscht.

Lahdensuo schaltete das Aufnahmegerät aus. In Timos Wahrnehmung wurde die Zeit angehalten. Er hatte einen entscheidenden Fehler gemacht, für den es einen einzigen Beweis gab, und der lag in den Händen des Mannes, der ihm gegenübersaß.

Lahdensuo spulte die Aufnahme einige Sekunden zurück und drückte die Wiedergabetaste. »*Es geht hier nicht um geschäftliche Dinge*«, hörte Timo seine eigene Stimme aus dem Lautsprecher. »*Sie waren auf dem Pont Marie, um eine KGB-Diskette entgegenzunehmen ...*«

»Löschen Sie das«, zischte Timo. Gleich würde auf dem Band der Satz kommen, der seine Integrität für immer zunichte machen konnte, wenn er an die falschen Ohren geriete.

Timos Blick folgte dem winzigen silbernen Diktiergerät auf dem Weg zurück in Lahdensuos Jackentasche. Darin würde er es aus dem Restaurant tragen, und anschließend konnten Kopien angefertigt werden und später jederzeit und überall auftauchen ...

Aus weiter Ferne hörte er Lahdensuos leise triumphierende Stimme. »Ich weiß nicht, für wie zuverlässig ein Gericht Ihre Beweise halten würde, wenn es erführe, welche Methoden Sie einsetzen, um sie zu bekommen.«

In Timos Bestürzung mischten sich Wut und Scham. Plötzlich sprang er auf und griff nach dem Diktiergerät. Dabei fiel die Wasserkaraffe um, entließ ihren Inhalt auf die Tischdecke, rollte auf den Rand des Tisches zu und drohte jeden Moment zu Boden zu fallen. Timos Finger umklammerten das Gerät in Lahdensuos Hand. Die Karaffe zersplitterte im selben Moment, als Timos Ellbogen den Keramikkrug mit den Bestecken umstieß. Lahdensuos Griff hielt stand, er lehnte sich zurück, als die Besteckteile scheppernd zu Boden fielen. Timo schnellte hinter dem Tisch hervor, packte Lahdensuo mit einer Hand am Kragen und rammte ihm die Faust in den Leib. Lahdensuo sank ächzend zusammen, und Timo griff mit beiden Händen nach der Faust, die das Aufnahmegerät nun noch fester umklammert hielt.

Plötzlich packte ihn jemand am Arm, den anderen hatte ihm

jemand auf den Rücken gedreht. Timo befand sich im kräftigen Griff dreier Restaurantbesucher.

»Holt die Polizei!«, rief einer von ihnen.

In diesem Moment kam Timo wieder zu sich. Hatte sich sein Vater so gefühlt, nach einem seiner blinden Tobsuchtsanfälle?

»Polizei ist nicht nötig«, sagte Lahdensuo blass, aber mit bohrendem Blick auf Timo. »Oder?«

»Nein, nicht nötig«, wiederholte Timo mit leicht zitternden Händen.

»Ersetzen Sie dem Restaurant den Schaden und verschwinden Sie wieder in Ihre Felsenhöhle«, flüsterte Lahdensuo Timo zu. Dann zog er sein Tweedsakko glatt und ging davon.

Der Geschäftsführer des Lokals trat ihm in den Weg. »Moment ...«

»Nur eine kleine Auseinandersetzung. Der Herr ersetzt Ihnen den Schaden.« Zielstrebig ging Lahdensuo an dem Mann vorbei und verließ das Lokal.

Aufgewühlt und mit zitternden Händen zog Timo sein Portemonnaie hervor. Er wusste, er hatte gerade den schlimmsten Fehler seiner Laufbahn begangen. Die Wiederherstellung des Rufs seines Vaters und die Befreiung von seinem Erbe standen in Gefahr. Das konnte ihn seinen eigenen Ruf und seine Karriere kosten.

Am schlimmsten für ihn aber war es, wieder einmal feststellen zu müssen, dass er und sein Vater tatsächlich gemeinsame Gene hatten.

13

Am Montagmorgen war es dunkel und diesig am Helsinkier Hauptbahnhof. Der Mann in der schwarzen Lederjacke stand in der Nähe des Haupteingangs und rauchte. Reisegepäck hatte er nicht dabei.

Er sah zwei betrunkenen jungen Männern zu, die sich gegenseitig stützten und sich krakeelend auf den Eingang zur U-Bahn zubewegten. Der Verkehr war noch spärlich, und das laute Gegröle der beiden Männer hallte von den Häuserwänden wider.

Von der Kaivokatu her fuhr ein Taxi vor, und der Mann wurde aufmerksam. Er begab sich in den Schatten einer Nische und zog an seiner Zigarette.

Der Fahrgast zahlte und stieg aus.

Der Mann in der Nische drehte sich um und ging zum Eingang des Bahnhofs.

Timo warf die Tür des Taxis hinter sich zu. Er hatte keine Lust gehabt, um 6.10 Uhr in Porvoo in den Bus zu steigen, sondern hatte lieber seine Geldbörse leiden lassen. Die zusätzlichen 60 Euro machten die Katastrophe auch nicht größer.

Er sog die frische Morgenluft ein und ging mit dem kleinen Bordcase über der Schulter auf den Eingang des Bahnhofsgebäudes zu. Die Atmosphäre war apathisch und düster, sie passte perfekt zu Timos Stimmung.

Er hatte eine sehr simple Strategie, zu der ihn die Katastrophe mit Lahdensuo vom Vorabend zwang: Er musste aus eigener Kraft so viele Beweise für die Authentizität des Materials aus der Seine sammeln, dass die Bedingungen für die Aufnahme von Voruntersuchungen gegeben wären – selbst nach Rautios Auffassung. Erst wenn sich keine Beweise fänden, müsste er das akzeptieren und die ganze Geschichte vergessen.

Timo betrat die Bahnhofshalle und ging nach links zu den Fahrkartenschaltern. Er hatte die zischelnde Stimme aus dem Diktiergerät im Ohr, die schlimmstenfalls in einem Gerichtssaal ertönen würde: »*Wenn Sie mir Informationen über den Hintergrund und die Quelle der KGB-Diskette liefern, gebe ich Ihnen die Möglichkeit, ungeschoren aus der Sache herauszukommen.*«

Er konnte sich nun keine einzige Fehleinschätzung mehr leisten. In diesem Fall war ein funktionierendes Urteilsvermögen unabdingbarer denn je. Aufgrund der politischen Brisanz waren die Ermittlungen derart explosiv, dass Timo davor graute. Trotzdem musste die Wahrheit ans Licht kommen.

War das Ganze bereits zu einer Zwangsvorstellung bei ihm geworden? Hatte er sein Urteilsvermögen womöglich längst verloren? Nein. Natürlich war der versuchte Deal mit Lahdensuo – jedenfalls zu diesem Zeitpunkt – ein Fehler gewesen. Aber die einzige Chance, die er gehabt hatte, war, die Aufnahme an sich zu bringen. Allerdings hatte er die falschen Mittel gewählt. Er hätte in Ruhe abwarten müssen, bis Lahdensuo das Lokal verlassen hatte.

Timo riss eine Wartenummer für den Schalter mit den Auslandstickets aus dem Automaten. Die Angestellte bediente den einzigen weiteren Fahrgast, einen amerikanisch wirkenden Rucksacktouristen.

Der Mann in der schwarzen Lederjacke stand an der Tür zu der Halle mit den Fahrkartenschaltern und sah Timo Nortamo warten, bis er am Schalter für den internationalen Verkehr an die Reihe kam. Der Mann trat zur Seite und wartete ab.

Der Kunde vor ihm verließ den Schalter, und Timo rückte nach.

»Ich habe telefonisch einmal Sankt Petersburg und zurück reserviert. Auf den Namen Timo Nortamo.«

Die Angestellte tippte etwas in ihren Computer.

Indizien zu beschaffen würde kein Problem sein, aber von Finnland aus an handfeste Beweise zu kommen, wäre wohl unmöglich. Über Asko Lahdensuo war nun endgültig nichts mehr zu holen. Wenn noch irgendwo etwas zu bekommen war, dann in Russland. Oder genauer gesagt: in der Sowjetunion.

Nachdem er sein Ticket hatte, ging Timo in die Bahnhofshalle, um sich Reiseproviant zu kaufen. Er hatte Valeri angerufen, seinen alten Kontaktmann in Sankt Petersburg, der früher für den KGB in der sowjetischen Botschaft in Helsinki gearbeitet hatte. Timo hatte ihn kennen gelernt, als er im Auftrag von SiPo und KRP als Sonderexperte in Petersburg war. Damals hatte Valeri einen Posten als Verbindungsmann zwischen FSB – der Nachfolgeorganisation des KGB – und der Anti-Mafia-Einheit der Miliz innegehabt.

Es war unwahrscheinlich, aber möglich, dass Valeri etwas über die KGB-Diskette oder sogar über »Sperling« wusste.

Timo bat am Kiosk um eine Plastiktüte für seine Einkäufe und machte sich auf den Weg zum Bahnsteig. Es waren immer mehr Leute unterwegs, Pendler, die von den Nahverkehrszügen ausgespuckt wurden.

Vor Timo ging eine Gruppe von vier Russen auf den *Sibelius* zu, der am Bahnsteig bereitstand. Er würde um 14.23 in Sankt Petersburg ankommen. Timo suchte die Nummer seines Waggons.

»Guten Morgen«, sagte eine tiefe, selbstsichere Stimme hinter ihm.

Timo blickte sich um und sah einen Mann mit halblanger schwarzer Lederjacke.

»Nach Sankt Petersburg?«, fragte der Mann.

Misstrauisch griff Timo nach der Haltestange an der Tür und wollte einsteigen.

»Inspektor Könönen von der Sicherheitspolizei. Mein Chef will mit Ihnen sprechen.«

14

Die Überraschung war perfekt. Timo wäre fast ins Stolpern geraten. Er riss sich zusammen, trat auf den Bahnsteig und sagte möglichst ruhig: »Neu im Haus?«

»Nicht besonders. Ich habe vor drei Jahren angefangen.«

Timo ging neben dem Ermittler zurück zum Ausgang. »Wo ist Rautio?« Er gab sich Mühe, die Besorgnis zu kaschieren, die sich in seine Stimme geschlichen hatte.

Der Mann antwortete nicht. War Asko Lahdensuo mit seinem Diktiergerät zur SiPo gegangen? Nein. Das war unmöglich. Es wäre idiotisch von ihm gewesen, Timos Angebot öffentlich zu machen. Es musste etwas anderes dahinterstecken. Wo drückte der Schuh plötzlich so akut? Sollte tatsächlich etwas vertuscht werden?

Der Ermittler wich nicht von Timos Seite, als wollte er eine mögliche Flucht verhindern. Sie gingen zum Rand des dunklen Parks an der Ostseite des Bahnhofs, wo ein paar Autos geparkt waren. Timo wollte seinen Augen nicht trauen, als er Rautios Toyota darunter erkannte.

Der Ermittler öffnete die hintere Tür und bedeutete Timo, einzusteigen.

»Guten Morgen, Timo«, sagte Rautio im Dunkeln auf dem Rücksitz.

Timo setzte sich neben ihn und fühlte sich immer unbehaglicher. Der Ermittler warf die Tür zu.

»Was soll das hier?«, beschwerte sich Timo. Er wollte mit seinem harschen Ton von der Anspannung ablenken.

»Du hast dich also doch entschlossen, den einsamen Reiter zu spielen«, sagte Rautio so verächtlich, dass Timo die Galle hochstieg.

»Ich frage mich, was das für ein Scheißspiel ist, das du hier spielst!«

Der Ermittler hatte sich inzwischen ans Steuer gesetzt und fuhr rückwärts aus der Parklücke.

»Die SiPo guckt sich die Sache an und entscheidet, ob Anlass für mehr besteht. Du bist nicht bei der SiPo«, sagte Rautio langsam, als spräche er zu einem Schwachsinnigen. »Du bist ein Mitarbeiter der TERA. Und die TERA ermittelt nicht in dieser Angelegenheit, sondern hat das Material, das mit Finnland zu tun hat, der SiPo überlassen.«

Von draußen fiel ein Lichtschein auf Rautios ausdrucksloses Gesicht.

»Du ermittelst also weder mit dem Mandat von SiPo noch einem von TERA. Und am allerwenigsten ermittelst du mit den Russen zusammen. Wenn wir die Hilfe von TERA oder von dir brauchen, dann melden wir uns. Hast du mich verstanden?«

Timo überdachte seine Lage. Es gab keine Ermittlungen, genau wie Välimäki gesagt hatte. Und wenn es sie jetzt nicht gab, würde es sie auch später nicht geben.

Woher aber hatte Rautio von seiner Absicht erfahren? Lahdensuo steckte auf keinen Fall dahinter, das wäre aus Rautios Worten schon hervorgegangen. Hatte Valeri etwas durchsickern lassen, oder war sein Vorhaben schlicht bei einer Routinekontrolle der Platzreservierungen im Ostverkehr erkannt worden?

Der Wagen passierte das graue Gebäude des Nationaltheaters und bog in die Kaisaniemenkatu ab.

»Ihr wollt also in der Angelegenheit nicht weitermachen«, sagte Timo. »Ihr seid …«

»Quatsch. Wir werden das bis auf den Bodenschlamm umgraben. Aber darüber wird nicht getuschelt, und es wird auch nicht mit dem Russen gemauschelt.« Jetzt dominierte offene Verachtung in Rautios Stimme. »Der erste und unausweichliche Schritt ist, Gewissheit über Herkunft und Glaubwürdigkeit der Diskette zu bekommen. Wenn wir die nicht haben, wird es schwer für uns sein, etwas zu unternehmen. Wir agieren auf der Grundlage von Beweisen und Gesetzen, nicht unter den Voraussetzungen, die uns von privaten Rachemotiven diktiert werden«, sagte Rautio leise.

Die Anspielung auf Timos persönliche Motive war ein mieser Zug, auch wenn sie der Wahrheit entsprach.

»Die Amerikaner schauen sich das Material ebenfalls an«, sagte Timo, ohne weiter auf Rautios Spitze einzugehen. Er war sicher, dass er provoziert werden sollte, darum beschloss er umso strikter, das Erbe von Paavo Nortamo nicht an die Oberfläche treten zu lassen. Er wollte kein Pulverfass sein, das beim geringsten Wort oder bei einer falschen Geste explodierte. »Sehr bald werden wir von den Amerikanern irgendetwas hören. Sag dem Fahrer, er soll anhalten und mich aussteigen lassen.«

»Gut. Du hörst mit dem Solo auf und stehst der Olkiluoto-Gruppe zur Verfügung.«

»Sag ihm, er soll anhalten«, wiederholte Timo und legte die Hand auf den Türgriff.

»Du gehst um elf in die Besprechung des Olkiluoto-Krisenstabs«, sagte Rautio.

Der Toyota hielt an der Kreuzung Vuorikatu vor der roten Ampel an. Timos stieg wortlos aus und knallte die Tür zu.

In der Stadt war es noch immer ruhig. Kochend vor Wut ging Timo zum Bahnhof zurück, nahm sich dort ein Taxi und fuhr zum Hauptquartier der KRP nach Vantaa.

Die Besprechung begann mit einem Überblick des Projektleiters der für die Endlagerung des Atommülls zuständigen *Posiva AG*. Timos Gedanken kreisten hartnäckig um Rautio, aber er zwang sich, die Aufmerksamkeit auf das aktuelle Thema zu lenken. Der Projektleiter spulte seine Power-Point-Präsentation zum wer weiß wievielten Mal in seiner Laufbahn ab, aber bestimmt war er dabei noch nie so nervös gewesen wie jetzt.

»Es ist klar, dass bei der Entsorgung keine bautechnischen

Risiken hingenommen werden können, denn die Auswirkungen reichen weit in die Zukunft hinein«, referierte der schwitzende Mann. »Ein großer Teil der Stoffe, die durchdringende Gammastrahlung aussenden, verschwindet innerhalb von tausend Jahren, aber ein Teil des Brennmaterials ist extrem langlebig. Wir sprechen hier von Millionen von Jahren.«

Auf der Leinwand vor dem Beamer war eine Grafikanimation zur Veranschaulichung zu sehen. »Das radioaktive Brennmaterial wird in der Verkapselungsanlage in 1500 Kupferkapseln verpackt, welche dann in 500 Meter Tiefe versenkt werden, in Löcher, die dafür in das Grundgestein gebohrt worden sind. Die Felsschicht wird den Menschen in der Zukunft daran hindern, aus Versehen in die Endlagerräume einzudringen ...«

Auf der Leinwand sah man saubere kleine Stangen in die Erde fahren. »Nachdem die Endlagerung abgeschlossen ist, wird die Verkapselungsanlage abgebaut, und die Schächte werden geschlossen. Die Kapseln im Felsen haben einen Durchmesser von gut einem Meter, sind vier Meter lang und wiegen zwanzig Tonnen. Die äußere Hülle besteht aus fünf Zentimeter dickem Kupfer, darunter liegt eine noch dickere Schicht Gusseisen mit Kugelgrafit. Das Kupfer verhindert Korrosion, und das Eisen hält den mechanischen Belastungen stand, denen die Kapsel im Gestein ausgesetzt ist. Die Korrosion von Kupfer dauert extrem lange ...«

Timo konnte es sich nicht verkneifen, an dieser Stelle eine Bemerkung einzuwerfen. »Und wenn die mechanische Belastung zuerst die Kupferhülle beschädigt? Dann könnte Wasser eindringen, und das Eisen rostet.«

»Konzentrieren wir uns auf das Wesentliche«, sagte der Vertreter des Strahlenschutzzentrums, ohne Timo auch nur eines Blickes zu würdigen. Die gereizte Anspannung am Konferenztisch war mit Händen zu greifen. »Also auf den Betonguss.«

Sie diskutierten nun über verschiedene Methoden, mit dem manipulierten Guss zu verfahren, und waren dabei einigermaßen kontroverser Meinung.

»Die einzige hundertprozentig sichere Methode besteht darin, alle bereits gegossenen Konstruktionen zu entfernen und unter Aufsicht neue herzustellen«, erklärte der Projektleiter.

»Das gilt wohl auch für die Baustelle des Atommeilers«, warf Timo beiläufig ein, obwohl er wusste, um welch eine Riesenangelegenheit es sich dabei handelte. Die Probleme, die durch die verspätete Fertigstellung des drei Milliarden Euro teuren Reaktors verursacht wurden, müssten später im Rahmen des Emissionshandels auf äußerst kostspielige Weise gelöst werden. Aber so war das eben: große Sachen, große Probleme.

»Wir wollen den Ereignissen nicht vorgreifen«, beeilte sich der Vertreter des Kraftwerkbetreibers *TVO* zu sagen.

Nun legte der Leiter der Ermittlungen die vorläufigen Ergebnisse dar, doch es befand sich darunter nichts von Bedeutung. Die technische Untersuchung war noch nicht abgeschlossen, und die Durchleuchtung der Arbeiter war ebenfalls noch im Gange.

Nach der Besprechung sprach Timo unter vier Augen mit dem Leiter der Ermittlungen.

»Seid ihr bei Heli Larva weitergekommen?«, fragte er.

»Ihr Telefon wird abgehört. Aber sie kann sich am nächsten Kiosk natürlich eine Prepaid-Karte für ihr Handy kaufen.«

Im polnischen Zakopane zeichneten sich die Gipfel der Hohen Tatra hinter dem leichten Morgennebel ab. Der gut siebzigjährige, schnurrbärtige Mann in Cordhose und altem Anorak blieb auf dem Wanderpfad stehen und atmete durch. Sternforscher Bronisław Zeromski hatte sich sofort auf den Weg gemacht, nachdem er im Hotel *Wojnar* vom Frühstückstisch aufgestanden war. »Hotel« war für die kleine Herberge etwas übertrieben, aber Zeromski fühlte sich in dem abseits des Touristengewimmels gelegenen, ruhigen Haus wohl.

Traurig betrachtete er die nebelverhangenen Berge. Am Morgen hatte er von einem Kollegen erfahren, dass J. B. Vaucher-Langston bei einem Brand in England ums Leben gekommen war. Er schätzte Vaucher-Langstons Arbeit sehr und bedauerte, den Mann seit Jahren nicht getroffen zu haben.

Zeromski ging weiter. Er merkte, dass er nicht mehr so gut in Form war wie im Mai, als er sich in der Nordostecke Guatemalas Cival angeschaut hatte, eine der glänzendsten Städte der vorklassischen Mayakultur. Aufgrund der Funde von Cival hatte man sämtliche Erkenntnisse über das Niveau von Mathematik und Sternkunde in den frühen Mayakulturen revidieren müssen.

Er hätte sich so gern mit Vaucher-Langston über Cival ausgetauscht, aber jetzt war es zu spät.

Die zwei Wochen in der dünnen Luft Civals hatten seine Form im Frühjahr fast unmerklich verbessert. Allerdings war es damit nach seiner Rückkehr nach Krakau auch ebenso schnell wieder bergab gegangen. Den Sommer hatte er am Schreibtisch mit der Fertigstellung eines neuen Manuskripts verbracht, darum war der Urlaub in der Tatra jetzt mehr als nötig gewesen.

Zeromskis Telefon klingelte. Er öffnete den Reißverschluss an der Brusttasche seines Anoraks und zog das Handy heraus. Er hatte es nur aus Sicherheitsgründen bei sich, oft war es nicht einmal eingeschaltet, denn er bekam selten Anrufe.

Auf dem Display wurde die Nummer des Anrufers nicht angezeigt.

»Hallo«, sagte Zeromski.

»Spreche ich mit Doktor Zeromski?«

»Ja«, sagte Zeromski zu dem englischsprachigen Anrufer. Eine Welle der Zuversicht durchlief ihn, und er richtete sich unwillkürlich auf. Womöglich kam der Anruf von dem amerikanischen Verlag, dem er sein Manuskript geschickt hatte.

»Hier ist Kim Jørgensen. Sie kennen mich nicht, aber ich möchte mich gern mit Ihnen treffen. Wo sind Sie?«

15

Nachdem er am Dienstag schließlich mit der Morgenmaschine von Helsinki in Brüssel angekommen war, ging Timo an seinem Arbeitsplatz sofort zu seinem Chef – trotz aller Müdigkeit und Niedergeschlagenheit.

Es ärgerte ihn, sich das eingestehen zu müssen, aber Rautio hatte Recht. Es kam zunächst darauf an, die Echtheit des Seine-Materials festzustellen. In derartigen Spionagefällen waren handfeste Beweise extrem wichtig. Vor allem jetzt, da Präsidentin Heino unter Verdacht stand und da im Umfeld ihrer politischen Konkurrentin, Premierministerin Lahdensuo, offenbar versucht wurde, dies öffentlich zu machen. Die Beteiligung der Premierministerin selbst war zwar wahrscheinlich, aber nicht unbedingt sicher. Asko Lahdensuo hätte allein oder mit seinem Bruder auf die Idee kommen können, das KGB-Material vor den Wahlen gegen die Präsidentin einzusetzen.

»Ich brauche Kopien von dem Seine-Material«, sagte Timo ohne nähere Erklärungen, nachdem er Wilsons Büro betreten hatte.

»Ich habe doch schon gesagt, dass wir in dem Fall nicht ermitteln.«

»Die Amerikaner ermitteln.«

»Sie setzen ihre Ressourcen dort ein, wo sie es für sinnvoll halten. Wir investieren unsere geringen Mittel dort, wo wir es wichtig finden.«

Timo erkannte an Wilsons ungeduldigem Gesichtsausdruck, dass Insistieren nichts nützte, darum änderte er die Taktik.

»Ich möchte noch einmal den Teil sehen, der mit Finnland zu

tun hat. Das ist eine wichtige Sache für uns. Du hast selbst gesagt, dass in Finnland noch nicht alle schmutzige Wäsche aus dem Kalten Krieg gewaschen ist.«

Wilson sah Timo einen Moment an, seufzte und füllte ein Formular aus. »Lass die Kopie durch den Reißwolf laufen, wenn du sie hinlänglich unter die Lupe genommen hast. Und keinen Mucks zur SiPo, dass du sie bekommen hast, sie scheinen auf diesen Fall enorm eifersüchtig zu sein.«

In seinem Büro angekommen, schloss Timo sorgfältig die Tür hinter sich. Auf dem Formular stand die Bezeichnung des Materials: SEINE / FINNLAND. Als Maßnahme war daneben eingetragen: KOPIE, 1 EX. Darunter stand Wilsons Unterschrift.

Timo spürte, wie sich sein Puls beschleunigte. Er nahm das Formular, deckte die von Wilson geschriebenen Wörter mit Papierschnipseln ab und machte eine Kopie. Unter das neue, »leere« Formular legte er das von Wilson, dann drückte er beide gegen die Fensterscheibe und pauste das von Wilson geschriebene Wort SEINE sowie die Unterschrift des Chefs ab. Das Wort FINNLAND ließ er weg.

Timo blickte auf das unschuldig wirkende Formular, durch das Wilson ihn ermächtigte, eine Kopie von geheimem Material zu machen – und zwar vom gesamten Material. Für die Verifizierung war das unumgänglich, denn es konnten überall Aspekte enthalten sein, die den Ursprung des Materials bewiesen, nicht nur in dem Teil, der Finnland betraf.

Er steckte das kopierte Formular in die Innentasche seiner Jacke und trat auf den Flur. Wenn die Fälschung herauskam, würde das Disziplinarmaßnahmen nach sich ziehen. Würde er der Sache aber nicht nachgehen, bliebe womöglich die Wahrheit über einen eklatanten Missstand, der Einfluss auf die jüngere Geschichte Finnlands und auf sein eigenes Leben gehabt hatte, für immer verborgen.

Es gab keine Unklarheit darüber, was schwerer wog, darum waren jetzt alle Mittel recht. Vor allem weil in Lahdensuos Diktiergerät eine Zeitbombe tickte, die jederzeit hochgehen konnte.

Timo ging durch die feuersichere, gepanzerte Tür ins TERA-Archiv. Die Angestellte aus Luxemburg, die hinter dem Schalter etwas auf dem Computer schrieb, hatte diesen Finnen schon immer verabscheut, den es aus den tiefsten Wäldern in die Zivilisation verschlagen hatte.

»Madame Doussie«, sagte Timo darum so freundlich wie möglich.

»Was kann ich für Sie tun?«, fragte die sorgfältig geschminkte Frau. Der Inhalt des Satzes stand in so eklatantem Widerspruch zu dem barschen Tonfall, dass Timo am liebsten geschmunzelt hätte.

»Ich bräuchte hiervon eine Kopie.«

Möglichst lässig und selbstverständlich reichte er ihr das Formular. Besonders sensible Unterlagen wurden im Archiv aufbewahrt und aus Sicherheitsgründen nicht mal ins TERA-Intranet eingespeist.

Madame Doussie warf einen Blick auf das Formular, stellte am Datumsstempel die Uhrzeit ein und knallte den Stempel aufs Papier. »Moment«, sagte sie ausdruckslos und verschwand in den Tiefen des Archivs.

Fast auf der Stelle kam sie mit einer Hängeregistermappe zurück. Daraus entnahm sie drei DIN-A4-Bögen und kopierte sie.

Nachdem er die Kopien erhalten hatte, unterschrieb Timo das gestempelte Formular.

»Danke«, sagte er unverändert freundlich und verließ mit pochendem Herzen das Archiv.

Er ging geradewegs in sein Büro, setzte sich an den Schreibtisch und nahm die Papiere unter die Lupe.

Der russischsprachige Inhalt der ursprünglichen Diskette war auf Papier übertragen und ins Englische übersetzt worden. Der Protokollstil war der gleiche wie bei dem Teil, der mit Finnland zu tun hatte. Darin waren bürokratische Entscheidungen über behördeninterne Entscheidungen festgehalten worden. Nur einige Stellen enthielten Hinweise auf konkrete nachrichtendienstliche Operationen. Timo konnte sich vorstellen, dass der ein oder andere Amerikaner noch heute daran interessiert wäre.

Eine Stelle fesselte besonders seine Aufmerksamkeit:

Das sechste Direktorat hat für Nachforschungen der Operation Phönix 600 000 Dollar bewilligt. Aus wissenschaftlichen und psychologischen Gründen ist die Klärung der Angelegenheit von erstrangiger Bedeutung. In der ersten Phase muss ermittelt werden, ob die Informationen von Adler zutreffen: Hat Cello Kontakt mit Vaucher-Langston gehabt, gibt es für uns ein Weg, auf ihn zuzugehen?

Was war das für eine Angelegenheit, deren Klärung für die Sowjetunion »aus wissenschaftlichen und psychologischen Gründen von erstrangiger Bedeutung« war? 600 000 Dollar waren zur damaligen Zeit eine außergewöhnlich hohe Summe für ein nachrichtendienstliches Budget.

Timo sah sich den Teil über Finnland an. Er entsprach den Notizen, die er sich gemacht hatte: *Sperling hat sich als Generalsekretärin ihrer Partei – unserer Bitte entsprechend – deutlich gegen die Integration Finnlands in den westlichen Wirtschaftsraum ausgesprochen. Kommt am 16.4. nach Moskau. Bringt zu dem Thema eine Kopie des Protokolls der entsprechenden Sitzung des Parteivorstands mit.*

Die anderen Abschnitte enthielten nichts, was noch von Interesse gewesen wäre, darum kam er wieder auf Phönix zurück. War das ein Hinweis auf eine amerikanische Operation? Oder handelte es sich um ein Vorhaben der Russen selbst, dem sie weiteren Nachdruck verleihen wollten?

Adler und Cello waren Codenamen der Russen, aber Timo gab sie sicherheitshalber in das TERA-Informationssystem ein. Kein Ergebnis. Danach gab er auch den Namen Vaucher-Langston ein, der echt klang. Kein Resultat.

Schließlich versuchte er es mit »Vaucher-Langston« über Google. Dort bekam er zu viele Ergebnisse, wie üblich. Seitenlang Hinweise. Frustriert faltete Timo die Kopien aus dem Archiv zu einem kleinen Bündel zusammen und schob es in seinen Schuh.

Zum Mittagessen ging er in die Kantine im Untergeschoss, lud sich sahnige Pasta und Baguette aufs Tablett und setzte sich zu Heidi Klötz an den Tisch, an dem wie immer Platz war.

»Hast du eigentlich schon den Pulsmesser ausprobiert, den du von deiner Frau zum Geburtstag bekommen hast?«, wollte die gertenschlanke Deutsche wissen.

Timo spürte ihren Blick auf seine Bauchregion, die in letzter Zeit jedenfalls nicht geschrumpft war. »Zuletzt vor ein paar Wochen. Als ich mir Hitchcocks ›Vertigo‹ angeschaut habe. War eine Idee meines Sohnes. Er entwickelt eine Qualitätsskala für spannende Filme, die auf der Messung des Pulses beim Zuschauer basiert. Ich war das Versuchskaninchen.«

Heidi Klötz lächelte. »Ist dein Puls etwa in die Höhe gegangen?«

»Zu viel sogar. Warum?«

»Ich habe auch mit dem Gedanken gespielt, mir einen Pulsmesser zuzulegen. Mit Blick auf den Brüsseler Halbmarathon im Frühjahr.«

Timo lenkte das Gespräch auf die Arbeit. Er fragte Heidi detailliert nach ihrer Meinung zur möglichen Beteiligung deutscher Aktivisten an den Attentaten auf Olkiluoto. Das war schon einmal Thema gewesen, doch bis jetzt gab es keine einschlägigen Hinweise.

»Meine Quelle beim BfV weiß jedenfalls nichts über Aktivitäten in Finnland.«

Timo schob sich eine Ladung Nudeln in den Mund. War es möglich, dass Finnen die Anschläge selbst hinbekommen hatten? Heli Larva und Co.? Viele Leute waren dazu nicht nötig gewesen.

Auf dem Weg die Treppe hinauf zu seinem Büro meldete Timos Handy den Eingang einer SMS. Auf dem Display erschien die Nummer des Absenders. Timo öffnete die Mitteilung:

HABE KOPIEN VON IHREM VORSCHLAG. FALLS MAN MIR ZU NAHE KOMMT, ÜBERGEBE ICH SIE DER SIPO.

Der Absendername stand nicht darunter. Das war auch nicht nötig.

Timo speicherte die Nachricht und wägte seine Lage ab. Wenn sein Fehltritt an Rautios Ohren drang, war Timo im Nu aus den Ermittlungen draußen.

Er bereute immer heftiger, Lahdensuo nicht aus dem Restaurant hinaus gefolgt zu sein und ihm das Diktiergerät mit dem nötigen Krafteinsatz auf der Straße entwunden zu haben.

Gleichzeitig ging ihm Rautios gallige Miene nicht aus dem Sinn, als er andeutete, Timo würde sich nur für seinen Vater an der Präsidentin rächen wollen. Damit hatte Rautio praktisch zugegeben, dass Präsidentin Heino seinerzeit Paavo Nortamo tatsächlich etwas angetan hatte, was nach Wiedergutmachung verlangte.

Timo wusste, dass er den Fall ernster nahm, als nötig gewesen wäre, und er war sich über seine Beweggründe selbst nicht vollkommen im Klaren. Er musste aufpassen, dass noch so nachvollziehbare menschliche Empfindungen ihn nicht zu unprofessionellen Entschlüssen verleiteten. Wahrscheinlich hätte er ohne persönliche Motive nicht versucht, Lahdensuo ein Geschäft vorzuschlagen. Er, der den Kuhhandel von Politikern immer verabscheut hatte, hatte genau dasselbe versucht – bloß mit der Ungeschicklichkeit des Amateurs.

Wilson rief an und bestellte ihn zu sich. Neugierig ging Timo ein Stockwerk nach oben. Er klopfte an, machte die Tür auf und betrat das Büro seines Vorgesetzten. Wilson wirkte merkwürdig ernst.

»Setz dich. Ich habe schlechte Neuigkeiten«, sagte er unverblümt. »Du bist entlassen. Gib mir deinen Dienstausweis und such anschließend deine persönlichen Sachen zusammen. Ein Wachmann wird dir dabei helfen.«

16

Timo brachte kein Wort heraus. War die Sache mit dem Archivformular aufgeflogen? Hatte Lahdensuo sein Diktiergerät doch zur SiPo gebracht? Oder hatte Rautio seine Finger im Spiel?

Timo befeuchtete seine trockenen Lippen. »Warum?« Die Kraft seiner Stimme überraschte ihn selbst. Statt eines unterwürfigen Hauchens gelang ihm eine kontrollierte, kräftige Frage.

»Wie du in deinem Arbeitsvertrag nachlesen kannst, müssen Kündigungen nicht begründet werden. Du bekommst zwei Monate lang weiter dein Gehalt. Es tut mir Leid, aber ich kann nicht anders.«

»Hat es mit der Aushändigung der Archivinformationen zu tun?«

»Wie bitte?«

Es hatte also nichts damit zu tun. Timo biss sich auf die Lippen. Blieb nur eine Alternative übrig. »Die Finnen wollen ihren TERA-Vertreter austauschen?«

»Ich sagte bereits, dass ich zu den Gründen nicht Stellung nehme.«

Timo konnte an Wilsons Gesichtsausdruck nichts ablesen, war aber sicher, dass Rautio hinter dem Rausschmiss steckte. Wurde in Helsinki mittlerweile mit so harten Bandagen gekämpft? Lahdensuo konnte nichts mit der Sache zu tun haben. Der würde so lange wie möglich den Mund halten.

»Es tut mir Leid«, wiederholte Wilson und schien auch zu meinen, was er sagte. Er streckte die Hand aus.

Timo nahm seinen Dienstausweis aus der Tasche und reichte

ihn Wilson. Nach und nach dämmerte ihm, in was für einer Situation er sich befand.

»Ich habe gerade ein Haus in Auderghem gekauft.«

Wilson seufzte. »Das ist nicht leicht für mich. Aber es gibt keine andere Möglichkeit. Der Wachmann wartet auf dem Gang.«

»Was sage ich meinen Kollegen?«

»Was du willst.«

Timo schluckte und drehte sich um. Starr, fast willenlos, ging er zur Tür.

»Warte«, sagte Wilson.

Timo blieb stehen. Einen Moment lang hoffte er, sein Chef würde »April, April« rufen oder lachend auf eine versteckte Kamera deuten.

»Was hast du mit ›Aushändigung der Archivinformationen‹ gemeint?«

»Nichts.«

Timo trat auf den Flur hinaus, wo tatsächlich ein Wachmann wartete. Glaubte man, er könnte ab sofort eine Gefahr für die Behörde darstellen? Hatten sie wirklich die Befürchtung, er würde einen Computer zerstören oder etwas mitgehen lassen? Warum diese demütigenden Sicherheitsmaßnahmen?

Timo schwitzte und spürte, wie sich Röte in seinem Gesicht breit machte. Der Flur erschien im heiß, und das Atmen fiel ihm schwer. Langsam ging er zu den Aufzügen, der Wachmann folgte ihm dicht auf den Fersen.

»Timo, warte!«, rief Victor Girault, der eilig aus einem Aufzug kam. »Du wolltest etwas über die Verifizierung des Seine-Materials hören ...«

Timo warf einen kurzen Blick auf den Wachmann, dessen Miene keinen Spielraum für Interpretationen erkennen ließ.

»Ich muss gehen, Victor«, sagte Timo heiser und merkte, wie seine Stimme zitterte. Er wollte sich von niemandem verabschieden und niemandem etwas erklären.

Sie fuhren eine Etage nach unten und gingen in Timos Büro. Der Computerbildschirm war schwarz, jemand hatte ihn ausgeschaltet. Mit schweißnassen Fingern griff Timo nach dem Foto von Soile und Aaro und legte es mit anderen persönlichen Dingen in seine Aktentasche. Das Herz pochte ihm in den Ohren.

285 000.

Das war die Kreditsumme. 285 000 Euro, die zurückbezahlt werden mussten, ganz gleich, ob er Arbeit hatte oder nicht.

Er musste den Kauf rückgängig machen. Aber dann würde er die Anzahlung verlieren. 30 000 Euro. Sämtliche Ersparnisse, der Gewinn aller Autoverkäufe, hätten sich damit in Luft aufgelöst.

Er musste sich auf den Schreibtischstuhl setzen, ein letztes Mal. Ihm war schlecht, am liebsten hätte er sich auf der Stelle übergeben mögen.

Er holte tief Luft und zwang sich zur Ruhe. Es gab noch eine andere Möglichkeit: sich einen neuen Arbeitsplatz in Brüssel suchen. Aber was für einen? Und wo? Einen Job mit ähnlich gutem Gehalt würde er nicht so leicht finden. Und mit einem Antiquitätenladen bezahlte man so einen Kredit nicht ab.

Der Wachmann wurde ungeduldig.

Timo sammelte die restlichen persönlichen Dinge ein und stand auf. Er fühlte sich wie ein Verbrecher, der bewacht werden musste.

Eine Stunde später saß er in der Nähe der Rue Washington auf einer Bank im Tenbosch-Park und spielte mit den Schnallen seiner Tasche. Vom Spielplatz drangen fröhliche Rufe zu ihm herüber. Es wurde Abend, die Parkwächter machten sich bereit, die schmiedeeisernen Tore zu schließen.

Hätte er die Kündigung besser verdauen können, wenn sie nicht so aus heiterem Himmel gekommen wäre? Wohl kaum. Am schlimmsten war, dass er sich über den Grund des Rausschmisses nicht sicher war.

Er nahm sein Telefon zur Hand, suchte mit etwas unsicheren Fingern im Speicher nach der Nummer von Heidi Klötz und rief sie an. In den altmodischen Laternen wurden die Lichter eingeschaltet.

»Heidi … hier … hier ist Timo«, stotterte er. »Könntest du mir die Nummer von Victor Girault geben?«

Man hörte das Rascheln von Papier. Heidi gab ihm die Nummer, und Timo schrieb sie auf einen Zettel.

»Hast du noch nichts über mich gehört?«, fragte er.

»Wovon redest du?«

»Ich bin gerade gefeuert worden.«

»Was sagst du da?«

Ein Parkwächter blies in seine Trillerpfeife, und Timo stand auf. »Ich dachte, das würde allen mitgeteilt werden.«

»Ich war den ganzen Nachmittag in der Botschaft. Was ist passiert?«

»Ich bin jemandem in Helsinki auf den großen Zeh getreten. Auf den ganz großen. Und ein bisschen zu heftig.«

»Dein Arbeitgeber ist TERA. Von Helsinki aus können sie dich nicht rauswerfen lassen.«

»Ach nein?«, fragte Timo sarkastisch. »Wenn du wüsstest, was Finnland für ein kleiner Sandkasten ist.«

»Und was ist der offizielle Grund?«

»Hat Wilson nicht gesagt. Halt morgen mal die Ohren offen. Es sind bestimmt Gerüchte im Umlauf.«

»Aber du musst doch wissen, warum man dir gekündigt hat!«

»Ich ruf dich morgen an.«

Timo ging mit den anderen Leuten zum Tor hinaus und blieb auf dem kleinen Platz stehen, der von schwarzen gusseisernen Laternen erleuchtet wurde. Er wählte die Nummer von Victor Girault. Den Hintergrundgeräuschen nach befand sich dieser gerade in einer Metrostation.

»Könnten wir uns kurz treffen?«, fragte Timo. »Jetzt sofort.«

»Was ist passiert? Ich habe gerade das Gerücht gehört, sie hätten dir gekündigt.«

»Können wir uns treffen?«

»Ich bin auf dem Weg nach Hause: nach Stockel.«

Girault schlug ein Café am Marktplatz von Stockel vor, und

Timo machte sich sofort auf den Weg. Er ging an der Haustür seiner Wohnung vorbei zum Wagen. In den Fenstern brannte bereits Licht. Aaro und Reija waren zu Hause.

Timo hatte ständig Schuldgefühle, weil er so selten daheim war. Das immerhin würde sich jetzt ändern.

Er ließ den Wagen an und fuhr los. Kreuz und quer schossen die Gedanken ihm durch den Kopf, und er hatte das Gefühl, sich selbst von außen zu betrachten. Draußen gähnten schwarz die Teiche von Woluwe, im Radio lief gedämpft ein Schlager in flämischer Sprache.

Girault wartete bereits im Café. Er hatte einen Milchkaffee vor sich. Timo sah ihm fest in die Augen. Ein wachsamer, forschender Blick lag darin.

»Was ist passiert?«, fragte Girault. »Hat Wilson gesagt, warum du rausfliegst?«

»Nein. Aber ich weiß es. Ich war in Helsinki zu direkt. Ich habe mich ohne Vollmacht von TERA auf das Terrain der Sicherheitspolizei begeben. Und wenn wir in unserem eigenen Land nicht mehr kreditwürdig sind, ist es auch mit unserem Job bei TERA vorbei.«

Girault nickte. Alle TERA-Mitarbeiter mussten immer wieder zwischen zwei Organisationen balancieren. Obwohl nach den Bombenanschlägen von Madrid und London mehr Wert auf den Informationsfluss zwischen den verschiedenen Geheimdiensten gelegt wurde, war man in der Branche schon aus alter Gewohnheit eifersüchtig auf die Resultate der anderen.

»Was hast du jetzt vor?«

»Ich werde mir hier einen Job suchen.« Timos tiefe Stimme war heiser und farblos. »Letzte Woche habe ich ein Haus in Auderghem gekauft.«

Das aufblitzende Mitgefühl im Gesicht des Franzosen vermittelte Timo kurz ein Gefühl von Wärme. Vielleicht war das Personal der TERA doch nicht so gleichgültig, wie es manchmal den Anschein hatte.

Mit wenigen Sätzen berichtete Timo von den Ereignissen der

vergangenen Tage, allerdings selektiv. In der Welt der Nachrichtendienste gab man nur so viel Information preis, wie man für nötig hielt, und nie alles, was man wusste.

Girault hörte zu, bis Timo schwieg. Der Kellner kam an den Tisch, aber Timo gab ihm ein Zeichen, zu verschwinden.

»Was wolltest du mir heute über die Verifizierung des Seine-Materials sagen?«, fragte Timo leise.

Der Franzose blieb stumm, sekundenlang. Hatte man ihm verboten, mit Timo über das Thema zu sprechen?

»Du arbeitest nicht mehr für TERA«, sagte Girault schließlich etwas gequält. »Aber das ist mir noch nicht offiziell mitgeteilt worden. Ich wollte sagen, dass die Amerikaner aus irgendwelchen Gründen etwas vertuschen. Sie hätten einen Bericht liefern sollen, wie es in der Angelegenheit weitergegangen ist, aber es kam nichts. Als ich nachfragte, gab man mir unmissverständlich zu verstehen, dass die ganze Angelegenheit für uns nicht von Belang sei.«

»Was steckt deiner Meinung nach dahinter?«

Girault dachte einen Moment nach, dann sagte er langsam: »Ich bin sicher, dass über den Mord an der Frau und alles weitere aus einem wichtigen Grund geschwiegen wird.«

»In Finnland gibt es das gleiche Problem, aber aus anderen Gründen. Ich werde mich trotzdem darum kümmern, dass weiter ermittelt wird. Falls in dem Seine-Fall Informationen durchsickern – würdest du mir davon berichten?«

»Na klar.«

Wäre Timo gerade erst nach Brüssel gezogen, wäre er jetzt zufrieden und zuversichtlich gewesen. Aber er war lange genug in der Stadt, um solche Aussagen richtig deuten zu können. Er würde kein Wort über den Fall erfahren.

»Gut«, sagte Timo. »Danke. Ich muss gehen.«

Der Franzose stand auf, und sie schüttelten sich die Hand. Beide gaben der Geste den Anstrich eines alltäglichen Abschieds, aber in Wahrheit sagten sie sich für immer Lebewohl, und das wussten sie.

Timo spürte, wie seine Müdigkeit in Rührung umschlagen wollte, und Girault schien das zu ahnen. Er legte ihm die Hand auf die Schulter. »Kopf hoch, Timo. Und melde dich, wenn du Hilfe brauchst.«

Ob Phrase oder nicht, Timo war für diesen Satz fast lachhaft dankbar.

17

Timo versuchte sich zu Hause so normal wie möglich zu benehmen. Noch wollte er nichts von seinem Rausschmiss sagen. Hoffte er noch auf eine wunderbare Wendung, mit der die Kündigung rückgängig gemacht würde?

Aaro kam mit einer Kopie des Grundrisses vom Haus in Auderghem an, auf der er zusätzliche Eintragungen vorgenommen hatte. »Ich habe die Einrichtung meines Zimmers geplant.«

Timo setzte eine interessierte Miene auf. »Gut. Was ist das hier?«

»Der Computertisch.«

»Ich hab doch gesagt, der Computer kommt ins Gästezimmer. Zum allgemeinen Gebrauch.«

»Wann sehen wir uns denn nach einem neuen Rechner um?«

»Ich weiß nicht. Das hat keine Eile. Jetzt müssen es so und so viele Gigas und Hertz sein, und wenn du ihn hast, braucht man wieder so und so viele mehr. Und das alles kostet.«

Das Gleiche galt für Spiele und PlayStation und alle möglichen anderen Sachen, aber er wollte keine Predigt anstimmen. Kinder waren unersättlich, das hatte er vor langer Zeit schon gelernt. Oder war es so, dass im Menschen ein Gen für Wünsche und Konsum saß, das die Erwachsenen mehr oder weniger zu verbergen versuchten, während die Kinder noch nicht so taten, als wären sie zufrieden? Ein stärkerer Motor, ein größeres Haus, ein kleineres Handy, ein flacherer Bildschirm ... Das Konsum-Gen eroberte mit unausweichlicher Macht den gesamten Planeten. Aus der Tiefe ihres Herzens entwickelten Wissenschaftler und Marketingleute immer bessere Objekte des Konsums für eine immer größere kaufkräftige Masse. Aaro war in der Umklammerung dieser Kräfte hilflos, es hatte keinen Sinn, ihm Vorwürfe zu machen, wenn er immer mehr und immer bessere Sachen haben wollte.

»Du hast versprochen, dass wir uns einen neuen Rechner anschaffen, wenn wir ...«

»Es eilt nicht«, wiederholte Timo barsch.

Aaro verstummte demonstrativ, und Timo ärgerte sich über sich selbst. Er wollte auf keinen Fall sein wie sein eigener Vater, der ihm auch in nüchternem Zustand oft Angst eingejagt hatte. Manchmal befürchtete Timo, er könne zu lasch werden, vor lauter Angst, allzu streng zu sein.

»Aber wir können uns bei Gelegenheit ja mal ein paar Alternativen ansehen«, fuhr er versöhnlich fort.

»Wann?«

»Morgen zum Beispiel.«

»Wenn du von der Arbeit kommst, sind die Geschäfte zu.«

»Ich gehe morgen nicht zur Arbeit. Ich habe ... einen freien Tag.«

Aaros Miene hellte sich auf.

»Und wir kriegen doch die nötige Verkabelung für einen DSL-Anschluss?«, fragte er ernst.

»Selbstverständlich. Und in die Küche kommt gleichen neben den Wasserhahn ein Cola-Hahn. Mit Tank im Keller.«

»Das meine ich ernst.«

»Ich auch. Ich bin sicher, dass in Amerika bald Cola-Leitungen in neue Wohngebiete gelegt werden. Die haben keine Lust mehr, alles aus dem Laden anzuschleppen. Aber jetzt mach mal deine Hausaufgaben«, sagte Timo und fuhr seinem Sohn durch die Haare.

Er selbst ging ins Schlafzimmer und ließ sich aufs Bett fallen, ohne das Licht anzumachen. Aus der Küche drang gedämpft das Klappern von Geschirr herüber, weil Reija den Tisch deckte.

Das Gefühl der Unwirklichkeit, das Timo hatte, wurde zusehends stärker. Es war eine unfassbare Vorstellung, am nächsten

Morgen aufzuwachen und nicht zur Arbeit zu gehen. Was sollte er morgen tun? Nächste Woche? Nächstes Jahr?

Sein Gehalt würde er noch zwei Monate lang bekommen. Das war gar nichts. Alle Ersparnisse waren für die Anzahlung des Hauses draufgegangen. Am liebsten hätte er Soile in Genf angerufen und ihr alles erzählt, aber etwas hielt ihn davon ab. Als könnte sich die Lage über Nacht noch zum Besseren wenden.

Stattdessen beschloss er, den Chef der SiPo anzurufen. Jetzt sofort.

Er schaltete die Nachttischlampe ein und rief in Helsinki an, wo sich die gewohnt unfreundliche Stimme meldete.

Timos Tonfall war nicht weniger unfreundlich, und dazu musste er sich nicht einmal zwingen. »Wird jetzt mit so harten Bandagen gekämpft?«

»Was meinst du damit?«, fragte Rautio.

»Du weißt genau, was ich damit meine. Glaubst du im Ernst, dass ich das einfach so hinnehme?«

»Falls du auf deine Kündigung anspielst, von der hat mich Wilson heute Nachmittag in Kenntnis gesetzt«, sagte Rautio, »ich habe damit nichts zu tun.«

Seine Stimme klang überzeugend, aber das war schon oft der Fall gewesen – grundlos.

»Du lügst.«

»Es ist mir völlig gleichgültig, was du glaubst.«

»Was hat Wilson als Grund genannt?«

»Misstrauen.«

Allmählich begann Timo, Rautio zu glauben. Vielleicht doch die Fälschung des Archivformulars? Aber warum hatte Wilson das dann nicht zugegeben?

»Wie seid ihr mit dem Material aus der Seine weitergekommen?«, fragte Timo giftig.

»Langsam, aber sicher. Wenn du glaubst, hier würde ohne dich nichts vorwärts gehen, täuschst du dich.«

Timo legte auf und warf sich wieder aufs Bett.

Vorsichtig ging die Tür auf, und Aaro spähte ins Zimmer. »Bist du krank?«

»Nein. Ich ruhe mich nur aus. Mach die Tür zu, ich will einen Moment allein sein.«

Aaro schloss gehorsam die Tür. Wäre der Grund für den Rauswurf das gefälschte Archivformular gewesen, hätte Wilson das auf jeden Fall gesagt, da war sich Timo sicher. Was hatte dieses »Misstrauen« zu bedeuten? Wer misstraute ihm? Die Amerikaner? Musste ein TERA-Mitarbeiter auch die in Betracht ziehen?

Timo stand auf und nahm die Kopien zur Hand, die er auf eigene Faust von dem TERA-Material gemacht hatte. Er setzte sich auf den Bettrand und sah sie sich noch einmal genau an.

Dann nahm er ein leeres Blatt Papier und schrieb sich einige Schlüsselwörter auf. Damit ging er in Aaros Zimmer.

»Könntest du mir eine Internetverbindung herstellen und dann im Wohnzimmer ein bisschen fernsehen?«

Aaro sah ihn ehrlich besorgt an. »Du musst wirklich krank sein, wenn du mir befiehlst, fernzusehen.«

Timo zwang sich zu einem Lächeln.

Als Bildschirmschoner tickte das *SETI@home*-Programm, das sich Aaro und Soile, wie Millionen andere auch, aus dem Internet heruntergeladen hatten. Ohne den Benutzer zu stören, analysierte es Daten aus dem All, die mit dem Radioteleskop empfangen wurden, in der Hoffnung, Hinweise auf intelligentes Leben zu entdecken. Auf dem Festplattenlaufwerk klebte eine finnische Flagge und das alte Seehund-Logo von *Silja Line*.

»Klappt's?«, fragte Timo ungeduldig, während Aaro das Modem öffnete.

»Das ist wohl ein Witz«, schnaubte Aaro. »Wir brauchen unbedingt eine DSL-Verbindung.«

Timo sparte sich eine Antwort. Er befürchtete, Aaro würde jeden Abend im Netz hängen, wenn man nicht mehr auf die Telefonkosten verweisen konnte.

»Was ist das denn?«, fragte Timo und merkte, dass er auf zu

durchsichtige Weise das Thema gewechselt hatte. Im Zuge der SETI-Begeisterung war ein neues Plakat an der Wand aufgetaucht. Es zeigte eine große Konstruktion, die in hügeligem, üppigem Gelände stand.

»Das Radioteleskop von Arecibo in Puerto Rico. Die größte Parabolantenne der Welt, Durchmesser 300 Meter«, sagte Aaro so stolz, als wäre er der Besitzer. »Damit werden die Signale empfangen, die über SETI auf die Privat-PCs verteilt werden.«

»Interessant. Hast du die Verbindung?«

»Es ist besetzt.«

Timo hatte den Verdacht, dass Aaro den Vorgang bewusst verzögerte, um den Druck hinsichtlich der Anschaffung einer DSL-Verbindung zu erhöhen.

»Mit demselben Radioteleskop wurde übrigens auch ein Signal ins All geschickt mit der Botschaft: ›Hey, hier ist Leben‹«, sagte Aaro und machte eine Kopfbewegung in Richtung Poster. Timo hörte aus Aaros Worten Soiles Stimme heraus. Versuchte sie, den Jungen zum Nobelpreisträger zu machen?

»Das war in der Geschichte der Menschheit die erste bewusst ins All geschickte Botschaft an andere Zivilisationen«, fuhr Aaro altklug fort, während die Modemgeräusche aus dem Lautsprecher drangen. »Oder die zweite, wenn man die Platte mit den eingravierten Basisdaten der Menschheit dazurechnet, die mit *Pioneer* hochgeschickt wurde. Die gondelt in einer Milliarde Kilometer Entfernung noch immer durchs Universum.«

»Was war das für eine Botschaft, die mit dem Radioteleskop gesendet wurde?«, fragte Timo und nahm vor dem Computer Platz. Er hätte sich mit Aaro so gern über Geschichte unterhalten, aber der Junge war mehr an Soiles Themen interessiert. Vielleicht waren die im Hinblick auf die Zukunft auch nützlicher, dachte Timo.

»Ein Radioimpuls von drei Sekunden. Stark. Für fremde, die ihre Ohren in unsere Richtung aufsperren, ist er zehn Millionen mal stärker als ein von der Sonne geschickter Impuls. Wenn jemand die Botschaft aufnimmt und auf Papier überträgt, kriegt er dieses Schema raus.«

Aaro schnappte sich einen Stift, und Timo wollte ihn jetzt nicht unterbrechen, obwohl die Internetverbindung endlich stand.

»Es enthält in Binärform die Zahlen von eins bis zehn. So.« Aaro zeichnete schwarze Quadrate aufs Papier. »Und die Atommasse von Wasserstoff, Kohlenstoff und ein paar anderen wichtigen Stoffen. Außerdem natürlich die Doppelhelix der DNS. Und die Sonne. Der von ihr aus gesehen dritte Planet ist gegenüber den anderen hervorgehoben. Daneben ist ein Strichmännchen abgebildet ...«

»Und wenn das eine bösartige Zivilisation in Empfang nimmt?«, fragte Timo und griff nach der Maus. »Wäre es nicht klüger, hier einfach in aller Stille ...«

»Ja, ja, diese Kritik hat es gegeben. Aber das Verschicken der Botschaft ist eine symbolische Geste, man geht nicht davon aus, dass sie von jemandem empfangen wird, hat Mama gesagt. Außerdem fließen von der Erde ständig Radiosignale ins All. Wenn irgendwo ein Humanoide Lust hat, kann er sich zum Beispiel ›Emergency Room‹ angucken.«

»Moment mal, ich dachte, wir reden über die Möglichkeit *intelligenten* Lebens«, sagte Timo und scheuchte Aaro mit einer Handbewegung davon.

»Kann sein, dass der Rechner hängen bleibt«, sagte Aaro von der Tür aus. »Was hoffentlich der Fall sein wird, damit du endlich glaubst, dass DSL und ein neuer Computer notwendig sind.«

Er huschte aus dem Zimmer, und Timo rief die Suchmaschine auf. Ins Suchfenster bei Google schrieb er »Vaucher-Langston«. Diesmal sah er sich die Treffer genauer an. Wie üblich waren sie völlig ungeordnet, aber es kristallisierten sich drei Personen heraus, auf die ständig verwiesen wurde: der Künstler Henri Vaucher-Langston, der Historiker J. B. Vaucher-Langston und der Geschäftsmann David Vaucher-Langston.

Timo öffnete einige Seiten, die mit dem Geschäftsmann zu tun hatten, darunter ein Artikel des australischen ›Sydney

Morning Herald‹. Demzufolge war David Vaucher-Langston 1994 zu einer Gefängnisstrafe verurteilt worden, weil er radioaktiv belasteten Metallschrott aus Wladiwostok eingeschmuggelt hatte.

Der Hinweis auf Russland weckte Timos Interesse. Wo war David Vaucher-Langston 1989 gewesen? Und wo war er jetzt?

In dem Moment blieb der Computer hängen. Timo fluchte.

»Aaro«, brüllte er.

Aaro kam sogleich angeschossen. »Siehst du.«

»Schon gut. Ich mach später weiter.«

Nachdem er etwas von Reijas Wurstsuppe gegessen hatte, versteckte Timo die Kopien des Seine-Materials im Kleiderschrank und suchte sich eine Videokassette aus dem Regal: Rossellinis ›Rom, offene Stadt‹ aus dem Jahr 1945. Das beruhigte ihn und brachte ihn wenigstens kurz auf andere Gedanken. Nur eines störte ihn: Anna Magnanis Augen und Mund erinnerten ihn an Heli Larva.

Carla summte ein altes chinesisches Kinderlied vor sich hin, während sie auf der belebten Florianska-Straße in der Altstadt von Krakau zum Marktplatz mit den Tuchhallen ging. Sie hatte sich die Adresse von Bronisław Zeromski, die sie von Jørgensen bekommen hatte, eingeprägt. Wie eine gewöhnliche Touristin hielt sie einen Stadtplan in der Hand. Sie trug Jeans und eine Jacke aus braunem Wildleder.

Die Abenddämmerung hatte bereits eingesetzt, und die schwachen Straßenlampen brannten. Von einem schiefen, alten Dach flog eine einsame Krähe auf. Als Carla den riesigen mittelalterlichen Platz erreicht hatte, setzte sie ihren Weg an der winzigen Adalbert-Kirche vorbei in kleine Seitenstraßen fort, die von Viertel zu Viertel schmaler wurden. Im neuen Teil der Stadt hatten ihr Jugendliche hinterhergerufen, aber auf der Altstadtseite war es ruhig.

Nach einigen hundert Metern bog sie in die Sienkiewicza ein, eine Gasse, die von Häusern in schlechtem Zustand gesäumt war. Carla folgte den abnehmenden Hausnummern und behielt dabei die Umgebung im Auge.

Jørgensen hatte per Telefon nicht herausgefunden, wo Zeromski Urlaub machte, darum hatten sie beschlossen, es durch einen Besuch in seiner Wohnung zu klären.

Jørgensen war vorerst noch in Cambridge geblieben, wo eine Gruppe von vier Amerikanern eingetroffen war, um Vaucher-Langstons Archiv zu durchforsten. Die Amerikaner hinkten hinterher, kamen aber trotzdem voran – wenn auch langsam, jedenfalls am Trinity College.

18

Nachdem Aaro am Mittwochmorgen zum Schulbus gegangen war, nahm Timo vorm Computer Platz. Er war deprimiert und besorgt.

Es gab nur zwei Möglichkeiten: Entweder er setzte die Ermittlungen auf eigene Faust fort, in der Hoffnung, etwas auszugraben, das die Echtheit der Diskette bewies. Oder er warf das Handtuch.

Die Entscheidung fiel ihm nicht schwer. Er aktivierte die Modemverbindung und machte dort weiter, wo er am Vorabend aufgehört hatte. Das Internet war nun das einzige Archiv, das ihm zur Verfügung stand.

Er benutzte verschiedene Suchmaschinen und machte sich zu Vaucher-Langston eine Seite Notizen. Der letzte Hinweis auf den Mann fand sich in Südafrika, wo er für eine Consulting-Firma in der Bergbaubranche gearbeitet hatte.

Reija klopfte an die Tür. »Ich gehe in die Stadt und komme gegen drei zurück.«

»Nur zu.« Timo merkte, dass seine Stimme fast apathisch klang. Ob Reija ihm seine Erklärung für den freien Tag glaubte? Er hustete und bemühte sich um einen etwas forscheren Ton. »Ich werde auch zwischendurch was erledigen gehen.«

Nachdem Reija weg war, rief Timo sicherheitshalber den Notar an, der den Hauskauf abgewickelt hatte, obwohl er dessen Antwort schon kannte. Der Kauf war nicht mehr rückgängig zu machen.

Kurz darauf klingelte sein Handy. Blomberg rief aus Helsinki an, offenbar in Unkenntnis dessen, dass Timo jetzt mit

SiPo und KRP ebenso wenig zu tun hatte wie jeder x-beliebige Finne.

»Hier ist der Teufel los«, sagte Blomberg, ohne seine Erregung verbergen zu können. »Sie haben in dem Ingenieurbüro, das an der Geländeerschließung für das dritte Kraftwerk beteiligt war, an den Bodenuntersuchungen herumgefingert.«

»Und weiter?«, fragte Timo, ein wenig erleichtert. Er hatte mit Schlimmerem gerechnet.

»Kapierst du nicht? Die Berechnung, das gesamte Fundament – kann sein, dass die ganze Kiste im Arsch ist.«

Allmählich dämmerte Timo, was das zu bedeuten hatte. »Kann sein, muss aber nicht unbedingt.«

»Eben. Es ist vollkommen egal, ob Informationen, die sie in den Fingern hatten, kritisch sind oder nicht. Es reicht, dass sie es sein könnten. Bei dem Fundament eines Kernreaktors darf man nicht das geringste Risiko eingehen. Die zweite schlechte Nachricht: Es ist etwas über die Anschläge an die Boulevardpresse durchgesickert, an ›Ilta-Sanomat‹. Das Blatt hat drei Redakteure auf die Geschichte angesetzt. Aber einen kleinen Fortschritt haben wir auch zu verzeichnen. Der Betonfacharbeiter Joni Mastomäki ist an zwei aufeinander folgenden Tagen ohne Angabe von Gründen nicht zur Arbeit erschienen. Er wurde routinemäßig schon letzte Woche vernommen, weil er auf der Liste, die wir von den Subunternehmen bekommen haben, als neuer Mitarbeiter aufgeführt war. Als wir ihn heute Morgen unter der angegebenen Adresse aufsuchen wollten, stellte sich heraus, dass er dort überhaupt nicht wohnt. Jetzt wird nach ihm gefahndet.«

»Besteht eine Verbindung zu Heli Larva?«

»Nicht direkt. Aber das Ingenieurbüro in Tampere hat die Bodenuntersuchungen im Auftrag einer deutschen Firma durchgeführt, weshalb die Geschichte von Finnland und Deutschland aus unter die Lupe genommen werden muss.«

»Das kann mich nicht erschüttern«, meinte Timo.

»Hast du eine Ahnung, wie viel Zeit und Geld das bei einem so riesigen Projekt kostet?«

»Nichts könnte mich weniger interessieren.«

»Sag mal: Was ist eigentlich los mit dir?«

Timo schwieg eine Sekunde. »Ich bin bei der TERA rausgeflogen.«

»Du bist was?«

»Frag Rautio. Er darf die Verbindung nach Deutschland jetzt so untersuchen, wie er es für richtig hält. Mein Nachfolger wird sicherlich bald aus Helsinki in Brüssel eintreffen. Bis bald.«

Mit einem Kloß im Hals beendete Timo das Gespräch. Einerseits hätte er gern mehr über die jüngste Kraftprobe der Aktivisten gehört, andererseits interessierte er sich dafür nur noch im Hinblick auf Heli Larva. Plötzlich fühlte er sich auf ähnliche Weise außen vor wie Heli sich in Bezug auf die akademische Wissenschaftsgemeinde.

Timo verließ die Wohnung und ging zur Straßenbahnhaltestelle. Er hatte beschlossen, noch einmal das Gespräch mit Wilson zu suchen, um ihm wichtige Informationen zu entlocken – und um eine Art von Zeugnis zu bekommen. Wenn er sich für eine neue Stelle bewerben wollte, war das unumgänglich.

Der Morgen war klar, ein milder Wind trieb Wolken vor sich her, hinter denen immer wieder die Sonne zum Vorschein kam. Es war ein gewöhnlicher Tag, aber in Timos Augen wirkte alles aufgeladen und bedeutungsvoll. Die vertraute Gegend sah plötzlich anders aus als zuvor. Er war wegen seiner Arbeit nach Brüssel gezogen, und jetzt, da er keine Arbeit mehr hatte, veränderte sich sein Verhältnis zu der Stadt auf einen Schlag radikal. Inwiefern, darüber musste er sich selbst erst noch Klarheit verschaffen.

Wie auf Bestellung rumpelte die Straßenbahn, verziert mit einem Ice-Tea-Reklameband, an die Haltestelle, und Timo musste einen Spurt einlegen, um sie zu erreichen. Die Tatsache, dass er dabei außer Atem geriet, erinnerte ihn an die mehreren Kilo Übergewicht und an die zu langen Arbeitstage, die ein guter Vorwand gewesen waren, keinen Sport zu treiben. Jetzt gab es auch diesen Vorwand nicht mehr.

Er blieb in der Mitte des Straßenbahnwagens stehen, in der Nähe des Gelenks. Unmittelbar gegenüber stand eine dunkelhaarige Frau, die Heli Larva verblüffend ähnelte.

Sie schien seinen Blick zu spüren und änderte ihre Position. Timo blickte rasch aus dem Fenster. An der Ecke von Couronne und Rodin fiel sein Blick auf ein Antiquitätengeschäft, das ihm schon unzählige Male aufgefallen war, in das er es aber noch nie geschafft hatte. An der nächsten Haltestelle ging er – einer plötzlichen Eingebung folgend – zur Tür und stieg aus. Dabei hatte er für den Bruchteil einer Sekunde ein sonderbares Gefühl von Freiheit: Er könnte hingehen, wo er wollte und wann er wollte, frei von Uhr und Kalender. Er versuchte das Gefühl festzuhalten, aber da wurde es schon wieder vom Gedanken an Wilson, an die Bank und den Notar erstickt.

Der Laden mit dem Namen *1900* war interessanter, als er erwartet hatte. Es gab dort reichlich Auswahl und die Sachen waren nicht übermäßig teuer. Timo drehte lange einen schönen Füllfederhalter aus den 1910er Jahren in den Händen hin und her. Die Ironie der Situation veranlasste ihn zu einem melancholischen Lächeln. Jetzt hatte er endlich Zeit für sein Hobby, aber kein Geld mehr dafür.

Er stellte fest, dass er das Inventar des Ladens mit anderen Augen betrachtete als zuvor: wie wurde der Raum genutzt, wie waren die Gegenstände arrangiert, wie war die Beleuchtung. Hätte er die Chance, aus seinem Hobby einen Beruf zu machen?

Jedenfalls keinen so einträglichen Beruf, dass damit der Kredit für das Haus abbezahlt werden könnte. Trotzdem – allein bei dem Gedanken an die Möglichkeit juckte es ihn in den Fingern. Seine Mutter besaß einen An- und Verkauf-Laden in Porvoo. Dort hatte Timo ab und zu ausgeholfen und, im Nachhinein betrachtet, dabei seinen Spaß gehabt.

Als Timo das Geschäft verließ, war er besserer Stimmung als beim Eintreten. Die Welt war voller Möglichkeiten. Wie leicht konnte man bei irgendetwas hängenbleiben, das sich eigentlich nur zufällig ergeben hatte.

Er ging zu Fuß weiter und versuchte dabei, seine Zukunft rational zu kartieren, aber es zog seine Gedanken immer wieder zu dem Material aus der Seine. Er würde diese Angelegenheit auf keinen Fall auf sich beruhen lassen, falls Rautio versuchte, sie zu begraben. Und das wusste Rautio.

Vom flotten Gehen außer Atem betrat Timo das TERA-Hauptquartier in der Adolphe Buy. Der Pförtner sah ihn überrascht an.

»Ich möchte mit Wilson sprechen«, sagte Timo.

Der Pförtner griff zum Telefon.

Kurz darauf kam Wilson in die Eingangshalle herunter, mit ernstem, fast aggressivem Gesichtsausdruck. »Was willst du noch?«, zischte er.

Timo lebte sofort auf. »Ich wollte fragen ...«

»Nicht hier. Gehen wir hinaus.«

Sie marschierten zu dem zweihundert Meter entfernten gepflasterten Platz, auf dem eine Parkbank stand.

»Warum hast du das getan?«, fragte Wilson.

»Was?«

»Treib kein Spielchen mit mir.«

»Ich weiß nicht, wovon ...«

»Es hat mich einige Mühe gekostet, zu beweisen, dass ich diesen Zettel nicht unterschrieben habe. Begreifst du nicht, wie idiotisch es ist, ein Archivformular zu fälschen?«

»Ich hab das nicht zum Vergnügen getan. Wie ist es herausgekommen?«

»Bei einem routinemäßigen Cross-Check«, sagte Wilson ausweichend.

»Ihr habt kontrolliert, weil die Amerikaner es euch befohlen haben. Und du hast mir gekündigt, weil die Amerikaner es befohlen haben.«

Die Geräusche der vorbeifahrenden Autos füllten die Stille zwischen den beiden Männern.

Wilson widersprach nicht. Darum glaubte Timo, Recht gehabt zu haben. Mit einem Mal fühlte er neue Energie in sich. Nicht Rautio steckte hinter dem Rausschmiss, sondern die Amerikaner.

»Ich weiß, dass Washingtons Macht heutzutage fast überall hinreicht«, sagte Timo. »Aber ich hätte nicht geglaubt, dass man auch bei TERA nach der US-Pfeife tanzt.«

Das war scheinheilig, und Timo wusste das. Die Welt der internationalen Nachrichten- und Geheimdienste war ein Kosmos für sich, mit ganz eigenen Regeln. Da wurden Geschäfte gemacht, da wurde Material ausgehändigt und in Empfang genommen, da gab es Gefälligkeiten und Gegenleistungen. Es bestand kein Zweifel daran, dass die TERA irgendwann in einer anderen Angelegenheit von der Hilfe der Amerikaner profitieren würde.

»Und was, wenn die Frau in der Seine von den Amerikanern umgebracht wurde? Dann wäre es kein Wunder, dass sie an einer Aufklärung nicht interessiert sind«, sagte Timo mit einem Hauch von Erregung in der Stimme. »Interessiert dich wirklich nicht, was hier gespielt wird?«

»Mein Interesse und mein Handlungsspielraum gehen dich nichts mehr an. Wo sind die Kopien? Hast du sie vernichtet?« Wilson stand auf.

Auch Timo schnellte hoch. »Es tut mir Leid, dass ich das getan habe. Es war unbedacht und dumm, aber für mich war es in der Situation das geringere Übel.«

»Mein Vertrauen missbraucht man nur einmal.« Wilson ging zum TERA-Haupteingang zurück. Timos Stolz erlaubte es nicht, jetzt noch um ein Zeugnis zu bitten.

Er war allein, und er musste darüber nachdenken, was er von nun an mit seinem Leben anfangen wollte.

Knapp eine Stunde später stieg Timo mit dem Schlüssel in der Hand die Treppe zu seiner Wohnung in der Rue Washington hinauf. Er merkte, dass Reija das Sicherheitsschloss offen gelassen hatte. Verärgert machte er die Tür auf und trat ein.

Sogleich wich sein Ärger der Bestürzung. Die Wohnung war total verwüstet. Der Inhalt von Schränken und Regalen lag auf dem Fußboden verstreut, nicht ein Gegenstand befand sich mehr an seinem Platz.

Timo stieg über die Unordnung hinweg ins Schlafzimmer. Auch dort war der Inhalt des Kleiderschranks auf den Boden geworfen worden.

Die Kopien des Seine-Materials waren weg.

Plötzlich hielt er inne und lauschte. War da noch jemand in der Wohnung?

Er fuhr herum, sah aber nichts als vollkommenes Chaos. Nun gab es niemand mehr, dem er davon Meldung machen, den er um Hilfe bitten konnte. Er konnte sich weder an die TERA noch an die SiPo wenden.

Er ging durch die Wohnung und suchte nach Spuren. Vergebens. Hier waren Profis am Werk gewesen.

Am schlimmsten war der Anblick von Aaros Zimmer: alle Schulbücher und -hefte auf dem Boden, Jeans und Sweatshirts kreuz und quer auf dem Bett. Timo schluckte und ballte die Fäuste.

Auf einmal erstarrte er auf der Stelle. Wo war der Computer?

Die Eindringlinge hatten ihn mitgenommen.

Unter Timos Erschütterung mischte sich glühende Wut. Er griff nach dem Zettel in der Innentasche seiner Jacke, auf dem er die Schlüsselbegriffe des Seine-Materials notiert hatte. Dann nahm er einen Stift zur Hand, übertrug die Wörter auf die Rückseite eines Kassenbons und versteckte diesen in seinem Schuh.

Vor der Hautür hörte man Schritte. Timo schob den ursprünglichen Zettel wieder in die Jackentasche und war mit wenigen Sprüngen hinter der Tür. Jemand schloss die Tür auf.

Reija betrat die Wohnung in einer langen lila Strickjacke.

»Nicht erschrecken«, sagte Timo hinter der Tür. »Ich bin hier.«

Mit großen Augen starrte Reija auf die Verwüstung. »Was ...«

»Einbrecher. Das kommt hier manchmal vor.«

»Ich habe das Sicherheitsschloss ...«

»Niemand macht dir einen Vorwurf. Das sind Profis. Die lassen sich von Schlössern nicht abhalten.«

Reija sah sich das Chaos in ihrem Zimmer an. »Hast du schon die Polizei gerufen?«

Timo überlegte einige Sekunden. »Ja. Sie kommen, sobald sie Zeit haben. So was interessiert die nicht sonderlich. Hauptsache, sie stellen die Papiere für die Versicherung aus.«

»Was ist denn geklaut worden?«

»Hol Aaro vom Schulbus ab. Wartet dann im Park auf mich. Ich hol euch dort ab.«

»Warum ...«

»Tu, was ich dir sage. Nimm was zu lesen mit.«

Fieberhaft versuchte Timo einzuschätzen, ob das Haus noch sicher war oder nicht. Was wäre passiert, wenn die Eindringlinge Aaro und Reija angetroffen hätten?

»Komisch«, rief Reija aus der Küche.

»Was ist?« Timo blieb an der Küchentür stehen.

Reija hielt ein Bündel Euroscheine in der Hand. »Das Haushaltsgeld haben sie gefunden, aber auf dem Tisch liegen lassen.«

Timo blieb Reijas forschender Blick nicht verborgen.

»Seltsame Einbrecher, denen nicht mal Geld gut genug ist«, sagte sie.

»Stimmt. Aber geh jetzt.«

»Es ist noch zu früh, der Bus ...«

»Du kannst solange im Park warten.«

Reija schaute Timo misstrauisch an, hob ein Taschenbuch vom Fußboden auf und ging mit wehender Strickjacke davon.

In der Avenue des Arts, einer der Hauptverkehrsadern der Brüsseler Innenstadt, erhob sich hinter Sicherheitszaun und Fahnenmasten das bombastische Botschaftsgebäude der einzigen Supermacht der Welt. Die Fahnen von USA und EU flatterten im leichten Wind, und auf dem Dach ragte ein Mast mit einem halben Dutzend Antennen für verschiedenste Frequenzen auf. An den beiden Giebelseiten des Daches waren hohe Gitterzäune angebracht, die einige Meter über die Hauswand hinausragten.

Die Vereinigten Staaten hatten eine Menge Niederlassungen und Stützpunkte in der EU-Hauptstadt. Zu den geheimsten Orten gehörte der Sicherheitsraum im Innern des Botschaftsgebäudes. Von dort aus gab es gesicherte Nachrichtenverbindungen nach Washington und zu jedem anderen Ort der Welt. Der abhörsichere Raum wurde sowohl von der Botschaft als auch von den Mitarbeitern des angeschlossenen CIA-Büros benutzt.

Diesmal saßen drei Männer in dem Raum, die sich mit CIA-Codes eingeloggt hatten. Sie hatten einen Aluminiumkoffer bei sich. Darin befand sich ein alter Computer, den verschiedene Aufkleber zierten, unter anderen eine weiße Flagge mit blauem Kreuz und das Logo einer Reederei, das an einen Seehund erinnerte.

Douglas Murphy vom CIA-Büro Brüssel beobachtete, wie sein Kollege, der EDV-Experte der Botschaft, den Inhalt von Timo Nortamos Computer per Satellitenverbindung zur Analyse in die USA schickte. In Brüssel gab es keine Leute mit den dafür nötigen Finnischkenntnissen.

Der Computerspezialist deutete mit dem Finger auf www-Seiten, die mit dem Browser, gesteuert von einer Suchmaschine, aufgesucht worden waren.

»Könnte ich die Suchworte auf Papier haben«, bat Murphy. Er hatte versprochen, sie an Dick Novak in Cambridge weiterzugeben.

Der Besitzer des Rechners schien besonders an einer Person namens Vaucher-Langston interessiert gewesen zu sein.

19

In der Rue Washington ließ Timo den Blick über das Chaos in seiner Wohnung schweifen. Er müsste Wilson davon Mitteilung machen. Er griff zum Hörer, hielt aber abrupt in der Bewegung inne.

Er starrte auf das Telefon und legte den Hörer wieder zurück.

Es gab eine Menge Stellen in der Wohnung, wo ein Abhörgerät installiert sein konnte: in den Leuchten, unter der Schutzabdeckung der Steckdosen, hinter den Heizkörpern.

Falls die Eindringlinge eine Wanze in der Wohnung versteckt hatten, dann hatten sie auch seine Anweisungen an Reija gehört.

Wurde er allmählich paranoid?

Er nahm eine große Reisetasche, ging in Aaros Zimmer und packte Kleider und Schulbücher ein. Von seinem eigenen Schreibtisch nahm er Briefumschläge und Briefmarken.

Mitsamt der Tasche verließ er die Wohnung und ging die Treppe hinunter. Die alltägliche Ruhe auf der Straße wirkte beinahe bedrohlich. Auf dem Weg zu seinem Wagen blickte sich Timo um, bemerkte aber nichts Außergewöhnliches. Er verstaute die Tasche im Kofferraum und machte die Fahrertür auf, setzte sich aber nicht, sondern öffnete die Motorhaube. Er kontrollierte den Motorraum, besonders die ABS-Steuereinheit. Dann ging er neben dem Auto auf die Knie und nahm den Unterboden in Augenschein.

Wenn jemand so verzweifelt versucht hatte, ihm das Seine-Material abzunehmen, war es dann nicht auch möglich, dass man versuchte, ihn, der das Material gesehen hatte und sich dafür interessierte, zum Schweigen zu bringen?

Professionelle Mordanschläge wurden heutzutage fast ausnahmslos in Form von fingierten Autounfällen ausgeführt. Unfälle passierten eben, sie erregten nicht unbedingt Argwohn. Im ABS-System ließ sich zum Beispiel ein Gerät installieren, das per Funkbefehl die Bremsen außer Kraft setzte. Nicht umsonst war Prinzessin Diana immer wieder davor gewarnt worden, dass Autos leicht als Mordinstrumente benutzt werden konnten.

Timo fuhr auf der Rue Washington einige hundert Meter nach Süden, bis er den Tenbosch-Park erreichte. Er parkte in der Querstraße Rue Hector Denis und sah auf die Uhr. Aaros Schulbus würde in einer Stunde kommen. Bis dahin musste er entschieden haben, ob Aaro und Reija in Gefahr waren.

Er rief Wilson an und berichtete in wenigen Sätzen, was passiert war.

»Ich will wissen, wer mich jagt und warum«, sagte er aggressiv.

»Hast du die Kopien aus dem TERA-Gebäude mitgenommen? War das deiner Meinung nach klug?«, konterte Wilson mit einem Ton, der nicht gerade vor Mitleid strotzte.

»Ich muss Klarheit darüber haben, ob ich in Gefahr bin oder ob meine Familie es ist.«

»Ich weiß es nicht. Ich weiß wirklich nicht, was die Amerikaner in dem Material sehen«, sagte Wilson leise. »Aber es scheint ihnen extrem wichtig zu sein.«

Das war als Antwort genug.

»Wichtig ist es auch für Finnland«, versuchte es Timo noch einmal. »In Helsinki wird jede Information gebraucht, die die Echtheit des Materials bestätigen kann …«

»Rautio hält die Angelegenheit für nicht so wichtig. Ich muss gehen.«

Timo bedankte sich trocken und wählte eine neue Nummer, diesmal die von Jukka Palomäki, einem Bekannten, der bei der EU-Kommission arbeitete. Er berichtete ihm von dem Einbruch und dem Chaos in der Wohnung und fragte, ob sie über Nacht zu ihm kommen könnten.

Jukka stimmte ohne Zögern zu. Mit einem vertrauenswürdigen Menschen zu sprechen verschaffte Timo etwas Erleichterung. Er rief Soile in Genf an und erzählte ihr die gleiche Version. Sie reagierte ausgesprochen lakonisch. Ihr distanziertes Verhalten bestärkte Timos Verdacht, was den Grund für Soiles Kühle in der letzten Zeit betraf. Zum Teil war er durch Soiles Scherze geweckt worden, nachdem Patrick Saari, ein Kollege von ihr aus Helsinki, zum CERN gewechselt war. Timo hatte den Mann ein paar Mal in Finnland gesehen und konnte ihn dadurch mit Soiles Vorstellung von einem »Traummann« in Verbindung bringen. Soile hatte Patrick geholfen, eine Wohnung in Genf zu finden und über ihn wie über einen beliebigen Kollegen gesprochen, bis sie ihn plötzlich überhaupt nicht mehr erwähnte. Wenn Timo etwas gefragt hatte, hatte sie das Thema gewechselt.

Er steckte den Zettel mit den Notizen zum Seine-Material und das Foto, das von Lahdensuo auf dem Pont Marie gemacht worden war, in ein Kuvert und schrieb darauf die Adresse seiner Mutter in Porvoo. Das Material war an jedem Ort sicherer als bei ihm.

Timo brachte Aaro und Reija vom Tenbosch-Park zu Jukka. Der wohnte mit seiner Familie im Osten der Stadt, in Kradinem, einer Gegend, die bei Finnen beliebt war. Anschließend stellte Timo den Wagen am Hauptplatz von Stockel ab und fuhr mit der Metro ins Zentrum von Brüssel zurück. Die ganze Fahrt über dachte er fieberhaft nach. Man hatte zuerst versucht, ihn in Helsinki aus dem Weg zu räumen, und jetzt hier, wenngleich aus anderen Gründen. Glaubten diese Leute wirklich, er würde das auf sich beruhen lassen und sich anderen Beschäftigungen zuwenden? Jedes Hindernis, das ihm in den Weg gestellt wurde, veranlasste ihn nur dazu, der Sache noch entschlossener auf den Grund zu gehen.

Er begriff, dass es ihm nicht mehr nur um seinen Vater, seinen Arbeitsplatz oder um die Präsidentin ging. Es ging jetzt ums Prinzip, um Richtig und Falsch.

Timo zog den Zettel aus der Tasche, auf dem er die Namen notiert hatte, die im Seine-Material genannt wurden. Einer davon – Vaucher-Langston – hatte ihn ein kleines Stück vorangebracht. Es war Glück im Unglück, dass er zu Hause mit dem PC nicht weitergekommen war, denn die Eindringlinge würden auf der Festplatte auch nur all die Adressen finden, die er mit dem Computer besucht hatte.

An der Station De Brouckere stieg er aus. Auf der Treppe zur Metrostation bettelte eine Rumänin, die ein zweijähriges Kind als Requisit auf dem Arm trug. Timo war skeptisch, was das Betteln betraf, zumindest hier handelte es sich meist um ein durchorganisiertes, zynisches Geschäft, und die Frau war eine Art Angestellte.

Er ging in die belebte Rue Anspach und betrat dort das mit orangefarbenen Werbeplakaten ausgekleidete *easyEverything*-Internetcafé. Er setzte sich an einen Bildschirm und arbeitete konzentriert und zielstrebig. Je dunkler es draußen wurde, umso mehr Notizen kamen auf dem Blatt Papier neben ihm zusammen.

Vaucher-Langston schien die einzige Spur zu sein. Er suchte erneut die Angaben der Beratungsfirma von David Vaucher-Langston und versuchte sofort in Kapstadt anzurufen. Aber dort meldete sich niemand, was auch kein Wunder war, denn in Südafrika war es ebenfalls schon Abend.

Sicherheitshalber forschte er auch bei den anderen beiden Vaucher-Langstons weiter. Den in San Francisco lebenden, auf Rauminstallationen spezialisierten Henri Vaucher-Langston strich er von der Liste, als er dessen Geburtsdatum sah: 27.4.1978.

Ebenso weit hergeholt erschien ihm der Historiker J. B. Vaucher-Langston. Der war Fachmann für das Mittelalter und arbeitete als Professor an der Universität Cambridge. Timo wollte gerade die Seite mit den Suchergebnissen schließen, da beschloss er, abschließend noch einen Blick auf das jüngste Dokument zu werfen. Es handelte sich um einen Nachruf aus der Zeitung ›The Daily Telegraph‹. Der Historiker J. B. Vaucher-Langston war am Wochenende überraschend bei einem Wohnungsbrand ums Leben gekommen.

Zeitpunkt und Todesursache veranlassten Timo, den Artikel zu lesen. Wie in britischen Zeitungen üblich, war er gründlich recherchiert. Vaucher-Langston war für seine Forschungsarbeiten über alte Landkarten bekannt. Er hatte bei seinen Untersuchungen die modernste Technik angewandt und dabei auch mit Satellitenkartografen der US-Streitkräfte zusammengearbeitet.

Bei dem Link zwischen Vaucher-Langston und der US-Armee zuckte Timo zusammen. Schnell sah er sich andere Suchergebnisse an und fand einen Artikel über mittelalterliche Karten, der ein Foto enthielt. Auf dem waren laut Bildunterschrift »Oberstleutnant Berger vom kartografischen Büro der Luftwaffe der Vereinigten Staaten und Professor Vaucher-Langston von der Universität Cambridge« zu sehen.

Timos Herz schlug nun heftiger. Er sah sich weitere Seiten an und machte Notizen. Schließlich schloss er das Browserfenster und zahlte die Benutzergebühr. Hier brauchte er sich wenigstens keine Gedanken darüber zu machen, ob Aaro ausspionierte, welche Internetseiten er aufgesucht hatte.

Draußen war es längst dunkel. Das Rauschen des Verkehrs in der Anspach störte ihn nicht in seinen Gedanken, während er die wenigen hundert Meter zum englischen Buchladen *Waterstones* ging, der gerade schließen wollte. Timo ging dennoch rasch in den ersten Stock hinauf zum Regal »Geschichte«.

Zwei Bücher von J. B. Vaucher-Langston standen dort. Timo blätterte beide schnell durch und wählte das dickere. Es hieß ›Zu neuen Kontinenten. Die Geschichte der Karten und der Navigation‹. Auf dem Umschlag war eine Fotomontage aus einer alten Karte, dem Sternenhimmel, einem Fernrohr und einem Sextanten zu sehen.

Mit der Metro fuhr Timo nach Stockel zurück, beschloss aber, noch am selben Abend zu Hause aufzuräumen. Diese Arbeit würde ihm niemand abnehmen. In Stockel ging er zu seinem Wagen auf dem hell erleuchteten, von vielen Geschäften gesäumten Hauptplatz. Im Gehen rief er kurz Soile in Genf an. Er war noch immer nicht fähig, ihr von seinem Rausschmiss zu erzählen, und erklärte sich das so, dass er zuerst einen neuen Arbeitsplatz in Aussicht haben wollte, um keine unnötigen Sorgen bei ihr auszulösen.

Er setzte sich in sein Auto, legte die Plastiktüte aus dem Buchladen neben sich auf den Sitz und fuhr durch den abendlichen Stoßverkehr in die ruhige Rue Washington. Er stieg aus, blickte auf die dunklen Fenster seiner Wohnung und fühlte sich unbehaglich. Er bekam das Bild von dem Chaos in der Wohnung nicht aus seinem Kopf.

Aufmerksamer als sonst sah er sich auf der Straße um, entdeckte aber nichts Ungewöhnliches. Er schloss die Haustür auf und spürte im dunklen Treppenhaus einen Hauch von Angst, bis er den Lichtschalter ertastet hatte.

Im ersten Stock blieb er einen Moment vor der Wohnungstür stehen. Rundum war es still.

Diesmal war das Sicherheitsschloss zu, wie es sein sollte, aber das ließ ihn kein bisschen ruhiger werden. Vorsichtig öffnete er die Tür, trat ein und machte das Licht im Flur an. Das Durcheinander sah jetzt noch elender und bedrohlicher aus als bei Tageslicht. Der Zorn ließ die Unruhe weichen. Die Frechheit dieser Typen kannte offenbar keine Grenzen. Aber da man sich an keine Regeln hielt, würde auch seine Dreistigkeit keine Grenzen kennen, dachte Timo nun schon wieder etwas selbstsicherer. Er ging ins Wohnzimmer, schaltete auch dort das Licht an und erschrak.

Auf dem Sofa saß ein Mann.

Timo machte auf dem Absatz kehrt, dabei konnte er gerade noch sehen, dass hinter der Tür ein zweiter Mann stand. Die Plastiktüte aus dem Buchladen flog auf den Boden, als Timo dem Mann die Tür ins Gesicht schlug, in den Flur stürzte und aus der Wohnung rannte. Auf der Treppe geriet er ins Straucheln, verlor das Gleichgewicht und fiel. Oben hörte man Laufschritte. Timo sprang auf und rannte weiter die Treppe hinunter. Die Haustür war abgeschlossen, und er wusste, er bekäme sie nicht auf, bevor ihn die Eindringlinge eingeholt hätten. Die Erkenntnis, in die

Sackgasse geraten zu sein, versetzte ihn in Panik, aber er hatte nicht die Absicht, aufzugeben. Er griff zum Schließmechanismus, drehte daran, bis er begriff, dass einer der Männer hinter ihm stand. Er schnellte herum und trat mit voller Wucht nach ihm, aber der Mann konnte ausweichen.

»Beruhigen Sie sich, Mr. Nortamo«, sagte der Amerikaner mit deutlicher und angesichts der Umstände unfassbar ruhiger Stimme. Er hielt eine Pistole mit Schalldämpfer auf Timo gerichtet.

Timo wusste, es war sinnlos, gegen diese Übermacht anzukämpfen. Keuchend hob er die Hände. Die beiden Amerikaner führten ihn wieder nach oben in die Wohnung. Sie machten die Tür hinter sich zu und schoben ihn ins Wohnzimmer.

»Mr. Nortamo«, sagte der Dunkelhaarige mit dem massiven Kinn ernst. »Setzen Sie sich und hören Sie mir genau zu.«

Timo ließ sich in einen Sessel fallen.

»Sie haben sich eigensinnig um das Material aus der Seine bemüht, obwohl man Ihnen die Ermittlungen entzogen hat«, sagte der Amerikaner, zwar etwas außer Atem, aber unaufgeregt. »Warum?«

Timo hustete. Es fiel ihm schwer, sich nach dem gewaltigen Adrenalinschub zu beruhigen. Gerade die überzogene Nüchternheit des Mannes machte ihm Angst, dieses vollkommene Fehlen menschlicher Züge. »Mit wem habe ich die Ehre?«

Der Mann holte seinen Dienstausweis hervor. »Douglas Murphy, CIA. Wir handeln in Amtshilfe auf Bitten einer bestimmten Behörde eines anderen Staates. Bitte beantworten Sie meine Frage. Warum wühlen Sie in etwas herum, das Sie nichts angeht?«

Die Überheblichkeit des Mannes ärgerte Timo. »Es geht mich verdammt viel an. Es geht immerhin um Finnland ...«

»Nein. Es gibt darin nichts, was Finnland berühren würde. Lediglich eine diffuse Anspielung, die keinen Anlass zu weiteren Vermutungen bietet. Ihr ehemaliger Vorgesetzter in Helsinki scheint das begriffen zu haben.«

Es bereitete Timo große Schwierigkeiten, wenigstens einigermaßen ruhig zu bleiben. Allmählich ahnte er, was los war: Das Seine-Material würde nie als Grundlage einer an die Öffentlichkeit dringenden Geschichte verwendet werden können. Und das schien Rautio und der Präsidentin mehr als recht zu sein.

»Mr. Nortamo, vergessen Sie Pont Marie. Vergessen Sie die Diskette.«

Timo musterte den Amerikaner, der noch immer ruhig und nüchtern wirkte.

»Oder wir müssen Maßnahmen ergreifen, die wir eigentlich vermeiden möchten«, fügte der Mann hinzu.

»Was soll das denn heißen?« Es gelang Timo nicht, seine Stimme so sarkastisch klingen zu lassen, wie er es gewollt hätte.

Es wurde zunächst still im Raum, dann brach der Amerikaner das Schweigen mit einer monotonen Liturgie. »Wenn wir uns dazu gezwungen sehen, werden wir auf die Weisung des Präsidenten zurückgreifen, die uns zu der Möglichkeit ermächtigt, im Kampf gegen den Terrorismus Personen zu eliminieren, die eine ernsthafte nationale Bedrohung darstellen.«

Timo starrte den CIA-Beamten an und räusperte sich. »Und was ist das für eine Bedrohung, die ich darstelle?«

»Ich bin nicht befugt, darüber Auskunft zu geben.«

»Ihr wisst genau, dass die ›Bedrohung, die ich darstelle‹, nichts mit Terrorismus zu tun hat«, sagte Timo leise. »Ihr seid euch wirklich nicht zu ...«

»Unterschreiben Sie das hier.«

Der Amerikaner reichte Timo ein Blatt Papier mit wenigen Zeilen Text. Die Überschrift lautete: SCHWEIGEABKOMMEN.

»Warum soll ich so etwas unterschreiben, wenn ich nicht einmal weiß, worum es geht?«

»Ich glaube nicht, dass Sie eine Wahl haben«, erwiderte der Amerikaner trocken.

Timo schaute die beiden Männer abwechselnd an. Ihre Ausdruckslosigkeit trieb ihm den Schweiß aus den Poren.

Der Mann hatte Recht. Alles sprach dafür, dass es tatsächlich keine Alternative gab.

Timo legte das Blatt Papier auf den Tisch, sah aber noch einmal kurz zum Amerikaner, der zu ihm gesprochen hatte. Doch der reagierte nicht: Sein Blick war auf den Boden gerichtet, und auf seiner Miene zeichnete sich so etwas wie Überraschung ab.

Timo folgte verstohlen seinem Blick.

Dort lag die Plastiktüte des Buchladens, deren Inhalt ein Stück herausgerutscht war. Deutlich konnte man lesen: J. B. VAUCHER-LANGSTON: ›Zu neuen Kontinenten. Die Geschichte der Karten und der Navigation‹.

Wie ein elektrischer Schlag durchfuhr es Timo: Der Amerikaner hatte das Buch gesehen.

Er konzentrierte sich wieder auf das Schweigeabkommen und unterschrieb. Seine Hand zitterte.

Der CIA-Beamte faltete das Blatt zusammen und steckte es ein.

»Danke«, sagte er.

Sein Tonfall signalisierte, dass er von Anfang an keinen Zweifel an Timos Zustimmung gehabt hatte. Er klang so, als wäre der Fall nun für ihn erledigt.

Timo zog es vor, dieses Missverständnis nicht zu korrigieren.

ZWEITER TEIL

20

Heli Larva saß am Computer und rührte dabei mit dem Löffel in der Teetasse. Die klare Nacht draußen war kühl. Im Zimmer strahlte der alte Holzofen Wärme ab, aber Heli fror.

Erneut las sie die E-Mail auf dem Bildschirm: »Ich bin in Turku, fahre mit *Viking Line* nach Stockholm, die Polizei hat nach mir gefragt. Joni.«

Heli führte ihren Hotmail-Briefkasten unter falschem Namen, trotzdem löschte sie Joni Mastomäkis Mail auf der Stelle. Sie verstand, dass er sie warnen wollte, aber überflüssige Kontakte bedeuteten überflüssige Risiken.

Um sich aufzumuntern, öffnete Heli eine andere Datei. Lächelnd betrachtete sie die bewegten Bilder auf dem Monitor. Sie waren unscharf, aber drei helle Stellen waren deutlich zu erkennen: ihre Brüste und Timo Nortamos Gesicht, das zwischen ihnen versank.

Alle unnötigen Sequenzen der Aufnahme hatte Heli entfernt, das übrige Material war zweideutig genug, um Soile Nortamo Freude zu bereiten. Sie konnte sich noch gut an die einige Jahre jüngere Studentin erinnern, die in ihrer Übung zur Mathematischen Physik gesessen hatte. Sie waren in ein Wortgefecht über den Umgang mit Atommüll geraten. Soile hatte der Atomenergie damals schon vorbehaltlos positiv gegenübergestanden.

Für Heli war das unfassbar gewesen. Selbst ein Kind konnte verstehen, dass die atomaren Risiken nicht berechenbar waren. Und selbst äußerst unwahrscheinliche Dinge traten ein. Was war denn in Windscale oder in Harrisburg oder in Tschernobyl oder in Tokaimura gewesen?

Soile hatte versucht, Belege für die Sicherheit von Kernenergie zu finden, aber dieser Versuch war natürlich zum Scheitern verurteilt gewesen: Während man noch die komplexesten Wahrscheinlichkeitsberechnungen aufstellte, war es immer und immer wieder zu Zwischenfällen gekommen. Die Führungsgremien von Energiekonzernen und Kraftwerkbetreibern wie *IVO* oder *TVO* waren sich dessen natürlich bewusst. Wenn das Unfallrisiko so gering war, wie die »Experten« in Finnland behaupteten, warum waren sie dann nicht bereit, die von eventuellen Zwischenfällen verursachten Kosten zu tragen – wie es in den USA üblich war –, statt sie den Steuerzahlern aufzubürden?

Die Kernenergie wäre eine prima Methode, Strom zu erzeugen, wenn sie ohne Unfallrisiko und ohne Strahlenemission funktionieren würde. Und noch wichtiger: wenn das Abfallproblem gelöst wäre. Aber die Habgier brachte die Menschen dazu, die Atomenergie zu nutzen, ohne das Abfallproblem gelöst zu haben.

Man müsste den Energieverbrauch in Relation zur vorhandenen Energiemenge setzen, fand Heli. Warum mussten zum Schaden künftiger Generationen unterirdische Müllkippen angelegt werden, damit man jetzt mehr Strom für die Papierfabriken hatte? War man bereit, auf dem Altar der Wirtschaft alle anderen Werte zu opfern? Wo waren Moral und Verantwortungsbewusstsein der Wissenschaftler geblieben?

Die ethischen Vorstellungen und persönlichen Entscheidungen einzelner Wissenschaftler hatten die Entwicklung der Forschung und sogar der gesamten Menschheit gesteuert. Im Dezember 1938 hatte Otto Hahn die Spaltreaktion des Urans entdeckt. Drei Monate später hielten etwa zweihundert Atomphysiker in allen Teilen der Welt eine Atombombe für möglich. Zugleich erkannten sie: Wenn der Bau einer Atombombe möglich war, würde das auch jemand tun. Und wenn die Atombombe gebaut wäre, würde sie auch jemand einsetzen.

Heli hatte Respekt vor J. Robert Oppenheimer. Mit dem Eifer

des Wissenschaftlers hatte er damit begonnen, eine Atombombe zu entwickeln. Als er aber sah, was das für ein Ungeheuer war, an dessen Erschaffung er beteiligt war, versuchte er die Politiker und die Nation zur Vernunft zu bringen. Gäbe es doch nur mehr Oppenheimers unter den Wissenschaftlern.

Ähnliches galt für das Klonen von Menschen. Weil es möglich war, würde es auch gemacht werden. Aber die Entscheidungen der Wissenschaftler betrafen nicht bloß Bereiche wie die Atomtechnologie oder das Klonen, sondern auch ganz alltägliche Dinge: Da wurde für die Zahnpasta Triclosan genommen, obwohl der Verbraucher unweigerlich etwas davon schluckt, oder man bediente sich für Deostifte einer Aluminiumverbindung, die für die Nerven gefährlich war …

Heli startete über Google eine Suche über »Soile Nortamo«. Das hatte sie schon einmal getan: vor fünf Jahren, als sie zuletzt mit Timo zu tun gehabt hatte, der damals noch bei der finnischen KRP gewesen war. Sie schnaubte verächtlich, als sie sah, dass Soile im CERN am Grid-Programm und im Rahmen der Transmutationsforschung bei abgebrannten Kernbrennstoffen mitgearbeitet hatte.

Sie fand zwei E-Mail-Adressen, eine an der TH in Helsinki und eine beim CERN. Beide nahm sie in ihr Adressbuch auf.

Timo saß in seinem Wagen, den er am Weiher des Woluwe-Parks abgestellt hatte, fünfzig Meter jenseits der Rue Souverain, auf der er zu Jukka nach Stockel unterwegs gewesen war.

Der beleuchtete Parkplatz lag friedlich da, aber Timo steckte der Zwischenfall mit den Amerikanern schwer in den Knochen. Würde ihnen das Schweigeabkommen genügen? Würden sie ernsthaft glauben, dass er sich daran hielt?

Er schaltete die Innenbeleuchtung ein und blätterte in Vaucher-Langstons Buch. Vor sich sah er das Gesicht des CIA-Beamten, als dessen Blick auf das Buch auf dem Boden gefallen war. Es bestand nicht der geringste Zweifel, dass Vaucher-Langston dem Amerikaner etwas sagte. Hätte er das Buch an sich genommen oder sein Interesse zu erkennen gegeben, hätte er Timo damit die Bedeutung des Werks bestätigt. Nur darum hatte sich der Mann beherrscht. Aber sein Blick hatte ihn verraten.

Timo sah auf die Uhr. Es war Viertel vor zehn. Am besten wartete er ab, bis Aaro und Jukkas Familie schliefen. Er wollte und konnte mit niemandem reden, er war einfach zu müde und verwirrt.

In Vaucher-Langstons Buch ging es hauptsächlich um die Karte von Piri Reis. Da Timo sich schon immer für Geschichte interessiert hatte, war er auch früher schon mal auf dieses Thema gestoßen. Eine Gruppe von Historikern hatte 1929 die auf Gazellenhaut gezeichnete Karte gefunden. Bei Untersuchungen in den dreißiger Jahren fand man heraus, dass sie bereits im Jahre 1513 von Piri Reis, einem Admiral der türkischen Flotte, angefertigt worden war.

Die Kartografie war Reis' Leidenschaft gewesen, und als hoher Offizier war er bis in die Bibliothek von Alexandria gelangt. Seine Aufzeichnungen bewiesen, dass er seine Karte aus mehreren Quellenkarten kompiliert hatte, von denen ein Teil aus der Zeit vor Christi Geburt stammte.

Die Karte von Piri Reis zeigte die Westküste Afrikas, die Ostküste Südamerikas und die Nordküste der Antarktis. Seltsam daran war folgendes: Das Südpolgebiet – die Küstenlinie von Queen Maud Land, samt Flüssen, Buchten, Ebenen, Gebirgen und Wüsten – war detailliert gezeichnet, obwohl die Region erst dreihundert Jahre später entdeckt worden war.

Noch außergewöhnlicher war die Tatsache, dass die Küstenlinie überhaupt hatte gezeichnet werden können, denn im 16. Jahrhundert war sie – wie auch heute noch – von einer anderthalb Kilometer dicken Eisschicht überzogen gewesen.

Mindestens eine der Quellenkarten von Piri Reis musste demnach angefertigt worden sein, bevor das Eis Queen Maud Land bedeckte. Allerdings endete die letzte eisfreie Periode in dem Gebiet frühestens vor 6000 Jahren – während sich die ersten bekannten Zivilisationen erst um 3000 vor Christus im Nahen Osten entwickelten.

Wer hätte also die Küstenlinie der Antarktis zeichnen sollen? Oder hatte jemandem eine Technik zur Verfügung gestanden, die ebenso weit entwickelt war wie heute, da man Karten mit Hilfe von Satelliten erstellte?

Inwiefern hatten Vaucher-Langstons Forschungen mit dem Seine-Material zu tun? Und vor allem: War es möglich, die Echtheit des Materials durch Vaucher-Langston zu beweisen?

Mit Hilfe der Toten aus der Seine würde es jedenfalls kaum gelingen. Leichen, die nicht identifiziert werden konnten, wurden immer wieder gefunden, und auch wenn in diesem Fall manches sonderbar war, hatte doch niemand ein spezielles Motiv, sich in die Ermittlungen hineinzuknien.

Außer den Finnen – falls sich das Material als authentisch erwies. Und den Amerikanern – aus irgendeinem anderen Grund.

Timo blickte sich um. Der CIA-Beamte hatte eiskalt und ruhig eine Morddrohung ausgesprochen. Das war entsetzlich, unfassbar und gegen jedes Gesetz. Aber es war Fakt, und man sollte das ernst nehmen.

Immer unsicherer, ob er sich noch auf der richtigen Spur befand, las Timo weiter in dem Buch. Darin hieß es, schon vor Vaucher-Langston habe ein türkischer Marineoffizier 1953 die Karte von Piri Reis zur Analyse an die hydrografische Abteilung der US-Marine geschickt. Die Amerikaner hatten die auf der Karte benutzte Projektion überprüft und zu ihrer Überraschung herausgefunden, dass die Karte nicht nur genau war, sondern dass mit ihrer Hilfe sogar die Fehler damals aktueller Karten korrigiert werden konnten.

Für die Genauigkeit der Karte von Piri Reis gab es nur eine einzige Erklärung: Sie musste auf der Grundlage von Beobachtungen aus der Luft gezeichnet worden sein oder unter Verwendung von sehr weit entwickelter Trigonometrie. Aus der Luft? Im 16. Jahrhundert? Die genaue Festlegung der Längengrade zeigte, dass beim Zeichnen der Karte sphärische Trigonometrie angewendet worden war. Diese aber lernte man erst in der Mitte des 18. Jahrhunderts bei der Kartierung einzusetzen.

Vaucher-Langston hob die Unterstützung und Kompetenz amerikanischer militärischer Quellen hervor, und zwar auf eine Weise, die Timos Interesse befeuerte. Falls der Historiker Jacob Vaucher-Langston derjenige Vaucher-Langston war, der im Seine-Material erwähnt wurde, was mochte dann die Operation Phönix sein? Und waren die Russen auf ihn zugegangen, wie sie es geplant hatten?

Timo fand allerdings keine Erklärung, warum ausgerechnet Professor Vaucher-Langston im Seine-Material hätte auftauchen sollen. Warum zum Teufel hätte sich der KGB für einen Mittelalter-Historiker und für alte Karten interessieren sollen?

Den einzigen einleuchtenden Hinweis boten die ständigen Verweise des Professors auf US-amerikanische Militärbehörden, deren Hilfe er offenbar bei seinen Kartenstudien in Anspruch genommen hatte.

Schließlich klappte Timo das Buch zu und schob es in die Plastiktüte zurück. Die ganze KGB-Diskette hatte durch das Buch von Vaucher-Langston einen neuen, eigentümlichen Stempel aufgedrückt bekommen: einen rätselhaften und düsteren. Aber Vaucher-Langston war ein renommierter Historiker, der die Fragen, die er gestellt hatte, nicht unter Hinweis auf untergegangene Zivilisationen oder Besucher aus dem All zu beantworten versucht hat.

Timo schaltete die Innenbeleuchtung aus und startete den Wagen. Unweigerlich kamen ihm die Bücher von Erich von Däniken in den Sinn, die er als Junge gelesen hatte. Der Schweizer Hobbyforscher untersuchte überall auf der Welt monumentale Kultstätten und die dazugehörigen Rätsel, die mythologischen Grundlagen der Religionen und die Kunst von indigenen Völkern, und entdeckte darin auch schon mal Hinweise auf Astronautenausrüstungen. Laut von Däniken hatten Besucher von anderen Planeten, die den Erdbewohnern in technischer Hinsicht überlegen waren, ihre Spuren in der

Menschheitsgeschichte hinterlassen. Nur so ließen sich die eigentümlich weit entwickelten mathematischen und astronomischen Kenntnisse der Ägypter, Maya und Babylonier erklären.

Timo bog in die Souverain ein und fuhr in Richtung Stockel. Er konnte sich noch gut an die Ufo-Begeisterung erinnern, die von Däniken auch in Finnland ausgelöst hatte. Ausführlich wurden damals in der Presse Theorien über Besucher aus dem All diskutiert. Als Fortsetzung des Ufo-Booms waren dann verschiedene parapsychologische Phänomene aufgetaucht. Den Gipfel bildete Uri Geller, der in einer Fernseh-Liveübertragung per Telepathie einen Löffel verbog. Timo sah die Sendung in allen Einzelheiten vor sich. Es musste vor 1975 gewesen sein, denn damals hatte sein Vater noch zu Hause gewohnt.

Bei dem Gedanken an seinen Vater wuchs Timos Wut auf die Amerikaner nur noch mehr. Was immer sie auch in dem Fall sahen, ernst meinten sie es auf jeden Fall. Die CIA würde ihr Pulver gewiss nicht für Visionen im Stil von Dänikens verschießen, es musste um etwas Größeres gehen, um etwas sehr Bedeutsames.

Und wenn die Quellenkarten, die Piri Reis verwendet hatte, ursprünglich von einer untergegangenen Zivilisation stammten, die nicht über das nötige Navigationsinstrumentarium zur Berechnung von Längengraden verfügte? Alle bekannten paläontologischen Fossilienfunde bewiesen unbestreitbar, dass es solche Zivilisationen auf der Erde nicht gegeben hatte. Alle *bekannten* Funde, wohlgemerkt …

Timo war ein durch und durch rationaler Mensch, darum bereitete es ihm keine Schwierigkeiten, solche lächerlichen Überlegungen aus seinem Kopf zu verbannen. Dennoch fühlte er sich ein bisschen wacklig in seinen Überzeugungen.

Er umklammerte das Lenkrad fester als sonst und behielt die Umgebung besonders wachsam im Auge. Der dichte Verkehr hatte sich etwas aufgelöst, und niemand folgte ihm. Die Beleuchtung des Armaturenbretts schien in sein Blickfeld, ein warmer Luftstrom drang aus dem Gebläse. Das Auto kam ihm wie ein Zufluchtsort vor, obwohl es in Wahrheit eine Falle der schlimmsten Sorte sein konnte.

In der schwach beleuchteten Hebronlaan in Kraainem standen auf der einen Straßenseite zweistöckige Doppelhaushälften, gegenüber erstreckte sich ein Maisfeld. Es war bereits abgeerntet, und die schwarze Erde schluckte alles Licht der Straßenlaternen.

Timo parkte hinter dem Renault *Scenic*, den er kannte. Abgesehen von der Außenbeleuchtung war das Haus dunkel, so wie alle anderen Häuser der Straße auch. Jukka machte die Haustür auf. Trotz seines Morgenmantels gelang es ihm, wie ein effizienter EU-Bürokrat zu wirken.

»Entschuldige«, sagte Timo leise.

»Da gibt es nichts zu entschuldigen. Merja hat dir das Bett neben Aaro im Gästezimmer gemacht. Reija schläft im Wohnzimmer auf der Couch.«

Timo hängte seine Jacke an die Garderobe und flüsterte: »Wir müssen morgen früh aufstehen. Wir fliegen mit der Morgenmaschine nach Finnland.«

»Nach Finnland?« Jukka warf Timo einen verdutzten Blick zu. »Was ist passiert?«

»Nichts Besonderes. Ich erzähl es dir irgendwann einmal. Ich bringe Aaro für ein paar Tage zu meiner Mutter nach Porvoo.«

»Hat das mit dem Einbruch zu tun?«

»Darf ich mal kurz ins Internet?«

Timo sah seinen Freund ernst an, und der verstand, dass weitere Nachfragen vergeblich wären.

Jukka schaltete den Computer in der Wohnzimmerecke ein und ließ Timo dann in Ruhe. Timo reservierte für den nächsten Morgen die Flüge nach Helsinki. Aaro würde so lange in Finnland bleiben dürfen, bis alles geklärt war. Es durfte nicht das geringste Risiko bestehen, dass der Junge in Gefahr geriet. Als er die Nummer seiner Visa-Karte eingab, fielen Timo prompt wieder der Kredit für das Haus und sein Rausschmiss ein.

Nachdem er die Reservierung vorgenommen hatte, rief er Google auf. Das Blättern in Vaucher-Langstons Buch hatte ihn auf neue Suchwörter gebracht. Das waren allesamt Strohhalme, an denen er sich festhielt, aber etwas Besseres hatte er nicht.

Neben Vaucher-Langstons Namen schrieb er in das Suchfeld die Namen der Abteilungen der US-Streitkräfte, die im Buch des Professors vorkamen. Unter den Suchergebnissen fand er eine Überschrift, in der die Karte von Piri Reis erwähnt wurde. Er klickte den Link an und kam auf eine Homepage, wo auch kritische Ansichten geäußert wurden: In die an sich völlig ungenaue Karte seien Quellenkarten verschiedener Gebiete eingegangen. Bei diesen seien unterschiedliche Projektionen verwendet worden, die von den Erforschern der Karte von Piri Reis in den dreißiger Jahren vereinheitlicht und rekonstruiert worden waren – unter der Annahme, dass die ursprünglichen Quellenkarten genau waren und dass sich alle Fehler der Kompilationskarte von Piri Reis beim Kopieren und Erstellen der umfassenderen Karte eingeschlichen hatten. Aber das sagte noch nichts über die Genauigkeit, ja nicht einmal über die Existenz der Quellenkarten.

Andererseits schloss auch diese These nicht die Möglichkeit exakter Quellenkarten aus. Man müsste nur eine von den Karten finden, die Admiral Reis beim Erstellen seiner Karte verwendet hatte. Nur das könnte etwas beweisen – und würde die traditionelle Geschichtsschreibung mit einer ernsthaften Herausforderung konfrontieren.

Auf einmal kam Timo sich lächerlich vor. Er vergeudete seine Zeit mit einem Thema, das Lichtjahre von den eigentlichen Problemen entfernt zu sein schien. Andererseits: Keine Supermacht würde einer Nichtigkeit so rücksichtslos nachjagen. Das Auftauchen von Vaucher-Langston in dem KGB-Material und die geheimnisvolle Drohung der CIA hatten Timo auf sehr seltsames und zwielichtiges Terrain geführt.

Von der Tür des Gästezimmers aus betrachtete er Aaros Gesicht. Das Licht vom Flur fiel auf die hellen Wangen und die langen Wimpern seines Sohnes. Der Junge hatte es verdient, in einer soliden und sicheren Umgebung aufzuwachsen. Das Beste, was Timo jetzt tun konnte, war Aaro an einen sicheren Ort zu schicken – denn so unfassbar die Drohung der Amerikaner auch zu sein schien, gab es doch allen Grund, sie ernst zu nehmen.

»Brüssel hat mitgeteilt, dass der Finne ein Buch von Vaucher-Langston gekauft hat«, sagte Dick Novak über eine kodierte Telefonverbindung zu William C. Irons in Washington. Novak saß in einem dunklen Wagen in der St. John's Street in Cambridge, unweit des Trinity College.

Am anderen Ende der Leitung ertönte ein schwerer Seufzer. »Hast du ihn danach gefragt?«

»Natürlich nicht«, fuhr Novak auf. »Das hätte ihn nur darin bestätigt, dass Vaucher-Langston mit der Sache zu tun hat.«

»Wie reagiert er insgesamt?«

»Schwer zu sagen. Aber warum sollte er solo weitermachen, ohne TERA? Ich denke, er hat seine Schlussfolgerungen gezogen.«

»Was ist er für ein Typ? Steckt Potenzial in ihm?«

»Auf jeden Fall ist er unberechenbar. Er hat etwas Primitives an sich. Beinahe wäre er uns entwischt, obwohl wir auf Probleme vorbereitet waren.«

»Intelligent?«

»Schwer zu sagen. Ich denke, er hat was drauf.«

Den Besuch bei dem Finnen hatte der Brüssel-Stützpunkt der CIA durchgeführt, denn MilCorp wurde vor allen Außenstehenden geheim gehalten. Seit dem Gefängnisskandal von Abu Ghraib im Irak waren Firmen, die militärische Dienstleistungen anboten, ins Kreuzfeuer der Kritik geraten, und es wurden inzwischen Spielregeln für sie aufgestellt. Trotzdem war es für private Unternehmen leichter, im Geheimen vorzugehen, als für staatliche Institutionen, die von Ausschüssen des Repräsentantenhauses kontrolliert wurden.

»Was Neues über Vaucher-Langston?«, fragte Irons.

»Nichts, vorläufig. Aber der Professor besitzt ein umfassendes persönliches Archiv am Trinity College, ich glaube, das wird etwas für uns abwerfen. Die Polizei hier ist schwierig. An die Einzelheiten der Ermittlungen bezüglich der Todesursache kommen wir wahrscheinlich erst morgen am späten Abend heran, wenn Cecilia Vaucher-Langston aus Argentinien eintrifft. Ich möchte gern mit Baumgartens Hilfe mit ihr reden.«

»Ist das notwendig?«, fragte Irons. »Du weißt, was ich von Baumgarten halte.«

»Man kann von ihm denken, was man will, aber er ist ein Profi. Und so einen brauchen wir in diesem Fall.«

21

Am Mittwochmorgen ließ die aus Turku angekommene *Amorella* der *Viking Line* im Tegelvikhafen von Stockholm ihre Passagiere an Land. In der kühlen, klaren Morgenluft kreischten die Möwen.

Zwei Kriminalbeamte in Zivil standen im Terminal bereit und beobachteten die Menschen, die das Schiff verließen. Beide hatten ein Foto von Joni Mastomäki in der Tasche, das sie zusammen mit der Bitte um Amtshilfe von der finnischen Zentralkripo KRP erhalten hatten. Der Mann stand unter dem Verdacht, an den Sabotageakten auf die Baustelle des Atommeilers Olkiluoto beteiligt gewesen zu sein.

Einer der Polizisten bemerkte im vorüberziehenden Strom der Passagiere einen dreißigjährigen Mann mit Rucksack, der den Blick starr nach vorn gerichtet hatte. Der Polizist gab seinem Kollegen ein Zeichen, dann ging er auf den Mann zu und sagte mit unmissverständlicher Höflichkeit: »*God morgon.*«

In den engen Gassen der Altstadt von Porvoo herrschte an diesem Herbsttag fast ungestörter Friede. Auf den schwarzen Dächern und den Pflastersteinen in der Välikatu war die Feuchtigkeit gefroren.

Timo kam mit dem Korb in der Hand aus dem Holzschuppen. Er war in abgetragene Pantoffeln und in die alte Kunstfaserjacke geschlüpft, die er normalerweise zum Holzhacken anzog. Nie zuvor war ihm Porvoo so friedlich und sicher vorgekommen wie jetzt. Soile hatte sich unnötig Sorgen gemacht, als er ihr seinen Entschluss mitgeteilt hatte, Aaro für ein paar Tage nach Finnland zu bringen.

Aber auch der Ortswechsel hatte Timo nicht geholfen, sich in Gedanken von den CIA-Beamten, von Vaucher-Langston und von Rautio loszureißen. Er hatte versucht, sich für Aaro einen möglichst plausiblen Grund für die Blitzvisite in Finnland auszudenken, aber schließlich hatte er aufgegeben. Es war nicht möglich. Aaro hatte den »Einbruch« mit der Reise in Verbindung gebracht, und Timo hatte zugegeben, dass es aus beruflichen Gründen besser sei, wenn die Wohnung ein paar Tage leer stünde.

»Du weißt doch, dass man ohne Attest nicht mehr als drei Tage in der Schule fehlen darf«, sagte Aaro, der gerade die Treppe herunterkam. Er war bereits auf dem Weg zu seinem Freund Niko.

»Mach dir wegen der Schule keine Sorgen. Nimm es als zusätzliche Ferien.«

Und schon war Aaro durch das Hoftor auf die Straße verschwunden.

»In welchem Zustand ist das Dach?«, wollte Timos Mutter wissen. Sie stand auf der Eingangstreppe und hatte einen großen Kaffeebecher vor sich auf dem Geländer.

Gerade jetzt hätte Timo den ganzen Hauskauf am liebsten vergessen, aber als Besitzerin eines alten Hauses war seine Mutter höchst interessiert.

»Gut. Laut Gutachten der Bank.« Timo mochte nicht hinzufügen, dass er selbst das Gefühl gehabt hatte, das Dach sei schief. Auch von seinem Rauswurf hatte er ihr nichts erzählt.

»Hauptsache, ihr kommt mit dem Kredit über die Runden«, meinte seine Mutter und zog an ihrer Zigarette.

Timo brummte etwas Undefinierbares und stellte den Holzkorb auf der Treppe ab.

»Hat Soile vor, sich allmählich Arbeit in Brüssel zu suchen?«

»Hoffentlich. Aber wohl kaum in nächster Zeit. Das beim CERN ist ihr Traumjob.«

Seine Mutter hatte Soile noch nie kritisiert, obwohl sie nicht gerade das innigste Verhältnis hatten. Sie wusste, dass sich Timo im Falle einer Auseinandersetzung ohnehin auf Soiles Seite stellen würde.

»Hast du was von Vater gehört?«, fragte Timo.

Sie zog gemächlich an der Zigarette. »Wieso?«

»Warum kannst du nicht einmal ohne Gegenfrage antworten?«

Timo hätte seiner Mutter gern erzählt, was er über das Gerichtsverfahren gehört hatte, aber das schien ihm vorerst unmöglich. Vielleicht irgendwann später einmal.

Offenbar hörte sie aber, dass seine Stimme einen ernsten Unterton hatte. »Er hat bei Meeri angerufen. Und sich auch nach uns erkundigt.«

Die Schwester seiner Mutter hatte damals als Vermittlerin im schwierigen Scheidungsprozess fungiert.

»Ich will mich mit ihm treffen.« Timo versuchte den Satz ganz normal, selbstverständlich auszusprechen, aber das gelang ihm nicht annähernd. Die Worte klangen nachdrücklich und trotzig.

Seine Mutter hustete und nahm einen tiefen Zug aus ihrer Zigarette, als hätte sie den Satz gar nicht gehört. Timo hatte schon geahnt, dass sie eingeschnappt sein würde. Aus irgendeinem Grund nahm sie jedes Interesse an seinem Vater als Kränkung auf. Trotzdem wollte er seinen Vater nicht hinter dem Rücken seiner Mutter treffen.

»Hast du gehört?«, fragte er, so sanft er konnte.

Sie drückte sorgfältig die Zigarette in dem Gurkenglas aus, das als Aschenbecher diente. »Warum?«

Ihr bitterer, resignierter Tonfall veranlasste Timo zu Ausflüchten.

»Ich möchte ihn nach ein paar Dingen fragen.«

Seine Mutter wandte sich ab. In Timos Augen sah sie kleiner und dünner aus als früher, und das Rauchen machte sie nicht gerade jünger.

»Ich werde Meeri anrufen und sie nach seiner Adresse fragen«, fuhr er fort. »Jetzt.«

Seine Mutter wollte gerade hineingehen, hielt aber im halb dunklen, engen Flur inne.

»Gibt es etwas Bestimmtes, worüber du mit ihm reden willst?«, fragte sie in gewollt unverfänglichem Ton.

»Nein«, log Timo. »Nur ganz allgemein. Er wird langsam alt. Und ich bin auch kein Konfirmand mehr.«

»Ich habe seine Adresse«, sagte die Mutter leise. »Wenn du sie unbedingt haben willst. Meeri hat sie mir mal geschickt. Ich wollte sie verbrennen, habe es dann aber doch nicht gemacht.«

Sie verschwand im Wohnzimmer und wühlte dort in den Schubladen der Kommode.

Timo ging in das Zimmer, das Aaro benutzte und in dem ein Computer stand. Das bisschen Abstand, das er von den Ereignissen des Vorabends gewonnen hatte, genügte, um ihm seine Energie zurückzugeben. Er hatte nicht vor, sich in Porvoo zu verstecken. Die Amerikaner hatten ihm keine Vorschriften zu machen.

Er legte die Boulevardzeitung zur Seite, die er im Flugzeug mitgenommen hatte und deren ganze Titelseite dem Anschlag in Olkiluoto gewidmet war, unter der Schlagzeile: SABOTAGE AN ATOMKRAFTWERK. Mehr Informationen enthielt auch der dazugehörige Artikel praktisch nicht.

Er stellte eine Modemverbindung her und überlegte, wann er seiner Mutter mitteilen sollte, dass er arbeitslos war. Zum ersten Mal fragte er sich, mit welcher Einstellung er den Rausschmiss eigentlich hinnehmen sollte. Könnte er die Kündigung als »neue Chance« begreifen? Wäre es nicht auch ohne Rausschmiss an der Zeit gewesen, etwas Neues zu riskieren? War es nicht wichtig, seinen Träumen zu folgen? Oder anders gefragt: Hätte er seinen Job hingeschmissen, wenn er im Lotto gewonnen hätte?

Wahrscheinlich. Es war also geradezu ein Glück, ab und zu gefeuert zu werden, redete er sich in bester Ratgeber-Manier ein: Jetzt war er gezwungen, seinem Leben eine neue Richtung zu geben, die ihm mehr Zufriedenheit verschaffte, und nach etwas zu streben, was er *wirklich* wollte. – Aber was sollte das sein? Das war die große Frage.

Grob gesehen gab es nur zwei Möglichkeiten. Er konnte versuchen, etwas Neues zu machen – oder zu einer »richtigen« Arbeit zurückkehren. Also entweder den Traumtänzer markieren oder auf Nummer sicher gehen. Der Gedanke an den Kredit erleichterte die Entscheidung. Vielleicht war das einer der Entschlüsse, die man später bereute, aber die Entscheidungen waren dann zu treffen, wenn sie anstanden – unter den jeweils gegebenen Umständen.

Mit gemischten Gefühlen suchte er im Internet nach privaten Sicherheitsfirmen, die in Brüssel tätig waren. Er befürchtete nicht ernsthaft, keine Stelle zu finden, denn bei seinem Lebenslauf müssten sich eigentlich die Arbeitgeber bei ihm bewerben und nicht umgekehrt.

Timo wartete, bis der lahme Drucker endlich die Firmennamen und -adressen ausgespuckt hatte. Die wichtigsten Unternehmen der Branche in Brüssel waren Filialen ausländischer Firmen.

Da tauchte seine Mutter im Zimmer auf. Timo sah an ihren Augen, dass sie geweint hatte. Das irritierte ihn.

»Hier.« Sie reichte ihm einen Zettel, machte auf dem Absatz kehrt und schloss die Tür hinter sich.

Timo hatte seine Mutter seit einer Ewigkeit nicht weinen sehen. Er wusste nicht, was alles hinter der Scheidung gesteckt hatte. Er wusste auch nicht, ob er mit ihr darüber reden sollte. Sein Instinkt sagte nein – die Initiative musste von ihr ausgehen.

Er blickte auf den Zettel. Die Adresse war in Rekola, einem Stadtteil von Vantaa. Er steckte den Zettel ein, dann nahm er sein Telefon und rief in Brüssel bei der Firma an, die ganz oben auf der Liste stand.

Ein freundlicher Personalchef notierte seine Angaben und versprach, sich zu melden. Timo rief bei einer zweiten Firma an, die ihr Büro im teuren Louisa Tower hatte. Dort bat man ihn, direkt mit dem Hauptsitz in London Kontakt aufzunehmen, wo man auch die Rekrutierung für Brüssel vornahm.

Neben aufkeimender Verzweiflung spürte Timo auch einen gewissen Trotz in sich: Er wollte sich – und warum nicht auch anderen – beweisen, wie schnell er fähig war, einen neuen Arbeitsplatz zu finden. Er rief in London an und redete lange mit einem Mann, der ernsthaftes Interesse an seinem bisherigen Werdegang zu haben schien.

Schließlich stellte ihn der Mann zu seinem Vorgesetzten durch, mit dem Timo das Gespräch unter vielversprechenden Vorzeichen fortsetzte. Solche Firmen, die ihre Aufträge hauptsächlich von Versicherungen bekamen, stellten gern ehemalige Mitarbeiter von staatlichen Organisationen ein: aufgrund der Erfahrung und Kompetenz, aber auch um in ihrem PR-Material die Namen von überzeugenden Organen aufblitzen lassen zu können.

Timo traf eine radikale, aber erleichternde Entscheidung und vereinbarte einen Termin für den nächsten Tag in London. Allein die Möglichkeit, einen neuen Job zu finden, hob seine Stimmung.

Er buchte einen Billigflug von Tampere nach Stansted, machte dann den Computer aus und ging vorsichtig in die Küche, wo er seine Mutter vermutete, aber das Haus war leer. Auf dem Küchentisch lag ein Zettel: »Bin im Laden.« Timo beschloss, über seinen Vater zu schweigen, bis seine Mutter selbst das Thema ansprach.

Er nahm das Buch von Vaucher-Langston aus seiner Tasche und legte sich aufs Bett. Wegen Aaro hatte er am Morgen im Flugzeug nicht in dem Buch gelesen. Der Junge hätte sich sofort dafür interessiert, aber Timo wollte ihn nicht noch mehr in seine Angelegenheiten hineinziehen.

Beim Lesen versuchte Timo zu erkennen, inwiefern Vaucher-Langston im Zusammenhang mit dem Seine-Material von Bedeutung sein konnte. Er hatte früher schon viel über die Mysterien alter Karten gelesen, aber jetzt geriet das Thema in ein völlig neues Licht. Wollte man beim Anfertigen einer Karte einen Standort festlegen, war das nur möglich, wenn man Längen- und Breitengrad kannte. Für die Messung des Längengrades war eine hinreichend genaue Uhr nötig, die die Zeit des Vergleichsmeridians anzeigte. Eine solche konnte aber erst im Jahr 1761 erstmals gebaut werden. Wie war es also möglich, dass auf älteren Karten genaue Längengrade vorkamen, fragte Vaucher-Langston in seinem Buch. Wie war es möglich, dass praktisch die gesamte Erdkugel schon vor Beginn der technischen Zivilisation kartiert war?

Die Drohungen der Amerikaner und die Fragen von Vaucher-Langston verschlangen sich in Timos Kopf zu einem immer beunruhigenderen, aber auch inspirierenden Geflecht. Er stand auf, ging erneut ins Internet und nahm weitere Recherchen zu Vaucher-Langston vor. Er sah sich die Forschungen des Professors genauer an und pflückte sich drei jüngere Wissenschaftler heraus, die zu seinem engeren Kreis gehört hatten.

Einer von ihnen – Daniel Croës – machte einen interessanten Eindruck. Er untersuchte die Carta Marina aus dem Jahr 1539, auf der die Strömungen des Nordmeeres exakt den modernen Satellitenaufnahmen entsprachen.

Timo suchte sich ein paar Telefonnummern der Universität Cambridge heraus, und nach mehreren Telefonaten erreichte er schließlich Croës am Trinity College. Er stellte sich als Beamter der finnischen Sicherheitspolizei vor und fragte, wie gut Croës Professor Vaucher-Langston gekannt habe. Die Tatsache, Finne zu sein, weckte bei den Menschen fast ausnahmslos Vertrauen; mit Finnland verbanden sich keine politischen Vorstellungen mehr, man dachte immer eher an etwas Kleines, Abseitiges, jedenfalls an etwas, von dem keinerlei Gefahr ausging.

»Ich darf wohl sagen, dass ich ihn ziemlich gut kannte«, erklärte der Mann nach leichtem Zögern. »Seit über zehn Jahren haben wir gemeinsame Projekte. Darf ich fragen, warum sich die finnische Sicherheitspolizei für ihn interessiert?«

»Wir ermitteln in einem Sachzusammenhang, der Russland berührt. Haben Sie eine Vorstellung davon, ob Vaucher-Langston je mit Russen zu tun gehabt hat? Speziell um das Jahr 1989 herum?«

Als Antwort erhielt Timo nur ein tutendes Geräusch. Daniel Croës hatte aufgelegt.

Verdutzt ließ Timo sein Handy sinken. Allmählich war er sicher, den richtigen Vaucher-Langston gefunden zu haben.

22

Daniel Croës spielte mit dem Telefon in seiner Hand. Durch das Fenster seines Zimmers im Trinity College blickte er auf den Tudor-Glockenturm des Great Court. Er war nervös.

Schon wieder.

Wer war es diesmal? Und warum?

Er stand vom Schreibtisch auf und setzte sich seufzend auf das abgewetzte Ledersofa, das einer seiner Vorgänger irgendwann nach dem Krieg in das Zimmer geschleppt hatte. An den dunklen Wandpaneelen aus Eichenholz hingen Schwarzweißfotos, auf denen Leute vom College bei ihren alltäglichen Verrichtungen zu sehen waren, und zwar seit der Zeit, als die Fotografie erfunden wurde. Die Epochen davor wurden durch Gemälde dargestellt.

Auf dem Schreibtisch hatte Croës persönliche Bilder stehen, darunter die Aufnahme eines Mannes mit grauen Locken und brennenden Augen neben einer in Stein gehauenen Karte.

Je länger er das Bild von J. B. Vaucher-Langston betrachtete, umso mehr bekam er es mit der Angst zu tun. Mit einem Satz war er am Schreibtisch und drehte das Gesicht des Professors zur Tischplatte um.

Croës hatte Vaucher-Langston 1989 noch gar nicht gekannt, wie sollte er also wissen, was der Professor damals getan hatte?

Auch die Amerikaner hatten ihm keinerlei Erklärung gegeben, sondern immer wieder dieselbe Platte aufgelegt. Hatte der Professor Tagebuch geführt? Waren in den Protokollen der Institutsversammlungen auch seine persönlichen Seminarreisen verzeichnet?

Croës nahm den verkalkten Wasserkocher, öffnete die Tür

und ging zum Waschbecken am Ende des Ganges. Dabei machte er einen Bogen um die Aluminiumkisten der Amerikaner. Man hatte ihnen alles mögliche Material zu Vaucher-Langston ausgehändigt. Es war so viel, dass es Unsinn gewesen wäre, es mitzunehmen. Darum hatte sich eine Gruppe von Amerikanern für mehrere Tage im College eingenistet.

Croës gefiel das alles nicht. Er wollte seine Ruhe haben, um sich wieder auf die Arbeit konzentrieren zu können. Der übrigen Abteilung ging es nicht anders. Vaucher-Langstons Tod hatte alle erschüttert, und niemand mochte diese amerikanischen Schnüffler. Leute, die nicht hierher gehörten, wollte man am College ohnehin nicht sehen – und Amerikaner erst recht nicht.

Mit dem vollen Wasserkocher kehrte Croës in sein Zimmer zurück. Unterwegs ging eine Tür zum Gang auf, und ein Amerikaner mit einem Stapel Karten trat heraus. Instinktiv richtete Croës den Blick zu Boden.

Sollte er den Amerikanern erzählen, dass jetzt auch ein finnischer Sicherheitspolizist nach Vaucher-Langston gefragt hatte?

»Absender: Heli Larva.«

Soile hielt in ihren Bewegungen inne. Sie saß in ihrem Zimmer im CERN und las ihre E-Mails.

Neugierig öffnete sie die Mail. Sie konnte sich an Heli Larva vom Studium her erinnern. Intelligent und gut aussehend. An allem interessiert, sogar an Hochschulpolitik. Wäre sie bei den Grünen nicht ausgestiegen, hätte sie es vielleicht zur Ministerin gebracht. Aber sie war zu intelligent für die Politik, genau genommen war sie für alles zu intelligent. Soile war ein paar Mal mit ihr beim Thema Kernenergie zusammengerasselt und hatte dabei gemerkt, dass eine rationale Diskussion mit dieser Frau nicht möglich war.

Verblüfft las Soile die Nachricht: *Hallo Soile, lange nichts voneinander gehört. Ich wollte dir eigentlich nur sagen, was für einen tollen Mann du hast. Er weiß wirklich, wie man mit einer Frau umgehen muss. Viele Grüße, Heli Larva.*

Soile traute ihren Augen nicht. Konnte das wahr sein? War das der Grund für Timos Reise nach Finnland? Sie öffnete das angehängte Dokument. In einem kleinen Feld erschien ein grobkörniges, bewegtes Bild.

Mit einem jähen Ruck ging Soile mit dem Gesicht näher an den Bildschirm heran. Das Bild war unscharf, aber drei helle Stellen waren zu erkennen: Timos Gesicht und ...

Schockiert starrte Soile auf die Aufnahme. Vor Wut und Scham und Enttäuschung lief sie rot an.

Dann öffnete sie Google und gab als Suchwort »Heli Larva« ein. Es erschien eine Flut von Links zu Anti-Atomkraft-Seiten. Soile machte eine nach der anderen auf, bis sie auf ein Bild von Heli stieß.

Die Frau, die da ungeschminkt und im Wollpullover vor einem Holzofen stand, sah aus wie zu Studienzeiten, ihr Alter sah man nur daran, dass ein paar kleine Rundungen verschwunden waren.

»Heli Larva lebt an der finnischen Südküste in der Nähe von Loviisa, auf einem Stück Land, das sie selbst biodynamisch bewirtschaftet. Sie gehört zu den führenden Atomkraft-Experten Finnlands«, hieß es in der Bildunterschrift. *»Sie hat an der Technischen Hochschule studiert und u. a. am Europäischen Institut für Teilchenforschung CERN gearbeitet. Heute ist sie freie Wissenschaftlerin.«*

Soile lachte laut. Nicht einmal Goebbels hätte die Tatsachen besser verdrehen können. Heli war gerade mal zehn Monate am CERN gewesen, das war im Promotionsstudiengang die ganz normale Frist. Sie konnte auf keinerlei Karriere zurückblicken, aber die Bezeichnung »Wissenschaftlerin« wurde heutzutage offenbar ähnlich flexibel gehandhabt wie der Begriff »Künstlerin«.

In wissenschaftlichen Periodika hatte Heli bislang nichts veröffentlicht, dafür aber umso mehr Propaganda für die Presse verfasst. Soile klickte einen solchen Artikel an und las ihn – bereit, sich sofort auf jeden Fehler zu stürzen.

Finnland ist das erste Land auf der Welt, das sich für die Endlagerung von Atommüll im Felsengrund entschieden hat – also dafür, tödlichen Abfall in der Erde zu vergraben. Nirgendwo sonst wird dieses Verfahren zur Trennung der Rückstände von der belebten Natur akzeptiert. Im Ausland wundert man sich, wie eine so weit in die Zukunft reichende Entscheidung in Finnland so schnell und nach so geringer und überdies oberflächlicher öffentlicher Diskussion getroffen werden konnte. Selbst die Atomkonzerne geben zu, dass sie keine statistischen Voraussagen darüber treffen können, wann die Strahlung des Atommülls aus dem Grundgestein an die Erdoberfläche dringt.

Diejenigen, die den Abfall in der Erde vergraben, sagen, sie »trennen ihn von der Biosphäre«, indem sie die Kapseln tief genug versenken. Das ist eine Lüge. Die Biosphäre reicht kilometerweit in die Tiefe. Früher glaubte man, nur bis wenige Meter unter der Erde gäbe es Leben. Dann fand man die Archaeen, die kein Sonnenlicht brauchen. Erst vor wenigen Jahren stellte man fest, dass es in der tot geglaubten Erdrinde bis in eine Tiefe von einigen Kilometern von Leben nur so wimmelt. Dort existieren unterschiedliche Archaebakterien sowie Protozoen, die sie fressen, außerdem Geißeltierchen und mikroskopische Pilze.

Der Müll bleibt auch in der Erdrinde über Hunderttausende von Jahren gefährlich, länger als die Spezies Mensch überhaupt existiert. Eine Generation, eine Hand voll finnischer Politiker, beschließt, lebensgefährlichen Abfall für Tausende von Generationen zu entsorgen, ohne volle Gewissheit darüber zu besitzen, wie bald und in welcher Weise dieser Müll aus der Tiefe wieder hervorkriechen wird.

Nicht einmal die für die Endlagerung zuständige Posiva AG *kann garantieren, dass der Atommüll nicht zu einem Problem für künftige Generationen wird. Niemand weiß, ob die Atommüllkapseln Erdbeben oder Felsbewegungen, wie sie etwa durch Eiszeiten verursacht werden, standhalten, ohne beschädigt zu werden. Durch das Grundwasser, das den gesamten Endlage-*

rungsort füllt, können radioaktive Substanzen über Felsspalten an die Erdoberfläche oder ins Meer gelangen.

Jene Politiker, die diese Entscheidung getroffen haben, maßen sich mehr Machtbefugnisse an, als ihnen zustehen.

Alles verdichtet sich letztlich in einem Grundproblem: in der Gewalttätigkeit und der Habgier des Menschen. Wissenschaftler haben die Atomenergie entdeckt, und sogleich wurde sie für militärische Zwecke genutzt. Als man beschloss, sie zur Herstellung von Energie einzusetzen, wusste man von dem Abfallproblem, aber man verschloss die Augen davor. Die Habgier siegte über die Vernunft. Entscheidungen zum Thema Atommüll werden immer wieder aufgeschoben, der Müll wird einfach zwischengelagert. Und dann wählt man aus Not die primitivste Lösung und vergräbt den Müll einfach in der Erde.

Wie kann auch nur ein einziger Wissenschaftler mit Selbstachtung sich zu einem solch wahnsinnigen Unterfangen verleiten lassen, und sei es mit noch so viel Geld?

Wenn heute in Finnland und anderswo auf der Welt der Boden unter einem Wohngebiet von alten Giftstoffen gereinigt wird, seufzt man kollektiv über die Gedankenlosigkeit früherer Zeiten. Man kann sich nur vorstellen, für welche Idioten künftige Generationen uns halten werden, die wir lebensgefährlichen Atommüll in der Erde vergraben.

Soile grinste. Der Text enthielt keine Fehler, aber das Ganze erinnerte doch eher an ein Pamphlet als an eine seriöse Abhandlung. Sie sah sich noch einmal Helis boshafte Mail an, holte tief Luft, nahm ihr Telefon zur Hand und bereitete sich darauf vor, Timo anzurufen.

Aber war das klug?

Es klopfte leicht an die Tür. Patrick trat ein.

»Kommst du mit essen?«, fragte der Mann mit der gebräunten Haut und den blauen Augen.

»Ich weiß nicht … na, ich komme mit.« Soile schaltete den Bildschirm aus, damit Patrick nichts sah. Sie schämte sich für

Timo, und das war ein seltsames Gefühl. Es wäre ihr nicht in den Sinn gekommen, Patrick davon zu erzählen. Das war eine Sache, die nur sie und Timo etwas anging.

»Ist etwas passiert?«, fragte Patrick mit forschendem Blick.

Soile lachte. »Wieso?«

Auf einmal wäre sie gern allein gewesen. Patrick und sein forschender Blick gingen ihr auf die Nerven.

Patrick legte ihr die Hand in den Nacken und wollte sie küssen, aber Soile hielt ihn mit einer unwirschen Geste davon ab.

23

In Rekola, einem Vorort der Stadt Vantaa, ging Timo am Rand einer ungeteerten Straße entlang auf das Haus seines Vaters zu. Die Wolken hingen tief, auf den Weiden und den Herbstblumen glänzten Regentropfen.

Er hatte sich nicht beherrschen können und Välimäki angerufen. Der hatte ausweichend reagiert und war nicht bereit gewesen, über Dinge im Zusammenhang mit dem Seine-Material zu reden. In den Ermittlungen zum Atommeiler Olkiluoto gab es allerdings Fortschritte. Der Mitarbeiter eines Subunternehmens war in Stockholm festgenommen worden.

Timo hatte beschlossen, seinen Vater noch vor der Reise nach England aufzusuchen, die am nächsten Tag anstand und mit der er mancherlei Hoffnung verband. Er sah dem Bewerbungsgespräch mit Interesse entgegen, außerdem hatte er beschlossen, bei der Gelegenheit auch Cambridge zu besuchen. Warum hatte Daniel Croës das Gespräch abgebrochen, als Timo ihn nach Vaucher-Langston gefragt hatte? Das war eine sehr spontane Reaktion gewesen für einen besonnenen Akademiker.

Timo war gespannt. Sein Vater stand ihm fern, er war ein fremder Mensch, abgesehen von einigen Kindheitserinnerungen. Aber warum stand er ihm so fern? War das nur die Haftstrafe? Die war der Schandfleck der Familie, die hatte dem Vater endgültig die Tür vor der Nase zugeschlagen. Gerade deshalb war Timo zutiefst erleichtert gewesen, als er schließlich erfuhr, dass sein Vater in Wahrheit bei der Ausübung seines Amtes in Notwehr gehandelt hatte.

Die Tragödie an sich war für den Vater gewiss schwer auszuhalten gewesen, zumal er sicherlich wusste, dass eine für ihn ungünstige Version der Ereignisse seiner ehemaligen Frau und seinem Sohn zu Ohren gekommen war. Das musste schmerzlich für ihn gewesen sein, aber als loyaler Staatsbürger hatte er seine Strafe abgesessen und sich ausgeschwiegen.

Mit zunehmendem Alter hatte sich Timo immer öfter gefragt, was dieser Paavo Nortamo eigentlich für ein Mensch sein mochte. War Unerbittlichkeit eine Frage des Charakters, oder wurde man so durch überzogene Vorstellungen von Gut und Böse? Für einen Polizisten war Unerbittlichkeit geradezu ein Verhängnis, das wusste Timo aus eigener Erfahrung.

Durch lichtes Weidengestrüpp hindurch schimmerte ein barackenähnliches Gebäude, so idyllisch wie der Unterschlupf von Pennern. Die Fassade bestand aus ungehobelten, blaugrün gebeizten Brettern. Timo hatte einen Kloß im Hals bei dem Gedanken, dass diese Bruchbude das Zuhause seines Vaters war.

Einmal hatte er versucht, ihn anzurufen, nachdem er erfahren hatte, dass der Fall Paavo Nortamo unter Ausschluss der Öffentlichkeit verhandelt und die Prozessprotokolle für eine Frist von fünfzig Jahren als geheim deklariert worden waren. Die Information war von Välimäki gekommen, der wegen eines anderen Falls die Erlaubnis bekommen hatte, einen Teil der gesperrten Akten durchzusehen. Damals hatte der Vater den Hörer aufgeknallt, als Timo den Vorschlag gemacht hatte, sich zu treffen.

Timo wusste sehr wenig über das Leben seines Vaters. Aber die aktuellen Informationen ließen dessen Haftstrafe in völlig neuem Licht erscheinen, denn die Verhandlung eines Totschlags unter Saufkumpanen wäre niemals als geheim deklariert worden. Wenn sein Vater aber nicht wegen Totschlags unter Alkoholeinwirkung verurteilt worden war – was hatte er dann getan?

Spionage für einen anderen Staat kam nicht in Frage, dafür war die Strafe zu kurz. Aber damals war der Kalte Krieg in seiner heißesten Phase gewesen, und die SiPo hatte alle Hände voll zu tun gehabt.

Timo hatte versucht, an die als geheim eingestuften Gerichtsprotokolle heranzukommen, und dabei festgestellt, dass sie tatsächlich unter Verschluss gehalten wurden. Einen winzigen Fortschritt hatte er erzielt, als er Eero Suorttanen, einen ehemaligen Kollegen seines Vaters, bei der SiPo ausgrub. Dieser war ein Geheimdienstmann der alten Schule, ein mit allen Wassern der Finnlandisierungsperiode gewaschener Fuchs, der kaum redete.

»Ich kann nicht damit anfangen, die Ereignisse von damals zu zerpflücken«, hatte Suorttanen gesagt. »Erst recht nicht die Leute von damals. Wir waren alle gezwungen, uns in einer Grauzone zu bewegen. Auch dein Vater. Die Fassade Finnlands durfte keinen Sprung bekommen. Und gleichzeitig schufteten wir wie verrückt, um Moskau im Zaum zu halten. Ein paar Mal hat sich die Lage zugespitzt, wenn Mitarbeiter von KGB oder GRU die Grenzen der Angemessenheit überschritten hatten.«

Schließlich war es Timo gelungen, dem Mann eine wesentliche Information abzuringen: Paavo Nortamo hatte tatsächlich einen Mann getötet – aber nicht irgendeinen Saufkumpan, sondern einen sowjetischen Staatsbürger. Alles hatte sich unter höchst dubiosen Umständen abgespielt, kurz nach der KSZE-Konferenz von 1978. Der Russe hatte in der sowjetischen Botschaft in der Tehtaankatu in Helsinki gearbeitet, und Timos Vater hatte sich in Notwehr selbst verteidigen müssen. Trotzdem war er wegen Totschlags verurteilt worden.

»Man hätte die Geschichte unter demselben Mist vergraben können wie all die anderen Skandale von damals«, hatte Suorttanen gesagt. »Es hatten auch alle damit gerechnet, dass es so kommen würde. Die endgültige Entscheidung traf die damalige Innenministerin. Ich hätte ihren Beschluss sogar verstanden, wenn es die Sicherheit des Landes verlangt hätte. Aber diese Kirsti Heino hat den Finnen in den Knast wandern lassen, um bei den Russen zu punkten. Sie hat sich in Moskau bei jeder Gelegenheit angebiedert. Mit Erfolg, wie man heute sieht«, hatte Suorttanen geschnaubt. »Ein Großteil der Politiker damals kapierte, dass Finnland von einem Bären umarmt wurde. Aber dann gab es da ein paar ehrgeizige junge Männer und Frauen, denen die eigene Karriere das Wichtigste war. Die benutzten die Russen für ihre Zwecke. Manche von ihnen sehr gekonnt.«

Timo erinnerte sich an das Gefühl, das Suorttanens Grinsen in ihm ausgelöst hatte. Es war eine Mischung aus primitivem Hass, Bitterkeit und Rachsucht gewesen. Die damalige Innenministerin und heutige Präsidentin hatte seinen Vater wegen Totschlags zu Gefängnis verurteilen lassen, obwohl sie die Wahrheit über den Verlauf der Ereignisse gekannt hatte. Das Urteil hätte höchstens auf fahrlässige Tötung infolge überzogener Notwehr lauten und die Strafe maximal eine Bewährungsstrafe sein dürfen.

Stattdessen hatte Kirsti Heino Justizmord begangen, um sich in Moskau einzuschmeicheln und ihre Karriere zu beschleunigen. Und wenn diese Frau zu so etwas fähig gewesen war, wunderte sich Timo überhaupt nicht mehr über das Bild, das in dem KGB-Material aus der Seine von ihr gezeichnet wurde.

Zu allem Überfluss hatte Innenministerin Heino damals die juristische Fachkompetenz ihres Referenten zur Verfügung gestanden. Und der hieß Pauli Rautio.

Wenn es nach Timo ging, würde das Material aus der Seine nicht in der Versenkung verschwinden. Aber bevor das Material Beweiskraft besaß, musste seine Authentizität bewiesen werden.

Timo bog auf einen matschigen Weg durchs Gras ab. Die Umgebung vertiefte seine Anspannung noch, die von Sekunde zu Sekunde zu veritabler Angst anschwoll. Auf einmal war er sich überhaupt nicht mehr sicher, ob er seinen Vater sehen wollte.

Vor den Brettern der Eingangstreppe blieb er stehen. Neben der Baracke stand ein schiefes Klohäuschen, dessen Geruch einem schon von weitem entgegenschlug.

Timos Handy klingelte. Er sah aufs Display. Es war Soile.

»Hallo«, sagte sie. »Wie geht's?«

Etwas in ihrer Stimme war seltsam.

»Ich kann jetzt gerade schlecht reden, lass uns später telefonieren.«

»Entschuldige, wenn ich störe.« Soile klang aggressiv. »Wo bist du?«

»Beruflich unterwegs.«

»Bei Heli Larva?«

Timo holte tief Luft. »Nein. Das ist eine manipulierte Aufnahme ...«

»Was soll denn daran manipuliert sein? Hat die Larva vielleicht Silikontitten?«

Dann legte Soile auf.

Timo fluchte laut vor sich hin und wählte die Nummer seiner Frau.

»Was willst du noch?«, fragte Soile. »Wirst du sie wiedersehen?«

»Das weiß ich nicht. Möglicherweise«, antwortete Timo ruhig und gefasst. »Wie gesagt, du kannst einen fanatischen Menschen nicht ...«

»Hör auf! Ich bin doch nicht blöd. Tu, was du tun musst. So mache ich es auch.«

Der letzte Satz gefiel Timo überhaupt nicht. Er hatte sich nicht einmal selbst eingestehen wollen, dass er Soile wegen ihres abweisenden Verhaltens in letzter Zeit verdächtigte. Aber falls sie wirklich etwas mit Patrick Saari laufen hatte, würde die Mail von Heli nicht gerade zur Entspannung der Lage beigetragen haben.

Er schaltete das Telefon aus, nahm allen Mut zusammen und klopfte an Paavo Nortamos Tür.

Keine Reaktion.

Er klopfte erneut, nun etwas lauter.

»Wer macht da so einen Krach?«, rief eine raue Stimme.

Dann näherten sich Schritte, und die Tür ging auf. Sofort wehte Timo ein so stechender Geruch von Schnaps, Ungewaschenheit und Einsamkeit entgegen, dass ihm schlecht wurde.

Er blickte in ein aufgedunsenes, rotes Gesicht, über das violette Äderchen liefen. Die Augäpfel hinter den triefenden, hängenden Lidern waren gelblich, aber der Blick war scharf, beinahe hart.

»Was willst du?«

Timos Herz hämmerte. Zuerst glaubte er, sein Vater wollte

besonders unfreundlich zu ihm sein, da sah er an dessen Miene, dass er ihn gar nicht erkannte.

Timo räusperte sich. »Erkennst du mich nicht?«

Der Vater kniff die Augen zusammen und fixierte ihn. Schließlich schien er zu begreifen.

Rasch fuhr sich der Alte durch die Haare, als wollte er seine fettigen Strähnen irgendwie in Ordnung bringen. Ganz im Gegensatz zu seiner Haut wirkte das dichte Haar fast vital, wie das eines zwanzig Jahre jüngeren Menschen.

»Was machst du denn hier?«, fragte er etwas leiser, aber kein bisschen freundlicher. Dann sah er plötzlich an Timo vorbei auf die Straße. »Du hast doch nicht die alte Kuh mitgebracht?«

Dieser Satz erwischte Timo schlimmer als der Fausthieb, den er von seinem Vater als Kind einmal bekommen hatte.

»Nein«, sagte er leise. »Ich bin alleine gekommen.«

Pochende Stille trat ein.

»Warum?«, wollte sein Vater wissen. Dabei zog er sich die Hosen hoch, die kurz vorm Auseinanderfallen waren. Wahrscheinlich hatte er damit schon die harten Stühle der SiPo abgewetzt.

»Könnten wir vielleicht drinnen weiterreden?«

»Haben wir was zu reden?«, versuchte der Vater ihn abzuwimmeln, aber am Ende brach ihm die Stimme.

Timo schluckte. »Vielleicht.«

»Ich hab nicht mit Besuch gerechnet«, sagte der Vater und setzte hinzu: »Nicht heute.«

Das war eine überflüssige Anmerkung, denn man sah, dass ihn nie jemand besuchte. »Ich meine, ich hab nicht aufgeräumt.«

»Das macht nichts.« Timo ging die Stufen hinauf. Sein Vater drehte sich widerwillig um und ging schlurfend hinein.

Der Geruch bohrte sich durch Timos Nasenlöcher bis in den Magen hinein. Dabei überraschte ihn die Sauberkeit des Raumes. Er verstand nicht, wo der Gestank herkam. Auf dem Boden lag ein Flickenteppich, und neben der Kochplatte, die als Küche diente, stand eine Emailleschüssel mit ein paar umgedrehten Geschirrteilen, alle sorgfältig aufgereiht.

Der Vater zog die Tagesdecke auf dem Bett glatt. Timo konnte den Blick nicht davon losreißen: Es war dieselbe Decke, die vor dreißig Jahren bei ihnen zu Hause über dem Bett gelegen hatte.

»Warum bist du gekommen?«, fragte der Vater erneut, nun etwas freundlicher als auf der Treppe.

Timo setzte sich auf den Bettrand. Eine andere Sitzgelegenheit gab es in dem engen Raum nicht. Der Vater blieb stehen.

»Ich habe erfahren, dass hinter deinem Urteil etwas anderes steckt, als man damals zu verstehen gegeben hat.«

Das Gesicht des Vaters blieb ausdruckslos. »Ich will darüber nicht reden.«

»Noch immer nicht?«

»Was würde das ändern?«, fragte der Vater lauter als nötig zurück.

Bevor Timo etwas entgegnen konnte, brüllte der Alte: »Hörst du? Was würde das ändern?«

Timo war unbehaglich zumute. An sich war das eine gute Frage. Erst in dem Moment fiel ihm das Bild an der Wand auf, das ihn als Fünfjährigen auf dem Schoß seines Vaters zeigte – mit bestickter Weste, an Weihnachten. Der Vater auf dem Foto war ungefähr so alt wie Timo jetzt.

Sein Vater sah, in welche Richtung er blickte. »Was glotzt du so? Auf dein eigenes Bild? Bist du gekommen, um Mitleid einzuheimsen – oder um welches zu spendieren?«

Mit einem Satz war der Vater bei dem Bild, nahm es von der Wand und warf es so heftig zu Boden, dass die Scherben flogen. »Du und deine Mutter, ihr habt geglaubt, ihr wärt was Besseres als ich!«

Timo stand auf und ging zur Tür.

»Geh nicht«, sagte der Vater und ergriff Timos Arm. »Entschuldige«, fügte er mit brüchiger Stimme hinzu.

Timo legte ihm den Arm um die Schultern.

»Ich bin ein bisschen durcheinander, weil du so plötzlich hier aufgetaucht bist«, sagte der Vater.

»Das kann ich verstehen«, flüsterte Timo.

24

Der Zug näherte sich Cambridge, und Timos Anspannung wuchs. Er warf die leere Sandwichpackung in den Abfalleimer und trank einen Schluck Wasser aus der Flasche.

Pausenlos kreiste der Besuch bei seinem Vater in seinem Kopf. Es bereitete ihm ein schlechtes Gewissen, den alten Mann in seinem elenden Verschlag zurückzulassen. Am erbärmlichsten war, dass Paavo Nortamo sich selbst für seine Lage so geschämt hatte. Er war nicht bereit gewesen, über sein Urteil zu sprechen, und auch sonst hatte er kaum etwas gesagt. Nicht einmal für Aaro hatte er Interesse gezeigt. Timo fragte sich, was Aaro wohl über seinen Großvater denken mochte.

Draußen neigte sich ein bewölkter Nachmittag dem Abend zu. In den Sprossenfenstern der vorüberhuschenden Häuser brannte warmes, gelbes Licht. Timo musste sich eingestehen, dass ihm seine Aufgabe zu einer stark persönlich gefärbten Mission zu werden drohte. Er war bereit, unermüdlich dafür zu arbeiten, dass die Echtheit des Seine-Materials bewiesen werden konnte, damit Rautio gezwungen war, offizielle Vorermittlungen in die Wege zu leiten. Das wiederum bedeutete, dass er gegen den Willen der Amerikaner handeln musste, trotz aller Drohungen.

Cambridge war nur gut eine halbe Zugstunde von Stansted entfernt, weshalb er vor dem Vorstellungsgespräch bei der Sicherheitsfirma in London einen Abstecher dorthin machen konnte. Erst am Abend hatte er Soile erreicht. Er hatte beschlossen, ihr, wenn nötig, genauer zu erzählen, was er mit Heli Larva zu tun hatte. Damit würde er das Schweigegebot brechen, aber darauf kam es nun auch nicht mehr an. Alles war jetzt eine Frage der Priorität.

Vorläufig hatte er Soile nur von dem Ärger auf der Baustelle von Olkiluoto erzählt, und dass geklärt werden müsse, inwieweit Heli daran beteiligt gewesen war. Soile hatte einen kooperativeren Eindruck gemacht als beim ersten Telefonat, sie hatte beinahe übermäßig verständnisvoll geklungen. Aber ihr Unterton hatte Timo fast mehr beunruhigt als ihr ursprünglicher Zorn. Sie war nicht sie selbst gewesen. Am liebsten hätte er offen geredet und gefragt, ob sie einen anderen Mann hatte, aber über so etwas sprach man besser nicht am Telefon.

Der Zug rollte in den Bahnhof von Cambridge ein. Timo stopfte das Buch von Vaucher-Langston in seine Tasche und legte sich eine Taktik für Daniel Croës zurecht. Die beiden Männer mussten ein enges Verhältnis gehabt haben, denn der Professor bedankte sich im Vorwort zu seinem Buch bei einem halben Dutzend Personen, darunter auch Croës.

Timo nahm am Bahnhofsvorplatz ein Taxi zum Trinity College, einem friedlichen Ort aus efeuberankten Gebäuden zwischen Eichen und Ahornbäumen. Auf dem Parkplatz neben dem gepflegten Rasen standen vier Autos und viele Fahrräder. Die Weidenkörbe an den Lenkstangen der altmodischen schwarzen Räder gefielen Timo. Alles wirkte behaglich und sicher, aber Timo blieb wachsam. Er wollte von niemandem an Vaucher-Langstons ehemaligem Arbeitsplatz gesehen werden.

Auf dem Weg in den Great Court fiel sein Blick auf die Figur über dem Hauptportal. Sie stellte Heinrich VIII. dar, den Gründer des Colleges. Hier hatten auch Blunt, Burgess und Philby studiert, legendäre und romantisierte Spione. Der Great Court – einer von mehreren Courts des Geländes – war weitläufig und imposant.

Auf einmal zögerte Timo. Er blieb stehen und sah sich um. Was beunruhigte ihn? Sein Puls ging schneller, und seine Achseln wurden feucht.

Unsicher ging er weiter. Rechts lag die Kapelle und links, hinter einer Rasenfläche, verschiedene Gebäude, eines älter und würdevoller als das andere. Das Licht in den hohen, schmalen Fenstern passte weniger zum Ambiente, denn es stammte von Neonröhren. Zwei junge Frauen gingen forschen Schrittes eine Treppe hinauf. Sie trugen Bücher unter dem Arm und waren in ein lebhaftes Gespräch vertieft. Ihre Stimmen hallten in Timos Ohren nach.

Das Geräusch der zufallenden Tür verklang in der stehenden, schwülen Luft. Irgendwo gurrte eine Taube.

Timo machte einen Schritt auf die Tür zu. Plötzlich blitzte am Rand seines Blickfeldes, links oben, in einem Fenster des zweiten Stocks, etwas ungemein Helles auf. Im gleichen Moment zersplitterte Glas. Timo taumelte durch die Kraft der Druckwelle zurück und spürte seine Ohren mit einem schmerzhaften Knall zugehen. Intuitiv warf er sich auf den Bauch, schützte seinen Kopf mit den Händen und registrierte die Erschütterung, als zwei Meter vor ihm ein Fensterrahmen auf den Boden krachte.

Eine warme Flüssigkeit lief über seine Wange. Als er die Hand hob, sah er einen fingernagelgroßen Glassplitter im Handrücken stecken, von dem ein fast schwarz aussehendes Blutrinnsal ausging. Er zog den Splitter heraus und drückte die andere Hand auf die Wunde, während er taumelnd aufstand. Vollkommene Stille umgab ihn, obwohl er in einem der zerbrochenen Fenster einen Mann stehen sah, der aus vollem Hals schrie. Die Kleider des Mannes standen in Flammen, als er nach unten sprang. An einem anderen Fenster schrien zwei weitere Personen inmitten von Flammen. Timo nahm das alles wie durch Watte wahr.

25

Schockiert öffnete und schloss Timo ein paar Mal den Mund. Dann versuchte er durch schlucken wieder zu Gehör zu kommen. Mit zitternden Händen tastete er nach dem Telefon in seiner Tasche und wählte die Notrufnummer. Er hörte noch immer nichts, aber als das Display die zustande gekommene Verbindung anzeigte, sagte er: »Trinity College. Explosion und Brand, mehrere Opfer. Gefahr weiterer Explosionen.«

Er legte auf und wischte sich das Blut am Ärmel ab. Eines der beiden Mädchen, die gerade das Gebäude betreten hatten, kam heraus und schleifte ihre blutende Freundin hinter sich her. Timo wollte ihr helfen, aber da kam eine Frau angerannt, die ihrer Zielstrebigkeit nach zu schließen mehr von erster Hilfe verstand als er.

Timo drückte noch einmal auf die Wunde an seiner Hand und starrte dabei auf einen Mann, der aus einer anderen Tür getorkelt kam. Ihm fehlte der gesamte Unterarm bis zum Ellbogen. Kurz darauf zuckte blaues Licht auf den Wänden der Gebäude, und von weit her drang das Heulen einer Sirene in Timos Bewusstsein.

Er spürte einen festen Griff am Arm und drehte sich um. Eine Polizistin führte ihn zu einem Krankenwagen, der rückwärts durch das Tor in den Court gefahren kam. Timo öffnete und schloss den Mund noch ein paar Mal, und mit jeder Bewegung des Kiefers drangen wieder mehr Geräusche in sein Ohr.

Erst jetzt begann er das Ausmaß der Zerstörung zu erfassen. Das Dach des Gebäudes war weitgehend eingestürzt, und das oberste Stockwerk glich noch immer einem Flammenmeer.

Wäre er etwas früher gekommen, wäre er in dem Gebäude zumindest schwer verletzt worden.

Und wenn er es bis in den zweiten Stock geschafft hätte, wäre er jetzt tot.

»Brauchen Sie Hilfe?«, fragte ein Student, der in den Hof gekommen war, und hielt Timo eine Packung Taschentücher hin. »Sie bluten am Kopf.«

Timo drückte ein Taschentuch auf die Wunde. »Wissen Sie, was das da oben für Räume sind? Beziehungsweise waren?«

»Die Personalräume des Instituts für Geschichte.«

»Von wem?«

»Vom stellvertretenden Prof...«

»Namen!«

Der Student sah Timo fragend an und sagte: »John Davies, Daniel Croës, Carol Bates. Mindestens.«

Timo bohrte weiter. »Vaucher-Langston?«

»Der ist vor ein paar Tagen gestorben.«

»Aber hatte er da oben sein Zimmer?«

»Ja.«

»Und die Archive?«

»Sind alle dort. Aber wieso – wer sind Sie?«

Timo drängte zwischen einem besonders niedrigen Feuerwehrfahrzeug mit Leiter und einem Krankenwagen hindurch auf das Gebäude zu. Erst da merkte er, dass seine Tasche verschwunden war. Er kehrte zu der Stelle zurück, an der er sich zu Boden geworfen hatte, sah sie sofort dort stehen.

»Zurück!« Eine Polizistin versuchte zwei Männer zu verscheuchen, die ihr etwas erklären wollten.

Die Gesten und das Auftreten der Männer veranlassten Timo, sie genauer zu beobachten. Der eine zog ein Blatt Papier aus der Innentasche seiner Jacke und hielt es der Polizistin hin, die daraufhin ihr Telefon zur Hand nahm.

Timo versuchte zu verstehen, was gesprochen wurde, aber der Lärm war zu stark. Er ging näher heran. Die Polizistin gab dem Mann das Blatt Papier zurück.

»Sie müssen mit dem Einsatzleiter reden«, hörte Timo die Polizistin sagen.

Dann musste er Feuerwehrmännern, die einen Schlauch zogen, Platz machen und hörte die Antwort der Männer nicht mehr.

»*Verlassen Sie den Great Court*«, tönte es aus einem Megafon. »*Es kann zu weiteren Explosionen kommen. Alle Zivilpersonen verlassen den Court.*«

Timo starrte auf die Flammen. Weitere Explosionen waren nicht nötig. Die Leute, die die Bombe gelegt hatten, hatten gewusst, was sie taten.

VIER TOTE UND MINDESTENS ZEHN VERLETZTE BEI EXPLOSIONEN IN CAMBRIDGE.

In der für Geschäftsreisende reservierten Lounge auf dem Flughafen Dulles in Washington las ein älterer Mann den Text, der im Nachrichtenkanal CNN über den unteren Bildrand lief, und erstarrte auf der Stelle.

William C. Irons zog sein Telefon aus der Tasche, aber es klingelte, bevor er eine Nummer wählen konnte.

»Alles ist schief gelaufen«, sagte Novak außer Atem. »Sie haben eine Bombe ...«

»Ich weiß. Es kommt in den Nachrichten.«

»Wir versuchen die Leichen der Leute aus dem Team vor den Medien verborgen zu halten. Du musst mit dem MI5 reden.«

»Haben wir das gesamte Material verloren?«

»Den größten Teil sind wir durchgegangen. Aber wir wissen nicht, ob wir nicht vielleicht etwas noch Wichtigeres gefunden hätten.«

»Die Frau des Professors?«

»Baumgarten wartet am Flughafen auf sie. Die Maschine ist bereits gelandet.«

»Hat er Unterstützung?«

»Scott.«

»Gut. Die Chinesen kommen uns jedes Mal zuvor. Das muss aufhören.« Beim letzten Satz hatte sich der alte Mann aufgerichtet, und in seinen Augen brannte ein Feuer. »Zieht die Sicherheitsmaßnahmen auf das Maximum an. Und macht euch bereit, zurückzuschlagen.«

Die Ankunftshalle auf dem Flughafen Heathrow war wie immer voller Menschen. Der Psychiater Colin Baumgarten musterte die Frau, die vor ihm stand. Sie war erschöpft von dem langen Flug, stand aber ruhig und mit geradem Rücken da.

»Warum hätte jemand meinen Mann umbringen sollen?«, fragte Frau Cecilia Vaucher-Langston. Während sie von ihrem Mann sprach, konnte die Witwe ihre Bewegung nicht ganz verbergen, aber beachtenswert war, dass sie überhaupt versuchte, sie zu verbergen. Vielleicht lag es daran, dass die Lady – dem Akzent und der Sicherheit ihres Auftretens nach zu urteilen – vermutlich aus einer Familie der *upper class* stammte, wo man sich nicht dazu herabließ, in Anwesenheit von Fremden Gefühle zu zeigen.

»Das versuchen wir gerade zu klären«, antwortete Baumgarten, wobei er mit seinen dicken Fingern spielte. Er hatte die Frau aus dem Strom der Reisenden herausgepickt, sich mit einem gefälschten Dienstausweis als Mitarbeiter der Botschaft vorgestellt und das Gespräch bewusst mit einer schockierenden Behauptung eröffnet: *Ihr Mann ist ermordet worden.* Frau Vaucher-Langston war in Buenos Aires von CIA-Mitarbeitern vernommen worden, aber dort hatte man ihr nichts von einem Mordverdacht gesagt.

»Warum hat mir die Polizei nicht gesagt, dass man Mord als Todesursache vermutet?«, fragte Frau Vaucher-Langston. Die Ausdruckslosigkeit in ihrem Gesicht bekam Risse, und der Schmerz über den Verlust ihres Mannes drang langsam an die Oberfläche.

»Es geht nicht um Vermutungen, sondern um Fakten. Auch Sie sind in Gefahr. Wir werden Sie nach Cambridge bringen.«

Baumgarten hatte auf die Schnelle Cecilia Vaucher-Langstons Intelligenz abgeklopft und auf der Grundlage seiner ersten Beobachtungen ein grobes psychologisches Profil erstellt. Daraufhin hatte er beschlossen, es zunächst mit der Herstellung einer vertraulichen Bindung zu versuchen, bei gleichzeitiger Hervorhebung drohender Gefahr, die abzuwehren er wiederum behilflich sein könnte. Diese Methode hatte sich schon oft als guter Einstieg erwiesen. Nicht zuletzt bei der Vernehmung von Terroristen hatte Baumgarten gelernt, dass man durch das Anbieten einer Zigarette oder einer Tasse Kaffee genauere und wichtigere Informationen bekommen konnte als durch die Androhung von Gewalt.

Wenn es aber notwendig war, fester zuzupacken, musste man es mit der notwendigen Härte tun.

Auf dem Polizeirevier Parkside in Cambridge ging es lebhaft zu. Streifenwagen und Zivilfahrzeuge der Polizei kamen angefahren und fuhren davon, es wimmelte von heraneilenden Menschen.

Timo stand auf der gegenüberliegenden Straßenseite außerhalb des Lichtkreises der Straßenbeleuchtung. Der Sanitäter hatte ihm zwar ein Pflaster für den Kopf gegeben, doch noch immer waren überall Blutspritzer in seinem Gesicht.

Er wusste, dass ein Teil der Männer in Zivil Mitarbeiter des britischen Geheimdienstes MI5 waren. Vielleicht vermuteten sie einen Terrorakt. Oder wussten sie, dass der Vorfall mit Vaucher-Langston zu tun hatte? Die USA und Großbritannien pflegten eine enge geheimdienstliche Zusammenarbeit.

Timo überlegte fieberhaft, was am klügsten wäre. Wenn er der Polizei sagte, was er wusste, würden diese Informationen sofort an die Ohren der Amerikaner dringen.

»Verzeihung«, sagte jemand hinter ihm.

Er erschrak und blickte sich um. Dort stand ein jüngerer Mann mit wirrem Haar und betont nachlässiger Kleidung. Er hatte nichts Bedrohliches oder Verdächtiges an sich, aber trotzdem hätte sich Timo am liebsten aus dem Staub gemacht. Er mochte hier nicht mit Unbekannten sprechen.

Auf dem Gesicht des Mannes machte sich eine neugierige Miene breit, als er Timos Pflaster und die Blutspritzer sah.

»Ja?«, sagte Timo.

»Sind wir nicht Kollegen?«, fragte der Mann. »Ich dachte, nur Reporter liegen hier auf der Lauer.«

»Nein ... Ich bin nur zufällig vorbeigekommen. Was ist hier eigentlich los?«

»Waren Sie am Ort der Explosion?«

»Ich habe zuerst gefragt.«

»Ich weiß es nicht. Niemand scheint etwas zu wissen. Aber laut einem Mitarbeiter des Historischen Instituts hat eine Gruppe von Amerikanern etwas im Institut gesucht.«

»Waren sie zum Zeitpunkt der Explosion vor Ort?«

Der Mann nickte. »Jedenfalls behauptet ein Sanitäter, drei Amerikaner seien dabei getötet worden. Die Polizei ist aber nicht bereit, das zu kommentieren.«

Timo war erstaunt. Die Amerikaner würden doch nicht ihre eigenen Leute umbringen. Wer hatte also dann die Bombe gelegt? Und warum?

»Jetzt sind Sie dran«, sagte der Reporter lächelnd, aber in seiner Stimme hallte nichts von dem Lächeln wider. »Wissen Sie etwas?«

Timo drehte sich um und ging mit seiner Tasche die Straße hinunter. Er hatte bekommen, was er gewollt hatte: wenigstens einen Krümel Information.

»He, Sie sind mir was schuldig«, sagte der Reporter und folgte Timo.

Timo ging schneller, aber der Brite blieb ihm auf den Fersen. Ein unangenehmes Gefühl.

Timo blickte sich um und brüllte: »Verzieh dich!«

Zu seiner Erleichterung blieb der Mann an der Ecke zur Petty Cury stehen.

Timo bog in die Tenison Road ein, die vom Stadtzentrum wegführte. Unter den orangen Straßenlampen waren Bed & Breakfast-Schilder zu erkennen. Die zwei- oder dreistöckigen viktorianischen Häuser mit den eckigen Erkern bildeten eine lange Reihe, sie hatten ihre besten Tage definitiv hinter sich.

Vor einer schwarz gestrichenen Tür blieb Timo stehen und läutete. Bed & Breakfast war ihm in jeder Hinsicht recht – wegen des Preises, wegen der Atmosphäre und weil man kein Formular für die Behörden ausfüllen musste.

Colin Baumgarten wollte seinen Notizzettel nicht zur Hand nehmen, sondern versuchte sich zu erinnern, was er auf Novaks Befehl aus der neben ihm auf der Rückbank sitzenden Cecilia Vaucher-Langston herausbekommen sollte. Schon zu Beginn der Fahrt hatte er ihr von der Explosion am Trinity College berichtet, denn davon würde sie ohnehin bald aus den Medien erfahren.

Der dreißigjährige, knochige und schmalschultrige Scott lenkte den Wagen auf der Ringstraße M 25 zur Autobahn M 11, die nach Cambridge führte.

»Unterhielt Ihr Mann Verbindungen zur Sowjetunion oder nach Russland?«, fragte Baumgarten.

»Selbstverständlich. Das gilt wahrscheinlich für alle Historiker. Aber was hat das hiermit zu tun? Und wie ist es möglich, dass man mir nicht sofort von dem Mordverdacht berichtet hat?«

»Das habe ich Ihnen bereits gesagt. Die Polizei drüben wusste nichts davon.«

»Warum arbeiten Sie nicht mit ihr zusammen?«

»Das ist eine sensible Angelegenheit. Wenn Sie sich genau zu erinnern versuchen, fällt Ihnen dann irgendetwas Besonderes oder Abweichendes am Verhalten Ihres Mannes in der letzten Zeit auf?«

Im bleichen Licht der Straßenlampen sah Frau Vaucher-Langston nicht mehr annähernd so kultiviert aus wie gerade noch auf dem Flughafen. »Jacob hat mich in Buenos Aires angerufen, und er klang irgendwie … gestresst. Angespannt. Er wollte zu unserem Landhaus fahren. Am nächsten Morgen kam die Botschaftssekretärin und informierte mich über den Brand.«

Baumgarten beobachtete ihre nonverbale Kommunikation, um herauszufinden, ob die Frau die Wahrheit sagte. Er achtete von Anfang an auf die Körpersprache eines Klienten, wenn dieser von Dingen redete, über deren Wahrheitsgehalt Baumgarten im Bilde war. Weil er auch jetzt das Blinzeln der Frau, ihre Körperhaltung und den Gesichtsausdruck verfolgt hatte, als sie die Wahrheit sagte, war es ihm leicht möglich, eventuelle Veränderungen zu analysieren, die durch den Anstieg des Stressniveaus beim Lügen entstehen konnten.

»Haben Sie eine Ahnung, was die Veränderung im Verhalten Ihres Mannes bewirkt haben könnte?«

»Nein. Aber er war einfach nicht er selbst.«

Sie spielte mit den Knöpfen ihrer Kostümjacke, doch nach Baumgartens Einschätzung war diese Nervosität eher auf die Umstände als auf eine Lüge zurückzuführen.

»Haben Sie das der Botschaftssekretärin gesagt?«

»Ich denke doch. Aber ich erinnere mich nicht. In meinem Kopf herrscht gerade dichter Nebel. Wer könnte meinen Mann ermordet haben?«

»Wir wissen es nicht. Aber die Explosion zeigt, dass wir es hier womöglich mit einer sehr gefährlichen Angelegenheit zu tun haben.«

»Mein Mann kann mit solchen Dingen nichts zu tun gehabt haben. Sie haben ihn nicht gekannt. Allein der Gedanke ist lächerlich!«

26

Dick Novak saß in einem Chrysler *Voyager*, der sich der Fitzwilliam Road in Cambridge näherte. Es ging auf zehn Uhr am Abend zu, die Straße war menschenleer. Auf dem Schoß hatte Novak einen Laptop, mit dessen Hilfe er Kontakt in die Vereinigten Staaten hielt. Frau Vaucher-Langston würde bald unter Baumgartens Obhut vom Flughafen kommen.

Irgendetwas an Baumgarten ging Novak auf die Nerven. Vielleicht war es seine Habgier. Der Mann hatte im Zuge des Krieges gegen den Terrorismus dank MilCorp mehr kassiert, als er in zehn Jahren als gewöhnlicher Psycho-Pfuscher verdient hätte, obwohl schon das kein schlecht bezahlter Job war.

Im Wagen herrschte angespannte, drückende Stimmung. Der britische MilCorp-Mitarbeiter saß am Steuer, neben ihm saß ein amerikanischer Kollege mit verbundenem Daumen. Auch er hatte sich die Wunde durch einen Glassplitter zugezogen. David Perry von DARPA saß neben Novak. Wegen der Tragödie von Cambridge war er ganz blass.

»Wir haben bei DARPA ein Projekt, bei dem Bienen für das Erkennen von Sprengstoffen ausgebildet werden«, sagte Perry leise und tippte auf dem Gerät herum, das aussah wie ein Palmbook und mit dem er seinen persönlichen E-Mail-Verkehr erledigte.

Novak sah, wie tief sein Kollege erschüttert war. Er sah auch, wie unfähig Perry war, mit dieser Erschütterung umzugehen. Der Mann widmete sein Leben der Wissenschaft und der Technik, er war Naturgesetze und exakte Mathematik gewohnt – nicht das Handeln menschlicher Wesen.

Aber gerade infolge menschlichen Handelns waren in dem Van jetzt Plätze frei, und im Kofferraum standen Spezialkoffer mit den Überresten der bei der Explosion ums Leben gekommenen Männer. Sie waren für die Heimreise vorgesehen. Die Angehörigen würden nie erfahren, was die Verstorbenen im Moment ihres Todes getan hatten.

Für ein Unternehmen wie MilCorp war der Verlust eines Mitarbeiters ein gewaltiger Rückschlag. Hin und wieder kam es jedoch dazu, und für diesen Fall wurden Versicherungen abgeschlossen.

Novak wusste, dass auch er bei einer Explosion ums Leben kommen konnte – hier oder in Bagdad oder in Kabul … Für wen würde er in so einem Fall sterben? Für MilCorp? Oder für sein Vaterland?

»Wie kann dieser Akku hier so leer sein?« Aggressiv drehte Perry sein Palmbook in den Händen. »Ich will meiner Mutter eine Mail schicken, dass ich okay bin.«

»Du kennst die Regeln, was den persönlichen Nachrichtenverkehr betrifft«, sagte Novak.

»Ich benutze eine 356-Bit-Verschlüsselung und kann dir versichern, dass die nicht mal der Herrgott im Himmel knacken könnte – wenn es ihm überhaupt gelingen würde, sie aus dem Äther zu fischen«, sagte Perry aufgebracht.

»Regeln sind Regeln. Weißt du übrigens, Dave, was der sicherste Weg ist, eine Nachricht von A nach B zu schicken?«, fragte Novak.

»Hängt davon ab, was für ein Endgerät man benutzen will. Die Quantenverschlüsselung ist …«

»Ich weiß nicht, ob ihr bei DARPA das absolut überlegendste Endgerät überhaupt kennt. Ihm geht nie der Strom aus, es ist leicht und klein …«

Novak grub in seiner Tasche und hielt gleich darauf einen abgekauten Bleistiftstummel zwischen den Fingern. »Hier, Dave. Das perfekte Endgerät. Du kannst damit eine Postkarte schreiben, eine Marke aufkleben und das Ganze in den nächsten Briefkasten stecken. Ein paar Tage später bekommt der Empfänger deine Nachricht, ohne dass ihr Inhalt in die Kennwortfahndung der NSA-Supercomputer gerät. Inzwischen haben bedauerlich viele Terroristen und Kriminelle die Regel *less is more* gelernt. Für komplizierte Probleme muss man einfache Lösungen suchen. Nicht umgekehrt.«

»Du machst dich über die Technik lustig, obwohl du total von ihr abhängig bist«, schnaubte Perry.

Novak klappte den Laptop auf seinem Schoß auf und las eine Nachricht, die das Entschlüsselungsprogramm soeben dekodiert hatte. »Irons befiehlt, die konfiszierten Unterlagen durchzugehen und dann mitzuteilen, was wir darin gefunden haben. Wenn Frau Vaucher-Langston kommt, bringen wir sie zur Polizei, damit sie etwas über die Ermittlungen erfährt – und wir auch.«

Perry nahm eine Tasche aus dem Fußraum, die wie eine gewöhnliche Aktentasche aussah, aber feuerfest und bruchsicher war. Er legte den Daumen auf die Fingerabdruck-Erkennung, und das Schloss sprang auf. Hätte man versucht, die Tasche mit Gewalt zu öffnen, wäre in ihrem Innern eine Tintenkapsel explodiert und hätte den gesamten Inhalt unleserlich gemacht.

Die Tasche enthielt den Teil von Professor Vaucher-Langstons Archiv, der am meisten versprach. Im Licht der schwachen Innenbeleuchtung nahm Perry einen Stoß Blätter heraus und reichte ihn Novak. Dann blätterten sie beide in Kopien von Briefen, die der Professor erhalten oder verschickt hatte, von Artikelentwürfen und anderem Material, auf der Suche nach etwas, das ihnen weiterhelfen würde.

Kim Jørgensen saß in der Fitzwilliam Road in Cambridge in seinem Auto. Er behielt den Eingang von Vaucher-Langstons Haus im Auge und spielte mit seinem Ring.

Vorläufig war die Operation dieses Abends glatt gegangen. Es hatte sich als unproblematisch erwiesen, den Sprengsatz ins Trinity College zu bringen, denn es hatte keine ernsthafte Durchgangskontrolle gegeben, sah man von dem Beagle eines Aufsehers ab.

Überrascht war er allerdings von der Tatsache, dass bei der Explosion so viele Menschen ums Leben gekommen und verletzt worden waren. Die Anzahl der Todesopfer würde dazu führen, dass sich nun die britische Polizei und der Geheimdienst massiv in Bewegung setzen würden.

Jørgensen war zufrieden. Schon als Kind hatte er diese Art Gefahren gemocht. Bei seiner ersten Graffiti-Aktion in Chongwen war er von allen am längsten vor Ort geblieben. Alle anderen waren geflohen, als sie die Polizeisirene gehört hatten. Seine Eltern hatten ihre Last mit ihm gehabt. Sein Vater war Pfarrer gewesen, stammte aus Kopenhagen, war aber sein ganzes Leben als Missionar durch die Welt gereist. Erst im Alter von über fünfzig hatte er eine Diakonissin geheiratet, die lange allein gelebt hatte. Sie hatten sich in China kennen gelernt, wo Kim zur Welt kam, als seine Mutter vierundvierzig Jahre alt war.

Kim war unter Chinesen aufgewachsen und sprach so gut Chinesisch wie sie. Nach der Pensionierung seines Vaters waren sie nach Dänemark gezogen, aber nach seiner Kindheit in China war es dem Jungen schwer gefallen, sich an das Leben in der kleinen Ortschaft Fårdmosen zu gewöhnen. Der sportliche Junge hatte sich auf fernöstliche Kampfsportarten und Tischtennis spezialisiert, Disziplinen, bei denen man extrem gute Reflexe brauchte.

Nach dem Studium hatte sich Jørgensen dann seinen Traum erfüllt: Er war zum Studium nach China zurückgekehrt. Für die Eltern war der Weggang ihres Sohnes eine schmerzliche Erfahrung gewesen, aber Jørgensen hatte keinen Zweifel an der Ernsthaftigkeit seiner Absichten aufkommen lassen.

Es war die richtige Entscheidung gewesen, denn in Peking waren die glücklichsten Jahre seines Lebens gefolgt. Er hatte ein Zimmer im Hinterhof eines altertümlichen Viertels gemietet und Bad und Küche mit einem Jungen geteilt, der aus dem fernen Xuzhou gekommen war. Sein Mitbewohner hatte in einer Underground-Band Bass gespielt und in der Wohnung Platten aufgelegt, weshalb sie beide schließlich rausgeflogen waren.

In seinem ersten Studienjahr, es war ein klarer windiger Frühling in Peking, hatte er Mei kennen gelernt. Der Sommer war wie im Rausch vergangen, er konnte sich nur noch an die Strahlen der untergehenden Sonne in Meis Haaren und auf der Oberfläche des Teichs auf dem Campus der Universität erinnern. Stundenlang hatten sie im Schatten eines Pavillons gesessen, für ihre Prüfungen gelernt und über Musik, Bücher, Filme und Politik geredet.

Durch die Einparteientyrannei waren viele seiner Kommilitonen voller negativer Energie gewesen, die sie nirgendwo loswerden konnten – bis die Unruhen losgingen. Da hatten ihre Leidenschaften und ihre Frustrationen ihr Ventil gefunden.

Meis Eltern taten sich anfangs schwer, den abendländischen Schwiegersohn zu akzeptieren, obwohl er fließend Chinesisch sprach und in vielen Dingen chinesischer war als sie selbst. Dann war ein Bekannter von ihnen, ein Mann namens Cong, auf Jørgensen aufmerksam geworden. Über Congs Arbeitsplatz besaß nicht einmal Mei genaue Vorstellungen – mal war die Rede von einem hohen Beamten, mal hieß es, er sei Offizier. Irgendwann hatte Cong ihn zum Essen eingeladen und sich lange und intensiv mit ihm unterhalten. Nach einem Jahr unregelmäßiger Treffen hatte Cong Jørgensen zur Jagd nach Shidu eingeladen. Zur Jagdgesellschaft hatten auch vier andere Männer gehört, ernste Chinesen mit harter Schale.

Jørgensen hatte bereits geahnt, worum es ging, aber erst beim dritten Jagdausflug hatte Cong begonnen, vorsichtig das Terrain zu sondieren: Ob Jørgensen eventuell daran interessiert wäre, zu reisen oder für kurze Zeit in Europa oder in den USA zu leben?

Alle Fragen hatte Jørgensen mit ja beantwortet, dabei hatte er seine Begeisterung nur mit Müh und Not verbergen können. Er hatte gewusst, dass er die Antwort auf ein spezifisch chinesisches Problem war: Ein Mensch chinesischer Herkunft wurde im Westen sofort an seinem Aussehen erkannt. Für seine Aufgaben konnte der chinesische Geheimdienst keine Chinesen einsetzen. Das war vor allem bei operativen Geheimdienstprojekten ein Problem. Und tatsächlich erwiesen sich Congs Jagdgefährten als Mitarbeiter des chinesischen Auslandsnachrichtendienstes.

Jørgensen sah auf die Uhr. Der Nachbarin zufolge würde Frau Vaucher-Langston spät am Abend »von einer Reise« zurückkehren. Die Nachbarin war misstrauisch gewesen und hatte nicht sagen wollen, wo die Dame war. Jørgensen hatte sich daraufhin die Wohnung angesehen – allerdings hatte er nichts gefunden, was auf das Reiseziel hingedeutet hätte.

Er hatte nicht in der Wohnung gewartet, denn die Polizei war aufgrund der Explosion hyperaktiv. Die Risiken des Vorhabens wuchsen Stunde für Stunde.

27

»... gibt es keine Informationen. Die Polizei kommentiert auch nicht, ob hinter der Explosion ein Terroranschlag stecken könnte.«

Timo starrte in seinem Bed & Breakfast-Zimmer in der Tenison Road in Cambridge auf den Fernseher. Das Gerät hatte nur eine Zimmerantenne, darum wackelte das Bild, und der Ton war schlecht. Der schäbige Teppichboden, die schweren Möbel und die Blumenvorhänge am hohen Fenster vermochten seine Stimmung nicht zu heben. Er war müde, er hatte Angst und er war durcheinander.

Er sah auf das unscharfe Bild vom brennenden Trinity College und versuchte seine Gedanken zusammenzuhalten. Dann kam eine neue Meldung, und er schaltete den Fernseher aus. Eine Weile starrte er auf das gerahmte Farbfoto, einen verblassten Anblick der Cam.

Die TERA würde bei der Untersuchung der Explosion dabei sein, dachte Timo, darum griff er langsam zum Telefon und rief Wilson in Brüssel an. Das war das Klügste, was er tun konnte. Und das Einzige, was ihm blieb.

»Ich bin in Cambridge«, sagte Timo. »Es sieht so aus, als würde die Explosion hier mit dem Seine-Fall zusammenhängen.«

»Was machst du dort?«, fragte Wilson verärgert.

»Das spielt keine Rolle. Aber es spielt eine Rolle, dass eine Bombenexplosion mit vier Toten zu einem Fall gehört, dessen Aufklärung die TERA aufgegeben hat.«

Wilson schwieg eine Weile, dann sagte er: »Wir nehmen sie wieder auf, wenn Gründe dafür auftauchen.«

»Sie sind aufgetaucht.« Timos energische Stimme hallte in seinen eigenen Ohren nach.

»Wann kommst du wieder nach Brüssel?«

Timo überlegte einen Moment. »Morgen.«

»Komm hierher, dann reden wir.«

Erleichtert legte Timo auf. Er nahm das Telefonbuch vom Nachttisch und ließ den Finger über die Spalten gleiten, bis er bei »Vaucher-Langston, J. B., 32 Fitzwilliam Road« innehielt. Dann schlug er den Plan auf und suchte die Straße. Es waren zwei Kilometer bis dorthin. Er zog sich die Jacke über, verließ das Zimmer und verschloss die Tür sorgfältig hinter sich.

In der Stadt gärte es noch immer von den dramatischen Ereignissen. Auf den Straßen waren Übertragungswagen der TV-Anstalten unterwegs, Polizisten, Fotografen und Reporter auf der Suche nach Leuten, die sie befragen konnten.

Während er unter den alten Bäumen der Fitzwilliam Road entlangging, versuchte Timo seine Gedanken zu ordnen. Durch die dichten, hoch gewachsenen Tujen und Buchsbaumhecken schimmerten massive Häuser. Wilson hatte versprochen, mit ihm zu reden, mehr nicht. Aber zuvor wollte Timo ein paar Dinge überprüfen. Je mehr er Wilson zu berichten hatte, umso besser. Jedenfalls dachte er das.

In der dichten, immergrünen Hecke vor Nummer 32 tauchte eine schwarz gestrichene Tür auf, eine verschlossene Zufahrt. Unablässig behielt Timo die Umgebung im Auge. Wenn es jemand für nötig gehalten hatte, eine Bombe am Arbeitsplatz des Professors zu zünden, war dann dessen Wohnhaus sicher?

Im Torpfosten war ein Briefkasten ohne Namen eingelassen. Darüber befanden sich ein Klingelknopf aus Messing und die Linse einer Kamera.

Als er am Tor vorbeiging, konnte Timo einen Blick durch die Büsche werfen. Was er sah, war kein altes Haus, wie man es einem Geschichtsprofessor zugetraut hätte, sondern ein Glaskasten in moderner britischer Architektur.

Im Haus war es allerdings dunkel, und auf sein Läuten rührte sich nichts. Timo beschloss, schlafen zu gehen und am nächsten Morgen wiederzukommen.

Jørgensen saß in seinem zweihundert Meter entfernt geparkten Wagen und sah ein Auto in die Einfahrt des Hauses von Vaucher-Langston fahren.

Zuvor war ihm schon ein Mann mittleren Alters aufgefallen, der vor dem Tor stehengeblieben war und geläutet hatte. Dann war der Mann allerdings wieder verschwunden.

Jørgensen kaute Kaugummi. Er war müde, aber auf der Hut und ungeduldig. Die Ungeduld war ein Charakterzug, den seine Ausbilder erfolglos auszumerzen versucht hatten. In der Ausbildung war großer Wert auf die Beherrschung des Geistes gelegt worden und auf Kampfdisziplinen, die die Konzentration förderten. Jørgensen aber war von Natur aus mehr auf physischere Disziplinen ausgerichtet, besonders auf Wing Tsun.

Er sehnte sich nach China, er fühlte sich mehr als Chinese denn als Däne. Als er den Mitarbeitern des Auslandsnachrichtendienstes von den Jagdausflügen zugesagt hatte, kam er zur Grundausbildung nach Dezhou, auf ein Gelände, das mit Zäunen und Schlagbaum abgeriegelt war. Sechs weitere Männer und Frauen, die nicht chinesisch aussahen, waren dort in einem asketischen Haus versammelt, darunter Heinz und Carla. Sie alle hatten ihre Wurzeln in China, sprachen Chinesisch und fühlten sich stärker mit China verbunden als mit den Heimatländern ihrer Eltern.

Das war zugleich auch Jørgensens erster »offizieller« Arbeitstag bei der *Broadmoore Company* gewesen, die als Deckorganisation des Auslandsnachrichtendienstes fungierte. Von diesem Tag an war er damit Mitarbeiter einer Firma, die Elektronik von China ins Ausland exportierte.

Einer politischen Schulung hatten sie sich nicht unterziehen müssen, alles war praxisnah gewesen. Man zahlte ihnen ein gutes Gehalt, und was getan wurde, geschah in jeder Hinsicht eher auf professioneller denn auf ideologischer Basis.

Die Europa-Niederlassung von *Broadmoore* befand sich im englischen Guildford. Dort war Jørgensen bei seinem ersten Auslandseinsatz hingekommen. Die Tochterfirma hatte normale Büroräume im Business Park gemietet, trug den Namen *Prince Electronics*, und nichts deutete auf China hin. Sämtliche Mitarbeiter kamen aus westlichen Ländern, und das Unternehmen funktionierte wie die anderen der Branche: Jørgensen hatte sich komplizierte Produktinformationen aneignen und Business-Manieren beibringen lassen müssen.

Im Büro durfte nie und unter keinen Umständen Chinesisch geredet und auf keinen Fall auf die wirklichen Aufgaben der Firma – oder einiger ihrer Mitarbeiter – angespielt werden. Für operative Aufgaben wurde man von der Firma komplett abgezogen, damit auch dann keine Verbindung zu China hergestellt werden konnte, falls man erwischt wurde.

Jørgensens Frau war während der ganzen Zeit in Peking geblieben, niemand durfte die Familie mitnehmen, auch wenn das Kommando länger dauerte. Es wurde nicht laut ausgesprochen, aber Jørgensen hielt das für ein Druckmittel. Die Familie in China – das half, den Lockungen fremder Geheimdienste zu widerstehen.

Nun schloss sich das elektrisch betriebene Tor am Haus von Vaucher-Langston hinter dem eingefahrenen Auto. Jørgensen richtet sich auf.

Vor Vaucher-Langstons Haustür stieg Colin Baumgarten aus dem Wagen. Obwohl Scott aussah wie ein Federgewichtler, nahm er die beiden riesigen Koffer der Dame aus dem Kofferraum, als wären sie leer.

Das Ambiente des modernen Hauses glich dem in Baumgartens Haus in einer vornehmen Wohngegend von Richmond. Instinktiv überprüfte er die dunklen Ecken, in die das Licht der Hofbeleuchtung nicht drang.

Frau Vaucher-Langston schloss die Haustür auf. In der Eingangshalle ging sie direkt zu einem kleinen Schrank und schaltete die Alarmanlage aus.

»Seltsam«, murmelte sie beim Eintippen des Codes.

»Was ist seltsam?«, fragte Baumgarten. Er blickte hinter sich, um sich zu versichern, dass Scott in der Nähe war. Wo blieb Novak?

»Normalerweise brennt das rote ›Programm‹-Lämpchen ... Es blieb sogar an, als ich einmal versuchte, die Anlage so zu programmieren, dass ein Zimmer ausgeschlossen wurde.«

»Schauen Sie nach, ob etwas anders ist als bei Ihrer Abreise«, sagte Scott.

»Ein Alarm ist nicht ausgelöst worden. In dem Fall würden die Lichter hier blinken.«

»Prüfen Sie trotzdem, ob etwas fehlt.«

»Besonders Dinge, die Ihrem Mann gehören«, fügte Baumgarten hinzu.

Die Frau sah die Männer irritiert an. »Jacob wohnte mehr in Burnford, in unserem Landhaus.«

Scott stellte die Koffer ab und folgte der Frau von einem Raum in den nächsten.

»Es scheint nichts zu fehlen«, erklärte sie.

Baumgarten sah sich nervös um: ein Designtisch aus Glas, helle Halogenspots, Ledersofas in klarem Design. Es störte ihn, dass man vom Garten aus ungehindert ins erleuchtete Haus blicken konnte, aber nicht umgekehrt. Warum hätte jemand in das Haus eindringen sollen – so professionell, dass er die Alarmanlage manipulieren konnte –, ohne etwas mitzunehmen? Oder hatte jemand etwas *gebracht*? Eine Bombe zum Beispiel.

Scott schien den gleichen Gedanken gehabt zu haben, denn er sagte: »Gehen wir.«

»Was ...«, fing Frau Vaucher-Langston an, aber Baumgarten legte den Finger auf die Lippen und führte sie zum Wagen zurück.

»Es ist möglich, dass Sie in dem Haus nicht mehr sicher sind«, sagte Baumgarten schwer atmend und hielt ihr die Wagentür auf. Scott setzte sich auf den Fahrersitz. »Wir warten auf einen Kollegen, der entscheidet, was wir tun.«

Jørgensen stand zwanzig Meter vom Tor der Vaucher-Langstons entfernt. Als er das Auto herauskommen sah, wandte er sich ab.

Die Enttäuschung und den Ärger spürte er körperlich. Warum verließ die Frau das Haus wieder?

Cecilia Vaucher-Langston musste verhört werden, auch wenn sie kaum etwas über die Angelegenheiten ihres Mannes wüsste. Aber jetzt würden die Amerikaner zuerst mit ihr reden. Und darüber wäre man in Peking nicht erfreut.

28

In der Jääkärinkatu in Helsinki öffnete Asko Lahdensuo seinem Bruder und dessen Frau, der Premierministerin, die Tür, obwohl die Gäste einen Schlüssel zu der Wohnung besaßen.

Zum Glück war ihnen im Treppenhaus und im Aufzug niemand von den Nachbarn begegnet. Auch wenn sie es gewohnt waren, dass die Premierministerin gelegentlich bei ihrem Schwager auftauchte, denn der hatte die Wohnung schon vor fünfzehn Jahren gekauft, und seitdem waren Harri und Marjatta regelmäßig zu Besuch gewesen.

Die drei gingen schweigend und mit ernsten Mienen ins Wohnzimmer auf der Straßenseite, das eher mit Geld als mit Stil eingerichtet war. Übertrieben sorgfältig schloss Harri die Tür. Er war stämmiger als sein Bruder und schlechter in Form.

»Wie ist die Lage?«, fragte Marjatta müde, während sie auf dem cremefarbenen Ledersofa Platz nahm. Ihr Mann marschierte schnurstracks zur Hausbar und goss sich einen Whisky ein.

»Alles in Ordnung«, sagte Asko Lahdensuo. »Und selbst wenn ich auffliege – was nicht abzusehen ist –, bekommt ihr trotzdem keine nassen Füße. Das ist von Anfang an mein Projekt gewesen. Ich halte einiges aus, egal, was kommt.«

Er hatte sich dafür entschieden, nicht zu erwähnen, dass dieser dubiose Kerl von der Sicherheitspolizei sich ihm in einem Restaurant genähert hatte. Auf die Idee, die Diskette zu beschaffen und gegen die Präsidentin zu verwenden, war Asko von sich aus gekommen, darum würde auch er die Verantwortung tragen. Ursprünglich hatte er das Ganze ohnehin allein durchziehen wollen, ohne seinem Bruder und seiner Schwägerin etwas zu sagen, aber er hatte es einfach nicht für sich behalten können.

Jetzt bereute er das. Marjatta war eine knallharte Politikerin und würde, ohne mit der Wimper zu zucken, jede potenzielle Vernehmung überstehen, aber Harri würde reden. Asko kannte seinen Bruder.

»Es geht nicht darum, was du aushältst«, sagte Marjatta eisig. »Wenn du auffliegst, wird niemand glauben, dass ich von der ganzen Sache nichts gewusst habe.«

Asko lachte. »Wie sollte ich denn auffliegen?«

»Es ist höchste Zeit, dass du verrätst, von wem du die Diskette hättest bekommen sollen«, sagte Harri und nahm einen Schluck Whisky. »Ist deine Quelle zuverlässig?«

»Ich gebe mich nur mit zuverlässigen Quellen ab. Außerdem hat es keine Bedeutung mehr, wer meine Quelle war«, sagte Asko zunehmend gereizt. »Steigert euch da nicht in etwas hinein – vergesst das Ganze. Jetzt haben wir zwar nichts mehr gegen die Präsidentin in der Hand, aber so ist das im Leben eben manchmal.«

Auf dem Polizeirevier in Cambridge sah sich Dick Novak den Plastikbeutel an mit allem, was man bei Professor Vaucher-Langston gefunden hatte: eine durch die Hitze schwarz gewordene Armbanduhr, ein Schlüsselbund und ein abgegriffenes Stück Metall, das an ein kleines Amulett oder einen Schlüsselanhänger erinnerte.

»Nehmen Sie die Sachen mit?«, fragte der Polizist.

Frau Vaucher-Langston nahm den Beutel vom Tisch und schob ihn in die Tüte, die bereits eine Kopie des Routineberichts enthielt.

»Es tut mir Leid, aber ich muss mich jetzt wieder um andere Dinge kümmern«, sagte der Polizist. »Seit der Explosion geht es bei uns drunter und drüber.«

Novak und Frau Vaucher-Langston verließen das Revier. Scott sicherte von der Seite. In der Nacht war die Temperatur gesunken, und Novak fror. Sie gingen um die Ecke in die Bar des Hotels *Randolph*, wo ein Feuer im großen, aus Natursteinen gemauerten Kamin brannte. Novak wollte selbst mit der Frau sprechen. Baumgarten war ein Profi, aber letzten Endes vertraute Novak am meisten sich selbst.

Verärgert überflog er den Polizeibericht. Als man den Toten fand, hielt er einen Schlüsselanhänger aus Metall umklammert, an dem allerdings keine Schlüssel waren. Über dieses außergewöhnliche Detail hätten sie sofort informiert werden müssen.

Er gab Frau Vaucher-Langston den Bericht zurück. »Darf ich noch einmal die Sachen sehen?«

Sie reichte ihm den Beutel und begann ihrerseits, den Bericht zu lesen.

Novak fischte den flachen, amulettartigen Schlüsselanhänger aus dem Beutel und hielt ihn sich dicht vor die Augen. In das Metall war ein Bild eingraviert, das am ehesten an einen Fisch mit vielen Flossen und stumpfem Maul erinnerte. »Warum hielt Ihr Mann dieses Ding hier umklammert?«, fragte er leise, mit freundlicher Stimme.

»Das kommt mir auch seltsam vor«, entgegnete die Witwe beklommen.

»Haben Sie das schon einmal gesehen?«

»Er besaß schrecklich viel kleines Zeug. Ich kann mich nicht an alles erinnern. Ich werde jetzt gehen«, sagte Frau Vaucher-Langston müde.

»Es wäre nicht klug, jetzt nach Hause zu gehen. In einem Hotel oder bei Freunden …«

»Machen Sie sich nicht lächerlich«, sagte Frau Vaucher-Langston. Ihre Stimme war rau und hart, sie war jetzt nicht mehr fähig, ihre Gefühle zu kaschieren. »Ich habe sechzehn Stunden im Flugzeug gesessen, und jetzt fahre ich nach Hause und lege mich ins Bett.«

Novak widersprach nicht. Die Frau wusste nichts, darum stellte sie auch kein Risiko dar.

Es nieselte an diesem dunklen Morgen, und heftige Windböen ließen Timo den Kragen hochschlagen. Er hatte in der vergangenen Nacht unruhig geschlafen, denn ständig waren ihm die Explosion, die Verletzten und die Toten im Kopf umhergespukt.

Um 6.53 Uhr fuhr ein Zug nach London. Dort konnte er um 9.05 Uhr den *Eurostar* nach Brüssel nehmen. Er wollte so schnell wie möglich bei Wilson sein, auch wenn er nicht absehen konnte, wie der ihm diesmal begegnen würde. Das Bewerbungsgespräch bei der Sicherheitsfirma musste jetzt warten.

Timo hatte beschlossen, durch die Fitzwilliam Road zum Bahnhof zu gehen. Zu seiner Überraschung stand das Tor zu Vaucher-Langstons Haus offen. Im Haus schien kein Licht zu brennen.

Timo wog kurz die Lage ab, dann betrat er vorsichtig das Grundstück.

Durch den Bewegungsmelder ging die Hofbeleuchtung an, als er sich der Haustür näherte. Er blickte sich um, dann machte er eine Runde ums Haus. An der Küchentür sprang ein weiteres Halogenlicht an, und geblendet tastete er sich vorwärts, mit zunehmend heftiger pochendem Herzen. Unwillkürlich spannte er die Muskeln an.

Aber nichts geschah, natürlich nicht. Er atmete tief durch und zwang sich, zur Ruhe zu kommen. Dann legte er die Hand auf den Türgriff, darauf gefasst, dass abgeschlossen war.

Aber die Tür war offen. Er zuckte zusammen und versuchte erneut die Situation einzuschätzen.

Das Hoflicht vorn ging aus. Wieder erschrak er, aber dann begriff er, dass der Zeitschalter des Bewegungsmelders seinen Dienst erfüllt hatte. Langsam machte er die Tür auf, trat ein und horchte.

Nur das Brummen des Kühlschranks durchbrach die Stille. Der metallische Schein der Halogenlampe draußen erleuchtete eine geräumige, moderne Küche.

Timo ging zur Tür zum Esszimmer, blieb erneut stehen, um zu horchen, dann machte er Licht an.

Mit normalem Schritt ging er in die Eingangshalle und sagte laut hörbar: »Frau Vaucher-Langston?«

Die Tür zum Schlafzimmer stand halb offen. Timo hielt inne und klopfte an.

Keine Reaktion. Langsam öffnete er die Tür ganz und betätigte den Lichtschalter. Die Bettdecke war zurückgeschlagen, aber man sah, dass letzte Nacht niemand in diesem Bett geschlafen hatte.

Besorgt machte Timo kehrt und ging in den nächsten Raum, der offenbar als Gästezimmer diente.

Es war leer. Er steuerte auf das Arbeitszimmer am Ende des kurzen Gangs zu, blieb aber plötzlich vor einer verschlossenen Tür stehen.

Er starrte auf den Parkettboden vor sich. Dort war eine Spur. Und noch eine. Flecken, die von einer Schuhsohle stammten, dunkelrote, fast schwarze Flecken.

Timo machte die Tür auf, blickte in das Zimmer und schloss die Augen.

29

Auf der anderen Seite der Meeresbucht zeichneten sich im Nebel die Umrisse des Atomkraftwerks ab. Heli Larva nahm das Kuvert aus dem Briefkasten und riss es sofort auf. Während sie las, sog sie die feuchte Morgenluft ein.

»Ich habe viel Geduld mit Ihnen gehabt, aber jetzt kann ich Ihnen nicht mehr entgegenkommen«, schrieb die Witwe, der das Haus gehörte, in dem Heli zur Miete wohnte.

»Ich weiß, wie viel Arbeit Sie in das Grundstück und das Haus gesteckt haben, aber die Situation ist eindeutig. Ich hatte Sie ja schon vorgewarnt. Ich werde den Mietvertrag nicht verlängern, sondern das Haus verkaufen, und ich hoffe, Sie werden es übernehmen. Die Schätzungen der Immobilienmakler schwanken zwischen 160 000 und 180 000 Euro. Sie bekommen es für 155 000, wie ich am Telefon schon sagte. Weiter kann ich Ihnen nicht entgegenkommen.«

Nachdenklich faltete Heli den Brief zusammen und ging ins Haus, um mit dem Aufräumen weiterzumachen. Der Brief enthielt keine Neuigkeiten – trotzdem war es überraschend, ihn jetzt im Briefkasten zu finden. Heli mochte keine Überraschungen. Sie schufen eine seltsame Atmosphäre von Unsicherheit und Bedrohung.

Aus der Siebziger-Jahre-Stereoanlage vom Recycling-Zentrum tönte kratzend Bob Dylans LP ›Blood on the Tracks‹. Heli wohnte seit elf Jahren in dem Haus, sie hatte es nach und nach instand gesetzt, Beete angelegt und von ihrem wenigen Geld einen Schuppen gebaut.

Sie hatte nicht vor, von hier wegzugehen.

Entschlossen hob sie Bücher vom Boden auf und stellte sie ins Regal, anschließend wischte sie über die Bodendielen, deren Ritzen zum Teil einen halben Zentimeter breit waren. Ab und zu machte sie einen traditionellen Hausputz, aber nicht jede Woche und nicht unbedingt samstags, so wie es ihre Mutter getan hatte. Heli wunderte sich immer wieder, woher die Frau die Kraft genommen hatte, unter den gegebenen Umständen das Vieh und den Haushalt zu versorgen, Wasser aus dem Brunnen zu pumpen, Feuer in Ofen und Kamin zu machen, Wasser zu erhitzen, Wäsche zu waschen, sich um das Gemüsebeet zu kümmern. Der Vater war nur an den Wochenenden von der Waldarbeit nach Hause gekommen.

Auf einmal hielt Heli in ihren Bewegungen inne und lauschte. Sie sprang auf und war mit einem Satz am Fenster. Draußen war kein Auto zu sehen, dabei hatte sie geglaubt, ein Motorengeräusch zu hören.

Sie machte mit dem Aufräumen weiter, blieb aber wachsam. Joni Mastomäki war in Stockholm festgenommen worden, aber er würde der Polizei kein Wort über Heli sagen. Sie war bei der Operation in Olkiluoto nur eine unbeteiligte Expertin. Aber vielleicht behielt die Polizei trotzdem ihr Haus im Auge.

Die Regale füllten sich mit Büchern, aber einen Teil musste sie trotzdem in Stapeln auf dem Boden liegen lassen. Aus dem Französisch-Wörterbuch fiel ein Foto heraus, dessen Anblick ihr einen Stich ins Herz versetzte.

Im Parc des Bastions in Genf stützte sich Lucas auf sein neues Fahrrad. Helis Blick glitt langsam über seine Augen, seinen Mund, seine Oberschenkel. Das Bild katapultierte sie in die zehn Monate zurück, die sie am CERN verbracht hatte und die für sie die anstrengendsten, anspruchsvollsten und glücklichsten ihres Lebens gewesen waren.

Mit Gewalt schüttelte sie die Erinnerung an Lucas ab, wehmütig und erleichtert zugleich. Sie waren sich zu ähnlich, es konnte nicht gut gehen.

Sie stapelte weiter Bücher auf. Darunter waren einige spezielle Kostbarkeiten, die sie beim Schreiben ihrer eigenen Texte benutzt hatte. Lächelnd schlug sie ein Büchlein mit dem Titel ›Atomenergie – Die Kraft der Zukunft‹ aus dem Jahr 1946 auf: »*Während ein Autofahrer heute zwei oder drei Mal pro Woche den Tank mit Benzin füllen muss, wird er in Zukunft ein ganzes Jahr über mit einer Energiemenge von der Größe einer Vitaminpille fahren können. Eine Pille der gleichen Größe wird dann auch ausreichen, um ein ganzes Haus zu beheizen.*«

Ein anderes Buch mit vielen Illustrationen stammte vom Ende der fünfziger Jahre und hieß ›Unser Freund, das Atom‹. Darin hieß es: »*Die Zauberkraft der Atom-Fee wird bald zum Wohle der gesamten Menschheit tätig werden. Durch sie wird man sich auch in abgelegenen Regionen die Errungenschaften der Gegenwart zunutze machen können. Sie wird mehr Nahrung und bessere Gesundheit bringen – die vielen guten Früchte der Wissenschaft werden allen Menschen zugute kommen.*«

Helis Lächeln war zynisch. Die vielen guten Früchte der Wissenschaft für alle Menschen. In der Tat.

Schade bloß, dass eine äußerlich schöne Frucht innen so faul sein konnte.

Sie schlug das Buch zu. Ein großer Teil der Entscheider in Finnland war geblendet von der »Zauberkraft der Atom-Fee«. Im ganzen Land herrschte eine vorbehaltlos technologiefreundliche Stimmung, und die Politiker begriffen nicht, dass sich die »atomare Phase« in der Entwicklung der Industriestaaten dem Ende näherte.

Fast alle westlichen Länder hatten das akzeptiert, nur im Osten sträubte man sich noch: in Finnland, in Russland, in Asien.

Heli ging wieder ans Fenster und blickte in den feuchten Garten hinaus, wo buntes Laub verstreut auf der Erde lag. Alles sah aus wie zuvor – trotzdem fühlte sie sich bedroht.

Im Südwesten von London, auf der Ringstraße M 25, fuhr ein olivgrüner Range Rover mit verdunkelten Scheiben durch die sanft hügelige Landschaft. Die tief hängenden Wolken ließen keinen Strahl der Morgensonne durch.

Kim Jørgensen saß auf dem Rücksitz des Geländewagens, der auf dem Weg zum Flughafen Heathrow war. Er hatte einen Laptop auf den Knien und schrieb einen Bericht für Peking. Äußerlich wirkte er ruhig, aber die Ruhelosigkeit seines Blicks und die unmotivierten Bewegungen der Finger verrieten einen Teil der Nervosität, die in seinem Innern tobte.

Er war wütend und enttäuscht. Die Witwe von Vaucher-Langston hatte über die Angelegenheiten ihres Mannes nicht gesprochen. Aber hatte sie denn etwas gewusst? Das war nicht definitiv zu entscheiden gewesen, darum hatte Jørgensen die Frau vorsichtshalber eliminieren müssen, damit die Amerikaner sie nicht noch einmal vernehmen konnten. Auch die Amis beherrschten die Spezialitäten der Vernehmungstechnik, und es war durchaus möglich, dass sie etwas aus der Frau herausgebracht hätten, was Jørgensen nicht erfahren hatte. Sie war stärker und unberechenbarer gewesen als ihr Mann. Um sie zum Schweigen zu bringen, hatte Jørgensen zu brutaleren Methoden als sonst greifen müssen.

Die blutigen Vorfälle hatten Heimweh in ihm ausgelöst. Er vermisste nicht nur Mei und das Baby, sondern auch Peking. Ihm fehlte das nervöse Geklingel der Fahrradglocken zur Hauptverkehrszeit, die ständige unmittelbare Nähe anderer Menschen, der Duft von Jasmintee. Er vermisste das Leben, das man gemeinschaftlich verbrachte und nicht in den eigenen vier Wänden: die schwatzenden Nachbarn, das Kartenspiel im Licht der Straßenlaternen, die Straßenhändler, die Nudeln, Gemüse, lebende Vögel und Wunderheilmittel feilboten. Selbst die Dienste von Barbier und Zahnarzt konnte man auf der Straße in Anspruch nehmen.

Aber Jørgensen vermisste nicht die trendbewussten Leute in ihren Markenklamotten, die durch die Einkaufszentren schlenderten, und auch nicht die gelangweilten Jugendlichen, die in Hamburger-Restaurants mit ihren Handys spielten. Würde sein Junge auch so einer werden? Jedenfalls nicht, wenn es nach ihm ginge.

Jørgensen merkte, dass er im Hinblick auf seinen Sohn jetzt schon Erwartungen aufbaute und Grenzen zog. Das hatte sein Vater nie getan. Größere Konflikte zwischen ihnen hatte es nur bei politischen Themen gegeben. Der Vater hatte der chinesischen Regierung stets kritisch gegenübergestanden. Erst später hatte Jørgensen erkannt, was sein Vater wollte: Der Sohn sollte die sozialen Probleme sehen und sich nicht einfach vom Mainstream der Jugendlichen mitziehen lassen, die lediglich an ihrem eigenen Wohlstand interessiert waren. Allerdings hatte der Vater nie begriffen, dass Kim ja gar keine anderen Erfahrungen gemacht, dass er keine Vorstellung davon hatte, was »Demokratie« bedeutete.

Sein Cousin in Dänemark hatte eine Brieffreundschaft mit ihm anfangen wollen, aber ihre Lebenswelten und Interessen wichen so stark voneinander ab, dass der Briefwechsel bald einschlief. Heute wäre das bei Jugendlichen in dem Alter anders gewesen, denn auch in Peking gab es längst CDs und MP3-Player, Handys und Hamburger.

Jørgensen nahm den Plastikbeutel mit den Hinterlassenschaften des Professors, die er Cecilia Vaucher-Langston abgenommen hatte, aus der Tasche. Ihn beschäftigte der kleine ovale Gegenstand aus Metall, in den etwas eingraviert war, das an die Umrisse eines seltsamen Fisches erinnerte.

Es war eine Überraschung für ihn gewesen, dass Professor Vaucher-Langston in den letzten Momenten seines Lebens diesen Gegenstand in die Hand genommen hatte. Was hatte das zu bedeuten? Diese Frage würde auch die Amerikaner beschäftigen, sobald sie davon erführen. Falls sie nicht längst davon erfahren hatten.

Jørgensen suchte in seiner Tasche nach der kleinen Digitalkamera, legte den Gegenstand neben sich auf den Sitz und machte aus zwei Zentimeter Entfernung ein Foto davon. Er hatte das Gefühl, gescheitert zu sein, weil er den Professor nicht dazu gebracht hatte, etwas zu verraten. Versuchte der Mann womöglich, aus dem Grab heraus etwas mitzuteilen?

Jørgensen übertrug das Foto auf den Computer und hängte es an seinen Bericht an. Geschützt von einem Einmal-Code schickte er alles über eine normale GPRS-Verbindung nach Peking.

30

Am Morgen war Timo zum zweiten Mal innerhalb von vierundzwanzig Stunden auf dem Polizeirevier von Cambridge. Er hatte Wilson von Vaucher-Langstons Haus aus angerufen, wo Cecilia ermordet worden war, und ihm offen die Lage geschildert, auch die Drohungen der Amerikaner samt Schweigeabkommen. Nur so hatte er sich den Rücken freihalten können.

Nach dem ersten Schock beruhigte er sich allmählich, trotzdem konnte er den Anblick der Leiche von Cecilia Vaucher-Langston in diesem Zimmer nicht aus seinem Kopf verscheuchen.

Timo blieb der neugierige Blick des protokollierenden Beamten nicht verborgen. Der britische Vertreter bei der TERA hatte den Polizisten kurz zuvor angerufen und ihm über den Finnen nur so viel mitgeteilt, wie nötig war. Daher brauchte Timo keine offiziellen Dokumente zu unterzeichnen, alle seine Angaben wurden anonym behandelt. Das war wegen der Amerikaner unumgänglich. Auf inoffiziellem Wege würden sie zwar dennoch an die Informationen herankommen, aber da sie wussten, dass nun auch die TERA-Führung die Situation kannte, war zumindest ein Übergriff ihrerseits auf Timo nur noch schwer vorstellbar.

Vom Polizeirevier fuhr Timo ins Krankenhaus. Zunächst schien es schwieriger als erwartet, auf die Station vorzudringen, aber weil die Krankenschwestern so viel zu tun hatten, gelang es ihm schließlich doch. Er gab sich als TERA-Mitarbeiter aus. Die bei der Explosion verwundete dreißigjährige Carol Frost vom Historischen Institut lag mit verbundenem Arm und Kopf im Bett. Wie Daniel Croës, der bei der Explosion ums Leben gekommen war, hatte auch sie mit Professor Vaucher-Langston zusammengearbeitet – die Tragödie hatte sie schwer erschüttert.

Timo sprach mit ihr, so ruhig er konnte, ohne ihre ums Leben gekommenen Kollegen zu erwähnen. Sie wusste Dinge, die über den Tod von Vaucher-Langston an der Universität im Umlauf waren. Zu den außergewöhnlichsten zählte die Information, dass der Professor bei seinem Tod eine Art Talisman in der Hand gehalten hatte, ein Stück Metall, in das die Umrisse eines Quastenflossers eingraviert waren.

»Ein Quastenflosser? Was ist das?«, fragte Timo. Unter dem Verband konnte er das Gesicht der Frau nicht sehen, und ihr Blick war von den starken Medikamenten getrübt.

»Der Quastenflosser. Lateinisch Latimeria. Ein lebendes Fossil. Vaucher-Langston hat deswegen mit Doktor Zeromski in Krakau in Kontakt gestanden.«

»Wie bitte?« Timo beugte sich vor. Die Patientin hatte extrem leise gesprochen.

»Bronisław Zeromski. Astronom. Vaucher-Langston hat ihn ein paar Mal getroffen, aber ich weiß nicht, ob er seine Theorien schätzte ... jedenfalls nicht öffentlich.«

Timo nahm sein Notizbuch zur Hand und schrieb an den unteren Rand einer Seite: BRONISŁAW ZEROMSKI. »Wieso?«

Die Frau seufzte. »Lesen Sie seine Bücher. Ein paar davon sind ins Englische übersetzt worden. Er hat seine eigenen Ansichten über die Geschichte der Menschheit und frühe Zivilisationen.«

Durch die Lücke im Verband schauten Timo die Augen der Wissenschaftlerin jetzt scharf und intelligent an. Timo drehte den Stift in der Hand. »Haben Sie ... Kennen Sie Cecilia Vaucher-Langston?«

»Sie verkehrt nicht in akademischen Kreisen.«

»Können Sie etwas über die Kontakte des Professors in die Sowjetunion oder nach Russland sagen? Gab es dort Kollegen, die ihm besonders nahe standen?«

»Soweit ich weiß, nicht. Wieso fragen Sie? Wie hängt denn das alles zusammen?«

»Das versuchen wir gerade herauszufinden.«

Timo wechselte noch ein paar beruhigende Worte mit der Frau, dann verließ er das Krankenhaus und fuhr im Nieselregen mit dem Taxi ins Zentrum von Cambridge.

Eilig suchte er eine Buchhandlung in der Fußgängerzone auf. Der Laden schien gut sortiert, wie es sich für eine Universitätsstadt gehörte, immerhin fand sich dort auch eines der Bücher von Bronisław Zeromski: ›Der Sternenhimmel der Maya – Auf den Spuren einer untergegangenen Zivilisation‹. Timo kaufte das Buch und eilte im Laufschritt zum Bahnhof.

Am Tag zuvor hatte er den Termin mit der Londoner Sicherheitsfirma storniert. Wahrscheinlich würde er von Brüssel aus einen neuen Termin vereinbaren, aber jetzt hatte er dafür keine Zeit.

Je weiter sich der Zug von Cambridge entfernte und je mehr der Himmel aufklarte, desto eigentümlicher und skurriler erschienen die Ereignisse des Abends und der Nacht nun. Timo war auf der Suche nach Bestätigung für die Echtheit des KGB-Materials aus der Seine gewesen und hatte davon mehr als genug bekommen. Trotzdem hatte er noch immer nichts in der Hand, das er vor Rautio auf den Tisch knallen konnte.

Er warf einen Blick in das Buch von Zeromski. Die Themen, mit denen es sich befasste, schienen Lichtjahre von der Realität entfernt zu sein, in der Timo lebte – buchstäblich. Denn Zeromski schrieb über Lichtjahre, über Phänomene im Weltall, über Gestirne und Sternkarten. Und über die Maya. Deren Astronomie und Mathematik waren unfassbar weit entwickelt gewesen. Die Maya hatten bereits mit Superzahlen gerechnet und kalendarische Daten bis 137 Milliarden Jahre zurück bestimmt, bis weit über den Urknall hinaus. Sie waren in der Lage gewesen, Sonnenfinsternisse mit einem Fehlerspielraum von plus/minus zwei Tagen in tausend Jahren vorauszusagen. Die Tabelle der Venus-Umlaufbahn, die sich über fast fünfhundert Jahre erstreckte, wies eine Abweichung von zwei Stunden auf.

Timo fühlte sich gegenüber der Mathematik und der Astronomie hilflos. Soile hätte ihm erklären können, was das alles in der Praxis zu bedeuten hatte.

Trotzdem ging aus Zeromskis Text eine große, klar umrissene Frage hervor: War es möglich, dass die Kenntnisse der Maya nicht von ihnen selbst, sondern von anderen stammten? Wenn sie tatsächlich mathematische Genies gewesen sind, warum hatten sich ihre Kenntnisse dann nicht tradiert, sondern waren für Tausende von Jahren in der Versenkung verschwunden?

Im Bildteil des Buches war Zeromski auf einer Schwarzweißaufnahme zu sehen: ein kleiner, aufrechter Pole mit Schnurrbart, der ernst in die Kamera blickte. Ein anderes Bild zeigte die massive Ruinenstadt Teotihuaca im zentralmexikanischen Hochland. Auf der nächsten Doppelseite folgten detailgenaue Schemata der Umlaufbahnen von Planeten und Zeichnungen von Tempeln, deren Maße astronomischen Mustern folgten.

Auf einmal war Timo hellwach. Er starrte auf ein Foto, auf dem uralte Scharrbilder auf der Hochebene von Nazca zu sehen waren: eine Spinne, ein Affe, ein Schmetterling und ein Fisch. Aber kein x-beliebiger Fisch, sondern dasselbe sonderbare Tier mit den überzähligen Flossen und der stumpfen, runden Form wie auf dem Metallstück, das Professor Vaucher-Langston bei seinem Tod in der Hand gehalten hatte.

Interessiert las Timo die Bildunterschrift. Ein gewisser Louis Agassiz fand 1836 einen fossilierten primitiven Fisch, den er Quastenflosser nannte. Danach fand man 125 weitere Quastenflosser im Alter von 400 bis 66 Millionen Jahren. Jüngere Fossilienfunde wurden nicht gemacht, darum glaubte man, die Spezies sei vor 66 Millionen Jahren ausgestorben.

Trotzdem stellten die Astrologen und Priester der alten Maya das Gestirn Südlicher Fisch rund um den Stern Fomalhaut ausgerechnet als Quastenflosser dar. Auf den alten Scharrbildern von Nazca war die gleiche Darstellung zu sehen.

Timo suchte im Register des Buches nach Verweisen auf den Begriff »Quastenflosser«, aber abgesehen von der Bildunterschrift wurde das Wort nirgendwo genannt. Er schlug das Buch zu und schaute nachdenklich auf die draußen vorbeihuschenden Waldstücke. Hatte es mit dem Quastenflosser etwas wirklich Bedeutsames auf sich, oder war es nur ein Zufall, dass der Professor ausgerechnet ein Bild jener Kreatur umklammert hatte?

Timo beschloss, beim Umsteigen in London in eine Buchhandlung zu gehen und nach weiteren Büchern von Zeromski zu suchen. Er versuchte gemeinsame Nenner und Links zu entdecken, aber das einzige, was er fand, war eine historische Dimension. Genau das wunderte ihn am meisten. Hinter wem oder was war der KGB her gewesen? Und was konnte es sein, das die Amerikaner noch immer so wild machte?

»Cecilia Vaucher-Langston hat nichts gewusst«, sagte Colin Baumgarten mehr zu sich selbst als zu Novak und Perry. »Das habe ich sofort gesehen. Die Frau war …«

»Hör auf«, knurrte Novak. »Niemand stellt deine Kompetenz in Frage.«

Genau darum ging es, dachte Novak. Baumgarten war um sein Ansehen besorgt, nicht um das Schicksal von Cecilia Vaucher-Langston. Novak hatte vom Tod der Frau durch einen örtlichen Polizisten erfahren.

In dem Hotelzimmer im Zentrum von Cambridge standen Laptops, Kaffeetassen und das Tablett mit Baumgartens Frühstück, das komplett englisch gewesen war, Würstchen, Speck und Rührei.

David Perry nahm einen Schluck aus seiner Teetasse. Er sah und hörte nichts, denn er war vollkommen damit beschäftigt, sich über eine geschützte Verbindung mit einem Biologen von DARPA zu verständigen. Auf dem Bildschirm vor sich hatte er die Darstellung eines Fisches mit stumpfem Maul.

»Du wirst dich daran doch auch noch vom Biologieunterricht her erinnern?«, wandte sich Perry an Novak, der hinter ihn getreten war, wartete aber keine Antwort ab. »Die englische Wissenschaftlerin Marjorie Courtenay-Latimer fand im Dezember 1938 an der Küste Südafrikas einen Fisch, der sich als lebender

Quastenflosser erwies. Zuvor hatte es davon nur Nachweise in Form von paläontologischen Fossilien gegeben. Man glaubte, die Spezies wäre vor Jahrmillionen ausgestorben. Nach ihrer Entdeckerin wurde die Art dann auf den Namen Latimeria getauft ...«

»Wo ist die Verbindung?«, unterbrach ihn Novak. »Was wollte Vaucher-Langston damit sagen?«

»So klug sind noch nicht einmal die Biologen von DARPA. Obwohl sie ihre Tiere kennen, denn schließlich lassen sie sich bei der Verbesserung ihrer technischen Innovationen durch die Schöpfungen von Mutter Natur inspirieren.«

»Tatsächlich?«, bemerkte Novak trocken und schaute auf Baumgarten, der seine Computerdatenbank mit den Fakten speiste, die er von Professor J. B. Vaucher-Langstons Kollegen bekommen hatte.

»Colin, setz deine Runde am Trinity College fort und erkundige dich auch nach dem Quastenflosser«, sagte Novak zu Baumgarten. »Ich werde mich mit den Kollegen des Professors unterhalten. Zumindest Carol Frost hat eng mit ihm zusammengearbeitet.«

Ein grauer Himmel wölbte sich über Peking. Durch die Straßen der 14-Millionen-Stadt wälzten sich chaotische Ströme von Fahrrädern und Autos.

In Nansanhuan im Südosten der Stadt, in einem eingezäunten, bewachten Areal, herrschte dagegen fast einschläfernde Ruhe. Vor dem Einsatzzentrum jener Einheit des chinesischen Auslandsnachrichtendienstes, die für externe Maßnahmen zuständig war, schwankten die Zweige der Ginko-Bäume im leichten Wind. Mitten im Grün saßen bewaffnete Wächter in ihren Kabinen. Zwischen den alten Gebäuden standen Satellitenschüsseln und Antennen für verschiedenste Frequenzbereiche.

In einem Konferenzraum drückte Jin Luan leicht auf die Taste ihrer schnurlosen Maus. Rund um den Tisch drehten sich vierzehn chinesische Köpfe zu der zwei Meter breiten Leinwand. Ein Teil der Männer mit den ernsten Gesichtern war aus dem Hauptquartier der staatlichen Sicherheitsbehörde in Xiquiao gekommen, die anderen kamen von der Wissenschaftskommission des Nationalen Parteirats. Diese Kommission kümmerte sich um die heimliche Sammlung wissenschaftlich-technischer Informationen, die hauptsächlich mit ausländischer Militärtechnologie zu tun hatten. Sie war auch für die Entwicklung, die Koordination und die operative Leitung des chinesischen Raumfahrtprogramms zuständig.

Der Beamer warf das Bild eines kleinen, ovalen Gegenstands auf die Leinwand, in den die Umrisse einer Art Fisch mit stumpfem Maul eingraviert waren.

»Der Latimeria ist womöglich gründlicher erforscht als jedes andere Wesen aus dem Meer.« Jin Luans scharfe Stimme hallte in dem kahlen Raum.

»Man hält ihn für das erste Tier, das aus dem Meer an Land gestiegen ist. Kein Wunder also, dass dieser früheste Urahn des Menschen von Meeresbiologen, Genetikern, Zoologen, Paläontologen, ja sogar von Historikern aus jeweils eigener Perspektive untersucht worden ist.«

Die Chinesen hörten ausdruckslos zu.

Jin Luan machte eine Pause und schaute die Männer um sie herum an. »Die Frage lautet: Warum wollte Professor Vaucher-Langston im letzten Moment seines Lebens ausgerechnet diesen Gegenstand in die Hand nehmen? Er ist sicher nicht aus Versehen in die Faust des Sterbenden gelangt.«

»Sie haben uns keine Fragen zu stellen, Frau Luan. Sie haben uns Antworten zu geben«, sagte der fünfzigjährige Chinese am Kopfende des Tisches. Er hatte die violett-grauen Lippen eines Kettenrauchers, seine Augen waren geschwollen, und seinen dunklen Anzug trug er ebenso zur Schau wie seine Ungeduld.

Jin Luan errötete ein wenig. Von klein auf war sie überall Primus gewesen, darum gehörte es nicht zu ihren Stärken, Kritik zu ertragen.

»Die Antworten kommen nicht aus dem Nichts«, sagte sie

etwas zu schrill. »Um sie zu bekommen, brauchen wir weitere Ressourcen.«

Der Vorsitzende schlug mit der flachen Hand auf den Tisch. »Das ist unmöglich! Sie haben fast sechzig Mitarbeiter und die besten Kooperationspartner. Was wollen Sie noch?«

»Ich brauche Leute von der wissenschaftlich-technischen Abteilung«, sagte Jin Luan plötzlich wieder ruhig und bestimmt. »Die Zusammenarbeit der Leute, die sich mit dem Latimeria beschäftigen, ist eng. Wir müssen sie befragen. Nur so findet sich die richtige Verbindung zu unserer Frage.«

Der Vorsitzende klopfte mit dem Stift auf das Blatt Papier, das vor ihm lag. Die Stille am Tisch verdichtete sich.

»Wahrscheinlich klappern die Amerikaner bereits die Latimeria-Forscher ab«, fügte Jin Luan hinzu.

Das zog, wie üblich.

»Also gut«, willigte der Vorsitzende ein. »Legen Sie los.«

31

Im Hauptquartier der TERA in Brüssel sah Tony Wilson, der Chef der Organisation, Timo mit ernstem, bohrendem Blick an.

Timo hatte ihm präzise alles erzählt, was in Cambridge vorgefallen war, und Wilson hatte sich genaue Notizen gemacht.

»Ich habe das Schweigeabkommen mit den Amerikanern gebrochen«, sagte Timo. »Ich gehe also davon aus, dass du kein Wort von dem gehört hast, was ich gesagt habe.«

»Natürlich nicht.«

Timo blieb die Reserviertheit seines ehemaligen Vorgesetzten nicht verborgen, und noch einmal bedauerte er es, das Archivformular gefälscht zu haben.

»Was soll ich tun?«, fragte er leise und mit ehrlicher Demut. Er wollte wirklich einen Rat hören, auch wenn das von einem ehemaligen Chef nicht mehr zu erwarten war.

»Ich kann dich nicht wieder einstellen. Das käme den Amerikanern rasch zu Ohren und würde dich gefährden. Abgesehen davon will ich dich auch gar nicht wiederhaben.«

Timo gefiel nicht, was er da hörte, aber er schätzte Wilsons Ehrlichkeit. Normalerweise gehörte es nicht zu den britischen Tugenden, sich unumwunden auszudrücken. Allerdings war Wilson Schotte und daher aus anderem Holz geschnitzt als die Engländer.

»Ich habe großen Respekt vor Selbstständigkeit«, sagte Wilson. »Selbst vor Eigensinn. Aber es darf nicht in Eigenmächtigkeit und Verantwortungslosigkeit ausarten.«

Timo begriff, dass Wilson den gefälschten Archivzettel meinte, und schwieg. In allen anderen Punkten hatte er seiner Meinung nach alles andere als verantwortungslos gehandelt.

»Offenbar hast du persönliche Gründe, den Inhalt der Seine-Diskette zu verifizieren.«

Timo wurde wütend. Rautio hatte mit Wilson über Paavo Nortamo gesprochen. Bevor er etwas sagen konnte, fuhr Wilson fort: »Kann durchaus sein, dass ich deine Motive verstünde, wenn ich sie besser kennen würde. Aber in der jetzigen Situation hast du keine Wahl. Du kannst nicht zurückkommen, und du kannst nicht außerhalb von TERA mit den Ermittlungen weitermachen. Du bleibst also zu Hause.«

»Und ihr? Das Ganze kann doch nicht unter den Tisch fallen. Egal, was die Amerikaner sagen.«

»Natürlich wird sich TERA damit befassen.« Wilson schlug seinen Notizblock zu, stand auf und streckte die Hand aus. Die Sache war erledigt. Kein Wort mehr über eine eventuelle Wiedereinstellung.

Auf dem Flur kam Timo Heidi Klötz entgegen, die sich aufrichtig freute, ihren ehemaligen Kollegen zu treffen.

»Timo, bist du wieder im Haus?«

»Nein. Ich mache bloß einen Ausflug.« Er zwang sich zu einem Lächeln, wusste aber, dass nur ein dämliches Grinsen dabei herauskam. Er wechselte mit Heidi ein paar nichts sagende Sätze und verließ dann das Gebäude, ohne auf andere ehemalige Mitarbeiter zu treffen.

Es war bereits spät am Nachmittag, und die orangen Straßenlampen gingen an. Die Luft war mild und feucht. Bei *Compu-Rent* in der Chaussée de Wavre mietete Timo einen Laptop mit Modem. Außerdem kaufte er sich eine *Mobistar*-Prepaid-Karte. Wie es aussah, war es sinnvoll, den eigenen Mobiltelefonanschluss zu meiden.

Anschließend fuhr er mit der Straßenbahn nach Hause. Die leere und noch immer unaufgeräumte Wohnung ließ seine Sehnsucht nach Aaro und Soile wachsen. Aaro sollte übermorgen aus Porvoo zurückkehren, Soile wollte am Wochenende in Brüssel sein. Müsste er beiden sagen, sie sollten besser nicht kommen?

Das schien zurzeit die einzige Möglichkeit zu sein. Also rief er sie an. Soile wirkte distanziert und drängte in keiner Weise darauf, am Wochenende zu kommen. Aaro war gerade mit Niko in einem Computerladen in Helsinki und nahm die Verlängerung seiner Privatferien als positive Nachricht auf.

»Ist bei dir alles in Ordnung?«, fragte er immerhin – im Gegensatz zu Soile.

Timo hatte das Gefühl, dass Aaro in Finnland in Sicherheit war, aber mit der Freizeitgestaltung gewisser finnischer Jugendlicher musste er nicht unbedingt Bekanntschaft schließen. Nirgendwo in Europa hatte Timo einen so ungehemmten Alkoholkonsum bei Jungen und Mädchen gesehen wie in Finnland – wo darüber nur mit den Schultern gezuckt wurde.

Timo wäre gern ins Internet gegangen, hatte aber noch keine Lust, die Einstellungen an dem Mietcomputer vorzunehmen. Aaro hätte das im Handumdrehen erledigt. Timo briet sich ein paar Eier, aß Bohnen aus der Dose und konnte nichts dagegen tun, dass sich die Leiche von Cecilia Vaucher-Langston und die Explosion im Trinity College wieder in seine Gedanken drängten. Er warf einen besorgten Blick aus dem Fenster. Die Bedrohung durch die Amerikaner bestand nicht mehr nur aus Worten oder dem beängstigenden Text des Schweigeabkommens: Jetzt lag ganz konkrete, physische Gefahr in der Luft.

Beim Essen las er in dem Buch von Bronisław Zeromski, das er in London gekauft hatte.

›Auf den Spuren einer untergegangenen Zivilisation‹ war vier Jahre später erschienen als das Werk über die Sternkunde der Maya und enthielt kein Sachregister, weshalb Timo es mühsam nach Erwähnungen des Quastenflossers durchforsten musste.

Aber jede Beschäftigung, die ihn von den Ereignissen der letzten vierundzwanzig Stunden ablenkte, war ihm willkommen. Er ging eine Seite nach der anderen durch, bis er auf das gesuchte Wort stieß. Quastenflosser. Latimeria. Daneben war die Abbildung eines paläontologischen Fossils zu sehen, das die Form eines Fisches mit vielen Flossen hatte. Eine andere Abbildung zeigte ein Sternbild, auf dem die einzelnen Sterne mit Linien verbunden waren, so dass sich ein gezacktes, fischartiges Gebilde ergab. Laut Zeromski wurde dieses Sternbild schon von den Maya als »alter Fisch« bezeichnet.

Auf der nächsten Seite folgte eine Luftaufnahme der Hochebene Nazca in Peru. Die in die Erde gegrabenen Linien, die Geoglyphen, stellten riesige Tierbilder dar. Es gab Hunderte davon: Affe, Vogel, Schlange, Spinne …

Und in der Mitte des Fotos: der bekannte Fisch.

Timo hatte früher viel über die Scharrbilder von Nazca gelesen. Schon als kleiner Junge hatte er über Interpretationen geschmunzelt, denen zufolge die Zeichen von Nazca ins Universum verwiesen oder Landeplätze für urzeitliche Raumschiffe markierten. Wofür hätten fremde Zivilisationen Botschaften in Vogel- oder Affenform brauchen sollen? Falls jemand die Fertigkeit besessen haben sollte, Raumschiffe für interstellare Flüge zu bauen, wären diese Leute garantiert ohne derart primitive Landemarkierungen ausgekommen.

Das wiederholte Auftauchen des Quastenflossers aber konnte kein Zufall sein.

Timo schaltete die Stehlampe im Wohnzimmer an, nahm die Modemeinstellungen am Laptop vor und ging ins Internet. Das englische Wort für Quastenflosser, *coelacanth*, brachte eine endlose Liste von Suchergebnissen. Viele der Seiten waren ausschließlich um den Fisch herum aufgebaut.

Das Tier war zweifellos faszinierend: eine Botschaft aus der Morgendämmerung des Globus. Timo konnte sich nicht konzentrieren, er war frustriert und zornig. Aus einer Laune heraus nahm er ein Fotoalbum aus dem Regal und blätterte darin. Aaro als kleiner Junge im Sandkasten, Soile, die neben ihm am Rand saß, Unterlagen für ihre Dissertation in der Hand, mit dem Rücken zu den anderen Müttern. Auf einem anderen Bild lachte Soile aber mit anderen Müttern beim Grillfest der Hausgemeinschaft. Das waren ihre zwei Seiten: die ehrgeizige Wissenschaftlerin, die sich isolierte, und die soziale Quasselstrippe.

Timo legte das Album auf den Tisch und rief den Chef der

Sicherheitspolizei in Helsinki an. Als Erstes fragte er, ob die SiPo etwas in Richtung Seine-Material unternommen hatte.

»Ich habe doch schon unzählige Male gesagt, dass wir die Arbeit aufnehmen, sobald wir Gewissheit über die Authentizität des Materials haben.«

In Rautios Stimme klang Verärgerung mit, die er allerdings unter Kontrolle hielt, schon zu seinem eigenen Vorteil. Er wusste, dass Timo zu viel wusste und bei Bedarf auch motiviert war, seine Kenntnisse einzusetzen.

»Ich bin im Besitz eines Fotos, das ich bislang nicht erwähnt habe«, sagte Timo, ohne sich um Rautios Stimmung zu scheren. »Ein Passant hat auf dem Pont Marie mit seinem Handy Fotos gemacht, nachdem die Frau von der Brücke gesprungen war. Auf einem davon ist wahrscheinlich Asko Lahdensuo zu sehen. Der Schwager der Premierministerin.«

Timo hatte diese Information bis zuletzt zurückgehalten, aber jetzt war der Zeitpunkt, alle Karten auf den Tisch zu legen. Er musste die SiPo zum Handeln bewegen – von irgendwoher musste er Unterstützung bekommen. Und für den Fall, dass ihm etwas zustieß, sollte noch jemand Bescheid wissen.

Am anderen Ende der Leitung war es lange still.

»Warum sagst du ›wahrscheinlich‹?«, fragte Rautio tastend.

»Die Aufnahme ist unscharf. Aber laut der Passagierliste von *Malev* war Lahdensuo zu dem Zeitpunkt in Paris. Aus irgendeinem Grund ist er nicht direkt geflogen, sondern eben mit *Malev* über Budapest.«

»Was hat er auf der Brücke gemacht?« Rautios Stimme hatte nun einen ganz neuen Ton. Der Chef der SiPo klang nun bescheidener und sogar ein bisschen neugierig.

»Ich komme demnächst auf das Thema zurück. Wenn ich du wäre, würde ich mir genau überlegen, wem ich davon etwas erzähle. Was Olkiluoto betrifft, seid ihr offenbar weitergekommen?«

»Die Spuren führen zu einer Gruppe mit ein paar Studenten und Aktivisten der jüngeren Generation.«

Rautio sagte nichts von Heli Larva, und Timo fragte auch nicht nach, sondern beendete das Gespräch. Er ging wieder ins Internet und tippte nun den Namen »Bronisław Zeromski« in das Fenster der Suchmaschine. Es erschien eine Liste von Links, auch Zeromskis Homepage, die es auf Polnisch und Englisch gab. Für die Illustration waren uralte Sternkarten und andere Bilder zum Thema verwendet worden.

Timo sah auf die Zeile mit Zeromskis Kontaktadresse in Krakau. Warum fragte er den Mann nicht selbst nach dem Quastenflosser und Vaucher-Langston?

Ohne zu zögern, schrieb er die Telefonnummer auf einen Zettel und tippte sie dann in sein Handy ein. Eine Männerstimme meldete sich undeutlich, und Timo stellte sich als finnischer Journalist vor.

»Aus Finnland?« In Zeromskis Stimme lag aufrichtiges Wohlwollen. »Ich sollte einmal nach Helsinki kommen, aber die Finanzierung der Reise kam nicht zustande«, sagte er in ziemlich sauberem Englisch. »Ich kenne einen Finnen, der meine Bücher übersetzen wollte, aber er hat keinen Verlag gefunden.« Der alte Mann klang jetzt müde und melancholisch.

»Ich habe gerade zwei Bücher von Ihnen in englischer Übersetzung gelesen und möchte gern ein Interview mit Ihnen machen.«

»Tatsächlich«, sagte der Mann, und Timo konnte nicht erkennen, ob er geschmeichelt war oder ob in seiner Reaktion Verbitterung mitschwang. »Monatelang interessiert sich niemand für meine Existenz, und auf einmal wollen so viele mit mir reden.«

»Andere Journalisten?«

»Alte Geschichten«, knurrte Zeromski. »Manche Leute interessieren sich hartnäckig für die alten Geschichten.«

Timo hätte am liebsten gleich nach Vaucher-Langston gefragt, aber er beschloss, es aufzuschieben, bis sie sich trafen.

Er fällte eine schnelle Entscheidung und sagte möglichst freundlich: »Ich habe wegen einer anderen Sache in Krakau zu tun. Könnten wir uns vielleicht treffen? Wann wäre es Ihnen recht?«

»Ich sitze im Zug. Heute Abend bin ich wieder in Krakau.«

Timo vereinbarte ein Treffen für den nächsten Tag. Er mochte jetzt nicht darüber nachdenken, was der ständige Kauf von Flugtickets per Kreditkarte für ein Konto bedeutete, auf das künftig kein Gehalt einging.

»Nein, legen Sie nicht …«, konnte Jørgensen gerade noch sagen, bevor Zeromski die Verbindung unterbrach.

Jørgensen stieß leise einen chinesischen Fluch aus. Er hatte Zeromski im Zug erreicht, das war an den Hintergrundgeräuschen und an der wechselnden Empfangsstärke zu hören gewesen.

Das Donnern einer startenden Maschine ließ das Fenster im Flughafenhotel von Heathrow erzittern. Besorgt legte Jørgensen das Telefon auf den Tisch. Der Pole würde Schwierigkeiten machen. Er ahnte etwas. Oder wusste Bescheid. Je nachdem, was vor gut fünfzehn Jahren passiert war.

Jørgensen schickte Carla eine Nachricht nach Krakau und befahl ihr, in Zeromskis Wohnung Abhörvorrichtungen anzubringen.

Carla war tüchtig, aber Jørgensen begegnete ihr mit leichtem Vorbehalt. Sie liebte es, sich teure Qualitätsprodukte zu kaufen, und hatte auch sonst enormen Spaß am Konsum. Das war in China keine Seltenheit, in mehr als der Hälfte aller städtischen Haushalte des Landes gab es schon jetzt einen DVD-Player und eine Klimaanlage. Und das in einem Land mit über zweihundert Millionenstädten …

Jørgensen würdigte die Tatsache, dass der kommunistische Staat einen blühenden privaten Sektor geschaffen, Unmengen von ausländischen Investoren ins Land gelockt und die Produzenten von Massenware zu Hightech-Herstellern weiterentwickelt hatte. Und da es China gelungen war, das Bevölkerungswachstum auf ein Prozent im Jahr einzudämmen, fiel das Wirtschaftswachstum pro Kopf relativ hoch aus. China wurde so zu einer riesigen Wirtschafts- und Militärmacht, und das war eine Herausforderung für die Vereinigten Staaten.

Bei diesem Projekt war er gern dabei, aber er wollte nicht, dass die Entwicklung zu einer Konsumgesellschaft nach westlichem Muster führte. Aber wohin sonst sollte es führen, wenn es keine Grenzen mehr für den Austausch von Informationen gab und die Chinesen heute im Fernsehen das Leben anderer Kulturen verfolgen konnten? Wenn es nach Jørgensen ginge, würde er das Interesse der Chinesen an westlicher Massenunterhaltung auf wichtigere Dinge lenken, auch mit den Mitteln einer sanften Zensur.

Eine unmarkierte achtsitzige *Gulfstream* G-550 der US-Luftwaffe näherte sich bei klarem Wetter dem südpolnischen Luftraum. Die Sonne ging gerade hinter dem Horizont unter. Unten waren weitläufige Industriekomplexe zu erkennen, deren Schornsteine dichte Rauchschwaden ausstießen.

Auf dem Flughafen Stansted südlich von Cambridge hatte die Maschine Novak, Perry, Baumgarten und Scott aufgelesen.

Novak ließ eines der Bücher von Bronisław Zeromski, das sein Mitarbeiter in einer Buchhandlung in Cambridge gekauft hatte, in den Schoß sinken. Auf der anderen Seite des Ganges las Perry ebenfalls in einem Buch von Zeromski. Auf die Verbindung zwischen dem polnischen Sternkundler und Vaucher-Langston war man durch das Befragen von Kollegen des Professors gekommen, aber auch nach Durchsicht des Archivmaterials, das vor der Explosion sichergestellt werden konnte. Der Professor hatte offenbar zusammen mit Zeromski an einem internationalen Kongress über den Quastenflosser teilgenommen. Derzeit suchte das Analyseteam in Washington nach Informationen über die anderen Teilnehmer.

»Was sagst du als Physiker über das, was Zeromski da schreibt?«, fragte Novak. »Ist das Wissenschaft oder ein bisschen plemplem?«

Perry zuckte mit den Schultern. »Es ist leicht, Fakten aus dem Zusammenhang zu lösen und sie dann mit einem gemeinsamen Nenner zu versehen.«

32

Vor der Dienstvilla der Präsidentin am westlichen Rand von Helsinki schlug das Meer leichte Wellen. Aus dem tief verhangenen Himmel fielen Regentropfen aufs Wasser. Im Arbeitszimmer des Staatsoberhauptes waren die Vorhänge zugezogen, weshalb man von außen nicht sah, dass sich dort zwei Personen unterhielten.

Im Zimmer brannte eine Tischlampe, und aus dem Radio drang die Stimme des Nachrichtensprechers. »… *Umfragen zufolge sind die Sympathiewerte für Präsidentin Heino zurückgegangen, aber noch immer würde ihr Vorsprung ausreichen, um im ersten Durchgang knapp gewählt zu werden* …«

Die Präsidentin knipste das Radio aus.

»Was hast du auf dem Herzen, Pauli?«, fragte sie den Chef der Sicherheitspolizei, der ihr gegenübersaß.

»Es hat sich herausgestellt, dass Asko Lahdensuo eventuell hinter der Seine-KGB-Sache steckt«, sagte Rautio leise. »Der Schwager von Marjatta Lahdensuo.«

Die Präsidentin war augenscheinlich schockiert. »Das kann nicht dein Ernst sein. Wo kommt so eine Information her?«

»Die TERA hat Bilder von der Seine-Brücke, von einem Passanten aufgenommen. Nortamo meint, auf einem davon sei Lahdensuo zu erkennen.«

Die Präsidentin biss sich auf die Lippen. »Das bedeutet, dass unsere verehrte Premierministerin sich auf ein schmutziges Spiel eingelassen hat. Woher können sie das Material bekommen haben?«

»Das versuche ich lieber nicht einmal zu erraten.«

»Lahdensuo wird gar nicht erst auf die Idee kommen, etwas an die Medien durchsickern zu lassen, wenn er erfährt, dass die SiPo ihn mit der Sache in Verbindung bringt«, sagte die Präsidentin bedeutungsvoll. Der Gedanke, den sie damit äußerte, enthielt die direkte Empfehlung zur Erpressung.

»Es sind nicht nur die Lahdensuos involviert.«

»Du meinst diesen Timo Nortamo? Ist er immer noch in der Sache aktiv?«

»Ich fürchte, er wird ständig aktiver. Er ist bei der TERA gefeuert worden, weil er auf eigene Faust versucht hat, die Echtheit der KGB-Diskette zu belegen. Die Amerikaner wollten aber nicht, dass die Diskette weiter unter die Lupe genommen wird. Sie haben dafür ihre eigenen Gründe. Irgendetwas daran scheint sie außerordentlich zu beunruhigen.«

»Willst du damit sagen, dass Nortamo seinen Privatkrieg gegen mich fortsetzt, wenn die SiPo nichts unternimmt?«

Rautio nickte.

»Er will seinen Vater rächen«, sagte die Präsidentin zu sich selbst. »Als hätte ich unter den damaligen Umständen im Fall Paavo Nortamo anders entscheiden können.«

Rautio war verlegen. »Du wirst verstehen, dass ich irgendeine Form von Ermittlung in die Wege leiten muss, wenn das Material an die Medien durchsickert.«

»Es gibt immer Menschen, die im Misthaufen der Geschichte graben wollen«, sagte die Präsidentin leise und nachdenklich, mit härter werdendem Blick. »Menschen, die nicht verstehen, dass man damals nach den Regeln der damaligen Zeit leben musste. Zum Glück verstehst du das, Pauli. Schließlich warst du damals selbst … dabei.«

Rautios Wangen röteten sich.

»Zum Glück verstehst du«, wiederholte die Präsidentin äußerst leise, »dass wir beide in einem Boot sitzen, das nicht ins Schwanken geraten darf.«

Carla saß in der Sienkiewicza-Straße von Krakaus Altstadt in dem Wagen, den sie am Flughafen gemietet hatte. Rund um die mittelalterlichen Häuser in schlechtem Zustand war der Abend angebrochen. Die Straße gehörte zu den stillsten in der Gegend, sie lag abseits der Touristenströme. In Carlas Augen erinnerte das Viertel an die Hutongs in Peking, diese verwinkelten, tunnelartigen Gassen.

Carlas Kopfhörer sahen aus, als gehörten sie zu einem Walkman, aber sie hörte keine Musik, sie hörte monotone Geräusche aus der Wohnung von Bronisław Zeromski.

Sie saß da, als läse sie Zeitung, doch was sie auf dem Schoß hielt, war ein DIN-A4-Blatt, auf dem sie den Grundriss von Zeromskis Wohnung skizziert hatte. Darauf hatte sie die Stellen markiert, an denen sie die drei Mikrofonsender angebracht hatte. Aufgrund der Geräusche und der Skizze verfolgte sie nun, was der Pole zu Hause tat. Er war gerade erst gekommen und hatte sein Gepäck abgestellt.

Jemand klopfte ans Seitenfenster des Autos. Carla fuhr zusammen, blickte zur Seite und sah Jørgensens blonden Lockenkopf. Sie machte ihm die Beifahrertür auf.

»Alles okay?«, fragte Jørgensen, nachdem er sich gesetzt hatte.

»Zeromski ist vor einer Viertelstunde nach Hause gekommen. Gehen wir rein?«

Im selben Moment hob Carla die Hand. »Warte. Da ruft gerade jemand bei ihm an ...«

Mit extrem schnellen Bewegungen nahm Jørgensen Carla die Kopfhörer ab.

»*Gut*«, sagte Zeromskis rauschende, leicht hallende Stimme auf Englisch. »*Wir treffen uns gleich dort. Sie erkennen mich an dem abgewetzten braunen Sakko und dem hungrigen Gesichtsausdruck. Ich wollte gerade essen gehen.*«

Jørgensen nahm die Kopfhörer ab.

»Was machen wir?«, fragte Carla. »Handeln wir sofort?«

»Nein. Wenn er nicht zu der Verabredung geht, wartet bald jemand auf ihn. Wir folgen ihm.«

Soile saß in ihrer Wohnung im Genfer Stadtteil Chambésy. Sie blickte auf ihr Spiegelbild im schwarzen Fenster, und was sie da sah, gefiel ihr nicht. Sie hatte sich eine neue Frisur machen lassen und war damit ganz und gar nicht zufrieden. Sie hatte sich zu lange vernachlässigt – trotzdem interessierte sich Patrick für sie.

Gerade hatte sie auf eine E-Mail von ihm geantwortet, die er ihr von seiner Dienstreise aus München geschickt hatte. Jetzt erschien auf dem Bildschirm wieder der *SETI@home*-Bildschirmschoner, der für die Suche nach intelligentem Leben im All bestimmt war. Sie hatte ihn auch auf Aaros Computer in Brüssel geladen. Aaro war intelligent, und es war höchste Zeit, dass er sich auch für etwas anderes als für Computer interessierte.

Der Sauerstoffmangel im Zimmer ließ Soile gähnen, aber sie war nicht müde. Sie wusste, dass sie vor großen Entscheidungen stand. Seit Jahren widmete sie sich in der Woche ihrer Arbeit und an den Wochenenden Aaro und Timo. In wenigen Jahren wurde sie vierzig – wo blieb ihr eigenes Leben?

Sie klickte SETI an. Die beste Hilfe bei Problemen und schwierigen Entscheidungen bekam man, wenn man sie mit einem Blick zum Himmel in die richtige Relation setzte. Für Soile war es unfassbar, wie wenige Menschen sich über ihren Platz im Universum Gedanken machten. Dafür war keine kosmologische Ausbildung nötig, man brauchte nur Neugier und Verstand.

Weil das SETI-Projekt gewaltige Rechenkapazitäten verlangte, war man auf die geniale Idee gekommen, die ungenutzten Kapazitäten von ganz normalen Heim-PCs einzuspannen. Ausgangspunkt der Kosmologie und ihrer Erforschung des Universums war die theoretische Teilchenphysik, und Soile hatte sich schon immer für das Weltall interessiert.

Im Moment analysierte ihr SETI-Programm gerade ein Signal, das vom Radioteleskop Arecibo empfangen worden war. Durch SETI wurden die ansonsten oft etwas abstrakten Weltraumfragen auch für Aaro wenigstens ein bisschen konkreter. Wie acht

Millionen andere Menschen hatte Soile aus diesem Grund auch ihrer beider Namen übers Internet an die NASA geschickt. Dort waren sie auf eine DVD übertragen worden, die dann mit dem Rover *Spirit* auf dem Mars landete.

Die Suche nach intelligentem Leben im All durch das Auswerten von Radiosignalen verlangte eine gewisse Hartnäckigkeit, aber in dem Moment, in dem ein nicht zufälliges Signal empfangen würde, wären alle Mühen belohnt. Manchmal zeichnete die Grafik deutliche Peaks auf den Bildschirm oder sogar ein regelmäßiges Säulendiagramm. Aber leider war das beim interstellaren Funkrauschen eher üblich.

Soile versank in Gedanken und starrte auf den Bildschirm, ohne wirklich etwas zu sehen. Was würde Aaro sagen, wenn sie sich von Timo trennte? Wie wäre das für den Jungen, wie würde er damit fertig werden? Freilich lebten sie in der Praxis ja schon jetzt getrennt, weshalb sich an ihrem Alltag nicht groß etwas ändern würde.

Soile fuhr aus ihren Überlegungen auf. Dachte sie tatsächlich ernsthaft über Trennung nach? Das war ihr selbst bislang gar nicht richtig klar gewesen.

Timo stieg bei den Tuchhallen in der Krakauer Altstadt aus dem Taxi. Eine Schar Tauben flog hinter altmodischen Laternen zum klaren, frühherbstlichen Himmel auf. Er warf einen Blick auf den Stadtplan in der Touristenbroschüre, die er am Flughafen mitgenommen hatte. Vom Flughafen aus hatte er auch Soile angerufen und ihr sicherheitshalber mitgeteilt, wohin er aus beruflichen Gründen unterwegs war. Seit langem hatte sie im Gespräch mit ihm wieder einmal etwas Wärme und Menschlichkeit ausgestrahlt.

Ein gänzlich anderes Telefonat hatte Timo mit Helsinki geführt, um zu hören, ob die Festnahme im Fall Olkiluoto zu etwas geführt hatte. Välimäki war noch wortkarger als sonst gewesen, und Timo hatte die für ihn interessanteste Frage nicht klären können: Hatte die Festnahme in Stockholm Indizien gegen Heli

Larva hervorgebracht? Eigentlich hielt er das aber für unwahrscheinlich.

Er betrachtete die Renaissance-Schimären an den Traufen der Tuchhallen. Man sah an den Gebäuden ringsum noch immer, wie mächtig Krakau im Mittelalter gewesen war. Mauern und Wachtürme hatten eine wichtige Kathedralenstadt umschlossen, den Sitz der polnischen Könige und die Universität.

Das Menschengewimmel auf den Straßen wurde dichter. Timo sah erneut auf den Plan und wäre fast gegen eine alte Frau gestoßen, die geräucherten Käse und Wollpullover verkaufte. Er ging am Kloster vorbei eine lange, schmale Gasse entlang und wich einer eiligen Nonne mit wehenden Rockschößen aus. Der Sternenhimmel über den Ziegeldächern gewann an Tiefe, wie in einem Kunstfilm. Schritte und Stimmen hallten gedämpft in der Gasse wider.

Das mittelalterliche Ambiente und der Sternenhimmel brachten Timo lebendig einen Familienausflug in den Ardennen in Erinnerung. Er hörte Soiles Stimme, wie sie Aaro von den Ausmaßen des Universums erzählte: In unserer Heimatgalaxie, der Milchstraße, gebe es so viele Sterne wie Sandkörner am Strand – Hunderte Milliarden. Allein mit dem Teleskop könne man überdies Hunderte Milliarden weiterer Galaxien sehen, und diese wiederum bildeten zusammen nur einen verschwindend geringen Teil des ganzen Kosmos. Es gebe mehr Sterne am Himmel als Sandkörner an allen Stränden der Erde zusammengenommen.

Vor diesem Hintergrund kam einem das auch in dieser Stadt einst gepflegte mittelalterliche Weltbild vom Menschen als Mittelpunkt des Universums geradezu lächerlich vor.

Timo setzte seinen Weg im Gewimmel der Florianska-Straße fort und las die Hausnummern über den Türen der ansprechend wirkenden Läden. In den Cafés waren Jugendstilmöbel aus Nussbaumholz zu sehen, viele Spiegel und ein Charme, wie ihn nur die Patina der Geschichte hervorbringen konnte. Die Schaufenster der Geschäfte mit ihrer Halogenbeleuchtung hätten auch in Berlin oder Madrid sein können, aber zwischen ihnen standen düstere, heruntergekommene Immobilien, die man im Westen nicht lange geduldet hätte.

In diese Kategorie gehörte auch das Café *Wierzynek*. Durch eine schiefe, quietschende Tür trat Timo in einen kleinen, verrauchten Saal, in dem, der Kleidung nach zu urteilen, mehr Einheimische als Touristen saßen. Die Wände hingen voller Gemälde, Kupferstiche und Grafiken. Auf Regalbrettern waren Krüge und mittelalterliche Waffen ausgestellt.

Timo blickte sich um. Der Raum war in logenähnliche Kabinette gegliedert. In einem davon stand ein kleiner, schnurrbärtiger Mann im Tweedsakko auf und kam mit vor Neugier zusammengekniffenen Augen auf Timo zu. Auf dem Bild im Internet hatte Bronisław Zeromski ein paar Jahre jünger ausgesehen. Aber das Bild hatte nicht das eigentümliche Charisma vermitteln können, das der bescheiden wirkende Mann in natura ausstrahlte.

Timo stellte sich vor, und sie setzten sich zusammen an den Tisch. Der alter Herr wirkte äußerst intelligent – und äußerst misstrauisch. Das war eine gefährliche, aber auch vielversprechende Kombination.

»Gemütlich hier«, tastete sich Timo langsam vor. An den Tischen der anderen Kabinette saßen ältere Männer mit Brille, dem Auftreten nach zu schließen Akademiker, außerdem einige Studenten.

»Dieses Kabinett trägt den Namen Hevelius«, sagte Zeromski. Die Intensität seines Blickes beunruhigte Timo. Diesem Mann würde nichts verborgen bleiben. »Sie kennen ihn bestimmt?«

Timo überlegte kurz. »Nein. Aber der Name ist mir von der Sternkunde her bekannt«, sagte er aufrichtig. Gegenüber einem Mann wie Zeromski versuchte man am besten gar nicht erst zu flunkern.

Zeromski machte eine Kopfbewegung zur Wand, wo eine exakte, Hunderte von Jahren alte Bauzeichnung hing. Durch die schwache Beleuchtung und den dichten Qualm war sie nur schwer zu erkennen. »Das ist das beste astronomische Observatorium seiner Zeit. Der Brauereibesitzer Johannes Hevelius ließ es auf dem Dach seines Hauses in Danzig errichten und beobachtete im Februar 1661 damit unter anderem den Kometen Ikeya-Zhang.«

Zeromski sah Timo forschend an und seufzte. »Damals waren die Europäer noch an der Wissenschaft interessiert. Die langen Glaubenskriege waren passé, neue Kontinente waren entdeckt worden und der Handel blühte. Reiche Bürger wie Hevelius hatten Zeit und Geld für wissenschaftliche Steckenpferde.«

Die Bedienung nahm ihre Bestellung auf, dann setzten sie ihr Gespräch über die ruhmreiche Geschichte Krakaus fort. Zeromski hatte Gulaschsuppe und *placki ziemniaczane* empfohlen, Kartoffelpfannkuchen, die sich als ausgesprochen lecker erwiesen. Sie ließen sich das Essen schmecken und unterhielten sich in aller Ruhe. Schließlich kam das Gespräch auf einen finnischen Bekannten von Zeromski, den er kennen gelernt hatte, als die Solidarność-Bewegung in Polen ihr Haupt erhob.

»Ich weiß nicht, woran die Übersetzung meiner Bücher ins Finnische letztlich gescheitert ist«, sagte Zeromski. »Als Journalist kennen Sie sicherlich Leute aus der Verlagsbranche?«

Timo nickte und suchte nach einer passenden Notlüge. »Eine Freundin meiner Frau arbeitet bei einem großen finnischen Verlag«, sagte er so beiläufig und glaubwürdig, wie er konnte.

Zeromskis Augen hellten sich auf. »Ich kann Ihnen ein bisschen Material für sie mitgeben, wenn Sie nichts dagegen haben.«

»Aber gern.« Timo wäre am liebsten so schnell wie möglich zur Sache gekommen, beherrschte sich aber und ließ zunächst auch den letzten Rest von Misstrauen bei seinem Gegenüber schmelzen.

»Heutzutage beschäftigen sich ziemlich viele Leute mit diesen Dingen. Die sind wesentlich sensationshungriger als ich. Ich bin stets bei den Fakten geblieben und habe den Leser entscheiden lassen, was womöglich dahinter steckt.«

»Das ist sicherlich das Klügste, wenn man nicht mit den von Dänikens in einen Topf geschmissen werden will.«

»Huh! Erwähnen Sie den Namen nicht an diesem Tisch!«,

sagte Zeromski und tupfte sich den Mund mit der Serviette ab, aber aus seinen Augen sprang eher ein Funke Humor als Verärgerung. Der Mann gefiel Timo immer mehr.

»Allerdings war der Dänikenismus wissenschaftlich eindeutig von Nutzen«, fuhr Zeromski fort. »Die renommierten Wissenschaftler, die dagegen waren, mussten sich dadurch auch mit den Objekten des Interesses der Balla-balla-Forschung befassen. Ich würde sogar sagen, der Aufstieg der Archäoastronomie zur ernst zu nehmenden wissenschaftlichen Disziplin war weitgehend das Verdienst des Herrn von Däniken. Und diese seriösen Forscher haben dann in der Tat nachweisen können, dass die Ansichten des populären Schweizers über die Astronomiekenntnisse alter Kulturen falsch sind.«

»Das konnte aber doch für niemanden eine Überraschung gewesen sein.«

»Doch. Wie sich herausgestellt hat, war besonders die astronomische und mathematische Befähigung der Maya noch weitaus *hochkarätiger*, als von Däniken behauptet hatte«, sagte Zeromski mit einem maliziösen Lächeln hinter seinem Schnurrbart.

»Ich habe immer geglaubt, dass er übertreibt und dramatisiert«, sagte Timo. Seine Aufmerksamkeit galt mittlerweile einem Mann mit blonden Locken, der einige Tische weiter saß. Etwas an dessen Haltung und Benehmen machte Timo unruhig.

»Als von Däniken Ende der sechziger Jahre die Mathematik der Maya untersuchte, war man gerade erst dabei, den Schlüssel für deren Hieroglyphenschrift zu finden«, sprach Zeromski weiter, der langsam richtig in Fahrt kam. »Wir wissen heute, dass zum Beispiel die Berechnungen der Tierkreiszeichen und die Mars-Tabellen der Maya eine Abweichung von nur vierundzwanzig Stunden auf eine Zeiteinheit von 26 000 Jahren aufweisen.«

»Ich kenne mich in Mathematik nicht aus, aber das klingt erstaunlich.« Der Mann, den Timo im Auge hatte, blickte sich hin und wieder nach ihnen um, aber das taten Menschen in Lokalen ja oft. Timo versuchte erst gar keinen Verfolgungswahn aufkommen zu lassen.

»Die Archäoastronomie ist erstaunlich.« Jetzt verschwand die Gelassenheit aus Zeromskis Gesicht. Er senkte die Stimme, in die sich nun ein ängstlicher Klang einschlich. »Die Altertumssternkunde kann Dinge finden, die ein seriöser Wissenschaftler einer anderen Disziplin nur schwer vortragen kann, ohne als Populist abgestempelt zu werden.«

Timo nahm einen Schluck Bier und versuchte mit seinen Gedanken auf dem richtigen Gleis zu bleiben. Fand sich in dem, was Zeromski sagte, tatsächlich etwas, das den KGB oder die CIA interessieren könnte?

Selbstverständlich. Aber dann bewegte man sich bereits auf dem Terrain von ›Akte X‹, und Timo war kein Freund von Verschwörungstheorien. Die überließ er lieber den Leuten, die sich darüber in endlosen Internet-Chats ausließen.

Weil Zeromski nicht von sich aus weiterredete, fragte Timo vorsichtig: »Haben Sie ein bestimmtes Beispiel im Sinn?«

Der Alte sah ihm fest in die Augen. »Je mehr man sich mit diesen Dingen auseinander setzt, auf umso mehr Fragen stößt man, für die es schwer fällt, Antworten zu finden.«

»Meinen Sie die Karte von Piri Reis und so etwas?«, fragte Timo direkt. Es war Zeit, zur Sache zu kommen, und er versuchte, eine natürliche Brücke zu Vaucher-Langston zu schlagen.

»Vielleicht auch die.«

War in Zeromskis Augen Wachsamkeit aufgeblitzt, oder bildete Timo sich das ein?

»Wollen wir nicht zu mir gehen?«, schlug Zeromski vor und trank sein Glas leer. »Ich könnte Ihnen etwas von dem Material zeigen, das Sie nach Finnland mitnehmen können.«

Timo bat um die Rechnung. Instinktiv warf er einen kurzen Blick auf den blond gelockten Mann ein paar Tische weiter. Er las Zeitung und trank dabei in aller Ruhe sein Bier.

Die Widersprüchlichkeit von Zeromski irritierte Timo. Einerseits war der Mann ein seriöser Wissenschaftler, andererseits schien er vor allem daran interessiert zu sein, seine Texte zu veröffentlichen. Aber vielleicht schlossen sich diese Dinge ja nicht aus, denn die Arbeit eines Wissenschaftlers war letztlich so gut wie bedeutungslos, wenn niemand davon erfuhr. Soile hatte oft davon gesprochen. Nur ein publizierter Wissenschaftler existierte in den Augen des akademischen Betriebs.

Heli Larva hingegen war eine Wissenschaftlerin ohne eine einzige Publikation – Wissenschaftlerin allein in ihren eigenen Augen.

Aber das hieß nicht, dass sie von ihrem Verstand her in der akademischen Welt nicht hätte mithalten können. Timo konnte sich vorstellen, was eine Polizeipsychologin über Heli Larva schreiben würde: »*Sie ist selbstbewusst und zielstrebig und handelt planmäßig. Als gescheiterte Wissenschaftlerin legt sie besonderen Wert auf Exaktheit, harte Fakten und Kontrolle …*«

Genau darum ging es auch bei dem Spielchen mit der Webkamera: um das Ausüben von Kontrolle, um Demütigung, um die Demonstration der eigenen Macht.

Timo ärgerte sich, dass es Heli schon wieder gelungen war, sich in seine Gedanken zu schleichen. Er zahlte die Rechnung bei der freundlichen Kellnerin, dann trat er mit Zeromski auf die Straße, auf der es im Laufe des Abends immer stiller geworden war.

Jørgensen trank sein Glas leer und ließ das Geld auf dem Tisch liegen. Er hatte sich bereits Sorgen gemacht, weil Zeromskis Begleiter mehrmals zu ihm herübergeschaut hatte. Noch mehr beunruhigt hatte ihn, dass ihm der Mann irgendwie bekannt vorkam. Aber das konnte auch Einbildung sein.

Draußen nahm Jørgensen Kontakt mit Heinz auf, dessen Aufgabe darin bestand, Zeromski vom Lokal aus zu folgen.

33

Der auf dem Flughafen Balice gemietete VW *Passat* fuhr von Westen her auf Krakau zu. Scott fuhr, Novak saß mit der Karte in der Hand neben ihm, Perry und Baumgarten nahmen die Rückbank ein.

»Fahr geradeaus«, sagte Perry in der Wola Justowska vor einer Kreuzung. Sein GPS-Gerät blinkte.

Scott setzte mit seinen knochigen Fingern trotzdem den Blinker. Er folgte Novaks Handzeichen, das nach links wies.

»Heb dir die Technik für Situationen auf, in der wir sie wirklich brauchen«, sagte Novak.

Perry schnaubte. »Wir fahren einen unnötigen Umweg.«

»Wir haben es eilig. Bis zur Autobahn ist es ein Kilometer, sie führt fast bis ins Zentrum.«

»Was für eine Perspektive gedenken Sie in Ihrem Artikel einzunehmen?«, fragte Zeromski, während sie immer tiefer in das Gassenlabyrinth der Altstadt eindrangen, abseits der üblichen Touristenwege. Statt Cafés und Boutiquen sah man rechts und links nur noch Lagerräume und vernagelte Fenster.

Timo hatte Mitleid mit dem in Vergessenheit geratenen Wissenschaftler, der jetzt so voller Eifer war bei der Aussicht, in eine finnische Zeitung zu kommen. Sein schlechtes Gewissen belastete Timo so sehr, dass es ihm schwer fiel, zu antworten. »Ich dachte, ich werde vor allem über Ihre Bücher berichten. Ich befasse mich schon lange mit Ihren Werken und finde gerade die Verknüpfungen mit Vaucher-Langston interessant – der übrigens vor kurzem gestorben zu sein scheint.«

Zeromski blieb stehen. Stille. Er war auf der richtigen Spur.

»Was wissen Sie über Vaucher-Langston?«, fragte Zeromski nervös.

»Ich habe auf dem Weg hierher in der Zeitung davon gelesen.« Timo bemühte sich, seiner Stimme den Ton von Mitgefühl zu verleihen. »Kannten Sie ihn gut?«

Zeromski wich ein Stück zurück. Es sah aus, als würde er am liebsten auf der Stelle davonlaufen. »Warum fragen Sie?«, wollte er mit greller Stimme wissen. »Warum erkundigen Sie sich nach ihm?«

»Entschuldigung. Ich wusste nicht, dass ...«

»Kein Grund, um Entschuldigung zu bitten«, zischte der Alte und verstummte dann. Timo versuchte gar nicht erst, etwas zu sagen, sondern wartete ab, welche Konsequenzen der misstrauische Mann aus der Situation ziehen würde.

»Gehen wir«, sagte Zeromski und setzte den Weg fort. Die Straßenlampen waren so spärlich, dass man sich beinahe vorantasten musste. Am wolkenlosen Himmel waren nicht nur die helleren Sterne zu erkennen.

Plötzlich blieb Zeromski wieder stehen. Unmittelbar vor Timo starrte er zum Himmel. »In solchen klaren, stillen Nächten richteten die Maya in ihrem Observatorium in Chichen Itza den Blick zu den Sternen. In der Stadt gab es keine Lichter, die ihre Sicht beeinträchtigt hätten. Mit bloßem Auge konnte man sechstausend Sterne sehen. Die wichtigsten für sie waren Vega, Sirius, Orion, Cassiopeia, Capella ...«

Zeromski vermittelte die souveräne Ausstrahlung eines Menschen, der sich in seinem Gebiet auskennt. Solche Menschen hatte Timo schon immer beneidet.

»Von den Planeten beobachteten sie besonders die Venus. Copán, eine der Maya-Städte, war das Zentrum des Venus-Kults. Aber auch Mars und Jupiter wurden durchgängig beobachtet.«

Timo hätte das Gespräch nur zu gern wieder auf Vaucher-Langston gebracht, aber er wagte es nicht, das in allzu durchsichtiger Weise zu tun.

Zeromski richtete den Blick erneut in den Nachthimmel. »Die älteste bekannte Sternkarte der Welt wurde vor 32500 Jahren in den Knochen eines Mammuts geritzt«, sagte der alte Herr mit leiser, bewegter Stimme und wies zum Himmel. »Sie zeigt das Sternbild des Orion. Dort ...«

Jetzt sah Zeromski Timo direkt in die Augen. »Ich habe gesagt, ›die älteste *bekannte* Sternkarte‹ ... In Schulen und Universitäten wird gelehrt, dass sich unsere gegenwärtige Zivilisation in sozialer und technologischer Hinsicht linear entwickelt hat, von einer Entwicklungsphase zur anderen, vom Höhlenbewohner zum modernen Menschen«, sagte er konzentriert. Die Dunkelheit der schäbigen Gasse nahm seine Worte auf.

Wieder setzte sich Zeromski in Bewegung. »Um diese Vorstellung zu illustrieren, lassen sich saubere und logische Schemata erstellen. Aber ist die Wirklichkeit so linear? Klimaveränderungen, Einschläge von Asteroiden, Naturkatastrophen und Seuchen haben Rückschläge in der Entwicklung bewirkt und letztlich für einen wesentlich vielförmigeren Entwicklungsverlauf gesorgt, als man heute einsehen will.«

Sie passierten ein abgerissenes Haus, dessen Nachbargebäude von rostigen Eisenträgern gestützt wurden.

»Die Paläoanthropologen ziehen ihre Schlüsse über die Geschichte der menschlichen Spezies auf der Grundlage von unglaublich wenigen konkreten Vorgaben. Ständig werden neue Fossilien gefunden, die unsere Vorgeschichte neu schreiben. Gerade erst ist im Olorgesaili-Tal in Kenia der Schädel eines Vorläufers des Menschen gefunden worden, der 930000 Jahre alt ist. Und zwar nicht irgendein Schädel. Er ist um ein Drittel kleiner als alle anderen Schädel des *Homo erectus*, weshalb der Verdacht aufkam, man könnte auf eine vollkommen neue hominide Art gestoßen sein.«

»Sie meinen, in unserer fernen Vorgeschichte könnte es eine vor Urzeiten schon untergegangene Kultur gegeben haben, von der wir gar nichts wissen?«, fragte Timo in dem Versuch, sich langsam weiter heranzutasten. Das war eine interessante, aber alte Theorie – hinter der KGB und CIA allerdings garantiert nicht her waren.

»Nichts schließt diese Möglichkeit aus. Die etablierte Vorstellung lautet, dass sich die Kulturen in Mesopotamien, im Tal des Indus, in Ägypten und im Amerika vor Kolumbus spontan herausgebildet und entwickelt haben, fast aus dem Nichts, und unabhängig voneinander. Ich halte es für wahrscheinlicher, dass man sich in all den genannten Kulturen gewisser Fertigkeiten und Erkenntnisse bedient hat, die von einer früheren, warum auch immer untergegangenen Kultur übernommen wurden.«

»Aber warum hätte diese Kultur denn keine Spuren hinterlassen sollen?«

»Werfen wir eine Hand voll Reiskörner auf ein Fußballfeld, schichten wir Erde darüber, hier einen Zentimeter, dort fünf, und setzen wir dann den Platz halb hoch unter Wasser. Dann fangen wir an, nach den Reiskörnern zu suchen, indem wir die Oberfläche von trocken gebliebenen, einige Quadratzentimeter großen Stellen aufkratzen. Wie wahrscheinlich ist es, auch nur ein einziges Reiskorn zu finden?«

Timo erwiderte den Blick des alten Mannes. »Nicht sehr wahrscheinlich.«

»Gegen Ende der letzten Eiszeit, vor 7000–17000 Jahren, kam es in der Welt unserer Vorfahren zu gewaltigen Umwälzungen. Die Eismassen, die Nordeuropa und Nordamerika bedeckt hatten, schmolzen. Überall auf dem Globus kam es zu riesigen Überschwemmungen, der Meeresspiegel stieg um mehr als 100 Meter, 25 Millionen Quadratkilometer bewohnbares Land gerieten unter Wasser ...«

Beim Gehen kam der ältere Herr ziemlich aus der Puste, und sein Redefluss wurde unterbrochen. »Menschen haben sich schon immer am Rand von Gewässern angesiedelt, weshalb jene Zeit eine Katastrophe für die Menschheit war. Das bedeutet, wenn wir etwas über unsere Vorväter erfahren wollen, oder über eine andere Spezies, die auf der Erde gelebt hat, müssen wir jene 25 Millionen Quadratkilometer, die von Wasser bedeckt sind, erforschen … Tatsächlich aber ist dieses Gebiet unerforschtes Terrain. Es ist einfach unglaublich, wie wenig man darüber weiß.«

Sie bogen in eine schmale Straße ein. Eine matte Laterne beleuchtete eine Palette Dachziegel. Der Geruch der Wände erinnerte Timo an den Besuch bei seinem Vater in Rekola. Er hatte das Gefühl, als habe sich dieser Gestank der Einsamkeit und der Verbitterung für immer in seiner Nase festgesetzt.

»Das Problem betrifft nicht allein die unter Wasser liegende Erdoberfläche. Auch die Sahara war einst eine üppige Oase, die aber von Archäologen kaum erforscht worden ist.«

Während er sprach, nahm Zeromski die Schlüssel aus der Tasche. »In Ägypten hingegen wird seit hundert Jahren um die Wette gegraben, und immer wieder stößt man auf Funde, die unsere gängigen Ansichten von alten Zivilisationen und der Abfolge erdgeschichtlicher Ereignisse im Nu hinfällig werden lassen … Der Fund des Bootsgrabes von Abydos zum Beispiel oder die Gräber von Elkab in Oberägypten. Auf so wackligen Füßen steht unser Wissen über Ägypten, und dabei ist das Land mehr als jede andere Region erforscht worden«, schnaubte Zeromski und steckte den Schlüssel ins Schloss.

»Ich wohne hier im neueren Teil der Altstadt«, sagte er und hielt Timo die Tür auf. »Das Haus ist relativ jung, aus den achtziger Jahren des 17. Jahrhunderts.«

Und im Originalzustand, hätte Timo hinzufügen können. Farbe und Putz hätten nicht ausgereicht, um es wieder in Ordnung zu bringen: das dreistöckige Gebäude schien kurz vor dem Einsturz zu stehen. Er folgte Zeromski eine schmale Treppe hinauf, deren Stufen bei jedem Schritt nachgaben.

»1997 fand man im südlichen Stillen Ozean eine 2000 Kilometer lange und drei Kilometer hohe Bergkette, von deren Existenz bis dahin niemand etwas wusste. Wenn man so etwas einfach so finden kann, was müsste sich dann unter Wasser noch alles entdecken lassen? Es ist lächerlich, geradezu beschämend, dass der Mars fotografiert und kartiert ist – unser Planet jedoch keineswegs: 70 Prozent der Erdoberfläche sind nur deshalb nicht kartiert, weil sie sich zufällig gerade unter Wasser befinden.«

Auf der Treppe kam Zeromski noch mehr außer Atem. Das Treppenhaus war vielleicht in den sechziger Jahren renoviert worden, aber die Wohnungstür, die Zeromski im Licht einer Glühbirne aufsperrte, sah wirklich sehr alt aus.

»Es ist seltsam, mit wie wenig Beweisen die Archäologen ihre Auffassung von der Entstehung und Entwicklung der Zivilisationen etablieren konnten«, sagte der Gastgeber und schaltete eine schwache Tischlampe ein, die für eine gemütliche Atmosphäre in der Diele sorgte. In der Luft lag der Duft von alten Büchern, den Timo so gern mochte.

»In den Ufergewässern, also in den Gebieten, die einst trockenes Land waren, hat man bereits bedeutsame Funde gemacht. Und es wird noch viel mehr davon geben ... Entschuldigen Sie, hier ist es ein wenig unordentlich. Ich war zwei Wochen verreist, und mein Aufbruch war ziemlich überhastet.« Zeromski deutete auf die Garderobe. »Wissenschaftler lassen sich ungern die eigenen Theorien verwässern, bis zuletzt halten sie daran fest. Schon vor Zeiten wurde die These aufgestellt, es sei auf der Erde zu weit mehr Asteroideneinschlägen gekommen als bislang angenommen. Fast spöttisch sind diese Behauptungen abgelehnt worden, bis bewiesen werden konnte, dass ein Teil der Krater, die man Vulkanen zugeordnet hatte, tatsächlich die Spuren von Asteroidentreffern sind. Solche Einschläge haben unter Umständen abrupte Klimawechsel bewirken können, was sich wiederum unmittelbar auf die Entwicklung des Menschen ausgewirkt haben könnte.«

Timo zog seine Jacke aus und trat hinter seinem Gastgeber in einen größeren Raum, wo sich in Regalen enorme Mengen von Büchern drängten. Der größte Teil schien aus wissenschaftlichen Werken zu bestehen, aber ein Regalabschnitt war dünnen Gedichtbänden gewidmet.

Zeromski folgte Timos Blick.

»Es gibt Dinge, die von der Wissenschaft nicht erklärt werden können, wohl aber von der Dichtung«, sagte er mit warmem Lächeln.

Im ordentlichsten aller Regale erkannte Timo die englischen Übersetzungen von Zeromskis Werken. Daneben standen Übersetzungen ins Deutsche und ins Tschechische.

Im Vergleich zur anderen Einrichtung wirkte der futuristische Apple-Computer auf dem Schreibtisch wie ein Fundstück von einem der Planeten, deren Bilder an den Wänden hingen. Die Decke war schwarz gestrichen, dort verliefen Drahtseile mit Halogenlampen, die wie Sterne aufleuchteten, als Zeromski den Schalter drückte. Eine Wand war gespickt mit gerahmten Fotos von süd- und mittelamerikanischen Indianertempeln und ägyptischen Pyramiden. Eines der größten Fotos zeigte die Scharrbilder von Nazca in Peru. Es schien das gleiche Bild zu sein wie in dem Buch.

Unwillkürlich richtete Timo sich auf, als er einen Gegenstand an der Wand hängen sah, den er kannte: ein Amulett, das exakt demjenigen glich, das Professor Vaucher-Langston bei seinem Tod umklammert hatte, einschließlich der eingravierten Umrisse eines Fisches mit stumpfem Maul und vielen Flossen. Aber vorläufig wagte Timo es nicht, nach dem Amulett zu fragen.

Zeromski trat ans Bücherregal und zog einen ledergebundenen Band heraus. »In diesem Werk hat der Anthropologe Hans Brück in den dreißiger Jahren einige der Legenden aufgeschrieben, die von süd- und mittelamerikanischen Indianern von Generation zu Generation weitergegeben wurden. Nehmen wir zum Beispiel die weißhäutige Gestalt namens Quetzalcoatl oder auch Viracocha. Sie kam ›aus dem untergegangenen Land‹ und brachte Lehren über den Ackerbau mit. Genauso brachte Osiris nach der Flut die Landwirtschaft nach Ägypten. Und die Sternkunde der Pharaonen konkurrierte in gewissem Maße sogar mit den Maya auf gleichem Niveau ...«

»Das habe ich in Ihrem Buch gelesen.«

»Ich schreibe ausschließlich über bekannte Tatsachen und

nehme nichts Spekulatives in meine Bücher auf ... Sagen Sie das Ihrer Verlagsbekannten in Helsinki.«

Timo nickte, obwohl er gern gefragt hätte, ob nicht gerade darin der Grund dafür lag, dass er nicht bekannter war, während Hobbyforscher, die sich mit derselben Materie beschäftigten, ihre Bücher millionenfach verkauften.

»In über sechshundert alten Legenden und Mythen auf der ganzen Welt ist die Rede von Überschwemmungen, die bis zu den Bergen hinauf reichten. Man kann sie alle als Einbildungen abtun. Oder aber es ist tatsächlich etwas geschehen, das unauslöschliche Spuren im kollektiven Bewusstsein der Menschen hinterlassen hat. Ich selbst bin davon überzeugt, dass uns ein wesentlicher Teil der Menschheitsgeschichte fehlt.«

»Wie weit konnte denn eine solche Zivilisation, die durch Überschwemmungen oder andere Naturkatastrophen zerstört worden ist, in technischer Hinsicht entwickelt gewesen sein?«

»Meiner Einschätzung nach handelt es sich um eine Kultur, die sich aktiv auf den Meeren bewegt und die Küstenregionen in verschiedenen Teilen der Erde besiedelt hat. Ihre Angehörigen verfügten über hoch entwickelte Fähigkeiten im Bereich der Navigation und dem Gebrauch von Karten.«

Timo versuchte die Gelegenheit so schnell wie möglich zu nutzen. »Von ihnen würden dann auch die Karten stammen, auf deren Grundlage Piri Reis im 16. Jahrhundert seine Karte erstellte?«

Er traute sich nicht, in diesem Zusammenhang Vaucher-Langston zu erwähnen, aber auch ohne den ausdrücklichen Hinweis auf den toten Professor wurde Zeromski wachsam.

»Möglicherweise«, sagte er ausweichend. »Möchten Sie einen Tee oder Kaffee?«

»Nein danke«, sagte Timo rasch und versuchte das Gespräch fortzusetzen. »Welches sind denn die Belege für die Richtigkeit Ihrer Ansichten über untergegangene Kulturen?«

»Jeder alte Fund, der vom technischen Niveau her vom Inventar bekannter Frühkulturen abweicht. Aber es wird ja lächerlich wenig in die Meeresarchäologie investiert angesichts dessen, was man bereits unter Wasser entdeckt hat. Die Welt der Wissenschaft und der Medien, von denen sie zwangsläufig gelenkt wird, ist äußerst konservativ.«

Zeromski stellte das Buch ins Regal zurück. »Man muss zugeben, dass die Atlantis-Sucher aller Couleur nicht gerade dazu beitragen, die Glaubwürdigkeit solcher Ansichten zu stützen. Pseudowissenschaftler beschädigen auch den Ruf seriöser Forscher. Obgleich ich weiß, dass es zum Beispiel auch unter den Ägyptologen Leute gibt, die sich keinen Deut um die etablierte Wissenschaftsethik scheren.«

Zeromskis Stimme war jetzt ebenso angespannt wie in dem Moment, als Timo den Namen Vaucher-Langston erwähnt hatte.

»Was meinen Sie damit?«

»Wie gesagt, ich habe mich lange mit der Sternkunde der Pharaonenzeit befasst und war dazu mehrmals in Ägypten. Jeder, der die Pyramiden von Giseh gesehen hat, wird begreifen, dass niemand nur zum Spaß fünfzehn Millionen Tonnen Steine bewegt und aufeinander schichtet. Nicht allein wegen irgendwelcher religiöser Riten.«

»Warum dann?«

»Um das herauszufinden, wird ein wesentlich härterer Wettkampf ausgetragen, als es der normale Leser einer Fachzeitschrift vermutet ...«

»*... Am bemerkenswertesten ist natürlich, dass man schon in Frühkulturen fähig gewesen ist, derart genaue astronomische Beobachtungen und Berechnungen anzustellen und auf deren Grundlage dann massive Monumente aus Stein zu errichten.*« Zeromskis Stimme war im Kopfhörer deutlich zu vernehmen. Jørgensen saß dreihundert Meter vom Haus des Polen entfernt im Auto und hörte sich dessen anregende Vorlesung an.

»Wann gehen wir hinein?«, fragte Carla. Sie saß neben Jørgensen und schraubte den Schalldämpfer auf ihre Pistole.

Jørgensen hob die Hand. »Gleich. Das hier kann für uns noch ganz interessant sein.« Er konzentrierte sich auf Zeromskis Stimme, die immer intensiver wurde.

»*Die Pyramiden von Giseh sind exakt in der Form des Sternbildes Orion angeordnet. Die Sturzschächte sind mit einer unglaublichen Genauigkeit so berechnet, dass sie auf bestimmte Himmelskörper weisen. Und seismografische Messungen haben die Existenz bislang unbekannter Kammern bewiesen. Was enthalten sie? Warum sind diese Konstruktionen angelegt worden?*«

»*Wie lautet Ihre Theorie?*«, fragte die Stimme des Besuchers.

»Kann es sein«, präzisierte Timo seine Frage, »dass diese unerklärlichen Dinge mit außerirdischem Leben zu tun haben?« Er befürchtete, unweigerlich zynisch und argwöhnisch zu klingen.

»Ich kann nur eines sagen: Eine solche Möglichkeit kann man ebenso wenig ausschließen wie nachweisen. Wie gesagt, auf der Erde ist eine enorme Menge von Asteroiden eingeschlagen. Ein solcher Aufprall kann durchaus schnelle Veränderungen in den Klimaverhältnissen des Globus und gigantische Überschwemmungen zur Folge gehabt haben. Falls die Menschen, die damals gelebt haben, oder ihre Nachkommen, fähig waren, zu erfassen, was passiert ist, könnten sie versucht haben, ihr Wissen an künftige Generationen weiterzugeben. Sie können sogar ein Bewusstsein davon gehabt haben, dass sich dasselbe unter Umständen wiederholt.«

»Sie haben versucht, uns zu warnen?«

Zeromski zuckte mit den Schultern. »Es sieht immer mehr danach aus, dass die Pyramiden ein reales, sehr konkretes Geheimnis bergen.«

Timo ging auf das Amulett zu. Er konnte sich nicht die ganze Nacht Zeromskis Theorien anhören, auch wenn sie noch so interessant waren. Es war Zeit, den Stier bei den Hörnern zu packen.

»Was ist das hier?«, fragte er und nahm das Amulett in die Hand.

Zeromski musterte ihn scharf. »Ich habe einmal an einem Latimeria-Kongress in Marburg teilgenommen. Alle Teilnehmer bekamen so etwas als Souvenir.«

»Sie haben sich in Ihren Büchern auch mit dem Quastenflosser beschäftigt. Glauben Sie, frühe Zivilisationen hätten ihm Beachtung geschenkt, obwohl sich die Einzigartigkeit des Tiers erst einige tausend Jahre später herausgestellt hat?«

Zeromski veschwand in der kleinen Küche, als hätte er Timos Frage nicht gehört. »Ich mache uns einen Tee.«

Die so explizite Meidung eines Gesprächsthemas war an sich schon fast eine offene Mitteilung. Timo ging zur Küchentür. Die Wände in der Küche waren orange gekachelt, und über der schmalen Spüle leuchtete eine Neonröhre. Der Fußboden bestand allerdings noch aus uralten Dielen.

»Sie scheinen nicht sonderlich gern über den Quastenflosser zu sprechen«, sagte Timo direkt.

Zeromski füllte den Kessel mit Wasser. »Ich weiß nicht, was es damit auf sich hat«, sagte er heiser. »Sie waren damals hier, und jetzt kommen sie wieder.«

Timo spürte seine Wangen heiß werden und befürchtete, man könnte es sehen. »Wer?«

»Ich weiß es nicht.«

Innerhalb eines Augenblicks schien Zeromski einige Zentimeter in sich eingesunken zu sein.

»Es waren wohl Russen, jedenfalls damals. Der Marburger Kongress fand Ende der achtziger Jahre statt …«

Zeromskis Stimme wurde noch leiser. Er wirkte zerbrechlich und vorsichtig, fast ängstlich. Dann stellte er den Kessel ab und griff nach den Streichhölzern. Timo trat näher.

»Wir waren ein Dutzend Leute beim Marburger Kongress. Archäologen, Paläontologen, Biologen. Am Abend des zweiten Kongresstages, vor dem Aufbruch zum Bahnhof, kamen unbekannte Männer zu mir.«

Timo wartete, denn Zeromski konzentrierte sich darauf, den Gasherd anzuzünden. Die Hände des Mannes zitterten leicht.

»Sie gaben sich als Polizisten aus, zeigten mir aber keinerlei Dienstausweis, obwohl ich darum bat.«

Fauchend sprang die Flamme an. Zeromski sah Timo jetzt ganz anders an als zuvor, fast Schutz suchend. »Meiner Meinung nach sprachen sie Englisch mit russischem Akzent. Erst später habe ich gehört, dass die Russen nach dem Kongress auch Vaucher-Langston äußerst dreist zugesetzt hatten. Ich habe mehrmals mit ihm darüber gesprochen. Er war erschüttert und informierte die Polizei darüber, wie man ihn behandelt hatte, aber es kam nichts dabei heraus.«

Timo konzentrierte sich darauf, jedes einzelne Wort Zeromskis bis in die Betonung hinein in seinem Kopf zu speichern.

Der Alte nahm den Kessel vom Herd. »Sie fragten nach einem Teilnehmer des Kongresses, einem Wissenschaftler namens Isama Nishikawa. Ein Meeresbiologe, der auf Latimeria spezialisiert war. Ebenso nach seiner südafrikanischen Frau. Ich habe Isama kennen gelernt, ein angenehmer Mensch und ein qualifizierter Wissenschaftler. Ich schenkte ihm einen Gedichtband von Wisława Szymborska. Nishikawa verließ den Kongress vorzeitig ...«

Zeromskis Stimme war zu einem Flüstern geworden. Timo notierte sich die Namen Nishikawa und Szymborska. Da drehte sich Zeromski um und sah ihm direkt in die Augen. Die Beklommenheit und die Traurigkeit des Blicks steigerten Timos Unruhe.

»Sie wollten wissen, wann, wohin und mit wem Nishikawa weggefahren war«, flüsterte Zeromski. »Und ob ich in Marburg Nishikawas Vater gesehen hätte. Die Männer waren sehr dreist und wirkten bedrohlich. Obwohl ich sagte, ich wisse es nicht – was der Wahrheit entsprach –, insistierten sie. Ich hatte Angst, denn sie machten den Eindruck, als wären sie bereit, Gewalt anzuwenden, um aus mir herauszubekommen, was sie hören wollten. Ich dachte daran, zur Polizei zu gehen, aber was hätte ich dort sagen sollen? Sie hatten mich physisch nicht angerührt, auch wenn nicht viel gefehlt hat.«

Timo schluckte. Das Fauchen des Gasherds überdeckte fast Zeromskis ängstliche Stimme. »Und jetzt, fünfzehn Jahre später, ruft mich ein Mann an und will mich treffen, um über dieselben Dinge zu reden.«

Timos Herz hämmerte. »Wann hat er angerufen?«

»Vor zwei Tagen. In Zakopane. Der Ton war allerdings deutlich anders. Geradezu höflich.«

»Ein Russe?«

»Ich weiß es nicht. Ja, er hatte einen Akzent, aber er klang nicht russisch. Ich will auf das Thema nicht mehr zurückkommen ...«

»Hat er versucht, Ihren Aufenthaltsort zu erfahren?«

Zeromski nickte. »Ich sagte, ich sei auf Reisen, teilte ihm aber nicht den genauen Zeitpunkt meiner Rückkehr mit.«

Timo drehte sich rasch um und ging ins Wohnzimmer zurück. Sie hätten in dem Café bleiben sollen.

Da klopfte es an der Tür.

Timo erstarrte, Zeromski sah ihn ernsthaft an.

»Wer ist das?«, flüsterte Timo.

»Ich weiß es nicht«, antwortete Zeromski erschrocken. »Normalerweise kommt um diese Zeit niemand, ohne vorher geläutet zu haben ...«

Es klopfte wieder, energischer als zuvor.

»Wie konnten sie zur Haustür hereinkommen?«, fragte Zeromski. »Dort ist eine Klingel ...«

»Kommt man hier auf einem anderen Weg hinaus? Gibt es eine Feuerleiter?«

Zeromski war noch verwirrter als zuvor. »Was meinen Sie damit? Warum ...«

»Schnell«, flüsterte Timo. Er legte seine Notizen auf den Tisch, um das Wohnzimmerfenster zu öffnen.

»Da ist keine Leiter. Die Tür ist der einzige Ausgang. Und das Fenster im Bad.«

Das Klopfen verwandelte sich in ein Hämmern.

Es war eine Frage von Sekunden, bis sie das Schloss aufbrachen.

»Ich mache auf«, flüsterte Timo. »Verschwinden Sie durch das Badezimmerfenster! Rasch!«

»Nein, von dort kommt man nur aufs Dach ...«

»Gehen Sie!« Mit einer heftigen Bewegung schob Timo den alten Mann ins Bad. Erst da sah er, dass es zu lange dauern würde, ihn durch das weit oben angebrachte Fenster hinauszuschieben.

»Gehen Sie zum Telefon und holen Sie Hilfe.«

Während Zeromski zum Telefon ging, zog Timo die Badezimmertür zu und schob den Riegel vor. Der würde niemanden daran hindern, hereinzukommen, brachte aber ein paar Sekunden Vorsprung. Mit einem Satz war Timo auf der Badewanne, die Flecken von Rostwasser hatte, und riss den geschlossenen Vorhang vor dem Fenster zur Seite. Dabei hörte er, wie die Wohnungstür eingetreten wurde. Ohne zu zögern, öffnete er das halb morsche Fenster in der Angst, die Badezimmertür könnte jeden Moment hinter ihm aufgehen. Die Fensteröffnung war schmal, aber das war nicht das größte Problem. Es würde ihm schon gelingen, sich irgendwo hindurchzuschieben, doch unter ihm befand sich ein steil abfallendes Ziegeldach. Von irgendwoher kam ein schwacher Lichtschein, in dem Timo oben den First und unten die Regenrinne erkennen konnte. Über der Stadt wölbte sich der Sternenhimmel. Timo ergriff den Fensterrahmen und wand sich aufs Dach hinaus.

Jemand rüttelte an der Badezimmertür. *Isama Nishikawa, Marburg, Wisława Szymborska ...*

Ein roter Dachziegel löste sich unter Timos Fuß, rutschte über die Regenrinne hinweg und zerbrach zwei Sekunden später auf dem Straßenpflaster. In dem Moment zersplitterte die Badezimmertür, und eine hoch gewachsene Gestalt drängte herein. Timo suchte Halt am Fensterrahmen und schwang sich mit einem Ruck zum First hinauf. Der Eindringling griff durch das offene Fenster nach Timos Bein, bekam den Hosenstoff aber nicht mehr zu fassen.

Timo musste sich blitzschnell entscheiden. Er könnte bleiben, wo er war, und versuchen, den anderen vom Dach zu stürzen, falls er ihm durch das Fenster folgen wollte. Aber wahrscheinlich hatte der Verfolger eine Waffe. Es blieb ihm also nichts anderes übrig, als die wenigen Sekunden Vorsprung zur Flucht zu nutzen.

Im Dunkeln richtete er sich auf dem Dachfirst auf. Ein Fehltritt, und er könnte seine Knochen unten auf dem Straßenpflaster zusammensammeln. Aber die Dunkelheit schützte ihn zugleich vor den Kugeln aus der Waffe des Verfolgers.

Das spitz zulaufende Dach erforderte einen sicheren Tritt und ein gutes Gleichgewicht. Timo blickte konzentriert vor sich. *Isama Nishikawa,* sagte er sich wie ein rettendes Mantra innerlich vor. Die roten Dachziegel waren kaum zu erkennen. Ein Teil von ihnen war lose oder fehlte ganz. Intuitiv breitete er die Arme aus und ging schwankend vorwärts.

In dem Moment hörte er vom Fenster her Lärm. Ein weiterer Ziegel rutschte über die Regenrinne und fiel auf die Straße. Eine dunkle Gestalt betrat das Dach und streckte den Arm in Timos Richtung aus.

Timo warf sich rechtzeitig flach nach vorn, bevor aus der Pistole ein dumpfes *tzup* zu hören war: Sie benutzten Schalldämpfer.

Das waren Profis. Und sie meinten es ernst. Der nächste Schuss würde nicht vorbeigehen. Auch nicht im Dunkeln.

Timo griff nach einem losen Ziegel und schleuderte ihn, so fest er konnte, auf den Angreifer. Er spitzer Aufschrei verriet ihm, dass er getroffen hatte.

Erst da begriff Timo, dass er von einer Frau verfolgt wurde. Sie verlor das Gleichgewicht und geriet ins Taumeln. Er konnte ihr Gesicht nicht erkennen, obwohl Licht aus dem Bad aufs Dach fiel. Die Frau stieß gedämpfte Laute aus, die Timo zusammenfahren ließen. Er bewegte sich auf dem Dachfirst weiter voran, nachdem er ein paar weitere Sekunden Vorsprung gewonnen hatte, dabei klangen die Laute aus dem Mund der Frau in seinen Ohren nach.

Das war kein amerikanisches Englisch gewesen. Er konnte die Sprache nicht identifizieren, aber irgendwie hatte es chinesisch geklungen.

Als er den Lärm von oben hörte, griff Novak sofort nach seiner Pistole. Mit Scott rannte er zu Zeromskis Haustür. Perry und Baumgarten warteten im Wagen. Waren die Chinesen schon wieder vor ihnen da?

Novak blieb vor der Tür stehen. Die Situation gefiel ihm nicht. Er hätte gern eine kugelsichere Weste angezogen, aber dafür war jetzt keine Zeit mehr.

»Warte hier«, flüsterte er. »Ich checke die Lage.«

Auf dem Dach beschleunigte Timo seine Schritte, ohne noch groß an sein Gleichgewicht denken oder Angst bekommen zu können. Jetzt war es ernst – er hatte die Wahl zwischen einer Kugel oder dem freien Fall. Immer mehr Dachziegel rasselten unter seinen schweren Schritten nach unten, während er dem Dach des niedrigeren Nachbarhauses entgegenstrebte. Er drehte sich um und sah, dass die Gestalt neben dem Fenster verschwunden war. Hatte sie sich hinter dem Schornstein versteckt?

Auf der Straße sprang ein Motor an, und das Licht von Scheinwerfern flammte auf der rissigen Wand des Eckhauses auf. Warum zum Teufel waren Chinesen hinter dem Material her? Oder hatte er die Sprache falsch identifiziert? Das Interesse der Chinesen würde den Tod der Amerikaner bei der Explosion im Trinity College erklären – es gab weltweit kaum jemanden, der fähig war, sich den Amerikanern in den Weg zu stellen.

Timo erreichte den Rand des Daches und musste feststellen, dass das Dach des Nachbarhauses viel niedriger lag, als er angenommen hatte. Es ging fast zwei Meter nach unten – und dort unten wartete ein spitz zulaufender First.

Er blickte sich um und sah die dunkle Gestalt mit der Waffe in der ausgestreckten Hand hinter dem Schornstein hervorkommen.

Timo konzentrierte sich einen Wimpernschlag lang, dann sprang er. Seine Füße trafen in spitzem Winkel auf dem Dach auf. Obwohl der Aufprall nicht zu hart war, schoss ihm ein scharfer Schmerz vom rechten Fußgelenk aus ins Bein. Das rechte war schon immer sein schwächeres Bein gewesen.

Beim ersten schnellen Schritt zeigte sich aber, dass der Knöchel nicht verstaucht war. Timo rannte auf dem Dach vorwärts und rechnete damit, gleich ein noch niedrigeres Dach vor sich zu sehen, aber da kam überhaupt kein Dach mehr. Er war vom Nachbarhaus durch eine schmale Gasse getrennt.

Mit vorgehaltener Waffe führte Jørgensen den alten Zeromski zur Wohnungstür. Dabei versuchte er vergeblich, Funkkontakt zu Carla aufzunehmen, die aufs Dach hinausgegangen war. Dafür meldete sich Heinz von unten.

In diesem Moment ging die Tür auf. Reflexartig verschärfte Jørgensen den Griff um Zeromskis Oberarm und richtete die Waffe auf die Tür. Aber der Mann, der hereinkam, feuerte zuerst. Jørgensen spürte den Luftzug einer Kugel an seiner Wange. Wut und Erleichterung beschleunigten seine Reaktionen. Er ließ den Polen los, warf sich neben dem Kleiderschrank in die Ecke und schoss auf die Tür. Von dort erwiderten zwei Männer das Feuer.

Im Bruchteil einer Sekunde traf Jørgensen die Entscheidung, die angesichts der Übermacht die einzig richtige war. Er zog sich ins Bad zurück und richtete von der Tür aus seine Waffe auf Zeromski, der mit dem Rücken an der Wand zu Boden gesunken war und sich die Ohren zuhielt. Jørgensen schoss zweimal, stürzte zum Badfenster und schwang sich aufs Dach, wobei er ständig Schüsse nach hinten abgab.

Er erschrak, als vor ihm Carla im Dunkeln auftauchte. Ihr Gesicht war voller Blut. »Runter«, sagte Jørgensen und tastete nach dem Funkgerät, um Kontakt zu Heinz aufzunehmen, der unten Wache hielt.

Timo hielt atemlos inne und drehte sich um. Zwei Gestalten bewegten sich vom Schornstein aus in die entgegengesetzte Richtung.

Verzweifelt maß er die Kluft vor sich ab. Er würde es nicht auf die andere Seite schaffen. Er ließ seinen Blick die Regenrinne entlangwandern, bis er auf eine Leiter stieß. Auf dem steilen Dach dorthin zu gelangen war schwierig. Aber er hatte keine Wahl. Er versuchte, möglichst vorsichtig zu sein, aber er kam trotzdem ins Rutschen und wäre um ein Haar in die Tiefe gestürzt.

Schließlich gelang es ihm, die wacklige Leiter zu ergreifen. Im selben Moment begriff er, dass sie nicht fest an der Wand montiert war, sondern in zu steilem Winkel an der Regenrinne lehnte.

Behutsam setzte er einen Fuß auf die oberste Sprosse und stieg keuchend hinab, wohl wissend, dass die Leiter jederzeit kippen konnte. Nichts geschah, bis etwa einen Meter über der Erde eine durchgerostete Sprosse brach. Timo landete unsanft auf dem Pflaster und schlug sich den Ellbogen auf.

Da kam ein Auto um die Ecke geschossen, dessen Scheinwerfer ihn erstarren ließen wie einen Hasen auf der nächtlichen Autobahn. Timo konnte gerade noch wahrnehmen, wie die Leiter zwischen ihn und das Auto kippte. Sie wurde von der gegenüberliegenden Hauswand aufgehalten und versperrte so schräg die Gasse, in der sich der Wagen näherte.

Timo rannte los und hörte, wie hinter ihm das Auto direkt auf die Leiter zuhielt. Das Geräusch knirschenden Metalls wurde vom Aufheulen des Motors begleitet, aber das Auto schien nicht näher zu kommen.

Stattdessen ging eine Wagentür auf und wurde sogleich wieder zugeschlagen. Das Auto hatte sich in der Leiter verkeilt, der Fahrer musste die Verfolgung zu Fuß fortsetzen.

Timo rannte, so schnell er konnte.

Schon prallte eine Kugel von der Wand neben ihm ab. Timo spürte, wie sich alle Energie in seinen Beinen versammelte.

Hinter ihm hallten Schritte, und Timo begriff, dass er in seiner derzeitigen Form den Wettlauf nicht gewinnen würde. Er rannte um die nächste Ecke und suchte nach einer offenen Hofeinfahrt. Kurz darauf stand er in einem dunklen, muffig riechenden Gang. Draußen vor dem Haus hielten die Verfolger inne.

Timo lauschte. Er versuchte lautlos zu atmen, aber das war schwer. *Isama Nishikawa … Marburg …*

Nun waren die Schritte wieder zu hören. Entfernten sie sich, oder kamen sie näher? In nahezu vollkommener Finsternis ging Timo vorsichtig weiter die Einfahrt entlang.

Entweder bildete er es sich ein, oder die Schritte folgten ihm tatsächlich. Der dunkle Gang führte in einen Innenhof, der von Kolonnaden eingefasst war. In der Mitte des Hofes im Stile einer italienischen Loggia war eine dunkle Statue zu erkennen. Beim Gehen spürte man Moos unter den Füßen.

Timo blieb vor einem Relief an der Wand stehen, einem Kruzifix mit dem leidenden Christus. Er lauschte erneut und versuchte zu spüren, ob sich hinter ihm im Dunkeln etwas bewegte.

Unwillkürlich hob er einen hellen, auf einer Seite mit Moos überzogenen Stein auf und verzog sich hinter eine Säule.

Irgendwo ertönte ein knackendes Geräusch. Timo hielt den Stein umklammert.

Vollkommene Stille. Er begriff, dass er womöglich nur wieder durch die Einfahrt aus dem Hof herauskommen würde. Mit äußerst langsamen und vorsichtigen Schritten bewegte er sich darum in die Richtung, aus der er gekommen war.

Das war ein Fehler.

Hinter einer Säule trat eine männliche Gestalt hervor und richtete die Waffe auf Timo. Eher aus einem Reflex heraus, denn als Resultat eines vernünftigen Gedankens, schleuderte Timo dem Mann den Stein entgegen und warf sich zur Seite. Im Schutz der dadurch gewonnenen Sekunde stürzte er in die Einfahrt, die auf die Straße führte. Er befürchtete dort schon den zweiten Mann, aber der war nicht zu sehen.

Ohne sich umzublicken, rannte er auf der Straße bis zur nächsten Kreuzung. Er ging nach links, an einem Tabakladen vorbei, und zwang sich, den Schritt zu verlangsamen.

Die Stille wurde vom Heulen eines näher kommenden Martinshorns zerrissen.

34

Mit der Hand drückte Novak auf die blutende Schusswunde an Zeromskis Seite. Der Pole atmete nur noch mühsam. Baumgarten war inzwischen alarmiert und wühlte in seinem Koffer. Da die Lampe kaputt war, leuchtete Scott mit einer Taschenlampe. Nach der Schießerei herrschte Chaos in der Diele.

Novak hatte einen Krankenwagen gerufen, denn Zeromski musste am Leben bleiben. Darum hatte er auch darauf verzichtet, die Chinesen zu verfolgen. Aber das bedeutete, dass jeden Moment mit einem neuen Angriff zu rechnen war

»Die Polizei kommt«, sprach Perry von unten über Funk in Novaks Kopfhörer. Er klang ziemlich nervös.

Jørgensen saß völlig außer Atem in dem Auto, das über die Weichselbrücke fuhr. Heinz saß am Steuer. Es war ihm nicht gelungen, den fliehenden Mann zu erwischen. Carla drückte sich ein Papiertaschentuch auf die Nase. Es färbte sich sofort blutrot.

»Ist sie gebrochen?«, fragte Jørgensen.

»Das wohl nicht.«

Auf seinem Palmbook schrieb Jørgensen eine Nachricht, die er schleunigst und auf höchstem Verschlüsselungsniveau nach Peking schicken musste. Dabei hörte er noch einmal über Kopfhörer die rauschende Aufnahme ab. Neben dem Klappern eines Wasserkessels war äußerst schwach eine Stimme zu hören. »*Sie fragten nach einem Teilnehmer des Seminars, einem Wissenschaftler namens Isama Nishikawa. Ein Meeresbiologe, der auf Latimeria spezialisiert war. Ebenso nach seiner südafrikanischen Frau … Nishikawa verließ den Kongress vorzeitig …*«

Ein Teil der Worte ging in den Küchengeräuschen unter. »*Sie wollten wissen, wann, wohin und mit wem Nishikawa weggefahren war …*«

Wer waren »sie«? Wer hatte Zeromski damals Fragen gestellt? Die Stimme war jetzt nur noch ein Flüstern und unmöglich zu verstehen. Aber immerhin waren einige hörbare Sätze auf dem Band. Das war mehr, als die Amerikaner in nächster Zeit aus Zeromski herausbekommen würden. Eines wurmte Jørgensen trotzdem: Es war den Amerikanern gelungen, ihn zu überraschen. Das durfte sich nicht wiederholen!

Er hatte die Nachricht an Peking fertig geschrieben. Dort konnte nun mit den Nachforschungen über Isama Nishikawa begonnen werden.

Müde, unschlüssig und voller Angst stand Timo an der Kreuzung von Slawkowska und Tomasza. Er hätte gern die Polizei verständigt, aber das hätte nichts genützt.

Isama Nishikawa, hämmerte es in seinem Kopf. Wer immer dieser Isama Nishikawa war, er befand sich in der gleichen Lage wie Vaucher-Langston und Zeromski vor ihm. Der Japaner hatte somit allen Grund, um sein Leben zu fürchten. Bald würden auch vor seiner Tür ungebetene Gäste stehen.

Was mochte der Meeresbiologe mit all dem zu tun haben? Zeromski hatte von der Erforschung von Gebieten gesprochen, die längst unter dem Meeresspiegel lagen – konnte da eine Verbindung bestehen?

Timo nahm einen Bleistiftstummel und einen Zettel aus der Tasche und schrieb den Namen auf. Dahinter notierte er das Wort »MARBURG«.

Mit zitternden Fingern wählte er Wilsons Telefonnummer, brach den Vorgang aber abrupt ab. Wenn zwei Gruppen von Profis hinter Zeromski her waren, verfügten sie auch über die Mittel, den Mobiltelefonverkehr in der Umgebung abzuhören.

Außerdem: Würde es überhaupt etwas nützen, Wilson anzurufen? Timo vertraute ihm immer noch, konnte aber nicht wissen, unter welchem Druck der Schotte in diesem Fall stand.

Stur und trotzig, aber äußerst vorsichtig ging Timo zur Sienkiewicza, wo sich Zeromskis Wohnung befand. Er hielt sich im Schatten der Häuser und blieb immer wieder stehen, um sich nach allen Seiten umzublicken. Es war nicht schwer, im Dunkeln zu bleiben, denn die Straßenlampen waren spärlich gesät.

An der Ecke zur Sienkiewicza blieb er stehen. Vor Zeromskis Haus blinkte das Blaulicht eines Krankenwagens. Dahinter parkte ein Polizeiauto.

Timos Kehle entwich ein Laut, der an ein Schluchzen erinnerte. Er starrte auf Zeromskis Haustür, Leute gingen ein und aus. Darunter waren auch Männer, die nicht wie Polen aussahen, sondern eher wie Amerikaner.

Langsam entfernte sich Timo rückwärts, dann drehte er sich um und ging davon, mit immer schneller werdenden Schritten, bis er schließlich im Laufschritt durch eine alte Gasse eilte.

Durch diese Gasse war er vor wenigen Stunden mit Zeromski gegangen, und jetzt war der alte Mann vermutlich tot. Es bestand kein Zweifel daran, dass die Mörder von Zeromski nun auch hinter ihm her waren. Waren es wirklich Chinesen? Ein sonderbarer Gedanke, aber nicht unmöglich. Bislang deutete alles darauf hin, dass große Dinge auf dem Spiel standen, und zu dieser Konstellation passte China als aufsteigende Großmacht und einziger ernsthafter Herausforderer der USA sehr gut.

Timo ging weiter und befürchtete, sich in den mittelalterlichen Gassen zu verirren. Noch immer pulsierte in ihm der Name, den Zeromski genannt hatte.

Isama Nishikawa.

Die Gasse führte zu einem kleinen Platz, in dessen Mitte eine einsame Laterne und eine Telefonzelle standen. Timo grub ein paar Münzen aus seiner Tasche und betrat die Zelle. Entschlossen wählte er die finnische Vorwahl und danach die Handynummer seines Sohnes.

Am anderen Ende klingelte es. Schnell, flehte Timo innerlich.

Er wollte Aaro nicht mit seinem eigenen Telefon anrufen, denn wenn die Verfolger das Gespräch aufschnappten, erführen sie, wen er angerufen hatte. Und Aaro durfte auf keinen Fall in die Geschichte verwickelt werden.

Eine verschlafene Stimme meldete sich: »Aaro …«

»Papa hier. Würdest du mir einen Gefallen tun?«, fragte Timo so ruhig wie möglich, aber es gelang ihm nicht, seine Aufregung zu verbergen. »Nimm dir einen Stift und schreib auf, was ich dir sage.«

Timo konnte sich genau vorstellen, wie der Junge nach einem Stift suchte. Aaro hatte an seiner Stimme gehört, dass jetzt keine Zeit für Scherze war.

»Schieß los.«

»Isama Nishikawa.« Timo buchstabierte den Namen. »Japanischer Meeresbiologe, verheiratet mit einer südafrikanischen Kollegin. Such im Internet, wo sich der Mann aufhält, am besten gleich die genaue Adresse. Ich ruf dich in einer Viertelstunde wieder an.«

»Zehn Minuten genügen.«

Aaros Selbstbewusstsein entlockte Timo ein Lächeln. »Alles klar.«

»Wenn wir DSL hätten, könnte ich das in fünf …«

»Wir werden darüber nachdenken.«

Timo verließ die Telefonzelle und atmete durch. Er richtete den Blick zum Himmel, wo die Anzahl der Sterne gewachsen zu sein schien, seit er sie früher am Abend zuletzt betrachtet hatte. Nach der Begegnung mit Zeromski sah der Himmel ohnehin anders aus. War es möglich, dass Zeromskis Theorie stimmte? Konnte es sein, dass alte Kulturen Kontakt zu Leben außerhalb der Erde gehabt hatten?

Nein. Es bestand keinerlei Anlass, daran zu glauben, bis jemand konkrete Beweise dafür lieferte.

Er ging auf der Warszawska weiter und merkte, dass er sich den Geschäftsstraßen der Altstadt näherte. Auf der Stelle zog er den Zettel aus der Tasche, auf dem der Name des Hotels stand, das er gleichzeitig mit dem Flug gebucht hatte. Aber es war sinnlos danach zu suchen, ihm war gerade jede Übernachtungsmöglichkeit recht – wenn auch nicht unbedingt direkt neben Zeromskis Wohnung.

Er überquerte die auch in der Nacht noch belebte Bastzowa. Seit dem Anruf waren acht Minuten vergangen, darum kehrte er zu der Telefonzelle zurück. Was das Internet anging, war Aaro ein Zauberer, aber trotzdem machte sich Timo nicht allzu große Hoffnungen, Isama Nishikawa zu finden.

»Wie sieht's aus?«, fragte er.

»Was willst du wissen?«, fragte Aaro selbstzufrieden zurück. »Allein bei Google gibt es zig Verweise auf Isama Nishikawa.«

»Was für welche? Hast du Kontaktadressen gefunden?«

»Der Großteil der Suchergebnisse hat mit seinen wissenschaftlichen Texten zu tun. Aber hier gibt es eine Meeresbiologin namens Sally Nishikawa, offensichtlich seine Frau.«

»Findest du ihre Angaben?«

»Frau Nishikawa arbeitet im meeresbiologischen Forschungszentrum in Barcelona. Dort ist sie vor acht Jahren von der Rhodes-Universität in Südafrika hingegangen. Sie ist auf die genetische Kartierung von *coelacanth* spezialisiert. Ich weiß nicht, was das auf finnisch ...«

»Steht da ihre Telefonnummer?« Timo drückte den Zettel, den er aus der Tasche gezogen hatte, gegen die Scheibe und hielt den Stift bereit. Aaro diktierte ihm zwei Nummern und eine Adresse.

»Das reicht. Schlaf jetzt weiter, ich ruf morgen wieder an.«

Timo wollte schon einhängen, dann sagte er mit belegter Stimme. »Warte ... eins noch. Ich bin stolz auf dich, Aaro.«

Dann legte er auf und blickte auf die Telefonnummern der Meeresbiologin Sally Nishikawa. Ohne zu zögern, wählte er die Handynummer und überlegte sich, was er sagen sollte, falls sie sich meldete.

Das Telefon läutete hartnäckig, dann knackte es in der Leitung, und eine weibliche Stimme sagte: »Hallo?«

»Entschuldigen Sie, dass ich so spät störe. Ist unter dieser Nummer auch Isama Nishikawa zu erreichen?«

»Worum geht es?«, fragte die Frau müde.

»Ich muss ihn warnen. Seien Sie so gut und geben Sie ihm …«

»Warnen wovor?«, unterbrach die Frau energisch.

»Ich kann darüber nur mit ihm selbst sprechen.«

»Isama ist seit Jahren tot. Wer sind Sie?«

Timo überlegte eine Sekunde. »Ist er 1989 gestorben? Plötzlich und unerwartet?«

»Was wollen Sie …«

»Wissen Sie, dass Ihr Mann ermordet wurde?«, fragte Timo. Er wusste selbst nicht, ob Isama Nishikawa tatsächlich umgebracht wurde, aber er betete innerlich, seine Behauptung würde die Frau bewegen, das Gespräch fortzusetzen.

Sie schwieg.

»Sind Sie noch da?«, versicherte sich Timo.

»Ich habe es gewusst«, sagte Sally Nishikawa leise. »Ich habe gewusst, dass sie ihn umgebracht haben. Es war kein Unfall. Ich habe es gewusst … aber niemand glaubt mir …«

»Ich bin Beamter der Sicherheitspolizei. Ich muss Sie warnen. Es besteht der starke Grund zur Annahme, dass auch Sie in Gefahr sind.«

Stille.

»Hören Sie?« Timo steckte eine weitere Münze in den Apparat.

»Ich höre.« Die Stimme der Frau klang ernst. »Was meinen Sie damit?«

»Ich komme morgen zu Ihnen und erkläre es Ihnen. Das hört sich jetzt komisch an, aber ich empfehle Ihnen, sicherheitshalber in ein Hotel zu gehen. Jetzt sofort. Die Sache ist ernst. Haben Sie verstanden?«

»Ich habe verstanden.«

Die Frau hatte tatsächlich verstanden, da gab es keinen Zweifel. Timo lief ein Schauer über den Rücken: Sally Nishikawa wusste, wovon er sprach.

»Aber ich möchte hören …«

»Ich werde es Ihnen morgen genau erzählen«, unterbrach Timo. »Ich rufe Sie morgen früh an, dann vereinbaren wir einen Treffpunkt. Wo sind Sie morgen?«

»An meinem Arbeitsplatz«, antwortete die Frau aufgebracht.

»Gehen Sie dort nicht weg. Und fahren Sie jetzt zu einem Hotel. Ich rufe Sie morgen früh wieder an.«

Mechanisch ging Timo von der Telefonzelle ins Stadtzentrum, von wo er am schnellsten zum Flughafen gelangen würde.

35

In Zeromskis Wohnung hatte Dick Novak die Sicherheitsvorkehrungen auf das Äußerste intensiviert. Unten auf der Straße hielten zwei Mann Wache, auf dem Dach stand ein dritter. Vom CIA-Stützpunkt in Warschau war Verstärkung unterwegs.

Novak hatte das Amulett, das genauso aussah wie das in Vaucher-Langstons Faust, in einen Beutel fallen lassen. Jetzt ging er mit seinen Kollegen systematisch Zeromskis Unterlagen durch. Es gab endlos viel Material, und nur einer von ihnen konnte Polnisch. Die Aufgabe war also praktisch hoffnungslos, aber es wurde gemacht, weil die Chinesen nach dem Zwischenfall nicht in der Wohnung gewesen sein konnten. Falls etwas Interessantes da war, würden sie es diesmal vor Peking in die Finger bekommen. Die polnische Polizei war ihnen nach wie vor gewogen. Es freute Novak, dass es auf der Welt noch Orte gab, wo Amerika kein Schimpfwort war.

Viele englischsprachige Briefe fanden sich bei Zeromski. Besonders ein Brief aus dem Jahr 1991 steigerte Novaks Zuversicht. Darin bedankte sich Professor Vaucher-Langston in vertraulichem Ton bei Zeromski für die Zusendung seines jüngsten Buches.

Die Männer kannten sich also.

Unverzüglich veranlasste Novak, dass eine Digitalaufnahme des Briefes an das Analyseteam in Washington weitergeleitet wurde. Endlich hatten sie etwas, das die Chinesen nicht hatten.

Die Leute, die Peking geschickt hatte, waren ziemlich professionell vorgegangen. Das bewies auch der kleine Mikrofonsender in der Deckenlampe. Aber was konnte man von einem Land, das jede zweite auf der Welt verkaufte Digitalkamera und jeden dritten Privat-PC herstellte, anderes als Effektivität erwarten? Von einem Land, das ein Viertel von jeder Tonne Eisen, die weltweit produziert wurde, schluckte und ein Viertel von allem Platin dazu.

Novak kannte die Macht und die strategische Bedeutung des Konkurrenten. China wollte zur führenden Supermacht werden, und es war keineswegs ausgeschlossen, dass dieser Traum Wirklichkeit wurde. Der explosionsartig ausgebrochene, wenn auch nicht gleichmäßig verteilte Wohlstand bildete ein Gegengewicht zu Chinas nationalistischen Interessen, aber das hieß nicht, dass China keine Bedrohung mehr für den Weltfrieden darstellte. Im Gegenteil.

Er ging das riesige Regal mit Zeromskis Ordnern durch. Polnische Texte nahm er gar nicht erst in die Hand, er suchte nach englischen Briefen, Quittungen, Aufzeichnungen. Die Luft in der Wohnung war stickig, und er war müde. Hin und wieder reichte er dem Kollegen, der Polnisch konnte, ein Blatt Papier und ließ sich den Text darauf übersetzen. Meistens genügten wenige Worte. Zeromskis Computer war von allen Kabeln befreit worden und stand zur Mitnahme bereit.

Sie warteten noch auf eine Mitteilung aus den Staaten. NSA durchforstete den Nachrichtenverkehr von Krakau und ganz Südpolen, der in den Speichern gigantischer Computer aufgezeichnet war. Niemand ging davon aus, die Gruppe aus Peking würde per Bleistift und Postkarte kommunizieren.

Perry, der Mann von DARPA, betrachtete nachdenklich den Maya-Kalender an der Wand und rückte sich die Brille auf der Nase zurecht. Novak ging zum Tisch und sah sich die Notizen an, die der ehemalige TERA-Mitarbeiter dort hatte liegen lassen. Der Finne hatte zielstrebig und ohne Zögern gehandelt. Er musste gestoppt oder wenigstens unter Kontrolle gebracht werden. Sie hatten versucht, den Aufenthaltsort seiner Frau ausfindig zu machen und waren überrascht gewesen: Soile Nortamo war Physikerin beim CERN. Das gab der Geschichte eine neue, bemerkenswerte Dimension, auch wenn das alles bloß Zufall sein konnte.

Dennoch hatte Novak beschlossen, auch im Hinblick auf die Frau aktiv zu werden. Nortamo war gewarnt worden, aber es gab keinen Hinweis darauf, dass der Mann die Warnung auch ernst nahm.

Die finnischen Notizen waren undeutlich. Und eine undeutliche Handschrift war unmöglich zu entziffern, wenn man die Sprache nicht konnte. Also musste das Gekritzel übersetzt werden. Aber dieser Prozess war umständlich und würde unweigerlich Zeit kosten, denn der Text musste in Bildform nach Langley zum Übersetzungsdienst der CIA geschickt werden.

Novak fuhr sich durchs Haar und sah sich die mit Spiegelstrichen versehenen, untereinander geschriebenen Wörter an. Das unterste Wort wirkte nicht finnisch.

Isa ... ma. Isama Nishi ... dann kam ein Buchstabe, der nicht zu deuten war. Schließlich folgte ziemlich klar ... *awa.*

»Wie sieht das in deinen Augen aus?«, wandte sich Novak an Perry und deutete auf die letzte Zeile des Notizzettels. »Ein japanischer Name?«

Perry warf einen Blick auf den Zettel. »Isama Nishikawa. Scheiße, Mann.«

»Was ist denn jetzt los?«

Perry marschierte zu seinem Laptop.

»Kennst du den Namen?«, fragte Novak. »Wer ist das?«

Perry antwortete nicht, sondern nahm Kontakt zu DARPA in Washington auf.

Doktor Brian Gilbert sah auf den Monitor, auf dem fortlaufende Zahlen mitteilten, dass die Elektronen 47000-mal pro Sekunde durch den sieben Kilometer langen Tunnel unter ihm rasten. Das war nahe an der Lichtgeschwindigkeit.

Die Teilchen wurden von Magneten beschleunigt, die zusammen mehr wogen als der Eiffelturm. Für den Prozess waren in manchen Momenten neun Trillionen Volt Strom nötig. Die Experimente, die am meisten Energie verbrauchten, wurden nachts durchgeführt, damit nicht kurz vor dem Mittagessen die Leistung der Elektroherde in den Privathaushalten der Stadt beeinträchtigt wurde. Als Resultat der Beschleunigung erhielt man Antiprotonen, deren Anzahl in großen Ziffern auf dem Monitor erschien.

Doktor Gilberts Arbeitsplatz, das *Fermi*-Laboratorium in Batavia, Illinois, gehörte zu den führenden Teilchenforschungsinstituten der Welt, und Gilbert war einer der erfahrendsten und geschätztesten Wissenschaftler dort. In Anbetracht seiner langen und weitläufigen Karriere hatte er allerdings außergewöhnlich wenige Veröffentlichungen nachzuweisen. Der größte Teil der Projekte, bei denen er mitgearbeitet hatte, wurde von verschiedenen Abteilungen der Regierung oder der Streitkräfte – speziell der Luftwaffe – der Vereinigten Staaten von Amerika finanziert.

Gilberts Telefon klingelte. Ohne den Blick vom Monitor zu nehmen, meldete er sich.

»Hier ist Jack. Kannst du einen Moment reden?«

»Nein. Ich rufe dich in einer Stunde zurück.«

»Es dauert nur ein paar Minuten.«

»Worum geht es?«

»Perry von DARPA ist bei den Seine-Ermittlungen auf den Namen Isama Nishikawa gestoßen und wollte überprüfen, ob da eine Verbindung zu Yoshima Nishikawa besteht. Dabei hat sich herausgestellt, dass Yoshima Isamas Vater ist.«

Doktor Gilbert löste den Blick vom Monitor und sprang auf. »Seid ihr sicher?«

»Ja. Wie klingt das?«

Gilbert stand einen Moment reglos da. »Schlecht«, sagte er ruhig. »Und vielversprechend.«

»Wir gehen der Sache mit Hilfe unseres Tokio-Stützpunkts an Nishikawas letztem Arbeitsplatz nach. Aber das kann schwierig werden.«

»Yoshima Nishikawa hat viel am CERN gearbeitet.«

»Wir haben dort eine Informationsquelle, die nach Material über Nishikawa sucht. Es ist außerdem noch ein besonderes Detail aufgetaucht ... Sagt dir der Name Soile Nortamo etwas? Sie ist Physikerin beim CERN.«

»Dort arbeiten 3000 Leute. Ich kann mich nicht erinnern, je auf den Namen gestoßen zu sein.«

Am dunklen Himmel dröhnten die Motoren einer Düsenmaschine. Kim Jørgensen stieg vor dem Terminal 2 des Krakauer Flughafens aus dem Wagen.

Leichter Wind wehte ihm durchs Haar. Er hatte aus Peking die Anweisung bekommen, mit seinem Team unverzüglich von Krakau nach Barcelona zu fliegen. Die schnellste Verbindung wäre ein Flug mit der letzten Maschine nach Warschau und von dort am nächsten Morgen weiter über Madrid gewesen, Ankunft in Barcelona 11.20 Uhr.

Aber das war zu spät, darum hatten sie einen Charterflug buchen müssen. Krakau war nicht London oder Paris, darum war das auf die Schnelle nicht ganz unproblematisch gewesen. Schließlich hatte es doch geklappt, und die Maschine der Fluggesellschaft *Lux Air* sollte innerhalb von zwei Stunden aus Warschau eintreffen. Einige Stunden nach Mitternacht würden sie bei Sally Nishikawa in Barcelona sein.

Peking klärte gerade ab, wer die anderen Teilnehmer des Marburger Latimeria-Kongresses gewesen waren, damit auch diese vernommen werden konnten.

Der Steinboden unter Sally Nishikawas nackten Füßen war kühl. Unruhig ging sie ins Wohnzimmer, nachdem sie in der Küche ein Glas Wasser getrunken hatte.

In der Wohnung war es still. Das ganze Haus schlief. Vor den Fenstern waren die Rolläden heruntergelassen, aber die wollte sie wegen des Lärms nicht hochziehen. Stattdessen machte sie vorsichtig die Balkontür auf und schaute hinunter. Die Straße war menschenleer. Von Collserola her strahlte der Wald warme

Feuchtigkeit aus. Am Himmel funkelten Sterne, und der Mond schien durch einen dünnen Wolkenschleier. Sally hätte gern am Meer gewohnt, aber das war unnötig teuer.

Sie ging wieder hinein und ließ sich nervös auf die Couch fallen, ohne zu wissen, was sie tun sollte. Sollte sie mitten in der Nacht aus ihrer eigenen Wohnung fliehen? Einerseits war der warnende Anruf natürlich vollkommen verrückt, andererseits auch wieder beängstigend logisch gewesen.

Sallys Blick suchte das Foto an der Wand, auf dem ein Japaner zwischen schäumenden Wellen in einem Kajak saß, mit einer orangen Schwimmweste, einem gelben Helm, mit leuchtend weißen Zähnen und Lachfalten in den Augenwinkeln.

Sie hätte Isama um Rat fragen mögen. Es kam ihr lächerlich vor, mitten in der Nacht in ein Hotel zu gehen, aber der Anrufer würde sie wohl kaum unnötig gewarnt haben.

Unruhig stand Sally auf, ging zum Aquarium und ließ etwas Futter hineinrieseln. Die Regale ringsum standen voller Ordner. Auf dem Schreibtisch brummte ein alter *Compaq*, auf dem ein orange-gelber Fisch als Bildschirmschoner schwamm.

Sally seufzte und traf ihre Entscheidung. Sie wusste nicht, ob es richtig oder falsch war, aber so würde sie es jetzt machen.

Das Mondlicht blitzte auf der Tragfläche des mit zivilen Kennzeichen ausgerüsteten *Gulfstream*-Learjets der US-Luftwaffe auf. Über der Wolkendecke, in 8700 Meter Höhe, überquerte die Maschine auf dem Weg von Krakau nach Barcelona die Alpen.

Dick Novak saß neben Perry und Baumgarten in der engen Passagierkabine auf einem Ledersitz und sah sich den Text an, der per Satellit in seinem Laptop eingegangen war. Zeromski lag auf der Intensivstation, wahrscheinlich würde man tagelang nicht mit ihm reden können.

Nachdem sie den Nishikawa-Hinweis und die Notizen von Nortamo zur Analyse in die Staaten geschickt hatten, war fast umgehend der Befehl gekommen, nach Barcelona zu fliegen.

Novak warf sich eine Tablette gegen Sodbrennen in den Mund und ging die Kommentare des Analyseteams durch: »*Heiße Spur. Der auf Latimeria spezialisierte Biologe Isama Nishikawa starb im März 1989; sein Vater, der Teilchenphysiker (!) Yoshima Nishikawa, starb nur wenige Tage später (!) bei einem Autounfall in der Nähe von Genf.*

Isama Nishikawas südafrikanische Witwe Sally Nishikawa, ebenfalls Biologin, arbeitet am Institut de Ciències del Mar *in Barcelona …*«

Novak befürchtete, zu spät zu kommen. MilCorp war in Spanien nicht vertreten, aber in Barcelona hielten sich gerade zwei Mann von der CIA wegen Ermittlungen im Zusammenhang mit al-Qaida auf.

»Wir arbeiten bei DARPA an der Entwicklung menschenähnlicher Kampfeinheiten. So etwas hätten wir in Krakau gebraucht«, sagte Perry und schob sich die Brille näher an die Augen. »Der Kampfroboter ist eines unserer umfangreichsten Projekte. Was natürlich gut zur Speerspitzenforschung der Verteidigungsbehörde passt.«

»Reine Geldverschwendung«, stellte Colin Baumgarten fest, drückte seinen großen Körper gegen die Rückenlehne und kippte sie so weit wie möglich nach hinten.

»Ist es nicht eher Geldverschwendung, wenn Menschen, die eine teure Schule besucht und eine teure Ausbildung absolviert haben, an der Front fallen?«

»Die Leute, die das Projekt bei euch in Auftrag gegeben haben, machen sich keine Sorgen wegen gefallener Soldaten, sondern wegen der Bilder, die in den Medien von den Todesopfern zu sehen sind und die der Regierung die Kriegsführung schwer machen. Je weniger eigene Opfer, umso akzeptabler der Krieg.«

»Was hat es für einen Sinn, auch nur zu versuchen, die Roboter menschenähnlich zu machen?«, wollte Novak wissen. Seine vernarbte Haut glänzte, und die Müdigkeit machte ihn unruhig.

»Eine Einheit in Menschengestalt lässt sich in Städten, U-Bahn-Stationen und Häusern gut navigieren, weil diese alle für Menschen geplant worden sind. Ein Roboter kann leicht einen Knopf drücken oder eine Tür aufmachen. Und bei Bedarf kann man ihn als Mensch verkleiden.«

»Und dieser Roboter könnte dann einen Feind von einem Pepsi-Automaten unterscheiden?«

»Schon jetzt können Algorithmen künstlicher Intelligenz verschiedene Panzer oder auch Gesichter unterscheiden.«

Novak seufzte. Perrys Technikgläubigkeit fand er bemitleidenswert bis Furcht erregend. »Würdest du dich auf einen Roboter verlassen, der sofort außer Gefecht gesetzt ist, wenn nur ein kleines Kabel abreißt?«

»Dick, du verlässt dich doch selbst gerade darauf, dass diese Maschine in der Luft bleibt, obwohl sie kilometerweise Kabel enthält. Solche Kabel und Programmcodereihen bestimmen heute unser Leben. Ihnen ist die Stromversorgung von Millionenstädten anvertraut, aber auch startbereite Atomwaffen. In Russland sind übrigens noch immer die Koordinaten amerikanischer Großstädte in die Navigationssysteme der Atomraketen eingegeben.«

Novak antwortete nicht, denn Perry hatte Recht. Die Abhängigkeit von der Technik ging viel zu weit. Er sah auf die Wolkenwatte, die unter ihm weiß im Mondschein leuchtete, und nahm den Stadtplan von Barcelona zur Hand. Sally Nishikawa wohnte im Norden der Stadt, in Sant Gervas.

In Südfinnland verdeckte eine dicke Wolkenschicht den Mond. Asko Lahdensuo saß im Trenchcoat in seinem E-Klasse-Mercedes und fuhr eine kleine Nebenstraße entlang. Die Scheinwerfer leckten über die Stämme der kahlen Birken. Er hasste es, so viel Bargeld durch die Gegend zu chauffieren, obwohl er das als Geschäftsmann gewohnt war.

Er kümmerte sich um die wichtigen Geldangelegenheiten seiner Firma nach wie vor selbst, weshalb sich in der Bank niemand gewundert hatte, als er gekommen war, um eine größere Summe abzuheben. Der Firma ging es gut. Die Ventilblöcke zum Beispiel, die man bei der Ölförderung brauchte, verkauften sich wie Eis im Hochsommer.

Nervös fuhr sich Lahdensuo über die Stirn und reduzierte die Geschwindigkeit. Der dunkle Wald wirkte bedrohlich. Seit der Paris-Reise, die mit der Katastrophe auf dem Pont Marie geendet hatte, war er so angespannt, dass sich sogar seine Frau darüber wunderte.

Es war Ironie des Schicksals, dass er in seinem Leben immer das Abenteuer gesucht und in gewissem Maße auch gefunden hatte – indem er mit einer deutschen Firma zusammen das Exportverbot nach Libyen umgangen hatte, durch einen Besuch bei seinem alten Repräsentanten in Bagdad kurz nach Beginn der Besetzung, indem er für Verhandlungen in Baku zwei Leibwächter von einer Moskauer Sicherheitsfirma engagiert hatte –, aber jetzt, da er *echte* Spannung aushalten musste, und auch noch auf heimischem Boden, war ihm das schlicht und einfach unangenehm.

Er hielt vor einem Kiosk aus Brettern an, der vor langem schon aufgegeben worden war. Die Fenster waren mit Spanplatten vernagelt, darauf klebte Reklame für eine Tanzveranstaltung. Wäre alles gut gegangen, hätten sie jetzt KGB-Material in den Händen, das die amtierende Präsidentin vor Gericht bringen oder wenigstens ihre Wiederwahl verhindern würde.

Aber alles war schief gelaufen. Jetzt lebte er in der ständigen Angst, die Sicherheitspolizei könnte vor seiner Tür stehen. Und dann stünden auch die Karriere seines Bruders als Journalist und natürlich Marjattas politische Laufbahn auf der Kippe.

Wenn aber etwas Schwerwiegendes gegen ihn vorläge, hätte die Polizei schon gehandelt. Oder worauf wartete der Idiot, der in dem Restaurant ausgerastet war? Was hatte dessen Geschäftsangebot zu bedeuten? Der bloße Aufenthalt in Paris, selbst auf einer bestimmten Brücke, war ja nichts Unrechtmäßiges.

Falls aber Tanja in Paris trotz aller Verbote etwas bei sich gehabt hatte, das auf ihn, Asko Lahdensuo, hindeutete – und wenn es nur eine Telefonnummer im Handy oder auf einem Zettel war –, wäre die Polizei sicherlich längst bei ihm gewesen. Oder war die internationale Zusammenarbeit der Polizei so zäh? Wie lange dauerte es, bis die finnischen Behörden von den französischen um Amtshilfe gebeten wurden?

Asko konnte noch immer nicht begreifen, was auf dem Pont Marie passiert war. Er hatte mit Tanja ein Treffen in einem Café auf der Île Saint-Louis vereinbart, und dann war er auf dem Weg dorthin mitten auf der Brücke Zeuge eines Mordes geworden. Er verstand, dass Tanja versucht hatte, die Diskette zu retten, die dieser zufällige Taschendieb in den Fluss geworfen hatte, aber wer hatte Tanja umgebracht?

Asko ließ den Motor laufen und tastete nach dem dicken Briefumschlag in seiner Tasche. Die 500-Euro-Scheine nahmen nicht viel Platz weg. Er war nicht dazu gekommen, Tanja für die Diskette Geld zu geben – er hatte ja nicht einmal die Diskette bekommen, aber er war sicher gewesen, dass der Zahltag trotzdem irgendwann kommen würde.

Mit einem metallischen Geschmack im Mund sah er in die Dunkelheit. Hinter dem Kiosk trat eine Gestalt hervor, die er kannte. Mit energischen Schritten kam sie auf den Wagen zu. Asko machte die Tür auf, und die Frau setzte sich auf den Beifahrersitz.

»Du bist spät«, sagte Heli Larva unfreundlich.

DRITTER TEIL

36

Heli Larva streckte die Hand aus und sagte zu Lahdensuo: »Das Geld.«

»Du wirst sicher verstehen, dass der Preis für die *Original*-Diskette gedacht ist. Nur die hätte Beweiskraft. Eine Kopie nützt gar nichts.«

»Versuchst du es immer noch?«, entgegnete Heli leise und nahm das Telefon aus der Tasche. Sie hatte Arkadis Nummer bereits gewählt, sie bräuchte nur noch eine einzige Taste zu drücken.

»Steck das Telefon weg!«, sagte Lahdensuo scharf und zog seinerseits einen Briefumschlag aus der Tasche. »Heli, lass uns das vernünftig durchziehen ...«

»Dann fang nicht an zu feilschen. Weißt du, da sitzt jemand hundert Meter von hier im Auto und wartet auf meinen Anruf.«

Heli hatte den Treffpunkt sorgfältig ausgewählt. Er lag östlich von Loviisa, abgelegen zwischen Keitala und Björkböle.

Lahdensuo warf ihr das Kuvert hin. »Ich weiß nicht, wem dein Russe sonst noch etwas verkauft, angeboten oder über die Diskette gesagt hat, aber dieser Jemand hat in Paris zu ziemlich groben Maßnahmen gegriffen, um sie in seinen Besitz zu bekommen.«

»Was meinst du damit?«

»Nichts. Mach schnell jetzt.«

Heli öffnete den Umschlag und prüfte die Geldbündel darin. Bei Lahdensuo musste man immer auf der Hut sein. Schon vor zwanzig Jahren an der TH war er der Junge mit der härtesten

Schale gewesen. Kein Wunder, dass er in die freie Wirtschaft gegangen war.

Sie zog den Plastikbeutel hervor, den Arkadi ihr gegeben hatte. Er enthielt eine gewöhnliche, mit Etikett versehene Diskette, eine Kopie des ursprünglichen KGB-Datenträgers. Sie reichte sie Lahdensuo.

»Halte sie in Ehren«, sagte sie.

Lahdensuo nahm die Diskette, und Heli machte die Tür auf.

»Heli ... Sei vorsichtig mit deinem Russen. Ich habe Erfahrungen mit ihm gemacht, geschäftlich.«

»Ich traue ihm mehr als dir«, entgegnete sie und schlug die Tür zu.

Sofort startete Lahdensuo seinen Wagen und wendete mit quietschenden Reifen.

Heli ging die Straße entlang. Lahdensuos Auto fuhr in der Dunkelheit davon. Hätte er gewusst, dass Sicherheitspolizei und die Nationalkripo KRP sie als Tatverdächtige des Attentats von Olkiluoto observierten, hätte sich Lahdensuo nicht mal auf zehn Kilometer an sie herangetraut.

Hinter der Kurve war Arkadis Auto zu sehen. Larva spürte den dicken Stoß Geldscheine in ihrer Jacke. Lahdensuos Warnung klang in ihrem Kopf nach, aber sie hatte wirklich Vertrauen in Arkadi. Er erinnerte sie an seinen Bruder Stepan. Larva hatte ihn nicht vergessen, obwohl sie ihn nur zweimal gesehen hatte, und das vor langer Zeit.

Arkadi ließ den Wagen an, als Heli die Tür öffnete.

»Probleme?«, fragte er. Er trug eine elegante Wildlederjacke über dem Hemd.

»Nein. Was ist in Paris passiert?«

Arkadi warf einen Blick auf sie und starrte dann in die Dunkelheit hinaus. »Ich habe es dir schon erzählt. Die Übergabe der Diskette scheiterte.«

»Auf welche Weise?«

»Ich will nicht darüber reden«, entgegnete Arkadi ausdruckslos. »Gib mir das Geld.«

»Wem hast du das Material sonst noch angeboten?«

»Frag nicht, sondern gibt mir das Geld!«

Heli zählte ihm die Bündel in die Hand. Es waren 35 Stück, jedes enthielt zwanzig 500-Euro-Scheine, zusammen 350000 Euro. In Larvas Umschlag blieben fünfzehn Bündel zurück: 150000 Euro.

Wenn sie das Haus übernehmen wollte, brauchte sie 155000. Diesem Betrag hatte Arkadi aber nicht zugestimmt.

Arkadi schob das Geld, ohne nachzuzählen, in die Innentasche seiner Jacke und fuhr los.

»Wer sonst kennt den Inhalt der Diskette?«, fragte Heli erneut.

»Du hast deinen Anteil bekommen, zerbrich dir nicht den Kopf über andere Dinge.«

Heli schwieg. Vor der Kreuzung verringerte Arkadi die Geschwindigkeit. Die Scheinwerfer des Audi fielen auf ein Fahrrad, das an einem Kiefernstamm lehnte.

»Du hast jetzt Geld«, sagte Arkadi ein wenig entspannter als zuvor. Er hielt neben Helis Rad an. »Geh zum Händler und kauf dir ein Auto!«

»Ich hab dir doch gesagt, wo das Geld hingeht. Und ich bin der letzte Mensch, der sich ein Auto kauft«, lächelte Heli befreit.

Plötzlich schob Arkadi seine Hand auf eine Weise in seine Jacke, dass Heli das Herz stehen blieb.

Dann nahm er ein Geldbündel heraus, zählte davon zehn Fünfhunderter ab und reichte sie ihr. »Denk mal an mich, wenn du als alte Oma in deinem eigenen Häuschen sitzt.«

Jetzt kehrte das Lächeln auf Heli Larvas Lippen zurück.

Timo schluckte angestrengt, um die Ohren aufzubekommen, die beim Start zugegangen waren. Die Kabine war halb leer, und neben ihm saß niemand. Der *LOT*-Flug von Krakau nach Warschau dauerte fünfzig Minuten. Er würde auf dem Flughafen oder in einem Airport-Hotel übernachten, bevor er die Morgenmaschine nach Barcelona nahm.

Sein Blick irrte über das Sternenmeer vor dem Fenster der Boeing. Hartnäckig kreisten Zeromskis Worte und die Zielstrebigkeit der Verfolger in seinem Kopf. Noch vor einer Woche hätten ihn Zeromskis Behauptungen eher amüsiert. Nach den Ereignissen in Krakau war er gezwungen, sie aus ganz neuem Blickwinkel zu betrachten.

Die Behauptungen teilten sich auf in zwei Theorien: eine über eine frühe, untergegangene Zivilisation und eine darüber, wie sie entstanden war. War die Menschheit oder eine andere Population, die auf der Erde gelebt hatte, schon vor unserer Zivilisation zu bedeutenden technologischen Erfindungen fähig gewesen? Konnte es sein, dass man die Auffassung von der Erde als einziger Wiege intelligenten Lebens im Universum eines Tages ebenso belächelte wie die mittelalterliche Vorstellung von der Erde als Zentrum des Sonnensystems?

Der Mensch wollte sich für einzigartig und besonders halten. Die Unwissenheit, ob es anderswo Leben gab, war gleichbedeutend mit dem Fehlen eines sicheren Fundaments im menschlichen Weltbild. In dem Moment, in dem man einen konkreten Beweis für weiteres Leben im Universum entdeckte, würde sich die Haltung des Menschen gegenüber dem Planeten, dem ganzen Universum, aber auch gegenüber sich selbst ändern.

War es denkbar, dass das grenzenlose Interesse der Amerikaner und Chinesen damit zu tun hatte: mit einem Beweis für außerirdisches Leben? Seinem Entdecker würde ein solcher Beweis natürlich unwahrscheinliche Publicity und einen besonderen Platz in der Geschichte der Menschheit eintragen. Womöglich noch mehr, je nachdem, um welch einen Beweis es sich handelte: um ein Funksignal aus dem Weltraum, um ein Bild, das ein Lotgerät geschickt hatte und auf dem die Ruinen einer Zivilisation auf irgendeinem Planeten zu erkennen waren, oder um einen Gegenstand, der auf der Erde gefunden wurde, ein winziges technisches Gerät vielleicht, dessen Herstellung mit der augenblicklichen Technik gar nicht möglich wäre.

Und der Längenkreis und die mittelalterlichen Karten? Laut Vaucher-Langston war deren Erstellung für den Wissensstand der damaligen Zeit völlig unmöglich gewesen ...

Plötzlich kam Timo ein unangenehmer Gedanke. Soile hatte Aaro einmal erklärt, wie ein Lotgerät auf andere Planeten geschickt wurde. Alle seine Teile wurden chemisch sterilisiert, mit Wärmebehandlung, durch Oxydation oder UV-Bestrahlung, damit keine irdischen Bakterien daran haften blieben. Was aber, wenn nun auf der Erde etwas gefunden würde, was Besucher zurückgelassen hatten? Könnte sich dadurch im schlimmsten Fall ein Virus oder ein Bakterium verbreiten, das die gesamte Menschheit vernichtete?

Gleichmäßig dröhnend flog die Maschine voran. Timo suchte nach einer besseren Sitzposition. Er stellte fest, dass er gedanklich gerade in eine Sphäre hineingeraten war, die er immer für blanken Unsinn gehalten hatte, in ein Labyrinth aus geklauten Ufo-Berichten, geheimen Gipfeltreffen und namenlosen Offizieren und Geheimdienstbeamten. Aber in Roswell war 1947 kein Raumfahrzeug von einem fernen Planeten gelandet, sondern ein geheimer Aufklärungsballon der Amerikaner, mit dem versucht worden war, die Druckwellen der von den Russen in der Atmosphäre durchgeführten Atomversuche zu messen. Vielleicht handelte es sich auch jetzt um ein Missverständnis oder einen Irrtum ähnlicher Art.

Etwas ließ Timo dennoch keine Ruhe. Wie wahrscheinlich ist es, dass es im Weltall intelligentes Leben gibt, hatte Aaro gefragt, als Soile das SETI-Programm auf seinen Computer herunterlud. Natürlich gab es dort intelligentes Leben, hatte Soile geantwortet. Kaum ein ernst zu nehmender Astronom würde das bestreiten. Allein in unserer Galaxie gäbe es über eine Milliarde Planeten, auf denen Leben existieren könnte, hatte Soile erklärt, und Aaro hatte ihr mit großen Augen zugehört. Vorsichtig geschätzt könnte sich auf ungefähr einer Million von ihnen sogar Leben entwickelt haben. Und noch vorsichtiger geschätzt wäre man bei etwa tausend Planeten schon auf der Stufe intelligenten Lebens.

Tausend Zivilisationen innerhalb der Milchstraße waren laut Soile ein sehr realistischer Wert.

Aber hätte der Bewohner eines fremden Planeten vor Millionen Jahren die Erde besuchen können? Konnte es sein, dass die Geschichte der Menschheit tatsächlich große Lücken aufwies, die zu akzeptieren der etablierten Geschichtswissenschaft schwer fiel?

Timo schaltete die Leselampe an und nahm die Unterlagen zur Hand, die er sich in dem Krakauer Internet-Café ausgedruckt hatte. Über Sally Nishikawa, die mittlerweile am *Institut de Ciències del Mar* arbeitete, hatte er reichlich Informationen finden können. Das *ICM* in Barcelona erforschte das Meer und dessen Bewohner mit allen zur Verfügung stehenden technischen und naturwissenschaftlichen Mitteln. Es war eines der führenden Meeresforschungszentren des Mittelmeerraums.

Sally Nishikawa arbeitete in einem Team von Bioinformatikern, sie selbst hatte sich auf den Quastenflosser spezialisiert. Mit ihrem Mann hatte sie ein Forschungsprojekt von der Rhodes-Universität in Südafrika mitgebracht. Sie hatten weltweit als Erste ein Genforschungsprogramm für den Quastenflosser gestartet. Isama Nishikawa hatte zu den zentralen Initiatoren des Projekts gehört. In Japan war die Latimeria-Forschung Anfang der achtziger Jahre gelandet, als eine Gruppe japanischer Wissenschaftler unter dem Namen *JASEC (Japanese Scientific Expedition on the Coelcanth)* die Komoren besucht hatte, um Latimeria-Untersuchungen durchzuführen.

Timo starrte unverwandt auf das Blatt Papier. Die Verlagerung des Schwerpunktes von den Unendlichkeiten des Universums in das Innere der Zellen war verwirrend. Was er über die DNS, Genkarten und die sonstige moderne Biologie wusste, stammte aus Zeitungsartikeln, die ihm zufällig untergekommen waren – oder von Soiles Erläuterungen für Aaro, denen er mit halbem Ohr zugehört hatte. Das war allerdings effektiv gewesen. Selbst Timo verstand naturwissenschaftliche und technische Dinge, wenn Soile sie ihm auseinander setzte.

Leider hatte er über den Marburger Latimeria-Kongress im Netz nichts finden können. Hatte Vaucher-Langston darauf hinweisen wollen, als er bei seinem Tod den Schlüsselanhänger umklammert hielt – dass seine Ermordung mit einem fünfzehn Jahre zuvor abgehaltenen Kongress zu tun hatte? Mit den Mysterien, über die er sich mit Zeromski ausgetauscht hatte?

Eine Turbulenz erschütterte die Maschine, und Timo legte die Papiere weg.

37

Heli Larva schaute durch den Vorhangspalt nach draußen ins Dunkel, obwohl sie nicht glaubte, dass die Polizei ihr wegen Olkiluoto zu Leibe rücken würde. Dann sah sie sich im Wohnzimmer nach einem Versteck für den dicken Umschlag mit den Banknoten um.

Schließlich machte sie in einem Karton Platz, der die gesamte Geschichte des Widerstands gegen die finnische Atomenergie enthielt: Finnischer Naturschutzverband, Verein Alternativen zur Kernenergie, Energiekomitee der Bürgerinitiativen, Frauen gegen Atomkraft, Atomsperre 35, Greenpeace.

Wie sollte sie dem Finanzamt die plötzliche Herkunft der Summe für den Kauf des Hauses erklären? Konnte sie bei einem der Lotto- oder Wettanbieter im Ausland gewonnen haben, von denen ständig in den Spam-Mails die Rede war?

Unter Mappen und Heftern lagen in dem Karton Briefkuverts voller Fotokopien und Zeitungsausschnitte, die sie für das Schreiben ihrer Texte verwendet hatte. Damals hatte es noch kein Internet gegeben, Mitstreiter in Deutschland oder England hatten mit großem Aufwand viele Kopien in Universitätsbibliotheken und Technischen Hochschulen machen müssen.

Jeder Umschlag war mit einem kurzen Kommentar zum Inhalt versehen. Sie nahm ein großes braunes Kuvert, auf dem DIE ANFANGSJAHRE stand, und zog einen Stoß Papier heraus. Ganz oben lag der Nullpunkt des Atomzeitalters: der 6. August 1945, 8.15 Uhr, Hiroshima. Mit diesem Augenblick hatte der Siegeszug der Atomenergie begonnen. Das Wunder des Atoms war in der praktischen Anwendung demonstriert worden.

Heli schob das Geld tief in den Umschlag hinein und legte einige Kopien darüber. Ihr Blick fiel auf eine Meldung aus dem Jahr 1954: »*Am 1. März entglitt die amerikanische Atombombe den Händen der Wissenschaftler, denn niemand hatte mit derart gewaltigen Folgen gerechnet. Den Angaben zufolge entsprach die Sprengkraft der Bombe zwölf Millionen Tonnen Dynamit, das ist mehr, als während des gesamten Zweiten Weltkriegs auf Deutschland abgeworfen wurde. Die Bombe hat bereits die Grenzen der Sicherheitsabkommen überschritten, und nicht nur die japanischen Fischer und zweihundert Inselbewohner im Stillen Ozean sind wegen der Folgen radioaktiver Strahlung medizinisch versorgt worden. Auch neunundzwanzig amerikanische Wissenschaftler mussten sich in ärztliche Behandlung begeben. Der ›Manchester Guardian‹ stellt nicht umsonst die Frage: ›Wissen die Wissenschaftler eigentlich selbst noch, was sie tun und welchen Nutzen eine solche Schreckenswaffe für die Menschheit hat?‹*«

Die Meldung auf der nächsten Kopie war drei Wochen später erschienen: »*VERNICHTUNGSEFFEKT VON WASSERSTOFFBOMBE ANLASS ZUM ENTSETZEN. Die jüngsten Erfolge amerikanischer Wissenschaftler bei der Entwicklung der Wasserstoffbombe haben nun auch in den westlichen Ländern für Entsetzen gesorgt. Die Wissenschaftler wissen nicht, wie groß das verstrahlte Gebiet sein wird, wenn im April eine Wasserstoffbombe, die viermal stärker ist als die bislang bekannte, gezündet wird. Die Sprengkraft wird das 2 000fache der Atombombe von Hiroshima betragen. In London heißt es dazu, die Wissenschaftler bewegten sich nun auf vollkommen unbekanntem Terrain …*«

Hier lag für Heli der Kern des Problems, das größte Risiko für die gesamte Menschheit: Wissenschaftler auf unbekanntem Terrain. Ob es sich um Atomkraft oder Genmanipulation handelte, immer fanden sich Forscher, deren Ehrgeiz sich mit der Bereitschaft verband, das Geld dort zu nehmen, wo sie es herbekamen.

Heli schob weitere Bündel in den Umschlag und legte ihn zu den anderen Kuverts zurück. Ein Gedanke ließ ihr keine Ruhe. Das Geld dort nehmen, wo man es herbekam ... War sie denn besser? Wenn sie da, wo es um das Haus ging, bereit war, die Moral zu dehnen, wäre sie dann auch als Wissenschaftlerin genauso wie die anderen?

Sie stand auf. Begann ihr Gewissen endlich wieder zu funktionieren?

Der aus Boston stammende CIA-Beamte Brad Adler machte in der De-Valldonzella-Straße im Stadtteil Sant Gervas in Barcelona die Tür seines Wagens zu. Der Mann mit dem Bürstenschnitt und dem fliehenden Kinn hatte schwarze Ringe unter den Augen und eine schlechte Haltung. Mitten im dringend nötigen Schlaf war der Befehl gekommen, hierher zu fahren. Sally Nishikawas Adresse stand auf seinem Computerausdruck.

Adler war zurzeit mit einem Kollegen in Barcelona, um in Zusammenarbeit mit dem spanischen Geheimdienst einer Gruppe auf die Spur zu kommen, die unter dem Verdacht stand, eine al-Qaida-Zelle zu sein. Für drei Wochen hatten die beiden CIA-Beamten in Pedralbes ein Haus gemietet.

»Das dort drüben muss es sein«, sagte Adlers breitschultriger Kollege Jeff auf der anderen Wagenseite.

Adler gähnte schwer und nickte. Der Befehl aus Langley war vor einer halben Stunde gekommen und hatte eine hohe Dringlichkeitsstufe. Seltsam war allerdings, dass dieser Befehl nichts mit al-Qaida zu tun hatte.

Der Name Sally Nishikawa sagte Adler gar nichts. Es war aber auch nicht das erste Mal, dass er einen Job blind zu erledigen hatte.

Sie näherten sich dem vierstöckigen Haus aus den sechziger Jahren, dessen üppiger Vorgarten von einer Kugellampe aus Milchglas erleuchtet war. Vor den Risiken, die mit dem Auftrag verbunden waren, hatte man sie gewarnt, und sie waren beauftragt worden, bewaffnet vorzugehen. Die Nacht war warm und windstill, andere Menschen waren nirgendwo zu sehen.

Jørgensen behielt die Treppe im Auge, während Heinz das Türschloss der Wohnung von Sally Nishikawa mit dem Dietrich öffnete. Es war 4.40 Uhr. Das einzige Geräusch im Treppenhaus war das Knacken der Zeitschaltuhr für die Deckenbeleuchtung.

Auf einmal hob Jørgensen die Hand. Die Haustür unten ging auf. Jemand kam ins Treppenhaus. Heinz zog sich von der Wohnungstür zurück und folgte Jørgensen auf der Treppe nach oben. Das Licht ging aus, aber jemand schaltete es unten wieder an.

»Es ist offen«, flüsterte Heinz direkt in Jørgensens Ohr.

Adler registrierte sofort, dass im Treppenhaus das Licht brannte. Jemand war kurz zuvor hier gewesen, obwohl es erst kurz vor fünf war.

Er blickte auf die Reihe der Briefkästen in der Eingangshalle und sah auf einem denselben Namen wie auf dem Schild neben der Haustür: NISHIKAWA.

Vorsichtig ging Adler die Treppe hinauf, eine Hand auf der Pistole unter dem Jackenschoß. Während des letzten Jahres hatte er die Waffe öfter gebraucht als in seiner gesamten vorigen Laufbahn. In Manchester, Lille, Grenoble oder Madrid konnte man heutzutage in heißere Situationen geraten als früher in Beirut, Tripolis oder Bagdad.

Vor Nishikawas Tür blieb er stehen. Jeff sicherte ein Stockwerk tiefer ab.

Die eine Hand noch immer auf dem Holster, griff Adler nach der Türklinke. Die Tür war offen.

Jeff kam hinter ihm die Treppe herauf. Beim Öffnen der Tür wusste Adler, dass er die Sicherheitsvorschriften missachtete, die er beim Eindringen in eine Wohnung zu befolgen hatte. Aber die Wohnung einer japanischen Biologin kam ihm im Vergleich zu einem al-Qaida-Unterschlupf wie ein Kindergarten vor.

Im Flur zog Adler eine starke, fingerdicke Faserlampe aus der Jackentasche und nahm die Pistole in die Hand. Jeff kam herein und schloss die Tür hinter sich.

Adler richtete den Lichtkegel in die einzelnen Räume. Das Schlafzimmer war leer, ebenso das Gästezimmer und das Bad.

Er ging ins Schlafzimmer zurück, wo sich Jeff bereits umsah. Das Bett war benutzt. Hier hatte jemand geschlafen.

Adler ging noch einmal ins Bad. Er strich sich über sein kaum vorhandenes Kinn. Der Zahnbecher stand auf der Glasablage, aber die Bürste fehlte. In der Toilette waren Urin und ein Stück Papier. Hatte die Bewohnerin nicht gespült, um in der Nacht die Nachbarn nicht zu stören?

Jørgensen blickte von oben auf den Treppenabsatz vor Nishikawas Wohnung und analysierte die Lage. Wie hatten es die Amis angestellt, so früh hier zu sein?

Es war am besten, aus dieser Sackgasse zu verschwinden. Das Licht im Treppenhaus würde gleich wieder ausgehen. Er gab Heinz ein Zeichen, damit er ihm den Rücken freihielt.

Mit elastischen, schnellen Schritten lief Jørgensen die Treppe hinunter. Vor Nishikawas Tür hörte er genau hin, aber es drang kein Geräusch heraus. Nach den Erfahrungen von Krakau zog er das bewaffnete Eindringen in die Wohnung nicht einmal in Erwägung, das Risiko wäre einfach viel zu groß gewesen. Er eilte weiter nach unten und wartete vor der Haustür auf Heinz, der zehn Sekunden später herausschlüpfte.

Wenn sich die Frau in der Wohnung aufhielt, was wahrscheinlich war, würden die Amerikaner sie bald zu ihrem Auto bringen. Und dann würden er und Heinz gleich im Freien zuschlagen. Denn später wäre es schwieriger.

Adler sah sich in Nishikawas Küche um. Auf der Spüle standen ein benutztes Saftglas und ein Teller mit Brotkrümeln. Das übrige Geschirr stand gespült in den Schränken. Im Kühlschrank waren eine Schüssel mit einem Reisgericht, abgedeckt mit Frischhaltefolie, und eine angebrochene Dose Tomatensauce.

War Nishikawa verreist? Ihre Wohnung wirkte ausgesprochen sauber. Aber das konnte auch einfach ein Hinweis darauf sein, dass sie ein ordentlicher Mensch war.

»Der Computer auf Stand-by«, rief Jeff aus dem Arbeitszimmer.

Adler trat an das Gerät und aktivierte es. Er überprüfte, was damit zuletzt gemacht worden war. Und wann. Das letzte Dokument war mit dem Textverarbeitungsprogramm um 1.42 Uhr gespeichert worden, vor ungefähr drei Stunden.

Adlers Bewegungen wurden schneller. Er kontrollierte, ob die Uhr auf der Menüleiste richtig ging. Bei dem Dokument handelte es sich um einen wissenschaftlichen Text, von dem er kein Wort verstand.

»Vor drei Stunden war die Frau noch hier«, sagte Adler. Er öffnete Nishikawas Internetbrowser und sah nach, auf welchen Seiten sie zuletzt gewesen war. Unter der Rubrik »Heute« standen zwei Adressen. Nishikawa hatte nach Mitternacht nur zwei Seiten aufgerufen: das Hotelverzeichnis der Stadt Barcelona und die Homepage des Hotels *Oliva*.

Adler notierte sich Adresse und Telefonnummer des Hotels im nahe gelegenen Stadtteil Gràcia.

Von der anderen Straßenseite aus beobachtete Jørgensen, wie zwei Männer das Haus, in dem Nishikawa wohnte, verließen. Der eine trug einen Bürstenschnitt, der andere war breitschultrig, und sie gingen zu einem *Seat*, den sie einige hundert Meter weiter geparkt hatten. Die Wohnung musste leer gewesen sein – oder hatten die Amerikaner Sally Nishikawa bereits eliminiert? Das erschien ihm unwahrscheinlich.

»Geh hinein«, flüsterte er Heinz zu. »Ich folge den Amis. Gib mir Bescheid, wie die Lage in der Wohnung ist.«

Während Heinz auf das Haus zuging, begab sich Jørgensen zu ihrem Mietwagen.

Er fuhr hinter den Amerikanern her nach Osten, in Richtung Gràcia. Die Nacht hatte ihre stillsten Stunden erreicht.

Als Jørgensen auf der Höhe des Libertate-Platzes war, rief Heinz an.

»Die Wohnung ist leer«, sagte Heinz leise ins Telefon. »Es sieht so aus, als wäre die Eigentümerin ganz plötzlich aufgebrochen. Jedenfalls hat sie keine besonderen Reisevorbereitungen getroffen.«

Die Amerikaner hielten vor dem großen, billig wirkenden Hotel *Oliva* an. Das konnte kaum Nishikawas Quartier sein. Einer der Männer telefonierte ununterbrochen.

»Komm in die Carrer del Palau, zum Hotel *Oliva*«, sagte Jørgensen. »Ich werde auch Carla bitten, herzukommen.«

Die Amerikaner stiegen aus dem Wagen und gingen zielstrebig auf den Hoteleingang zu. Sie betätigten die Nachtglocke und wurden nach wenigen Sekunden eingelassen.

Adler drückte den Rücken durch und blickte fordernd und selbstsicher zum Nachtportier des Hotels *Oliva*, einem älteren, welken Mann, der versuchte, wie ein Herzensbrecher aus einem Hollywoodfilm der fünfziger Jahre auszusehen. Es war 5.20 Uhr.

»Wir haben eine wichtige persönliche Nachricht für einen Ihrer Gäste, Frau Nishikawa«, sagte Adler, ohne mit der Wimper zu zucken. Der Portier fuhr sich widerwillig über seinen schmalen, getrimmten Schnurrbart, aber Adler fuhr fort: »Sie ist erst spät heute Nacht eingetroffen.«

Der Mann nickte. »Ich kann sie anrufen und ...«

»Wir müssen persönlich mit ihr sprechen. Es handelt sich um eine Trauernachricht. Wie ist ihre Zimmernummer?«

Der Ton des Hotelangestellten änderte sich im Nu. Mit steifen, ungeübten Fingern tippte er etwas in den Computer. »404. Sagen Sie mir, wenn ich irgendwie helfen kann«, sagte der Mann voller Anteilnahme. »Der Aufzug ist rechts um die Ecke.«

»Danke«, erwiderte Adler und folgte Jeff zur Treppe, die neben der Rezeption nach oben führte.

Ohne ein Wort zu wechseln, gingen sie rasch in den vierten Stock hinauf und dort den mit Neonröhren beleuchteten Gang entlang bis zur Tür mit der Nummer 404. An den Wänden hingen gerahmte Drucke, die das alte Barcelona zeigten.

In wenigen Sekunden hatte Jeff das dürftige, altmodische Yale-Schloss mit dem Dietrich geöffnet. Adler zog Waffe und Lampe heraus und betrat den dunklen Raum. Jeff schloss die Tür, und Adler richtete den schmalen Lichtkegel aufs Bett.

Auf der einen Hälfte des Doppelbetts drehte Sally Nishikawa sich im Schlaf um.

Jørgensen spuckte den Kaugummi auf die Straße und schob sich einen neuen in den Mund. Er wartete gegenüber dem Hotel *Oliva* fieberhaft auf Carla und Heinz. Allein konnte er gegen die Amerikaner nichts machen.

Er stand vor dem Schaufenster eines Geschäfts für Reiseandenken, Spielzeug und ähnlichen Kram. Der ganze Schund schien aus China importiert zu sein. Jørgensen erinnerte sich, wie er sich als kleiner Junge immer für die technische Unterlegenheit Chinas geschämt hatte. Dafür bestand längst kein Grund mehr. Er war nun stolz auf sein Land und setzte große Hoffnungen in dessen Zukunft. Amerika würde an seinem eigenen geistigen Müll ersticken, und China würde mühelos die Position der führenden Supermacht übernehmen.

Die Demokratie hatte ihre guten Seiten, aber für ein Land mit 1,3 Milliarden Menschen war sie ein unmögliches Konzept. Man musste zwischen zwei Systemen das Gleichgewicht halten. Jørgensen wusste, dass der wirtschaftliche Aufschwung in China die Alleinherrschaft der Kommunistischen Partei noch lange nicht bedrohte. Trotzdem ging nicht alles störungsfrei über die Bühne. Wenn auch der autoritäre Apparat Äußerungen von Unzufriedenheit unter Kontrolle hielt, so hieß das noch lange nicht, dass es keine Unzufriedenheit gab.

Ironischerweise erzeugten auch die wirtschaftlichen Neuerungen Unzufriedenheit. Wäre das Land eine Demokratie, käme die Durchsetzung der Wirtschaftsreformen deutlich langsamer voran, aber da eine Zentralgewalt das Kommando hatte, konnten sie schnell umgesetzt werden. Freilich auf Kosten der Menschenrechte.

Was die Lage kompliziert machte, war die ständig breiter werdende Kluft zwischen der unterentwickelten Provinz und den immer wohlhabenderen Städten. Die urbane Ostküste erwirtschaftete den größten Teil des Bruttosozialprodukts des ganzen Landes.

Plötzlich ging die Eingangstür des Hotels auf. Jørgensen erschrak. Die beiden Amerikaner führten in ihrer Mitte eine unsicher gehende Frau. Bis zum Wagen waren es keine zehn Meter.

Jørgensen fluchte innerlich. Allein hatte er keine Chance. Er spielte nervös mit seinem Ring, während er zusah, wie die Amerikaner der Frau auf den Rücksitz halfen.

Dann ging er zu seinem Wagen, nahm die Verfolgung der Amerikaner auf und gab Heinz und Carla neue Anweisungen.

38

Pauli Rautio, der Chef der finnischen Sicherheitspolizei, saß am Dienstagmorgen in seiner Wohnung im Helsinkier Stadtteil Lauttasaari am Schreibtisch. Er war um vier Uhr aufgewacht, hatte sich im Bett gewälzt und die Lage von allen möglichen Blickwinkeln her durchdacht.

Er wählte die Nummer von Asko Lahdensuo und hoffte, dass der sein Telefon schon eingeschaltet hatte. Es war sieben Uhr, er rief absichtlich so früh an.

»Hallo«, meldete sich eine frische männliche Stimme.

»Asko Lahdensuo?«

»Jawohl.«

»Hier ist Pauli Rautio von der Sicherheitspolizei.«

Kurze Stille. Im Hintergrund hörte man gedämpfte, hallende Schläge.

»Moment, ich suche mir eine bessere Stelle. Ich spiele gerade Tennis.«

Man hörte Schritte, dann änderte sich die Akustik. »So. Womit kann ich dienen?«

»Sie waren vom 16. bis 18. September in Paris und dort auf einer Seine-Brücke Zeuge eines Mordgeschehens. Ist das richtig?«

»Worum geht es?«, fragte Lahdensuo. Er spielte eindeutig auf Zeit. Seine Stimme war fest und sicher.

»Falls es die Lage erfordert, müssen wir Sie in der Angelegenheit zur Vernehmung vorladen. Schönes Wochenende!«

Rautio legte auf. Mit Sicherheit war die entscheidende Botschaft bei Lahdensuo angekommen: Wir wissen Bescheid. Und wenn wir es für nötig halten, werden wir reagieren.

Dick Novak sah Sally Nishikawa an. Sie saß ihm gegenüber in dem Haus, das die CIA-Leute im ruhigen Stadtteil Pedralbes für drei Wochen gemietet hatten. Das zweistöckige Gebäude aus den fünfziger Jahren stand am Hang auf einem dicht bewachsenen Gartengrundstück in der Carrer dels Cavallers, in der Nähe des Klosters und des Klostermuseums. Der nördliche Teil des Viertels stieg zu den Höhen von Collserola an, daher hatte man vom Haus eine weite Aussicht über die Stadt.

Adler hielt im Raum nebenan Wache, sein Kollege im Erdgeschoss. Schon jetzt am Morgen war es gewittrig schwül, und die Klimaanlage funktionierte nicht richtig.

Novak hatte zuerst selbst mit ein paar Sätzen das Terrain sondieren wollen, aber schnell gemerkt, dass das unmöglich war. Die Frau wollte nicht über ihren Schwiegervater reden und machte keine Anstalten, Fragen zu beantworten.

»Colin, mach du weiter«, sagte Novak deshalb zu Baumgarten.

Bei diesem Verhör musste man nicht das Genfer Abkommen im Hinterkopf behalten. Sie würden Sally Nishikawa keine zehnstellige Personenkennziffer für die offizielle Registrierung in den Vereinigten Staaten und beim Roten Kreuz zuweisen.

Baumgarten zog das schwarze Sakko über dem Rollkragenpulli aus und schob sich die Ärmel hoch. Der Schweiß lief ihm in Strömen, und er erinnerte eher an einen Investmentbanker von der Wall Street als an einen der führenden Vernehmungsspezialisten der Vereinigten Staaten.

»Sally«, sagte Baumgarten sehr ruhig. Als Erstes galt es zu entscheiden, ob die Angst der zu verhörenden Person gesteigert oder gedämpft werden sollte. Frau Nishikawa befand sich bereits an der Grenze zur Panik, weshalb er beschloss, es zunächst mit einer Steigerung ihrer Angst zu versuchen. »Ich weiß nicht, warum du uns etwas verschweigst, aber ich hoffe inständig, dass du deine Haltung änderst. In deinem eigenen Interesse.«

Die Frau blieb stumm.

Baumgarten wischte sich mit dem Taschentuch über die Stirn

und blieb bei seinem entspannten, ruhigen Tonfall. »Du solltest wissen, dass ich bereits mutmaßliche Terroristen in Guantánamo und in geheimen Spezialgefängnissen amerikanischer Sondereinheiten überall auf der Welt vernommen habe. Was die Zeitungen darüber schreiben, entspricht nicht im Geringsten der Wahrheit, das kann ich dir verraten. Die Wahrheit ist wesentlich unangenehmer.«

Sally Nishikawa rührte sich nicht. Aber sie kniff die Augen zu, als Baumgarten die 500-Watt-Lampe einschaltete, die direkt auf ihr Gesicht gerichtet war. Auch Novak musste blinzeln.

»Sally. Ich respektiere deine Entschlossenheit zu schweigen, aber ich muss dich enttäuschen«, sagte Baumgarten noch leiser als zuvor. »Wir werden gleich in den Keller dieses Hauses hinuntergehen. Und spätestens dort *wirst* du alles erzählen. Die Alternative wäre, meine Fragen *freiwillig* zu beantworten. Hier und jetzt. Für welche Alternative entscheidest du dich?«

Die Frau rührte sich nicht, aber Novak sah ihre Angst.

Baumgarten wartete. Die Stille hielt an. Die Hitze der Lampe, die Angst der Frau und die stickige Luft hatten Sally Nishikawas Gesicht alle Farbe genommen. Stumm saß sie auf ihrem Stuhl.

Novak ärgerte sich. Er hätte hier bleiben wollen, aber er musste zu Sally Nishikawas Arbeitsplatz, um die Gespräche mit ihren Kollegen fortzusetzen. Das war nicht ganz einfach, denn glaubwürdige Gründe für seine Fragen waren nicht ohne weiteres zu finden.

Baumgarten sprang von seinem Stuhl auf, schaltete die Lampe aus und nahm einen großen Aktenkoffer aus Aluminium in die Hand.

»Gehen wir in den Keller«, sagte er.

Die Morgensonne, das Mittelmeer und der warme, leichte Wind erfüllten Timo nach dem Alptraum von Krakau mit neuer Energie. Barcelona erschien ihm im Vergleich zu dem verregneten, kühlen Polen wie eine andere Welt. Mit seiner Tasche als Kopfkissen hatte er in der Wartehalle des Warschauer Flughafens miserabel geschlafen, aber er hatte keine Lust gehabt, nach seiner späten Ankunft für die paar Stunden in ein Hotel zu gehen.

Die neue Umgebung wiegte ihn aber keineswegs in Sicherheit. Skeptisch behielt er sie im Auge, während er von der U-Bahn-Station Ciutadella-Vila Olímpica auf das Hafengebiet des Port Olimpic zuging.

Er machte sich Sorgen, weil es ihm nicht gelungen war, Sally Nishikawa zu erreichen. Schon früh am Morgen hatte er von Warschau aus versucht sie anzurufen. Vergebens. Gleich nach seiner Ankunft in Barcelona war er zu ihrer Wohnung in der Carrer de Valldonzella gefahren, aber niemand hatte sich auf sein Klingeln gemeldet. Darum hatte er beschlossen, ihren Arbeitsplatz aufzusuchen und sich mit ihren Kollegen zu unterhalten, bevor er entschied, was als Nächstes zu tun wäre.

Direkt vor ihm ragte einer der beiden Wolkenkratzer auf, die für die Olympiade 1992 gebaut worden waren. Ziemlich bald nach seinem Umzug nach Brüssel hatte Timo ein Wochenende mit Soile in Barcelona verbracht. Damals hatten sie einen langen Spaziergang durch das Art-nouveau-Viertel Eixample gemacht, in den Restaurants von La Barcelonata die Köstlichkeiten der katalanischen Küche genossen und ein Konzert im Palau de la Música Catalana besucht, nur um die riesige, bemalte Glaskuppel des Konzertsaals zu sehen.

Kurz vor dem Hochhauskoloss bog Timo zur Uferpromenade ab. Er wurde mit jedem Augenblick nervöser, obwohl das Meer vor ihm majestätisch und in beruhigendem Blau schimmerte. Die Palmen, die Cafés, der Bootshafen und die Strände erinnerten an einen Urlaubsort. Das ansprechende, gepflegte Areal war anlässlich der Olympischen Spiele geschaffen worden, weshalb es nicht verwunderte, dass es etwas Künstliches an sich hatte. Trotz allem hätte Timo lieber im mittelalterlichen Krakau gelebt.

Sogleich sprangen seine Gedanken zu Zeromski. Dann dachte er an Aaro und blieb vor einem Restaurant stehen. Er rief in Porvoo an, um sich zu erkundigen, ob alles in Ordnung war. Schon die wenigen Sätze, die er mit seinem Sohn über alltägliche Dinge wechselte, halfen ihm, den Stress in den Griff zu bekommen.

Das *ICM*, das *Institut de Ciències del Mar*, befand sich an einem Paradeort beim *Maritim de la Barcelonata*. Timo ging an Palmen vorbei eine breite Treppe hinauf und betrat das moderne Gebäude aus Stahl und Glas. Er durchquerte die helle Eingangshalle und suchte das Café mit dem gläsernen Dach auf, um dort auf Sally Nishikawas Kollegin Maria Aguilar zu warten. Lautes Stimmengewirr und das Klappern von Geschirr erfüllte den Raum. Eine Wand wurde von einer Plexiglaskonstruktion gebildet, die das Leben unter Wasser darstellte, an einer anderen Wand befand sich ein kleiner Laden, der Kitsch zum Thema Meeresforschung verkaufte: mit Wasser gefüllte Halbkugeln, in denen statt Schneeflocken bunte Plastikfische schwammen, Schlüsselanhänger aus Korallen, T-Shirts, Poster mit imposanten Tiefseefischen.

Er saß kaum, da erschien eine kleine, braun gebrannte Frau, der er am Telefon gesagt hatte, sie erkenne ihn an den schwarzen Augenringen, den Bartstoppeln und der zerknitterten Jacke. Allerdings trat auch Frau Aguilar nicht sonderlich trendbewusst auf. Sie trug ausgewaschene Jeans, Birkenstock-Sandalen und einen kurzen, pflegeleichten Haarschnitt.

Timo gab der misstrauisch wirkenden Frau die Hand.

»Warten Sie einen Moment, ich hole mir etwas zu trinken«, sagte sie auf Englisch mit spanischem Akzent.

»Ich kann ...«, fing Timo an, aber sie war schon auf dem Weg zur Theke.

Timo setzte sich und beobachtete die anderen Gäste, die alle aussahen wie Wissenschaftler oder Studenten. Frau Aguilar kam mit einem Glas Orangensaft zurück.

»Ich verstehe nicht, was los ist«, sagte sie, nachdem sie sich an den runden Aluminiumtisch gesetzt hatte. »Wie ich schon am Telefon sagte, hätten wir heute Morgen eine Teambesprechung haben sollen, aber die wurde abgesagt, weil Sally nicht gekommen ist. Durch Ihren Anruf sieht alles irgendwie ... Besorgnis erregend aus.«

Timo war sehr vorsichtig gewesen und hatte gerade so viel verraten, dass die Frau ihm die Ernsthaftigkeit seines Anliegens abnahm. Jetzt redete er so leise, dass sie sich zu ihm herüberbeugen musste, um ihn zu verstehen.

»Soll ich mal in ihre Wohnung gehen?«, fragte sie, nachdem Timo fertig war.

»Haben Sie denn einen Schlüssel?« Timo war überrascht.

»Ich füttere ihre Fische, wenn sie auf Reisen ist. Sie verbringt ihren Urlaub immer in Südafrika.«

»Gehen wir«, sagte Timo sofort und wollte aufstehen, aber die Frau hob die Hand.

»Noch nicht. In einer Viertelstunde. Ich warte auf eine wichtige E-Mail, und danach muss ich kurz telefonieren.«

»Könnten Sie mir vorher noch ein paar Fragen beantworten?«

»Schießen Sie los.«

»Was wissen Sie über den Tod von Sallys Mann?«

»Nicht viel.« Sie spielte mit dem geflochtenen Band an ihrem Handgelenk. »Sein Kanu kenterte, und er ist ertrunken. Sally behauptet immer, Isamas Tod sei kein Unfall gewesen. Aber die Polizei hat keinen Hinweis auf Fremdverschulden entdeckt.«

»Über was hat Isama genau geforscht?«

»Die DNS des Quastenflossers. Er hat eine Genkarte angefertigt. So etwas wie das hier.«

Sie deutete auf die T-Shirts, die als Verkaufsmuster an der Wand hingen. Sie waren mit verschiedenen Motiven bedruckt, mit einer zwinkernden Meeresschildkröte, einem Fisch, der in allen Regenbogenfarben leuchtete, und auf einem der Shirts war ein Quastenflosser zu sehen, zusammen mit etwas, das an eine Herzkurve erinnerte, ein Diagramm aus grünen, roten, gelben und blauen Linien, unter dem die Buchstabenfolge ACCTGAG und ein weiteres Bild eines Latimeria gedruckt war.

»Das ist der Anfang der DNS-Sequenz«, sagte Aguilar. »Die erste, die Isamas Team in der Rhodes-Universität in Südafrika geknackt hat. Die Kurven zeigen die Anordnung der DNS-Aminosäuren des Quastenflossers.«

»Klingt kompliziert.«

»Speziell diese Sequenz ist Sally schrecklich wichtig ... Sie ist da fast zwanghaft, würde ich sagen. Sie hat auch dafür gesorgt, dass die T-Shirts damit bedruckt werden.«

Ihr Tonfall veranlasste Timo, sich die T-Shirts noch einmal anzuschauen.

»Wissen Sie etwas über Isamas Vater?« Er hatte beschlossen, alles zur Sprache zu bringen, was Zeromski erwähnt hatte. Zu den zentralen Themen hatte Yoshima Nishikawa gehört. »*Sie wollten wissen, wann, wohin und mit wem Nishikawa weggefahren war*«, hatte Zeromski gesagt. »*Und ob ich in Marburg Nishikawas Vater gesehen hätte. Die Männer waren sehr dreist und wirkten bedrohlich ...*«

»Er starb kurz vor Isama. Das war eine schreckliche Zeit für Sally. Sie stand auch ihrem Schwiegervater sehr nah.«

»Lebte er in Japan?«

»Ja. Arbeitete aber viel im Ausland. Er war ein renommierter Teilchenphysiker. Mit seinem Team hielt er sich im CERN auf, als sie in der Nähe von Lausanne einen Autounfall hatten. Die ganze japanische Gruppe kam dabei ums Leben.«

Timo notierte sich den Namen der Stadt.

Frau Aguilar blickte auf die Uhr und sagte leise: »Es ist wohl die Ironie des Schicksal, dass der Mann, der mit sechzehn Jahren als Einziger seiner Familie Hiroshima überlebt hatte, sein Ende fand, indem er mit dem Auto von der Straße abkam und in den Abgrund stürzte. Es war schrecklich ... Isama versuchte den Tod seines Vaters zu überwinden, indem er in die Natur ging. Wenige Tage später ist er ertrunken. Ein Wunder, dass Sally das alles so gut überstanden hat.«

Die Frau trank von ihrem Saft und drehte das Glas in der Hand. Eine Weile schwiegen beide.

»Aber das Überleben ist ihr schwer gefallen?«, fragte Timo vorsichtig.

»Diese Frage stellen Sie ihr am besten selbst. Worauf ...«

»Sagen Sie offen, was Sie denken.«

»Ich sagte ja schon, dass sie Isamas Tod nicht für einen Unfall hält, sondern ... für Mord. Und in ihrem Kopf hat das alles irgendwie damit zu tun ...« Sie machte eine Kopfbewegung in Richtung T-Shirt. »Sie trägt sogar einen Anhänger mit einer Latimeria-Darstellung an ihrer Halskette. Und selbst auf der Gedenktafel von Isamas Urne steht etwas, das darauf hinweist.«

»Wo ist sie?«

»Auf dem Friedhof Vallcarca.«

Timo schrieb sich den Namen des Ortes auf. »Sagt Ihnen der Name Bronisław Zeromski etwas?«

Sie schüttelte den Kopf. Dann blickte sie erneut auf die Uhr und stand auf. »Ich muss hoch. Es dauert nicht lange.«

»Ich warte hier.«

Nachdem sie gegangen war, ging Timo zu den T-Shirts. Er richtete den Blick auf die farbigen Schlingen auf einem weißen Shirt mit Latimeria-Motiv. Nishikawas zwanghafte Fixierung auf den DNS-Code des Fisches war seltsam.

Er kaufte sich bei dem jungen Verkäufer mit Pferdeschwanz das letzte Shirt in XL und stopfte es in seine Umhängetasche. Neue Fragen hämmerten in seinem Kopf.

Sie wollten wissen, wann, wohin und mit wem Isama Nishikawa weggefahren war. Und ob ich in Marburg Nishikawas Vater gesehen hätte ...

Timo begriff nicht, was ein japanischer Teilchenphysiker mit der Sache zu tun haben konnte, aber irgendetwas an dem Sachzusammenhang gefiel ihm nicht.

Maria Aguilar kam mit irritierter, ernster Miene zurück. »Ein Kollege hat mir gesagt, ein Amerikaner hätte sich nach Sally erkundigt und seinen Besuch am Institut angekündigt.«

Timo erschrak und blickte sich verstohlen um. »Gehen wir nach draußen«, sagte er mit gesenkter, fester Stimme und bewegte sich in Richtung Eingangshalle.

»Wie fahren wir zu Sallys Wohnung?«

»Wir fahren überhaupt nicht hin. Dafür ist es zu spät.«

39

Inspektor Könönen von der Sicherheitspolizei und sein Kollege näherten sich mit ihrem silbernen Nissan *Primera* dem Haus von Heli Larva. Selbst im Wagen roch man den feuchten Wald auf beiden Seiten der Straße. Dahinter schimmerte grau das Meer. In der Ferne, hinter den Bäumen und der Meeresbucht, ragte das Kernkraftwerk Hästholmen auf.

Am frühen Morgen war von der CIA eine dringende Bitte um Amtshilfe bei der SiPo eingegangen. Die Zahl solcher internationaler Anfragen war in letzter Zeit gestiegen, aber meistens betrafen sie Ausländer, die in Finnland lebten.

Diesmal war als Objekt jedoch die finnische Staatsbürgerin Heli Larva genannt worden.

Sämtliche Informationen, die über die Frau bei der SiPo vorhanden waren, hatte man bereits in die Vereinigten Staaten geschickt. Das war nicht wenig gewesen. Aktuell stand die militante Öko-Aktivistin unter dem Verdacht, an den Anschlägen auf das Atomkraftwerk Olkiluoto beteiligt gewesen zu sein. Den Fragen der CIA zufolge ging es jetzt aber nicht um Widerstand gegen Atomenergie, sondern um etwas ganz anderes.

Nach einer Kurve führte die Straße geradewegs auf ein altes Holzhaus zu.

Zufrieden und entspannt hantierte Heli Larva in der Küche des Hauses. Bald würde es ihr gehören.

Aus einem Sack nahm sie frisches Mehl für einen Brötchenteig. Sie hatte es auf dem Askola-Hof gekauft, wo man nicht das groteske Einheitskorn des globalen Agro-Business mahlte, sondern echtes Getreide aus der Umgebung. Heli war entsetzt und enttäuscht, dass auch in Finnland im Labor herstellbare Mikrosamen entwickelt wurden, letzten Endes allesamt identische Klone. Dabei gab doch gerade die Variationsbreite durch die Einzigartigkeit der Samen den Arten und dem Bestand die Möglichkeit, sich den Veränderungen in der Umwelt anzupassen.

Eine noch schlimmere Bedrohung war natürlich die Gentechnologie, derer sich die multinationalen Konzerne mit Blick auf Gewinnmaximierung bedienten. Unter anderem hatten sie Pflanzensorten kreiert, die mit einem Terminator-Gen ausgestattet waren. Es raubte der Pflanze die Chance, eine zweite Generation aus ihren eigenen Samen hervorzubringen, wodurch die Landwirte von den Samenproduzenten abhängig wurden.

Kein Mensch fragte mehr nach der Moral der Wissenschaftler in einer Welt, in der die Wissenschaft die Rolle des Motors von Wachstum und Konsum übernommen hatte. In Finnland zum Beispiel wurde versucht, mit Hilfe von Genmanipulation die Menge des Bindemittels Lignin im Holz zu verändern, damit es bei der Herstellung von Zellstoff leichter zu trennen war. Der Ligninanteil hatte bereits um die Hälfte verringert werden können, wodurch die Bäume schneller wuchsen, und außerdem bestand ein größerer Anteil ihrer Masse aus Zellulose. Zwar waren solche Bäume zerbrechliche Hölzchen und keine anständigen Bäume mehr, aber die Anteilseigner der Papierkonzerne konnten ihre Renditen vervielfachen.

Wofür sollte man die wissenschaftlichen Ressourcen am ehesten einsetzen? Riesige Mittel wurden heute aufgewendet, um Wege zu finden, den Menschen ewig jung zu halten, während gleichzeitig zwanzig Millionen Kinder jährlich an Hunger und dessen Folgen starben. Wer entschied über das Engagement der Wissenschaft? Und mit welchen Argumenten?

Der Mensch suchte immer wieder nach seinen Grenzen. Viel zu selten wurde gefragt, wo die Grenzen des Handelns gezogen werden müssten. Genmanipulation gehörte längst zum Alltag, immerhin über das Klonen von Embryonen aus Stammzellen wurde noch diskutiert.

Heli legte die Brötchen auf ein Blech und schob sie tief in den Backofen. Der Ofen heizte zugleich die eine Hälfte des Hauses – für die andere Seite hätte sie gern einen Wärme speichernden Ofen gehabt. Als Mieterin wäre eine solche Anschaffung nicht vernünftig gewesen, doch bald würde sich die Lage ändern. Sie würde an der Nordostecke des Grundstücks ein paar Morgen Land für Rüben und Kartoffeln umgraben und den Erdkeller erweitern. Die Vorstellung, sich noch mehr selbst versorgen zu können, begeisterte sie.

Plötzlich wandte sie den Kopf und lauschte. Ihr war, als hätte sie draußen ein Auto gehört. Sie blickte aus dem Fenster. Neben dem Holzschuppen stand ein Wagen, aus dem zwei Männer ausstiegen, die sie nicht kannte.

Sie ging in den Flur.

Es klopfte. Ein kräftiges Klopfen war das.

Sie wollte nicht öffnen, aber sie hatte keine Wahl.

»Guten Morgen«, sagte der ältere der beiden Männer und zeigte ihr seine Dienstmarke. »Inspektor Könönen von der Sicherheitspolizei. Wir würden uns gern ein bisschen mit Ihnen unterhalten.«

»Schon wieder?« Heli überlegte einen Moment. »Es ist doch nicht etwa …«

»Reden wir drinnen weiter.« Die Männer kamen herein, obwohl Heli sie nicht dazu aufgefordert hatte. »Es ist nicht wegen Olkiluoto.«

Heli Larva folgte den Männern ins Wohnzimmer. »Weswegen dann?«, fragte sie.

»Setzen Sie sich«, forderte Könönen sie auf.

Der Mann hatte ein kleines Aufnahmegerät in die Hand genommen, in das er nun Datum, Uhrzeit und Adresse diktierte. Anschließend legte er das Gerät auf den Tisch, setzte sich Heli gegenüber und entfaltete ein Blatt Papier, das er aus der Tasche gezogen hatte.

»Was sagt Ihnen der Name Lucas Cahill?«

Heli versuchte ihre Überraschung zu verbergen. Rasch schätzte sie die Situation ab und sagte: »Kein Kommentar.«

Könönen beugte sich über das Aufnahmegerät, blickte auf die Uhr, diktierte eine neue Uhrzeit und schaltete das Gerät aus.

Es wurde still im Raum.

Könönen stand auf. »Wir sehen uns ein bisschen um, wenn es Ihnen recht ist.«

»Es ist mir nicht recht. Nicht bevor die Polizei mit einem Durchsuchungsbefehl kommt.«

Könönen entgegnete darauf nichts, sondern ging nach draußen, um zu telefonieren.

Der jüngere Mann blieb inzwischen schweigend und ausdruckslos bei Heli sitzen.

Dann kam Könönen zurück und fing an, die Kabel ihres Computers zu entfernen.

Jørgensen saß in seinem Hotelzimmer in Barcelonas ruhigem und grünem Stadtteil Pedralbes und blätterte Sally Nishikawas Fotoalbum durch.

Mit Müh und Not und unter großem Risiko war es ihm gelungen, den Amerikanern zu folgen, die Frau Nishikawa aus dem Hotel geholt hatten. Nachdem er Carla zur Wache eingeteilt hatte, war er mit Heinz in Nishikawas Wohnung gefahren und hatte sie so gut, wie es in der kurzen Zeit möglich war, durchsucht. Sie hatten nichts gefunden, was auf einen bedeutsamen Durchbruch hinwies, aber ein paar Dinge hatten sie mitgenommen und Peking darüber Bericht erstattet.

Jørgensen blätterte in dem Album mit Bildern von Familienfeiern und Reisen. Am Ende waren Fotos von Isama Nishikawas Einsegnung, die nach einer japanischen Zeremonie durchgeführt worden war. Zwei Nahaufnahmen zeigten die Erinnerungstafel auf der Urne aus hellem Stein. Man konnte eindeutig erkennen, dass in der asymmetrisch geformten Tafel das Bild eines Latimeria und ein Gedicht eingeritzt waren:

Fern auf den Höhen von Huafan
zieht ein Gewitter auf,
es erhebt im Fluss die Wellen gegeneinander.

Die Berührung der Helligkeit
macht den Sand zu Glas
und die Träume zu Asche.

Eine Stadt am Nullpunkt,
ein Mensch wird geboren
und stirbt.

Jørgensen fuhr sich durch die blonden Locken und dachte über das Gedicht nach. Warum wurde darin die chinesische Stadt Huafan genannt? Noch mehr gab ihm das Bild des Quastenflossers zu denken. Es war das gleiche wie auf den T-Shirts, von denen in Nishikawas Kleiderschrank ein Dutzend aufgestapelt war. Außer mit dem Fisch waren sie mit einem wissenschaftlich wirkenden Buchstabencode bedruckt.

Eines der Shirts hatte Jørgensen mitgenommen und fotografiert. Die Aufnahme hatte er bereits nach Peking geschickt.

Jetzt wartete er auf die Reaktion und auf weitere Handlungsanweisungen.

40

In Barcelonas Stadtteil L'Eixample schloss Timo sorgfältig die Zimmertür hinter sich ab. Es gab ein paar preiswerte Unterkünfte in der wohlhabenden Gegend, die *Pensión Aribau* zählte zu den billigsten. In dem bescheidenen, unansehnlich gewordenen Zimmer war es stickig. Vor dem Fenster mit dem verstaubten Vorhang hatte sich die Sonne hinter eine Wolke verzogen. Von der Straße drang ununterbrochen Verkehrslärm herauf. Er hatte Maria Aguilar zur Polizei geschickt, damit sie ihre Kollegin als vermisst meldete. Je mehr örtliche Polizeikräfte in die Ermittlungen einbezogen wurden, desto besser. Es würde den Amerikanern schwer fallen, die spanischen Behörden in den Griff zu bekommen.

Es war erst Nachmittag, aber er war so müde, dass er sich am liebsten sofort aufs Bett geworfen hätte. Eine kalte Dusche machte ihn wieder munter und brachte den Kreislauf in Gang. Weil er nichts Besseres hatte, zog er sich das Latimeria-Shirt über und betrachtete nachdenklich die Bilder und Buchstaben darauf im Spiegel. Darüber zog er das Hemd, das längst hätte gewaschen werden müssen.

In der Pension gab es keinen Internetanschluss für Gäste, aber die Studentin an der Rezeption hatte ihm erlaubt, den Computer hinter dem Empfangsschalter zu benutzen. Timo hatte sich die Telefonnummer der Lokalzeitung ›24 Heures‹ in Lausanne aus dem Netz geholt, war in sein Zimmer zurückgekehrt und hatte die Redaktion angerufen.

Eine junge Redakteurin hatte ihm versprochen, sich um seine Anfrage zu kümmern und ihn gebeten, eine Stunde später wieder anzurufen. Mit höflichem Nachdruck hatte Timo sie auf eine halbe Stunde heruntergehandelt. Er hatte sich als TERA-Mitarbeiter vorgestellt und wieder einmal gemerkt, wozu die Leute bereit waren, wenn man ihnen nur selbstsicher und autoritär genug begegnete. Alle Schwindler wussten das.

Timo nahm sich ein lächerlich kleines und teures Fläschchen Orangensaft aus der Minibar und trank es mit drei Schlucken leer. Irgendwie musste er zu Kräften kommen. Er legte den Notizblock der Pension vor sich bereit und rief in Lausanne an.

Die junge Redakteurin klang hektisch, aber Timo ließ sich davon nicht stören.

»Ich habe die Zeitung auf Mikrofilm vor mir«, sagte die Redakteurin. »6. März 1989. Ein Vierspalter auf der ersten Seite. Wie wollen Sie das haben?«

Timo gab ihr die Faxnummer des Hotels und bedankte sich nüchtern. Gespannt ging er auf den Gang hinaus und zur Rezeption hinunter.

»Ich warte auf ein Fax«, sagte er zur Frau am Empfang. Sie machte eine Kopfbewegung zu dem Gerät neben ihr.

»Da kommt was.«

Timo wollte nicht, dass die Frau sah, was ihm geschickt wurde, aber es war überflüssig, eine große Nummer daraus zu machen. Während das Gerät surrte, erkundigte er sich nach einem passenden Restaurant, und die Frau nannte ihm zwei. Schließlich war das Fax durch, und die Angestellte reichte ihm zwei Blätter.

Timo konnte es kaum abwarten, bis er in seinem Zimmer war. Er setzte sich auf den Bettrand und blickte auf das schwarzweiße, grobkörnige Zeitungsfoto, das durch die Übertragung noch unschärfer geworden war.

In einer schmalen Schlucht am Fuße eines steilen Hangs lag ein zermalmtes Auto auf dem Dach. »VIER JAPANER TÖDLICH VERUNGLÜCKT«, lautete die Überschrift.

Das Fahrzeug war wegen »zu hoher Geschwindigkeit« in Cully, östlich von Lausanne, von der Fahrbahn abgekommen.

Alle Insassen waren ums Leben gekommen – vier Japaner, allesamt Gastwissenschaftler am CERN.

Timo schaute unverwandt auf das Foto. Vier Teilchenphysiker kommen bei ein und demselben Unfall ums Leben. Konnte das mit dem Mord in der Seine zu tun haben? Gab es eine Verbindung zwischen dem Tod dieser Teilchenphysiker, der Archäoastronomie und der Theorie über vorzeitliche Besucher aus dem All?

Natürlich war es möglich, eine Verbindung herzustellen, aber die war so fantastisch und weit hergeholt, dass Timo nicht einen Augenblick opfern mochte, sie zu bedenken: Falls ehedem Besucher auf der Erde gewesen waren und ihre Spuren hinterlassen hatten, könnten sich mit dem Fund ohne weiteres auch Teilchenphysiker beschäftigt haben. Deren Arbeit tangierte durchaus die Weltraumforschung, die Kosmologie und die Astrophysik. Aber der Quastenflosser passte nicht einmal in diesen absurden Gedankengang.

Timo wägte kurz die Situation ab, dann rief er Soile in Genf an. Die wunderte sich, dass er in Barcelona war, aber Timo unterbrach sie schroff: »Weißt du etwas über vier Japaner, die 1989 am CERN waren und bei einem Autounfall in der Nähe von Lausanne ums Leben gekommen sind?«

»Ich habe davon gehört. Warum?«

»Kennst du jemanden, der damals bei euch gearbeitet hat?«

»Auf Anhieb kann ich das nicht sagen.«

»Versuch es vorsichtig und vertraulich herauszufinden. Und rede nur mit Leuten, die du kennst.«

»Worum geht es denn überhaupt?«, fragte Soile gereizt und ungeduldig. »Was genau soll ich denn fragen?«

»Frag einfach, was über die Japaner, die bei dem Unfall umkamen, bekannt ist.«

Timo ließ den Namen Yoshima Nishikawa absichtlich unerwähnt. Dennoch tat es ihm Leid, Soile in diese Sache hereinzuziehen. Was, wenn die falschen Leute von Soiles Interesse an den Japanern erfuhren?

Er legte das Telefon aus der Hand. In seinen Adern pulsierte die altbekannte, von Angst durchsetzte Energie. Allmählich, nachdem er lange im Dunkeln getappt hatte, bekam er das Gefühl, sich auf etwas Konkreteres zuzubewegen.

Er ging wieder zur Rezeption und bat darum, erneut ins Internet zu dürfen. Die Frau war nicht mehr so freundlich wie zuvor, wahrscheinlich befürchtete sie, der Gast aus Finnland könnte zur Plage werden.

Timo schrieb in das Eingabefeld der Suchmaschine den Namen, den Zeromski erwähnt hatte: WISŁAWA S. Das genügte. Wisława Szymborska war eine Dichterin aus Krakau, die 1996 den Nobelpreis bekommen hatte. Das erklärte, warum ihm der Name entfernt bekannt vorgekommen war.

Warum hatte Zeromski davon gesprochen, er habe Nishikawa ein Buch der Szymborska gegeben? Hatte das irgendeine Bedeutung?

Als Nächstes versuchte Timo es mit Informationen über den Teilchenphysiker Yoshima Nishikawa, stieß dabei aber auf zwei Probleme: die japanische Sprache und die Tatsache, dass Nishikawas Lebenswerk ins Zeitalter vor dem Internet fiel.

Er fand einige Links, aber die erwiesen sich allesamt als Quellenhinweise innerhalb von Forschungsarbeiten anderer Wissenschaftler. Timo klickte einen Link an und fand darin den Hinweis auf Nishikawas Studie ›Asymmetry in the Early Universe and Violation of Time Reversal Symmetry‹.

Timo notierte sich den Titel, dazu noch den einer weiteren Veröffentlichung des Japaners.

Dann kehrte er mit wirren Gedanken in sein Zimmer zurück. Der Sprung von der Biologie des Quastenflossers zur Teilchenphysik schien gar zu groß zu sein.

»Yoshima war Teilchenphysiker … Wahrscheinlich weil oder obwohl er seine ganze Familie in Hiroshima verloren hat …«

Über den Abwurf der Bombe auf Hiroshima wusste Timo einiges, aber in Physik kannte er sich so gut aus wie Einstein in der Verbrechensermittlung. Soile hatte ihm einmal Stephen Hawkings ›Eine kurze Geschichte der Zeit‹ mitgebracht, aber Timo war nie dazu gekommen, das Buch zu lesen.

Dennoch erinnerten ihn Vater Nishikawas Forschungen an irgendetwas, er kam nur noch nicht darauf, was es war. Er rief Soile an und fragte, ob sie schon etwas über die bei dem Unfall ums Leben gekommenen Japaner herausgefunden hatte.

»In der kurzen Zeit?«, platzte Soile heraus. »Ich bin nicht mal dazu gekommen, mir zu überlegen, wen ich frage. Ist das so eilig?«

Timo antwortete nicht, sondern las die Titel der wissenschaftlichen Publikationen von Nishikawa vom Zettel und fragte Soile, ob sie ihr etwas sagten.

»Seit wann interessierst du dich für Teilchenphysik?«

»Worum geht es da?«, fragte Timo ungeduldig.

»Um Antimaterie.«

Timo schluckte. Das Erste, was ihm bei dem Wort in den Sinn kam, war ein Artikel in ›Die Welt der Technik‹, den er als kleiner Junge gelesen hatte. Darin war es um eine Weltraumrakete der Zukunft gegangen, die mit Antimaterie betrieben wurde. Als Illustration hatte ein Künstler ein Bild dazu gemalt.

»Ziemlich theoretisch also«, sagte Timo.

»Wieso? Bei uns am CERN wird Antimaterie mit dem Teilchenbeschleuniger hergestellt. Selbst ein gewöhnlicher Positronen-Emissions-Topograf basiert auf Antiteilchen.«

Timo schloss die Augen und versuchte seine wild umherspringenden Gedanken in eine vernünftige Ordnung zu bringen. Etwas an der ganzen Sache klang ausgesprochen ernst und ließ ihn das Interesse des KGB und zweier Supermächte endlich besser verstehen.

»Wir müssen miteinander reden«, sagte Timo heiser.

»Der Meinung bin ich auch.« Auch Soiles Stimme klang belegt.

Trotz des Gedankengewirrs in seinem Kopf blieb Timo der seltsame Tonfall seiner Frau nicht verborgen. »Ich habe dabei nicht an deinen Freund gedacht.«

Soile schwieg einen Moment. »Ich will darüber nicht am Telefon …«

Timo war sich der Sache fast sicher gewesen, hatte aber bis zum Schluss gehofft, sich alles nur einzubilden. Nun war es also heraus. Ist es Patrick Saari, hätte er am liebsten gefragt.

»Ich auch nicht. Es gibt gerade Wichtigeres.« Timo zwang sich zu einem scharfen Ton. »Fahr dorthin, wo wir letztes Jahr an unserem Hochzeitstag waren. Wir treffen uns dort heute Abend um zehn.«

»Soll das ein Witz sein?«

»Tu, was ich dir sage. Miete dir einen Wagen. Sofort.«

Er legte das Telefon zur Seite und befahl sich, aufzustehen und die Papiere und sein schmutziges Hemd in die Tasche zu stopfen. Dann ging er zur Rezeption. Er zahlte sein Zimmer bar, »damit ich es morgen nicht in aller Frühe tun muss«, und bat noch einmal darum, ins Internet zu dürfen, bevor er »in die Stadt« ging.

Er suchte sich die Adresse der am nächsten gelegenen Autovermietung heraus und machte sich auf den Weg. Der Himmel war bewölkt, und der Wind vom Meer hatte zugenommen. Bevor er rüber nach Frankreich fuhr, zu dem Treffpunkt, den er mit Soile vereinbart hatte, wollte er dem Friedhof Vallcarca einen Besuch abstatten.

Colin Baumgartens Augen waren zehn Zentimeter von Sally Nishikawas Pupillen entfernt. Diese waren extrem geweitet, obwohl eine sengende 500-Watt-Halogenlampe aus einem halben Meter Abstand direkt ins Gesicht der Frau schien.

»Wann hast du deinen Schwiegervater Yoshima Nishikawa zum letzten Mal gesehen?«

»Ich erinnere mich nicht.«

Baumgarten lehnte sich zurück. Die Angst war die beste Verbündete des Vernehmenden, aber sie blieb nie lange frisch. Sobald sie nachließ, musste man wieder die Methode wechseln.

Dick Novak schaute von der Tür aus zu. Ihm fiel auf, dass der

Schweiß auf Baumgartens Stirn mindestens genauso perlte wie bei Nishikawa. Es gab in dem fensterlosen Keller keine Klimatisierung. Sie saßen auf Plastikstühlen neben Waschmaschine und Wäschetrockner.

Novak und Baumgarten hatten bereits die klassische Taktik ausprobiert, bei der Baumgarten den Harten, Bedrohlichen und Ungeduldigen gespielt hatte, während Novak sich als sympathischer Mensch auf die Seite der zu Verhörenden gestellt hatte, um ihr »zu helfen«. Bei Nishikawa hatte es nicht funktioniert.

Novak winkte Baumgarten auf die halb dunkle Treppe, wo es etwas kühler war. Er setzte ihm kurz die Lage auseinander. Nishikawas Kollegen im Meeresforschungsinstitut waren nicht zur Zusammenarbeit bereit. Zum Glück arbeitete in ihrer Abteilung eine Amerikanerin von der Cornell-Universität. Sie kannte Nishikawa nicht sonderlich gut, aber trotzdem hatte sie helfen können, ein etwas schärferes Bild ihrer Kollegin zu zeichnen. Dazu gehörten ein paar interessante Details, über die das Analyseteam in Washington noch mehr wissen wollte.

»Wir konzentrieren uns zuerst auf den DNS-Code von Latimeria«, flüsterte Novak. »Darauf ist die Frau zwanghaft fixiert.«

»Ich werde es mit dem Pontifex probieren.«

»Ist er zuverlässig?«

»Ja, wenn die Fragen exakt genug sind.«

Novak ging die Treppe hinauf, Baumgarten folgte ihm keuchend. Im Wohnzimmer waren die Vorhänge zugezogen, aber durch die Schlitze sickerte genug Licht, um arbeiten zu können.

Perry saß im verschwitzten T-Shirt vor seinem Laptop und druckte monotone Buchstaben- und Ziffernfolgen aus, die von den DARPA-Biologen interpretiert und zurückgeschickt worden waren.

Novak sah ihm schweigend über die Schulter. Mit dem DNS-Code musste es etwas Besonderes auf sich haben. Falls Isama Nishikawa etwas versteckt hatte und eine Botschaft über die Lage des Verstecks hinterlassen wollte, was wäre für die Tarnung der Botschaft dann besser geeignet als eine lange Buchstabenfolge?

Die DNS-Sequenz tauchte ja sogar auf Isama Nishikawas Grabmal wieder auf. Dort stand auch ein Gedicht, mit dem sich das Analyseteam gerade beschäftigte.

Die Nishikawa-Spur war vielversprechend. Die fünf anderen Teilnehmer des Latimeria-Kongresses von Marburg waren vernommen worden, und man hatte von allen konvergierende Aussagen bekommen: Nach dem Kongress hatten sich ihnen ein paar Männer mit unverhohlener Grobheit genähert und sie nach Isama und Yoshima Nishikawa befragt. Niemand hatte geantwortet.

Baumgarten nahm den Aluminiumkoffer. »Dave, ihr müsst euch bei der DARPA noch einmal ernsthaft mit der praxisorientierten Weiterentwicklung dieses Apparates beschäftigen. Schließ ihn an und sorg für die richtigen Einstellungen«, bat Baumgarten.

Perry stand auf und folgte Baumgarten in den Keller. Der »Pontifex« war ein Lügendetektor der dritten Generation, den DARPA zusammen mit der Wissenschafts- und Technologieabteilung der CIA entwickelt hatte. Irgendein Schlauberger hatte dem Ding den Namen Pontifex gegeben. Das war Latein, bedeutete wörtlich Brückenbauer und bezeichnete einen Oberpriester.

»Wie lange braucht ihr für die Vorbereitung?«, rief Novak von oben.

»Zehn Minuten«, antwortete Baumgarten.

Novak klappte seinen Laptop auf und speiste alles in die Datenbank ein, was er aus Nishikawas Kollegen und beim Besuch ihrer Wohnung herausbekommen hatte. Anschließend prüfte er in der Datenbank die neu angelegte Datei mit dem Namen SOILE NORTAMO. Unter der Rubrik »Maßnahmen« war neu hinzugefügt worden: *unter Beobachtung*.

Schließlich öffnete Novak das Dokument mit dem Namen YOSHIMA NISHIKAWA, das von Minute zu Minute weiter anwuchs, weil das Analyseteam in den Vereinigten Staaten permanent weitere wichtige Informationen dort zusammentrug. Mit der Herkunft des Mannes hatte es etwas Besonderes auf sich. Er stammte aus Hiroshima und hatte dort seine Familie und sämtliche Verwandten verloren.

»Dick«, rief Baumgarten von unten.

Novak loggte sich aus und ging in den Keller. Sally Nishikawa saß jetzt vor einer gekachelten Wand, und Baumgarten breitete gerade eine große Plastikplane aus, um den Fußboden zu schützen.

Die Frau zitterte am ganzen Leib. »Könnte ich etwas Wasser bekommen?«, fragte sie heiser.

In der Luft lag der starke Geruch von Spiritus. Perry reinigte damit die Elektroden des Apparates, der in den Aluminiumkoffer eingebaut war.

Baumgarten nahm Schere und Rasiermesser aus der Tasche.

41

Timo betrat den Friedhof Vallcarca durch das Tor auf der Südseite. Der Friedhof lag im Norden der Stadt, am Rand eines ausgesprochen grünen Viertels, einen knappen Kilometer von Barcelonas Hausberg Tibidabo entfernt, auf dem eine riesige Christus-Statue in trauter Eintracht mit dem Fernsehturm aufragte. Hinter den geometrisch geformten Andentannen war eine dunkle Wolkenfront über dem Meer aufgezogen.

Timo hatte es eilig, nach Frankreich zu kommen, aber etwas bremste seine Schritte. Die Atmosphäre des Ortes hatte trotz der schönen Blumen etwas Bedrückendes. Die Reihen der Grabplatten schienen sich endlos fortzusetzen.

Er schlug den Weg zum Urnenfriedhof im Schatten der Maulbeerbäume ein. Ein Teil der Urnen war in eine Mauer aus Naturstein eingelassen, andere waren einzeln in der parkartigen Anlage begraben. Auf einer Gedenktafel konnte man das Relief eines Gesichts erkennen, eine zierliche junge Frau. In einem anderen Stein war ein Gedichtvers in Handschrift eingraviert.

Timo schritt die Reihe der Grabmäler ab, bis er plötzlich stehen blieb.

Isama Nobu Nishikawa
24.5.1953 – 14.3.1989

Auf dem korallenartigen Stein war eine helle Urne aus Alabaster befestigt, an deren Randdekor ein Stück von der Größe einer Fingerspitze fehlte. Die Urne war klein und schlicht, ganz anders als die verzierten Urnen aus etruskischer Zeit, die Timo im

Louvre und im British Museum gesehen hatte, aber es sah so aus, als wäre sie tatsächlich aus Alabaster.

Der Korallenstein trug außerdem eine Messingtafel. Timo bückte sich, um sie besser sehen zu können. Die Tafel hatte eine asymmetrische Form: die linke obere Ecke war höher als die rechte, wodurch sich fast die Umrisse eines Sägeblatts ergaben. Timo dachte bei der Form an die Silhouette eines Berges.

Hinter einem Hibiskusstrauch raschelte es. Timo stand auf und fuhr herum. Eine Spanierin beugte sich über ein Grabmal, um Blumen zu drapieren. Sie sah Timo lächelnd an und nickte. Timos Herz klopfte, er nickte zurück und wandt sich dann wieder der Gedenktafel zu. Besonders interessierte er sich für eine Gravur auf der linken Seite. Sie erinnerte an die Darstellung eines biblischen Fisches. Aber das war kein gewöhnlicher Fisch.

Timo holte beim Anblick der stumpfen Form und der überzähligen Flossen tief Luft. Frau Aguilar hatte Recht gehabt, als sie von Sally Nishikawas Fixierung sprach.

Warum gravierte man einen Quastenflosser in die Gedenktafel? Weil dessen Erforschung das Lebenswerk des Verstorbenen gewesen war? Oder gab es noch einen anderen Grund? Als Botschaft womöglich? Das würde bedeuten, dass Isama Nishikawa sein Schicksal erwartet und zuvor festgelegt hatte, was auf der Tafel zu sehen sein soll. In dem Fall war sein Tod nicht plötzlich und unerwartet gekommen.

Neben dem Namen und der Abbildung war in der Tafel noch ein Gedicht eingraviert: in englischer Sprache und in Anführungszeichen. Timo schrieb es ab:

Fern auf den Höhen von Huafan
zieht ein Gewitter auf,
es erhebt im Fluss die Wellen gegeneinander.

Die Berührung der Helligkeit
macht den Sand zu Glas
und die Träume zu Asche.

Eine Stadt am Nullpunkt,
ein Mensch wird geboren
und stirbt.

Das Gedicht sagte ihm zunächst nichts. Oder doch? War darin von Hiroshima die Rede? Die Bombe musste für den Vater wie für den Sohn ein ewiges Trauma gewesen sein. Und wenn der Quastenflosser als Botschaft in der Tafel eingraviert war, dann musste auch der Text eine besondere Bedeutung haben.

Heli Larvas Computer wurde im Labor der finnischen Zentralkripo KRP untersucht. In dem kargen Raum standen mehrere Tische mit verschiedenen Messgeräten, Mikroskopen und Laborgerätschaften. Die Jalousien waren heruntergelassen.

Der Computerspezialist des Labors trug Latexhandschuhe. Er hatte an Larvas Rechner eine Tastatur und einen Bildschirm des Labors angeschlossen. Vor dem Monitor hatten sich Blomberg und zwei Beamte der Sicherheitspolizei versammelt.

Sämtliche E-Mails, die auf dem Computer eingegangen und von ihm verschickt worden waren, hatten sie bereits gespeichert. Jetzt nahmen sie sich die Bilddokumente der Webkamera vor.

»Mach das noch mal von vorne«, sagte Blomberg.

Das grobkörnige Bild stand still, dann begann die Aufnahme wieder von vorn. Im halb dunklen Raum sah man einen Mann und auf dessen Schoß mit gespreizten Beinen und nacktem Oberkörper Heli Larva.

»Meine Fresse«, sagte Blomberg leise. »Kriegst du den Mann schärfer?«

Die Stille im Labor wurde nur durch das Sirren der Leuchtröhren an der Decke und das Klicken der Maus durchbrochen.

»Wenn das überhaupt nötig ist«, murmelte Blomberg. »Für mich sieht der aus wie Nortamo.«

In der Wohnung in der Jääkärinkatu herrschte eine angespannte Atmosphäre.

Asko Lahdensuo legte die Computerdiskette auf den gläsernen Couchtisch. Er war blasser als sonst, und seine Haare standen ihm wirr vom Kopf – er hatte nach dem morgendlichen Tennismatch nicht geduscht. »Hier ist eine Kopie des Materials.« Neben die Diskette legte er ein Blatt Papier mit der Passage, die Finnland bertraf.

»Das muss vernichtet werden«, sagte Premierministerin Marjatta Lahdensuo leise.

»Oder an einem sicheren Ort aufbewahrt«, entgegnete Asko. »Für den Fall, dass es gebraucht wird.«

»Das kann man nicht verwenden«, stellte Harri Lahdensuo, der Mann der Premierministerin, fest. Man sah seinem Gesicht an, dass er schlecht geschlafen hatte. »Auf keinen Fall. Dieses Spiel ist zu Ende gespielt.«

»Es schadet nicht, wenn man es aufbewahrt«, sagte sein Bruder Asko. »Für alle Fälle.«

»Worauf willst du hinaus?«, fragte Marjatta eisig.

»Ich bringe die Diskette in das Bankschließfach, in dem einige meiner Papiere liegen. Da kommt niemand außer mir heran.«

Marjatta sah ihren Schwager scharf an, beugte sich über den Tisch, nahm die Diskette und schob sie in den Briefumschlag.

»Ich habe dafür bezahlt, ich trage die Verantwortung, und ich bewahre sie auf«, sagte Asko scheinbar ruhig.

»Welche Verantwortung? Du hast eine Firma, die du damit nicht aufs Spiel setzt. Aber ich verliere mein Amt und ruiniere meine gesamte politische Karriere, wenn ich damit in Verbindung gebracht werde.«

»Du wirst nichts verlieren. Hier herrscht das Gleichgewicht des Schreckens. Selbst wenn jemand von der Diskette wüsste, will doch niemand aus dem Machtbereich der Präsidentin in den alten Sachen wühlen. Nicht einmal die SiPo.«

»Wenn jemand von der Diskette wüsste? Was willst du damit sagen?«, fragte Marjatta noch besorgter als zuvor.

»Nichts. Aber wie gesagt, ich werde das Material vorsichtshalber aufbewahren. Ich werde es niemandem geben, ohne zuvor mit dir gesprochen zu haben.«

Asko Lahdensuo streckte die Hand aus, und die Premierministerin gab ihm zögernd die Diskette.

Mit dem Telefon am Ohr fuhr Timo mit überhöhter Geschwindigkeit auf der A7 in Richtung französische Grenze. Die Autobahn führte zwischen trockenen Hängen hindurch, der Nachmittagsverkehr war lebhaft.

»Ist alles in Ordnung?«, fragte er Maria Aguilar, die er an ihrem Arbeitsplatz erreicht hatte.

»Nichts Neues von Sally. Die Polizei geht der Sache nach. Und am Institut treiben sich immer noch zwei Amerikaner herum, die sich nach ihr erkundigen.«

»Auch bei Ihnen?«

»Ich werde bestimmt auch noch an die Reihe kommen.«

»Ich hoffe, Sie werden nicht ...«

»Keine Angst. Über Sie werde ich kein Wort sagen. Und ich werde so tun, als kenne ich Sally nicht gut. Wie es aussieht, begegnen die anderen den Amerikanern auch ziemlich ablehnend. Außer einer Doktorandin, die zufällig selbst Amerikanerin ist.«

»Ich war auf dem Friedhof. Warum ist denn da ein Latimeria in die Tafel eingraviert?«

»Das weiß ich nicht. Sallys zwanghafte Fixierung auf die erste geknackte DNS-Sequenz des Latimeria hatte ich ja schon erwähnt.«

Timo erhöhte auf dem schnurgeraden Autobahnabschnitt das Tempo.

»Ist das nicht selbstverständlich, wenn man bedenkt, was Isamas wichtigste wissenschaftliche Arbeit war?«, fuhr Aguilar fort.

»Haben Sie eine Vorstellung davon, ob das Eingravieren des Latimeria ein Wunsch von Isama selbst oder eine Idee von Sally gewesen ist?«

»Über so persönliche Dinge haben wir nie gesprochen.«

Der Satz kam gequält und frustriert, und Timo hielt es nicht für klug, weitere Frage zu stellen. Er warnte Maria Aguilar noch einmal vor den Amerikanern, bevor er das Gespräch beendete und das Telefon in der Türablage verstaute.

Der DNS-Code des Quastenflossers bereitete ihm immer mehr Kopfzerbrechen. ACCTGAG... Timo wühlte in seinem Gedächtnis nach allem, was er über das Thema wusste. Die DNS waren die Bausteine der Gene. Die Gene waren DNS-Ketten, die genetische Informationen von einer Generation zur nächsten weitergaben. Als Träger der Information fungierten Basen, deren Namen die Anfangsbuchstaben A, G, T und C trugen.

Träger der Information. Auf dem T-Shirt und der Gedenktafel konnte im Prinzip sogar sehr viel Information enthalten sein. Hatte das in diesem Zusammenhang irgendeine besondere Bedeutung?

Timo erinnerte sich daran, wie Soile während einer Autofahrt Aaro die DNS erklärt hatte. Als er aber an Soile dachte, durchlief ihn eine Welle der Enttäuschung und der Bitterkeit. Sein Blick auf die Straße trübte sich, und er musste schlucken.

Mit Mühe zwang er sich, sich wieder auf das Wesentliche zu konzentrieren. Soile hatte die DNS mit einem Computer verglichen, und da hatte Aaro sofort die Ohren gespitzt: Die Zelle sei ein Computer, und die DNS entspräche den Informationen auf der Festplatte. Die vier Basen der DNS konnte man zur Aufbewahrung, Modifizierung und zum Kopieren von Daten benutzen, und zwar genau so wie ein Computer Einsen und Nullen benutzte. Die Datenmenge von einer Billion CD-Roms passte in ein Gramm DNS-Moleküle. Das hatte Eindruck auf Aaro gemacht. Auf einmal klang die Biologie interessanter als Technik...

Timos Melancholie ließ nicht nach. Gemeinsame Autofahrten mit Soile und Aaro waren jetzt Geschichte. Oder doch noch nicht? Sollte er um Soile kämpfen? Warum einfach aufgeben? Das braun gebrannte, schmale Gesicht von Patrick Saari schob sich vor sein inneres Auge.

Es war sinnlos zu hoffen, dass Soile es sich anders überlegte. Timo wusste das aus eigener Erfahrung. Er hatte sich im Frühling in eine italienische Akademikerin verguckt, die bei der TERA Vorlesungen über den Islam gehalten hatte. Eine Woche lang hatte er die lebhaften Gebärden, das Funkeln der braunen Augen und den Duft des außergewöhnlichen Parfums von Fiorina Lucciore aufgesaugt, wohl wissend, dass Gegenseitigkeit nicht zu befürchten war. Aber wenn Fiorina nun ein Auge auf seinen finnischen Adoniskörper geworfen hätte? Hätte er dann der Verlockung widerstehen können?

In solchen Situationen war die Vernunft auf Stand-by geschaltet. Insofern würde sich auch Soile nicht so leicht noch mal umdrehen lassen.

42

Colin Baumgarten hielt den kleinen Anhänger aus Alabaster in der Hand, in den die Umrisse eines Quastenflossers eingraviert waren.

Sally Nishikawa lag auf der Plastikplane am Boden. Baumgarten hatte ihr die Schläfen und den Hinterkopf rasiert, um die Elektroden zur Messung der Gehirnströme anzubringen. Dabei hatte er das Rasiermesser ein paarmal zu stark aufgedrückt – doch der Fußboden war ja mit der Plane geschützt.

»Warst du dabei, als das Bild in den Anhänger eingraviert wurde?«

»Nein«, sagte Nishikawa.

»Hat dir dein Mann den Schmuck geschenkt?«

»Nein.«

Baumgarten warf einen Blick auf den neben ihm stehenden Novak und dann auf den Computerbildschirm, der an das EEG angeschlossen war und auf dem man die Funktion des Pontifex verfolgen konnte. Das Verfahren setzte exakte und konkrete Fragen voraus, die zu stellen wiederum zahlreiche Informationen über das Objekt der Fragen verlangten. Die waren jetzt nicht vorhanden.

Baumgarten stand diesem technischen Verfahren zur Aufdeckung von Lügen skeptisch gegenüber. Der traditionelle, 1921 erfundene Lügendetektor maß Atemfrequenz, Puls, Blutdruck und Schweiß. Er war unzuverlässig, und ein einigermaßen begabter Schauspieler konnte die Resultate bereits manipulieren. Trotzdem akzeptierten viele Bundesstaaten der USA die Ergebnisse vor Gericht. Beim Kriegsgericht sowie beim Geheim- und

Sicherheitsdienst verließ man sich allerdings nicht darauf. Baumgarten wäre nie auf die Idee gekommen, so ein Ding zu benutzen, das war etwas für Amateure.

Hin und wieder hatte er einen Vericator benutzt, der auf Stimmenanalyse basierte. Die Stimme eines lügenden Menschen vibrierte anders als bei einem, der die Wahrheit sagte. In der Praxis hatte sich jedoch herausgestellt, dass man mit dem Vericator nur das Stressniveau einer Person messen konnte, das nicht unbedingt mit dem Lügen korrelierte.

Das Problem aller Verfahren, die äußere Zeichen des Lügens registrierten, war – neben der Manipulationsanfälligkeit –, dass beim Verhör auch das Stressniveau einer Person, die die Wahrheit sagte, anstieg. Darum waren die Sicherheitsorgane ständig bestrebt, Methoden zu entwickeln, die die beim Lügen ausgesandten Signale direkt im Gehirn aufzeichneten.

Baumgarten war an einem Projekt beteiligt gewesen, bei dem das Gehirn eines Probanden mit einer Kernspintomografie aufgenommen wurde. Die Versuchsperson hatte über Spielkarten in ihrer Hand Falschaussagen treffen müssen. Für jede gelungene Lüge waren ihr zwanzig Dollar versprochen worden. Das Geld hatte gespart werden können, denn jedes Mal wenn die Versuchsperson gelogen hatte, hatten der *Gyrus cingularis* und der linke Vorderlappen der Hirnrinde auf dem Bild geglüht. Noch befand sich das Verfahren im Versuchsstadium. Es war vielversprechend, aber die notwendigen Apparaturen waren für den Feldeinsatz zu schwer.

Die verheißungsvollste Technologie aber, die Pontifex, MERMER und einige andere Methoden verwendeten, beruhte auf der Messung elektrischer Gehirnströme. EEG-Geräte waren leicht zu transportieren, und das Verfahren hatte unter Laborbedingungen einen Zuverlässigkeitsgrad von 99,9 Prozent erreicht. In Guantánamo waren damit gute Resultate erzielt worden, ebenso im Gefangenenlager Camp Dolena in der Nähe des Flughafens Bagdad, wohin jene Iraker gebracht worden waren, die man für die wichtigsten Informationsquellen gehalten hatte – außerhalb jeglicher Gefangenenstatistik. Der Apparat funktionierte auf der Grundlage von Fragen nach exakten Einzelheiten, zum Beispiel dem Schauplatz eines Verbrechens oder eines Terroranschlags. Das Fehlen eines bestimmten Gehirnstroms bedeutete, dass die entsprechenden Details der verhörten Person tatsächlich nicht bekannt waren.

Baumgarten ließ den Anhänger der Halskette wieder auf Sally Nishikawas Brust zurückfallen. An sich war der Schmuck ein geeigneter Gegenstand der Konkretisierung für den Pontifex, dennoch war es schwierig, genaue Fragen zu stellen. Gerade geeignete Fragen zum DNS-Code ließen sich kaum bilden. Mit dem Pontifex hatte man darum fast nur simple Zustimmungen oder Verneinungen bekommen.

Mit den pharmakologischen Verfahren war es nicht anders gewesen. Baumgarten hatte es bei Nishikawa mit Thiopental und zwei weiteren Barbituraten versucht, obwohl er damit ansonsten zurückhaltend war. Seiner Erfahrung nach bekam man damit keine Informationen aus der zu verhörenden Person heraus, wenn sie diese nur hinreichend entschlossen verheimlichen wollte. Der Grenzbereich zwischen Wachsein und Schlaf war bis zu einem gewissen Punkt willensbedingt. Und Frau Nishikawa hatte offensichtlich beschlossen, die Wahrheit für sich zu behalten.

»War es deine Idee, den DNS-Code von Latimeria auf die T-Shirts zu drucken?«, fragte Baumgarten.

»Nein«, sagte sie.

Baumgarten sah Novak fragend an. Die Serie mit den zehn Fragen war zu Ende.

»Druck die Analyse aus und komm nach oben«, sagte Novak und ging ins Wohnzimmer hinauf.

Während Baumgarten sich dem Computer zuwandte, öffnete Novak im Wohnzimmer das Fenster und sog die frische Luft ein. Hinter den Bäumen und Sträuchern der Carrer dels Cavallers war es still. Die Sonne sank, und die Lichter von Barcelona gingen an. Adler stellte die Pizzakartons, die ein Bote gebracht hatte, auf den Tisch. Er trug seine Waffe am Gürtel. Perry suchte in der Küche nach Besteck.

Mit dem Ausdruck des Pontifex in der Hand kam Baumgarten aus dem Keller.

»Nichts«, sagte er frustriert und reichte Novak das Blatt Papier.

In der linken Spalte waren die Interpretationen der Antworten zu lesen.

Nur bei der letzten Antwort war die rote Kurve aufgetaucht, die für eine Lüge stand.

»War es deine Idee, den DNS-Code von Latimeria auf die T-Shirts zu drucken?«

Die Verneinung war eine Lüge gewesen. Also hatte Sally Nishikawa die Idee gehabt, den Latimeria-Code auf die T-Shirts drucken zu lassen. Aber was erfuhren sie dadurch schon? Das Gleiche galt für die Fragen, die sich auf Yoshima Nishikawa bezogen. Das einzig Wesentliche, wofür sie Bestätigung erhalten hatten, war die Theorie von der besonderen Bedeutung der Quastenflosser-DNS.

Perry kam aus der Küche und wischte sich die Hände an seinen ohnehin schon schmutzigen und zerknitterten Hosen ab. Novak hatte inzwischen bemerkt, dass der Mann nichts als Elektronikteile in seinem Koffer hatte.

»Ihr bräuchtet bei DARPA bessere Hirnforscher, damit der Pontifex irgendwann auch anwendbar ist«, sagte Baumgarten und nahm einen Schluck Budweiser.

»Colin, wir haben äußerst fähige Gehirnforscher. Erwiesenermaßen. Dick mag das nicht, aber wir sind zum Beispiel ziemlich weit mit einer Anwendung, bei der ein Computer allein durch die Gedanken eines Menschen gesteuert wird«, sagte Perry und sah Novak herausfordernd an. »Die Verbindung zwischen Mensch und Maschine ist viel enger, als ihr glaubt.«

»Solange ihr es nicht umgekehrt macht und den Computer die Gedanken steuern lasst.«

»Ich will dir ja keine Angst machen, aber schon 2002 haben

wir bei DARPA eine Ratte durch Elektroden am Kopf und mit Hilfe eines Computers ferngesteuert. Es gibt da ein Projekt namens *Robolife*, bei dem der Mensch schon bald ein paar Säugetiere, Vögel und Insekten fernsteuern wird.«

»Prima«, sagte Baumgarten. »Wir erschaffen die Tiere neu und machen aus ihnen die Krönung der wissenschaftlich-technischen Evolution.«

Perry sah Baumgarten skeptisch an. »Mach dich nur über uns lustig.«

»Das tue ich doch gar nicht. Eurer Meinung nach sind Tiere doch nichts anderes als lebende Roboter, die von genetischen und chemischen Programmen gesteuert werden. Geh in irgendeine Legebatterie oder einen Kuhstall und sieh dich um! Da findest du keine Tiere, sondern Produktionseinheiten des Landwirtschaftsbusiness, Biomaschinen, aus denen man mit Hilfe der modernen Wissenschaft so viel Gewinn herausholt wie möglich«, sagte Baumgarten und nahm die Pizzakartons in Augenschein. »Ich habe Spargel-Aubergine-Avocado bestellt, aber ich sehe nur Thunfisch, Schinken und anderen Müll«, sagte er missmutig. »Jetzt bin ich einmal in Barcelona und könnte Seeigel von der Costa Brava essen. Und dann so etwas.«

Perry machte eine Cola auf, und Novak zerschnitt seine Pizza.

»Offen gesagt ist eure ganze DARPA für mich eine ziemlich fragwürdige Einrichtung«, fuhr Baumgarten fort. »Da werden Steuergelder in die irrsinnigsten Projekte von lauter Kriegsfanatikern gesteckt.«

»Was für eine Scheinheiligkeit«, stellte Perry fest, nachdem er die Flasche abgesetzt hatte. »Der Großteil *aller* Forschung überall auf der Welt ist noch immer an die Bedürfnisse der Rüstungsindustrie gekoppelt.«

Baumgarten schien sich mehr auf seine zeitungsgroße Pizza als auf Perrys Worte zu konzentrieren.

Aber Perry gab nicht auf. »Du solltest zufrieden sein, dass ein Teil der Wissenschaft immer noch so betrieben wird, wie es bei diesen Projekten der Fall ist – offen und öffentlich. Jahr für Jahr geht nämlich ein immer größerer Teil der Forschung in den Bereich der privaten Finanzierung über. Und damit stößt man auf eine viel wichtigere Frage: Haben wir Wissenschaftler nur das Recht oder auch die Pflicht, die Ergebnisse unserer Forschungen zu veröffentlichen? Wenn Firmen zahlen, wollen sie auch über den Gebrauch der Resultate entscheiden.«

»Was an sich das einzig Richtige ist«, sagte Baumgarten mit vollem Mund.

»Ich bin Wissenschaftler und gehe davon aus, dass Information die Grundlage von allem ist«, predigte Perry, der seine eigene Pizza ganz vergessen hatte. »Über die Erkenntnisse der Wissenschaft muss öffentlich und zuverlässig berichtet werden. Wissenschaftliche Experimente müssen von anderen Wissenschaftlern wiederholt werden können, für die Ergebnisse braucht man mehrmalige Bestätigung mit verschiedenen Methoden. All das ist bedroht, wenn Großkonzerne mit der Arbeit von Forschern und Patentanwälten ihre Gewinne maximieren.«

Baumgarten tupfte sich gelangweilt mit der Serviette die Lippen ab. »Und die Firmen zwingen die Wissenschaftler mit vorgehaltener Waffe entsprechend zu handeln? Nein, Dave, du bist genauso eine Hure wie ich. Mit Vergnügen gibst du das, was du kannst, demjenigen, der dafür sein Portemonnaie aufmacht.«

Perrys Augen glühten vor Zorn. »Du glaubst doch nicht im Ernst, dass man das Gehirn eines Wissenschaftlers mit Geld in Gang setzen kann.«

»Nicht mit Geld, aber mit dem Brot, das man sich damit kauft. Das Brot wiederum gibt dem Forscher die Möglichkeit, sich selbst zu verwirklichen.« Baumgarten schlürfte an seinem Budweiser und redete schnell weiter, bevor Perry sich einschalten konnte. »Worin besteht denn die Aufgabe der Wissenschaft? Die Wahrheit zu suchen und den Menschen zu dienen und sich für das Wohl der Menschheit einzusetzen? Warum will der Forscher die Lösung für ein Problem finden? Ich sag es dir, Dave. Um das Ziel zu erreichen, das er *sich selbst* gesteckt hat. Um seinen Namen in die Öffentlichkeit zu bekommen. Um seinen alten Studienkollegen und seinem Schwiegervater zu zeigen, was für ein Genie er ist.«

»Totaler Quatsch. Forschen und Neugier sind Grundbedürfnisse des Menschen. Sieh dir die Kinder an ... Was sind ihre ersten Wörter? ›Warum?‹, ›Wieso?‹. Das ist der Kern des Ganzen. Weißt du ...«

»Deine Pizza wird kalt, Dave«, unterbrach Novak. Er fuhr sich durchs Haar und sah Baumgarten an. »Sollten wir über etwas entschiedenere Mittel im Keller nachdenken?«

»Wenn du damit die klassische Folter meinst: vergiss es. Das funktioniert bei dieser Frau nicht. Durch Folter kriegt man niemals raus, was jemand *wirklich* für sich behalten will.«

»Bist du sicher?« Novak stand auf.

Baumgarten wollte nicht insistieren. Er kannte sich aus. Die übelsten Methoden stammten aus der Sowjetunion der fünfziger Jahre. Da hatte man den Gefangenen dünne Stahlnadeln in den Schädel geschlagen, ihnen »die Handschuhe ausgezogen« – ihre Hände in kochendes Wasser gesteckt und dann die Haut abgezogen – oder sie in Kammern gesetzt, denen man nach und nach den Sauerstoff entziehen konnte. In der Praxis der amerikanischen Geheimdienstwelt aber ging man davon aus, dass die Androhung von Schmerzen beim Klienten mehr Angst auslöste als die Schmerzen selbst.

Jørgensen ging die Carrer dels Cavallers entlang, hielt sich dabei aber im toten Winkel des von den Amerikanern bewohnten Hauses. Die Gegend war grün und ruhig. Ein paar Blocks weiter läutete dumpf die Glocke des Klosters Pedralbes zur Messe.

Im Schatten einer Ulme blieb Jørgensen stehen und blickte auf das zweihundert Meter entfernte Haus. Es stand am Hang, war zweistöckig mit rotem Ziegeldach. Auf dem Grundstück wuchsen Oleander, Palmen und Eukalyptusbäume, aber zwischen dem üppigen Bewuchs und dem Haus lagen mehrere Meter

Rasenfläche. Es war äußerst schwierig, hier heimlich einen Sender anzubringen.

Die Benutzung eines Lasermikrofons war dagegen möglich. Das konnte in einigem Abstand vom Fenster stehen. Die Worte brachten die Fensterscheibe zum Vibrieren, und das Gerät, das auf Interferenz basierte, zeichnete die Vibration auf und verwandelte sie in Schallwellen.

Eine Joggerin näherte sich Jørgensen, weshalb er sich umdrehte und mit raschen Schritten zu seinem Wagen zurückging. Der Vorsprung der Amerikaner wuchs von Minute zu Minute.

43

Der Wind vom Meer bog die Zweige der Bäume vor der Dienstvilla der Präsidentin und wirbelte orangerote Ahornblätter im Schein der Gartenbeleuchtung auf. Rautio hatte seinen Wagen neben der Seiteneinfahrt geparkt. Er saß neben der Präsidentin auf dem Rücksitz.

»Nortamo versteht nicht, dass die Gesamtinteressen des Staates bisweilen schwerer wiegen als das Schicksal einzelner Personen«, sagte der Chef der Sicherheitspolizei.

»Du sollst nicht philosophieren, sondern bei der Sache bleiben«, sagte die Präsidentin.

»Man muss Nortamo die Glaubwürdigkeit nehmen. Und das dürfe nicht schwer fallen, nachdem diese Videoaufnahme im Computer von Heli Larva gefunden worden ist. Er dürfte aber wohl kaum etwas in der Hand haben, womit er die Echtheit der KGB-Diskette beweisen könnte. Falls Nortamo doch etwas durchsickern lässt, briefen wir ein paar Journalisten. Wir erzählen ihnen etwas von Burn-out, und dass er gefeuert wurde. Wenn nötig sogar von einem Verhältnis mit der Larva. Die übrigens ein wesentlich härterer Brocken zu sein scheint, als wir gedacht haben ... Von der CIA ist heute morgen eine Bitte um Amtshilfe eingegangen. Wie es aussieht, hat sie nichts mit der Sabotage in Olkiluoto zu tun. Sie steckt in ganz anderen Sachen drin. In ihrem Haus sind 155 000 Euro in bar gefunden worden.«

Die Präsidentin musterte Rautio. Sie war zu dem Gespräch mit dem Chef der SiPo gekommen, obwohl in der Villa private Gäste auf sie warteten. »Es gefällt mir nicht, dass Nortamo der Joker in diesem Spiel ist.«

»Mir auch nicht. Aber damit müssen wir jetzt leben.«

»Und Asko Lahdensuo?«

»Ich habe ihn gewarnt«, sagte Rautio. »Er weiß, dass wir Bescheid wissen. Er kann mit seinem Material nichts mehr anfangen.«

»Gut.«

Timo fuhr bei Villnaz von der Autobahn Lyon–Genf ab. Die Ortschaft war nicht so tief in den Alpen verborgen wie Annecy und hatte auch nicht den gleichen Charme, da es keinen See gab, dafür fehlte aber auch die extreme Touristenflut. Ab und zu blickte er in den Rückspiegel, obwohl er wusste, dass sich ein Profi beim Beschatten nicht direkt an die Stoßstange hängen würde. Inzwischen hatte er Soile angerufen und erfahren, dass sie bereits unterwegs war.

Das Fahren hatte Timos Muskeln und Gedanken betäubt, er war nur noch fähig, mechanisch zu registrieren, was er durch die Windschutzscheibe sah. Die Weinlese war bereits vorüber. Über den weitläufigen, sanft hügeligen Weinbergen und den dahinter dunkelblau schimmernden Alpen wölbte sich ein klarer herbstlicher Sternenhimmel. Sehr tief, unmittelbar über der Bergsilhouette funkelte ein besonders heller Stern. Oder war das ein Planet? Oder eines von den Flugzeugen, die gerade den europäischen Luftraum durchquerten?

Timo musste wieder an den Sternenhimmel von Krakau und an das Schicksal von Zeromski denken. Er umklammerte das Lenkrad fester. Die blauweißen Zeichen für enge Kurven kamen abwechselnd rechts und links, während die Straße zur Ortschaft Villnaz anstieg.

In Timos Gedächtnis brannten die Erinnerungen vom letzten Jahr, von dem glücklichen Wochenende an ihrem Hochzeitstag hier. Sie hatten gut gegessen, waren an den Hängen entlanggewandert und hatten Weine probiert. Alles war gut gewesen. Oder doch nicht?

War Soile schon damals frustriert und ausweichend gewesen?

Sie hatten gemeinsam an die Reisen zurückgedacht, die sie in jungen Jahren unternommen hatten und bei denen die Stimmung eine völlig andere gewesen war. Soile hatte über ihr Alter und den Lauf der Zeit geseufzt und lachend gedroht, sie käme wohl bald in die Vierziger-Krise. Offenbar war das nicht bloß ein Scherz gewesen.

Timo kam an dem schmalen und hohen Haus vorbei, in dem das Fischrestaurant *Le Brochet* gewesen war. Dort hatten sie gegessen. Jetzt waren die Fenster vernagelt, das Restaurant existierte nicht mehr. War das ein schlechtes Omen?

Im Schritttempo fuhr Timo zu dem Platz in der Ortsmitte, an dem hinter einem Springbrunnen und Blumenrabatten das reich verzierte Rathaus aufragte. Die verschnörkelte Uhr zeigte halb zehn. Soile würde bald kommen, wenn sie nicht schon da war. Die bevorstehende Begegnung machte Timo nervös. Ein seltsames Gefühl. Zum ersten Mal seit ihrer allerersten Verabredung machte es ihn nervös, Soile zu treffen. In den Jahren dazwischen schien alles klar gewesen zu sein – jedenfalls aus seiner Sicht.

Er blickte noch einmal in den Rückspiegel, bevor er zwischen dem Gebäude des *Crédit Agricole*, das dank der Gewinne der Winzer besonders protzig ausfiel, und der *Brasserie de la Patrie* in die schmale Seitenstraße einbog, die im Schutz von Steinmauern verlief. Der Efeu an den Mauern streifte fast die Außenspiegel. Am Ende der Straße stand ein blaugraues, zum Hotel umfunktioniertes Fachwerkhaus, das ehemalige Hauptgebäude eines Weingutes, geziert von einem spitzen, mit roten Ziegeln gedeckten Turm.

Der Parkplatz des *Hôtel Raphaël* war leer, denn in dem Hotel gab es kein Restaurant, das Einheimische anzog. Timo stieg aus und streckte seine steifen Glieder. Das Haus stand am Hang, hinter den Bäumen auf dem Grundstück breiteten sich Weinberge aus. In der windstillen Luft lag der Duft von Rauch.

Timo versuchte seine Nerven zu beruhigen, indem er zu der höchsten Ecke des terrassenartig angelegten Parkplatzes hinaufging. Der Rauch an diesem stillen Abend brachte Timo wieder das Porvoo seiner Kindheit in Erinnerung, wenn es aus den Schornsteinen der Altstadt nach brennendem Holz in den Saunaöfen roch.

Die schnurgeraden, gepflegten Reihen der Weinstöcke gaben der Landschaft ihren Rhythmus. Selten befand sich etwas von Menschenhand Geschaffenes so im Einklang mit der Natur wie ein Hunderte von Jahren alter Weinberg. Er war bereits Teil der Natur geworden, war mit der Landschaft verwachsen.

Auf dem Parkplatz hörte man ein Motorengeräusch. Timo blickte sich um und spannte die Muskeln an, als er einen kakaofarbenen, alten Lieferwagen der Marke Citroën rückwärts auf das Nebengebäude zufahren sah. Die Männer, die aus dem Wagen stiegen, waren jedoch eindeutig Arbeiter aus der Gegend.

Timo betrat das Hotel durch den massiven, burgtorartigen Haupteingang. Das gemütlich eingerichtete, mit Weinmotiven dekorierte Entree war leer, aber aus dem Hinterzimmer erschien eine etwa sechzigjährige Frau, deren Brille an einer dünnen Kette um ihren Hals hing.

Begleitet von freundlichen Willkommenswünschen schrieb sich Timo ein und ging in Zimmer 27 hinauf. Es war kleiner als die Suite, die sie sich vor einem Jahr an ihrem Hochzeitstag gegönnt hatten. Die Einrichtung bestand aus schlichten Bauernmöbeln und passte gut zu den freiliegenden Deckenbalken und den breiten Bodendielen.

Aus Routine durchsuchte Timo den Raum, denn inzwischen vertraute er nichts und niemanden mehr. Schließlich blieb er vor dem Sprossenfenster stehen. Soile würde bald kommen. Das alte Glas verzerrte die Aussicht auf den Hang mit den Weinreben, auf den ersten Blick sah alles friedlich und sicher aus, auf den zweiten jedoch bedrohlich. Als könnte sich hinter jeder Rebe ein Killer verborgen halten.

Von Minute zu Minute kam es ihm bedenklicher vor, Soile nach Villnaz gebeten zu haben. Was, wenn die Amerikaner oder die Chinesen herausgefunden hatten, wo er sich aufhielt? Würde das Soile in Gefahr bringen?

Timo wusch sich im Bad das Gesicht mit kaltem Wasser, dann ließ er sich aufs Bett fallen. Er sah nicht die Buchstaben, die auf sein T-Shirt gedruckt waren, aber sie lauerten in seinem Kopf. ACCTGAG ...

Die Genkarte. Wie hing sie mit Isama Nishikawas Vater zusammen? Von allen Teilnehmern des Marburger Latimeria-Kongresses waren die Russen speziell an ihm besonders interessiert gewesen, hatte Zeromski gesagt. Was hatte der Antimaterieforscher mit all dem hier zu tun?

Was immer es war, es würde das Interesse der Großmächte an der Sache erklären. Dessen war sich Timo zusehends sicherer.

Unruhig stand er auf, ging die schmale Treppe zur Eingangshalle hinunter und trat in den Hof, von dem ein kleiner Teil durch eine verzierte gusseiserne Lampe erleuchtet war. Soile müsste jeden Moment eintreffen.

Die Dunkelheit steigerte seine Vorsicht. Er ging zu dem Geländer am Rand des steil abfallenden Hangs und schaute zum Himmel. Je mehr man sich an die Dunkelheit gewöhnte, umso mehr Sterne sah man. Gab es dort oben Planeten mit intelligentem Leben? Ja – wenn man Zeromski und Soile glaubte.

Timo erinnerte sich wieder an das Gespräch zwischen Soile und Aaro beim Herunterladen des SETI-Programms. Wenn es intelligentes Leben im All gab, wie viele fremde Zivilisationen waren dann fähig, bis zur Erde zu reisen, hatte Aaro wissen wollen.

Von tausend Zivilisationen waren uns einige von der Intelligenz her unterlegen, einige aber wahrscheinlich sogar weit voraus, hatte Soile geantwortet. Es sei eine lächerliche Vorstellung, dass ausgerechnet auf der Erde, die nur einer von einer Milliarde Planeten der Milchstraße war, auf denen Leben existieren konnte, das Leben und die Technik am weitesten entwickelt sein sollten. Dass du und ich der Höhepunkt der Entwicklung wären, hatte Soile spöttisch gesagt.

Timo hatte sich selbst mit den Augen eines höher entwickelten Wesens betrachtet und konnte sich gut vorstellen, wie überlegen sich dieses andere Wesen fühlen musste. Ähnlich überheblich hatte er selbst den Menschen des ausgehenden 19. Jahrhunderts gesehen, der, vom technischen Fortschritt berauscht, meinte, er bildete mit seinem Telegrafen und seinem elektrischen Licht die absolut vorderste Front der Wissenschaft.

Aber warum sollte das Leben genau so sein wie auf der Erde, hatte Aaro sein Gedankenspiel weitergesponnen. Soile zufolge hing die Entwicklung des Lebens von der Evolution ab, die sich über einen sehr langen Zeitraum erstreckte. Was wäre passiert, wenn irgendwelche Vorfahren des Tintenfischs vor Urzeiten an Land gekrochen wären? Der Tintenfisch war ein intelligentes Wesen, er hätte sich im Laufe der Evolution ohne weiteres entwickeln und eine technische Kultur herausbilden können. Dann säßen hier jetzt zwei Tintenfische, die sich den Kopf darüber zerbrechen würden, ob es irgendwo dort draußen andere Wirbellose mit acht Tentakeln gäbe, hatte Soile sehr zu Aaros Vergnügen orakelt.

Und dann würden die Tintenfische sich ausmalen, dass sich theoretisch sogar aus den Affen oder ihren zweibeinigen Verwandten intelligentes Leben entwickeln könnte, so unglaublich das auch schien, hatte Aaro hinzugefügt.

Timo dachte an Soile, obwohl das seine Anspannung nur weiter wachsen ließ.

Heli Larva schaute dem Mann mit der Halbglatze und den Eichhörnchenzähnen, der sie in dem kargen Vernehmungszimmer der SiPo verhörte und sich als Ari Blomberg vorgestellt hatte, ruhig in die Augen. Er hielt ihrem Blick stand.

»Wir haben bei Ihnen 155000 Euro in bar gefunden », sagte er. »Woher kommen die?«

Heli wandte den Blick ab. »Ich beantworte keine Fragen, bevor ich nicht einen Anwalt bekomme.«

»Sie haben von Timo Nortamo Informationen über den Fortgang der Ermittlungen im Fall Olkiluoto erhalten«, sagte Bomberg, ohne mit der Wimper zu zucken. »Wann hat euer Verhältnis angefangen?«

Am liebsten hätte Heli über solch einen verzweifelten Versuch gelächelt, aber sie hielt ihre Miene neutral und überlegte sich, was sie sagen sollte. Sie könnte mit kalter Ruhe die Existenz eines Verhältnisses bestätigen.

»Ich sagte schon, dass ich nicht auf Fragen antworte«, sagte sie. Sie musste sich Munition für die eigentliche Schlacht aufsparen.

Es gab da aber noch einen Grund, den sie sich nicht einmal selbst eingestehen wollte. Trotz allem hatte sie nämlich das Gefühl, mit Nortamo auf einer Wellenlänge zu sein. Der Mann war geradeheraus und verschlossen. Das sprach sie an, ob sie das wollte oder nicht.

Schade nur, dass er ausgerechnet eine Frau wie Soile geheiratet hatte.

Soile nahm in Genf die Straße nach Süden, die in die Alpen und nach Villnaz führte. Über den Weinbergen rechts und links der Strecke und der gezackten Bergsilhouette in der Ferne setzte die Abenddämmerung ein.

Soile hatte sich in den zurückliegenden Tagen Sorgen wegen Timo und dessen Verhalten gemacht. Am Nachmittag hatte ein Anruf von TERA aus Brüssel ihre Sorge weiter verstärkt. Warum hatte Timo ihr nicht von seinem Rauswurf erzählt?

Sie machte sich über mögliche Gründe Gedanken, fand aber keine nahe liegende Erklärung. Normalerweise sprach Timo relativ offen über seine Probleme. Manchmal warf er sogar ihr vor, etwas in sich hineinzufressen.

Sie ärgerte sich, dass Timo ausgerechnet in dem Moment von dem Verhältnis zwischen ihr und Patrick erfahren musste, als er seinen Job verlor. Das war einfach zu viel.

Sie tröstete sich allerdings mit dem Videoausschnitt, den ihr Heli Larva geschickt hatte. Was Timo ihr über die Entstehung der Aufnahme gesagt hatte, nahm sie ihm zwar ab. Trotzdem konnte sie nur mit Mühe der Verlockung widerstehen, Heli als Vorwand zu benutzen, um sich weiter von Timo zu distanzieren.

Oder war es möglich, dass Timo sich auf Heli eingelassen hatte, einfach weil er die Gelegenheit dazu gehabt hatte? Wie Bill Clinton: »Ich habe es getan, weil ich die Chance hatte, es zu tun …«

Heli Larva war auf ihre Art attraktiv, und während des Studiums hatte sie eine Menge Beziehungen gehabt. Beim CERN hatte sie einen britischen Wissenschaftler kennen gelernt, der ihretwegen sogar nach Finnland gekommen war. Soile hatte Heli mit diesem Lucas Cahill damals im Musikclub *Tavastia* gesehen. Jahre später war sie in einer Veröffentlichung der Universität Birmingham auf den Namen Cahill gestoßen. Seitdem war der Mann von der Bühne der Wissenschaft fast so spurlos verschwunden wie Heli.

Je mehr sich Soile an die Ansichten erinnerte, die Heli in der Studienzeit vertreten hatte, umso mehr verabscheute sie die Frau. Fanatiker, die auf einem Auge blind waren, mussten immer als gefährlich gelten, und wenn jemand auf einem Auge blind war, dann Heli Larva. Es war leicht, die Atomkraft zu kritisieren, wenn man die Augen vor den Tatsachen verschloss. Selbst die eingefleischtesten Atomkraftgegner unter den Wissenschaftlern gaben mittlerweile zu, dass man die Kernenergie vorläufig noch brauchte, um eine Klimaveränderung zu verhindern, die das Leben auf dem gesamten Planeten bedrohte. Jedenfalls bis eine bessere Alternative gefunden war. Das bewies doch, dass diese Wissenschaftler über Moral und Verantwortungsbewusstsein verfügten.

Nicht anders war es bei Helis zweitem Lieblingsthema, der Genmanipulation. Solange man die Biolandwirtschaft als Hobby betrieb, konnte man sich eine spärliche Ernte leisten. War es aber gerechtfertigt, die Rationalisierung der Lebensmittelproduktion mit wissenschaftlichen Mitteln zu verurteilen, solange auf der Welt stündlich tausend Menschen an Unterernährung starben? Darauf würde Heli Larva natürlich sagen, das Problem sei nicht der Mangel an Nahrung, sondern ihre ungleichmäßige Verteilung. Und die ließe sich nicht durch Gentechnologie korrigieren.

Heli gehörte zu den Menschen, die glaubten, man müsste die technische Entwicklung durch Limits und Vorschriften aufhalten. Ein absurder Gedanke. Der Mensch ging immer an seine Grenzen, und das würde auch so bleiben. Schon Ende des 19. Jahrhunderts waren manche der Meinung gewesen, alles Wesentliche und Nötige sei bereits erfunden, und in der Zukunft könne man sich darauf konzentrieren, die vorhandenen Früchte der Technologie zu genießen: die veredelten, leistungsstarken Dampfmaschinen, das Telefon, das elektrische Licht.

Andererseits konnte Soile durchaus Verständnis für Heli aufbringen. Es war eine Tragödie, dass diese superintelligente junge Wissenschaftlerin ein ums andere Mal bei Forschungsprojekten außen vor bleiben musste. Sie war schon vor Soile am CERN gewesen und hatte in dem Ruf gestanden, die begabteste Doktorandin unter den finnischen Teilchenphysikern zu sein. Damals hatte man ganz selbstverständlich von ihr als von einer künftigen Spitzenforscherin gesprochen. Im Nachhinein war klar, dass sie aufgrund ihres Fanatismus und ihrer Emotionalität keine Zukunft in der Wissenschaftsgemeinde haben konnte.

Auch Soile hatte als junge Studentin idealistische Vorstellungen von der Aufgabe der Wissenschaftler gehabt. Erst mit zunehmendem Alter und wachsender Erfahrung hatte sie sich der Realität gestellt, in der sie als Wissenschaftlerin lebte: Die Projekte waren da, wo Geld war, und das Geld war da, wo Politiker und Unternehmen es hinfließen ließen. Hinter deren Entscheidungen standen wiederum die Verbraucher, die mit ihren banal wirkenden alltäglichen Entscheidungen die Geldströme so lenkten, dass sie zu immer größeren Strömen zusammenflossen. Geld hielt die Welt am Laufen, ob man das wollte oder nicht.

Soile bremste in einer scharfen Kurve ab. Vom Anblick der Berge wurde ihr ganz schwindlig, obwohl sich die Straße durchs Tal schlängelte. Warum nur hatte Timo sie um Informationen über Yoshima Nishikawa gebeten? Und warum hatte er die mysteriöse Bitte geäußert, sie solle nach Villnaz kommen?

Im Fußraum vor dem Beifahrersitz lag die Tasche mit den Fotokopien über Nishikawa. Sie wollte nichts gutmachen, weil es nichts wieder gutzumachen gab. Aber Timo hatte geklungen, als bräuchte er ernsthaft ihre Hilfe, weshalb es ihr nur fair erschienen war, eine Stunde für Timo in Sachen Nishikawa zu opfern. Ein Teil der Kopien stammte aus dem Intranet des CERN, ein anderer aus der institutseigenen Bibliothek.

Das Signal, das Soile Nortamos Standort markierte, leuchtete auf dem Bildschirm des Ortungsgerätes. Es bewegte sich in Schlangenlinien durch die Bergtäler. Sean Todd, ein Beamter des CIA-Stützpunkts Genf, folgte dem Fahrzeug den Anweisungen gemäß, ohne ein Risiko einzugehen, das hieß außer Sichtweite. Wie es aussah, fuhr Frau Doktor Nortamo in Richtung Villnaz.

Todd war ein dreißigjähriger Mann mit Sommersprossen und rötlichen Haaren, der seine Jugend in Québec im französischsprachigen Teil Kanadas verbracht hatte. Darum war er bislang in Paris und Genf eingesetzt worden.

Er wusste so gut wie nichts über den Hintergrund der Befehle, die er überraschend erhalten hatte, aber das war er gewohnt. In Genf hatten viele internationale Organisationen ihren Sitz, bei denen die Vereinigten Staaten ihre Interessen zu wahren hatten. Eine der Organisationen, für die sich die wissenschaftlich-technische Abteilung der CIA interessierte, war das CERN, der Arbeitsplatz der Frau in dem Wagen, dem Todd folgte.

Die CIA verfügte im CERN über eine Informationsquelle, die den ganzen Tag Material über das Team von Yoshima Nishikawa zusammengetragen hatte. Es hatten sich nur Informationen allgemeiner Natur gefunden: um an Gelder zu kommen, vermietete CERN seinen Teilchenbeschleuniger für den Forschungsgebrauch. Genaueres war über die Arbeit der Japaner nicht bekannt.

Stattdessen hatte die amerikanische Informationsquelle beobachtet, dass Doktor Nortamo ebenfalls Material über Nishikawa sammelte. Das hatte in Washington Interesse geweckt, und man hatte die lückenlose Observation von Frau Doktor Nortamo veranlasst.

Ihr Auto fuhr auf der elektronischen Karte in Richtung Villnaz–Annecy–Aix-les-Bains weiter. Schnell brach die Dämmerung über den majestätisch aufragenden Bergen herein.

44

Unruhig sah Timo im Garten des *Hôtel Raphaël* auf die Leuchtziffern seiner Uhr. Wo blieb Soile?

Er stand hinter den Büschen am Rand des Parkplatzes, in einer Zone, wo das Laternenlicht nicht hinreichte.

Auf der schmalen Zufahrt näherte sich ein Auto. Timo setzte sich sofort in Bewegung. Er sah den hellen Lichtkegel über die Mauer streichen, während er hinter Thujen und Oleander so weit nach oben ging, bis er den gesamten Parkplatz überblicken konnte.

Der kleine Citroën C3 hielt wenige Meter neben seinem Wagen an. War es klug gewesen von Soile, in Genf ein Auto auf den eigenen Namen zu mieten? Und entsprang diese Frage nur der notwendigen Vorsicht angesichts der Situation, oder war das die Überempfindlichkeit seiner angespannten Nerven?

Soile stieg ruhig aus dem Wagen und blickte sich einen Moment ernst um. Das Licht von der Laterne beleuchtete ihr Gesicht nicht ganz, warf aber ihren Schatten auf den Kies. Sie trug Jeans und eine Bluse, die Timo noch nicht an ihr gesehen hatte. Ihre Haare waren kürzer, sie hatte sich einen neuen Schnitt machen lassen. Sie sah schön und intelligent aus – und mit einem Mal vollkommen fremd. Als wäre dem Auto eine Frau entstiegen, die Timo nur vom Sehen kannte. Dieses Gefühl war so neu, so seltsam, dass Timo erschrak. Hatten sie Soile bereits abgefangen und an ihrer Stelle eine andere geschickt?

Entsetzt über seine paranoiden Gedanken ballte Timo die Fäuste.

Soile ging auf das Hauptgebäude zu und durchquerte den

Lichtkreis der zweiten Lampe, die an der Wand angebracht war.

Timo gab sich einen Ruck. Im Schutz der Büsche ging er zum Parkplatz hinunter und sagte mit gedämpfter Stimme: »Soile. Ich bin hier.«

Sie blieb stehen und blickte sich um.

»Komm«, sagte Timo.

Mit unsicheren Schritten und gesteigerter Aufmerksamkeit trat Soile hinter den Büschen auf ihn zu. Die ganze Situation und seine Gefühle ließen Timos Herz bis zum Halse schlagen. Jetzt aber ging es um weit mehr als um ihre Beziehung. Die zu klären würden sie später hoffentlich noch Zeit haben.

»Was soll das Versteckspiel?«, fragte Soile gereizt.

Timo antwortete nicht. Gegen das Hoflicht sah er nur die Umrisse seiner Frau, nicht ihren Gesichtsausdruck.

»Hast du verstanden?«, hakte Soile noch immer gereizt, aber mit besorgtem Unterton nach.

»Ist es Patrick?«, hörte sich Timo erschöpft fragen.

Im Gegenlicht sah er, wie sich hinter Soiles Ohr eine einzelne Haarsträhne ringelte. Zugleich roch er ein neues Parfum an ihr. Ein Geschenk von Patrick?

»Ich dachte, es ginge hier um etwas Wichtiges«, entgegnete Soile in so staubtrockenem Forscherton, dass Timo lachen musste. Aber er erstickte sein müdes Lachen sogleich und flüsterte: »Komm mit.«

Er schlug einen Fußweg ein, der am Rande des Weinbergs den Hang hinaufführte. Seine Augen gewöhnten sich allmählich an die Dunkelheit. Mit jedem Atemzug versuchte er die Gedanken an den anderen Mann abzuschütteln, all die Bitterkeit, die Wut und die Scham. Hinter ihm ging eine führende Wissenschaftlerin der Theoretischen Physik, alles andere war jetzt zweitrangig.

Soile folgte ihm schweigend. Als sie eine ebene Grasfläche erreichten, blieb Timo stehen und drehte sich zu Soile um.

Jetzt fiel ihm auch ihr neues Augen-Make-up auf, und er

musste sich zusammereißen, damit nicht wieder eine Welle der Eifersucht seine Gedanken hinwegspülte.

»Du hast Aaro einmal erzählt, dass es dort oben Leben geben muss«, fing Timo mit leiser Stimme an, wobei er den Blick zum Himmel richtete. »Oder?«

»Was redest du da?«

»Du hast gesagt, es muss irgendwo im Universum intelligentes Leben geben. Und ein Teil davon muss uns technisch enorm überlegen sein. Wäre es also möglich, dass Vertreter einer fremden Zivilisation irgendwann die Erde besucht haben?«

»Großer Gott, bist du verrückt geworden?«

»Jetzt sag schon!«

»Wer soll denn auf so eine Frage antworten«, schnaubte Soile und befreite ihren Arm aus Timos Griff. »Der potenzielle Bewegungsradius hängt davon ab, wo sich die fremden Zivilisationen befinden. Auch wenn es noch so viele davon gibt, hilft es nichts, wenn sie sich zufällig am anderen Ende der Galaxie aufhalten.«

Timo blieb nicht verborgen, dass Soile sich langsam entspannte, während sie sprach. Sie konnten über alles reden, solange es nichts mit ihrer Beziehung zu tun hatte.

»Obwohl eigentlich *wir* in einem abgelegenen Dorf der Milchstraße leben …« Soile wies zum Himmel. »Dort in der Mitte könnte eine galaktische Metropole sein, wo man von verschiedenen Planeten aus mit anderen Zivilisationen kommuniziert. Und Leute, die so weit entwickelt sind, interessieren sich womöglich kein bisschen für die Angelegenheiten eines Dörfchens wie unseres. Aber worauf willst du eigentlich hinaus?«

»Ich bin auf seltsame Dinge gestoßen.« Timo musste sich räuspern, um den Hals frei zu bekommen. Mit wenigen Sätzen berichtete er vom Seine-Material, ohne den Teil zu erwähnen, der die Präsidentin berührte, und erzählte ihr von Vaucher-Langstons Kartentheorien, dem Quastenflosser und der Auffassung des polnischen Archäoastronomen über eine technologisch hoch entwickelte, untergegangene Frühkultur, aus der viele kartografische, astronomische und mathematische Erkenntnisse alter Kulturen stammten.

»Du bist wirklich durchgeknallt«, sagte Soile eher besorgt als spöttisch.

»Du hast doch selbst gesagt, dass es sogar seriösen Wissenschaftlern zufolge im Weltall intelligentes Leben geben muss. Warum kann dann nicht ...«

»Ich habe nie gesagt ›alle seriösen Wissenschaftler‹, sondern ›alle seriösen Astronomen‹«, unterbrach ihn Soile mit erdrückender Selbstsicherheit. »Sprich mal einen Biologen auf das Thema an. Unter denen gibt es viele, die der Meinung sind, dass die Entstehung und Entwicklung von Leben auf der Erde die Summe unzähliger einzigartiger Zufälle ist. Und diese Zufälle müssen sich nicht unbedingt auf einem anderen Planeten wiederholt haben, selbst wenn es dort alle anderen notwendigen Voraussetzungen für Leben gibt. So simpel ist das alles nicht.«

Den letzten Satz konnte man auch so interpretieren: *Es ist alles ein bisschen komplexer, als du dir das vorstellst. Dafür reicht der Grips eines einfachen Menschen nicht aus.*

Aber Timo achtet jetzt nicht sonderlich auf diese Zwischentöne.

»Du weißt nicht, worauf ich hinauswill. Paß auf«, sagte Timo. »Die USA und China sind einer Sache auf der Spur, die von so umwälzender Bedeutung sein muss, dass die Jagd nach ihr jede Vorgehensweise rechtfertigt. Die CIA und erst deren noch geheimere Abteilungen reden keinen Unsinn und sind auch nicht völlig durchgeknallt. Die Chinesen operieren nicht zum Spaß auf europäischem Boden. Alle wissen, was sie suchen, und bald werden sie es auch finden.«

»Aber wovon sprichst du denn, verdammt?«

»Ich hab dir doch schon gesagt, dass ich es auch nicht weiß. Aber es kann sein ...« Timo seufzte schwer. »Das hört sich komisch an, aber einige Aspekte deuten darauf hin, dass es sich womöglich um etwas handeln könnte, das die Theorien von der Existenz unbekannter Frühkulturen bestätigt.«

»Hör auf!«, sagte Soile energisch, mit hartem Blick und einer Anspannung, die ihren ganzen Körper erfasste.

Timo schwieg eine Weile. Blitzartig kapierte er, wie absurd seine Worte in Soiles Ohren klingen mussten. Oder in den Ohren jedes anderen Menschen mit gesundem Verstand.

Dann überkam ihn wieder die Unruhe. Er räusperte sich und sprach mit gesenkter Stimme aufgeregt weiter. »Ich weiß, das klingt natürlich sonderbar. Aber alle konkreten Beweise deuten in eine sehr sonderbare Richtung. In der menschlichen Geschichte hat es womöglich etwas gegeben, wovon wir alle nichts wissen. Und die Beweise dafür wollen sowohl Amerikaner als auch Chinesen um jeden Preis in ihren Besitz bringen.«

Timo erschrak, als er sah, wie sich in Soiles Gesicht eine Angst breit machte, die sie mit gezwungener Gelassenheit zu überspielen versuchte.

»Timo, du hast zu viel gearbeitet. Du musst ...«

»Red keinen Scheiß«, zischte Timo. »Ich bin nicht verrückt geworden. Wegen dieser Sache sind Menschen ums Leben gekommen. Hör mir zu.«

Soile holte tief Luft. »Sie haben mir von deinen Problemen erzählt ...«

»*Wer hat dir etwas erzählt? Wann?*«

»Jemand von TERA hat mich vor ein paar Stunden angerufen und gesagt, dass sie dir gekündigt haben. Und dass du das nicht verkraftet hast.«

Timo packte Soile an der Schulter. »Wer hat dich angerufen? Wilson? Du musst dich an den Namen erinnern! Jeder x-Beliebige kann sich als TERA-Mitarbeiter ausgeben ...«

»Weiß denn jeder x-Beliebige, dass man dir gekündigt hat – außer mir vielleicht? Warum hast du es mir nicht erzählt?«

»Wo hast du den Anruf erhalten?«

»Im Institut.«

»Glaub niemandem außer mir.« Timo merkte, dass er schnell und aufgeregt sprach. Zu schnell und zu aufgeregt.

»Ich glaube dir ...«

»Hör auf«, sagte Timo. Er konnte seine Wut kaum noch beherrschen. Sie hatten sich abgesichert, indem sie Soile mit ihrer eigenen Version fütterten. »Sie versuchen mich für verrückt zu erklären. Und das ist nicht schwer, wenn ich über solche aberwitzigen Dinge reden muss.«

Er führte sein Gesicht unmittelbar an Soiles Gesicht heran, schaute ihr in die Augen und sagte so überzeugend, wie er konnte: »Das ist eine geheime Information, die ich nicht preisgeben dürfte, aber jetzt bin ich offenbar dazu gezwungen. Auf einer Archivdiskette des KGB, die in den Besitz der TERA gelangt ist, finden sich auch Daten, die mit Finnland zu tun haben. Material, das eine bedeutende politische Person berührt. Die SiPo weiß Bescheid, Rautio kann dir bei Bedarf alles bestätigen, wenn du mir nicht glaubst. Aber viel wichtiger noch ist das übrige Material auf der Diskette. Die USA wollten die TERA bei der Untersuchung unbedingt draußen halten. Als ich die Echtheit der Diskette für Rautio und die finnischen Ermittlungen überprüfte und dabei rasch vorankam, wurden die Amerikaner nervös und sorgten für meinen Rausschmiss. Aber meine Ermittlungslinie erwies sich als richtig. Zunächst in Cambridge. Jemand anders war an derselben Quelle und brachte mehrere Amerikaner um, die ebenfalls in der Geschichte wühlten. China, nehme ich an. Ebenso erging es der Witwe des Historikers Vaucher-Langston. Und vielleicht auch Bronisław Zeromski in Krakau.«

»Ist das der polnische Archäoastronom, von dem du gesprochen hast?«, fragte Soile. »Ich kenne Bronisław Zeromski.«

Timo nickte. »Sie haben ihn geschnappt. Und versucht, auch mich zu töten. Kapierst du?«, fragte er aggressiv. »Zeromski ist vor gut fünfzehn Jahren in Marburg im Zusammenhang mit einem Kongress über den Quastenflosser verhört worden. Man wollte von ihm wissen, ob ein anderer Teilnehmer, der Meeresbiologe Isama Nishikawa, während des Kongresses seinen Vater, den Teilchenphysiker Yoshima Nishikawa, getroffen hätte. Wegen Yoshima Nishikawa habe ich dich angerufen. Die

Person, die damals die russischen Archivunterlagen erstellt hat …«

Es knackte in der Dunkelheit. Timo erstarrte, bereit, sich jeden Moment auf die Erde zu werfen und Soile zu schützen.

»Eine Katze«, sagte Soile mit einem kurzen Blick zur Seite.

Timo legte den Finger auf die Lippen und sah sich um. Der Anruf, den Soile erhalten hatte, beunruhigte ihn tatsächlich.

45

Der CIA-Beamte Sean Todd zeigte der Angestellten des *Hôtel Raphaël* ein Foto.

Die Frau setzte die Brille auf, die sie um den Hals hängen hatte, und schaute unsicher auf das Bild. »Wo ist das …«

»Sagen Sie mir einfach, ob er hier ist«, sagte Todd auf Französisch. Die Erregung rötete leicht sein sommersprossiges Gesicht.

Die Frau warf erneut einen Blick auf das Dienstabzeichen der französischen Polizei, das Todd ihr zusammen mit dem Foto hinhielt.

»Er kam gegen Abend. Die Frau ist gerade eben eingetroffen.«

»Zimmernummer?«

»27. Erster Stock.«

»Sind sie in ihrem Zimmer?«

Die Frau blickte auf die Tafel mit den nummerierten Haken. Der Schlüssel von Zimmer 27 fehlte. »Ja.«

Todd nickte seinem Kollegen zu und steckte das Foto ein. Das Dienstabzeichen schob er in seine Brieftasche, in der er auch die echt aussehenden Dienstmarken der Deutschen und der Schweizer Polizei aufbewahrte.

»Geben Sie mir den Zweitschlüssel für das Zimmer.«

Die Frau bückte sich und holte den Schlüssel unter dem Tresen hervor.

Im Licht der einsamen Lampe auf dem Hof wartete ein Auto, aus dem ein dritter Mann ausstieg. Todd ging zu ihm, flüsterte ihm ein paar Sätze zu, dann kehrte er ins Haus zurück. Der dritte Mann ging um die Ecke des Gebäudes herum. Den Blick hatte er auf die Zimmer im ersten Stock gerichtet. Dann blieb er stehen, zog eine Pistole aus der Innentasche und wartete.

Todd und sein Kollege stiegen die letzten Stufen zum Gang im ersten Stock hinauf. Die Tür von Zimmer 27 war fünf Meter von ihnen entfernt.

Mit wenigen Sätzen waren die Männer an der Tür. Beide zogen ihre Pistolen. Der eine schob den Schlüssel ins Schloss und öffnete mit raschen Bewegungen die Tür. Im selben Augenblick schlüpfte der andere mit vorgehaltener Waffe hinein und sagte: »Keine Bewegung!«

Das Zimmer war leer. Es brannte Licht. Der Mann sprang zur Badezimmertür und riss sie auf.

Niemand.

Es waren keine Sachen und keine Koffer zu sehen. Die Männer verließen das Zimmer und gingen in die Eingangshalle hinunter. Die Frau am Empfang sah sie verdutzt an.

»Das Zimmer ist leer«, sagte Todd. »Das Restaurant?«

Die Frau schüttelte den Kopf. »Wir haben nur einen Frühstücksraum.«

Die Männer liefen hinaus. Der dritte kam hinter der Ecke hervor. Ohne ein Wort zu sagen, nahm Todd aus dem Kofferraum des großen Peugeot französische Nummernschilder und klebte sie auf die Schweizer Schilder. Alle drei stiegen in den Wagen, der gleich darauf mit scharfen, schnellen Lenkbewegungen in die Ortsmitte von Villnaz und von dort weiter in Richtung Autobahn fuhr.

Timo steuerte den Wagen auf einer schmalen, gewundenen Straße durch die Weinberge. Bis zur Autobahn Annecy–Genf waren es drei Kilometer. Die Entscheidung, das Hotel zu verlassen, hatte sich aus der Summe mehrerer Aspekte ergeben, von denen der Anruf, den Soile an ihrem Arbeitsplatz erhalten hatte, am schwersten wog. Sie würden die Nacht in einem anderen Hotel verbringen und Soiles Mietwagen am nächsten Morgen holen.

»Kennst du den Quastenflosser? Latimeria?«, fragte Timo. »Das Lebewesen, das eigentlich ein prähistorisches Fossil sein sollte, bis eines davon lebend gefunden wurde?«

Zu Timos Erleichterung nickte Soile. Es gab wenigstens etwas, von dem sie wusste, dass er es sich nicht ausgedacht hatte.

»Isama Nishikawa hat die Gene des Quastenflossers untersucht. Sie haben sich über Hunderte Millionen Jahre fast unverändert erhalten …« Timo hielt mit einer Hand das Lenkrad und knöpfte mit der anderen sein Hemd auf.

»Was tust du da?«, fragte Soile. Zu Timos Erleichterung war ein Hauch der alten Fürsorglichkeit und Wärme in ihre Stimme zurückgekehrt.

Er knipste die Innenbeleuchtung an, machte das Hemd weit auf und legte den Aufdruck des weißen T-Shirts, das er darunter trug, frei. »Das ist der Anfang der DNS-Genkarte des Quastenflossers. Genau der Teil, den Isama Nishikawas Team als Erstes geknackt hat.«

Soile starrte auf Timos Shirt. »Woher …«

»Ich bin nach Barcelona geflogen, um die Witwe von Nishikawa zu treffen, aber sie müssen sie schon vor meiner Ankunft abgefangen haben. Ich bin direkt von Barcelona hierher gekommen.«

Timo spürte, dass Soiles Skepsis sich von Minute zu Minute auflöste. Eine Wissenschaftlerin konnten nur konkrete Beweise überzeugen. Aber vielleicht beruhigte sie auch Timos Verbindung zu anderen Wissenschaftlern in dieser Sache.

»Eine Kollegin der Nishikawa hat mir erzählt, diese habe ein höchst emotionales Verhältnis zu der ersten entschlüsselten DNS-Sequenz des Quastenflossers. Auch in der Gedenktafel auf dem Grab ihres Mannes ist ein Quastenflosser eingraviert. Das habe ich mit eigenen Augen auf dem Friedhof gesehen«, fuhr Timo fort, den Blick auf die kurvenreiche Straße gerichtet. »Aber entscheidend ist Yoshima Nishikawa, hinter dem schon vor fünfzehn Jahren jemand her gewesen ist.«

»Wie gesagt, Yoshima Nishikawa gehörte zu den führenden

Antimaterieforschern der Welt.« Eine neue, noch immer leicht von Ungläubigkeit durchsetzte Wachsamkeit schien Soile erfasst zu haben. »Ich habe das Material über ihn dabei.«

»Ich glaube nicht, dass der Autounfall, bei dem er ums Leben kam, echt war. Er ist mitsamt seinen Kollegen umgebracht worden. Warum? Damit er nicht reden konnte. Worüber? Über etwas, in das er als Experte eingeweiht sein musste.«

»Und was hätte das sein können?«

Timo warf Soile einen raschen Blick zu, musste sich dann aber wieder auf die Straße konzentrieren. Vor ihnen senkte sich eine Bahnschranke, begleitet vom lauten Schrillen einer Glocke. Timo hielt an.

»Ich sagte doch schon, dass ich es nicht weiß. Aber in der Ereigniskette taucht ein Historiker auf, demzufolge einige im Mittelalter angefertigte Karten auf einer Technik beruhen, die erst Hunderte von Jahren später bekannt wurde. Und ein Sternkundler, demzufolge die astronomischen und mathematischen Fähigkeiten der frühen, uns bekannten Völker nicht ihren eigenen Köpfen entstammen können.«

Die Schranke war unten, aber von einem Zug war weit und breit nichts zu hören. Timo blickte in den Rückspiegel und sah in der Ferne, an dem Hang jenseits des Tals, die Lichter eines Autos.

»Und im Mittelpunkt steht offenbar ein Fossil, das als Link zu dem Meeresbiologen und dessen ermordetem Vater, einem auf Antimaterie spezialisierten Kernphysiker, fungiert. Die Kette endet schließlich bei dem Antimaterieforscher. Bei einer ganzen Gruppe von Forschern, die wahrscheinlich umgebracht wurden.«

Ein gedämpftes Dröhnen setzte ein und wurde mit dem Näherkommen des Zuges stärker. Timo sah in den Spiegel. Auch die Lichter des Autos kamen näher.

»Willst du behaupten, dass Nishikawa wegen seiner Arbeit mit der Sache zu tun hatte?«, fragte Soile verblüfft.

»Weswegen sonst, wenn sein ganzes Team ermordet wurde?«

Endlich begann Soile die Sache ernst zu nehmen. Vor ihnen rumpelte die endlose eiserne Schlange eines Güterzugs vorbei. Timo blickte in den Spiegel. Es waren keine Lichter mehr zu sehen, das Auto war im Taleinschnitt verschwunden.

»Wir bewegen uns auf zwei Gebieten, die sich deutlich voneinander unterscheiden«, fuhr Timo fort. »Die Geschichte, also die Hinweise darauf, dass eine technologisch weit entwickelte Kultur bereits früh auf die Prähistorie des Menschen eingewirkt haben könnte«, sagte er über den Lärm hinweg. »Laut Zeromski könnte sie sich autochthon entwickelt haben, oder aber sie hat Einflüsse von den Angehörigen einer fremden Zivilisation, die der Erde einen Besuch abgestattet haben, aufgenommen.«

»Red keinen Unsinn«, sagte Soile, aber ihr Tonfall war nicht mehr ganz so kalt und distanziert. Es war die gute alte Soile, die ihrem Mann hier wiedersprach.

Der Güterzug war längst vorbeigefahren, aber die Schranke blieb unten.

»Das andere Gebiet neben der Geschichte ist die Physik«, sprach Timo unbeirrt weiter. »Die Tatsache, dass jemand eine Gruppe von Teilchenphysikern eliminiert hat.«

»Ich weiß, worauf du abzielst. Die frühzeitlichen Besucher haben etwas hinterlassen, für dessen Untersuchung man Teilchenphysiker brauchte ... und worüber man aus irgendeinem Grund schweigen musste.«

»Ich ziele auf gar nichts ab, ich versuche bloß, die Fakten zu ordnen und Schlussfolgerungen zu ziehen. Aber etwas ist damals schief gegangen. Jemand hat nicht bekommen, was er haben wollte. Und jetzt suchen sie es erneut«, sagte Timo leise, während endlich die Schranke aufging.

Soile fixierte ihn erneut ungläubig.

Timo trat so heftig aufs Gaspedal, dass der Wagen mit quietschenden Reifen die Gleise überquerte. »Was hat die Teilchenphysik mit Erdbesuchern zu tun?«, schrie er Soile fast ins Gesicht. »Habe ich Recht, wenn ich sage, dass die beste Art, interplanetare Strecken zurückzulegen, darin besteht, sich Antimaterie als Treibstoff für Raumschiffe zunutze zu machen? Und der weltweit führende Antimaterieforscher war Yoshiko Nishikawa.«

Soile starrte ihn an und schüttelte langsam den Kopf.

»Sag doch was«, sagte Timo beinahe verzweifelt. Im Rückspiegel blinkten Scheinwerfer auf. »Ich habe dich gebeten, herzukommen, weil du dich mit diesen Dingen auskennst. *Falls* ... verstehst du das Wort? *Falls* eine fremde Zivilisation irgendwann die Erde besucht hat, wäre es dann möglich, dass sie etwas von ihrem Antimaterietreibstoff zurückgelassen hat?«

»Bei Antimaterie würde schon ein Milligramm genügen«, sagte Soile. Endlich ließ sie sich dazu herab, wenigstens einen Hauch ihrer Kenntnisse preiszugeben. »Es ist wahrscheinlich, dass deine hoch entwickelte Zivilisation, die sich auf fremden Planeten umschauen will, sich nicht selbst in Bewegung setzt, sondern erst mal eine Menge kleiner interstellarer Roboterlotgeräte losschickt. Die können ihre Umgebung in einem Zeitraum bis zu hundert Jahren beobachten und analysieren. Nur wenn die Informationen von den Lotgeräten interessant ausfallen, lohnt es sich, selbst zum interstellaren Flug aufzubrechen.«

Soile schaute Timo trotzig und selbstsicher an. »Würde man auf der Erde Teile eines Roboterlotgeräts oder eines Raumschiffs finden, das *andere*« – sie sprach das Wort betont neutral aus – »irgendwann zu uns geschickt haben, und könnte man mit deren Hilfe einen Weg finden, Antimaterie herzustellen und mit ihr umzugehen ... dann wäre das eine absolut revolutionäre Erkenntnis. Verstehst du? Wenn sich Materie und Antimaterie berühren, vernichten sie sich gegenseitig. Und zwar vollständig.«

Das Auto, das ihnen folgte, störte Timo. Es hielt einen Abstand von vierzig, fünfzig Metern und hing nicht direkt an der Stoßstange, wie es die Autofahrer aus der Gegend üblicherweise taten. Er verlangsamte das Tempo ein wenig und sah in den Spiegel. Auch das Auto hinter ihnen reduzierte die Geschwindigkeit. Das war in Frankreich nun wirklich nicht üblich.

»Antimaterie würde der Menschheit eine unerschöpfliche Energiequelle bieten und eine Waffe mit radikaler Zerstörungskraft, die auch noch sauber wäre und nichts verstrahlen würde«, fuhr Soile fort.

»Du sprichst fast voller Bewunderung von dieser schrecklichen Waffe.«

»Nein. Ich sehe sie bloß aus dem Blickwinkel der Wissenschaftlerin.«

»Schade, dass die Entdecker der Atombombe auch so gedacht haben. Außer Oppenheimer, der sich im letzten Moment doch noch an die Verantwortung des Wissenschaftlers erinnerte.« Timo beschleunigte nach und nach und behielt den Spiegel im Auge. Auch das andere Auto beschleunigte. »Müsste nicht jede Staatsmacht, die etwas auf sich hält, versuchen, sich Antimaterie zunutze zu machen?«

»Natürlich. Aber es ist nicht leicht, mit ihr umzugehen. Die Welt setzt sich aus Materie zusammen, und die Antimaterie darf nicht mit ihr in Berührung kommen, sonst kommt es zur Vernichtung. Bis jetzt ist in der Frage der Speicherung kein Durchbruch in Sicht.«

Timo registrierte das Straßenschild: ein Kilometer bis zur Autobahnauffahrt. Das Auto hinter ihnen gab plötzlich Gas. Vielleicht reagierte es ebenfalls auf die näher rückende Autobahn. Timo beschleunigte ebenso heftig.

»*Bei uns* ist kein Durchbruch in Sicht«, rief er, während er mit viel zu hoher Geschwindigkeit in eine scharfe Kurve fuhr. »Aber jemand anders kann Antimaterie schon als Treibstoff benutzt haben. Und etwas davon hier zurückgelassen haben.«

»Hoffentlich nicht«, sagte Soile einen Grad ernster als zuvor.

Vor ihnen tauchte ein überbreiter Sattelschlepper auf, an dem orangefarbene Signallichter blinkten und der mit einem großen Schild versehen war: Convoi Exceptionnel. Timo musste heftig bremsen, denn durch die Kurve war ihm die Sicht versperrt gewesen.

»Wieso ›hoffentlich‹?«, fragte er, in dem Versuch, sich sowohl aufs Fahren als auch auf Soiles Worte zu konzentrieren.

»Je nach Menge kann Antimaterie alles im Umkreis von ein

paar Metern bis zu Tausenden von Kilometern vernichten«, sagte Soile und hielt sich am Türgriff fest. »Ein kleiner Brocken reicht für den ganzen Globus.«

Das Auto hinter ihnen berührte jetzt schon fast ihre Stoßstange, aber plötzlich war Timo mehr durch Soiles Worte beunruhigt als durch das andere Fahrzeug.

Nach der Kurve schaltete Timo herunter und trat aufs Gas.

Ein kleiner Brocken reicht für den ganzen Globus.

Sie zogen an dem LKW, der einen riesigen Stahlzylinder transportierte, vorbei und ließen ihn bald hinter sich, aber Timo hatte im Schein des orangefarbenen Blinklichts Soiles Gesicht gesehen. Ein wunderschönes Gesicht. Seine Soile.

»Wenn du dir aber einbildest«, sagte sie, »dass irgendwo ...«

»Bilde ich mir vielleicht ein, dass uns das Auto da hinten folgt?«, fuhr Timo sie an. »Bilde ich mir die Morde ein? Bilde ich mir die Amerikaner in unserem Wohnzimmer ein?« Er nahm ein klein wenig den Fuß vom Gas. »Da ist die Autobahnauffahrt. Halt dich fest, ich mache gleich eine abrupte Wendung.«

»Und dann?«

»Versuche ich zur Polizei in Annecy zu kommen. Sie sind dreist, aber wohl kaum so dreist, dass sie dort randalieren werden.«

Timo setzte den Blinker, als wollte er in Richtung Genf auffahren, lenkte dann aber abrupt in Richtung Annecy. Er ging nicht davon aus, dass dieses primitive Täuschungsmanöver den Insassen des anderen Wagens mehr als ein müdes Grinsen entlocken würde.

Er hatte Recht: Das Auto hinter ihnen wechselte problemlos die Richtung. Timo trat das Gaspedal durch, und der Wagen schoss los.

»Wie weit ist es bis Annecy?«, fragte Soile.

»Höchstens zwanzig Kilometer. Erinnerst du dich nicht? Wir waren vor einem Jahr dort.«

Timo sprach den Satz betont nüchtern aus – er wollte nicht in einer entzündeten Wunde stochern. Im nächsten Jahr würden sie nirgendwo mehr hinfahren, um ihren Hochzeitstag zu feiern.

Soiles rascher Blick und die Irritation in ihren Augen steigerten seinen Schmerz. Auf einmal beherrschten nicht mehr die Verfolger seine Gedanken und auch nicht Nishikawas Antiteilchen, sondern die Tatsache, dass Soile ihn betrogen hatte.

Im Nu änderte sich das aber wieder, als die Verfolger auf der wenig befahrenen Autobahn auf die Überholspur wechselten. Timo hatte nach der Anfangsbeschleunigung vergessen, weiter Gas zu geben, jetzt trat er wieder aufs Pedal.

»So. *Bilde ich mir ein*, dass die uns folgen?«, fragte er bitter.

Er blickte nicht auf den Tacho, registrierte aber mit halbem Auge, dass der orangefarbene Zeiger in einer Position war, die er nie zuvor erreicht hatte, nicht einmal auf deutschen Autobahnen ohne Tempolimit. Er hielt das Lenkrad umklammert und betete innerlich, es möge bei dieser Geschwindigkeit kein Reifen platzen.

»Wenn sie es auf gleiche Höhe schaffen, versuchen sie womöglich, uns mit gezogener Waffe zum Halten zu zwingen«, rief Timo über das Heulen des Motors hinweg. »Geh in Deckung!«

»Wo denn?«

»Im Fußraum. Schieb den Sitz nach hinten.«

»Mach dich nicht lächerlich ...«

»*Tu was ich dir sage!*«

Timos Blickfeld verengte sich zu einem Tunnel. Selbst wenn er noch so schnell auf ein vor ihm auftauchendes langsameres Fahrzeug oder Hindernis reagierte, würde der Bremsweg nicht ausreichen.

Die Büsche am Straßenrand und die Schilder huschten als Band vorbei, der Fahrtwind rauschte trotz geschlossener Fenster. Die Autos auf der rechten Spur, die in Normalgeschwindigkeit fuhren, schienen ihnen aufgrund des Tempounterschieds entgegenzukommen. Timo wusste, dass die kleinste falsche Bewegung Soile und ihn binnen eines Augenaufschlags in den Tod reißen würde.

Weit vor ihnen erschien ein orangefarbenes Licht. Obwohl Timo sofort bremste, kam das in x-Form blinkende Warnschild mit rasender Geschwindigkeit näher, dahinter ein zweites und ein drittes. Die linke Spur war gesperrt, und auf der rechten leuchteten die Bremslichter eines Lieferwagens auf. Mit aller Kraft trat Timo das Bremspedal durch.

Den Aufprall konnte er in letzter Sekunde verhindern, doch sein Blick in den Spiegel zeigte, dass das Auto hinter ihnen wie ein Geschoss näher kam. Er schlug die Handfläche auf die Hupe im Lenkrad und gab dem Lieferwagen vor ihm die Lichthupe, aber der kam nicht schneller voran, da vor ihm noch zwei andere Fahrzeuge krochen.

Die Verfolger waren jetzt hundert Meter hinter ihnen. Timo trat aufs Gas und lenkte den Wagen entschieden auf die gesperrte Spur. Die Plastikkegel flogen nur so zur Seite, und der Wagen geriet durch die heftige Lenkbewegung ins Schlingern. Schottersteine knallten gegen den Unterboden, und für einen Augenblick kam es Timo so vor, als wären die Räder auf einen Kugelteppich geraten und nicht mehr zu steuern. Die linke Ecke der Stoßstange berührte einen Betonklotz auf der Baustelle.

Panisch suchte Timo nach einer Möglichkeit, wieder auf die Fahrspur zu kommen, aber der Weg war versperrt, denn die provisorische Fahrbahnbegrenzung aus Beton war einen halben Meter hoch. Schon kam ihnen ein gestreiftes Hindernis entgegen, hinter dem der Asphalt komplett aufgerissen war.

Sie saßen fest. Und auf einmal wurde Timo ganz ruhig. Alles, was er tun konnte, war getan. Nun würden sie auch den Rest hinbekommen. »Steig sofort aus, wenn ich es dir sage«, rief er Soile zu.

»Fahr von dem Betonsockel weg, damit ich die Tür aufbekomme«, rief sie zurück. Auch sie blieb ganz ruhig.

Timo versuchte es, aber es war unmöglich, denn er bekam die Räder nicht mehr über die Schwelle, die durch die Straßenarbeiten entstanden war.

Von hinten kamen die keilförmigen Lichter näher. Der Peugeot hatte es gemacht wie sie und war jetzt keine fünfzig Meter mehr hinter ihnen. Timo riss die Fahrertür auf. »Komm hier raus!«

Er stieg aus und über die Fahrbahnbegrenzung. *»Komm!«*

Als er sich umblickte, kroch Soile gerade erst über die Mittelkonsole, dabei war der Peugeot schon bis auf wenige Meter herangekommen.

Bevor das Auto richtig zum Stehen kam, ging auf der Fahrerseite die Tür auf, und ein französischer Polizist in Uniform stieg aus.

Soile schaute ihn an und blieb, wo sie war.

»Beeil dich!«, rief Timo.

»Ich komme nicht mit«, entgegnete Soile.

»Sei nicht verrückt ...«

»Hörst du? Ich komme nicht mit.«

Timo biss die Zähne zusammen. Er würde Soile nicht gewaltsam mitzerren können, er würde es aber auch gar nicht mehr schaffen, denn der Polizist rannte bereits auf sie zu.

Timo schnappte sich Soiles Tasche und stürzte in die Dunkelheit. Aus welchem Grund wurden sie von der französischen Polizei gehetzt? Timo kletterte über die zweite Betonschutzwand und hörte hinter sich den Ruf: *»Arrêtez!«*

Der Rufer war tatsächlich Franzose und nicht Amerikaner. Timo verspürte große Erleichterung. Vielleicht handelte es sich tatsächlich nur um eine Verkehrsstreife. Die Amerikaner konnten ja nicht so ohne weiteres französische Polizisten nach ihrer Pfeife tanzen lassen. Aber er hatte allen Grund, auf freiem Fuß zu bleiben. Niemand würde ihnen helfen, wenn sie beide in die Fänge der Polizei gerieten. Für Soile konnte er in diesem Moment nichts mehr tun.

Er stolperte über das Geländer auf dem Grünstreifen, der die beiden Fahrbahnen trennte. Ein Auto kam mit hoher Geschwindigkeit näher. Er blickte sich um und sah, dass der Mann in der dunkelblauen Uniform ihm folgte.

Timo stürzte so knapp vor dem Auto über die Straße, dass der Fahrer abrupt ausweichen musste und auf die Hupe drückte, aber da stieg Timo bereits auf der anderen Seite über die Leitplanke. Er rannte die Böschung hinunter und blieb nach einer Weile atemlos stehen. Der französische Polizist war nicht mehr zu sehen.

Timo versuchte, seinen Wagen zu erkennen, aber hinter den Büschen und dem Betongeländer auf dem Mittelstreifen blinkte nur das blaue Licht auf dem Zivilfahrzeug der Polizei.

46

Soile ließ es geschehen, dass ihr in grober Manier Handschellen angelegt wurden. Sie war zum Peugeot der Polizei geführt worden.

Neben ihr auf dem Rücksitz saß ein Mann, der ein Funkgerät aus der Tasche zog.

»Wir haben die Frau«, sagte er zu Soiles Überraschung in breitem, amerikanischem Englisch.

»Wer sind Sie?«, fragte Soile atemlos. Der Mann gefiel ihr überhaupt nicht.

Der Amerikaner gab keine Antwort.

Soile versuchte ihre Gedanken zu ordnen. War Timo entkommen?

Die Vordertür ging auf. Der sommersprossige Polizist, der sie festgenommen hatte, setzte sich auf den Fahrersitz. Er trug jetzt keine Uniform mehr, sondern eine Lederjacke.

»Gib durch, dass der Mann entwischt ist«, sagte er wütend.

Soile wurde von der Angst überwältigt.

Timo lief in einigen Metern Abstand an der Autobahn entlang. In der Hand trug er Soiles Tasche. Nur selten rauschte ein Fahrzeug vorbei. Seine Beine waren schwer, vom Rennen brannte es noch immer in seinen Lungen.

Er begriff, dass seine Chancen, Soile zu befreien, gering waren. Auf keinen Fall konnte er sich der Polizei in Annecy nähern, mit der die Amerikaner offenbar in irgendeiner Form zusammenarbeiteten, denn dann würden sie ihn sofort festnehmen. Das würde Soile und ihm selbst am allerwenigsten helfen.

Aber er brauchte Hilfe. Allein würde er es nicht schaffen.

Wenn er doch nur Wilson von der Bedeutung des Ganzen überzeugen könnte. Dann würden TERA und die größten EU-Mitgliedsstaaten sofort eine Gegenoperation starten. Europa *musste* schneller sein als die Amerikaner und Chinesen.

Oder war das nur ein Wunschtraum? Taugte das vereinte Europa überhaupt als Gegengewicht? Zu den Amerikanern? Zu China?

Es bestand keine Unklarheit darüber, auf welche Seite sich Wilson und die Interessengruppen in London stellen würden: auf die der Amerikaner...

Daher war es nicht nur vergebens, sondern auch gefährlich, sich an die TERA zu wenden.

Timo überlegte, ob er es mit einer Kontaktaufnahme an Wilson vorbei nach Paris oder Berlin versuchen sollte. Aber auch den Gedanken verwarf er gleich wieder.

Es gab genau eine einzige realistische Möglichkeit: Die Hilfe musste aus Helsinki kommen.

Hinter ihm näherte sich ein Auto. Timo ging näher an den Straßenrand heran. Die Wahrscheinlichkeit, dass ausgerechnet dieses Fahrzeug seinen Verfolgern gehörte, war äußerst gering.

Er blieb stehen und winkte dem Auto. Ohne die Geschwindigkeit zu senken, rauschte es vorbei.

Das vierte Auto hielt schließlich an, ein Lieferwagen. Am Steuer saß ein älterer Antiquitätenhändler, der auf dem Weg nach Nyon, östlich von Genf, war.

Der Mann war gesprächig, merkte aber bald, dass Timo sich in Ruhe die Papiere ansehen wollte, die er Soiles Tasche entnommen hatte. Mit der Erlaubnis des Fahrers schaltete Timo die Innenbeleuchtung an, in deren Licht man mit Müh und Not lesen konnte. Die oberste der Kopien vermittelte allgemeine Informationen zum Thema.

Wenn Materie und Antimaterie zusammentreffen, lösen sie sich auf. Von dem Zusammenprall, der so genannten Annihila-

tion, bleibt nichts übrig außer freigesetzter Energie. Aus diesem Grund wird die Antimaterie besonders als Energiequelle von Raumschiffen und Waffensystemen erforscht.

Sowohl Teller als auch Sacharow, die beide auf ihrer Seite an der Entwicklung der Wasserstoffbombe beteiligt waren, befassten sich schon in den vierziger Jahren mit den Möglichkeiten, die sich durch Antimaterie bieten. 1950, zwei Jahre vor der ersten Wasserstoffbombe, wurde untersucht, ob sich die Fusionsreaktion durch eine Annihilationsreaktion in Gang setzen ließe. Da man damals jedoch keine Antimaterie herstellen konnte, wurde die Wasserstoffbombe mit Hilfe einer auf Kernspaltung basierenden Atombombe gezündet ...

Unter den Papieren lag Soiles Telefon. Timo blickte verstohlen zum Fahrer, der mittlerweile das Radio eingeschaltet hatte.

Er tippte den PIN-Code ein, den sie beide seit Jahren hatten. Aber jetzt erschien ein rotes X auf dem Display. Der Code war falsch. Warum er geändert worden war, konnte man leicht erraten.

Timo schluckte seine Bitterkeit und fing wieder an, in den Papieren zu blättern. Soile hatte aus einem in den siebziger Jahren erschienenen Buch mit dem Titel ›Die Stimme der Wissenschaft‹ das Kapitel kopiert, das Yoshima Nishikawa vefasst hatte.

Timo las den Text, in dem Nishikawa den Tag schilderte, der die große Wende in seinem Leben brachte und der zugleich einer der wichtigsten in der Geschichte der Menschheit war.

Der Morgen des 6. August. Ich wachte im Haus meines Onkels auf, in Ushida, nördlich von Hiroshima. Der Himmel war klar und die Luft warm, es versprach heiß zu werden. Ich hatte schlecht geschlafen. Den Tag zuvor hatte ich mit anstrengenden Malerarbeiten verbracht, bei denen ich meinem Onkel half, und in der Nacht hatte es mehrere Male Fliegeralarm gegeben, wie seit Wochen jede Nacht, denn die amerikanischen

B-29-Bomber flogen den Biwasee nordöstlich von Hiroshima an. Die Stadt war aber von Bombardierungen verschont geblieben.

Die Sirene fing an zu heulen, aber ich schenkte ihr keine sonderliche Beachtung. Eine Minute später verstummte sie wieder, was für eine lediglich leichte Bedrohung sprach. So ging es jeden Morgen, wenn die amerikanische Wetterbeobachtungsmaschine auf ihrem Routineflug die Stadt überquerte.

Um 8.15 Uhr war ich im Hof. Es waren nirgendwo Flugzeuge zu hören und auch sonst keine Geräusche. Nichts störte die Stille.

Auf einmal zerschnitt ein Blitz den Himmel, so unwahrscheinlich hell, dass sogar die Sonne daneben verblasste. Ich konnte noch einige Schritte machen, dann warf mich ein plötzlicher Druck in die Luft. Nach dem Aufprall zitterte die Erde unter mir, während man zugleich eine enorme, donnernde Explosion hörte. Holzsplitter, Glas und Stücke von Ziegeln regneten auf mich nieder. Als nichts mehr durch die Luft flog, hob ich den Kopf und sah, dass das Haus meines Onkel eingestürzt war. Ich glaubte, es sei von der Bombe getroffen worden. Wegen des Staubs überall war es dunkel geworden: Mitten am Morgen war plötzlich Abend.

Aus der Ruine war kein Laut zu hören. Im Schock räumte ich ein paar Ziegelsteine zur Seite, bis ich begriff, dass die Mühe vergebens war. Ich ging auf die Straße, um Hilfe zu holen, da sah ich, dass alle Häuser zerstört waren. In den Ruinen sah man Blut, Mörtel, Bücher, Körperteile.

Ich schlug den Weg zur Innenstadt und zu meinem Elternhaus ein. Es war vollkommen still. Von Minute zu Minute wurde die Dunkelheit um mich herum dichter. Ich sah einen Mann und eine Frau, beide blutüberströmt, und andere Menschen, die schweigend und schockiert von der Innenstadt wegliefen, ohne auf irgendetwas um sie herum zu reagieren. Nirgendwo sah ich auch nur ein einziges Gebäude, das nicht zerstört war. Allmählich stieg aus der Stille das Brausen brennender Ruinen auf.

Obwohl erst hier und da erste Flammen zu sehen waren, erblickte ich entsetzliche Brandwunden auf den Körpern der Menschen. Manche hielten wegen der Schmerzen die Hände erhoben, andere erbrachen sich im Gehen. Auf der Flussböschung lagen zahllose Menschen, die sich krümmten und übergaben. Im Fluss trieben Leichen, weil sich Menschen hineingestürzt hatten, um den Schmerz von den Brandverletzungen zu lindern. In der Luft lag ein starker, unangenehmer Geruch, der »Geruch von Strom«, von dem ich später erfuhr, dass er durch die Ionisierung verursacht wurde.

Verbrannte Baumstümpfe ragten aus der Erde. Plötzlich fiel eine Wasserperle auf meine Wange, dann eine zweite und eine dritte, und bald war die Luft voll von den größten Wassertropfen, die ich je gesehen hatte. Im Nachhinein wurde mir klar, dass es sich um verdichtete Feuchtigkeit handelte, die durch den kilometerweit über der Stadt aufgewirbelten Staub und die Hitze herabfiel.

Immer stärkere Luftströmungen waren zu spüren, obwohl der Morgen windstill gewesen war. Normalerweise blies der Wind nur aus einer Richtung, aber jetzt schnellten die Böen nach allen Seiten und schwollen zu einem Sturm an, der Baumstümpfe und Gebäudeteile umwarf.

So schnell, wie er gekommen war, verschwand der Sturm auch wieder. Um mich herum wuchsen die Brände, und ich spürte den Asphalt unter meinen Füßen weich werden. Auf einmal begriff ich, dass ich mich in einer Gegend verirrt hatte, durch die ich mein ganzes Leben lang gegangen war. Hier gab es keine Häuser und Straßen mehr, sondern nur noch Ruinen.

Dann sah ich den Platz, auf dem der Asano-Park gewesen sein musste. Ich blieb an der Stelle stehen, wo mein Zuhause gewesen war. Dort lagen nackte Menschen, allesamt tot. In ihre Haut hatten sich die Spuren von Schnallen und Knöpfen eingebrannt.

Mit einem Mal erstarrte ich vor einem Rücken, in den ein vertrautes, ungewöhnliches Blumenmuster eingebrannt war:

das Lilienmuster des Kimonos meiner Mutter. Später lernte ich, dass helle Textiloberflächen die Hitze reflektierten und dunkle sie auf die Haut weiterleiteten.

Neben meiner Mutter, Hand in Hand mit ihr, lag meine Schwester Hatsuyo und neben ihr mein Vater. Hatsuyo war wenige Wochen zuvor sechs Jahre alt geworden.

In jenem Augenblick konnte ich nichts fühlen. Ich wandte mich ab und ging und ging und ging, bis ich merkte, dass die Ruinen aus immer kleiner zermahlenen Stücken bestanden; es gab keine Teile von Wänden mehr, nicht einmal mehr ganze Ziegelsteine, sondern nur noch Geröll und schließlich Sand, immer feineren Sand. Die Hitze hielt mich auf, und ich sah, dass der Sand vor mir zu Glas geworden war.

Ich blickte in die Ferne, sah aber nichts mehr, buchstäblich nichts mehr. Was war das für eine Bombe, die alles in Luft aufgelöst hatte? Was war das für eine Bombe, die im Bruchteil einer Sekunde Häuser, Bäume und Menschen zum Verdampfen gebracht hatte?

Das war die Frage, auf die ich die Antwort finden wollte, als wäre alles leichter, wenn man es mit dem Verstand erfassen konnte. Niemand kannte damals die Antwort, es gab nur Gerüchte über eine neuartige Benzin- oder Sprenggasbombe.

Ich verließ die Stadt und ging an den Lebenden und Toten entlang dem Fluss vorbei. Ich blieb nicht stehen, half niemandem, obwohl manch leicht Verletzter den Schmerz seines Mitmenschen linderte, indem er wenigstens dessen Lippen mit Wasser befeuchtete. Ich konnte die bei lebendigem Leib verbrannten und die sterbenden Menschen nicht ansehen, und für diese Feigheit habe ich mich mein Leben lang geschämt.

In der folgenden Nacht, als der Feuerschein der Ruinen noch immer die Dunkelheit erleuchtete, hörte ich mehr von der seltsamen Bombe. Der stellvertretende Leiter des Krankenhauses war ins Kellergewölbe gegangen, wo die Röntgenplatten aufbewahrt wurden. Er hatte festgestellt, dass der gesamte Vorrat sich selbst belichtet hatte.

Am Morgen traf ich einen Lehrer, der Englisch konnte und mit seinem Radio Kurzwellennachrichten gehört hatte. Er hatte eine Rede des Präsidenten der Vereinigten Staaten gehört, in der von einer Atombombe die Rede war. Was ist das?, fragte ich den Lehrer, aber der wusste es nicht. Etwas Großes und Außerordentliches, denn der Präsident hatte gesagt, die Vereinigten Staaten seien das einzige Land, das über das Wissen und die Fertigkeit verfüge, sie zu bauen, und die Bereitschaft besitze, zwei Milliarden Golddollar auf ein so unsicheres und ehrgeiziges wissenschaftliches Experiment zu verwenden.

Das Risikospiel aber war geglückt. Die Uranatome hatten sich auf die erwartete Weise gespalten. Die Atomhölle hatte über 100 000 Menschen getötet, weitere 100 000 verletzt und 62 000 Gebäude zerstört.

Warum? Warum warfen die Amerikaner die Bombe nicht über einem unbewohnten Gebiet ab oder wenigstens über einer kleineren Stadt? Warum brachten sie Zivilisten um?

Bald traf ich auf schweigsame Männer, die aus Tokio gekommen waren, Physiker mit Lauritsen-*Elektroskop und* Neher-*Elektrometer. Mein Interesse für die Messgeräte war groß, ich versuchte wohl intuitiv meinem Gehirn eine vernünftige Beschäftigung zu geben.*

Drei Tage später, am 9. August um 11.02 Uhr, wurde eine zweite Atombombe auf Nagasaki abgeworfen – diesmal eine Plutoniumbombe, damit man Aufschluss über die wissenschaftlichen Unterschiede erhielt.

Dieser helle Augenblick in Hiroshima entschied über meine Laufbahn. Ich wollte mit aller Macht wissen, was geschehen war – nicht zwischen Staatschefs und Generälen an den Verhandlungstischen der Weltpolitik, sondern in der Eisenhülle, die von der Besatzung der Enola Gay *über der Stadt abgeworfen worden war. Ich wollte bis in alle Einzelheiten herausfinden, was es für eine unfassbare Energie war, die das menschliche Genie aus dem Kern eines Stoffes pressen konnte und die das Böse im Menschen benutzte, um seine Nächsten zu töten.*

Timo blickte von den Papieren auf. Die Autobahn führte bei Annemasse durch tief liegende Felder. Aus dem Radio rieselte ein langsamer Chanson.

Das eben Gelesene über den von Menschen verursachten Wahnsinn ließ Timo das Ganze noch einmal aus der Perspektive von Zeromskis Theorien sehen. Wie würden Fremde das Handeln der Erdbewohner betrachten? Wie wirkte das, wenn zweibeinige, mit Händen und Verstand ausgestattete Wesen eine Methode nach der anderen erfanden, um sich gegenseitig noch effektiver umzubringen? Was machte es wohl für einen Eindruck, wenn innerhalb eines Augenblicks eine Stadt mit einer Viertelmillion Einwohner in die Luft gesprengt wurde? Wenn die reichsten Gemeinschaften des Planeten ihre intelligentesten Mitglieder einspannten, immer effizientere Waffen zum Töten ihrer Artgenossen zu entwickeln?

Etwas brannte in Timo, ein neuer Gedanke, den er bislang nicht hatte fassen können. Nishikawas persönliche Geschichte verlieh der gesamten Situation einen neuen Zug – einen, der Timo noch mehr beunruhigte.

47

Das Dröhnen des landenden Hubschraubers über der Placa d'Eusebi Guell im Stadtteil Pedralbes wurde stärker. Im hellen Licht des Landescheinwerfers tanzte der aufgewirbelte Staub.

Sobald der *Sikorsky* den Asphalt berührte, ging die Seitentür auf, und der CIA-Beamte Sean Todd stieg aus. Er half der aus Annecy eingeflogenen finnischen Physikerin heraus. Sie wurde direkt zu einem BMW-Geländewagen geführt, der am Straßenrand parkte.

Der Helikopter stieg sofort wieder in die Luft auf, und das Auto setzte sich in Bewegung. Es fuhr wenige Straßen weiter, in die Carrer dels Cavallers, zu einem Haus, das auf einem dicht bewachsenen, parkähnlichen Grundstück stand.

Novak nahm die Frau höflich in Empfang, forderte sie auf, sich zu setzen und bot ihr Wasser an.

»Warum interessieren Sie sich für Yoshima Nishikawa, Frau Doktor Nortamo?«, fragte er.

Soile dachte fieberhaft nach. Sollte sie die Wahrheit sagen? Mein Mann hat mich gebeten, nach Informationen zu suchen? Das erschien ihr falsch, aber was könnte sie sonst antworten? War es denn richtig, dass Timo sie in so etwas hineingezogen hatte?

»Wer sind Sie? Ich will sofort hier raus …«

Der Mann schlug ihr mit der flachen Hand ins Gesicht.

»Warum interessieren Sie sich für Yoshima Nishikawa, Frau Nortamo?«, wiederholte er. Sein kühler, höflicher Tonfall stand in beängstigendem Widerspruch zu dem Schlag.

Soile räusperte sich. Sie spürte den Geschmack von Blut im

Mund. »Mein Mann bat mich um die Informationen. Mehr weiß ich nicht.«

»Nein?«, fragte der Amerikaner spöttisch. Er nahm etwas aus der Schachtel, die er in der Tasche gehabt hatte, steckte es sich in den Mund und sagte zu dem dicken Mann, der den Raum betrat: »Hier ist eine neue Klientin für dich, Colin.«

Novak sah zu, wie Baumgarten die Finnin zur Treppe führte. Er selbst ging zu Perry, der Zahlen- und Buchstabengruppen auf seinem Rechner hatte.

»Wie gesagt, die logischste und einfachste Art, mit Hilfe des DNS-Codes einen Hinweis auf einen Standort zu geben, besteht darin, die Ziffern in Kartenkoordinaten umzuwandeln«, sagte Perry und nahm einen Schluck Fanta.

»Und wo kommt man dann hin?«

»Hängt davon ab, wie die Buchstaben des Codes in Koordinatenziffern verwandelt werden. Welche Zahl dem A entspricht, welche dem C und so weiter. Es gibt ja unzählige Variationsmöglichkeiten.«

Perry deutete auf einen Zettel mit der Ziffernfolge 1224321 … »Diese Variante ist auf die simpelste Weise erstellt worden. Die Eins ist A, die Zwei ist C, die Drei ist G und die Vier ist T.«

»Und wo weist das hin?«

»Hängt davon ab, wie man die Zahlen gruppiert. 12 Grad, 24 Minuten, 32 Sekunden und so weiter. Oder 122 Grad, 43 Minuten …«

»Ich hab's schon kapiert.«

»Wenn man die so erhaltenen Koordinaten auf einer Karte einträgt, erhält man Orte auf verschiedenen Kontinenten und sogar im Meer.«

»Klingt nach einem Schuss ins Blaue.«

»Leider.«

Peking wurde von einem Wind geschüttelt, der in der Nacht zugenommen hatte und nun die Blätter von Ulmen und Pappeln über das eingezäunte Grundstück des Auslandsgeheimdienstes in Nansanhuan trieb. In einem Gebäude nahm die Geheimdienstmitarbeiterin Jin Luan einen Schluck *Red Bull* aus der Dose. Sie hatte festgestellt, dass es definitiv munterer machte als die Mischung aus Grünem Tee und Kräutern, die zu trinken sie von ihrer Mutter gelernt hatte.

Sie setzte die leere Aluminiumdose ab und schaute auf das Schema an der Wand vor sich. Ständig waren neue Schlüsselwörter, Zeilen und Pfeile aufgetaucht, die über Latimeria und Zeromski zu Sally und Isama Nishikawa führten. Darunter stand in roter Schrift YOSHIMA NISHIKAWA.

Jin Luan wartete ungeduldig auf eine Nachricht von Jørgensen aus Barcelona. Sie ging in den hohen, hell erleuchteten Saal zu ihren Untergebenen.

Die Mitarbeiter sprachen am Telefon und gaben in ihre Computer ein, was sie an Informationen von den Experten erhielten: von einem Professor für Teilchenphysik an der Universität Peking, von einem Wissenschaftler des Meeresforschungsinstituts Schanghai, der über Latimeria promoviert hatte, von einem Assistenzprofessor der Bioinformatik, der sich in den Verfahren der DNS-Analyse auskannte, von einem Literaturwissenschaftler, der Experte für die Dichtung Japans war.

Irgendwo war das Versteck, und es musste irgendeinen Hinweis auf dessen Lage geben.

Jin Luan blieb vor einem freien Bildschirm stehen und sah nach, ob eine neue Nachricht von Jørgensen gekommen war.

Nein. Sally Nishikawa befand sich in der Gewalt der Amerikaner, und Jørgensen konnte nichts tun, als mit seiner Gruppe und unterstützt von nachrichtendienstlichem Material aus Peking zu beobachten, was die Amerikaner taten.

Jin Luan öffnete die Bilder, die Jørgensen geschickt hatte. Andere Gruppen hatten alles erdenkliche Material über Yoshima Nishikawa zusammengetragen, seine Veröffentlichungen, Interviews mit Kollegen, sogar ein Bild von seinem Grabmal in Hiroshima. Es befand sich am Rand des riesigen Friedhofs, so nah wie möglich an den Gräbern seiner Verwandten. Der Stein selbst war bescheiden und trug lediglich den Namen sowie Geburts- und Todesdatum.

Am Grabmal von Isama Nishikawa gab es mehr zu untersuchen. Der Latimeria-DNS-Code konnte einen Hinweis enthalten, ebenso das Gedicht, als dessen Verfasser der Japaner Asano Hiraiwa ermittelt werden konnte. Allerdings war auf der Gedenktafel des Grabmals ein Wort gegenüber dem Original verändert worden.

Im Originalgedicht hieß es:

Fern auf den Höhen von Nonhang
zieht ein Gewitter auf,
es erhebt im Fluss die Wellen gegeneinander.

In die Gedenkplatte war jedoch eingraviert:

Fern auf den Höhen von Huafan ...

Huafan lag in China, aber es war – wie China überhaupt – ein sehr unwahrscheinlicher Ort für ein Versteck. Einen Grund für den Tausch des Ortsnamens musste es aber trotzdem geben.

Auch bei den Angehörigen der mit Nishikawa beim selben Autounfall ums Leben gekommenen Kollegen sammelte man Informationen, vorerst allerdings ohne Erfolg.

Die Nacht im Stadtteil Pedralbes von Barcelona war still. Novak wachte auf, als Perry ihn rüttelte.

»Was ist los?« Novak sprang auf und schnappte sich seine Waffe.

»Ich hab's gefunden«, flüsterte Perry mit vor Müdigkeit und Begeisterung fleckigem Gesicht.

»Was?«

Perry hielt Novak ein Blatt Papier vor die Nase, auf dem Buchstaben und Ziffern zu sehen waren.

»Wenn man die DNS-Buchstaben auf die einfachste Art in Zahlen verwandelt …«, sagte Perry und rückte seine Brille zurück. »Und wenn man die Zahlen dann so in Kartenkoordinaten gruppiert, kommt man an einen Ort namens Fushan. Und der befindet sich auf den Höhen von Huafan.«

Perry reichte Novak ein zweites Blatt Papier mit dem Gedicht von der Gedenktafel auf Isama Nishikawas Grab auf dem Friedhof Vallcarca: *Fern auf den Höhen von Huafan …*

Novak stand auf. »Das muss ich Irons mitteilen.«

Er rannte so aufgeregt an den Computer, dass er fast über das Stromkabel gestolpert wäre, das quer durchs Zimmer lief.

»Geh Colin wecken. Schauen wir mal, ob wir von Sally Nishikawa eine Reaktion auf Huafan oder Fushan bekommen.«

Jørgensen lag unter den Ginstersträuchern vor dem Gebäude und zog extrem vorsichtig die Mittelschraube des zwanzig Zentimeter hohen Stativs an. Er hatte am Abend den landenden Helikopter gehört und gesehen, wie eine weitere Person ins Haus gebracht worden war.

In aller Ruhe hatte er abgewartet, bevor er es wagte, sich mit dem Lasermikrofon auf den Weg zu machen. Jetzt richtete er das Mikrofon auf ein Fenster des Hauses und setzte den Kopfhörer auf. Er schaltete das Mikrofon am Steuerungskasten ein und vollzog die genaue Ausrichtung mit Hilfe des Testsignals.

Schließlich zog er noch einmal die Flügelschrauben an Mikrofon und Stativ nach, prüfte, ob der Sender eingeschaltet war, und entfernte sich auf allen vieren vom Haus, wobei er hinter Bäumen und Sträuchern Deckung suchte.

Erst auf dem mit Natursteinen terrassierten Hang riskierte er es, aufzustehen. Auf dem Weg zum Wagen schüttelte er die kreideweißen Schuppen der Rinde eines Eukalyptusbaums ab, die an seiner Jacke haften geblieben waren.

Von dem zweihundert Meter entfernt geparkten Auto aus

konnte man das Haus hinter den Bäumen kaum sehen, aber das war der nächste sichere Platz. Dennoch musste man darauf gefasst sein, dass die Amerikaner auch in den umliegenden Straßen unterwegs waren, weshalb Jørgensen mit Carla und Heinz in regelmäßigen Abständen den Wagen wechselte.

Carla wartete im Auto. Als Souvenir aus Krakau zierte ein großes Pflaster ihre Nase. In der Hand hielt sie ein Gerät von der Größe eines altmodischen Mobiltelefons, aus dem eine dicke, gummierte Antenne ragte. Es war ihnen nicht gelungen, den Funkverkehr der Amerikaner aufzuschnappen, geschweige denn zu knacken, aber mit Hilfe des Indikators verfolgten sie die Menge der aus dem Haus verschickten Funksignale. Das gab ihnen zumindest einen groben Hinweis darauf, ob etwas Bedeutsames geschah.

Jørgensen setzte sich in den Wagen und stellte den Empfänger des Lasermikrofons ein. Er wartete fieberhaft auf Informationen aus Peking. Die Stürmung des Hauses war eine Möglichkeit, aber dafür bräuchte er weitere Leute.

48

Beim Verlassen des Flugzeugs in Helsinki schaltete Timo das Handy ein. Sein Gesicht war vor Müdigkeit aufgedunsen, und er hatte schwarze Ränder unter den Augen. Die Maschine war um kurz nach sechs in Genf gestartet, das Umsteigen in Kopenhagen hatte vierzig Minuten in Anspruch genommen, jetzt war es 10.46 Uhr.

Seine Gedanken kreisten um Soile. Er hatte Angst um sie, darum musste er handeln. Es gab nur einen Weg, ihr zu helfen, und dabei spielten Rautio und die politischen Interessengruppen hinter ihm eine entscheidende Rolle.

Timo ging zügig und rempelte aus Versehen eine Dame an. Auf dem blank gewienerten Steinfußboden spiegelten sich die Halogenspots. Das saubere Terminal und die finnischen Sätze, die ringsum gesprochen wurden, schufen eine vertraute Atmosphäre, aber sicher fühlte sich Timo deshalb noch lange nicht.

Er hatte vor, zuerst Rautio und dann Heli Larva anzurufen. Er brauchte Informationen zur Teilchenphysik. Zunächst hatte er an einen Kollegen von Soile an der TH gedacht, aber über dessen Kompetenz war Timo sich nicht ganz im Klaren – anders als bei Heli. Nach Loviisa würde er nicht fahren können, also musste sie nach Helsinki kommen.

Timo fürchtete, dass die Müdigkeit sich auf seine Urteilsfähigkeit auswirken könnte. Während er an Kiosken und Boutiquen vorbei zur Rolltreppe ging, wählte er Rautios Nummer. Der Chef der SiPo meldete sich sogleich.

»Ich bin am Flughafen«, sagte Timo brüsk. »Ich will dich sehen. Außerdem die Premierministerin und die Staatspräsidentin.«

Die Frau, die vor ihm ging, drehte sich um.

»Bist du jetzt endgültig durchgedreht?«, fragte Rautio.

»Ich nehm mir ein Taxi. Ruf die beiden an und sag mir dann, wo wir uns treffen.«

»Ich warne dich. Wir haben den Computer von Heli Larva. Und rate mal, was wir darin gefunden haben?«

Timo brauchte eine Sekunde, bis er begriff, wovon Rautio sprach. »Vergiss das«, sagte er ruhig. »Sie hat das inszeniert. Vergeude deine Zeit nicht mit solchem Mist. Ich habe sichere Beweise für die Echtheit der Diskette aus der Seine. Ich erwarte deinen Anruf innerhalb von fünf Minuten. Falls er nicht kommt, fahre ich mit dem Taxi zur Redaktion von ›Ilta-Sanomat‹.«

Timo beendete das Gespräch und betrat die Rolltreppe. Beim Hinunterfahren rief er Blomberg an.

»Was ist mit Heli Larva passiert?«, fragte Timo. »Wieso habt ihr ihren Computer?«

»Nicht nur den Computer, sondern auch die Frau.«

Timo war überrascht. »Gibt es also doch Hinweise auf eine Verbindung zu den Sabotageakten in Olkiluoto?«

»Ich bin nicht befugt, darüber zu reden.«

»Wo ist sie? Ich will mit ihr sprechen.«

»Ich weiß nicht, ob ein Gespräch möglich ist. Die Führung sagt ...«

»Die Führung wird dich gleich anrufen und dir erklären, dass ich gern mit Heli Larva sprechen darf.«

Voller Zorn legte Timo auf. Er wusste nicht, ob er mehr auf Heli oder mehr auf sich selbst wütend war, oder doch auf Rautio, dem jedes Material recht war, mit dem er Timo denunzieren konnte.

Mit Soiles Tasche in der Hand ging er an den Gepäckbändern vorbei. Sein Handy klingelte.

»Das Treffen ist um vier«, sagte Rautio. »Den Ort teile ich dir später mit.«

»Um vier? Es muss früher sein ...«

»Irgendwo hat die Frechheit ihre Grenzen«, fuhr Rautio auf. »Sei froh, dass es überhaupt möglich ist.«

»*Ihr* könnt froh sein. Noch etwas. Ich will mit Heli Larva sprechen. Ich fahre mit dem Taxi zur KRP, vereinbare inzwischen mit der Führung dort, dass ich zu ihr kann.«

Ohne eine Antwort abzuwarten, legte er auf. Vor ihm öffneten sich die automatischen Schiebetüren. Er hielt nach seiner Mutter Ausschau, die er am Morgen von Genf aus angerufen hatte.

Sie stand vor einer Säule und winkte ihm zu. Timo zwang sich zu einem ruhigen, frohen Gesichtsausdruck.

»Was ist passiert?«, fragte seine Mutter besorgt. »Du siehst ja schrecklich aus ...«

Timo gab den Versuch auf, sorglos zu wirken. »Hast du ihn dabei?«

Seine Mutter reichte ihm den Brief, den er ihr aus Brüssel geschickt hatte. Er enthielt das Foto, das Asko Lahdensuo auf der Seinebrücke zeigte, und dieses Foto würde er bald brauchen.

»Danke«, sagte Timo und schob das Kuvert in die Innentasche seiner Jacke. »Wie geht's Aaro?«

»Gut. Wann kommst du nach Porvoo?«

»Ich weiß nicht. Vielleicht heute noch. Aber mach Aaro besser keine Versprechungen.«

In zehn Kilometer Höhe, über der blaugrauen, vom Wind bewegten Wassermasse des Stillen Ozeans, flog eine Boeing *BBJ*, bemalt in den Farben einer Washingtoner Business-Fluggesellschaft, aus den Vereinigten Staaten kommend nach China.

Normalerweise wurde sie von den Führungsgremien großer Unternehmen benutzt, wenn mehr Platz benötigt wurde, als ein normaler Learjet bot. Jetzt saßen acht große, ernste Männer im hinteren Teil der Kabine, alle im dunklen Anzug. Nichts verriet, dass sie der Sondereinheit DELTA der US-Streitkräfte angehörten.

Die Gruppe war zusammengestellt worden aus der Elite der

Elite, aus den erfahrensten Soldaten, die in den Vereinigten Staaten für Sonderoperationen zur Verfügung standen. Ihr Gepäck war im Rumpf des Flugzeugs verstaut, es bestand aus gewöhnlichen *Delsey*-Koffern, aber diese enthielten komplette Kommandoausrüstungen und schwere Bewaffnung.

Im vorderen Teil der Maschine saßen zwei Wissenschaftler vom Forschungszentrum der Luftwaffe, die auf Antimaterie spezialisiert waren, mehrere Teilchenphysiker aus dem *Fermilab* und ein Dolmetscher der chinesischen Sprache. Drei Beamte der Einheit für Sonderoperationen der Armee führten die Gruppe an.

Den Reisedokumenten zufolge handelte es sich bei der Gruppe um eine Wirtschaftsdelegation, die nach China kam, um weitere Handelsbeziehungen zu knüpfen. Die Maschine flog den Flughafen Fuxin an, von wo es nicht weit nach Fushan auf den Höhen von Huafan war.

Timo kümmerte sich nicht um Blombergs neugierige Miene. Ob der auch den Videoclip von Heli Larva zu Gesicht bekommen hatte? Sie gingen auf dem Weg zu den Vernehmungszimmern nebeneinander den Korridor im KRP-Gebäude entlang. Es roch nach Reinigungsmitteln.

Keiner von beiden sagte ein Wort. Timo wusste nicht, warum Heli Larva festgenommen worden war, und Blomberg weigerte sich, es ihm mitzuteilen.

Vor einer Tür blieben sie stehen. Blomberg nahm den Schlüsselbund vom Gürtel und schloss auf.

Nach wie vor mit Soiles Tasche in der Hand, trat Timo ein. Er war voll auf die bevorstehende Begegnung konzentriert.

In dem Raum standen lediglich zwei Stühle und zwischen ihnen ein Tisch. Heli Larva erhob sich, sie trug einen zu klein gewordenen Wollpullover mit grobem Strickmuster, verwaschene enge Jeans und abgetragene Turnschuhe. Sie wirkte müde, aber kampfbereit. Ihre Augen glühten vor Energie, und sie hatte ein Lächeln aufgesetzt, in dem Neugier aufblitzte.

Die Tür fiel hinter Timo ins Schloss. In dem schalldichten Raum herrschte vollkommene Stille.

Timo räusperte sich und ging zum Tisch, auf dem ein Mikrofon aufgestellt war. Er sah nach, ob der Schalter in Off-Position war. Das hieß jedoch gar nichts, deshalb schraubte er das Mikrofon auseinander und legte die Einzelteile auf den Tisch.

Larva stand ruhig da und beobachtete ihn. Timo nahm auch das Telefon vom Tisch und entfernte das Kabel. Ein primitiver, aber beliebter Trick bestand darin, das Telefon trotz aufgelegten Hörers zu aktivieren.

Timo hatte derzeit in Rautio und die KRP-Führung genauso viel Vertrauen wie in die Amerikaner.

»Was willst du?«, fragte Heli.

Timo ließ sich auf einem der beiden Stühle nieder. »Setz dich.«

Er hatte sich vorher genau zurechtgelegt, was er ihr sagen würde. Trotzdem entwich ihm als Erstes die Frage: »Kennst du Patrick Saari?«

Heli dachte eine Sekunde nach, und Timo sah, wie ihr Gehirn arbeitete. Dann machte sich auf ihrem Gesicht eine verständnisvolle, fast spöttische Miene breit. »Welche Frau würde sich nicht an einen so gut aussehenden und intelligenten Mann erinnern.«

Ihr scharfer Blick schien Timo zu durchbohren. »Soile hatte während des Studiums gern mit ihm zu tun. Vielleicht sogar immer noch, soweit ich weiß, ist Patrick zum CERN berufen worden.«

Timo lief rot an. Es fiel ihm schwer, seinen Zorn im Zaum zu halten. »Warum hast du Soile den Videoausschnitt geschickt?«

»Du machst dir was vor, wenn du glaubst, das hätte noch eine Auswirkung auf eure Beziehung.« Larvas Lippen verzogen sich zu einem schiefen Lächeln. »Nur gut, wenn du sie los wirst. Frauen wie sie sind gefährlich. Wissenschaftlerinnen ohne Verantwortung. Machen die Wissenschaft zur Handlangerin des Mammons.«

In ihre Stimme hatte sich ein leicht hysterischer Unterton geschlichen, bei dem sich Timo die Nackenhaare sträubten. Trotzdem kam ihm unweigerlich ein Satz von Soile in den Sinn, den sie gesagt hatte, als sie über Massenvernichtungswaffen sprachen: *Ich sehe das aus der Perspektive der Wissenschaftlerin …*

Timo versuchte sich zu konzentrieren. »Kennst du einen Teilchenforscher namens Yoshima Nishikawa?«

Auf einmal wich alle Farbe aus Helis Gesicht, und sie starrte Timo ungläubig an.

»Na und?«, fragte sie dann leise, mit gepresster, dünner Stimme. »Warum fragst du nach ihm?«

Ihre Reaktion erschreckte Timo. Er beugte sich näher zu ihr heran. »Was weißt du über Nishikawa?«

Sie befeuchtete ihre Lippen. »Er hat sich mit Antiteilchen beschäftigt, wie viele andere auch. Sonst noch was?«

Timo wunderte sich in dem Maße, wie seine Neugier wuchs. Ein letztes Mal wog er die Lage ab. Was würde er verlieren, wenn er Heli über einen Teil der Fakten informierte, und was könnte er dadurch gewinnen? Die Wahl fiel nicht schwer. Wenn man jemand in eine sensible Angelegenheit einweihen konnte, dann Heli Larva, die sowieso niemand für voll nahm.

»Ich werde dir jetzt etwas äußerst Vertrauliches erzählen«, sagte Timo leise. »Im Zusammenhang mit dem Mord an einer Seine-Brücke in Paris ist eine Diskette des KGB gefunden worden. Sie enthält Informationen, hinter denen unter anderem die Vereinigten Staaten her sind … Was hast du?«

»Nichts.« Auf Larvas blassem Gesicht und Hals bildeten sich grellrote Flecken. Sie räusperte sich. »Sprich weiter.«

Timo skizzierte grob die wesentlichen Aspekte: die KGB-Diskette, Vaucher-Langston und die Karten, die mit der damals verfügbaren Technik nicht zu erstellen gewesen waren, Zeromski und seine Theorien; er erwähnte den Quastenflosser-Kongress von Marburg, erzählte von dem Souvenir, das alle Kongressteilnehmer bekommen hatten, von Vater und Sohn Nishikawa und von der Gedenktafel mit dem eingravierten Fisch. Alles, was mit Finnland zu tun hatte, ließ er unerwähnt.

Heli hörte ihm äußerst aufmerksam, ja mit geradezu beängstigender Konzentration zu. Es war erstaunlich, wie stark sie reagierte. Die Form ihrer Augenbrauen und Wangenknochen verliehen ihr jetzt etwas Wolfsartiges.

Timo nahm die Unterlagen aus der Tasche und legte sie auf den Tisch. »Soile hat im CERN Kopien von Texten gemacht, die mit Nishikawa zu tun haben. Ich will wissen, ob man daraus auf Nishikawas Spezialgebiet schließen kann. Aus welchem Blickwinkel und mit welchem Ziel hat er sich mit den Antiteilchen beschäftigt?«

»Diese Unterlagen enthalten keine Einzelheiten«, sagte Heli.

»Woher weißt du das?«

Der Form halber blätterte sie in den Kopien. Timo sah, dass ihre Hände zitterten.

»Heli, was ist los?«, flüsterte er.

»Nichts. Ich habe bloß nichts Richtiges gegessen.«

Sie überflog die Unterlagen, dabei fixierte Timo ihr glühendes Gesicht und die brennenden Augen. Er sah einen Menschen, der vollkommen in Flammen stand.

»Es besteht der dringende Verdacht, dass Nishikawa irgendetwas im Zusammenhang mit Antimaterie auf die Spur gekommen ist«, sagte Timo. »Und deswegen ermordet wurde.«

Heli blickte von den Kopien auf. »Du vermutest also, dass es irgendwo auf der Erde Antimaterie gibt ... entweder von uns hergestellt – oder von anderen.«

Sie traf den Kern der Sache, ohne Umschweife. In ihrer Stimme lag kein Hauch von dem Spott, den Soile über ihn ausgeschüttet hatte. Heli schien aufrichtig erschüttert. Ihre Reaktion beunruhigte und erleichterte Timo zugleich.

»Ich habe eine Theorie«, wagte er sich weiter vor und senkte dabei die Stimme. »Ich weiß, sie ist lächerlich, aber sie wird bislang von allen Fakten gestützt ... Jemand hat Überreste eines Lotgeräts oder eines Raumschiffs gefunden, das vor Zeiten der Erde einen Besuch abgestattet hat, und etwas, das mit Antimaterie zu tun hat. Mit der Untersuchung des Ganzen war Nishikawas Physikerteam befasst. Moskau hat einen Hinweis auf den Fund bekommen, ebenso die Amerikaner, die ihn aus irgendeinem Grund damals nicht aufspüren konnten. Jetzt ist alles – warum auch immer – wieder ans Tageslicht gekommen, und die Amerikaner versuchen erneut, den Fund in ihre Hände zu bekommen. Der einzige Hinweis, den sie haben, ist das KGB-Material, das in der Seine gelandet ist.«

»Keine schlechte Theorie, aber falsch«, lautete Larvas Kommentar.

Timo musterte sie forschend. »Woraus schließt du das?«

Sie zuckte mit den Schultern.

»Ich weiß, dass die Herstellung von geringsten Mengen Antimaterie mit moderner Technik extrem aufwendig ist«, sagte Timo. »Aber eine technisch weiterentwickelte Kultur...«

»Die Mengen, die man herzustellen in der Lage ist, sind gering, aber aus der Sicht von Waffenkonstrukteuren, die ihre Seele an den Teufel verkauft haben, braucht man auch nur verschwindend geringe Mengen. Und glaub mir, solche Wissenschaftler sind bloße Befehlsempfänger. Willenlose Helfershelfer, ohne jedes Verantwortungsbewusstsein. Denk nur an die Wissenschaftler, die Senfgas oder biologische Waffen hergestellt haben! Oder an die Knechte der Atomindustrie, die mit der Planung eines unterirdischen Endlagers ...«

Timo hatte beschlossen, den Fall Olkiluoto nicht mit dieser Diskussion zu vermengen, aber jetzt konnte er sich eine Frage nicht verkneifen: »Weißt du etwas über die Sabotage?«

»Warte«, sagte Heli, die ihm konzentriert in die Augen schaute. »Genau *hier* könnte etwas verborgen sein ...«

»Wo?«

Sie kniff die Augen zusammen. »Wenn wir Idioten Atommüll im Grundgestein begraben, muss über der Erde ein dauerhaftes Zeichen für die Gefährlichkeit des Materials aufgestellt werden, damit auch in Hunderten von Jahren niemand aus Versehen in den Müllkapseln herumstochert ...«

Timo wurde aufmerksam, weil Larva nun geradezu wie elektrisiert war. Außerdem brachte ihm der Inhalt ihrer Worte aus irgendeinem Grund die Pyramiden von Giseh und die Stimme Bronisław Zeromskis in den Sinn: *Niemand schichtet nur zum Spaß fünfzehn Millionen Tonnen Steine aufeinander.*

»Und weiter?«, fragte er. Unwillkürlich richtete er sich auf seinem Stuhl auf.

»Falls jemand etwas Gefährliches versteckt hat, dann musste er dafür gesorgt haben, dass es niemand aus Versehen findet …«

Timo begriff, was sie meinte: Was würde passieren, wenn ein Mensch etwas fände, das ebenso gefährlich war, wie es der Atommüll für künftige Generationen sein würde?

»Das Schlüsselwort lautet: *Versteck*«, fuhr Heli fort. »Haben die Russen aufgrund der KGB-Diskette Kenntnis von der Lage des Verstecks?«

»Wohl kaum. Sonst hätten sie es selbst gesucht.«

»Das zweite Schlüsselwort lautet: *gesucht*.«

»Ich weiß, worauf du hinaus willst«, sagte Timo. »Ich habe darüber auch nachgedacht. Vaucher-Langston: *Landkarte*. Zeromski: *Sternkarte*. Nishikawa: *Genkarte*. Der gemeinsame Nenner ist die Karte. Aber …«

Larva beugte sich plötzlich über den Tisch und begann, Timos Hemd aufzuknöpfen. »Stift und Papier …«, flüsterte sie so dicht vor Timos Gesicht, dass er ihren Atem auf seiner Haut spürte.

»Ich kann den Code auswendig«, sagte er und ließ zu, dass Lavra ihm mit hastigen, warmen Fingern das Hemd aufknöpfte. »ACCTGAG …«

Da rasselte das Schloss, und die Tür schwang abrupt auf. Timo ergriff instinktiv Larvas Hand, um sie wegzuschieben. Hinter Blomberg stand Rautio in der Tür.

Es folgte ein endloser Moment in Grabesstille.

»Entschuldigung, wenn ich störe …«, sagte Rautio gezwungen nüchtern, ohne jedoch seine Bestürzung kaschieren zu können. »Ich wollte nur mitteilen, dass das Treffen, um das du gebeten hast, schon eine Stunde früher stattfinden kann.«

Heli ließ Timos Hemd los und setzte sich langsam wieder auf

ihren Stuhl. Timo opferte eine Sekunde, um darüber nachzudenken, ob Rautio die Tür zufällig genau in dem Moment aufgemacht hatte oder ob es eine versteckte Kamera oder ein Guckloch gab. Mehr Zeit zum Überlegen verdiente die Angelegenheit nicht – es war einerlei, was Rautio dachte, wenn er nur tat, was man ihm sagte.

Timo nahm die Papiere an sich und ging zur Tür. Auf der Schwelle blieb er stehen, da er sich seines offenen Hemdes bewusst wurde. Rautio wartete in wenigen Metern Abstand.

Ungeschickt knöpfte Timo sich das Hemd wieder zu. Er spürte, wie Heli ihm hinten das Hemd in die Hose stopfen wollte und schnaubte: »Finger weg!«

Wie zum Trotz schob Heli ihm darauf mit einem abschließenden, energischen Ruck sein Hemd in den Hosenbund.

49

Marjatta Lahdensuo, die Premierministerin, hatte sich für ein rotes Kostüm entschieden. Sie gab der Staatspräsidentin Kirsti Heino die Hand. Gleichmäßig graues Herbstlicht drang von außen ins Arbeitszimmer des Präsidentenpalais.

»Wir sehen uns unter etwas außergewöhnlichen Umständen«, sagte die Präsidentin kühl.

»So habe ich es Rautios Worten entnommen.«

Die Präsidentin bot ihrem Gast einen Platz an. »Reden wir offen. Ich werde erst gar nicht so tun, als wäre ich bestürzt über das, was Rautio über Asko Lahdensuos Unternehmungen berichtet hat.«

»Vielleicht sagst du mir auch, worum es dabei geht«, bat Marjatta Lahdensuo sachlich und ruhig.

»Du weißt genau, wovon ich rede. Ich hätte nicht geglaubt, dass du dich auf ein so schmutziges Spiel einlässt, um mich zu stürzen.«

»Ich weiß nicht, was du meinst.«

Die Frauen sahen einander in die Augen.

»Willst du bestreiten, dass du gewusst hast, was der Bruder deines Mannes mit seinen Ostkontakten getrieben hat?«, fragte die Präsidentin.

»Meinst du Asko? Was hat er denn getan?«

Auf die Wangen und den Hals der Präsidentin war schimmerndes Rot getreten. »Du bist keine allzu geschickte Lügnerin, Marjatta. Rautio wird dir gleich mehr erzählen.«

Das Taxi fuhr über die südliche Esplanade auf das Präsidentenpalais zu. Auf dem Rücksitz betrachtete Timo angespannt das in Paris aufgenommene, unscharfe Foto, auf dem ein Mann im Trenchcoat zu sehen war – leider ziemlich undeutlich.

Er steckte das Foto in den Briefumschlag zurück und das Kuvert in die Innentasche seiner Jacke. Es war beruhigend, zur Abwechslung das vertraute Panorama der Helsinkier Innenstadt zu sehen. Arbeiter befreiten mit Laubbläsern die Rasenflächen der Esplanade vom herunterfallenden Laub.

Der Taxifahrer, der in seiner Lederjacke aussah wie ein ewiger Student, hatte offenbar den Gemütszustand seines Fahrgastes erspürt und den Wagen schweigend vom Hauptquartier der KRP ins Stadtzentrum gelenkt. Timo vertraute Rautio nicht, darum hatte er das Angebot abgelehnt, mit ihm zum anberaumten Treffen zu fahren. Er wollte selbst das Heft in der Hand behalten.

Auf dem Markt wurden gerade die Verkaufsstände abgebaut, dabei blies ein heftiger Wind vom Meer, der die Möwen im Flug zum Schwanken brachte. An der roten Ampel am Ende der Esplanade klingelte Timos Telefon.

»Kannst du reden?«, fragte Heli Larva. Timo hatte Rautio aufgetragen, ihr die Erlaubnis zum Telefonieren zu beschaffen.

Ihre Stimme klang noch aufgeregter als vorhin. Timo staunte, mit welcher Hingabe sie sich auf das Thema stürzte.

»Ja.«

»Ich habe nachgedacht. Der DNS-Code kann auf jeden beliebigen anderen Code verweisen. Verstehst du? Im finnischen Alphabet gibt es neunundzwanzig Buchstaben, aber ein Gen setzt sich aus den Zeichen eines Alphabets von vier Buchstaben zusammen. Adenin A, Guanin G, Thymin T und Cytosin C. Aber man kann diesen Buchstaben ebenso gut eine andere Bedeutung geben. A kann D bedeuten, G kann A sein.«

»Könnte in dem Code der Name eines Ortes stecken?«, fragte Timo. Die Ampel sprang auf Grün um, und das Taxi kroch im Verkehrsstrom weiter.

»Könnte schon, wenn die Buchstaben dem Ortsnamen entsprechend geordnet sind. Aber wenn auf dem T-Shirt die Buchstaben stehen, die vom Gen des Quastenflossers diktiert werden, kann es natürlich kein Ortsname sein ...«

»Mach schnell!«

»Die Genkarte benutzt Basen. Was benutzt eine geografische Karte?«

»Buchstaben.«

»Idiot! Koordinaten. Das heißt, dass hinter den Buchstaben Zahlen stecken. Und wenn der DNS-Code dazu gedacht ist, einen Hinweis auf einen Ort zu geben, dann hat der Code den Ort diktiert. Und nicht der Ort den Code.«

Timo dachte kurz nach über das, was Larva gesagt hatte, und war begeistert: »Dann wäre der Code also zuerst ausgewählt worden, und erst dann der Hinweis auf den Ort?«

»Die Koordinaten«, sprach Larva rasch weiter. »Stellen wir uns den einfachsten möglichen Schlüssel vor: Wir bringen die Buchstaben des DNS-Codes in alphabetische Reihenfolge und verwandeln sie in Zahlen: A ist die Eins, C die Zwei, G die Drei und T die Vier. Dann wird die Buchstabenfolge zu der Ziffernfolge eins, zwei, zwei, vier, drei und so weiter ...«

»Warte, ich nehme einen Stift.« Timo zog einen Stift aus der Tasche und notierte sich die Zahlen, die ihm Larva diktierte. Das Taxi näherte sich dem Rathaus.

»Wo liegt der Ort mit diesen Koordinaten?«, fragte Timo.

»Das hängt davon ab, wie man sie gruppiert. Ob der Längengrad 12 oder 122 ist. Aber falls er 122 ist, befinden wir uns irgendwo in Asien, genauer: in China. Ich würde den genauen Ort suchen, wenn mich jemand ins Internet ließe ...«

Timo ballte die Hand zur Faust und beendete das Telefonat. »Halten Sie an«, sagte er zum Fahrer.

»Ich kann nicht ...«

»Biegen Sie dort ab«, sagte Timo und wies auf die schmale Katariinankatu, die zum Senatsplatz führte.

Der Fahrer setzte den Blinker und hielt in der Katariinankatu auf dem Gehweg an.

»Warten Sie hier.« Timo stieg aus und sprang um die Ecke in die Aleksanterinkatu, wo eine japanische Touristengruppe gerade den Senatsplatz mit dem Dom fotografierte. Timo eilte nach links an den Geschäften mit Reiseandenken und Geschenkartikeln vorbei. Dann bog er in die Sofiankatu ein und betrat dort das erstbeste Lokal. Es war ein russischer Teesalon, dessen Wände kostbare Bilder zierten.

»Haben Sie einen Internetanschluss?«, fragte er die Frau hinter der Theke.

»Leider nein. Vielleicht gibt's ein Internet-Café auf der Esplanade?«

Draußen warf Timo einen Blick in den modernen Shop des Stadtmuseums auf der anderen Straßenseite, aber dort stand gerade eine große Reisegruppe. Ein Haus weiter stieg er neben einem Verkaufstisch mit billigen, gebrauchten Büchern die Stufen zu dem Antiquariat hinauf, das er schon oft aufgesucht hatte.

Der Besitzer trug ein weißes Hemd mit Fliege und ließ sich zunächst sehr bitten, bevor er Timo die Erlaubnis gab, zwischen Bücherkisten im Hinterzimmer den Computer zu benutzen.

Timo öffnete ein Kartenprogramm, schrieb die Zahlen, die ihm Heli gegeben hatte, in das für die Koordinaten vorgesehene Feld und drückte auf Enter.

Auf dem Bildschirm erschien eine Landkarte. Ein roter Kreis zeigte den gesuchten Koordinatenpunkt an. Er befand sich in China, in der Nähe von Fushan.

Timo starrte auf die Karte. Der Name neben Fushan bohrte sich in seine Augen.

Huafan.

Fushan lag auf den Höhen von Huafan.

Timos Herz setzte buchstäblich einen Schlag aus. *Fern auf den Höhen von Huafan zieht ein Gewitter auf, es erhebt im Fluss die Wellen gegeneinander …*

Eilig dankte er dem Antiquar und verließ den Laden. Das konnte kein Zufall sein. Lag hier die Erklärung dafür, warum die Chinesen hinter dem Fund her waren?

Auf dem Weg zum wartenden Taxi rief er Rautio an und sagte: »Mein Taxi wird bald vor dem Palais stehen.«

»Sag dem Fahrer, er soll am Ende der Aleksanterinkatu anhalten. Dann gehst du zu Fuß um die Ecke, zum Eingang in der Mariankatu«, sagte Rautio. »Ich warte …«

»Nein. Wir fahren durch das Tor in der Mariankatu in den Innenhof.« Während er noch sprach, machte Timo die hintere Tür auf und setzte sich in den Wagen. »Ihr kommt zu mir ins Auto. Wir reden dort. Der Fahrer kann solange einen Kaffee trinken gehen.«

Timo fing den interessierten Blick des Fahrers im Rückspiegel auf.

»Was soll das …« Rautio wirkte ziemlich ungehalten.

»Tu, was ich dir sage! Sag den Wachmännern, dass wir in den Hof fahren.«

Timo beendete das Gespräch und suchte im Spiegel Blickkontakt zum Fahrer. »Fahren Sie zum Eingang des Präsidentenpalais in der Mariankatu.«

Der Fahrer legte den Gang ein und fuhr los. In seiner Verwunderung vergaß er den Blinker, und die Straßenbahn hinter ihnen machte sich lautstark bemerkbar. Der Fahrer reagierte nicht im Geringsten darauf und bog nach rechts in die Aleksanterinkatu ab.

Die Höhen von Huafan … Timo dachte über die neue Information nach. Was konnte er tun?

Auf der Höhe des Sederholm-Hauses klingelte sein Handy. Als er Helis Stimme hörte, begriff er sofort, dass etwas Entscheidendes passiert war.

»Ich hatte Unrecht«, sagte sie knapp. »Uns wird doch ganz direkt gesagt, was los ist, und wir kapieren es nicht …«

»Jetzt sag schon!«

»Lesen wir das Gedicht ganz. In aller Ruhe. Was wird darin gesagt? Die Stadt am Nullpunkt … Begreifst du? In dem Gedicht ist die Rede von Hiroshima, und es wird gesagt, sie liegt am Nullpunkt. Also ist Hiroshima der Nullpunkt. Nicht Greenwich, sondern Hiroshima. Der Längengrad Null des Codes liegt auf Hiroshima. Vom Längengrad Hiroshimas, 132 Grad und 30 Minuten, muss die Gradzahl, die der Code angibt, abgezogen werden: 122 Grad, 43 Minuten, 21 Sekunden und 13 Dezimalien ...«

»Aber was ist mit den Höhen von Huafan?«, fragte Timo.

»Kapierst du nicht?«, schrie Heli geradezu in sein Ohr. »Das ist eine Täuschung! Auf diesen Hinweis springen Technokraten an, die nicht verstehen, welche Bedeutung Hiroshima hat. Weder in diesem Gedicht noch überhaupt. *Die Stadt am Nullpunkt ...*«

Timo spürte, wie ihn eine Gänsehaut überlief. Er hörte genau zu, während das Taxi in die Mariankatu einbog. Fast unmittelbar auf der rechten Seite, beinahe noch im Kreuzungsbereich, befand sich die enge Zufahrt zum Präsidentenpalais. Der Fahrer setzte den Blinker, während er wartete, dass der LKW vor ihm die Kreuzung in Richtung Hafen überquert hatte.

»Und wo liegt der Ort, der dann ermittelt wird?«, fragte Timo.

»Woher soll ich das wissen? Die Differenz beträgt ungefähr zehn Grad, es muss also irgendwo in Europa sein ...«

»Gib mir die Werte noch mal.«

Larva wiederholte die Zahlen, und Timo schrieb sie auf, bevor er das Gespräch beendete. Der Fahrer bog in die Einfahrt ein, an deren Ende ein graues Gittertor wartete. Es öffnete sich automatisch.

Im Innenhof, der von niedrigen, blaugrauen Gebäuden gesäumt war, stand dicht gedrängt ein halbes Dutzend Autos. Neben einer Tür waren Plastikkisten einer Großbäckerei aufgestapelt. Dort wartete Rautio mit hochrotem Kopf. Er wirkte aufgebracht und unberechenbar. Timo änderte seinen Plan, mit der Präsidentin und der Premierministerin im Auto zu reden.

»Lassen Sie den Zähler laufen«, sagte er dem Fahrer und stieg aus. In der Hand hielt er den Zettel mit den Koordinaten.

»Was, zum Teufel, treibst du da eigentlich?«, zischte Rautio.

Die Verwandlung des roboterartigen Beamten in einen Löwen,

der seine eigenen Interessen und die seines Umkreises wahren wollte, verhieß nichts Gutes.

»Bring mich zum nächsten Internetanschluss«, sagte Timo.

Rautio sah ihn misstrauisch an und öffnete die Tür. Dahinter verlief ein Gang mit Türen von Lager- und Wirtschaftsräumen.

»Marjatta Lahdensuo sagt, sie wisse nichts von einer Diskette«, flüsterte Rautio. »Kapierst du? Egal, was Asko Lahdensuo vorgehabt hat, die Premierministerin muss nicht unbedingt ...«

»Mach dich nicht lächerlich. Sie kann es nicht zugeben, aber natürlich weiß sie es.«

Rautio zog ihn in ein Büro mit Computer. Timo tippte die Koordinaten, die er von Heli bekommen hatte, in das Kartenprogramm.

Der Ort lag in Norditalien, in der Nähe der Stadt Volterra.

Nishikawas Urne war aus Volterra-Alabaster.

Ein Gefühl des Triumphes durchfuhr Timo. Heli war ein Genie! Ein verrücktes Genie.

Oder handelte es sich nur um eine Koinzidenz? Alabasterurnen gab es auf der Welt zu Tausenden.

Timo zog den Zettel mit der Telefonnummer von Maria Aguilar aus der Tasche. Er rief sie an und kam sofort zur Sache. »Hat Sally Ihnen gegenüber jemals die Stadt Volterra in der Toskana erwähnt?«

»Nicht dass ich wüsste ...«

»Besitzt sie etwas, das aus Alabaster hergestellt sein könnte?«

»Ja. Einen Halsschmuck, in den etwas eingraviert ist ... Sie erraten vermutlich, was.«

50

Blass und erschöpft lag Sally Nishikawa auf der Plastikplane. In dem Anhänger ihrer Halskette waren die Umrisse des Latimeria so klein eingraviert, dass man sie kaum erkennen konnte.

Die Luft im Keller war stickig. Baumgarten saß neben der Waschmaschine auf einem Gartenstuhl aus Kunststoff, und Novak stand hinter ihm.

»Ist dein Mann je in China gewesen?«, fragte Baumgarten.

»Soweit ich weiß, nein.« Sally Nishikawa bewegte kaum ihre bleichen Lippen.

Baumgarten gab die Antwort in den Computer ein, obwohl er sicher war, dass sie nicht gelogen hatte.

»Hast du schon mal den Namen Huafan gehört?«

»Ich kann mich nicht daran erinnern.«

Novak trat näher. Er konnte sich langsam nicht mehr beherrschen. Er fuhr sich über den Scheitel. »Hast du oder hast du nicht?«

Baumgarten warf ihm einen Blick zu.

»Nein«, sagte Nishikawa.

»Und Fushan?«, fragte Novak.

Sie schüttelte müde den Kopf.

Novak ging nach oben, und Baumgarten druckte den Pontifex-Bericht aus. Ihm zufolge hatte die Frau die Wahrheit gesagt.

Das war für Baumgarten keine Überraschung. Er hatte es an der Bereitschaft gesehen, mit der sie geantwortet hatte. Natürlich war es möglich, dass sie von einer China-Reise ihres Mannes einfach nichts wusste.

Timo musterte die beiden Frauen, die ihm gegenübersaßen. Das Gesicht von Premierministerin Marjatta Lahdensuo verriet nichts, es war die aus der Zeitung bekannte Gipsmaske. Auch Präsidentin Kirsti Heino wirkte einigermaßen gelassen. Beide waren erfahrene Politikerinnen und beherrschten ihr Pokerface.

Mit diesem Pokerface hatte Frau Heino vor Jahren, als sie noch Innenministerin war, Timos Vater Paavo Nortamo ins Gefängnis gebracht, um sich bei den Russen anzubiedern. Timo spürte die Wut in sich aufsteigen, hielt sich aber zurück.

»Worum geht es?«, fragte die Präsidentin mit dünner, kühler Stimme.

»Sie wissen, worum es geht. Rautio hat Sie ja dankenswerterweise auf dem Laufenden gehalten. Von Anfang an.«

»Ich weiß zwar nicht, warum Sie gegen mich agieren, aber ...«

»Ich agiere gegen niemanden. Ich will nur, dass die Wahrheit ans Licht kommt.«

»Die Wahrheit?« Auf dem Gesicht der Präsidentin blitzte ein zynisches Lächeln auf. »Wäre die Welt doch nur so einfach ...«

Timo versuchte, ruhig zu bleiben. Konnte sich der Blick von Politikern dermaßen gründlich trüben? Er erinnerte sich an Aussagen der Präsidentin über einige Finnen, die unter Stasi-Verdacht geraten waren. *Damals hatte man nach den Spielregeln der damaligen Zeit zu leben ...*

»Wenn man sein Leben lang Kuhhandel betreibt und am Rednerpult Lügen erzählt, glaubt man dann mit der Zeit selbst daran?«, fragte Timo aufgebrachter, als er es beabsichtigt hatte. »Beginnt man irgendwann tatsächlich zu glauben, dass alles relativ ist? Auch die Wahrheit?«

Rautio machte ihm ein scharfes Zeichen, aber Timo hielt seinen Blick auf die Augen der Präsidentin gerichtet, die schmaler wurden und sehr ernst. Nun verschwand auch der letzte Anflug von Freundlichkeit aus ihrem Gesicht.

»Sind Sie gekommen, um Beleidigungen vorzutragen, oder haben Sie auch ein sachliches Anliegen?«, fragte die Präsidentin.

»Wissen Sie, ich fasse es als Beleidigung auf, wenn man sich über mich lustig macht, weil ich sage, die Wahrheit müsse ans Licht gebracht werden. Der Richter, der Ihr Verhältnis zum KGB untersuchen wird, wird sicherlich Verständnis für meine Reaktion aufbringen.«

»Ich habe gar nicht gewusst, dass ich in einen Prozess involviert bin«, entgegnete die Präsidentin spitz.

»Sie stehen in dem Moment vor Gericht, in dem sich der Staatsanwalt zur Anklage entschließt. Zur Voruntersuchung wird es unweigerlich kommen, sobald das Thema seinen Weg in die Medien gefunden hat.«

»Deine Unverschämtheit kennt keine Grenzen«, mischte sich Rautio ein. »Dir ist doch klar, dass sich bestenfalls die Schundblätter auf Dokumente stürzen, von denen nur der Geier weiß, ob sie echt sind. Falls du glaubst, das Schicksal deines Vaters ...«

»Der Fall Paavo Nortamo hat damit nichts zu tun. Das zu behaupten ist lächerlich.« Timo richtete den Blick auf die Premierministerin. »Ich könnte mir zum Beispiel dieses Bild in der Zeitung vorstellen ...«

Er nahm das in Paris mit der Handykamera aufgenommene Foto aus der Tasche. »Diese Aufnahme zeigt Asko Lahdensuo, wie er eine Diskette im Empfang nehmen will, die enthüllen würde, in welchem Maße die Präsidentin mit dem KGB verstrickt ist.«

Die Frauen und Rautio sahen sich das Foto an.

»Ich bin mir einer solchen Angelegenheit nicht bewusst«, sagte die Premierministerin steif. »Ich erkenne diesen Mann nicht einmal auf dem Bild.«

Im Raum machte sich Stille breit. Timo durchbrach sie bewusst nicht. »Ich komme gerade aus Frankreich. Die KGB-Diskette aus der Seine enthält außer dem Teil über Finnland noch etwas anderes, etwas, das die Amerikaner unter allen Umständen von anderen fern halten wollen. TERA ist vor ihnen in die Knie gegangen oder hat sich auf einen Handel eingelassen. Die Hegemonie der Amerikaner walzt alles platt.«

Der letzte Satz veranlasste die Präsidentin zu einem leichten Nicken. Timo machte eine Pause, dann fuhr er leise fort: »Die Franzosen halten meine Frau fest. Sie handeln offenbar in Amtshilfe für die Amerikaner. Meine Frau hat nichts Illegales getan, sie steht nicht einmal unter irgendeinem Verdacht, weshalb sie unverzüglich freigelassen werden muss. Angesichts der momentanen Konstellation ist das allerdings alles andere als wahrscheinlich.«

Mit Blick auf die Premierministerin sagte er: »Aber in Paris sollte man wenigstens eines zur Kenntnis nehmen: Die finnische Regierung weiß, dass eine unschuldige finnische Staatsangehörige in Frankreich festgehalten wird, und beobachtet die Entwicklung genau. Die Franzosen müssen wissen, dass sie zur Rechenschaft gezogen werden, was auch immer passiert.«

Rautios Gesichtsausdruck wurde aggressiv. »Was …«

»Ich will zwei Polizisten, die freiwillig mit mir nach Italien fahren. Als Expertin wird außerdem Doktor Heli Larva dabei sein.«

Timo verschwieg, dass sich in Italien endgültig die Echtheit der KGB-Diskette herausstellen würde.

Rautio sah ihn ungläubig an. »Ich weiß ja nicht, was du und die Larva …«

»Wir haben jetzt keine Zeit, Unsinn zu reden. In Italien brauchen wir den Status diplomatischer Immunität. Sie kümmern sich mit ihren Ministern darum, dass alles ohne Verzögerung in die Wege geleitet wird.«

Rautio schüttelte den Kopf und wollte etwas sagen, aber die Präsidentin kam ihm zuvor.

»Und danach?«

»Sobald meine Frau in Sicherheit ist, vergesse ich das gesamte KGB-Material. Wird sie aber nicht in Sicherheit gebracht, scheiden Sie beide aus dem Amt aus, und zwar aus persönlichen Gründen.«

Timo war nicht stolz darauf, mit Wahrheit und Gerechtigkeit

Handel zu treiben, aber jetzt lagen einfach wichtigere Dinge in der Waagschale.

»Das kann nicht dein Ernst sein«, flüsterte Rautio Timo zu. »Weißt du, welches Strafmaß das finnische Gesetz für Erpressung vorsieht?«

»Weißt du, welches Strafmaß es für schweren Landesverrat vorsieht?«, fragte Timo zurück.

51

Zwei Stunden später sah Timo angespannt den Technikern zu, die sich auf dem Flughafen Helsinki-Vantaa im Nieselregen an dem Flugzeug zu schaffen machten, in dem er saß. Es war die *Lufthansa*-Maschine nach Frankfurt, die in wenigen Minuten starten sollte. Der Anschlussflug der *Alitalia* wäre um 19.40 Uhr in Florenz. Von dort würden sie mit dem Auto nach Volterra fahren.

Timo spürte, dass er der Wahrheit über die KGB-Diskette näher war als je zuvor. Die Verbindung zwischen dem DNS-Code und der Gedenktafel konnte kein Zufall sein.

Neben ihm am Fenster saß Heli Larva und links von ihm Ilpo Mattila von der Zentralkripo KRP. Der Polizist Marko Kariluoto saß auf der anderen Seite des Ganges.

Timo hatte versucht, von Heli Larva zu erfahren, warum sie so heftig auf den Namen Yoshima Nishikawa reagiert hatte, aber sie hatte nicht geantwortet. Ihr Verhalten irritierte Timo.

Sein Handy klingelte. Rautio nannte nicht seinen Namen, sondern kam sofort zur Sache. »Die französische Polizei teilt mit, dass sie deine Frau nicht in Gewahrsam genommen hat. Im Polizeidistrikt Annecy existiert über den von dir geschilderten Vorfall lediglich die Information, dass auf der A35 ein PKW an einer Baustelle auf den gesperrten Fahrstreifen geraten ist.«

Timo begriff sofort: Das waren keine Polizisten gewesen. Soile war in den Händen der Amerikaner. Damit bestand keine Möglichkeit, die diplomatischen Kanäle zu nutzen. »Wir starten gleich. Du kannst eine SMS schicken, wenn sich etwas tut. Ich rufe an, wenn wir gelandet sind.«

»Schlechte Nachrichten?«, fragte Mattila leise.

Timo begnügte sich mit einem Kopfnicken. Vor und hinter ihnen saßen andere Passagiere, Zeit zum Reden wäre später genug.

Mattila war ein alter Bekannter von ihm – kräftig gebaut und von schnellem Verstand, ein echter Helsinkier, Ausbilder der Bereitschaftsgruppe »Bär« und Mitglied der Führungsriege. Hätte Timo jemand nach dem finnischen Polizisten mit den besten Nerven gefragt, wäre ihm mit Sicherheit als Erstes Mattila in den Sinn gekommen.

Timo hatte ihn gebeten, einen Mann aus dem »Bär«-Team auszusuchen, und Mattila hatte sich für Kariluoto entschieden. Kariluoto war das Paradebeispiel eines Polizisten der jungen Generation: er beherrschte mehrere Sprachen, war ruhig und auf positive Art selbstbewusst. Als Timo ihm die Einzelheiten des Falles geschildert hatte, war es darum nicht nötig gewesen, die Risiken, die ihre Operation beinhaltete, zu verschweigen.

Kariluoto und Mattila hatten eine schwere Kommandoausrüstung eingepackt, mit Overall, Kevlar-Weste, Helm und allem, was dazugehörte. Außerdem trugen beide einen GPS-Navigator von der Größe eines Handys bei sich. Das Mitführen von Waffen hätte dagegen ein langwieriges Tauziehen mit den italienischen Behörden erfordert, weshalb sie ihre Pistolen und Gewehre in Finnland gelassen hatten. Timo wusste nur zu gut, dass sie als kleine unbewaffnete Gruppe ohne Unterstützung im Ausland nicht viel ausrichten konnten – aber doch mehr als er alleine.

Das war nicht zuletzt eine Frage der Psychologie. Mit einem einzelnen Menschen konnte man machen, was man wollte, notfalls konnte man ihn sogar umbringen. Bei einem Team der Polizei aus einem EU-Mitgliedsstaat war das schon etwas anderes. Oder würden sie auch hier vor einer Eliminierung nicht zurückschrecken? Timo glaubte das nicht. Trotzdem hatte er seine beiden Kollegen ausdrücklich auf die Gefahr aufmerksam gemacht.

Er warf einen Blick auf Heli Larva, die durch das Fenster gebannt die Vorbereitungen rund um die Maschine beobachtete. Timo begriff, dass sie Angst vorm Fliegen hatte. Sie war keine, die von einem Kongress zum anderen jettete. Stattdessen fuhr sie mit dem Fahrrad zum Recyclinghof.

Auf einmal tat sie ihm Leid. Warum war ihr Leben nicht anders verlaufen? Er konnte sie sich gut im Presseraum des CERN vorstellen, wie sie über ihre Forschungsergebnisse berichtete. Aber Mitleid war das vollkommen falsche Gefühl, und er schämte sich geradezu dafür. Hätte Heli denn ihre »Unabhängigkeit« für Geld oder andere irdische Güter verkaufen mögen? Vielleicht begriff sie selbst, dass sie aus der Not eine Tugend gemacht hatte.

Mit einem Ruck setzte sich die Maschine in Bewegung. Die Männer lasen die Boulevardzeitungen, und Timo sah sich die Karte mit dem eingezeichneten Koordinatenpunkt bei Volterra an. Er prüfte, wie man am schnellsten vom Flughafen Florenz dorthin kam.

Sobald er in Gedanken Soiles Schicksal streifte, erwachten Schuldgefühle und Angst in ihm. Er glaubte nicht, dass man ihr etwas antun würde, aber bevor alle Unklarheiten beseitigt waren, würde man sie wohl kaum freilassen. Oder aber man würde sie gerade *nicht* freilassen, wenn die Unklarheiten beseitigt waren ... Warum sollten die Amerikaner in dem Fall eine Ausnahme machen? Schließlich hatten sie schon häufiger unter Beweis gestellt, dass sie jederzeit bereit waren, Menschen zu eliminieren, um zu bekommen, was sie wollten.

Timo schaltete sein Handy aus und nahm die Kopien, die Soile für ihn gemacht hatte, aus der Tasche. Unter den Texten über Nishikawa war eine Beschreibung der Herstellung von Antiteilchen. Während die Maschine zur Startbahn rollte, überflog Timo den Artikel.

Der Protonenstrahl wird auf das geeignete Ziel gerichtet, worauf neben Protonen, Pionen und anderen normalen Teilchen auch einige Antiprotonen entstehen. Wenn das Ziel in ein Magnetfeld gerückt wird, nimmt die Bahn der Antiprotonen gegenüber den Protonen einen anderen Richtungsverlauf. Die entstandenen Antiprotonen können mit Hilfe von elektromagnetischen Feldern in einen Niederenergie-Ring gespeist werden ...

Die Maschine hielt am Anfang der Startbahn.

»Die Herstellung von Antimaterie scheint eine ziemlich komplizierte Angelegenheit zu sein«, sagte Timo zu Heli, deren Finger nervös auf den Armlehnen trommelten.

»Nein. Es gibt dabei eigentlich nur das Problem des grenzenlosen Energieverbrauchs und der Speicherung. Antimaterie, die im Teilchenbeschleuniger hergestellt wurde, konnte mit elektromagnetischen Verfahren bislang höchstens ein Jahr gespeichert werden. Und dafür braucht man Energie.«

»Es besteht also keine Möglichkeit, Antimaterie ohne elektrische Spannung aufzubewahren?«

»Alles ist möglich. Wir befinden uns hier auf vollkommen unerforschtem Gebiet. Es ist zum Beispiel möglich, dass ein Antiproton in der Art eines Elektrons eine Blase bildet, wenn es in flüssiges Helium gerät. Würde dieser Fall eintreten, würde sich das Antiproton in der Blase unbegrenzte Zeit halten. Mit Sicherheit wird man Wege finden, mit Antimaterie umzugehen, aber wann das sein wird, steht auf einem anderen Blatt. Die Erforschung programmierbarer Materie eröffnet auch in diese Richtung vollkommen neue Möglichkeiten.«

Die Maschine begann mit der Startbeschleunigung.

Im Schutz des zunehmenden Lärms sagte Timo zu Heli: »Aber irgendwo können andere vielleicht schon wesentlich weiter sein.«

Heli nickte. »Wenn die Menschheit, die als technische Zivilisation gerade erst hundert Jahre alt ist, jetzt schon zu Reisen ins Weltall aufbrechen kann, wozu sind dann erst Zivilisationen fähig, die tausend oder hunderttausend Jahre alt sind?«

Beide schwiegen, während die Maschine steil aufstieg. Als es etwas ruhiger weiterging, sagte Heli leise: »Als der Mensch das Meer sah, war klar, dass er es früher oder später überqueren würde. Das Gleiche gilt für das Weltall. Sowohl aus unserem Blickwinkel als auch aus dem von anderen Bewohnern des Universums. Und eine technisch weiterentwickelte Zivilisation verfügt auf jeden Fall über effektivere Mittel, Antimaterie herzustellen und zu speichern. Als Energiequelle für Raumschiffe oder Lotgeräte ist sie unschlagbar.«

»Warum wird sie dann nicht intensiver erforscht?«

»Natürlich wird sie erforscht. Vor allem in den Labors der US-Luftwaffe und im DARPA hat man in den achtziger Jahren Antimaterie als Energiequelle für Fluggeräte untersucht. Ebenso in der UdSSR. Dann ließ die Begeisterung nach. Sie lebte erst wieder auf, als sich abzeichnete, welche neuen Möglichkeiten die programmierbare Materie bietet.«

»Es muss etwas Wichtiges daran sein. Die Chinesen setzen nicht zum Spaß Operationen in der westlichen Welt in Gang.«

»China ist heutzutage an vorderster Front der Wissenschaft aktiv«, sagte Heli. »Vor allem was die Weltraumforschung betrifft. Sowohl aus Propagandagründen als auch aus echten großmachtstrategischen Gründen. Gerade für die Chinesen wäre es Gold wert, einen Fund in die Hände zu bekommen, der ein wissenschaftliches Unikat darstellt.«

In den Wolken flog die Maschine wieder in waagerechter Position, und Timo las weiter in den Unterlagen. Er suchte Nishikawas autobiografischen Artikel heraus, den er im Wagen des Antiquitätenhändlers auf dem Weg zum Flughafen Genf nicht zu Ende gelesen hatte.

Unablässig beobachtete ich, wie die Wissenschaftler die Kraft der Explosion durch Messungen bestimmten: wie weit waren die Grabsteine aus Marmor unter dem Einfluss der Druckwelle von der Stelle gerückt, wie groß war die Energie, die es gebraucht hatte, um die 22 Waggons auf dem Bahnhof von Hiroshima umzuwerfen oder eine Straßenbrücke aus Beton aus den Angeln zu heben.

Der von der Explosion erzeugte Druck variierte zwischen vier und sechs Tonnen pro Kilometer. Alles, was ich las und hörte, trug ich in mein kariertes Heft ein. Der Schmelzpunkt der Ziegelsteine, die in Hiroshima benutzt wurden, betrug 1 300 Grad, und sie hatten sich in einem Radius von bis zu 550 Metern um das Zentrum der Explosion aufgelöst. Den Wissenschaftlern zufolge war die Temperatur im Zentrum der Explosion auf 6 000 Grad gestiegen.

Die Helligkeit der Explosion hatte Schatten auf die Stellen geworfen, wo zufällig ein armer Mensch dem Aufleuchten im Weg gestanden hatte. Ein Maler auf seinem Gerüst war auf einer Wand verewigt worden, ebenso ein Mann mit Pferdewagen, der im Moment der Bombenexplosion sein Pferd mit der Peitsche antrieb.

Die Monate nach der Bombe waren von Chaos, Hunger und Kriminalität geprägt. Zigtausende Verwundete starben. Die Überlebenden waren äußerlich von entsetzlichen Narben entstellt. Nicht minder schlimm waren die Narben im Inneren der Menschen. Wie Tausende andere litt auch ich unter Fieberschüben, unerklärlicher Anämie und Müdigkeit. Noch ärger allerdings waren bei mir die Niedergeschlagenheit und Beklemmung, die in den kommenden Jahren jeden einzelnen meiner Tage überschatteten. Man nannte uns Überlebende Hibakushis, *und dass man uns mit Argwohn begegnete, machte es nicht leichter. Für viele war es schon schwer, eine Arbeit zu finden. Ich vertiefte mich in meine Studien, das war die einzige Art, etwas Sinnvolles zu tun. Sie hielten mich in der Gegenwart und fern von den Erinnerungen.*

Ich lernte Maeko kennen, und wir heirateten. Im Jahr 1957 trat das Krankenpflegegesetz für die Opfer der Atombombe in Kraft. Vier Gruppen hatten ein Anrecht auf Unterstützung: 1. Diejenigen, die sich zum Zeitpunkt der Explosion an der Stadtgrenze aufgehalten hatten. 2. Diejenigen, die bis zu vierzehn Tage nach der Explosion im Umkreis von zwei Kilometern vom Explosionsort waren. 3. Diejenigen, die in physische Berührung mit Verletzten oder Toten gekommen waren. 4. Diejenigen, die sich zum Zeitpunkt der Explosion in der Gebärmutter einer Frau aus einer der drei genannten Gruppen befanden.

Um mich machte ich mir keine Sorgen, aber der vierte Punkt steigerte meine seelische Not. Meine Frau war keine Hibakusha, *dennoch ängstigte ich mich zu Tode, als sie ein Kind erwartete. Fast jedes sechste Kind, das in den Jahren nach der Bombe in Hiroshima zur Welt kam, wies Anomalien auf. Am weitesten verbreitet waren Probleme mit den Knochen, der Muskulatur, der Haut, den inneren Organen oder mit dem Gehirn, viele hatten missgebildete Ohren, Nase oder Mund, einige kamen ohne Gehirn auf die Welt.*

Unser Sohn wurde gesund geboren, und wir gaben ihm den Namen Isama Nobu. »Isama« bedeutet Tapferkeit und »Nobu« Wahrheit. Er wurde Biologe.

Timo wollte Heli die Kopien geben. »Nishikawa beschreibt die Ereignisse von Hiroshima.«

Sie machte keine Anstalten, die Blätter entgegenzunehmen. »Ich kenne das.«

»Ich meine nicht Hiroshima allgemein, sondern Nishikawas Erfahrungen.«

»Die meine ich auch.«

Timo sah sie überrascht an. »Du weißt, was er in Hiroshima miterlebt hat?«

Sie nickte.

Ein unangenehmes Gefühl breitete sich in Timo aus, wie Tinte, die aus einem umgestoßenen Glas rinnt. »Wo bist du darauf gestoßen?«

Kaum hatte er die Frage gestellt, kam er selbst auf die Antwort. Warum war ihm der Zusammenhang nicht früher eingefallen?

Er befeuchtete seine trockenen Lippen. »In welchem Jahr warst du am CERN?«, fragte er mit brüchiger Stimme.

Heli starrte aus dem Fenster, obwohl die Maschine noch immer in den Wolken hing.

»Hast du gehört?« Timo griff nach Helis Arm. »War das 1989?«

Sie starrte aus dem Fenster wie eine Statue, aber schließlich nickte sie.

Timo hielt sich an den Armlehnen fest. Er hatte das Gefühl, als ginge ihm der Sauerstoff aus. »Hast du ... hast du Nishikawa kennen gelernt?«

»Nein.« Sie blickte unverwandt aus dem Fenster, durch das man nichts als Grau sah. »Aber einer aus seinem Team sprach oft von ihm. Toshiko Ito.«

Timo lehnte den Kopf gegen die Nackenstütze und spürte, wie der Schock ihm Übelkeit bereitete.

»Wir hatten einen gemeinsamen Bekannten. Lucas«, sprach Heli weiter. »Lucas Cahill. Ich war mit ihm zusammen. Bis mir klar wurde, dass er versuchte, mich für dieselbe Tätigkeit anzuwerben, die er selber ausübte. Russische Wissenschaftsspionage. Lucas gab Informationen aus dem CERN an einen Russen namens Stepan weiter.«

Der Link zwischen Heli Larva und Nishikawa stürzte Timo immer tiefer in ein dunkles Labyrinth. Es war zusehends offensichtlicher, dass Heli Larva nichts mit den Attentaten in Olkiluoto zu tun hatte, dafür aber umso mehr mit der KGB-Diskette. Timos Herz raste, als ihm die Zusammenhänge immer klarer wurden.

Heli wandte ihm das Gesicht zu. »Haben dir die Leute von der SiPo nicht gesagt, dass sie versucht haben, mich nach meinen Kontakten zu Lucas Cahill auszufragen?«

»Nein«, seufzte Timo. »Erzähl du es mir.«

»Es gibt nichts zu erzählen. Ich bin auf den Vorschlag von Lucas nicht eingegangen. Ich habe eine weiße Weste. Stepan habe ich ein paar Mal in Genf gesehen, aber ich habe mich auf keinerlei Zusammenarbeit mit ihm eingelassen. Eine Wissenschaftlerin darf kein Instrument der Politik und der Macht sein. Sie hat ausschließlich der Wissenschaft gegenüber loyal zu bleiben.«

52

Baumgarten und Novak sahen die Finnin genau an. Soile Nortamo lag blass auf dem Bett, die Elektroden des Pontifex waren an ihrer Kopfhaut befestigt. Sie wurde von Sally Nishikawa getrennt gehalten, darum war als Vernehmungsraum nicht der Keller, sondern das Schlafzimmer gewählt worden. Draußen war es bereits dunkel.

»Du hast gesagt, Timo Nortamo habe dich gebeten, herauszufinden, was man über die Japaner weiß, die bei dem Unfall ums Leben kamen«, sagte Baumgarten. »Hat er diese Bitte letzte Woche geäußert?«

»Nein. Gestern.«

»Wusste dein Mann, warum Interesse an Yoshima Nishikawa besteht?«

»Nein.«

Baumgarten warf Novak einen Blick zu und nickte schwach. Für die Interpretation dieser Antwort brauchte man keine Gehirnstromanalyse. Die Frau sagte die Wahrheit.

David Perry saß mit dem Telefonhörer am Ohr im Wohnzimmer.

»Das Gelände rund um den Koordinatenpunkt ist über zig Kilometer hinweg nichts als ebene, trockene Wüste«, sagte sein DARPA-Kollege aus China. »Es gibt hier in Fushan kein Straßennetz, keine Siedlungen, nichts. Wir sind auf der falschen Spur, Dave.«

»Das glaube ich nicht«, sagte Perry. Sie diskutierten eine Weile, dann legte er enttäuscht auf. Er nahm einen Schluck Cola und starrte auf die Papiere, die er vor sich hatte, auf die Koordinaten, den DNS-Code des Quastenflossers und den Text von Isama Nishikawas Gedenktafel.

Hiroshima wurde in dem Gedicht auf der Tafel nicht erwähnt, aber es wurde ziemlich eindeutig darauf verwiesen. Davon ging das Analyseteam in Washington aus.

Novak betrat das Wohnzimmer.

»Der Ort ist wahrscheinlich der falsche«, sagte Perry. »Wir sind wieder am Nullpunkt angelangt.«

»Das dachte ich mir. Wir hätten mit dem Pontifex wenigstens irgendeine Reaktion von der Nishikawa bekommen, wenn es in China gewesen wäre. »

»Wir sind am Nullpunkt angelangt«, wiederholte Perry leise. Er starrte auf den Text. »Was steht da?«, fragte er etwas lauter.

Novak warf ihm einen Blick zu. »Was willst du ...«

»Sag mir, was da steht!«

Novak ließ sich von Perrys Aufregung anstecken.

»Eine Stadt am Nullpunkt, ein Mensch wird geboren und ...«

»Eine Stadt am Nullpunkt. Hiroshima ist der Nullpunkt ...« Perry unterbrach sich. Er nahm einen Stift in die Hand und zog vom Längengrad Hiroshimas den Wert der DNS-Koordinaten ab. »... und nicht Greenwich ...« Er tippte die neuen Koordinaten in seinen Computer. »... dann ist der Ort ...«

Auf dem Bildschirm erschien ein Ortsname. »... dieser hier.«

Novak starrte auf das Wort. Volterra.

Dann drehte er sich auf dem Absatz um und ging in den Keller.

Jørgensen saß in einem am Straßenrand geparkten Wagen, zweihundert Meter vom Haus der Amerikaner entfernt. Er hielt die Augen geschlossen, um sich ganz auf das zu konzentrieren, was er über den drahtlosen Kopfhörer hörte, in den das Lasermikrofon sein rauschendes, undeutliches Signal schickte.

Der Ton wurde zugleich digital aufgezeichnet. Jørgensen regulierte mit dem mikroprozessorgesteuerten Kästchen die Profile und Akzentuierungen der unterschiedlichen Frequenzbereiche, um den Ton so klar wie möglich zu bekommen.

Ein Teil der Sätze und Wörter ging in den Störungen unter, aber es war genug zu verstehen.

»Besorg uns einen Flug nach Pisa oder Florenz ... und dort dann einen Wagen ...«

Jørgensen notierte die Städtenamen.

»Colin, lass uns versuchen, ob wir von Nishikawa eine Reaktion auf Volterra bekommen oder auf etwas in der Richtung ...«

Die Kurve auf dem Display des Indikators, der neben Jørgensen auf dem Sitz lag, veränderte sich jäh. Das hieß, dass der Funkverkehr aus dem Gebiet zunahm.

Jørgensen schickte eine kurze Nachricht nach Peking und bereitete sich darauf vor, seinen Posten zu verlassen.

Auf Baumgartens Stirn bildeten sich Schweißperlen. Nicht einmal in der Nacht wurde es im Keller kühler. Im Licht der Lampe musterte Baumgarten intensiv das Gesicht von Sally Nishikawa. Novak stand hinter ihm.

»Sagt dir der Ortsname Volterra etwas?«, fragte Baumgarten die Frau vor ihm auf der Plane.

»Nein.«

Die Antwort kam schnell. Zu schnell und zu kategorisch.

Baumgarten ging näher heran. »War dein Mann in Volterra?«

»Weiß ich nicht.«

»Denk nach!«, sagte Baumgarten leise. »Warst du mit deinem Mann dort?«

»Kann ich etwas Wasser haben?«

»Erst wenn wir uns in Ruhe unterhalten haben. Warst du mit deinem Mann in Volterra?«

Sie schloss die Augen. Novak stieß Baumgarten in die Seite.

Baumgarten legte der Frau einen Finger aufs Augenlid und öffnete es nicht besonders behutsam. »Warst du mit deinem Mann in Volterra?«

Sally Nishikawa schüttelte den Kopf. »Ich habe nach Isamas Tod einen Brief von dort bekommen«, sagte sie mit trockenen, farblosen Lippen. »In dem Brief war der Alabasteranhänger, den ihr mir abgenommen habt.«

»Was war noch drin?«

»Nichts«, flüsterte sie. »Nur der Schmuck.«

Novak setzte sich in Bewegung und ging mit energischen Schritten die Treppe hinauf.

Das helle Landelicht strich, begleitet vom Dröhnen der Motoren, durch die Dunkelheit. Der *Alitalia*-Flug von Frankfurt landete um 19.40 Uhr auf dem Flughafen Firenze Perètola. Der Abend war warm und windig.

»Wäre es nicht am besten, hier zu übernachten und morgen früh weiterzufahren?«, fragte Mattila.

»Nein«, gab Timo zurück und schaltete sein Handy ein. Sie hatten das Flugzeug gerade verlassen und waren auf dem Weg ins Terminal.

Timo hatte aus Heli Larva nichts über Nishikawa herausbekommen. Er ließ sich etwas hinter die anderen zurückfallen und rief Rautio an. Von Soile gab es immer noch nichts. Die Unwissenheit ließ Timos Anspannung weiter wachsen.

»Warum habt ihr Heli Larva festgenommen?«, fragte er den Chef der Sicherheitspolizei.

»Dazu kann ich Außenstehenden gegenüber keinen Kommentar abgeben«, antwortete Rautio schroff.

»Vergeude nicht meine Zeit, antworte!«, erwiderte Timo ebenso unfreundlich.

Nach kurzem Schweigen sagte Rautio: »Die CIA hat uns um Amtshilfe gebeten.«

Timos Gedanken tobten, während er zwischen den anderen Passagieren das kleine Terminal betrat. Sein Blick war auf die dunklen, wirren Haare der vor ihm gehenden Heli gerichtet. »Worum ging es dabei?«

»Um ihre alten oder neuen Kontakte zu einem Briten namens

Lucas Cahill, der im Verdacht steht, wissenschaftliches Material an einen Mann vom russischen Geheimdienst weitergegeben zu haben.«

An Stepan, hätte Timo am liebsten gesagt, biss sich aber auf die Lippen. »Woher hatte die CIA ausgerechnet jetzt diese Informationen über Heli Larva bekommen?«

»In Cahills Computer wurde eine Mail gefunden, die die Larva ihm vor ein paar Wochen geschickt hat.«

»Zu welchem Thema?«

»Weiß ich nicht. Haben sie nicht gesagt.«

»Was noch?«

»Nichts. Außer dass wir bei der Larva zu Hause 155 000 Euro in bar gefunden haben.«

»Was hat sie bei der Vernehmung ausgesagt?«

»Nichts.«

Verblüfft beendete Timo das Gespräch. Er beeilte sich, die anderen einzuholen, und überdachte dabei fieberhaft die Lage.

»Wir treffen uns am Schalter von *Hertz*«, sagte er zu Mattila und Kariluoto und blieb mit Heli ein wenig zurück.

»Warum hast du vor ein paar Wochen Kontakt zu Lucas Cahill aufgenommen?«, fragte er sie, ohne seine Erregung verbergen zu können.

Sie sah ihn an und ging beharrlich schweigend weiter. Sie kamen an erleuchteten Tafeln vorbei, die für Alkohol, Telefone, Zigaretten warben. Heli blieb vor der Reklame einer Kosmetikfirma stehen.

»*Unsere 2 700 Wissenschaftler arbeiten für Ihre Schönheit*«, las sie Timo laut vor. »Denk mal darüber nach. Über das Wertegebäude dieser Wissenschaftler. Was ...«

»Keine Moralpredigten! Warum hast du vor ein paar Wochen Kontakt zu Lucas Cahill aufgenommen?«

Sie ging weiter zur Rolltreppe. Timo stellte sich neben sie. »Jeder Moment des Schweigens vergrößert den Vorsprung der Amerikaner. Willst du das? Wem vertraust du mehr, mir oder den Amerikanern? Wer soll weiterkommen, sie oder wir?«

Schweigend fuhren sie nach unten. Hinter ihnen unterhielt sich lebhaft eine Gruppe Italiener.

»Vor ein paar Wochen kam ein Russe namens Arkadi auf mich zu und bot mir altes KGB-Material zum Kauf an«, sagte Heli. »Er hatte mehrere Archivdisketten im Nachlass seines verstorbenen Bruders gefunden. Der Bruder war Stepan, Lucas' Kontaktmann vor fünfzehn Jahren in Genf. Als er in Rente gegangen war, hatte Stepan einige Disketten aus dem Archiv mit nach Hause genommen, um sich das Auskommen für seinen Lebensabend zu sichern.« Sie waren am Ende der Rolltreppe angelangt, und Timo ging weiter neben Heli her.

»Einer von Stepans Disketten hatte ein Zettel beigelegen, auf dem zwei Namen standen: der von Lucas und meiner. In der Hoffnung auf Geld nahm Arkadi darum Kontakt zu uns auf. Ich fragte Lucas, ob der Russe auch auf ihn zugekommen sei. Keiner von uns beiden glaubte, dass diese dürftigen, alten Informationen irgendeinen Wert haben könnten. Außer vielleicht der Teil, der mit Finnland zu tun hatte.«

Wie unter Hypnose ging Timo den endlos langen Gang entlang. Die Stimmen der anderen Passagiere verflüchtigten sich in der Ferne, und in seinem Kopf hallten allein Helis ruhig ausgesprochene Worte wider.

»Ich habe das Material einem ehemaligen Kommilitonen von mir gezeigt: Asko Lahdensuo. Er kennt sich in der Politik aus, er hat Kontakte ... und er war bereit, die Originaldiskette zu kaufen. Asko wollte sie in Paris entgegennehmen, aber irgendwas ging daneben. Offenbar hatte Arkadi das Material gleichzeitig auch an die Amerikaner verscherbelt. Mehr weiß ich nicht.«

Timo wollte etwas entgegnen, aber das Reden fiel ihm schwer. Es war, als klebten seine Stimmbänder aneinander. Er musste sich räuspern, um etwas sagen zu können. »Womit hat das KGB-Material zu tun?«

»Ich habe doch gerade gesagt, dass ich nicht mehr weiß.«

Timo musterte Heli skeptisch. Ihr versteinertes Gesicht verriet nicht, ob sie die Wahrheit sagte.

53

»Dieses langsame Dahinzockeln mit chemischem Treibstoff ist einfach unerträglich«, sagte David Perry über den Motorenlärm der *Gulfstream* hinweg zu Novak auf der anderen Seite des Ganges. »Vor allem wenn das Thema des Abends die Antimaterie ist.«

Vor den kleinen, ovalen Fenstern war es dunkel. Sie flogen über das nördliche Mittelmeer von Barcelona nach Florenz.

»Es würde sich doch nicht lohnen, Antimaterie als Kraftstoff für normale Flugzeuge zu benutzen?«, fragte Novak.

»Bei DARPA und im Labor der Luftwaffe liegen fertige Pläne für einen Motor, der in Raumschiffen wie in Flugzeugen eingesetzt werden kann. In beiden Fällen besteht der wesentliche Vorteil in der Verringerung der Treibstoffmasse. Da ist der Antimaterieantrieb unschlagbar. Mein Gott ... ein Milligramm Antimaterie setzt bei seiner Zerstörung eine Sprengkraft von 44 Tonnen TNT frei! Ein Staubteilchen davon reicht, um einen Flugzeugträger zu vernichten – falls man den Antistoff ans Ziel bringt. Das Problem ist aber die Speicherung.«

Perrys Haut glänzte im Licht der Leselampe vor Schweiß. Mit jeder einzelnen Zelle strahlte er Erregung und Erwartung aus, und alles entlud sich in einem unaufhörlichen Redestrom. »Mit einem Milligramm Antiprotonen wäre die Fahrt zum Mars in einem knappen Monat zu machen, und nicht in zwei Jahren, wie mit den chemischen Treibstoffen heutzutage.«

»Ich weiß nicht, ob ich nach dieser Geschichte von den Robotersoldaten noch irgendetwas glaube, was du über die Erfindungen von DARPA erzählst.« Auf Novaks Gesicht lag eine mindestens ebenso starke Anspannung wie auf Perrys.

»An sich ist ein mit Antimaterie betriebener Motor nichts Besonderes«, meinte Perry lässig. »So ein Ding funktioniert extrem simpel. Die Wärme, die bei der Annihilation entsteht, wird in eine verdampfende Flüssigkeit umgewandelt, die Schubkraft erzeugt. Wenn alles gut läuft, kann die Ausströmgeschwindigkeit des Antriebsstrahls halbe Lichtgeschwindigkeit betragen. Außerdem werden die heutigen Raumfähren nur am Anfang beschleunigt, danach dümpeln sie bloß im Standardtempo auf ihr Ziel zu. Der Antimaterieantrieb macht eine Beschleunigung während der gesamten Reise möglich.«

»Und wenn wir in Volterra das finden, was wir glauben, dann wird all das bald möglich sein?«

Perry nickte. »Die Energie, die an die Masse eines Teilchens und seines Antiteilchens gebunden ist, verwandelt sich bei ihrem Zusammenprall in hundertprozentige Strahlenenergie, das heißt, sie wird annihiliert. Von der Ruhemasse der Atomkerne, die an einer Kernreaktion beteiligt sind, wird nur ein Promill in Energie umgesetzt. Wenn irgendwo auf der Erde Antimaterie in der Menge von Colins Gewicht auftauchen würde ...«

Novak merkte, dass Perry aus rein wissenschaftlicher Perspektive und keineswegs spöttisch auf Baumgartens Übergewicht anspielte.

»... dann würde die Energie von mindestens hunderttausend Hiroshima-Bomben als reine Strahlung freigesetzt werden.«

»Wäre das nötig?«, fragte Novak.

»Dazu sage ich nichts. Wir betreiben bei DARPA die reine Wissenschaft. Für Anwendungsweisen ist die Politik zuständig. Ich bin exakt derselben Meinung wie Edward Teller, der Erfinder der Wasserstoffbombe. Er hat gesagt, Wissenschaft und Politik haben nichts miteinander zu tun.«

An dieser Stelle mischte sich Baumgarten in das Gespräch ein. »So ein Schwachsinn. Jede Wissenschaft ist auch an gesellschaftliche Werte gebunden. Jeder Forscher muss schon bei der Wahl seines Forschungsgebiets Werteentscheidungen treffen. Auch du, Dave. Auch wenn dir das nicht gefällt.«

»Ich bin kein Philosoph, sondern Naturwissenschaftler.«

»Ich kenne das menschliche Innenleben ein bisschen. Leider«, sagte Baumgarten trocken. »Der Mensch der Gegenwart hat angefangen, die Welt als verstehbares System zu begreifen, das von einer begrenzten Anzahl universaler Gesetze geregelt wird. Die kann er steuern, um sie in den Dienst seiner eigenen Bedürfnisse zu stellen.«

»Genau so ist es doch«, sagte Perry. »Mit Hilfe der Wissenschaft haben wir eine globale technische Zivilisation geschaffen. Warum sollten wir auf bescheiden machen? Warum sollten wir uns für die technische Kultur schämen?«

Novak hatte keine Lust mehr, die Diskussion zu vertiefen. Er breitete vor sich eine Karte von Volterra und Umgebung aus und begann sie zu studieren.

Timo fuhr den gemieteten Fiat *Ulysse* mit stark überhöhter Geschwindigkeit. Die Taschen mit der Ausrüstung von Kariluoto und Mattila hatten beim Einladen am Flughafen Florenz gerade so in den hinteren Teil des Vans gepasst. Mittlerweile waren sie von der Straße Florenz–Siena nach Westen abgebogen und hatten die von Zypressen gesäumten Touristenrouten und die Villen auf den sanften Hügeln hinter sich gelassen.

Timos Hände am Lenkrad schwitzten. Jeder Kilometer brachte ihn näher ans Ziel. Die Landschaftsformationen wurden immer wilder. Gelbgraue vulkanische Erde hatte sich zu spitzen Hügeln aufgetürmt, dann wieder war das Gestein aufgerissen und bildete Schluchten und Abhänge. Schon vor Beginn der Zeitrechnung war hier nach Mineralien gegraben worden, vor allem nach weißem Kalkstein: Alabaster. Im fahlen Licht des Mondes, der ab und zu hinter den Wolken aufschien, wirkte die Landschaft noch bizarrer.

»Wir müssen weiter nach Süden kommen«, sagte Kariluoto mit dem GPS-Navigator in der Hand. »Direkt bei Volterra zweigt laut Karte eine Straße nach Pomarance ab. Die können wir nehmen.«

Der Verkehr nahm zusehends ab. Mattila und Heli saßen schweigend auf dem Rücksitz. Timo hatte versucht, Heli weitere Informationen zu entlocken, aber vergebens. Sie schien mindestens ebenso nervös zu sein wie er, und das gefiel ihm nicht. Er hatte das Gefühl, dass sie deutlich mehr wusste, als sie zu sagen bereit war.

Rechter Hand lag auf einem Berg mit steilen Hängen die Stadt Volterra, in der schon die Etrusker gelebt hatten. Dank der isolierten Lage auf der Hochfläche war sie leicht zu verteidigen gewesen. Am Straßenrand wies ein Schild den Weg zum Alabastersteinbruch.

»Da ist die Kreuzung. Wir biegen links ab«, sagte Kariluoto.

Nach der Kreuzung wurde die Straße schmaler und zwischen Pinien und Zypressen immer kurvenreicher. Hier standen keine Häuser mehr, aber hin und wieder gab es Wegweiser zu Steinbrüchen und antiken Stätten. Timo musste an die Schriften von Vaucher-Langston denken. Die Gegend hatte in voller Blüte gestanden, als vierzig Kilometer von hier an der Küste die Portolani von Piri Reis und Kompagnons erforscht worden war.

»Wie weit noch?«, fragte Timo.

»Luftlinie fünf Kilometer.«

Die Straße führte zwischen steilen Hängen in ein Tal hinab, wo sie in einen dichten Steineichenwald eintauchte. An einer Ausweichstelle hielt Timo an. Es schien absurd, die kugelsicheren Westen und die übrige Ausrüstung, die sie hinten im Wagen hatten, anzulegen. Aber es war auch unwahrscheinlich gewesen, in Krakau beschossen zu werden.

Er hatte gedacht, die beiden anderen würden die Gefahr möglichst herunterspielen, stellte aber nun fest, dass er sich getäuscht hatte. Mattila und Kariluoto waren Profis, für sie war die Benutzung von Schutzausrüstung eine Selbstverständlichkeit. Timo öffnete die Heckklappe und nahm die Taschen der beiden aus dem Kofferraum. Der Wind hatte zugenommen, und es war kühler geworden.

Timo reichte Heli eine von den kugelsicheren Westen aus

Kevlar-Faser, aber sie lehnte ab. »Bei diesem Macho-Getue mach ich nicht mit.«

»Red keinen Blödsinn und zieh das an!«, knurrte Timo.

Sie tat so, als hörte sie ihn nicht.

»Wenn du sie nicht anziehst, bleibst du hier und kannst per Anhalter fahren, wohin du willst.«

»Ich entscheide über meine Angelegenheiten und du über deine.«

Timo seufzte kraftlos und zog sich mit unwirschen Bewegungen die Weste an und die Jacke darüber. Kariluoto verteilte kleine Funkgeräte, mit deren Hilfe sie in Verbindung bleiben konnten. Der Wind schob eine tief hängende Wolkenmasse vor sich her, hinter der ab und zu kurz der Mond zu sehen war.

Als sie wieder losfuhren, war die Stimmung noch gedrückter als zuvor. Die Landschaft bestand aus einer seltsamen Mischung von kleinen, niedrigen Laubwäldern und hoch aufragenden, kargen Hügeln, auf denen vereinzelt Pinien und Sträucher wuchsen. Überall schienen rechts oder links senkrechte Steilhänge abzufallen.

»Noch 1,9 Kilometer bis zum Zielpunkt«, las Kariluoto von seinem GPS-Gerät ab. »Versuch dich rechts zu halten, sobald es das Gelände erlaubt.«

Timo fuhr zusammen, als ihnen die Scheinwerfer eines Autos entgegenkamen – allerdings würden sich die Amerikaner wohl kaum mit einem verrosteten Fiat-Pick-up auf den Weg gemacht haben.

»Soll ich hier abbiegen?«, fragte Timo an einer Kreuzung, wo rechts ein bescheidener Feldweg abzweigte.

»Ja«, antwortete Kariluoto. »Wir kommen ein bisschen zu weit nach Osten, aber sobald es möglich ist, versuchen wir es in Richtung Nordosten.«

Der Feldweg war in noch schlechterem Zustand, als es anfangs ausgesehen hatte. Er führte durch einen natürlichen Magerrasen, auf dem vereinzelt Zypressen wuchsen. Im Mondlicht warfen sie lange Schatten. Timo sah sich um. Nichts deutete darauf hin, dass sie sich dem Ort näherten, den Nishikawa gemeint hatte.

»Wir müssten nach rechts, aber der Weg führt immer weiter nach links«, sagte Kariluoto.

»Wie weit noch?«

»Ungefähr ein Kilometer.«

»Lass uns zu Fuß weitergehen«, sagte Timo und lenkte den Wagen unter eine Ulme mit großen herabhängenden Ästen. Schweigend stiegen sie aus. Der Mond gab jetzt genug Licht, so dass sie beim Gehen keine Lampen benötigten.

»Wir gehen sicherheitshalber in zwei Gruppen«, sagte Timo leise. Mattila stellte seinen GPS-Navigator auf denselben Punkt wie Kariluoto ein.

»Du bleibst im Auto«, sagte Timo zu Heli.

Sie stieg aus.

»Ich habe gesagt, du bleibst im Auto.«

Sie folgte den Männern in den Wald, und Timo hatte nicht die Energie, sie daran zu hindern.

Er ging mit Kariluoto weiter. Mattila und Heli folgten in zweihundert Meter Abstand. Sie hielten Funkkontakt.

Plötzlich blieb Timo stehen und horchte. Er glaubte, das Geräusch eines Helikopters gehört zu haben. Aber jetzt war es wieder still. Es musste Einbildung gewesen sein.

Mit noch energischeren Schritten setzten sie ihren Weg fort. Das Gelände wurde immer unwegsamer. Sie mussten über große Steine und umgefallene Bäume klettern. Nicht weit von ihnen plätscherte Wasser in einem mäandernden Flussbett.

Das GPS-Gerät piepste. Sie blieben stehen.

»Wir sind da«, sagte Kariluoto.

Obwohl er wusste, dass sich die von den Koordinaten angegebene Stelle in einem Umkreis von einem Kilometer befinden konnte, überwältigte Timo die Enttäuschung.

Er blickte sich um. Nichts Auffälliges war zu sehen.

»Schau du in östlicher Richtung, ich gehe nach Westen«, sagte er zu Kariluoto.

»Sollten wir nicht besser zusammenbleiben?« Auf Kariluotos Gesicht war jetzt ein Hauch von Anspannung zu erkennen.

»Wir haben den Funk und entfernen uns nicht mehr als fünfhundert Meter voneinander.«

Timo ging los. Er wich, so gut es ging, den Disteln aus, an denen man mit den Kleidern hängen blieb und sich die Haut aufriss. Ab und zu schaltete er die Lampe an, um den Boden besser zu sehen.

Über Funk erkundigte sich Mattila nach der Lage, und Timo gab ihm und Larva die Anweisung, noch ein Stück weiter nach Norden zu gehen.

In einem Bogen kehrte Timo allmählich zum Ausgangspunkt zurück. Er war frustriert und enttäuscht. Die Dunkelheit machte es schwer, irgendetwas Genaueres zu erkennen. Sie hätten doch bis zum Morgen warten sollen.

»*Hier ist eine Art Ruine*«, hörte er Kariluotos Stimme plötzlich.

»Gib mir ein Lichtzeichen, ich komme hin.«

Timo sah den Lichtpunkt einer Lampe und beschleunigte seine Schritte.

Hinter den Stämmen von Schwarzkiefern schimmerte etwas. Timo blieb neben Kariluoto stehen. Eine uralte Ruine, ein Steinzaun, der Rest einer Hauswand. Irgendwo rauschte Wasser.

Timo kletterte über die aus Natursteinen gemauerte Einfassung und ging weiter. Seine Füße versanken in einem weichen Teppich aus langen Schwarzkiefernnadeln.

Plötzlich blieb er stehen. Im Mondschein zeichnete sich eine Kluft ab, eine Narbe, die vom urzeitlichen Steinabbau in der Landschaft zurückgeblieben war. Die Vegetation hatte den alten Steinbruch nicht vollkommen erobert, stellenweise leuchtete weißer Kalkstein an der Oberfläche. Die Erde war nicht weiträumig aufgegraben worden, aber die Kluft vor ihnen war mindestens dreißig Meter tief.

Timo ging am Rand des Abbruchs entlang weiter und wäre fast über ein schmales, verrostetes Schienenpaar gestolpert, das unter der Bodenvegetation verborgen lag. Das Rauschen des Wassers wurde lauter.

Wenige hundert Meter entfernt war ein großes Gebäude zu erkennen. Timo informierte Mattila und Larva und ging darauf zu.

Zuerst schien es, als ragte dort im Mondschein eine unversehrte alte Burg oder eine Festung auf, aber je näher Timo kam, umso verfallener sah es aus. Auf der linken Seite befand sich der höhere Teil, eine Art Turm, der oben eingebrochen war.

Auf einmal hielt Timo inne und starrte auf die Silhouette des Gebäudes, die sich im Mondschein abzeichnete. Die vom Turm auf der linken Seite nach rechts abfallende Form kam ihm bekannt vor.

Es war exakt die Form von Isama Nishikawas Gedenktafel.

54

Das Donnern der Turbinen auf dem Flughafen Firenze Perètola übertönte die Motorengeräusche der beiden identischen *Cherokee*-Geländewagen, die von der *Gulfstream*, die neben dem Terminal geparkt war, zum Tor fuhren.

Novak saß neben Perry im vorderen Wagen. Der Rest der Truppe befand sich im zweiten Auto.

Perry hielt einen GPS-Navigator in der Hand. »Es sind etwas über 74,6 Kilometer.«

»Wie viel drüber?«, fragte Novak mit ernster Miene.

Perry blickte auf das Gerät. »74,618.« Erst da begriff er den Ton, in dem Novak die Frage gestellt hatte. »Mach dich nur lustig über mich. Du wirst meine Hilfe schon noch brauchen. Ihr haltet mich vielleicht für langweilig, aber ihr hättet Paul Dirac kennen müssen, den Briten, der schon 1928 theoretisch die Existenz von Antiteilchen ankündigte. Der Mann war einer der größten theoretischen Physiker, aber ein ziemlich fantasieloser Mensch. Einmal war er bei einem Dinner, und sein Nebenmann versuchte ein Gespräch anzufangen, indem er sagte, ›ziemlich windig heute‹. Da stand Dirac auf, ging zur Tür, guckte nach draußen und kehrte zum Tisch zurück. ›Stimmt‹, antwortete er seinem Tischnachbarn. Das nenne ich ein wissenschaftliches Weltbild.«

Novak hatte einen Laptop auf dem Schoß. Er sah nach, ob während des Flugs Neuigkeiten aus dem Hauptquartier gekommen waren. Dort hatte man registriert, dass der Autounfall des Teilchenphysikers Yoshima Nishikawa und der anderen Japaner erst jetzt bei den Organen des wissenschaftlichen Geheimdienstes der USA Interesse geweckt hatte.

Anlass hierfür war, dass einer der vier ums Leben gekommenen Japaner, Doktor Toshiko Ito, bereits in den Dateien der Amerikaner vorhanden gewesen war. Einige Wochen zuvor hatte man festgestellt, dass Ito mit dem fest beim CERN angestellten Forscher Lucas Cahill Kontakt aufgenommen hatte. Und der war verdächtigt worden, Verbindungen zur Sowjetunion zu unterhalten.

Cahill war in Genf neben dem Russen Stepan Voronin fotografiert worden. Diesen hatte die CIA im Zusammenhang mit einem Spionagestreit, der die Abrüstungsabteilung der UNO betraf, beschattet. Die Verdachtsmomente gegen Cahill waren der CERN-Führung auf inoffiziellen Kanälen mitgeteilt worden. Weil aber kein Nachweis erbracht wurde, versickerte das Ganze, so wie damals die meisten Fälle von Spionageverdacht. Offensichtlich hatte Lucas Cahill Wind von dem Verdacht gegen ihn bekommen, denn er hatte beim CERN gekündigt und war ans Institut für Physik der Universität Birmingham zurückgekehrt.

Novak las das Dossier mit Interesse. Am Tag zuvor waren von London aus zwei CIA-Leute nach Birmingham geschickt worden, die einen nervösen und ausweichend antwortenden Cahill vernommen und anschließend heimlich die Festplatte seines Computers kopiert hatten. Unter den eingegangenen E-Mails hatte sich auch eine von der Finnin Heli Larva gefunden. Darin wurde eine »Operation Phönix« erwähnt.

Novak klappte den Laptop zu und nahm nervös die Karte zur Hand.

Timo ließ den Lichtkegel der Handlampe systematisch über die Umgebung um sich herum streichen. Er war auf die andere Seite der Ruine gegangen, wo das Gebäude besser erhalten war. Der untere Teil aus grauem Naturstein wirkte unversehrt, nur das Dach war vor Zeiten eingestürzt, und aus den Fensteröffnungen ragten Balken heraus. Ein Faulbaum war bis auf die Höhe des Gebälks gewachsen. Dröhnend rauschte das Wasser in einem künstlichen Bett unter dem östlichen Flügel des Gebäudes. Früher hatte die Wasserkraft einen Mühlstein angetrieben.

Von verschiedenen Seiten leuchteten die Lampen von Kariluoto, Mattila und Heli auf. Timo versuchte so logisch und vernünftig wie möglich zu denken.

Er ging zu Heli. »Wenn du hier etwas verstecken müsstest, welche Stelle würdest du wählen?«

»Die Frage ist unwesentlich. Wir wollen wissen, was eine andere Person als Versteck benutzt hat.« Sie war bis zum Äußersten angespannt. »Welche konkreten Hinweise haben wir? Der einzige Wink ist der auf das Gebäude: Die Form der Gedenktafel entspricht der Form des Gebäudes. Aber was ist das Entscheidende daran? Was macht den Wiedererkennungseffekt aus?«

»Der Turm.«

Timo machte auf dem Absatz kehrt und ging auf das Gebäude zu. Er spürte, dass Heli mehr wusste, als sie zu sagen bereit war.

Über die Balken, die quer in der Türöffnung lagen, stieg er hinein. Aus der Ferne gesehen schien der Bau kurz vor dem Einsturz zu stehen, aber bei näherer Betrachtung erwiesen sich die Balken, die alles zusammenhielten, noch als stabil.

Heli machte Anstalten, Timo zu folgen.

»Bleib draußen«, rief Timo über das Rauschen des Wassers hinweg. Mit der Lampe in der Hand ging er die Steintreppe hinauf. Sie war an den Rand eines hallenartigen Raums gebaut, in dessen Mitte das zwei Meter breite Bett verlief, in dem das Wasser schäumte.

Timo blickte sich oben im Turm um und begriff, dass dort nichts sein konnte – es sei denn, eingemauert in die Wand oder den Fußboden.

Er ging wieder hinunter und leuchtete über den Boden des Turmbereichs. Eine brunnenartige Öffnung war zu erkennen, in die Steine hineingelegt worden waren. Die Öffnung hatte einen Durchmesser von etwa einem halben Meter. Timo sah sie sich im Licht der Lampe genau an. Die Steine lagen in zwei Meter Tiefe. Sollte man sie vielleicht herausnehmen?

Im selben Moment machte er eine interessante Entdeckung im Fußboden: Einige der Steine bewegten sich leicht unter seinen Schritten.

»Komm hierher«, sagte Mattila außer Atem durch eine Fensteröffnung. »Hinter dem Gebäude ist eine Art Brunnen.«

»Warte. Ich sehe mir erst noch den Fußboden genauer an. Ein Teil der Steine bewegt sich.«

Der Lichtkegel hinter ihm schwenkte zur Seite, als Mattila hereinkletterte.

Timo versuchte einen Finger unter den Rand einer Steinplatte zu schieben, aber die Lücke war zu eng und der Stein zu schwer.

Zwei Kilometer von dem Gebäude entfernt blieb Kim Jørgensen mit einem GPS-Gerät in der einen und der Waffe in der anderen Hand stehen. Vom Rand des Steineichenwaldes aus konnte er die Umrisse zweier Geländewagen erkennen, die am Straßenrand geparkt waren. Konzentriert traktierte er seinen Kaugummi.

Er war mit Carla und Heinz per Linienflug von Barcelona nach Florenz gekommen. Anschließend waren sie vom Flughafen Florenz hierher gefahren.

Jørgensen hob die rechte Hand und zeigte damit zwischen die Bäume. Das war das Zeichen für Carla und Heinz, die ihm folgten. Jørgensen ging in den Wald hinein, in die Richtung, die ihm das Navigationsgerät angab.

Der dicke Schraubenzieher des *Leatherman*-Universalwerkzeugs schob sich im Lichte der Taschenlampe in die Ritze zwischen zwei Steinen. Der Fußboden war mit glatt abgetretenen Natursteinen ausgelegt.

Vorsichtig drehte Mattila den Schraubenzieher, und Timo schob seinen Finger in den Spalt, der langsam größer wurde. Heli half, indem sie den Rand der Steinplatte ergriff.

Unter dem Stein kam eine zweite Lage Steine zum Vorschein. Genauso war es ihnen schon nach der ersten losen Bodenplatte ergangen. Wieder überkam Timo die Enttäuschung.

»Wir machen draußen weiter«, sagte Mattila. Sie mussten fast schreien, um sich im Lärm des rauschenden Wassers verständigen zu können.

»Einer noch.« Timo ging zu einer Steinplatte am äußersten Rand. Sie hoben sie auf dieselbe Art wie die beiden anderen an. Auch dort stießen sie wieder auf eine zweite Steinfläche unter dem eigentlichen Fußboden.

Heli wollte den Stein wieder zurückfallen lassen, da rief Timo:

»Warte!«, packte den Stein und schob ihn ganz zur Seite.

»Was ist?«, fragte Mattila.

»Einer der unteren Steine hat sich bewegt.«

Timo bückte sich vor dem zwanzig Zentimeter tiefen Loch und prüfte den Stein, der locker zu sein schien. Er nahm Mattilas Werkzeug, schob es in einen Spalt und hievte den Stein hoch. Heli half ihm so gut sie konnte.

»Hier ist etwas«, sagte Timo mehr zu sich selbst als zu den anderen. Sein Herz fing an zu hämmern. Sie hebelten die untere Steinplatte von der Stelle.

Darunter kam ein grauer Plastikkasten zum Vorschein, auf dessen Seite ein Autoreifen mit Schneeketten abgebildet war.

Verblüfft hob Timo den schweren Kasten heraus. Er öffnete den einfachen, billigen Verschluss und hob den Deckel an. Er gab den Blick auf eine zusammengefaltete Plastiktüte mit dem Aufdruck des Tax-Free-Shops vom Genfer Flughafen frei.

Timo schob die Hand in die Tüte und zog ein dickes braunes Kuvert und eine zweite Tüte heraus, die den Kasten so schwer gemacht hatte. Dem Aufdruck zufolge stammte die Tüte aus einem Marburger Geschäft.

Marburg. Der Latimeria-Kongress, von dem Zeromski gesprochen hatte. An diesem Kongress hatte Isama Nishikawa teilgenommen.

Timo machte die Tüte auf. Sie enthielt dicke, mit Gummiband zusammengehaltene Stöße Papier. Es war breites Endlospapier, gefaltete Ausdrucke eines Matrixdruckers.

Larva hatte inzwischen das Kuvert geöffnet und ihm einige Dokumente entnommen. Timo riss sie ihr aus der Hand.

Zuoberst lag ein Blatt, das offenbar aus einem Buch herausgerissen worden war: eine Seite aus einem Gedichtband. Darunter war ein Brief in englischer Sprache, auf dem ganz oben mit großen, klaren Buchstaben und Ziffern Datum und Uhrzeit standen:

8.3.1989, 21.20

Timos Blick verweilte auf der Unterschrift am Briefende: Yoshima Nishikawa. Larva trat neben ihn, und sie begannen gleichzeitig, die von Hand geschriebenen Zeilen zu lesen:

Heute Mittag brachten wir eine Versuchsreihe mit dem CERN-Teilchenbeschleuniger zu Ende – mit unerwarteten Folgen. Anbei die Messergebnisse und die Versuchsanordnung, die nach meiner festen Überzeugung wiederholbar ist.

In meinem Wagen sitzen drei meiner Kollegen, die einzigen Menschen, die von dem Experiment wissen: Keniro Funaki, Toshiko Ito, Eizo Kinoshita. Sie sind alle großartige und kompetente Forscher. Ich verstehe ihren Wunsch, unser Experiment zu wiederholen und die Ergebnisse zu veröffentlichen. Als Wissenschaftler möchte ich das selbst gerne tun. Aber als Mensch kann ich dem unter keinen Umständen zustimmen.

Obwohl uns eine historische Entdeckung gelungen ist, darf die wissenschaftliche Revolution, die sie bedeutet, nicht für ihre möglichen Folgen blind machen.

Sobald wir über die Resultate Klarheit hatten, bat ich meine Forschungsgruppe zu mir, um alles zu besprechen. Wir fuhren vom CERN nach Vevey. Ich teilte den anderen meinen Standpunkt mit: Wir müssen auf die Veröffentlichung verzichten. Die Diskussion war heftig, und ich merkte, es bestand keine Aussicht darauf, dass mein Team die Sachlage in der von mir erhofften Weise sah.

Ich war erschöpft und verzweifelt. Viele Staaten würden unsere Entdeckung für militärische Zwecke nutzen. Sie würden das Hiroshima-Tor öffnen, ich aber kämpfe darum, es geschlossen zu halten.

Allein schaffe ich es nicht. Ich habe meinen Sohn, der sich in Marburg bei einem Latimeria-Kongress aufhält, zu mir gebeten. Ohne meinem Team etwas davon zu sagen, werde ich ihm in wenigen Augenblicken diesen Brief und das Forschungsmaterial aushändigen.

Isama ist erfinderisch. Ich werde ihn bitten, das Material an einem Ort zu verstecken, wo niemand es zufällig findet. Vielleicht wird irgendwann, in ferner Zukunft, die Evolution den Menschen vom Trieb zu töten befreit haben, und man wird unsere Entdeckung ausschließlich für friedliche Zwecke nutzen.

Nachdem ich Isama das Material übergeben habe, werde ich mit meiner Gruppe weiterfahren und das tun, was ich als verantwortungsbewusster Wissenschaftler und anständiger Mensch tun muss.

Jetzt kommt Isama. Ich muss aufhören.

Timo las die letzten Sätze noch einmal und schluckte. Nishikawas Autounfall war kein Mord gewesen.

Nishikawa selbst hatte den Wagen mit seinem Forschungsteam in die Schlucht gelenkt. Er war bereit gewesen, sich selbst und seine Kollegen zu opfern, um seine Entdeckung geheim zu halten.

Timo musste innehalten vor dieser Tat und nachdenken. Nach allem, was er über Nishikawa gelesen hatte, war sie nur logisch. Dennoch erschütterten ihn die Sätze des Briefes bis ins Mark.

Der zweite Brief war auf Japanisch geschrieben. Offenbar hatte ihn Isama hinterlassen, denn am Anfang stand in lateinischen Buchstaben der Name »Sally«.

»Hast du davon gewusst?«, fragte Timo und nahm erneut Yoshima Nishikawas letzte Nachricht zur Hand.

Im Licht der schräg von unten heraufscheinenden Lampe sah Heli ihm tief in die Augen, tiefer als je zuvor. »Ich wusste nicht, dass Nishikawa den Unfall selbst verursacht hat. Ich wusste, dass er etwas Revolutionäres entdeckt hatte, aber nicht, was es war. Toshiko Ito hat Lucas davon erzählt, bevor er mit Nishikawa und den anderen losfuhr. Am selben Abend traf sich Lucas mit Stepan. Danach haben die Russen alles getan, um an das hier heranzukommen ...«

Sie fing an, in den Papieren zu blättern.

»Worum geht es?«, fragte Timo.

Sie überflog die Seiten immer schneller und aufgeregter. »Sie haben eine Methode entdeckt, Antiteilchen zu speichern ... Ein sehr niedrigenergetisches Antiwasserstoffatom war in feste Materie geraten ... und nachdem es bei der Annihilation sein Positron verloren hatte, nahm es den Platz des vernichteten Elektrons ein ... und blieb dauerhaft an einem bestimmten Punkt der Kristallstruktur, ohne mit dem Proton in Berührung gekommen zu sein.«

Heli richtete den Blick auf Timo.

»Was bedeutet das?«, fragte er.

»Das habe ich doch bereits gesagt. Es bedeutet die Möglichkeit, Antimaterie zu speichern. Sie als Energiequelle zu nutzen ... und als Waffe.«

Timos Funkgerät erwachte zum Leben. Er nahm es rasch in die Hand.

Kariluoto teilte mit: »*Da kommt jemand ...*«

Sein Satz wurde von einem Schuss unterbrochen.

Timo sprang auf und löschte die Lampe.

»Bleib hier«, sagte Mattila und war mit einem Satz bei der Fensteröffnung.

Über das Wasserrauschen hinweg hörte man eine Serie von Schüssen. Dann sagte eine metallische Megafonstimme in amerikanischem Englisch: »*Kommt raus, dann lassen wir euch am Leben!*«

Timo überlegte eine Sekunde, ging ans Fenster und rief so

laut er konnte: »Wenn einem von uns etwas zustößt, verbrennen wir Nishikawas Material!«

Die Antwort kam unmittelbar: »Wir haben Soile Nortamo. Gebt uns Nishikawas Material, dann lassen wir sie frei.«

Timo spürte das Blut in seinen Adern gefrieren.

Es knackte im Megafon, dann hörte er Soiles gepresste Stimme: »Timo, ich bin hier.«

55

Novak stand im Schutz der Bäume und blickte auf die Ruine im Mondschein. In der einen Hand hielt er ein elektronisches Megafon, in der anderen eine Waffe. Soile Nortamo stand in Handschellen neben ihm.

»Wir warten zehn Sekunden«, sagte Novak ins Megafon.

Perry stand zwanzig Meter hinter ihm, Todd sicherte die Lage von der Seite.

Der Mann und die Frau waren auf dem Display des Infrarotzielgeräts vor Jørgensens Augen gut zu erkennen. Er lag außer Atem hinter einer eingestürzten Mauer und versuchte, den Amerikaner mit dem Megafon in die Mitte des Fadenkreuzes zu bekommen.

Fieberhaft überdachte er die Konstellation. Je weiter die Situation fortschritt, umso größer würde die Gefahr von Überraschungen. Jetzt war die Lage stabil: Carla hatte mitgeteilt, sie habe den zweiten Amerikaner im Visier, Heinz den dritten. Den vierten würde der erledigen, der als Erster dazu kam.

Jørgensen traf seine Entscheidung und drückte ab.

Der Schuss ließ Soile zusammenfahren. Sie warf sich fast im selben Augenblick auf die Erde, als der Amerikaner neben ihr niedersank. Sie schrie und rollte sich von dem Körper des Mannes weg.

»Timo«, schrie sie und rappelte sich auf. Die gefesselten Handgelenke beeinträchtigten ihr Gleichgewicht, sie fiel hin und schlug sich das Knie an einem spitzen Stein auf. Dann zwang sie sich, wieder aufzustehen, obwohl die Angst und der Schmerz im Knie ihr fast die Sinne raubten.

Humpelnd rannte sie weiter, jeden Moment mit einer Kugel rechnend.

Timo schob sich durch die Fensteröffnung nach draußen. Es wurde nicht mehr geschossen. Im Mondschein sah er Soiles Gestalt näher kommen.

»Geh nicht!«, rief Mattila über das Rauschen des Wassers hinweg. »Bleib in Deckung!«

Ohne sich um Mattilas Warnung zu kümmern, lief Timo seiner Frau entgegen. Die Dunkelheit und Stille waren unerträglich. Wer hatte auf die Amerikaner geschossen? Die Chinesen?

Timo rannte schneller auf Soile zu. Plötzlich sah er, wie sich ein Mann aus dem Dunkeln auf sie stürzte und sie zu Boden riss. Im selben Moment fiel ein Schuss, und Timo war nicht sicher, aus welcher Richtung er kam. Er warf sich auf die Erde und zerkratzte sich das Gesicht mit den Disteln. Ohne zu zögern, kroch er weiter auf Soile und den Mann zu, der sie gepackt hatte.

»Bleib, wo du bist, oder deine Frau wird leiden!«, rief der Mann ihm zu.

Blinde Wut trieb Timo noch schneller vorwärts. Der Rufer war Amerikaner, also musste der Schütze Chinese gewesen sein.

»Sie hat nichts mit der Sache zu tun, lass sie gehen«, sagte Timo zu dem Mann, von dem er im Mondlicht nur die Silhouette sah. Zwei weitere Schüsse aus dem Dunkel des Waldes brachten Timo dazu, sich tief auf die Erde zu drücken, aber er robbte so schnell wie möglich weiter. Es waren nur noch wenige Meter bis zu Soile und dem Amerikaner, der sie festhielt.

»Bleib, wo du bist!«, schrie der Amerikaner noch aggressiver als zuvor.

»Komm schon, du verdammter Irrer«, erwiderte Timo außer Atem, wobei er versuchte, die Waffe in der Hand des anderen zu sehen.

»Pass auf, Timo!«, rief Soile auf Finnisch.

»Wohin zielt er?«

»Gerade jetzt zum Himmel, er wechselt die Position ...«

Timo spannte seine Kräft auf das Äußerste an und warf sich mit einem enormen Sprung auf den Mann. Der Amerikaner drückte den Abzug seiner Pistole, aber die Kugel nahm den Weg ins Dunkel des Himmels. Timo drückte dem Mann das Knie in den Leib und versuchte die Hand mit der Waffe zu erwischen. Mit der freien Hand schlug ihm der Mann so heftig gegen den Hals, dass Timo taumelte. Doch mit letzter Kraft versetzte er dem Amerikaner einen Schlag ans Kinn und sah, wie der Hinterkopf gegen einen Stein prallte.

Jørgensen versuchte zu erkennen, was in hundert Meter Entfernung auf dem Boden vor sich ging, aber das war unmöglich. Der Mann, der aus der Ruine gestürzt war, hatte sich auf die Erde geworfen und war weitergekrochen. Dann hatte er den vierten Amerikaner angegriffen, der sich die Frau geschnappt hatte.

Alle drei lagen in einer Senke und waren darum schwer zu treffen. Blind wollte Jørgensen nicht feuern – diejenigen, die als Erste bei der Ruine eingetroffen waren, hatten vielleicht schon etwas gefunden. Da war es klüger, zu beobachten, wie sich die Situation entwickelte und selbst in Deckung zu bleiben, denn in der Fensteröffnung des Gebäudes war Bewegung zu erkennen.

Timo spürte den Arm des Amerikaners erschlaffen.

»Ist er tot?«, fragte Soile zitternd.

»Keine Ahnung. Wahrscheinlich bewusstlos ...«, keuchte Timo und nahm die Pistole des Mannes an sich. »Wir müssen in Deckung gehen.«

Mit der freien Hand griff er nach Soiles Arm und half ihr auf die Beine. Zugleich machte er sich darauf gefasst, das Feuer zu erwidern, falls erneut geschossen würde. Mit gefesselten Händen stolperte Soile voran.

Timo stützte seine Frau am Arm und rechnete jeden Moment mit einem Schuss aus der Dunkelheit. Aber es tat sich nichts.

Als wollte man sie das Gebäude erreichen lassen, das Meter für Meter näher rückte. Oder genügte es dem Schützen, dass der Amerikaner am Boden lag?

Soile atmete schwer. An der Mauer blieben sie stehen. Timo half ihr rasch durch die Fensteröffnung, jederzeit bereit, das Feuer zu erwidern. Drinnen führte er Soile vom Fenster weg und umarmte sie fest. Sie zitterte am ganzen Leib.

Timo merkte, dass er Heli anschaute, auf deren ernstes Gesicht das Mondlicht fiel. Sie hielt den Papierstoß von Nishikawa im Arm wie ein Kind.

Erst da drehte Soile sich um und erkannte Heli.

»Was macht diese Frau hier?«, flüsterte sie Timo ins Ohr.

»Nishikawa hat eine Methode entdeckt, Antimaterie zu speichern, wollte aber verhindern, dass seine Entdeckung für militärische Zwecke missbraucht wird«, sagte Timo.

Soile löste sich von ihm und streckte die gefesselten Hände nach den Papieren aus. »Gib sie her. Was spielt der militärische Gebrauch für eine Rolle, wenn die Entdeckung für die Energiegewinnung ...«

Heli wich zurück, die Papiere fest im Arm. »Für die Energiegewinnung? Warum sollte man noch mehr davon gewinnen?«

»Ich habe nicht gesagt ›mehr‹ ... Du willst gar keine Alternative zur Atomenergie finden, obwohl du dagegen bist ... auch *da*gegen. Du bist gegen alles! Du bist eine Maschinenstürmerin der schlimmsten Sorte ...«, sagte Soile mit vor Zorn glühendem Gesicht.

»So hochmütig spricht eine Frau, die bereit ist, ihre eigene Mutter zu verkaufen, um ihren Namen in einer wissenschaftlichen Publikation zu sehen«, erwiderte Heli.

Mattila kam vom anderen Ende des Gebäudes und blickte durch die Fensteröffnung auf den Wald hinaus. »Ich bekomme keine Verbindung zu Kariluoto«, stellte er fest.

»Wir versuchen, hier rauszukommen. Sofort«, sagte Timo. »In verschiedene Richtungen ... Du gehst mit Heli, ich mit Soile.« Er streckte die Hand in Helis Richtung aus. »Gib mir die Papiere.«

Auf einmal hob Mattila die Hand. Im selben Augenblick hörte man aus unmittelbarer Nähe, dicht an der Fensteröffnung, wie jemand auf Englisch rief: »*Ihr habt keine Möglichkeit zu entkommen!*«

Der Akzent verriet, dass Englisch nicht die Muttersprache des Rufers war. Zumindest war es kein Amerikaner.

»*Kommt mit erhobenen Händen heraus!*«

Timo hielt mit der einen Hand die Waffe umklammert und mit der anderen Soiles Arm. Erst jetzt begriff er, warum man sie nicht beschossen hatte, als sie zu dem Gebäude gerannt waren. Sie sollten sich alle an einem Ort versammeln, damit sie leichter zu schnappen wären.

Heli zog sich mit den Papieren tiefer ins Innere des Gebäudes zurück.

»Komm her«, sagte Timo. »Gib mir die Unterlagen.«

Heli achtete nicht auf ihn.

»*Kommt sofort raus, oder wir kommen rein*«, drang es von draußen wütender als zuvor herein.

Ohnmächtig sah Timo zu, wie Heli die Treppe hinaufstieg.

In einer Fensteröffnung tauchte der Lauf einer Maschinenpistole auf und feuerte an die Decke. Splitter flogen durch die Luft, Projektile prallten von den Wänden zurück. Timo drückte Soile zu Boden und warf sich neben sie. Er versuchte nicht, das Feuer zu erwidern, es wäre sinnlos gewesen. Mörtelbrocken regneten auf den Boden. Im Schutz von Schüssen schob sich ein Mann herein, der einen extrem hellen Handscheinwerfer bei sich hatte. Timo richtet die Waffe auf ihn.

Im selben Moment kam ein zweiter Mann durch eine andere Fensteröffnung. Timo begriff, dass seine Waffe nutzlos war. Würde er sie benutzen, würden sie ihn erschießen – und Soile neben ihm auch.

»Aufstehen! Lass die Waffe fallen und verschränk die Hände im Nacken!«, rief der Eindringling über das Rauschen des Wassers hinweg und ließ den grellen Lichtkegel seiner Lampe über Timo gefrieren. Der andere schwenkte den Lichtkegel seiner

Lampe durch den Raum. Dadurch konnte Timo sehen, dass der Mann, der ihn blendete, blondes, gelocktes Haar hatte. Es war derselbe Mann, der auch in Krakau gewesen war.

»Hast du gehört?«, brüllte er.

Timo schob die Pistole auf dem Steinboden weit von sich weg und stand mit den Händen im Nacken auf.

»Wo ist das Material von Nishikawa?«, fragte der Lockenkopf und nahm die Pistole an sich.

Timo richtete sich ganz auf. Bevor er etwas sagen konnte, hielt der Lichtkegel am oberen Ende der Treppe inne, wo Heli Larva mit den Papieren in der hintersten Ecke des Treppenabsatzes stand.

Timo zersprang das Herz in der Brust.

»Auf dich sind zwei Waffen gerichtet«, rief der Lockenkopf Heli zu. »Bring die Papiere her, sonst werden wir schießen!«

Heli wandte Timo das Gesicht zu – das schmale, trotzige Gesicht, in dem Timo plötzlich ein kleines Mädchen auf der Eingangstreppe eines Hauses sah, an einem heißen Tag, als eingefrorener Augenblick aus einer anderen Welt und einer anderen Zeit, einer Zeit der Unschuld und der Aufrichtigkeit.

Helis Finger hielten den weißen Papierstoß umklammert. Unter ihr rauschte das schäumende Wasser. Ein Lächeln trat auf ihre Lippen. Timo hatte es befürchtet: ein mutiges, sicheres Lächeln. Sie sahen einander an, und Timo konnte die Augen nicht schließen, obwohl er es gewollt hätte. Dann löste Heli den Griff um die Papiere, die im Schein der Lampe dem Wasser entgegensegelten. Im selben Moment wurden zwei Schüsse abgefeuert. Timo behielt Helis Augen noch im Blick, als ihr Lächeln glasig wurde, ein lebloses Starren, während ihr Körper zu Boden sank.

»Auf den Boden!«, hallte es in Timos Kopf auf Finnisch wider.

»Auf den Boden …«, rief Mattilas Stimme noch einmal.

Jørgensens Blick klebte auf den herabschwebenden Papieren. Sie waren nicht mehr zu retten. Zugleich registrierte er die in einer fremden Sprache gerufenen Worte, worauf sich der Mann und die Frau zu Boden warfen.

Jørgensen drehte sich zu dem Rufer um und konnte noch das Mündungsfeuer aufblitzen sehen. Für den Bruchteil einer Sekunde flogen seine Gedanken nach Peking, zu der Frau und dem Baby, die dort auf ihn warteten. Er richtete die Waffe auf den Schützen, aber da waren die Kugeln schon in seiner Brust eingeschlagen.

Vom Boden aus sah Timo den Lockenkopf zusammenbrechen. Dessen Kollege suchte hinter den Balken Deckung, aber auch er war getroffen. Kariluoto feuerte von draußen in den Raum hinein.

Eine Serie von Schüssen zerriss die Luft. Timo atmete keuchend gegen den kalten Steinboden. Soile hielt sich mit ihren gefesselten Händen an ihm fest.

Dann kehrte Stille ein. Dröhnende Stille.

Vorsichtig hob Timo den Kopf und versuchte die Situation einzuschätzen. Er wollte sich nicht aus Soiles Griff lösen, doch schließlich richtete er sich langsam auf.

»Bleib da«, rief Kariluoto. »Ich hab dem einen Amerikaner die Waffe abgenommen ... aber ich weiß nicht, wo die anderen sind.«

Timo lief in wenigen Sätzen zu Heli hinauf, die auf dem Treppenabsatz lag. Das Mondlicht fiel zwischen den Dachbalken hindurch auf ihren leblosen Körper. Zitternd beugte Timo sich über sie, den Blick auf ihr Gesicht gerichtet, möglichst weit weg von der rot gefärbten Brust. Er sah, dass sie mit der linken Faust die Seite aus dem Buch umklammert hielt, die auf Nishikawas Abschiedsbrief gelegen hatte.

Er löste das dünne Papier aus Helis sonnengebräunten, harten und noch warmen Fingern. Sie hatte Erde unter den Nägeln.

Auf der herausgerissenen Buchseite stand: *Wisława Szymborska: ›Entdeckung‹.*

Durch einen Tränenfilm las Timo die Zeilen, die er im Mondlicht kaum erkennen konnte. Dann legte er Heli das Blatt aufs Gesicht, schluckte schwer und stand auf. Ihm war schwindlig, und er suchte Halt an einem Balken.

Da spürte er eine Bewegung in seinem Rücken. Trotz der Handschellen ergriff Soile fest seine Hand und half ihm, auf den Beinen zu bleiben.

»Vielleicht hatte sie Recht«, flüsterte sie.

Timo legte den Arm um sie und drückte ihr Gesicht an seinen Hals. Eine Weile standen sie schweigend da, dann gingen sie die Treppe hinunter.

Timo bemerkte einen Mann mit Brille, der bis zu den Hüften im Wasser stand und verzweifelt versuchte, die Papiere zu retten. Aber sein Versuch war lächerlich. Die Wassermassen hatten sie längst fortgespült.

»Helft mir«, rief der Mann über das Rauschen hinweg auf Englisch. »Ich bin David Perry, DARPA, helft mir ...«

Mattila war nicht zu sehen. Timo und Soile kletterten durch eine Fensteröffnung ins Freie. Zu Timos großer Erleichterung traten Mattila und Kariluoto zwischen den Bäumen hervor auf sie zu.

»Was ist passiert?«, wollte Timo von Kariluoto wissen. »Ich dachte, sie hätten dich erschossen, weil du am Funkgerät mitten im Satz aufgehört hast zu sprechen ...«

»Kugelsichere Westen sind manchmal ganz nützlich. Aber durch den Aufprall war ich wohl kurz bewusstlos.«

»Die Situation ist noch nicht geklärt«, sagte Mattila außer Atem.

»Doch«, sagte Timo leise. »Egal, wie viele von ihnen noch hierher kommen – mit den Papieren ist auch ihr Interesse an uns dahin.«

Durch die Vernichtung der Unterlagen war natürlich auch jeder Beleg für die Echtheit der KGB-Diskette verschwunden. Aber darüber schwieg Timo sich aus.

56

Mit blutunterlaufenen Augen sog William C. Irons in seinem Büro im Pentagon an seiner Pfeife. Er leitete die DST, die geheimste strategisch-technische Einheit des US-Verteidigungsministeriums. Drei Blätter hatte Perry in Volterra aus dem Wasser retten können, aber die Schrift darauf war unwiederbringlich verschmiert gewesen, die Papiere selbst damit vollkommen wertlos. Und im CERN gab es keinerlei Hinweise auf Informationen über Nishikawas Versuchsanordnung im Jahr 1989. Er hatte sie offenbar gründlich gelöscht.

Die Operation war gescheitert.

Sollte man sich die Finnen vorknöpfen? Nein. Nishikawas Material war vernichtet. Es war egal, ob irgendjemand etwas darüber wusste oder nicht. Es gab keine Beweise mehr.

Auf dem Tisch vor Irons lag alles, was an Material über den Fall vorhanden war. Er blickte auf den alten Bericht der Nationalen Sicherheitsbehörde der Vereinigten Staaten. Die für Nachrichtenaufklärung zuständige Abteilung hatte am 9.3.1989 um 20.46 Uhr UTC eine kodierte Nachricht zwischen Moskau und Sverdlovsk aufgeschnappt.

Das Wissenschafts- und Forschungskomitee für die Koordination der militärischen Grundlagenforschung in der Sowjetunion hatte über GRU, den militärischen Nachrichtendienst im Ausland, eine Nachricht erhalten. Sie war vom GRU-Mitarbeiter Stepan Voronin in Genf gekommen, und der hatte sie von seiner Quelle Lucas Cahill. In der Nachricht war eine Information erhalten über eine Methode, Antiteilchen zu speichern. Moskau hatte für die Ermittlung in dieser Sache praktisch unbegrenzte

Geldmittel und Ressourcen versprochen und die äußerst geheime Operation Phönix eingeleitet, die in die Hände des KGB gelegt wurde. Die Russen waren Yoshima Nishikawa über den Marburger Kongress auf die Spur gekommen. Wahrscheinlich hatten sie versucht, Isama Nishikawa zu verhören, und ihn schließlich ermordet, um sicher zu sein, dass niemand durch ihn der Entdeckung seines Vaters auf die Spur kam.

Die Vereinigten Staaten hatten alles getan, um an die Hintergründe der Operation zu kommen, aber vergebens. Zum Glück war offensichtlich auch die Sowjetunion in ihren Ermittlungen nicht weiter vorangekommen.

Vor einigen Wochen nun war Phönix erneut ans Tageslicht gekommen. Ein zwielichtiger russischer Geschäftsmann namens Arkadi Voronin hatte der amerikanischen Botschaft in Moskau altes Geheimdienstmaterial zum Kauf angeboten, das er im Nachlass seines Bruders gefunden hatte, welcher wiederum im KGB-Archiv beschäftigt gewesen war.

Eine Zusammenfassung des Inhalts hatte die CIA-Mitarbeiter der Botschaft nicht von der Brisanz des Materials überzeugen können – bis man im CIA-Hauptquartier in Langley auf das fünfzehn Jahre alte Phönix-Projekt gestoßen war.

Zu dem Zeitpunkt war es Arkadi Voronin jedoch bereits gelungen, die Archivdiskette an einen finnischen Geschäftsmann zu verkaufen, weil ein Teil des Materials Finnland betraf. Daraufhin hatten die Amerikaner schnell gehandelt. Die Übergabe der Diskette in Paris hatte im letzten Moment verhindert werden können, aber da waren ihr schon die Chinesen auf der Spur gewesen.

Irons seufzte und schichtete die Dokumente auf einen Stapel fürs Archiv. Nur ein Blatt blieb liegen, damit er es unterschrieb: die Rechnung von MilCorp. Sie fiel hoch aus, in Dollar wie in Menschenleben gerechnet. Irons tat es aufrichtig Leid, dass Novak und Todd im letzten Moment der Operation ihr Leben lassen mussten.

In der zuständigen Abteilung für die Auslandsaufklärung in Nansanhuan in Peking nahm Jin Luan die Blätter mit den Namen und Pfeilen von der Wand. Der Raum war leer, niemand saß mehr an den Bildschirmen. Die aufgeregte Atmosphäre war dahin, die Hektik vorbei. Hier und da standen noch vereinzelte Einwegbecher für Tee oder Kaffee.

Der Samen für die Ereignisse war bereits vor über fünfzehn Jahren gelegt worden. Der chinesische Nachrichtendienst hatte im März 1989 routinemäßig den kodierten Nachrichtenverkehr des GRU abgehört. Es war darin um eine radikale russische Operation gegangen, die mit Teilchenphysik zu tun hatte. Zusätzliche Informationen über diese Operation Phönix waren nicht zu beschaffen gewesen, aber die entschlüsselten Nachrichten waren in die Datenbanken des Wissenschafts- und Technologiegeheimdienstes gelangt.

Vor einigen Wochen dann hatten die Satelliten der Nachrichtenstation Tacheng in Nordwestchina wie üblich den Nachrichtenverkehr zwischen dem CIA-Stützpunkt in Moskau und dem Hauptquartier in Langley abgehört. Die entschlüsselten Botschaften waren in die Rechner eingespeist worden, und bei einem routinemäßigen Cross-Check war man auf einen Hinweis auf die Jahre zurückliegende Operation Phönix gestoßen.

Den Teilchenphysikern zufolge, die als Experten gehört wurden, war es vernünftig, sich in dieser Sache ermittlungstechnisch zu engagieren, angesichts des Risikos, dass die Vereinigten Staaten wissenschaftliche Erkenntnisse von allerhöchster Brisanz erhalten könnten.

Als Nächstes machte sich Jin Luan daran, den Transport des Sarges von Kim Jørgensen von Italien nach Peking zu organisieren, wo er laut Testament begraben werden wollte.

Das musste allerdings über England abgewickelt werden, denn der offiziellen Version zufolge war der Mitarbeiter der dort ansässigen Firma *Prince Electronics* während einer Geschäftsreise in Norditalien das Opfer eines mysteriösen Schusswechsels geworden …

Timo betrachtete das Foto, auf dem ein Japaner mit orangefarbener Rettungsweste und gelbem Helm in einem Kanu saß und in die Kamera lächelte.

»Isama traute sich nicht, mir etwas zu erzählen«, sagte Sally Nishikawa leise. Sie hielt den Brief in der Hand, den Timo aus Volterra mitgebracht hatte. Er hatte ihn ihr persönlich überreichen wollen. Sally zufolge war es ein Liebesbrief, den Isama ihr geschrieben hatte, da er ahnte, was sein Schicksal sein würde.

»Ich wusste, dass das Interesse der Amerikaner mit einer wissenschaftlichen Entdeckung von Yoshima zu tun hatte, aber ich wusste nicht, was es war. Ich wusste nichts über die Dinge, nach denen die Amerikaner mich ausfragten.«

Sie saßen in ihrer Wohnung in Barcelona, im Stadtteil Sant Gervas. Sally war dorthin zurückgekehrt, nachdem die Amerikaner überstürzt nach Italien aufgebrochen waren. Wolkengraues Licht fiel durch die Fenster. Sally hatte ein Treffen zunächst abgelehnt, dann aber doch zugestimmt, als sie hörte, wo Timo gewesen und was geschehen war. Timo erzählte ihr ausführlich von den Ereignissen in Volterra, auch vom Schicksal Heli Larvas.

Er reichte Sally die herausgerissene Seite aus dem Gedichtband, auf der jetzt ein Blutfleck prangte. »Isama hatte das dem Brief seines Vaters beigefügt ...«

Sally nahm das Gedicht und las es konzentriert.

»Es war eines von zig Gedichten in dem Buch«, sagte Timo. »Als Zeromski Yoshima das Buch überreichte, hat er nicht ahnen können, wie sehr eines der Gedichte Yoshima und Isama ansprechen würde ... und sicherlich auch Heli Larva in den letzten Augenblicken ihres Lebens.« An dieser Stelle brach Timos Stimme.

Mit einem aufmerksamen, warmen Blick gab Sally ihm das Blatt zurück. »Behalten Sie es.«

Timo nickte zum Dank und steckte die ordentlich gefaltete Seite ein.

»Isama verehrte seinen Vater über alles«, sagte Sally. »Sowohl als Wissenschaftler als auch als Menschen. Dennoch war er unsicher, ob es richtig war, Yoshimas Entdeckung zu verstecken.

Isama wollte wenigstens einen Hinweis auf das Versteck hinterlassen. Er hat mir nicht erzählt, wo er hingefahren war, aber ich merkte, dass der Hinweis mit dem DNS-Code des Latimeria zu tun hatte. Am nächsten Tag kamen die Russen, um ihn nach Yoshima zu befragen. Das machte ihn schrecklich nervös und niedergeschlagen ... Ich war entsetzt, als er mir genaue Anweisungen für den Fall seines Todes gab. Er hatte sich eine Urne und eine Gedenktafel besorgt, auf der nur noch der Todestag fehlte ...«

Sallys Stimme war nur noch ein Flüstern. Sie spielte mit dem kleinen Alabasteranhänger an ihrem Hals. »Der hier kam zwei Wochen nach Isamas Tod mit der Post aus Italien. Das habe ich den Amerikanern gesagt. Sie wussten bereits über Volterra Bescheid.«

Timo nickte. »Ich habe das fehlende Stück in der Urne gesehen. Isama hat die Urne in Volterra gekauft und das Bild des Quastenflossers in das Alabasterstück eingravieren lassen.«

Sie sprachen über eine Stunde lang über Isama, dessen Vater und die Tragödie der Familie in Hiroshima. Bevor er ging, stellte Timo noch eine Frage.

»Das hat nichts mit der ganzen Sache zu tun«, fing er unsicher an. »Aber aus beruflichen Gründen sind Sie ja viel getaucht. Haben Sie jemals auf dem Grund der Ufergewässer etwas gesehen, das von Menschenhand stammte?«

»Natürlich. Vor allem im östlichen Mittelmeer. Ein paar Mal habe ich das auch Meeresarchäologen mitgeteilt. Warum fragen Sie?«

»Ich habe mich immer für Geschichte interessiert. Jetzt möchte ich mich ein bisschen intensiver mit Meeresarchäologie beschäftigen.«

Von Sally Nishikawa aus fuhr Timo mit der U-Bahn in das alte Fischerviertel Barcelonata und ging zu Fuß zum Strand Platja de Sant Sebastia. Der Himmel war von einem grauen Wolkenvorhang bedeckt, und vom Meer blies ein milder, feuchter Wind. Links erhoben sich in der Ferne die Olympic Towers.

Der Anblick des Meeres brachte Timo die begeisterte Stimme

Zeromskis wieder in den Sinn. Er war erleichtert und glücklich gewesen, als er erfahren hatte, dass Zeromski wieder genesen würde.

Der Marburger Kongress, der das Verbindungsglied zwischen Zeromski und Vaucher-Langston dargestellt hatte, war nur für Fragen rund um die Seine-Diskette relevant gewesen, aber die Fragen und Theorien der beiden Männer schwelten in Timos Kopf weiter. Zu seiner eigenen Überraschung war er gewissermaßen enttäuscht, dass sich an dem von den Koordinaten angezeigten Ort nicht etwas gefunden hatte, was die Karten von Piri Reis erklärt und überdies bewiesen hätte, dass Zeromski mit seiner Theorie von einer unbekannten frühen Zivilisation Recht hatte.

Die zentralen Fragen, die Vaucher-Langston und Zeromski gestellt hatten, blieben weiterhin unbeantwortet. Fragen, die mit der Geschichte der Menschheit zu tun hatten, mit der lange zurückliegenden, aber auch mit der etwas jüngeren ... Timo konnte sich nicht enthalten, im Licht dessen, was er in der letzten Zeit erlebt hatte, mit der Frage zu spielen, wie oder woher Yoshima Nishikawa die nötigen Erkenntnisse für sein gelungenes Experiment gewonnen hatte. Als Überlebender von Hiroshima war er genau die richtige Person – die *einzig* richtige Person –, um eine Entdeckung zu machen, für deren Nutzung die Menschheit noch nicht bereit war.

Timo wusste jetzt, worauf er sein altes Interesse für die Geschichte richten würde. Er wusste auch, was einige sagen würden, wenn sie Zeromskis Thesen hörten, aber das war ihm vollkommen egal. Für ihn war Zeromski ein echter Wissenschaftler, der versuchte, ein Problem, das er sich gestellt hatte, zu lösen, ohne sich darum zu kümmern, was andere darüber dachten. In der gleichen Lage waren schon zahllose Forscher vor ihm gewesen – oder Verbrechensermittler, deren Arbeit erst im Nachhinein Anerkennung gefunden hatte. Nur so konnte man wirklich neue Dinge entdecken. Timo musste innerlich schmunzeln. Dennoch war er irgendwie auch stolz, eine Geistesverwandtschaft zu einem Mann wie Zeromski zu empfinden.

Das Rauschen der Wellen, die in gleichmäßigen Intervallen ans Ufer rollten, hypnotisierte ihn fast. Rautio hatte einige Stunden zuvor angerufen, und Timo hatte ihm die Wahrheit gesagt: Er wusste nun, dass die KGB-Diskette echt war, aber er würde es nie mehr beweisen können. Auch Rautio war mit einer Wahrheit herausgerückt: Die Präsidentin beabsichtigte nicht, zurückzutreten, auch die Premierministerin nicht.

Das war für Timo zwar keine Überraschung, aber doch eine Enttäuschung. Trotzdem wollte er über die Diskette den Mund halten, wie er es versprochen hatte.

Würde er sich oder seine Prinzipien verraten, wenn er zur TERA zurückkehrte? Wilson hatte ihn darum gebeten, Timo hatte seine Antwort für den nächsten Tag zugesagt.

Zufrieden war Timo damit, seinem Vater nichts von dem Material erzählt zu haben, das Präsidentin Heino denunziert hätte. Er wollte seinen Vater bei seiner nächsten Finnlandreise besuchen, egal ob der Alte das wollte oder nicht. Das war egoistisch gedacht, das gab er zu, aber er wollte es so.

Rund geschliffene Steine knirschten unter seinen Füßen. In der Ferne rauschte der Verkehr. Timo ging bis zum Wellensaum, dann blieb er stehen und schaute zum Horizont.

Im Fall von Heli Larvas Tod hatten die italienischen Behörden ermittelt, bis von ihrer Seite aus alles geklärt war. Die amerikanische Botschaft in Rom hatte sich eingeschaltet, da bei dem Schusswechsel auch zwei Amerikaner ums Leben gekommen waren.

Heli würde die Heimreise im Sarg antreten. Timo würde nie vergessen, wie sie ihn in den letzten Sekunden ihres Lebens angesehen hatte. Sein einziger Trost lag in der Tatsache, dass Heli im Moment des Sterbens die Bedeutung ihrer Entscheidung bewusst gewesen war.

Sie hatte als Wissenschaftlerin keine Publikationen hinterlassen, aber in ihrer Moral war sie letztlich ebenso unbestechlich gewesen wie Yoshima Nishikawa.

Das Hiroshima-Tor hatte einen Spalt weit offen gestanden, aber Heli hatte es wieder geschlossen. Dieses Mal. Es war nicht sehr wahrscheinlich, dass es für immer zu blieb, aber solange es Menschen wie Nishikawa und Heli Larva gab, konnte es, wenn nötig, noch einmal geschlossen werden.

Natürlich war Heli kein Engel. Auch nach ihrem Tod hatte sie Timo noch eine Überraschung bereitet: Auf einem Zettel, der in ihrer Tasche gefunden wurde, stand die Telefonnummer von Joni Mastomäki, der wegen der Anschläge in Olkiluoto festgenommen worden war. Sie war also doch in irgendeiner Form an der Sabotage beteiligt gewesen. Sie hätte nicht mit der Telefonnummer in der Tasche umherlaufen müssen, sie hätte die Nummer bestimmt auswendig gewusst, aber sie wollte sichergehen, dass ihre Beteiligung bekannt wurde.

Timo bemerkte die etwas größere Welle erst, als seine Schuhe nass waren. Er machte einen Satz nach hinten. Genauso war es Aaro ergangen, als sie im September den Ausflug nach Ostende gemacht hatten.

Jener September: die ganze Welt schien damals so weit weg wie der Horizont vor ihm. In jene Welt gab es kein Zurück mehr, es musste eine neue geschaffen werden. Und was zu dieser Welt gehörte, das hing ausschließlich von ihm selbst ab.

Auf jeden Fall das Haus, das auf die Renovierung und neue Bewohner wartete. Soile hatte gesagt, sie sei bereit, es noch einmal mit ihm zusammen zu versuchen, aber Timo war sich noch nicht sicher.

Mit seinen nassen Schuhen ging er zur Straße zurück.

Sein Telefon klingelte. Aaro. Der Junge sitzt in Porvoo und vermisst seinen Vater, und der läuft hier träumend am Strand entlang, dachte Timo beschämt.

»Hallo«, sagte Aaro munter. »Bei *Sonera* gibt's jetzt ein Flatrate-Angebot, und Oma hat auch gesagt, wir bräuchten das hier...«

»Tatsächlich?«, sagte Timo mit einem trockenen Lächeln auf den Lippen. So viel zur Sehnsucht seines Sohnes. »Wir reden morgen darüber, wenn ich komme.«

»Du klingst irgendwie müde. Ist alles okay?«

Timo war gerührt über diese aufrichtig klingende Besorgnis des Jungen.

»Ja. Jetzt ist alles in Ordnung. Wir seh'n uns morgen«, sagte er sanft und legte auf.

Der Himmel wurde dunkler, und es fielen erste warme Regentropfen. Timo blickte aufs Meer, regungslos und lange, ohne sich um den Regen zu kümmern. Dann zog er das blutbefleckte Blatt aus dem Gedichtband von Wisława Szymborska aus der Tasche und begann zu lesen.

Ich glaube an die große Entdeckung.
Ich glaube an den Menschen, der die Entdeckung macht.
Ich glaube an die Angst des Menschen, der die Entdeckung macht.

Ich glaube an die Blässe seines Gesichts,
an seinen Brechreiz, den kalten Schweiß auf der Lippe.

Ich glaube an das Verbrennen der Niederschriften,
an ihr Verbrennen zu Asche,
zur letzten.

Im Regen wurden Timos Haare nass, das Wasser lief ihm über die Wangen, als er bei den letzten Strophen des Gedichts ankam.

Ich glaube an die lässige Hand,
ich glaube an die verpfuschte Karriere,
ich glaube an die vertane Arbeit von vielen Jahren.
Ich glaube an das ins Grab genommene Geheimnis.

Mir kreisen diese Worte über den Regeln.
Sie suchen keine Stütze bei den Exempeln.
Mein Glaube ist fest, blind und ohne Begründung.

Langsam faltete er das Blatt zusammen, steckte es ein und machte sich auf den Weg. Der Regen wurde stärker, aber das störte den Mann nicht, der in nassen Schuhen am Ufer entlangging und sich das Wasser von den Wangen wischte.